OEUVRES

DE

VOLTAIRE.

TOME XV.

DE L'IMPRIMERIE DE FIRMIN DIDOT,
RUE JACOB, N° 24.

OEUVRES

DE

VOLTAIRE,

PRÉFACES, AVERTISSEMENTS, NOTES, ETC.

PAR M. BEUCHOT.

TOME XV.

ESSAI SUR LES MOEURS. — TOME I.

A PARIS,

CHEZ LEFÈVRE, LIBRAIRE,

RUE DE L'ÉPERON, N° 6.

WERDET ET LEQUIEN FILS,

RUE DU BATTOIR, N° 20.

M DCCC XXIX.

PRÉFACE

DU NOUVEL ÉDITEUR.

L'*Essai sur les mœurs*, dans sa forme actuelle, se compose de deux parties bien distinctes, rédigées toutes deux pour madame du Chatelet, si l'on s'en rapporte à Voltaire; mais les éditeurs de Kehl pensent que la première partie, écrite beaucoup plus tard que la seconde, n'a pas été composée pour cette dame.

I.

Les cinquante-trois paragraphes qui forment l'*Introduction* furent publiés, en 1765, sous le titre de : *La philosophie de l'histoire, par feu l'abbé Bazin*, en un volume in-8°. En tête du volume était une dédicace à l'impératrice Catherine II, imprimée en petites capitales, et que voici :

A TRÈS HAUTE ET TRÈS AUGUSTE PRINCESSE CATHERINE SECONDE, IMPÉRATRICE DE TOUTES LES RUSSIES, PROTECTRICE DES ARTS ET DES SCIENCES, DIGNE PAR SON ESPRIT DE JUGER DES ANCIENNES NATIONS, COMME ELLE EST DIGNE DE GOUVERNER LA SIENNE : Offert très humblement par le neveu de L'AUTEUR.

La *Philosophie de l'histoire* fut l'occasion de quelques écrits. Larcher (né en 1726, mort en 1812) publia un *Supplément à la Philosophie de l'histoire*, 1767, in-8°, qui eut une seconde édition en 1769. En critiquant l'ouvrage de Voltaire, Larcher avait usé d'un droit qu'a tout le monde, il est vrai; mais il s'était laissé emporter à des expressions violentes qu'on peut qualifier d'odieuses.

Dans sa préface (page 34, soit de la première, soit de
la seconde édition), à propos de quelques phrases qu'il
citait d'un autre ouvrage de Voltaire (voyez le *Dictionnaire philosophique*, au mot GUERRE), Larcher prétendait
que c'était de la part de l'auteur « s'exposer à la haine du
« genre humain et vouloir se faire chasser de la société
« comme une bête féroce dont on a tout à craindre. » Ce
n'est donc pas sans raison qu'on a reproché à Larcher
d'avoir traité Voltaire de *bête féroce*.

En réponse à l'écrit de Larcher, Voltaire publia la
Défense de mon oncle, qu'on trouvera dans les *Mélanges*,
année 1767. Larcher y répliqua par *Réponse à la défense
de mon oncle, précédée de la relation de la mort de l'abbé
Bazin*, 1767, in-8°; il ne s'y montre pas bon prophète
quand il dit (page 27) : « dans un demi-siècle le *Diction-
« naire philosophique*, la *Philosophie de l'histoire*, les
« *Honnêtetés littéraires*, ... l'*Ingénu*, et autres pareilles
« rapsodies, ne se trouveront plus, pas même chez les
« épiciers. »

La même année que parut l'ouvrage de Larcher, le
P. Viret, cordelier, dont le nom se retrouve dans quelques écrits de Voltaire, fit imprimer une *Réponse à la
Philosophie de l'histoire*, 1767, in-12, opuscule tout-à-fait
oublié.

Trois ans après, l'abbé François donna ses *Observations
sur la Philosophie de l'histoire et sur le Dictionnaire philosophique, avec des réponses à plusieurs difficultés*, 1770,
2 volumes in-8°. C'est ce même abbé François qui a fourni
le sujet de la première section de l'article IGNORANCE
dans le *Dictionnaire philosophique*, et duquel Voltaire a
dit (dans son *Épître à d'Alembert*, en 1771) :

L'abbé François écrit ; le Léthé sur ses rives
Reçoit avec plaisir ses feuilles fugitives.

Ce fut en 1769, dans l'édition in-4° de ses *OEuvres*, que Voltaire mit la *Philosophie de l'histoire*, sous le titre de *Discours préliminaire*, en tête de l'*Essai sur les mœurs;* et cette disposition a dû être respectée par ses éditeurs. Le titre d'*Introduction* donné dans les éditions de Kehl a été conservé depuis.

La *Philosophie de l'histoire* à laquelle est consacré l'article X des *Fragments sur l'histoire*, etc. (voyez les *Mélanges*, année 1773), et qui a été le sujet de quelques autres écrits, que je puis passer sous silence, a été réimprimée en entier, sauf le paragraphe XLVI, dans le volume intitulé : *Résumé de l'histoire générale, par Voltaire*, 1826, in-18, et en fait la plus grande partie. Elle avait été comprise dans la censure du clergé de France, du 22 août 1765, et mise à l'index à la cour de Rome, par décret du 12 décembre 1768.

II.

Il parut, en 1753, en deux volumes in-12, sous le nom de Voltaire, un *Abrégé de l'histoire universelle depuis Charlemagne jusqu'à Charles-Quint*. Le libraire Néaulme prétendait avoir acheté le manuscrit cinquante louis, d'un domestique du prince Charles de Lorraine. Vers la fin de 1739, alors que Frédéric n'était encore que prince royal, Voltaire lui avait en effet donné un manuscrit qui se trouvait dans l'équipage que les hussards autrichiens prirent au roi à la bataille de Sorr, le 30 septembre 1745.

Voltaire, contrarié de cette publication, fit des réclamations, et, pour les appuyer, employa un singulier moyen. Ce fut de publier un volume qu'il intitula : *Essai sur l'histoire universelle, tome troisième*. Il avait mis à la tête une espèce de dédicace et une préface. On trouvera cette préface dans les *Mélanges*, année 1754. Mais Voltaire avait déjà donné quelques détails dans sa lettre *à M*** professeur d'histoire* (voy. les *Mélanges*, année 1753). On peut aussi voir dans la Correspondance la lettre à Néaulme, du 28 février 1754.

L'espèce de dédicace était : *A Son Altesse sérénissime électorale, monseigneur l'Électeur palatin.* La voici :

Monseigneur, le style des dédicaces, les ancêtres, les vertus du protecteur et le mauvais livre du protégé ont souvent ennuyé le public. Mais il est permis de présenter un Essai sur l'histoire à celui qui la sait. La modestie extrême, jointe à de très grandes connaissances, le soin de cultiver son esprit pour s'instruire et non pour en faire parade, la défiance de ses propres lumières, la simplicité qui, sans y penser, relève la grandeur, le talent de se faire aimer sans art, et la crainte de recevoir des témoignages de cette tendresse respectueuse qu'on inspire, tout cela peut imposer silence à un faiseur de panégyriques, mais ne peut empêcher que la reconnaissance ne paie un faible tribut à la bonté.

Ce n'est pas même ici une dédicace ; c'est un appel au public que j'ose faire devant Votre Altesse électorale, des éditions qu'on a données du commencement de cette histoire. Votre Altesse électorale a depuis long-temps le manuscrit entre les mains ; elle sait combien ce manuscrit, tout informe qu'il est, diffère de ces éditions frauduleuses ; et je peux hardiment démentir et condamner devant votre tribunal l'abus qu'on a fait de mes travaux. L'équité de votre ame généreuse me console de ce brigandage, si impunément exercé dans la république des lettres, et de l'injustice extrême de ceux qui m'ont imputé ces volumes défectueux. Je suis forcé d'imprimer ce troisième pour confondre l'imposture et l'ignorance qui ont défiguré les deux premiers. Votre nom, monseigneur, est ici le protecteur de la vérité et de mon innocence.

Je dois d'éternels remercîments à la bonté avec laquelle Votre Altesse électorale permet qu'une justification si légitime paraisse sous ses auspices. Je suis comme tous vos sujets ; j'obtiens aisément justice ; je suis protégé par votre bonté bienfesante, et je partage avec eux les sentiments de la reconnaissance, de l'amour et du respect.

Le prince que Voltaire appelait ainsi en témoignage de

l'infidélité ou de l'inexactitude des chapitres imprimés, était Charles Théodore, prince de Sultzbach, né le 11 décembre 1724, devenu duc de Bavière en 1777, mort le 16 février 1799. La réponse qu'il fit à Voltaire, sous la date du 27 juillet 1754, se trouvera dans la Correspondance ainsi que plusieurs autres de ses lettres. C'est ce même prince qui eut long-temps pour secrétaire Côme-Alexandre Colini, attaché précédemment à Voltaire au même titre.

C. Walther, libraire de Dresde, qui avait déjà donné deux éditions des OEuvres de Voltaire, et qui avait réimprimé, en 1754, les deux volumes sous le titre d'*Essai sur l'histoire universelle*, *attribué à M. de Voltaire*, était celui que Voltaire avait chargé de l'impression du 3ᵉ volume, qui porte affirmativement le nom de son auteur. Pour compléter cette édition, il parut, en 1757, un tome IV; et en 1758, les tomes V et VI.

Voltaire, fixé aux environs de Genève, y avait fait imprimer, en 1756, le même ouvrage sous le titre de : *Essai sur l'histoire générale et sur les mœurs et l'esprit des nations depuis Charlemagne jusqu'à nos jours*, 7 volumes in-8°, divisés en 215 chapitres, y compris toutefois le *Siècle de Louis XIV*, qui y était réimprimé, et qui commence au chapitre 165.

L'édition n'était pas épuisée, et probablement était loin de l'être, lorsque Voltaire imagina d'y joindre à l'article de Joseph Saurin un certificat de trois pasteurs de Lausanne, daté du 30 mars 1757. Il fallut avec les cartons faire de nouveaux frontispices sur lesquels on mit *seconde édition*, et la date de 1757; mais il est arrivé que le brocheur négligent a laissé quelquefois le frontispice daté de 1756 à des exemplaires dans lesquels est le certificat du 30 mars 1757. Je reparlerai de cette variante remarquable en la réimprimant, pour la première fois depuis soixante-dix ans, dans le *Siècle de Louis XIV* (*Catalogue des écrivains*).

Une réimpression des sept volumes faite en Hollande, en 1757, est augmentée d'une *Table générale des matières.*

Quelques années après, Voltaire revit son travail et le fit reparaître en huit volumes in-8°. Les sept premiers portent la date de 1761 ; le huitième est de 1763. Le *Siècle de Louis XIV* fait encore partie de cette édition ; mais il commence avec le tome VI, et ses 62 chapitres, au lieu d'être numérotés comme suite des 193 de l'*Essai*, ont leur numérotage particulier (voyez ma préface du *Siècle de Louis XIV*). Les chapitres XLIII à LX traitaient d'événements postérieurs à la mort de Louis XIV, et ont été depuis employés par l'auteur dans son *Précis du siècle de Louis XV*.

Cette nouvelle disposition n'a pas permis à Voltaire de conserver à leur place primitive les chap. LXI et LXII ; on ne les retrouve même plus dans les éditions de 1768 et années suivantes, in-4°, et de 1775, données du vivant de l'auteur. Les éditeurs de Kehl, qui ont tant fait, ont recueilli ces deux morceaux et leur avaient donné place parmi les *Fragments sur l'histoire*; on les trouvera dans les *Mélanges*, année 1763, sous leur intitulé : *D'un fait singulier concernant la littérature*, et *Conclusion et examen de ce tableau historique*.

Le huitième volume de 1763 était terminé par des *Éclaircissements historiques* qu'on pourra voir dans les *Mélanges*.

C'est là aussi que seront les *Remarques pour servir de supplément à l'Essai*, etc., publiées en 1763, en un petit cahier de 88 pages.

Un procédé de Voltaire, que je dois faire remarquer,

c'est qu'en donnant une nouvelle édition, il avait fait imprimer séparément les *Additions à l'Essai sur l'histoire générale*, etc., *pour servir de supplément à l'édition de* 1756. Ces *Additions* forment un volume de 467 pages, mais qui ne contient pas les *Éclaircissements historiques*.

On a vu qu'en 1769, dans l'édition in-4°, Voltaire fit de sa *Philosophie de l'histoire* le discours préliminaire. Ce fut en même temps qu'il donna à son livre le titre qu'il porte aujourd'hui d'*Essai sur les mœurs et l'esprit des nations*. Dans cette édition de 1769, et dans celle de 1775, on trouve à la suite de l'*Essai*, les *Remarques*, et avec des augmentations les *Éclaircissements* dont j'ai déjà parlé et qui sont une réponse à Nonotte, auteur des *Erreurs de Voltaire* dont la première édition est de 1762.

Plusieurs chapitres, soit du *Pyrrhonisme de l'histoire* (voyez les *Mélanges*, année 1768), soit de *Un chrétien contre six juifs* (voy. les *Mélanges*, année 1776), sont des réponses à des critiques de paragraphes ou chapitres de l'*Essai sur les mœurs*.

Voltaire a fait mieux que de répondre à ses critiques; il a fait quelquefois des changements et corrections. Dans les éditions successives il ne s'est pas contenté de faire des additions qui ont porté l'ouvrage, de 164 chapitres à 197. Il revoyait chaque chapitre et y ajoutait des phrases ou alinéa, à quelques uns desquels il a même eu le soin de donner une date. C'est de 1768 qu'est sa réduction ou évaluation en monnaie française des revenus de la Chine, chapitre 1er de l'*Essai*, tome XV, page 266; c'est de 1770 qu'est l'alinéa, page 67 du même volume; en 1778, l'année même de sa mort, il ajoutait quelques mots aux chapitres LVI et LXXXIII, et une note au chapitre CLIII. Parfois, dans ses révisions, il renvoyait à un ouvrage publié dans l'intervalle d'une édition à une autre.

On ne doit donc pas être étonné de voir dans l'*Essai sur les mœurs* des renvois à l'*Introduction*, qui, comme on l'a vu, n'a été publiée que quelques années après, et sous un autre titre.

Dans une note sur le chapitre LXII, les éditeurs de Kehl ont parlé de l'abbé Audra qui avait commencé un abrégé de l'*Essai sur les mœurs à l'usage des colléges*, mais qui n'a pu en donner qu'un premier volume.

Les éditions in-4° et encadrée, faites sous les yeux de Voltaire, avaient une Table alphabétique des personnages mentionnés dans l'*Introduction* (ou *Philosophie de l'histoire*) et dans l'*Essai sur les mœurs*. Beaucoup de ces noms ne peuvent avoir place dans la Table générale analytique; il était cependant nécessaire de donner au lecteur le moyen de les retrouver. L'ancienne Table alphabétique rédigée par l'abbé Bigex, reproduite dans l'édition de Kehl et dans quelques autres, n'étant pas complète, il a fallu la refaire. M. J. Ravenel a bien voulu se charger de ce travail; et ce n'est pas la seule fois que j'ai mis à contribution sa bonne volonté et ses lumières.

Les notes sans signature et qui sont indiquées par des lettres sont de Voltaire.

Les notes signées d'un K sont des éditeurs de Kehl, MM. Condorcet et Decroix. Il est impossible de faire rigoureusement la part de chacun.

Les additions que j'ai faites aux notes de Voltaire ou aux notes des éditeurs de Kehl en sont séparées par un —, et sont, comme mes notes, signées de l'initiale de mon nom.

BEUCHOT.

AVIS DES ÉDITEURS[1].

Nous avons réimprimé le plus correctement que nous avons pu la *Philosophie de l'Histoire*, composée d'abord uniquement pour l'illustre marquise du Châtelet-Lorraine, et qui sert d'introduction à l'*Essai sur les Mœurs et l'Esprit des nations*, fait pour la même dame. Nous avons rectifié toutes les fautes typographiques énormes dont les précédentes éditions étaient inondées, et nous avons rempli toutes les lacunes, d'après le manuscrit original que l'auteur nous a confié.

Ce discours préliminaire[2] a paru absolument nécessaire pour préserver les esprits bien faits de cette foule de fables absurdes dont on continue encore d'infecter la jeunesse. L'auteur de cet ouvrage a donné ce préservatif, précisément comme l'illustre médecin Tissot ajouta, long-temps après, à son *Avis au peuple*, un chapitre très utile contre les charlatans. L'un écrivit pour la vérité, l'autre pour la santé.

---

[1] Cet avis a paru pour la première fois en 1785, dans les éditions faites à Kehl. Les éditeurs annonçaient qu'il était de *Voltaire lui-même*, qui s'occupait d'une nouvelle édition de ses ouvrages peu de temps avant sa mort. B.

[2] Ce que Voltaire appelle ici *Discours préliminaire* est, depuis les éditions de Kehl, intitulé *Introduction*.

Un répétiteur du collége Mazarin, nommé Larcher, traducteur d'un vieux roman grec, intitulé *Cal-
lirhoé*, et du *Martinus Scriblerus* de Pope, fut chargé
par ses camarades d'écrire un libelle pédantesque
contre les vérités trop évidentes énoncées dans la *Philosophie de l'Histoire*. La moitié de ce libelle consiste
en bévues, et l'autre en injures, selon l'usage. Comme
la *Philosophie de l'Histoire* avait été donnée sous le
nom de l'abbé Bazin, on répondit à l'homme de collége sous le nom d'un neveu de l'abbé Bazin; et l'on
répondit, comme doit faire un homme du monde, en
se moquant du pédant. Les sages et les rieurs furent
pour le neveu de l'abbé Bazin.

On trouvera la réponse du neveu dans la partie
historique de cette édition[1].

----

[1] Je l'ai placée dans les *Mélanges,* année 1767. B.

ESSAI

SUR

LES MOEURS ET L'ESPRIT

DES NATIONS.

~~~~~~

INTRODUCTION[1].

I. CHANGEMENTS DANS LE GLOBE.

Vous voudriez que des philosophes eussent écrit l'histoire ancienne, parceque vous voulez la lire en philosophe. Vous ne cherchez que des vérités utiles, et vous n'avez guère trouvé, dites-vous, que d'inutiles erreurs. Tâchons de nous éclairer ensemble; essayons de déterrer quelques monuments précieux sous les ruines des siècles.

Commençons par examiner si le globe que nous habitons était autrefois tel qu'il est aujourd'hui.

Il se peut que notre monde ait subi autant de changements que les états ont éprouvé de révolutions. Il paraît prouvé que la mer a couvert des terrains immenses, chargés aujourd'hui de grandes villes et de riches moissons. Il n'y a point de rivage que le temps n'ait éloigné ou rapproché de la mer.

[1] Les notes de l'auteur sont marquées par des *lettres*.

Les sables mouvants de l'Afrique septentrionale, et des bords de la Syrie voisins de l'Égypte, peuvent-ils être autre chose que les sables de la mer, qui sont demeurés amoncelés quand la mer s'est peu-à-peu retirée? Hérodote, qui ne ment pas toujours, nous dit sans doute une très grande vérité, quand il raconte que, suivant le récit des prêtres de l'Égypte, le Delta n'avait pas été toujours terre. Ne pouvons-nous pas en dire autant des contrées toutes sablonneuses qui sont vers la mer Baltique? Les Cyclades n'attestent-elles pas aux yeux mêmes, par tous les bas-fonds qui les entourent, par les végétations qu'on découvre aisément sous l'eau qui les baigne, qu'elles ont fait partie du continent?

Le détroit de la Sicile, cet ancien gouffre de Charybde et de Scylla, dangereux encore aujourd'hui pour les petites barques, ne semble-t-il pas nous apprendre que la Sicile était autrefois jointe à l'Apulie, comme l'antiquité l'a toujours cru? Le mont Vésuve et le mont Etna ont les mêmes fondements sous la mer qui les sépare. Le Vésuve ne commença d'être un volcan dangereux que quand l'Etna cessa de l'être; l'un des deux soupiraux jette encore des flammes quand l'autre est tranquille : une secousse violente abîma la partie de cette montagne qui joignait Naples à la Sicile.

Toute l'Europe sait que la mer a englouti la moitié de la Frise. J'ai vu, il y a quarante ans, les clochers de dix-huit villages près du Mordick, qui s'élevaient encore au-dessus de ses inondations, et qui ont cédé depuis à l'effort des vagues. Il est sensible que la mer

abandonne en peu de temps ses anciens rivages.
Voyez Aigues-Mortes [1], Fréjus, Ravenne, qui ont été
des ports, et qui ne le sont plus; voyez Damiette, où
nous abordâmes du temps des croisades, et qui est
actuellement à dix milles au milieu des terres; la
mer se retire tous les jours de Rosette. La nature
rend partout témoignage de ces révolutions; et, s'il
s'est perdu des étoiles dans l'immensité de l'espace,
si la septième des Pléiades est disparue depuis long-
temps, si plusieurs autres se sont évanouies aux yeux
dans la voie lactée, devons-nous être surpris que
notre petit globe subisse des changements continuels?

Je ne prétends pas assurer que la mer ait formé
ou même côtoyé toutes les montagnes de la terre.
Les coquilles trouvées près de ces montagnes peuvent
avoir été le logement de petits testacées qui habitaient des lacs; et ces lacs, qui ont disparu par des
tremblements de terre, se seront jetés dans d'autres
lacs inférieurs. Les cornes d'Ammon, les pierres étoi-
lées, les lenticulaires, les judaïques, les glossopètres,
m'ont paru des fossiles terrestres. Je n'ai jamais osé
penser que ces glossopètres pussent être des langues
de chien marin [2], et je suis de l'avis de celui qui a
dit qu'il vaudrait autant croire que des milliers de
femmes sont venues déposer leurs *conchas Veneris*

---

[1] M. F. Em. di Pietro, dans sa *Notice sur la ville d'Aigues-Mortes*,
Montpellier, 1821, in-8°, établit que depuis saint Louis la mer n'a pas
reculé de dix pieds devant Aigues-Mortes. B.

[2] Voyez dans les *Mélanges*, année 1746, les notes des éditeurs de
Kehl à la *Dissertation sur les changements arrivés dans notre globe;* et
année 1768, les *Singularités de la nature.* B.

sur un rivage, que de croire que des milliers de chiens
marins y sont venus apporter leurs langues. On a osé
dire que les mers sans reflux, et les mers dont le reflux est de sept ou huit pieds, ont formé des montagnes de quatre à cinq cents toises de haut; que tout
le globe a été brûlé; qu'il est devenu une boule de
verre : ces imaginations déshonorent la physique ;
une telle charlatanerie est indigne de l'histoire.

Gardons-nous de mêler le douteux au certain, et
le chimérique avec le vrai; nous avons assez de preuves des grandes révolutions du globe, sans en aller
chercher de nouvelles.

La plus grande de toutes ces révolutions serait la
perte de la terre atlantique, s'il était vrai que cette
partie du monde eût existé. Il est vraisemblable que
cette terre n'était autre chose que l'île de Madère, découverte peut-être par les Phéniciens, les plus hardis
navigateurs de l'antiquité, oubliée ensuite, et enfin
retrouvée au commencement du quinzième siècle de
notre ère vulgaire.

Enfin, il paraît évident, par les échancrures de
toutes les terres que l'Océan baigne, par ces golfes
que les irruptions de la mer ont formés, par ces archipels semés au milieu des eaux, que les deux hémisphères ont perdu plus de deux mille lieues de terrain
d'un côté, et qu'ils l'ont regagné de l'autre; mais la
mer ne peut avoir été pendant des siècles sur les Alpes
et sur les Pyrénées : une telle idée choque toutes les
lois de la gravitation et de l'hydrostatique.

II. DES DIFFÉRENTES RACES D'HOMMES.

Ce qui est plus intéressant pour nous, c'est la différence sensible des espèces d'hommes qui peuplent les quatre parties connues de notre monde.

Il n'est permis qu'à un aveugle de douter que les Blancs, les Nègres, les Albinos, les Hottentots, les Lapons, les Chinois, les Américains, soient des races entièrement différentes.

Il n'y a point de voyageur instruit qui, en passant par Leyde, n'ait vu la partie du *reticulum mucosum* d'un Nègre disséqué par le célèbre Ruysch. Tout le reste de cette membrane fut transporté par Pierre-le-Grand dans le cabinet des raretés, à Pétersbourg. Cette membrane est noire; et c'est elle qui communique aux Nègres cette noirceur inhérente qu'ils ne perdent que dans les maladies qui peuvent déchirer ce tissu, et permettre à la graisse, échappée de ses cellules, de faire des taches blanches sous la peau[1].

Leurs yeux ronds, leur nez épaté, leurs lèvres toujours grosses, leurs oreilles différemment figurées, la laine de leur tête, la mesure même de leur intelligence, mettent entre eux et les autres espèces d'hommes des différences prodigieuses. Et ce qui démontre qu'ils ne doivent point cette différence à leur climat, c'est que des Nègres et des Négresses, transportés dans les pays les plus froids, y produisent toujours des animaux de leur espèce, et que les mulâtres ne sont qu'une race bâtarde d'un noir et d'une blanche, ou d'un blanc et d'une noire.

[1] Voy. *Essai sur les Mœurs*, chap. CXLI. B.

Les Albinos sont, à la vérité, une nation très petite et très rare : ils habitent au milieu de l'Afrique : leur faiblesse ne leur permet guère de s'écarter des cavernes où ils demeurent : cependant les Nègres en attrapent quelquefois, et nous les achetons d'eux par curiosité. J'en ai vu deux, et mille Européans en ont vu. Prétendre que ce sont des Nègres nains, dont une espèce de lèpre a blanchi la peau, c'est comme si l'on disait que les noirs eux-mêmes sont des blancs que la lèpre a noircis. Un Albinos ne ressemble pas plus à un Nègre de Guinée qu'à un Anglais ou à un Espagnol. Leur blancheur n'est pas la nôtre ; rien d'incarnat, nul mélange de blanc et de brun ; c'est une couleur de linge, ou plutôt de cire blanchie ; leurs cheveux, leurs sourcils, sont de la plus belle et de la plus douce soie ; leurs yeux ne ressemblent en rien à ceux des autres hommes, mais ils approchent beaucoup des yeux de perdrix. Ils ressemblent aux Lapons par la taille, à aucune nation par la tête, puisqu'ils ont une autre chevelure, d'autres yeux, d'autres oreilles ; et ils n'ont d'homme que la stature du corps, avec la faculté de la parole et de la pensée dans un degré très éloigné du nôtre. Tels sont ceux que j'ai vus et examinés[1].

Le tablier que la nature a donné aux Cafres, et dont la peau lâche et molle tombe du nombril sur les

---

[1] Voyez, dans l'*Histoire naturelle* de M. de Buffon (Supplément, tom. IV, p. 559, édition du Louvre), la description d'une Négresse blanche amenée en France, et née dans nos iles de père et mère noirs. Au reste, ce dernier fait n'est prouvé que par des certificats, dont l'autorité, très respectable dans les tribunaux, l'est très peu en physique. K.

cuisses; le mamelon noir des femmes samoyèdes, la barbe des hommes de notre continent, et le menton toujours imberbe des Américains, sont des différences si marquées, qu'il n'est guère possible d'imaginer que les uns et les autres ne soient pas des races différentes.

Au reste, si l'on demande d'où sont venus les Américains, il faut aussi demander d'où sont venus les habitants des terres australes; et l'on a déjà répondu que la Providence, qui a mis des hommes dans la Norwège, en a mis aussi en Amérique et sous le cercle polaire méridional, comme elle y a planté des arbres et fait croître de l'herbe [1].

Plusieurs savants ont soupçonné que quelques races d'hommes, ou d'animaux approchants de l'homme, ont péri; les Albinos sont en si petit nombre, si faibles, et si maltraités par les Nègres, qu'il est à craindre que cette espèce ne subsiste pas encore longtemps.

Il est parlé de satyres dans presque tous les auteurs anciens. Je ne vois pas que leur existence soit impossible; on étouffe encore en Calabre quelques monstres mis au monde par des femmes. Il n'est pas improbable que dans les pays chauds des singes aient subjugué des filles. Hérodote, au livre II, dit que, pendant son voyage en Égypte, il y eut une femme qui s'accoupla publiquement avec un bouc dans la province de Mendès; et il appelle toute l'Égypte en témoignage. Il est défendu dans *le Lévitique*, au cha-

---

[1] Voy. *Essai sur les Mœurs*, chap. cxlv. B.

pitre xvii, de s'unir avec les boucs et avec les chè-
vres. Il faut donc que ces accouplements aient été
communs; et jusqu'à ce qu'on soit mieux éclairci, il
est à présumer que des espèces monstrueuses ont pu
naître de ces amours abominables. Mais si elles ont
existé, elles n'ont pu influer sur le genre humain; et,
semblables aux mulets, qui n'engendrent point, elles
n'ont pu dénaturer les autres races.

A l'égard de la durée de la vie des hommes (si
vous faites abstraction de cette ligne de descendants
d'Adam consacrée par les livres juifs, et si long-
temps inconnue), il est vraisemblable que toutes
les races humaines ont joui d'une vie à peu près aussi
courte que la nôtre. Comme les animaux, les arbres,
et toutes les productions de la nature, ont toujours
eu la même durée, il est ridicule de nous en excepter.

Mais il faut observer que le commerce n'ayant pas
toujours apporté au genre humain les productions et
les maladies des autres climats, et les hommes ayant
été plus robustes et plus laborieux dans la simplicité
d'un état champêtre, pour lequel ils sont nés, ils ont
dû jouir d'une santé plus égale, et d'une vie un peu
plus longue que dans la mollesse, ou dans les travaux
malsains des grandes villes; c'est-à-dire que si dans
Constantinople, Paris et Londres, un homme, sur
cent mille, arrive à cent années, il est probable que
vingt hommes, sur cent mille, atteignaient autrefois
cet âge. C'est ce qu'on a observé dans plusieurs endroits de l'Amérique, où le genre humain s'était conservé dans l'état de pure nature.

La peste, la petite vérole, que les caravanes arabes

communiquèrent avec le temps aux peuples de l'Asie
et de l'Europe, furent long-temps inconnues. Ainsi, le
genre humain en Asie, et dans les beaux climats de
l'Europe, se multipliait plus aisément qu'ailleurs. Les
maladies d'accident et plusieurs blessures ne se gué-
rissaient pas à la vérité comme aujourd'hui; mais l'a-
vantage de n'être jamais attaqué de la petite vérole et
de la peste compensait tous les dangers attachés à
notre nature, de sorte qu'à tout prendre il est à croire
que le genre humain, dans les climats favorables,
jouissait autrefois d'une vie plus saine et plus heureuse que depuis l'établissement des grands empires.
Ce n'est pas à dire que les hommes aient jamais vécu
trois ou quatre cents ans : c'est un miracle très respectable dans la bible; mais partout ailleurs c'est un
conte absurde.

III. DE L'ANTIQUITÉ DES NATIONS.

Presque tous les peuples, mais surtout ceux de
l'Asie, comptent une suite de siècles qui nous effraie.
Cette conformité entre eux doit au moins nous faire
examiner si leurs idées sur cette antiquité sont desti-
tuées de toute vraisemblance.

Pour qu'une nation soit rassemblée en corps de
peuple, qu'elle soit puissante, aguerrie, savante, il
est certain qu'il faut un temps prodigieux. Voyez
l'Amérique; on n'y comptait que deux royaumes
quand elle fut découverte, et encore, dans ces deux
royaumes, on n'avait pas inventé l'art d'écrire. Tout
le reste de ce vaste continent était partagé, et l'est
encore, en petites sociétés, à qui les arts sont incon-

nus. Toutes ces peuplades vivent sous des huttes; elles
se vêtissent de peaux de bêtes dans les climats froids,
et vont presque nues dans les tempérés. Les unes se
nourrissent de la chasse, les autres de racines qu'elles
pétrissent : elles n'ont point recherché un autre genre
de vie, parcequ'on ne desire point ce qu'on ne connaît pas. Leur industrie n'a pu aller au-delà de leurs
besoins pressants. Les Samoyèdes, les Lapons, les habitants du nord de la Sibérie, ceux du Kamtschatka,
sont encore moins avancés que les peuples de l'Amérique. La plupart des Nègres, tous les Cafres, sont
plongés dans la même stupidité, et y croupiront long-
temps.

Il faut un concours de circonstances favorables
pendant des siècles pour qu'il se forme une grande
société d'hommes rassemblés sous les mêmes lois; il
en faut même pour former un langage. Les hommes
n'articuleraient pas si on ne leur apprenait à prononcer des paroles; ils ne jetteraient que des cris
confus; ils ne se feraient entendre que par signes.
Un enfant ne parle, au bout de quelque temps, que
par imitation; et il ne s'énoncerait qu'avec une extrême difficulté, si on laissait passer ses premières
années sans dénouer sa langue.

Il a fallu peut-être plus de temps pour que des
hommes, doués d'un talent singulier, aient formé et
enseigné aux autres les premiers rudiments d'un langage imparfait et barbare, qu'il n'en a fallu pour parvenir ensuite à l'établissement de quelque société. Il
y a même des nations entières qui n'ont jamais pu parvenir à former un langage régulier et à prononcer

distinctement : tels ont été les Troglodytes, au rapport de Pline; tels sont encore ceux qui habitent vers le cap de Bonne-Espérance. Mais qu'il y a loin de ce jargon barbare à l'art de peindre ses pensées! la distance est immense.

Cet état de brutes où le genre humain a été long-temps dut rendre l'espèce très rare dans tous les climats. Les hommes ne pouvaient guère suffire à leurs besoins, et, ne s'entendant pas, ils ne pouvaient se secourir. Les bêtes carnassières, ayant plus d'instinct qu'eux, devaient couvrir la terre et dévorer une partie de l'espèce humaine.

Les hommes ne pouvaient se défendre contre les animaux féroces qu'en lançant des pierres, et en s'armant de grosses branches d'arbres; et de là, peut-être, vint cette notion confuse de l'antiquité, que les premiers héros combattaient contre les lions et contre les sangliers avec des massues.

Les pays les plus peuplés furent sans doute les climats chauds, où l'homme trouva une nourriture facile et abondante, dans les cocos, les dattes, les ananas, et dans le riz, qui croît de lui-même. Il est bien vraisemblable que l'Inde, la Chine, les bords de l'Euphrate et du Tigre, étaient très peuplés, quand les autres régions étaient presque désertes. Dans nos climats septentrionaux, au contraire, il était beaucoup plus aisé de rencontrer une compagnie de loups qu'une société d'hommes.

IV. DE LA CONNAISSANCE DE L'AME.

Quelle notion tous les premiers peuples auront-ils

eue de l'ame? Celle qu'ont tous nos gens de campagne avant qu'ils aient entendu le catéchisme, ou même après qu'ils l'ont entendu. Ils n'acquièrent qu'une idée confuse, sur laquelle même ils ne réfléchissent jamais. La nature a eu trop de pitié d'eux pour en faire des métaphysiciens; cette nature est toujours et partout la même. Elle fit sentir aux premières sociétés qu'il y avait quelque être supérieur à l'homme, quand elles éprouvaient des fléaux extraordinaires. Elle leur fit sentir de même qu'il est dans l'homme quelque chose qui agit et qui pense. Elles ne distinguaient point cette faculté de celle de la vie; et le mot d'*ame* signifia toujours la vie chez les anciens, soit Syriens, soit Chaldéens, soit Égyptiens, soit Grecs, soit ceux qui vinrent enfin s'établir dans une partie de la Phénicie.

Par quels degrés put-on parvenir à imaginer dans notre être physique un autre être métaphysique? Certainement des hommes uniquement occupés de leurs besoins n'en savaient pas assez pour se tromper en philosophes.

Il se forma, dans la suite des temps, des sociétés un peu policées, dans lesquelles un petit nombre d'hommes put avoir le loisir de réfléchir. Il doit être arrivé qu'un homme sensiblement frappé de la mort de son père, ou de son frère, ou de sa femme, ait vu dans un songe la personne qu'il regrettait. Deux ou trois songes de cette nature auront inquiété toute une peuplade. Voilà un mort qui apparaît à des vivants; et cependant ce mort, rongé des vers, est toujours en la même place. C'est donc quelque chose qui était en lui, qui se promène dans l'air; c'est son ame, son ombre, ses mânes; c'est une légère figure de lui-même. Tel est le raisonnement naturel de l'ignorance qui commence à raisonner. Cette opinion est celle de tous les premiers temps connus, et doit avoir été par conséquent celle des temps ignorés. L'idée d'un être purement immatériel n'a pu se présenter à des esprits qui ne connaissaient que la matière. Il a fallu des forgerons, des charpentiers, des maçons, des laboureurs, avant qu'il se trouvât un homme qui eût assez de loisir pour méditer. Tous les arts de la main ont sans doute précédé la métaphysique de plusieurs siècles.

Remarquons, en passant, que dans l'âge moyen de la Grèce, du temps d'Homère, l'ame n'était autre chose qu'une image aérienne du corps. Ulysse voit dans les enfers des ombres, des mânes : pouvait-il voir des esprits purs?

Nous examinerons dans la suite comment les Grecs empruntèrent des Égyptiens l'idée des enfers et de l'apothéose des morts; comment ils crurent, ainsi que d'autres peuples, une seconde vie, sans soupçonner la spiritualité de l'ame. Au contraire, ils ne pouvaient imaginer qu'un être sans corps pût éprouver du bien et du mal. Et je ne sais si Platon n'est pas le premier qui ait parlé d'un être purement spirituel. C'est là, peut-être, un des plus grands efforts de l'intelligence humaine. Encore la spiritualité de Platon est très contestée, et la plupart des pères de l'Église admirent une ame corporelle, tout platoniciens qu'ils étaient. Mais nous n'en sommes pas à ces temps si

nouveaux, et nous ne considérons le monde que
comme encore informe et à peine dégrossi.

V. DE LA RELIGION DES PREMIERS HOMMES.

Lorsque après un grand nombre dé siècles quelques sociétés se furent établies, il est à croire qu'il y
eut quelqué religion, quelque espèce de culte grossier. Les hommes, alors uniquement occupés du soin
de soutenir leur vie, ne pouvaient remonter à l'auteur de la vie; ils ne pouvaient connaître ces rapports
de toutes les parties de l'univers, ces moyens et ces
fins innombrables, qui annoncent aux sages un éternel architecte.

La connaissance d'un dieu, formateur, rémunérateur et vengeur, est le fruit de la raison cultivée.

Tous les peuples furent donc pendant des siècles
ce que sont aujourd'hui les habitants de plusieurs
côtes méridionales de l'Afrique, ceux de plusieurs
îles, et la moitié des Américains. Ces peuples n'ont
nulle idée d'un dieu unique, ayant tout fait, présent
en tous lieux, existant par lui-même dans l'éternité.
On ne doit pas pourtant les nommer athées dans le
sens ordinaire, car ils ne nient point l'Être suprême;
ils ne le connaissent pas; ils n'en ont nulle idée. Les
Cafres prennent pour protecteur un insecte, les Nègres un serpent. Chez les Américains, les uns adorent
la lune, les autres un arbre; plusieurs n'ont absolument aucun culte.

Les Péruviens, étant policés, adoraient le soleil :
où Manco-Capac leur avait fait accroire qu'il était le
fils de cet astre, ou leur raison commencée leur avait

dit qu'ils devaient quelque reconnaissance à l'astre qui anime la nature.

Pour savoir comment tous ces cultes ou ces superstitions s'établirent, il me semble qu'il faut suivre la marche de l'esprit humain abandonné à lui-même. Une bourgade d'hommes presque sauvages voit périr les fruits qui la nourrissent; une inondation détruit quelques cabanes; le tonnerre en brûle quelques autres. Qui leur a fait ce mal? ce ne peut être un de leurs concitoyens; car tous ont également souffert: c'est donc quelque puissance secrète : elle les a maltraités; il faut donc l'apaiser. Comment en venir à bout? en la servant comme on sert ceux à qui on veut plaire, en lui fesant de petits présents. Il y a un serpent dans le voisinage, ce pourrait bien être ce serpent : on lui offrira du lait près de la caverne où il se retire; il devient sacré dès-lors; on l'invoque quand on a la guerre contre la bourgade voisine, qui, de son côté, a choisi un autre protecteur.

D'autres petites peuplades se trouvent dans le même cas. Mais, n'ayant chez elles aucun objet qui fixe leur crainte et leur adoration, elles appelleront en général l'être qu'elles soupçonnent leur avoir fait du mal, *le Maître*, *le Seigneur*, *le Chef*, *le Dominant*.

Cette idée étant plus conforme que les autres à la raison commencée, qui s'accroît et se fortifie avec le temps, demeure dans toutes les têtes quand la nation est devenue plus nombreuse. Aussi voyons-nous que beaucoup de nations n'ont eu d'autre dieu que le maître, le seigneur. C'était Adonaï chez les Phéniciens; Baal, Melkom, Adad, Sadaï, chez les peuples de Syrie. Tous ces noms ne signifient que *le Seigneur,* *le Puissant.*

Chaque état eut donc, avec le temps, sa divinité tutélaire, sans savoir seulement ce que c'est qu'un dieu, et sans pouvoir imaginer que l'état voisin n'eût pas, comme lui, un protecteur véritable. Car comment penser, lorsqu'on avait un seigneur, que les autres n'en eussent pas aussi? Il s'agissait seulement de savoir lequel de tant de maîtres, de seigneurs, de dieux, l'emporterait, quand les nations combattraient les unes contre les autres.

Ce fut là, sans doute, l'origine de cette opinion si généralement et si long-temps répandue, que chaque peuple était réellement protégé par la divinité qu'il avait choisie. Cette idée fut tellement enracinée chez les hommes, que, dans des temps très postérieurs, vous voyez Homère faire combattre les dieux de Troie contre les dieux des Grecs, sans laisser soupçonner en aucun endroit que ce soit une chose extraordinaire et nouvelle. Vous voyez Jephté, chez les Juifs, qui dit aux Ammonites : « Ne possédez-vous « pas de droit ce que votre seigneur Chamos vous a « donné? Souffrez donc que nous possédions la terre « que notre seigneur Adonaï nous a promise. »

Il y a un autre passage non moins fort; c'est celui de Jérémie, chap. XLIX, verset 1, où il est dit : « Quelle « raison a eue le seigneur Melkom pour s'emparer du « pays de Gad? » Il est clair, par ces expressions, que les Juifs, quoique serviteurs d'Adonaï, reconnaissaient pourtant le seigneur Melkom et le seigneur Chamos.

Dans le premier chapitre des *Juges,* vous trouverez

que « le dieu de Juda se rendit maître des montagnes,
« mais qu'il ne put vaincre dans les vallées. » Et au
troisième livre des *Rois*, vous trouvez chez les Syriens
l'opinion établie, que le dieu des Juifs n'était que le
dieu des montagnes.

Il y a bien plus. Rien ne fut plus commun que
d'adopter les dieux étrangers. Les Grecs reconnurent
ceux des Égyptiens : je ne dis pas le bœuf Apis, et le
chien Anubis ; mais Ammon , et les douze grands
dieux. Les Romains adorèrent tous les dieux des
Grecs. Jérémie, Amos, et saint Étienne, nous assurent que dans le désert, pendant quarante années,
les Juifs ne reconnurent que Moloch, Remphan, ou
Kium[1] ; qu'ils ne firent aucun sacrifice, ne présentè-
rent aucune offrande au dieu Adonaï, qu'ils adorèrent
depuis. Il est vrai que *le Pentateuque* ne parle que du
veau d'or, dont aucun prophète ne fait mention ; mais
ce n'est pas ici le lieu d'éclaircir cette grande difficulté : il suffit de révérer également Moïse, Jérémie,
Amos, et saint Étienne, qui semblent se contredire, et
que les théologiens concilient.

Ce que j'observe seulement, c'est qu'excepté ces
temps de guerre et de fanatisme sanguinaire qui

---

[1] Ou Réphan, ou Chevan, ou Kium, ou Chion, etc. Amos, ch. v, 26 ;
act. vii, 43.

« Si l'on ne savait, à n'en pouvoir douter, que les Hébreux ont adoré les
« idoles dans le désert, non pas une seule fois, mais habituellement et
« d'une manière persévérante, on aurait peine à se le persuader.... C'est ce-
« pendant ce qui est incontestable, d'après le témoignage exprès d'Amos,
« qui reproche aux Israélites d'avoir porté dans leur voyage du désert la
« tente du dieu Moloch, l'image de leurs idoles, et l'étoile de leur dieu Rem-
« phan. » *Bible de Vence, Dissertat. sur l'idolâtrie des Israélites,* à la tête
des *Prophéties d'Amos.* **K**.

2.

éteignent toute humanité, et qui rendent les mœurs,
les lois, la religion d'un peuple, l'objet de l'horreur
d'un autre peuple, toutes les nations trouvèrent très
bon que leurs voisins eussent leurs dieux particuliers,
et qu'elles imitèrent souvent le culte et les cérémonies des étrangers.

Les Juifs mêmes, malgré leur horreur pour le reste
des hommes, qui s'accrut avec le temps, imitèrent
la circoncision des Arabes et des Égyptiens, s'atta-
chèrent, comme ces derniers, à la distinction des
viandes, prirent d'eux les ablutions, les processions,
les danses sacrées, le bouc Hazazel, la vache rousse.
Ils adorèrent souvent le Baal, le Belphégor de leurs
autres voisins : tant la nature et la coutume l'emportent
presque toujours sur la loi, surtout quand cette loi
n'est pas généralement connue du peuple. Ainsi Jacob,
petit-fils d'Abraham, ne fit nulle difficulté d'épouser
deux sœurs, qui étaient ce que nous appelons idolâtres, et filles d'un père idolâtre. Moïse même épousa
la fille d'un prêtre madianite idolâtre. Abraham était
fils d'un idolâtre. Le petit-fils de Moïse, Éléazar, fut
prêtre idolâtre de la tribu de Dan, idolâtre.

Ces mêmes Juifs qui, long-temps après, crièrent
tant contre les cultes étrangers, appelèrent dans leurs
livres sacrés l'idolâtre Nabuchodonosor l'oint du Seigneur; l'idolâtre Cyrus, aussi l'oint du Seigneur. Un
de leurs prophètes fut envoyé à l'idolâtre Ninive. Élisée permit à l'idolâtre Naaman d'aller dans le temple
de Remnon. Mais n'anticipons rien; nous savons assez
que les hommes se contredisent toujours dans leurs
mœurs et dans leurs lois. Ne sortons point ici du sujet

que nous traitons; continuons à voir comment les religions diverses s'établirent.

Les peuples les plus policés de l'Asie, en deçà de
l'Euphrate, adorèrent les astres. Les Chaldéens, avant
le premier Zoroastre, rendaient hommage au soleil,
comme firent depuis les Péruviens dans un autre hémisphère. Il faut que cette erreur soit bien naturelle
à l'homme, puisqu'elle a eu tant de sectateurs dans
l'Asie et dans l'Amérique. Une nation petite et à demi
sauvage n'a qu'un protecteur. Devient-elle plus nombreuse, elle augmente le nombre de ses dieux. Les
Égyptiens commencent par adorer Isheth, ou Isis,
et ils finissent par adorer des chats. Les premiers
hommages des Romains agrestes sont pour Mars;
ceux des Romains maîtres de l'Europe sont pour la
déesse de l'acte du mariage, pour le dieu des latri-
nes [a]. Et cependant Cicéron, et tous les philosophes,
et tous les initiés, reconnaissaient un dieu suprême
et tout-puissant. Ils étaient tous revenus, par la raison, au point dont les hommes sauvages étaient partis
par instinct.

Les apothéoses ne peuvent avoir été imaginées que
très long-temps après les premiers cultes. Il n'est
pas naturel de faire d'abord un dieu d'un homme que
nous avons vu naître comme nous, souffrir comme
nous les maladies, les chagrins, les misères de l'humanité, subir les mêmes besoins humiliants, mourir
et devenir la pâture des vers. Mais voici ce qui arriva
chez presque toutes les nations, après les révolutions
de plusieurs siècles.

[a] *Dea Pertunda, Deus Stercutius.*

Un homme qui avait fait de grandes choses, qui avait rendu des services au genre humain, ne pouvait être, à la vérité, regardé comme un dieu par ceux qui l'avaient vu trembler de la fièvre, et aller à la garde-robe; mais les enthousiastes se persuadèrent qu'ayant des qualités éminentes, il les tenait d'un dieu; qu'il était fils d'un dieu : ainsi les dieux firent des enfants dans tout le monde; car, sans compter les rêveries de tant de peuples qui précédèrent les Grecs, Bacchus, Persée, Hercule, Castor, Pollux, furent fils de dieu; Romulus, fils de dieu; Alexandre fut déclaré fils de dieu en Égypte; un certain Odin, chez nos nations du nord, fils de dieu; Manco-Capac, fils du Soleil au Pérou. L'historien des Mogols, Abulcazi, rapporte qu'une des aïeules de Gengis, nommée Alanku, étant fille, fut grosse d'un rayon céleste. Gengis lui-même passa pour le fils de dieu; et lorsque le pape Innocent IV envoya frère Ascelin à Batou-kan, petit-fils de Gengis, ce moine, ne pouvant être présenté qu'à l'un des visirs, lui dit qu'il venait de la part du vicaire de Dieu : le ministre répondit : Ce vicaire ignore-t-il qu'il doit des hommages et des tributs au fils de Dieu, le grand Batou-kan, son maître?

D'un fils de dieu à un dieu il n'y a pas loin chez les hommes amoureux du merveilleux. Il ne faut que deux ou trois générations pour faire partager au fils le domaine de son père; ainsi des temples furent élevés, avec le temps, à tous ceux qu'on avait supposés être nés du commerce surnaturel de la divinité avec nos femmes et avec nos filles.

On pourrait faire des volumes sur ce sujet; mais

tous ces volumes se réduisent à deux mots : c'est que
le gros du genre humain a été et sera très long-temps
insensé et imbécile; et que peut-être les plus insensés de tous ont été ceux qui ont voulu trouver un
sens à ces fables absurdes, et mettre de la raison dans
la folie.

VI. DES USAGES ET DES SENTIMENTS COMMUNS A PRESQUE TOUTES LES NATIONS ANCIENNES.

La nature étant partout la même, les hommes ont
dû nécessairement adopter les mêmes vérités et les
mêmes erreurs dans les choses qui tombent le plus
sous le sens et qui frappent le plus l'imagination. Ils
ont dû tous attribuer le fracas et les effets du tonnerre au pouvoir d'un être supérieur habitant dans
les airs. Les peuples voisins de l'Océan, voyant les
grandes marées inonder leurs rivages à la pleine lune,
ont dû croire que la lune était cause de tout ce qui
arrivait au monde dans le temps de ses différentes
phases.

Dans leurs cérémonies religieuses, presque tous
se tournèrent vers l'orient, ne songeant pas qu'il n'y
a ni orient ni occident, et rendant tous une espèce
d'hommage au soleil qui se levait à leurs yeux.

Parmi les animaux, le serpent dut leur paraître
doué d'une intelligence supérieure, parceque, voyant
muer quelquefois sa peau, ils durent croire qu'il ra-
jeunissait. Il pouvait donc, en changeant de peau,
se maintenir toujours dans sa jeunesse; il était donc
immortel. Aussi fut-il en Égypte, en Grèce, le sym-

bole de l'immortalité. Les gros serpents qui se trouvaient auprès des fontaines, empêchaient les hommes timides d'en approcher : on pensa bientôt qu'ils gardaient des trésors. Ainsi un serpent gardait les pommes d'or hespérides; un autre veillait autour de la toison d'or; et dans les mystères de Bacchus, on portait l'image d'un serpent qui semblait garder une grappe d'or.

Le serpent passait donc pour le plus habile des animaux; et de là cette ancienne fable indienne, que Dieu, ayant créé l'homme, lui donna une drogue qui lui assurait une vie saine et longue; que l'homme chargea son âne de ce présent divin; mais qu'en chemin, l'âne ayant eu soif, le serpent lui enseigna une fontaine, et prit la drogue pour lui, tandis que l'âne buvait; de sorte que l'homme perdit l'immortalité par sa négligence, et le serpent l'acquit par son adresse. De là enfin tant de contes d'ânes et de serpents.

Ces serpents fesaient du mal; mais comme ils avaient quelque chose de divin, il n'y avait qu'un dieu qui eût pu enseigner à les détruire. Ainsi le serpent Python fut tué par Apollon. Ainsi Ophionée, le grand serpent, fit la guerre aux dieux long-temps avant que les Grecs eussent forgé leur Apollon. Un fragment de Phérécide prouve que cette fable du grand serpent, ennemi des dieux, était une des plus anciennes de la Phénicie. Et cent siècles avant Phérécide, les premiers brachmanes avaient imaginé que Dieu envoya un jour sur la terre une grosse couleuvre qui engendra dix mille couleuvres, lesquelles furent autant de péchés dans le cœur des hommes.

Nous avons déjà vu [1] que les songes, les rêves, dûrent introduire la même superstition dans toute la terre. Je suis inquiet, pendant la veille, de la santé de ma femme, de mon fils; je les vois mourants pendant mon sommeil; ils meurent quelques jours après: il n'est pas douteux que les dieux ne m'aient envoyé ce songe véritable. Mon rêve n'a-t-il pas été accompli, c'est un rêve trompeur que les dieux m'ont député. Ainsi, dans Homère, Jupiter envoie un songe trompeur à Agamemnon, chef des Grecs. Ainsi (au troisième livre des *Rois*, chap. xxii), le dieu qui conduit les Juifs envoie un esprit malin pour mentir dans la bouche des prophètes, et pour tromper le roi Achab.

Tous les songes vrais ou faux viennent du ciel; les oracles s'établissent de même par toute la terre.

Une femme vient demander à des mages si son mari mourra dans l'année. L'un lui répond oui, l'autre non : il est bien certain que l'un d'eux aura raison. Si le mari vit, la femme garde le silence; s'il meurt, elle crie par toute la ville que le mage qui a prédit cette mort est un prophète divin. Il se trouve bientôt dans tous les pays des hommes qui prédisent l'avenir, et qui découvrent les choses les plus cachées. Ces hommes s'appellent les *voyants* chez les Égyptiens, comme dit Manéthon, au rapport même de Josèphe, dans son Discours contre Apion.

Il y avait des *voyants* en Chaldée, en Syrie. Chaque temple eut ses oracles. Ceux d'Apollon obtinrent un si grand crédit, que Rollin, dans son *Histoire ancienne*, répète les oracles rendus par Apollon à Cré-

[1] Paragraphe v. B.

sus. Le dieu devine que le roi fait cuire une tortue
dans une tourtière de cuivre, et lui répond que son
règne finira quand un mulet sera sur le trône des
Perses. Rollin n'examine point si ces prédictions,
dignes de Nostradamus, ont été faites après coup; il
ne doute pas de la science des prêtres d'Apollon, et
il croit que Dieu permettait qu'Apollon dît vrai :
c'était apparemment pour confirmer les païens dans
leur religion.

Une question plus philosophique, dans laquelle
toutes les grandes nations policées, depuis l'Inde jusqu'à la Grèce, se sont accordées, c'est l'origine du
bien et du mal.

Les premiers théologiens de toutes les nations dûrent se faire la question que nous fesons tous dès
l'âge de quinze ans : Pourquoi y a-t-il du mal sur la
terre ?

On enseigna dans l'Inde qu'Adimo, fils de Brama[1],
produisit les hommes justes par le nombril, du côté
droit, et les injustes du côté gauche; et que c'est de
ce côté gauche que vint le mal moral et le mal physique. Les Égyptiens eurent leur Typhon, qui fut
l'ennemi d'Osiris. Les Persans imaginèrent qu'Ariman
perça l'œuf qu'avait pondu Oromase, et y fit entrer
le péché. On connaît la Pandore des Grecs : c'est la
plus belle de toutes les allégories que l'antiquité nous
ait transmises.

L'allégorie de Job fut certainement écrite en arabe,
puisque les traductions hébraïque et grecque ont con-

---

[1] Dans l'*Essai sur les Mœurs*, chap. iv, il est dit que Brama naquit
d'Adimo. B.

servé plusieurs termes arabes. Ce livre, qui est d'une
très haute antiquité, représente le Satan, qui est l'A-
riman des-Perses et le Typhon des Égyptiens, se-pro-
menant dans toute la terre, et demandant permission
au Seigneur d'affliger Job. Satan paraît subordonné
au Seigneur; mais il résulte que Satan est un être
très puissant, capable d'envoyer sur la terre des maladies, et de tuer les animaux.

Il se trouva, au fond, que tant de peuples, sans le
savoir, étaient d'accord sur la croyance de deux principes, et que l'univers alors connu était en quelque
sorte manichéen.

Tous les peuples dûrent admettre les expiations;
car, où était l'homme qui n'eût pas commis de grandes
fautes contre la société? et où était l'homme à qui
l'instinct de sa raison ne fît pas sentir des remords?
L'eau lavait les souillures du corps et des vêtements,
le feu purifiait les métaux; il fallait bien que l'eau et
le feu purifiassent les ames. Aussi n'y eut-il aucun
temple sans eaux et sans feux salutaires.

Les hommes se plongèrent dans le Gange, dans
l'Indus, dans l'Euphrate, au renouvellement de la
lune et dans les éclipses. Cette immersion expiait les
péchés. Si on ne se purifiait pas dans le Nil, c'est que
les crocodiles auraient dévoré les pénitents. Mais les
prêtres, qui se purifiaient pour le peuple, se plongeaient dans de larges cuves, et y baignaient les criminels qui venaient demander pardon aux dieux.

Les Grecs, dans tous leurs temples, eurent des
bains sacrés, comme des feux sacrés, symboles uni-
versels, chez tous les hommes, de la pureté des ames.

Enfin, les superstitions paraissent établies chez toutes les nations, excepté chez les lettrés de la Chine.

VII. DES SAUVAGES.

Entendez-vous par *sauvages* des rustres vivant dans des cabanes avec leurs femelles et quelques animaux, exposés sans cesse à toute l'intempérie des saisons; ne connaissant que la terre qui les nourrit, et le marché où ils vont quelquefois vendre leurs denrées pour y acheter quelques habillements grossiers; parlant un jargon qu'on n'entend pas dans les villes; ayant peu d'idées, et par conséquent peu d'expressions; soumis, sans qu'ils sachent pourquoi, à un homme de plume, auquel ils portent tous les ans la moitié de ce qu'ils ont gagné à la sueur de leur front; se rassemblant, certains jours, dans une espèce de grange pour célébrer des cérémonies où ils ne comprennent rien, écoutant un homme vêtu autrement qu'eux et qu'ils n'entendent point; quittant quelquefois leur chaumière lorsqu'on bat le tambour, et s'engageant à s'aller faire tuer dans une terre étrangère, et à tuer leurs semblables, pour le quart de ce qu'ils peuvent gagner chez eux en travaillant? Il y a de ces sauvages-là dans toute l'Europe. Il faut convenir surtout que les peuples du Canada et les Cafres, qu'il nous a plu d'appeler sauvages, sont infiniment supérieurs aux nôtres. Le Huron, l'Algonquin, l'Illinois, le Cafre, le Hottentot, ont l'art de fabriquer eux-mêmes tout ce dont ils ont besoin; et cet art manque à nos rustres. Les peuplades d'Amérique et d'Afrique sont libres, et nos sauvages n'ont pas même d'idée de la liberté.

Les prétendus sauvages d'Amérique sont des souverains qui reçoivent des ambassadeurs de nos colonies transplantées auprès de leur territoire par l'avarice et par la légèreté. Ils connaissent l'honneur, dont jamais nos sauvages d'Europe n'ont entendu parler. Ils ont une patrie, ils l'aiment, ils la défendent; ils font des traités; ils se battent avec courage, et parlent souvent avec une énergie héroïque. Y a-t-il une plus belle réponse, dans les *Grands Hommes de Plutarque,* que celle de ce chef de Canadiens à qui une nation européane proposait de lui céder son patrimoine? « Nous sommes nés sur cette terre, nos pères y sont « ensevelis : dirons-nous aux ossements de nos pères, « levez-vous, et venez avec nous dans une terre étran- « gère? »

Ces Canadiens étaient des Spartiates, en comparaison de nos rustres qui végètent dans nos villages, et des Sybarites qui s'énervent dans nos villes.

Entendez-vous par sauvages des animaux à deux pieds, marchant sur les mains dans le besoin, isolés, errant dans les forêts, *Salvatici, Selvaggi;* s'accouplant à l'aventure, oubliant les femmes auxquelles ils se sont joints, ne connaissant ni leurs fils ni leurs pères; vivant en brutes, sans avoir ni l'instinct ni les ressources des brutes? On a écrit que cet état est le véritable état de l'homme, et que nous n'avons fait que dégénérer misérablement depuis que nous l'avons quitté. Je ne crois pas que cette vie solitaire, attribuée à nos pères, soit dans la nature humaine.

Nous sommes, si je ne me trompe, au premier rang (s'il est permis de le dire) des animaux qui vi-

vent en troupe, comme les abeilles, les fourmis, les
castors, les oies, les poules, les moutons, etc. Si l'on
rencontre une abeille errante, devra-t-on conclure
que cette abeille est dans l'état de pure nature, et
que celles qui travaillent en société dans la ruche
ont dégénéré?

Tout animal n'a-t-il pas son instinct irrésistible
auquel il obéit nécessairement? Qu'est-ce que cet instinct? l'arrangement des organes dont le jeu se déploie
par le temps. Cet instinct ne peut se développer d'a-
bord, parceque les organes n'ont pas acquis leur plénitude [a].

Ne voyons-nous pas en effet que tous les animaux,
ainsi que tous les autres êtres, exécutent invariable-
ment la loi que la nature donne à leur espèce? L'oiseau fait son nid, comme les astres fournissent leur
course, par un principe qui ne change jamais. Comment l'homme seul aurait-il changé? S'il eût été destiné à vivre solitaire comme les autres animaux car-
nassiers, aurait-il pu contredire la loi de la nature

[a] Leur pouvoir est constant, leur principe est divin ;
Il faut que l'enfant croisse avant qu'il les exerce ;
Il ne les connaît pas sous la main qui le berce.
Le moineau, dans l'instant qu'il a reçu le jour,
Sans plumes, dans son nid, peut-il sentir l'amour?
Le renard en naissant va-t-il chercher sa proie?
Les insectes changeants qui nous filent la soie,
Les essaims bourdonnants de ces filles du ciel
Qui pétrissent la cire et composent le miel,
Sitôt qu'ils sont éclos forment-ils leur ouvrage?
Tout s'accroît par le temps, tout mûrit avec l'âge.
Chaque être a son objet; et, dans l'instant marqué,
Marche, et touche à son but par le ciel indiqué.
        Poëme de la Loi naturelle, II⁰ partie.

jusqu'à vivre en société? et s'il était fait pour vivre en
troupe, comme les animaux de basse-cour et tant
d'autres, eût-il pu d'abord pervertir sa destinée jusqu'à vivre pendant des siècles en solitaire? Il est per-
fectible; et de là on a conclu qu'il s'est perverti. Mais
pourquoi n'en pas conclure qu'il s'est perfectionné
jusqu'au point où la nature a marqué les limites de
sa perfection?

Tous les hommes vivent en société : peut-on en
inférer qu'ils n'y ont pas vécu autrefois? n'est-ce pas
comme si l'on concluait que si les taureàux ont aujour-
d'hui des cornes, c'est parcequ'ils n'en ont pas toujours eu?

L'homme, en général, a toujours été ce qu'il est:
cela ne veut pas dire qu'il ait toujours eu de belles
villes, du canon de vingt-quatre livres de balle, des
opéra-comiques, et des couvents de religieuses. Mais
il a toujours eu le même instinct, qui le porte à s'aimer dans soi-même, dans la compagne de son plaisir,
dans ses enfants, dans ses petits-fils, dans les œuvres
de ses mains.

Voilà ce qui jamais ne change d'un bout de l'univers à l'autre. Le fondement de la société existant
toujours, il y a donc toujours eu quelque société;
nous n'étions donc point faits pour vivre à la manière
des ours.

On a trouvé quelquefois des enfants égarés dans les
bois, et vivant comme des brutes; mais on y a trouvé
aussi des moutons et des oies; cela n'empêche pas
que les oies et les moutons ne soient destinés à vivre
en troupeaux.

Il y a des faquirs dans les Indes qui vivent seuls, chargés de chaînes. Oui; et ils ne vivent ainsi qu'afin que les passants, qui les admirent, viennent leur donner des aumônes. Ils font, par un fanatisme rempli de vanité, ce que font nos mendiants des grands chemins, qui s'estropient pour attirer la compassion. Ces excréments de la société humaine sont seulement des preuves de l'abus qu'on peut faire de cette société.

Il est très vraisemblable que l'homme a été agreste pendant des milliers de siècles, comme sont encore aujourd'hui une infinité de paysans. Mais l'homme n'a pu vivre comme les blaireaux et les lièvres.

Par quelle loi, par quels liens secrets, par quel instinct l'homme aura-t-il toujours vécu en famille sans le secours des arts, et sans avoir encore formé un langage? C'est par sa propre nature, par le goût qui le porte à s'unir avec une femme; c'est par l'attachement qu'un Morlaque, un Islandais, un Lapon, un Hottentot, sent pour sa compagne, lorsque son ventre, grossissant, lui donne l'espérance de voir naître de son sang un être semblable à lui; c'est par le besoin que cet homme et cette femme ont l'un de l'autre, par l'amour que la nature leur inspire pour leur petit, dès qu'il est né, par l'autorité que la nature leur donne sur ce petit, par l'habitude de l'aimer, par l'habitude que le petit prend nécessairement d'obéir au père et à la mère, par les secours qu'ils en reçoivent dès qu'il a cinq ou six ans, par les nouveaux enfants que font cet homme et cette femme; c'est enfin parceque, dans un âge avancé, ils voient avec plaisir leurs fils et leurs filles faire ensemble d'autres enfants, qui ont le même instinct que leurs pères et leurs mères.

Tout cela est un assemblage d'hommes bien grossiers, je l'avoue; mais croit-on que les charbonniers des forêts d'Allemagne, les habitants du nord, et cent peuples de l'Afrique, vivent aujourd'hui d'une manière bien différente?

Quelle langue parleront ces familles sauvages et barbares? elles seront sans doute très long-temps sans en parler aucune; elles s'entendront très bien par des cris et par des gestes. Toutes les nations ont été ainsi des sauvages, à prendre ce mot dans ce sens; c'est-à-dire qu'il y aura eu long-temps des familles errantes dans les forêts, disputant leur nourriture aux autres animaux, s'armant contre eux de pierres et de grosses branches d'arbres, se nourrissant de légumes sauvages, de fruits de toute espèce, et enfin d'animaux même.

Il y a dans l'homme un instinct de mécanique que nous voyons produire tous les jours de très grands effets dans des hommes fort grossiers. On voit des machines inventées par les habitants des montagnes du Tyrol et des Vosges, qui étonnent les savants. Le paysan le plus ignorant sait partout remuer les plus gros fardeaux par le secours du levier, sans se douter que la puissance, fesant équilibre, est au poids comme la distance du point d'appui à ce poids est à la distance de ce même point d'appui à la puissance. S'il avait fallu que cette connaissance précédât l'usage des leviers, que de siècles se seraient écoulés avant qu'on eût pu déranger une grosse pierre de sa place!

Proposez à des enfants de sauter un fossé ; tous prendront machinalement leur secousse, en se retirant un peu en arrière, et courront ensuite. Ils ne savent pas assurément que leur force, en ce cas, est le produit de leur masse multipliée par leur vitesse.

Il est donc prouvé que la nature seule nous inspire des idées utiles qui précèdent toutes nos réflexions. Il en est de même dans la morale. Nous avons tous deux sentiments qui sont le fondement de la société : la commisération et la justice. Qu'un enfant voie déchirer son semblable, il éprouvera des angoisses subites ; il les témoignera par ses cris et par ses larmes ; il secourra, s'il peut, celui qui souffre.

Demandez à un enfant sans éducation, qui commencera à raisonner et à parler, si le grain qu'un homme a semé dans son champ lui appartient, et si le voleur qui en a tué le propriétaire a un droit légitime sur ce grain ; vous verrez si l'enfant ne répondra pas comme tous les législateurs de la terre.

Dieu nous a donné un principe de raison universelle, comme il a donné des plumes aux oiseaux et la fourrure aux ours ; et ce principe est si constant, qu'il subsiste malgré toutes les passions qui le combattent, malgré les tyrans qui veulent le noyer dans le sang, malgré les imposteurs qui veulent l'anéantir dans la superstition. C'est ce qui fait que le peuple le plus grossier juge toujours très bien, à la longue, des lois qui le gouvernent, parcequ'il sent si ces lois sont conformes ou opposées aux principes de commisération et de justice qui sont dans son cœur.

Mais, avant d'en venir à former une société nombreuse, un peuple, une nation, il faut un langage ; et c'est le plus difficile. Sans le don de l'imitation, on n'y serait jamais parvenu. On aura sans doute commencé par des cris qui auront exprimé les premiers besoins ; ensuite les hommes les plus ingénieux, nés avec les organes les plus flexibles, auront formé quelques articulations que leurs enfants auront répétées ; et les mères surtout auront dénoué leurs langues les premières. Tout idiome commençant aura été composé de monosyllabes, comme plus aisés à former et à retenir.

Nous voyons en effet que les nations les plus anciennes, qui ont conservé quelque chose de leur premier langage, expriment encore par des monosyllabes les choses les plus familières et qui tombent le plus sous nos sens : presque tout le chinois est fondé encore aujourd'hui sur des monosyllabes.

Consultez l'ancien tudesque et tous les idiomes du nord, vous verrez à peine une chose nécessaire et commune exprimée par plus d'une articulation. Tout est monosyllabes. *Zon*, le soleil ; *moun*, la lune ; *zé*, la mer ; *flus*, le fleuve ; *man*, l'homme ; *kof*, la tête ; *boum*, un arbre ; *drink*, boire ; *march*, marcher ; *shlaf*, dormir, etc.

C'est avec cette brièveté qu'on s'exprimait dans les forêts des Gaules et de la Germanie, et dans tout le septentrion. Les Grecs et les Romains n'eurent des mots plus composés que long-temps après s'être réunis en corps de peuple.

Mais par quelle sagacité avons-nous pu marquer les différences des temps ? Comment aurons-nous pu exprimer les nuances *je voudrais, j'aurais voulu;* les choses positives, les choses conditionnelles?

Ce ne peut être que chez les nations déjà les plus policées qu'on soit parvenu, avec le temps, à rendre sensibles, par des mots composés, ces opérations secrètes de l'esprit humain. Aussi voit-on que chez les barbares il n'y a que deux ou trois temps. Les Hébreux n'exprimaient que le présent et le futur. La langue franque, si commune dans les échelles du Levant, est réduite encore à cette indigence. Et enfin, malgré tous les efforts des hommes, il n'est aucun langage qui approche de la perfection.

VIII. DE L'AMÉRIQUE.

Se peut-il qu'on demande encore d'où sont venus les hommes qui ont peuplé l'Amérique? On doit assurément faire la même question sur les nations des terres australes. Elles sont beaucoup plus éloignées du port dont partit Christophe Colomb, que ne le sont les îles Antilles. On a trouvé des hommes et des animaux partout où la terre est habitable : qui les y a mis? On l'a déjà dit[1], c'est celui qui fait croître l'herbe des champs : et on ne devait pas être plus surpris de trouver en Amérique des hommes que des mouches.

Il est assez plaisant que le jésuite Lafitau prétende, dans sa préface de l'*Histoire des Sauvages américains*, qu'il n'y a que des athées qui puissent dire que Dieu a créé les Américains.

On grave encore aujourd'hui des cartes de l'ancien

---

[1] *Essai sur les Mœurs*, chap. XLV et XLVI. B.

monde, où l'Amérique paraît sous le nom d'île Atlantique. Les îles du Cap-Vert y sont sous le nom de Gorgades; les Caraïbes sous celui d'îles Hespérides. Tout cela n'est pourtant fondé que sur l'ancienne découverte des îles Canaries, et probablement de celle de Madère, où les Phéniciens et les Carthaginois voyagèrent; elles touchent presque à l'Afrique, et peutêtre en étaient-elles moins éloignées dans les anciens temps qu'aujourd'hui.

Laissons le père Lafitau faire venir les Caraïbes des peuples de Carie, à cause de la conformité du nom, et surtout parceque les femmes caraïbes fesaient la cuisine de leurs maris ainsi que les femmes cariennes; laissons-le supposer que les Caraïbes ne naissent rouges, et les Négresses noires, qu'à cause de l'habitude de leurs premiers pères de se peindre en noir ou en rouge.

Il arriva, dit-il, que les Négresses, voyant leurs maris teints en noir, en eurent l'imagination si frappée, que leur race s'en ressentit pour jamais. La même chose arriva aux femmes caraïbes, qui, par la même force d'imagination, accouchèrent d'enfants rouges. Il rapporte l'exemple des brebis de Jacob, qui naquirent bigarrées par l'adresse qu'avait eue ce patriarche de mettre devant leurs yeux des branches dont la moitié était écorcée; ces branches paraissant à peu près de deux couleurs, donnèrent aussi deux couleurs aux agneaux du patriarche. Mais le jésuite devait savoir que tout ce qui arrivait du temps de Jacob n'arrive plus aujourd'hui.

Si l'on avait demandé au gendre de Laban pourquoi ses brebis, voyant toujours de l'herbe, ne fesaient pas des agneaux verts, il aurait été bien embarrassé.

Enfin, Lafitau fait venir les Américains des anciens Grecs; et voici ses raisons. Les Grecs avaient des fables, quelques Américains en ont aussi. Les premiers Grecs allaient à la chasse, les Américains y vont. Les premiers Grecs avaient des oracles, les Américains ont des sorciers. On dansait dans les fêtes de la Grèce, on danse en Amérique. Il faut avouer que ces raisons sont convaincantes.

On peut faire, sur les nations du Nouveau-Monde, une réflexion que le père Lafitau n'a point faite; c'est que les peuples éloignés des tropiques ont toujours été invincibles, et que les peuples plus rapprochés des tropiques ont presque tous été soumis à des monarques. Il en fut long-temps de même dans notre continent. Mais on ne voit point que les peuples du Canada soient allés jamais subjuguer le Mexique, comme les Tartares se sont répandus dans l'Asie et dans l'Europe. Il paraît que les Canadiens ne furent jamais en assez grand nombre pour envoyer ailleurs des colonies.

En général, l'Amérique n'a jamais pu être aussi peuplée que l'Europe et l'Asie; elle est couverte de marécages immenses qui rendent l'air très malsain; la terre y produit un nombre prodigieux de poisons; les flèches trempées dans les sucs de ces herbes venimeuses font des plaies toujours mortelles. La nature enfin avait donné aux Américains beaucoup moins d'industrie qu'aux hommes de l'ancien monde. Toutes ces causes ensemble ont pu nuire beaucoup à la population.

Parmi toutes les observations physiques qu'on peut faire sur cette quatrième partie de notre univers, si long-temps inconnue, la plus singulière peut-être, c'est qu'on n'y trouve qu'un peuple qui ait de la barbe; ce sont les Esquimaux. Ils habitent au nord vers le cinquante-deuxième degré, où le froid est plus vif qu'au soixante et sixième de notre continent. Leurs voisins sont imberbes. Voilà donc deux races d'hommes absolument différentes à côté l'une de l'autre, supposé qu'en effet les Esquimaux soient barbus. Mais de nouveaux voyageurs disent que les Esquimaux sont imberbes, que nous avons pris leurs cheveux crasseux pour de la barbe. A qui croire[1] ?

Vers l'isthme de Panama est la race des Dariens presque semblables aux Albinos, qui fuit la lumière et qui végète dans les cavernes, race faible, et par conséquent en très petit nombre.

Les lions de l'Amérique sont chétifs et poltrons; les animaux qui ont de la laine y sont grands et si vi-

---

[1] Il paraît qu'il existe réellement en Amérique une petite peuplade d'hommes barbus. Mais les Islandais avaient navigué en Amérique long-temps avant Christophe Colomb, et il est possible que cette peuplade d'hommes barbus soit un reste de ces navigateurs européans.

Carver, qui a voyagé dans le nord de l'Amérique pendant les années 1766, 1767, 1768, prétend, dans son ouvrage imprimé en 1778, que les sauvages de l'Amérique ne sont imberbes que parcequ'ils s'épilent. Voyez *Carver's Travel*, page 224 ; l'auteur parle comme témoin *oculaire*. K. — Voyez aussi la note de Voltaire lui-même sur le chapitre CLI. B.

goureux, qu'ils servent à porter les fardeaux. Tous
les fleuves y sont dix fois au moins plus larges que
les nôtres. Enfin les productions naturelles de cette
terre ne sont pas celles de notre hémisphère. Ainsi
tout est varié; et la même providence qui a produit
l'éléphant, le rhinocéros, et les Nègres, a fait naître
dans un autre monde des orignaux, des condors, des
animaux à qui on a cru long-temps le nombril sur le
dos, et des hommes d'un caractère qui n'est pas le
nôtre.

IX. DE LA THÉOCRATIE.

Il semble que la plupart des anciennes nations
aient été gouvernées par une espèce de théocratie.
Commencez par l'Inde, vous y voyez les brames long-
temps souverains; en Perse, les mages ont la plus
grande autorité. L'histoire des oreilles de Smerdis
peut bien être une fable ; mais il en résulte toujours
que c'était un mage qui était sur le trône de Cyrus.
Plusieurs prêtres d'Égypte prescrivaient aux rois jusqu'à la mesure de leur boire et de leur manger, élevaient leur enfance, et les jugeaient après leur mort,
et souvent se fesaient rois eux-mêmes.

Si nous descendons aux Grecs, leur histoire, toute
fabuleuse qu'elle est, ne nous apprend-elle pas que le
prophète Calchas avait assez de pouvoir dans l'armée
pour sacrifier la fille du roi des rois?

Descendez encore plus bas, chez des nations sauvages postérieures aux Grecs; les druides gouvernaient la nation gauloise.

Il ne paraît pas même possible que dans les pre-

mières peuplades un peu fortes[a] on ait eu d'autre
gouvernement que la théocratie; car dès qu'une nation a choisi un dieu tutélaire, ce dieu a des prêtres.
Ces prêtres dominent sur l'esprit de la nation; ils ne
peuvent dominer qu'au nom de leur dieu; ils le font
donc toujours parler: ils débitent ses oracles; et c'est
par un ordre exprès de Dieu que tout s'exécute.

C'est de cette source que sont venus les sacrifices
de sang humain qui ont souillé presque toute la terre.
Quel père, quelle mère, aurait jamais pu abjurer la
nature, au point de présenter son fils ou sa fille à un
prêtre pour être égorgés sur un autel, si l'on n'avait
pas été certain que le dieu du pays ordonnait ce sacrifice?

Non seulement la théocratie a long-temps régné,
mais elle a poussé la tyrannie aux plus horribles excès
où la démence humaine puisse parvenir; et plus ce
gouvernement se disait divin, plus il était abominable.

Presque tous les peuples ont sacrifié des enfants à
leurs dieux; donc ils croyaient recevoir cet ordre dé-
naturé de la bouche des dieux qu'ils adoraient.

Parmi les peuples qu'on appelle si improprement
civilisés, je ne vois guère que les Chinois qui n'aient
pas pratiqué ces horreurs absurdes. La Chine est le
seul des anciens états connus qui n'ait pas été soumis
au sacerdoce; car les Japonais étaient sous les lois
d'un prêtre six cents ans avant notre ère. Presque
partout ailleurs la théocratie est si établie, si enraci-

---

[a] On entend par premières peuplades des hommes rassemblés au nombre
de quelques milliers, après plusieurs révolutions de ce globe.

née, que les premières histoires sont celles des dieux mêmes qui se sont incarnés pour venir gouverner les hommes. Les dieux, disaient les peuples de Thèbes et de Memphis, ont régné douze mille ans en Égypte. Brama s'incarna pour régner dans l'Inde; Sammonocodom à Siam; le dieu Adad gouverna la Syrie; la déesse Cybèle avait été souveraine de Phrygie; Jupiter, de Crète; Saturne, de Grèce et d'Italie. Le même esprit préside à toutes ces fables; c'est partout une confuse idée chez les hommes, que les dieux sont autrefois descendus sur la terre.

X. DES CHALDÉENS.

Les Chaldéens, les Indiens, les Chinois, me paraissent les nations le plus anciennement policées. Nous avons une époque certaine de la science des Chaldéens; elle se trouve dans les dix-neuf cent trois ans d'observations célestes envoyées de Babylone par Callisthène au précepteur d'Alexandre. Ces tables astronomiques remontent précisément à l'année 2234 avant notre ère vulgaire. Il est vrai que cette époque touche au temps où la *Vulgate* place le déluge; mais n'entrons point ici dans les profondeurs des différentes chronologies de la *Vulgate*, des *Samaritains*, et des *Septante*, que nous révérons également. Le déluge universel est un grand miracle qui n'a rien de commun avec nos recherches. Nous ne raisonnons ici que d'après les notions naturelles, en soumettant toujours les faibles tâtonnements de notre esprit borné aux lumières d'un ordre supérieur.

D'anciens auteurs, cités dans George le Syncelle,

disent que du temps d'un roi chaldéen, nommé Xixoutrou[1], il y eut une terrible inondation. Le Tigre et
l'Euphrate se débordèrent apparemment plus qu'à
l'ordinaire. Mais les Chaldéens n'auraient pu savoir
que par la révélation qu'un pareil fléau eût submergé
toute la terre habitable. Encore une fois, je n'examine ici que le cours ordinaire de la nature.

Il est clair que si les Chaldéens n'avaient existé sur
la terre que depuis dix-neuf cents années avant notre
ère, ce court espace ne leur eût pas suffi pour trouver
une partie du véritable système de notre univers; notion étonnante, à laquelle les Chaldéens étaient enfin
parvenus. Aristarque de Samos nous apprend que les
sages de Chaldée avaient connu combien il est impossible que la terre occupe le centre du monde plané-
taire; qu'ils avaient assigné au soleil cette place qui
lui appartient; qu'ils fesaient rouler la terre et les
autres planètes autour de lui, chacune dans un orbe
différent[2].

Les progrès de l'esprit sont si lents, l'illusion des
yeux est si puissante, l'asservissement aux idées re-
çues si tyrannique, qu'il n'est pas possible qu'un peuple qui n'aurait eu que dix-neuf cents ans, eût pu
parvenir à ce haut degré de philosophie qui contredit
les yeux, et qui demande la théorie la plus appro-
fondie. Aussi les Chaldéens comptaient quatre cent

---

[1] Xixoutrou est le Xissutre dont il est question dans les *Fragments sur l'Inde*, article vi (voy. *Mélanges*, année 1773); dans le IIe des *Dialogues d'Evhémère* (*Mélanges*, année 1777), et dans le *Dict. philosophique* au mot ARARAT. B.

[2] Voyez l'article SYSTÈME, dans le *Dictionnaire philosophique*. K.

soixante et dix mille ans ; encore cette connaissance
du vrai système du monde ne fut en Chaldée que le
partage du petit nombre des philosophes. C'est le sort
de toutes les grandes vérités ; et les Grecs, qui vinrent
ensuite, n'adoptèrent que le système commun, qui
est le système des enfants.

[a] Quatre cent soixante et dix mille ans, c'est beaucoup pour nous autres qui sommes d'hier, mais c'est
bien peu de chose pour l'univers entier. Je sais bien
que nous ne pouvons adopter ce calcul ; que Cicéron
s'en est moqué, qu'il est exorbitant, et que surtout
nous devons croire au *Pentateuque* plutôt qu'à Sau-
choniathon et à Bérose ; mais, encore une fois, il est
impossible (humainement parlant) que les hommes
soient parvenus en dix-neuf cents ans à deviner de si
étonnantes vérités. Le premier art est celui de pour-
voir à la subsistance ; ce qui était autrefois beaucoup

---

[a] Notre sainte religion, si supérieure en tout à nos lumières, nous apprend que le monde n'est fait que depuis environ six mille années selon la
Vulgate, ou environ sept mille suivant les *Septante*. Les interprètes de
cette religion ineffable nous enseignent qu'Adam eut la science infuse, et
que tous les arts se perpétuèrent d'Adam à Noé. Si c'est là en effet le sentiment de l'Église, nous l'adoptons d'une foi ferme et constante, soumettant
d'ailleurs tout ce que nous écrivons au jugement de cette sainte Église, qui
est infaillible. C'est vainement que l'empereur Julien, d'ailleurs si respectable par sa vertu, sa valeur, et sa science, dit dans son discours censuré
par le grand et modéré saint Cyrille, que, soit qu'Adam eût la science infuse
ou non, Dieu ne pouvait lui ordonner de ne point toucher à l'arbre de la
science du bien et du mal ; que Dieu devait au contraire lui commander de
manger beaucoup de fruits de cet arbre, afin de se perfectionner dans la
science infuse s'il l'avait, et de l'acquérir s'il ne l'avait pas. On sait avec
quelle sagesse saint Cyrille a réfuté cet argument. En un mot, nous préve-
nons toujours le lecteur que nous ne touchons en aucune manière aux choses
sacrées. Nous protestons contre toutes les fausses interprétations, contre
toutes les inductions malignes que l'on voudrait tirer de nos paroles.

plus difficile aux hommes qu'aux brutes : le second, de former un langage, ce qui certainement demande un espace de temps très considérable; le troisième, de se bâtir quelques huttes; le quatrième, de se vêtir. Ensuite, pour forger le fer, ou pour y suppléer, il faut tant de hasards heureux, tant d'industrie, tant de siècles, qu'on n'imagine pas même comment les hommes en sont venus à bout. Quel saut de cet état à l'astronomie!

Long-temps les Chaldéens gravèrent leurs observations et leurs lois sur la brique, en hiéroglyphes, qui étaient des caractères parlants; usage que les Égyptiens connurent après plusieurs siècles. L'art de transmettre ses pensées par des caractères alphabétiques ne dut être inventé que très tard dans cette partie de l'Asie.

Il est à croire qu'au temps où les Chaldéens bâtirent des villes, ils commencèrent à se servir de l'alphabet. Comment fesait-on auparavant? dira-t-on : comme on fait dans mon village, et dans cent mille villages du monde, où personne ne sait ni lire ni écrire, et cependant où l'on s'entend fort bien, où les arts nécessaires sont cultivés, et même quelquefois avec génie.

Babylone était probablement une très ancienne bourgade avant qu'on en eût fait une ville immense et superbe. Mais qui a bâti cette ville? je n'en sais rien. Est-ce Sémiramis? est-ce Bélus? est-ce Nabonassar? Il n'y a peut-être jamais eu dans l'Asie ni de femme appelée Sémiramis, ni d'homme appelé

Bélus[a]. C'est comme si nous donnions à des villes grecques les noms d'Armagnac et d'Abbeville. Les Grecs, qui changèrent toutes les terminaisons barbares en mots grecs, dénaturèrent tous les noms asiatiques. De plus, l'histoire de Sémiramis ressemble en tout aux contes orientaux.

Nabonassar, ou plutôt Nabon-assor, est probablement celui qui embellit et fortifia Babylone, et en fit à la fin une ville si superbe. Celui-là est un véritable monarque, connu dans l'Asie par l'ère qui porte son nom. Cette ère incontestable ne commence que 747 ans avant la nôtre : ainsi elle est très moderne, par rapport au nombre des siècles nécessaires pour arriver jusqu'à l'établissement des grandes dominations. Il paraît, par le nom même de Babylone, qu'elle existait long-temps avant Nabonassar. C'est la ville du *Père Bel. Bab* signifie *père* en chaldéen, comme l'avoue d'Herbelot. Bel est le nom du Seigneur. Les Orientaux ne la connurent jamais que sous le nom de Babel, ville du Seigneur, la ville de Dieu, ou, selon d'autres, la porte de Dieu.

Il n'y a pas eu probablement plus de Ninus fondateur de Ninvah, nommée par nous Ninive, que de Bélus fondateur de Babylone. Nul prince asiatique ne porta un nom en *us*.

Il se peut que la circonférence de Babylone ait été de vingt-quatre de nos lieues moyennes ; mais qu'un Ninus ait bâti sur le Tigre, si près de Babylone, une ville appelée Ninive d'une étendue aussi grande,

----

[a] Bel est le nom de Dieu.

c'est ce qui ne paraît pas croyable. On nous parle de trois puissants empires qui subsistaient à-la-fois; celui de Babylone, celui d'Assyrie ou de Ninive, et celui de Syrie ou de Damas. La chose est peu vraisemblable; c'est comme si l'on disait qu'il y avait à-la-fois dans une partie de la Gaule trois puissants empires, dont les capitales, Paris, Soissons, et Orléans, avaient chacune vingt-quatre lieues de tour.

J'avoue que je ne comprends rien aux deux empires de Babylone et d'Assyrie. Plusieurs savants, qui ont voulu porter quelques lumières dans ces ténèbres, ont affirmé que l'Assyrie et la Chaldée n'étaient que le même empire, gouverné quelquefois par deux princes, l'un résidant à Babylone, l'autre à Ninive; et ce sentiment raisonnable peut être adopté, jusqu'à ce qu'on en trouve un plus raisonnable encore.

Ce qui contribue à jeter une grande vraisemblance sur l'antiquité de cette nation, c'est cette fameuse tour élevée pour observer les astres. Presque tous les commentateurs, ne pouvant contester ce monument, se croient obligés de supposer que c'était un reste de la tour de Babel que les hommes voulurent élever jusqu'au ciel. On ne sait pas trop ce que les commentateurs entendent par le ciel : est-ce la lune? est-ce la planète de Vénus? Il y a loin d'ici là. Voulaient-ils seulement élever une tour un peu haute? Il n'y a là ni aucun mal ni aucune difficulté, supposé qu'on ait beaucoup d'hommes, beaucoup d'instruments et de vivres.

La tour de Babel, la dispersion des peuples, la confusion des langues, sont des choses, comme on

sait, très respectables, auxquelles nous ne touchons
point. Nous ne parlons ici que de l'observatoire, qui
n'a rien de commun avec les histoires juives.

Si Nabonassar éleva cet édifice, il faut au moins
avouer que les Chaldéens eurent un observatoire plus
de deux mille quatre cents ans avant nous. Concevez
ensuite combien de siècles exige la lenteur de l'esprit
humain pour en venir jusqu'à ériger un tel monument
aux sciences.

Ce fut en Chaldée, et non en Égypte, qu'on inventa
le zodiaque. Il y en a, ce me semble, trois preuves
assez fortes : la première, que les Chaldéens furent
une nation éclairée, avant que l'Égypte, toujours
inondée par le Nil, pût être habitable; la seconde,
que les signes du zodiaque conviennent au climat de
la Mésopotamie, et non à celui de l'Égypte. Les Égyptiens ne pouvaient avoir le signe du taureau au mois
d'avril, puisque ce n'est pas en cette saison qu'ils labourent; ils ne pouvaient, au mois que nous nommons *août*, figurer un signe par une fille chargée
d'épis de blé, puisque ce n'est pas en ce temps qu'ils
font la moisson. Ils ne pouvaient figurer janvier par
une cruche d'eau, puisqu'il pleut très rarement en
Égypte, et jamais au mois de janvier[1]. La troisième

---

[1] Les points équinoxiaux répondent successivement à tous les lieux du
zodiaque, et leur révolution est d'environ 26,000 ans. Il est clair que ces
points se trouvaient dans la balance, ou dans les gémeaux, à l'époque où
l'on a donné des noms aux signes ; en effet ils sont les seuls qui présentent
un emblème de l'égalité des nuits et des jours. Mais en supposant les points
équinoxiaux placés dans une de ces constellations, il reste quatre combi-
naisons également possibles, puisqu'on peut supposer également, soit l'équinoxe du printemps, soit l'équinoxe de l'automne, dans le signe de la ba-

raison, c'est que les signes anciens du zodiaque chaldéen étaient un des articles de leur religion. Ils étaient sous le gouvernement de douze dieux secondaires,

lance, ou dans celui des gémeaux. Supposons 1° que l'équinoxe du printemps soit dans la balance; le solstice d'été sera dans le capricorne, celui d'hiver dans le cancer, et l'équinoxe d'automne dans le belier. Supposons 2° que l'équinoxe d'automne soit dans la balance; le solstice d'été sera dans le cancer, celui d'hiver dans le capricorne, et l'équinoxe du printemps dans le belier. Supposons 3° que l'équinoxe du printemps soit dans les gémeaux; le solstice d'été sera dans la vierge, celui d'hiver dans les poissons, et l'équinoxe d'automne dans le sagittaire. Supposons enfin que l'équinoxe d'automne soit dans les gémeaux; le solstice d'été sera dans les poissons, le solstice d'hiver dans la vierge, et l'équinoxe du printemps dans le sagittaire.

Si nous examinons ensuite ces quatre hypothèses, nous trouverons d'abord un degré de probabilité en faveur des deux premières : en effet, dans ces deux hypothèses, les solstices ont pour signes le capricorne et le cancer, un animal qui grimpe, et un qui marche à reculons, symboles naturels du mouvement apparent du soleil : et les deux dernières hypothèses n'ont pas cet avantage. En comparant ensuite les deux premières, nous observerons que la balance parait devoir plus naturellement être supposée le signe du printemps : 1° parceque le signe de cet équinoxe, regardé partout comme le premier de l'année, doit avoir porté de préférence l'emblème de l'égalité; 2° parceque le capricorne, animal qui cherche les lieux élevés, parait le signe naturel du mois où le soleil est plus élevé; et que le cancer, quoiqu'il puisse être regardé comme un symbole de l'un ou de l'autre solstice, parait plus propre encore à désigner le solstice d'hiver. Or, si nous préférons la première hypothèse, le capricorne répond à juillet; les mois d'août et de septembre, temps de l'inondation du Nil, répondent au verseau et aux poissons, signes aquatiques; le Nil se retire en octobre, dont le belier est le signe, parceque alors les troupeaux commencent à sortir; on cultive en novembre sous le signe du taureau, et l'on recueille en mars sous le signe de la moissonneuse. Il suffit donc, pour pouvoir accorder avec le climat de l'Égypte les noms des douze signes du zodiaque, que ces noms leur aient été donnés lorsque l'équinoxe du printemps se trouvait au signe de la balance; c'est-à-dire, qu'il faut reculer d'environ treize mille ans l'invention de l'astronomie. Ce système, le plus naturel de tous ceux qui ont été imaginés jusqu'ici, le seul qui s'accorde avec les monuments, et qui explique les fables de la manière la moins précaire, est dû à M. Dupuis. K. — Ce M. Dupuis est l'auteur de l'*Origine de tous les cultes*. B.

douze dieux médiateurs : chacun d'eux présidait à une de ces constellations, ainsi que nous l'apprend Diodore de Sicile, au livre II. Cette religion des anciens Chaldéens était le sabisme, c'est-à-dire l'adoration d'un Dieu suprême, et la vénération des astres et des intelligences célestes qui présidaient aux astres. Quand ils priaient, ils se tournaient vers l'étoile du nord, tant leur culte était lié à l'astronomie.

Vitruve, dans son neuvième livre, où il traite des cadrans solaires, des hauteurs du soleil, de la longueur des ombres, de la lumière réfléchie par la lune, cite toujours les anciens Chaldéens, et non les Égyptiens. C'est, ce me semble, une preuve assez forte qu'on regardait la Chaldée, et non pas l'Égypte, comme le berceau de cette science, de sorte que rien n'est plus vrai que cet ancien proverbe latin :

« Tradidit Ægyptis Babylon, Ægyptus Achivis. »

XI. DES BABYLONIENS DEVENUS PERSANS.

A l'orient de Babylone étaient les Perses. Ceux-ci portèrent leurs armes et leur religion à Babylone, lorsque Koresh, que nous appelons Cyrus, prit cette ville avec le secours des Mèdes établis au nord de la Perse. Nous avons deux fables principales sur Cyrus; celle d'Hérodote, et celle de Xénophon, qui se contredisent en tout, et que mille écrivains ont copiées indifféremment.

Hérodote suppose un roi mède, c'est-à-dire un roi des pays voisins de l'Hyrcanie, qu'il appelle Astyage, d'un nom grec. Cet Hyrcanien Astyage commande de

noyer son petit-fils Cyrus, au berceau, parcequ'il a vu
en songe sa fille *Mandane*, *mère de Cyrus*, *pisser si
copieusement qu'elle inonda toute l'Asie*. Le reste de
l'aventure est à peu près dans ce goût; c'est une histoire de Gargantua écrite sérieusement.

Xénophon fait de la vie de Cyrus un roman moral,
à peu près semblable à notre Télémaque. Il commence par supposer, pour faire valoir l'éducation
mâle et vigoureuse de son héros, que les Mèdes
étaient des voluptueux, plongés dans la mollesse.
Tous ces peuples voisins de l'Hyrcanie, que les Tartares, alors nommés Scythes, avaient ravagée pendant trente années, étaient-ils des Sibarites?

Tout ce qu'on peut assurer de Cyrus, c'est qu'il
fut un grand conquérant, par conséquent un fléau
de la terre. Le fond de son histoire est très vrai; les
épisodes sont fabuleux : il en est ainsi de toute histoire.

Rome existait du temps de Cyrus : elle avait un territoire de quatre à cinq lieues, et pillait tant qu'elle
pouvait ses voisins; mais je ne voudrais pas garantir
le combat des trois Horaces, et l'aventure de Lucrèce,
et le bouclier descendu du ciel, et la pierre coupée
avec un rasoir. Il y avait quelques Juifs esclaves dans
la Babylonie et ailleurs; mais, humainement parlant,
on pourrait douter que l'ange Raphaël fût descendu
du ciel pour conduire à pied le jeune Tobie vers l'Hyrcanie, afin de le faire payer de quelque argent, et
de chasser le diable Asmodée avec la fumée du foie
d'un brochet.

Je me garderai bien d'examiner ici le roman d'Hérodote, ou le roman de Xénophon, concernant la vie

et la mort de Cyrus; mais je remarquerai que les Parsis, ou Perses, prétendaient avoir eu parmi eux, il y avait six mille ans, un ancien Zerdust, un prophète, qui leur avait appris à être justes et à révérer le soleil, comme les anciens Chaldéens avaient révéré les étoiles en les observant.

Je me garderai bien d'affirmer que ces Perses et ces Chaldéens fussent si justes, et de déterminer précisément en quel temps vint leur second Zerdust, qui rectifia le culte du soleil, et leur apprit à n'adorer que le Dieu auteur du soleil et des étoiles. Il écrivit ou commenta, dit-on, le livre du *Zend,* que les Parsis, dispersés aujourd'hui dans l'Asie, révèrent comme leur Bible. Ce livre est très ancien, mais moins que ceux des Chinois et des brames; on le croit même postérieur à ceux de Sanchoniathon et des *cinq Kings* des Chinois : il est écrit dans l'ancienne langue sacrée des Chaldéens; et M. Hyde, qui nous a donné une traduction du *Sadder,* nous aurait procuré celle du *Zend,* s'il avait pu subvenir aux frais de cette recherche. Je m'en rapporte au moins au *Sadder,* à cet extrait du *Zend,* qui est le catéchisme des Parsis. J'y vois que ces Parsis croyaient depuis long-temps un dieu, un diable, une résurrection, un paradis, un enfer. Ils sont les premiers, sans contredit, qui ont établi ces idées; c'est le système le plus antique, et qui ne fut adopté par les autres nations qu'après bien des siècles, puisque les pharisiens, chez les Juifs, ne soutinrent hautement l'immortalité de l'ame, et le dogme des peines et des récompenses après la mort, que vers le temps des Asmonéens.

Voilà peut-être ce qu'il y a de plus important dans l'ancienne histoire du monde : voilà une religion utile, établie sur le dogme de l'immortalité de l'ame et sur la connaissance de l'Être créateur. Ne cessons point de remarquer par combien de degrés il fallut que l'esprit humain passât pour concevoir un tel système. Remarquons encore que le baptême (l'immersion dans l'eau pour purifier l'ame par le corps) est un des préceptes du *Zend* (porte 251). La source de tous les rites est venue peut-être des Persans et des Chaldéens, jusqu'aux extrémités de la terre.

Je n'examine point ici pourquoi et comment les Babyloniens eurent des dieux secondaires en reconnaissant un dieu souverain. Ce système, ou plutôt ce chaos, fut celui de toutes les nations. Excepté dans les tribunaux de la Chine, on trouve presque partout l'extrême folie jointe à un peu de sagesse dans les lois, dans les cultes, dans les usages. L'instinct, plus que la raison, conduit le genre humain. On adore en tous lieux la Divinité, et on la déshonore. Les Perses révérèrent des statues dès qu'ils purent avoir des sculpteurs; tout en est plein dans les ruines de Persépolis : mais aussi on voit dans ces figures les symboles de l'immortalité; on y voit des têtes qui s'envolent au ciel avec des ailes, symboles de l'émigration d'une vie passagère à la vie immortelle.

Passons aux usages purement humains. Je m'étonne qu'Hérodote ait dit devant toute la Grèce, dans son premier livre, que toutes les Babyloniennes étaient obligées par la loi de se prostituer, une fois dans leur vie, aux étrangers, dans le temple de Milita ou Vénus[1]. Je m'étonne encore plus que, dans toutes les histoires faites pour l'instruction de la jeunesse, on renouvelle aujourd'hui ce conte. Certes, ce devait être une belle fête et une belle dévotion que de voir accourir dans une église des marchands de chameaux, de chevaux, de bœufs et d'ânes, et de les voir descendre de leurs montures pour coucher devant l'autel avec les principales dames de la ville. De bonne foi, cette infamie peut-elle être dans le caractère d'un peuple policé? Est-il possible que les magistrats d'une des plus grandes villes du monde aient établi une telle police; que les maris aient consenti de prostituer leurs femmes; que tous les pères aient abandonné leurs filles aux palefreniers de l'Asie? Ce qui n'est pas dans la nature n'est jamais vrai. J'aimerais autant croire Dion Cassius, qui assure que les graves sénateurs de Rome proposèrent un décret par lequel César, âgé de cinquante-sept ans, aurait le droit de jouir de toutes les femmes qu'il voudrait.

Ceux qui, en compilant aujourd'hui l'*Histoire ancienne*, copient tant d'auteurs sans en examiner aucun, n'auraient-ils pas dû s'apercevoir, ou qu'Hérodote a débité des fables ridicules, ou plutôt que son texte a

---

[1] De très profonds érudits ont prétendu que le marché se fesait bien dans le temple, mais qu'il ne se consommait que dehors. Strabon dit en effet, qu'après s'être livrée à l'étranger, *hors du temple*, la femme retournait chez elle. Où donc se consommait cette cérémonie religieuse? Ce n'était ni chez la femme, ni chez l'étranger, ni dans un lieu profane, où le mari, et peut-être un amant de la femme, qui auraient eu le malheur d'être philosophes et d'avoir des doutes sur la religion de Babylone, eussent pu troubler cet acte de piété. C'était donc dans quelque lieu voisin du temple destiné à cet usage, et consacré à la déesse. Si ce n'était point dans l'église, c'était au moins dans la sacristie. K.

été corrompu, et qu'il n'a voulu parler que des courtisanes établies dans toutes les grandes villes, et qui,
peut-être alors, attendaient les passants sur les chemins?

Je ne croirai pas davantage Sextus Empiricus, qui
prétend que chez les Perses la pédérastie était ordonnée. Quelle pitié! comment imaginer que les hommes
eussent fait une loi qui, si elle avait été exécutée,
aurait détruit la race des hommes [1]? La pédérastie,
au contraire, était expressément défendue dans le
livre du *Zend;* et c'est ce qu'on voit dans l'abrégé du
Zend, le *Sadder,* où il est dit (porte 9) *Qu'il n'y a point
de plus grand péché* [a].

Strabon dit que les Perses épousaient leurs mères;
mais quels sont ses garants? des ouï-dire, des bruits
vagues. Cela put fournir une épigramme à Catulle:

« Nam magus ex matre et nato nascatur oportet. »
Tout mage doit naître de l'inceste d'une mère et d'un fils.

Une telle loi n'est pas croyable; une épigramme
n'est pas une preuve. Si l'on n'avait pas trouvé de
mères qui voulussent coucher avec leurs fils, il n'y
aurait donc point eu de prêtres chez les Perses. La
religion des mages, dont le grand objet était la population, devait plutôt permettre aux pères de s'unir à

---

[1] Voyez la *Défense de mon oncle*, chap. v. (*Mélanges*, année 1767.)
Voyez aussi une note sur l'article AMOUR SOCRATIQUE, dans le *Dictionnaire philosophique.* K.

[a] Voyez les réponses à celui qui a prétendu que la prostitution était une
loi de l'empire des Babyloniens, et que la pédérastie était établie en Perse,
dans le même pays. On ne peut guère pousser plus loin l'opprobre de la
littérature, ni plus calomnier la nature humaine.

leurs filles, qu'aux mères de coucher avec leurs enfants, puisqu'un vieillard peut engendrer, et qu'une
vieille n'a pas cet avantage.

Que de sottises n'avons-nous pas dites sur les Turcs?
les Romains en disaient davantage sur les Perses.

En un mot, en lisant toute histoire, soyons en
garde contre toute fable.

XII. DE LA SYRIE.

Je vois, par tous les monuments qui nous restent,
que la contrée qui s'étend depuis Alexandrette, ou
Scanderon, jusqu'auprès de Bagdad, fut toujours
nommée Syrie; que l'alphabet de ces peuples fut toujours syriaque; que c'est là que furent les anciennes
villes de Zobah, de Balbek, de Damas; et depuis,
celles d'Antioche, de Séleucie, de Palmyre. Balk était
si ancienne, que les Perses prétendent que leur Bram,
ou Abraham, était venu de Balk chez eux. Où pouvait
donc être ce puissant empire d'Assyrie dont on a tant
parlé, si ce n'est dans le pays des fables?

Les Gaules, tantôt s'étendirent jusqu'au Rhin, tantôt furent plus resserrées; mais qui jamais imagina
de placer un vaste empire entre le Rhin et les Gaules?
Qu'on ait appelé les nations voisines de l'Euphrate
assyriennes, quand elles se furent étendues vers Damas, et qu'on ait appelé Assyriens les peuples de
Syrie, quand ils s'approchèrent de l'Euphrate; c'est
là où se peut réduire la difficulté. Toutes les nations
voisines se sont mêlées, toutes ont été en guerre et
ont changé de limites. Mais lorsqu'une fois il s'est
élevé des villes capitales, ces villes établissent une

différence marquée entre deux nations. Ainsi les Babyloniens, ou vainqueurs ou vaincus, furent toujours
différents des peuples de Syrie. Les anciens caractères de la langue syriaque ne furent point ceux des
anciens Chaldéens.

Le culte, les superstitions, les lois bonnes ou mau-
vaises, les usages bizarres, ne furent point les mêmes.
La déesse de Syrie, si ancienne, n'avait aucun rapport avec le culte des Chaldéens. Les mages chaldéens, babyloniens, persans, ne se firent jamais eunuques, comme les prêtres de la déesse de Syrie.
Chose étrange! les Syriens révéraient la figure de ce
que nous appelons Priape, et les prêtres se dépouillaient de leur virilité!

Ce renoncement à la génération ne prouve-t-il
pas une grande antiquité, une population considérable? Il n'est pas possible qu'on eût voulu attenter
ainsi contre la nature dans un pays où l'espèce aurait
été rare.

Les prêtres de Cybèle, en Phrygie, se rendaient
eunuques comme ceux de Syrie. Encore une fois,
peut-on douter que ce ne fût l'effet de l'ancienne
coutume de sacrifier aux dieux ce qu'on avait de plus
cher, et de ne se point exposer, devant des êtres
qu'on croyait purs, aux accidents de ce qu'on croyait
impureté? Peut-on s'étonner, après de tels sacrifices,
de celui que l'on fesait de son prépuce chez d'autres
peuples, et de l'amputation d'un testicule chez des
nations africaines? Les fables d'Atis et de Combabus
ne sont que des fables, comme celle de Jupiter, qui
rendit eunuque Saturne son père. La superstition

invente des usages ridicules, et l'esprit romanesque
invente des raisons absurdes.

Ce que je remarquerai encore des anciens Syriens,
c'est que la ville qui fut depuis nommée la Ville
sainte, et Hiérapolis par les Grecs, était nommée par
les Syriens Magog. Ce mot *Mag* a un grand rapport
avec les anciens mages; il semble commun à tous
ceux qui, dans ces climats, étaient consacrés au service de la divinité. Chaque peuple eut une ville
sainte. Nous savons que Thèbes, en Égypte, était la
ville de Dieu; Babylone, la ville de Dieu; Apamée,
en Phrygie, était aussi la ville de Dieu.

Les Hébreux, long-temps après, parlent des peuples de Gog et de Magog; ils pouvaient entendre par
ces noms les peuples de l'Euphrate et de l'Oronte:
ils pouvaient entendre aussi les Scythes, qui vinrent
ravager l'Asie avant Cyrus, et qui dévastèrent la
Phénicie; mais il importe fort peu de savoir quelle
idée passait par la tête d'un Juif quand il prononçait
Magog ou Gog.

Au reste, je ne balance pas à croire les Syriens
beaucoup plus anciens que les Égyptiens, par la raison évidente que les pays les plus aisément cultiva-
bles sont nécessairement les premiers peuplés et les
premiers florissants.

XIII. DES PHÉNICIENS ET DE SANCHONIATHON.

Les Phéniciens sont probablement rassemblés en
corps de peuple aussi anciennement que les autres
habitants de la Syrie. Ils peuvent être moins anciens
que les Chaldéens, parceque leur pays est moins fer-

tile. Sidon, Tyr, Joppé, Berith, Ascalon, sont des
terrains ingrats. Le commerce maritime a toujours
été la dernière ressource des peuples. On a commencé
par cultiver sa terre avant de bâtir des vaisseaux pour
en aller chercher de nouvelles au-delà des mers. Mais
ceux qui sont forcés de s'adonner au commerce maritime ont bientôt cette industrie, fille du besoin, qui
n'aiguillonne point les autres nations. Il n'est parlé
d'aucune entreprise maritime, ni des Chaldéens, ni
des Indiens. Les Égyptiens même avaient la mer en
horreur; la mer était leur Typhon, un être malfesant;
et c'est ce qui fait révoquer en doute les quatre cents
vaisseaux équipés par Sésostris pour aller conquérir
l'Inde. Mais les entreprises des Phéniciens sont réelles.
Carthage et Cadix fondées par eux, l'Angleterre découverte, leur commerce aux Indes par Eziongaber,
leurs manufactures d'étoffes précieuses, leur art de
teindre en pourpre, sont des témoignages de leur habileté; et cette habileté fit leur grandeur.

Les Phéniciens furent dans l'antiquité ce qu'étaient
les Vénitiens au quinzième siècle, et ce que sont devenus depuis les Hollandais, forcés de s'enrichir par
leur industrie.

Le commerce exigeait nécessairement qu'on eût
des registres qui tinssent lieu de nos livres de compte,
avec des signes aisés et durables pour établir ces registres. L'opinion qui fait les Phéniciens auteurs de
l'écriture alphabétique est donc très vraisemblable.
Je n'assurerais pas qu'ils aient inventé de tels caractères avant les Chaldéens; mais leur alphabet fut certainement le plus complet et le plus utile, puisqu'ils

peignirent les voyelles, que les Chaldéens n'exprimaient pas.

Je ne vois pas que les Égyptiens aient jamais communiqué leurs lettres, leur langue, à aucun peuple :
au contraire, les Phéniciens transmirent leur langue
et leur alphabet aux Carthaginois, qui les altérèrent
depuis ; leurs lettres devinrent celles des Grecs. Quel
préjugé pour l'antiquité des Phéniciens !

Sanchoniathon, Phénicien, qui écrivit long-temps
avant la guerre de Troie l'histoire des premiers âges,
et dont Eusèbe nous a conservé quelques fragments
traduits par Philon de Biblos ; Sanchoniathon, dis-je,
nous apprend que les Phéniciens avaient, de temps
immémorial, sacrifié aux éléments et aux vents ; ce
qui convient en effet à un peuple navigateur. Il voulut, dans son histoire, s'élever jusqu'à l'origine des
choses, comme tous les premiers écrivains ; il eut la
même ambition que les auteurs du *Zend* et du *Veidam* :
la même qu'eurent Manéthon en Égypte, et Hésiode
en Grèce.

On ne pourrait douter de la prodigieuse antiquité
du livre de Sanchoniathon, s'il était vrai, comme
Warburton le prétend, qu'on en lût les premières
lignes dans les mystères d'Isis et de Cérès ; hommage
que les Égyptiens et les Grecs n'eussent pas rendu à
un auteur étranger, s'il n'avait pas été regardé comme
une des premières sources des connaissances humaines.

Sanchoniathon n'écrivit rien de lui-même ; il con-
sulta toutes les archives anciennes, et surtout le prêtre Jérombal. Le nom de Sanchoniathon signifie, en

ancien phénicien, amateur de la vérité. Porphyre le dit, Théodoret et Bochart l'avouent. La Phénicie était appelée le pays des lettres, *Kirjath sepher*. Quand les Hébreux vinrent s'établir dans une partie de cette contrée, ils brûlèrent la ville des lettres, comme on le voit dans *Josué* et dans les *Juges*.

Jérombal, consulté par Sanchoniathon, était prêtre du dieu suprême, que les Phéniciens nommaient *Iao*, *Jeova*, nom réputé sacré, adopté chez les Égyptiens et ensuite chez les Juifs. On voit, par les fragments de ce monument si antique, que Tyr existait depuis très long-temps, quoiqu'elle ne fût pas encore parvenue à être une ville puissante.

Ce mot *El*, qui désignait Dieu chez les premiers Phéniciens, a quelque rapport à l'*Alla* des Arabes ; et il est probable que de ce monosyllabe *El* les Grecs composèrent leur *Elios*. Mais ce qui est plus remarquable, c'est qu'on trouve chez les anciens Phéniciens le mot *Eloa*, *Eloin*, dont les Hébreux se servirent très long-temps après, quand ils s'établirent dans le Canaan.

C'est de la Phénicie que les Juifs prirent tous les noms qu'ils donnèrent à Dieu, *Eloa*, *Iao*, *Adonaï* ; cela ne peut être autrement, puisque les Juifs ne parlèrent long-temps en Canaan que la langue phénicienne.

Ce mot *Iao*, ce nom ineffable chez les Juifs, et qu'ils ne prononçaient jamais, était si commun dans l'Orient, que Diodore, dans son livre second, en parlant de ceux qui feignirent des entretiens avec les dieux, dit que « Minos se vantait d'avoir communiqué avec

« le dieu Zeus; Zamolxis avec la déesse Vesta; et le
« Juif Moïse avec le dieu Iao, etc. »

Ce qui mérite surtout d'être observé, c'est que Sanchoniathon, en rapportant l'ancienne cosmologie de
son pays, parle d'abord du chaos d'un air ténébreux,
Chautereb [1]. L'Érèbe, la nuit d'Hésiode, est prise du
mot phénicien qui s'est conservé chez les Grecs. Du
chaos sortit *Mot*, qui signifie la matière. Or, qui ar-
rangea la matière? C'est *colpi Iao*, l'esprit de Dieu,
le vent de Dieu, ou plutôt la voix de la bouche de
Dieu. C'est à la voix de Dieu que naquirent les animaux et les hommes [2].

Il est aisé de se convaincre que cette cosmogonie
est l'origine de presque toutes les autres. Le peuple le
plus ancien est toujours imité par ceux qui viennent
après lui; ils apprennent sa langue, ils suivent une
partie de ses rites, ils s'approprient ses antiquités et
ses fables. Je sais combien toutes les origines chal-
déennes, syriennes, phéniciennes, égyptiennes, et
grecques, sont obscures. Quelle origine ne l'est pas?
Nous ne pouvons avoir rien de certain sur la formation du monde, que ce que le créateur du monde aurait daigné nous apprendre lui-même. Nous marchons
avec sûreté jusqu'à certaines bornes : nous savons que

---

[1] Dans l'*Examen important de milord Bolingbroke*, chapitre VI (voy. les
Mélanges, année 1767), l'auteur a écrit *Khaütereb*. On lit *Chaut-ereb* dans
une note sur le *Discours de l'empereur Julien* (*Mélanges*, 1768), et encore
dans la seconde note de la *Bible expliquée* (*Mélanges*, 1776). B.

[2] Cette manière d'entendre Sanchoniathon est très naturelle; elle est appuyée sur l'autorité de Bochart. Ceux qui l'ont critiquée savent sûrement
très bien la langue grecque; mais ils ont prouvé que cela ne suffit pas toujours pour entendre les livres grecs. K.

Babylone existait avant Rome; que les villes de Syrie étaient puissantes avant qu'on connût Jérusalem; qu'il y avait des rois d'Égypte avant Jacob, avant Abraham : nous savons quelles sociétés se sont établies les dernières; mais pour savoir précisément quel fut le premier peuple, il faut une révélation.

Au moins nous est-il permis de peser les probabilités, et de nous servir de notre raison dans ce qui n'intéresse point nos dogmes sacrés, supérieurs à toute raison, et qui ne cèdent qu'à la morale.

Il est très avéré que les Phéniciens occupaient leur pays long-temps avant que les Hébreux s'y présentassent. Les Hébreux purent-ils apprendre la langue phénicienne quand ils erraient, loin de la Phénicie, dans le désert, au milieu de quelques hordes d'Arabes?

La langue phénicienne put-elle devenir le langage ordinaire des Hébreux? et purent-ils écrire dans cette langue du temps de Josué, parmi des dévastations et des massacres continuels? Les Hébreux après Josué, long-temps esclaves dans ce même pays qu'ils avaient mis à feu et à sang, n'apprirent-ils pas alors un peu de la langue de leurs maîtres, comme depuis ils apprirent un peu de chaldéen quand ils furent esclaves à Babylone?

N'est-il pas de la plus grande vraisemblance qu'un peuple commerçant, industrieux, savant, établi de temps immémorial, et qui passe pour l'inventeur des lettres, écrivit long-temps avant un peuple errant, nouvellement établi dans son voisinage, sans aucune science, sans aucune industrie, sans aucun commerce, et subsistant uniquement de rapines?

Peut-on nier sérieusement l'authenticité des fragments de Sanchoniathon conservés par Eusèbe? ou
peut-on imaginer, avec le savant Huet, que Sanchoniathon ait puisé chez Moïse, quand tout ce qui reste
de monuments antiques nous avertit que Sanchoniathon vivait avant Moïse? Nous ne décidons rien, c'est
au lecteur éclairé et judicieux à décider entre Huet et
Van-Dale qui l'a réfuté. Nous cherchons la vérité et
non la dispute.

XIV. DES SCYTHES ET DES GOMÉRITES.

Laissons Gomer, presque au sortir de l'arche, aller
subjuguer les Gaules et les peupler en quelques années; laissons aller Tubal en Espagne et Magog dans
le nord de l'Allemagne, vers le temps où les fils de
Cham fesaient une prodigieuse quantité d'enfants tout
noirs vers la Guinée et le Congo. Ces impertinences
dégoûtantes sont débitées dans tant de livres, que ce
n'est pas la peine d'en parler : les enfants commencent à en rire; mais par quelle faiblesse, ou par quelle
malignité secrète, ou par quelle affectation de montrer une éloquence déplacée, tant d'historiens ont-ils
fait de si grands éloges des Scythes, qu'ils ne connaissaient pas?

Pourquoi Quinte-Curce, en parlant des Scythes qui
habitaient au nord de la Sogdiane, au-delà de l'Oxus
(qu'il prend pour le Tanaïs qui en est à cinq cents
lieues), pourquoi, dis-je, Quinte-Curce met-il une ha-
rangue philosophique dans la bouche de ces barbares?
pourquoi suppose-t-il qu'ils reprochent à Alexandre
sa soif de conquérir? pourquoi leur fait-il dire qu'A-

lexandre est le plus fameux voleur de la terre, eux
qui avaient exercé le brigandage dans toute l'Asie si
long-temps avant lui? pourquoi enfin Quinte-Curce
peint-il ces Scythes comme les plus justes de tous les
hommes? La raison en est que, comme il place en
mauvais géographe le Tanaïs du côté de la mer Caspienne, il parle du prétendu désintéressement des
Scythes en déclamateur.

Si Horace, en opposant les mœurs des Scythes à
celles des Romains, fait en vers harmonieux le panégyrique de ces barbares, s'il dit (Ode XXIV, liv. III),

> « Campestres melius Scythæ,
> « Quorum plaustra vagas rite trahunt domos,
> « Vivunt, et rigidi Getæ »;

> Voyez les habitants de l'affreuse Scythie,
> Qui vivent sur des chars;
> Avec plus d'innocence ils consument leur vie
> Que le peuple de Mars;

c'est qu'Horace parle en poëte un peu satirique, qui
est bien aise d'élever des étrangers aux dépens de son
pays.

C'est par la même raison que Tacite[1] s'épuise à louer
les barbares Germains, qui pillaient les Gaules et qui
immolaient des hommes à leurs abominables dieux.
Tacite, Quinte-Curce, Horace, ressemblent à ces pé-
dagogues qui, pour donner de l'émulation à leurs disciples, prodiguent en leur présence des louanges à
des enfants étrangers, quelque grossiers qu'ils puissent être.

Les Scythes sont ces mêmes barbares que nous

---

[1] Voy. ci-après l'*Avant-Propos* de l'*Essai*. B.

avons depuis appelés Tartares; ce sont ceux-là mêmes
qui, long-temps avant Alexandre, avaient ravagé plusieurs fois l'Asie, et qui ont été les déprédateurs d'une
grande partie du continent. Tantôt, sous le nom de
Monguls ou de Huns, ils ont asservi.la Chine et les
Indes; tantôt, sous le nom de Turcs, ils ont chassé
les Arabes qui avaient conquis une partie de l'Asie.
C'est de ces vastes campagnes que partirent les Huns
pour aller jusqu'à Rome. Voilà ces hommes désinté-
ressés et justes dont nos compilateurs vantent encore
aujourd'hui l'équité quand ils copient Quinte-Curce.
C'est ainsi qu'on nous accable d'histoires anciennes,
sans choix et sans jugement; on les lit à peu près
avec le même esprit qu'elles ont été faites, et on ne se
met dans la tête que des erreurs.

Les Russes habitent aujourd'hui l'ancienne Scythie
européane; ce sont eux qui ont fourni à l'histoire des
vérités bien étonnantes. Il y a eu sur la terre des révolutions qui ont plus frappé l'imagination; il n'y en a
pas une qui satisfasse autant l'esprit humain, et qui
lui fasse autant d'honneur. On a vu des conquérants
et des dévastations; mais qu'un seul homme ait, en
vingt années, changé les mœurs, les lois, l'esprit du
plus vaste empire de la terre; que tous les arts soient
venus en foule embellir des déserts; c'est là ce qui est
admirable. Une femme qui ne savait ni lire ni écrire
perfectionna ce que Pierre-le-Grand avait commencé.
Une autre femme (Élisabeth) étendit encore ces nobles commencements. Une autre impératrice encore
est allée plus loin que les deux autres; son génie s'est
communiqué à ses sujets; les révolutions du palais

n'ont pas retardé d'un moment les progrès de la félicité de l'empire: on a vu, en un demi-siècle, la cour
de Scythie plus éclairée que ne l'ont été jamais la
Grèce et Rome.

Et ce qui est plus admirable, c'est qu'en 1770,
temps auquel nous écrivons, Catherine II poursuit en
Europe et en Asie les Turcs fuyant devant ses armées,
et les fait trembler dans Constantinople. Ses soldats
sont aussi terribles que sa cour est polie; et, quel que
soit l'événement de cette grande guerre, la postérité
doit admirer la Thomiris du Nord: elle mérite de venger la terre de la tyrannie turque.

XV. DE L'ARABIE.

Si l'on est curieux de monuments tels que ceux de
l'Égypte, je ne crois pas qu'on doive les chercher en
Arabie. La Mecque fut, dit-on, bâtie vers le temps
d'Abraham; mais elle est dans un terrain si sablonneux
et si ingrat, qu'il n'y a pas d'apparence qu'elle ait été
fondée avant les villes qu'on éleva près des fleuves,
dans des contrées fertiles. Plus de la moitié de l'Arabie
est un vaste désert, ou de sables ou de pierres. Mais
l'Arabie Heureuse a mérité ce nom, en ce qu'étant
environnée de solitudes et d'une mer orageuse, elle a
été à l'abri de la rapacité des voleurs, appelés conquérants, jusqu'à Mahomet; et même alors elle ne
fut que la compagne de ses victoires. Cet avantage est
bien au-dessus de ses aromates, de son encens, de sa
cannelle, qui est d'une espèce médiocre, et même de
son café, qui fait aujourd'hui sa richesse.

L'Arabie Déserte est ce pays malheureux, habité

5.

par quelques Amalécites, Moabites, Madianites : pays affreux, qui ne contient pas aujourd'hui neuf à dix mille Arabes, voleurs errants, et qui ne peut en nourrir davantage. C'est dans ces mêmes déserts qu'il est dit que deux millions d'Hébreux passèrent quarante années. Ce n'est point la vraie Arabie, et ce pays est souvent appelé désert de Syrie.

L'Arabie Pétrée n'est ainsi appelée que du nom de Pétra, petite forteresse, à qui sûrement les Arabes n'avaient pas donné ce nom, mais qui fut nommée ainsi par les Grecs vers le temps d'Alexandre. Cette Arabie Pétrée est fort petite, et peut être confondue, sans lui faire tort, avec l'Arabie Déserte : l'une et l'autre ont toujours été habitées par des hordes vagabondes. C'est auprès de cette Arabie Pétrée que fut bâtie la ville appelée par nous Jérusalem.

Pour cette vaste partie appelée Heureuse, près de la moitié consiste aussi en déserts ; mais quand on avance quelques milles dans les terres, soit à l'orient de Moka, soit même à l'orient de la Mecque, c'est alors qu'on trouve le pays le plus agréable de la terre. L'air y est parfumé, dans un été continuel, de l'odeur des plantes aromatiques que la nature y fait croître sans culture. Mille ruisseaux descendent des montagnes, et entretiennent une fraîcheur perpétuelle, qui tempère l'ardeur du soleil sous des ombrages toujours verts.

C'est surtout dans ces pays que le mot de jardin, paradis, signifia la faveur céleste.

Les jardins de Saana, vers Aden, furent plus fameux chez les Arabes que ne le furent depuis ceux d'Alcinoüs chez les Grecs; et cet Aden, ou Éden, était nommé le lieu des délices. On parle encore d'un ancien Shedad, dont les jardins n'étaient pas moins renommés. La félicité, dans ces climats brûlants, était l'ombrage.

Ce vaste pays de l'Yemen est si beau, ses ports sont si heureusement situés sur l'Océan indien, qu'on prétend qu'Alexandre voulut conquérir l'Yemen pour en faire le siége de son empire, et y établir l'entrepôt du commerce du monde. Il eût entretenu l'ancien canal des rois d'Égypte, qui joignait le Nil à la mer Rouge; et tous les trésors de l'Inde auraient passé d'Aden ou d'Éden à sa ville d'Alexandrie. Une telle entreprise ne ressemble pas à ces fables insipides et absurdes dont toute histoire ancienne est remplie: il eût fallu, à la vérité, subjuguer toute l'Arabie; si quelqu'un le pouvait, c'était Alexandre: mais il paraît que ces peuples ne le craignirent point; ils ne lui envoyèrent pas même des députés quand il tenait sous le joug l'Égypte et la Perse.

Les Arabes, défendus par leurs déserts et par leur courage, n'ont jamais subi le joug étranger; Trajan ne conquit qu'un peu de l'Arabie Pétrée : aujourd'hui même ils bravent la puissance du Turc. Ce grand peuple a toujours été aussi libre que les Scythes, et plus civilisé qu'eux.

Il faut bien se garder de confondre ces anciens Arabes avec les hordes qui se disent descendues d'Ismaël. Les Ismaélites, ou Agaréens, ou ceux qui se disaient enfants de Cethura, étaient des tribus étrangères, qui ne mirent jamais le pied dans l'Arabie

Heureuse. Leurs hordes erraient dans l'Arabie Pétrée vers le pays de Madian; elles se mêlèrent depuis avec les vrais Arabes, du temps de Mahomet, quand elles embrassèrent sa religion.

Ce sont les peuples de l'Arabie proprement dite qui étaient véritablement indigènes, c'est-à-dire qui, de temps immémorial, habitaient ce beau pays, sans mélange d'aucune autre nation, sans avoir jamais été ni conquis ni conquérants. Leur religion était la plus naturelle et la plus simple de toutes; c'était le culte d'un Dieu et la vénération pour les étoiles, qui semblaient, sous un ciel si beau et si pur, annoncer la grandeur de Dieu avec plus de magnificence que le reste de la nature. Ils regardaient les planètes comme des médiatrices entre Dieu et les hommes. Ils eurent cette religion jusqu'à Mahomet. Je crois bien qu'il y eut beaucoup de superstitions, puisqu'ils étaient hommes; mais, séparés du reste du monde par des mers et des déserts, possesseurs d'un pays délicieux et se trouvant au-dessus de tout besoin et de toute crainte, ils dûrent être nécessairement moins méchants et moins superstitieux que d'autres nations.

On ne les avait jamais vus ni envahir le bien de leurs voisins, comme des bêtes carnassières affamées; ni égorger les faibles, en prétextant les ordres de la Divinité; ni faire leur cour aux puissants, en les flattant par de faux oracles : leurs superstitions ne furent ni absurdes ni barbares.

On ne parle point d'eux dans nos histoires universelles fabriquées dans notre Occident; je le crois bien: ils n'ont aucun rapport avec la petite nation juive,

qui est devenue l'objet et le fondement de nos histoires prétendues universelles, dans lesquelles un
certain genre d'auteurs, se copiant les uns les autres,
oublie les trois quarts de la terre.

XVI. DE BRAM, ABRAM, ABRAHAM [1].

Il semble que ce nom de *Bram, Brama, Abram,
Ibrahim*, soit un des noms les plus communs aux
anciens peuples de l'Asie. Les Indiens, que nous
croyons une des premières nations, font de leur
Brama un fils de Dieu, qui enseigna aux brames la
manière de l'adorer. Ce nom fut en vénération de
proche en proche. Les Arabes, les Chaldéens, les
Persans, se l'approprièrent, et les Juifs le regardèrent comme un de leurs patriarches. Les Arabes,
qui trafiquaient avec les Indiens, eurent probablement les premiers quelques idées confuses de Brama,
qu'ils nommèrent Abrama, et dont ensuite ils se van-
tèrent d'être descendus. Les Chaldéens l'adoptèrent
comme un législateur. Les Perses appelaient leur
ancienne religion *Millat Ibrahim*; les Mèdes, *Kish
Ibrahim*. Ils prétendaient que cet Ibrahim ou Abraham
était de la Bactriane, et qu'il avait vécu près de la ville
de Balk : ils révéraient en lui un prophète de la religion de l'ancien Zoroastre : il n'appartient sans doute
qu'aux Hébreux, puisqu'ils le reconnaissent pour leur
père dans leurs livres sacrés.

Des savants ont cru que ce nom était indien parceque les prêtres indiens s'appelaient brames, brach-

[1] Voyez, dans le *Dictionnaire philosophique*, l'article ABRAHAM, seconde
section. B.

manes, et que plusieurs de leurs institutions ont un
rapport immédiat à ce nom; au lieu que, chez les
Asiatiques occidentaux, vous ne voyez aucun établissement qui tire son nom d'Abram ou Abraham. Nulle
société ne s'est jamais nommée abramique; nul rite,
nulle cérémonie de ce nom : mais, puisque les livres
juifs disent qu'Abraham est la tige des Hébreux, il
faut croire sans difficulté ces Juifs, qui, bien que détestés par nous, sont pourtant regardés comme nos
précurseurs et nos maîtres.

L'Alcoran cite, touchant Abraham, les anciennes
histoires arabes; mais il en dit très peu de chose :
elles prétendent que cet Abraham fonda la Mecque.

Les Juifs le font venir de Chaldée, et non pas de
l'Inde ou de la Bactriane; ils étaient voisins de la Chaldée; l'Inde et la Bactriane leur étaient inconnues.
Abraham était un étranger pour tous ces peuples; et
la Chaldée étant un pays dès long-temps renommé
pour les sciences et les arts, c'était un honneur,
humainement parlant, pour une chétive et barbare
nation renfermée dans la Palestine, de compter un
ancien sage, réputé chaldéen, au nombre de ses ancêtres.

S'il est permis d'examiner la partie historique des
livres judaïques, par les mêmes règles qui nous con-
duisent dans la critique des autres histoires, il faut
convenir, avec tous les commentateurs, que le récit
des aventures d'Abraham, tel qu'il se trouve dans
le Pentateuque, serait sujet à quelques difficultés s'il
se trouvait dans une autre histoire.

La Genèse, après avoir raconté la mort de Tharé,

dit qu'Abraham son fils sortit d'Aran, âgé de soixante et quinze ans; et il est naturel d'en conclure qu'il ne quitta son pays qu'après la mort de son père.

Mais la même *Genèse* dit que Tharé, l'ayant engendré à soixante et dix ans, vécut jusqu'à deux cent cinq; ainsi Abraham aurait eu cent trente-cinq ans quand il quitta la Chaldée. Il paraît étrange qu'à cet âge il ait abandonné le fertile pays de la Mésopotamie, pour aller, à trois cents milles de là, dans la contrée stérile et pierreuse de Sichem, qui n'était point un lieu de commerce. De Sichem on le fait aller acheter du blé à Memphis, qui est environ à six cents milles; et dès qu'il arrive, le roi devient amoureux de sa femme, âgée de soixante et quinze ans.

Je ne touche point à ce qu'il y a de divin dans cette histoire, je m'en tiens toujours aux recherches de l'antiquité. Il est dit qu'Abraham reçut de grands présents du roi d'Égypte [1]. Ce pays était dès-lors un puissant état; la monarchie était établie, les arts y étaient donc cultivés; le fleuve avait été dompté; on avait creusé partout des canaux pour recevoir ses inondations, sans quoi la contrée n'eût pas été habitable.

Or, je demande à tout homme sensé s'il n'avait pas fallu des siècles pour établir un tel empire dans un pays long-temps inaccessible, et dévasté par les eaux mêmes qui le fertilisèrent? Abraham, selon *la Genèse,* arriva en Égypte deux mille ans avant notre ère vulgaire. Il

---

[1] *La Genèse* parle d'un grand nombre d'esclaves et de bêtes de somme donnés à Abraham, lorsque Pharaon le croyait seulement le frère de Sara; et quand il sortit d'Égypte, Pharaon y ajouta beaucoup d'or et d'argent. K.

faut donc pardonner aux Manéthon, aux Hérodote,
aux Diodore, aux Ératosthène, et à tant d'autres, la
prodigieuse antiquité qu'ils accordent tous au royaume
d'Égypte; et cette antiquité devait être très moderne,
en comparaison de celle des Chaldéens et des Syriens.

Qu'il soit permis d'observer un trait de l'histoire
d'Abraham. Il est représenté, au sortir de l'Égypte,
comme un pasteur nomade, errant entre le mont
Carmel et le lac Asphaltide; c'est le désert le plus aride
de l'Arabie Pétrée; tout le territoire y est bitumineux;
l'eau y est très rare : le peu qu'on y en trouve est
moins potable que celle de la mer. Il y voiture ses
tentes avec trois cent dix-huit serviteurs; et son neveu
Loth est établi dans la ville ou bourg de Sodome. Un
roi de Babylone, un roi de Perse, un roi de Pont, et
un roi de plusieurs autres nations, se liguent ensemble pour faire la guerre à Sodome et à quatre bourgades voisines. Ils prennent ces bourgs et Sodome;
Loth est leur prisonnier. Il n'est pas aisé de comprendre comment quatre grands rois si puissants se
liguèrent pour venir ainsi attaquer une horde d'Arabes
dans un coin de terre si sauvage, ni comment Abraham défit de si puissants monarques avec trois cents
valets de campagne, ni comment il les poursuivit
jusque par-delà Damas. Quelques traducteurs ont
mis *Dan* pour *Damas*; mais Dan n'existait pas du
temps de Moïse, encore moins du temps d'Abraham.
Il y a, de l'extrémité du lac Asphaltide, où Sodome
était située, jusqu'à Damas, plus de trois cents milles
de route. Tout cela est au-dessus de nos conceptions.

Tout est miraculeux dans l'histoire des Hébreux. Nous l'avons déjà dit [1], et nous redisons encore que nous croyons ces prodiges et tous les autres sans aucun examen.

XVII. DE L'INDE.

S'il est permis de former des conjectures, les Indiens, vers le Gange, sont peut-être les hommes le plus anciennement rassemblés en corps de peuple. Il est certain que le terrain où les animaux trouvent la pâture la plus facile est bientôt couvert de l'espèce qu'il peut nourrir. Or, il n'y a point de contrée au monde où l'espèce humaine ait sous sa main des aliments plus sains, plus agréables et en plus grande abondance que vers le Gange. Le riz y croît sans culture; le coco, la datte, le figuier, présentent de tous côtés des mets délicieux; l'oranger, le citronnier, fournissent à-la-fois des boissons rafraîchissantes avec quelque nourriture; les cannes de sucre sont sous la main; les palmiers et les figuiers à larges feuilles y donnent le plus épais ombrage. On n'a pas besoin, dans ce climat, d'écorcher des troupeaux pour défendre ses enfants des rigueurs des saisons; on les y élève encore aujourd'hui tout nus jusqu'à la puberté. Jamais on ne fut obligé, dans ce pays, de risquer sa vie en attaquant les animaux, pour la soutenir en se nourrissant de leurs membres déchirés, comme on a fait presque partout ailleurs.

Les hommes se seront rassemblés d'eux-mêmes dans ce climat heureux; on ne se sera point disputé

---

[1] Voyez la note de l'auteur sur le paragraphe x. B.

un terrain aride pour y établir de maigres troupeaux ;
on ne se sera point fait la guerre pour un puits, pour
une fontaine, comme ont fait des barbarés dans l'Arabie Pétrée.

Les brames se vantent de posséder les monuments
les plus anciens qui soient sur la terre. Les raretés les
plus antiques que l'empereur chinois Cam-hi eût dans
son palais étaient indiennes : il montrait à nos missionnaires mathématiciens d'anciennes monnaies indiennes, frappées au coin, fort antérieures aux monnaies de cuivre des empereurs chinois : et c'est probablement des Indiens que les rois de Perse apprirent
l'art monétaire.

Les Grecs, avant Pythagore, voyageaient dans
l'Inde pour s'instruire. Les signes des sept planètes et
des sept métaux sont encore, dans presque toute la
terre, ceux que les Indiens inventèrent : les Arabes
furent obligés de prendre leurs chiffres. Celui des
jeux qui fait le plus d'honneur à l'esprit humain nous
vient incontestablement de l'Inde; les éléphants, auxquels nous avons substitué des tours, en sont une
preuve : il était naturel que les Indiens fissent marcher des éléphants, mais il ne l'est pas que des tours
marchent.

Enfin, les peuples les plus anciennement connus,
Persans, Phéniciens, Arabes, Égyptiens, allèrent, de
temps immémorial, trafiquer dans l'Inde, pour en
rapporter les épiceries que la nature n'a données qu'à
ces climats, sans que jamais les Indiens allassent rien
demander à aucune de ces nations.

On nous parle d'un Bacchus qui partit, dit-on,

d'Égypte, ou d'une contrée de l'Asie occidentale,
pour conquérir l'Inde. Ce Bacchus, quel qu'il soit,
savait donc qu'il y avait au bout de notre continent
une nation qui valait mieux que la sienne. Le besoin
fit les premiers brigands, ils n'envahirent l'Inde que
parcequ'elle était riche; et sûrement le peuple riche
est rassemblé, civilisé, policé long-temps avant le
peuple voleur.

Ce qui me frappe le plus dans l'Inde, c'est cette
ancienne opinion de la transmigration des ames, qui
s'étendit avec le temps jusqu'à la Chine et dans l'Europe. Ce n'est pas que les Indiens sussent ce que c'est
qu'une ame: mais ils imaginaient que ce principe,
soit aérien, soit igné, allait successivement animer
d'autres corps. Remarquons attentivement ce système de philosophie qui tient aux mœurs. C'était un
grand frein pour les pervers, que la crainte d'être
condamnés par Visnou et par Brama à devenir les
plus vils et les plus malheureux des animaux. Nous
verrons bientôt que tous les grands peuples avaient
une idée d'une autre vie, quoique avec des notions
différentes. Je ne vois guère, parmi les anciens empires, que les Chinois qui n'établirent pas la doctrine
de l'immortalité de l'ame. Leurs premiers législateurs
ne promulguèrent que des lois morales : ils crurent
qu'il suffisait d'exhorter les hommes à la vertu, et
de les y forcer par une police sévère.

Les Indiens eurent un frein de plus, en embras-
sant la doctrine de la métempsycose; la crainte de
tuer son père ou sa mère en tuant des hommes et des
animaux, leur inspira une horreur pour le meurtre

et pour toute violence, qui devint chez eux une seconde nature. Ainsi, tous les Indiens dont les familles ne sont alliées ni aux Arabes, ni aux Tartares,
sont encore aujourd'hui les plus doux de tous les
hommes. Leur religion et la température de leur climat rendirent ces peuples entièrement semblables à
ces animaux paisibles que nous élevons dans nos ber-
geries et dans nos colombiers pour les égorger à notre
plaisir. Toutes les nations farouches qui descendi-
rent du Caucase, du Taurus et de l'Immaüs pour
subjuguer les habitants des bords de l'Inde, de l'Hydaspe, du Gange, les asservirent en se montrant.

C'est ce qui arriverait aujourd'hui à ces chrétiens
primitifs, appelés Quakers, aussi pacifiques que les
Indiens; ils seraient dévorés par les autres nations,
s'ils n'étaient protégés par leurs belliqueux compatriotes. La religion chrétienne, que ces seuls primitifs
suivent à la lettre, est aussi ennemie du sang que la
pythagoricienne. Mais les peuples chrétiens n'ont jamais observé leur religion, et les anciennes castes
indiennes ont toujours pratiqué la leur : c'est que le
pythagorisme est la seule religion au monde qui ait
su faire de l'horreur du meurtre une piété filiale et un
sentiment religieux. La transmigration des ames est
un système si simple, et même si vraisemblable aux
yeux des peuples ignorants; il est si facile de croire
que ce qui anime un homme peut ensuite en animer
un autre, que tous ceux qui adoptèrent cette religion
crurent voir les ames de leurs parents dans tous les
hommes qui les environnaient. Ils se crurent tous frères, pères, mères, enfants les uns des autres : cette

idée inspirait nécessairement une charité universelle ;
on tremblait de blesser un être qui était de la famille.
En un mot, l'ancienne religion de l'Inde, et celle des
lettrés à la Chine, sont les seules dans lesquelles les
hommes n'aient point été barbares. Comment put-il
arriver qu'ensuite ces mêmes hommes, qui se fesaient
un crime d'égorger un animal, permissent que les
femmes se brûlassent sur le corps de leurs maris,
dans la vaine espérance de renaître dans des corps
plus beaux et plus heureux? c'est que le fanatisme et
les contradictions sont l'apanage de la nature humaine.

Il faut surtout considérer que l'abstinence de la
chair des animaux est une suite de la nature du climat. L'extrême chaleur et l'humidité y pourrissent
bientôt la viande; elle y est une très mauvaise nourriture : les liqueurs fortes y sont également défendues
par la nature, qui exige dans l'Inde des boissons rafraîchissantes. La métempsycose passa, à la vérité,
chez nos nations septentrionales ; les Celtes crurent
qu'ils renaîtraient dans d'autres corps : mais si les
druides avaient ajouté à cette doctrine la défense de
manger de la chair, ils n'auraient pas été obéis.

Nous ne connaissons presque rien des anciens rites
des brames, conservés jusqu'à nos jours : ils commu-
niquent peu les livres du *Hanscrit*, qu'ils ont encore
dans cette ancienne langue sacrée: leur *Veidam*, leur
Shasta, ont été aussi long-temps inconnus que *le Zend*
des Perses, et que *les cinq Kings* des Chinois. Il n'y a
guère que six-vingts ans que les Européans eurent
les premières notions des *cinq Kings*; et *le Zend* n'a

été vu que par le célèbre docteur Hyde, qui n'eut pas de quoi l'acheter et de quoi payer l'interprète; et par le marchand Chardin, qui ne voulut pas en donner le prix qu'on lui en demandait. Nous n'eûmes que cet extrait du *Zend*, ou ce *Sadder* dont j'ai déjà parlé[1].

Un hasard plus heureux a procuré à la bibliothèque de Paris un ancien livre des brames; c'est *l'Ézour-Veidam*, écrit avant l'expédition d'Alexandre dans l'Inde, avec un rituel de tous les anciens rites des brachmanes, intitulé *le Cormo-Veidam* : ce manuscrit, traduit par un brame, n'est pas à la vérité *le Veidam* lui-même; mais c'est un résumé des opinions et des rites contenus dans cette loi. Nous n'avons que depuis peu d'années *le Shasta*; nous le devons aux soins et à l'érudition de M. Holvell, qui a demeuré très longtemps parmi les brames. *Le Shasta* est antérieur au *Veidam* de quinze cents années, selon le calcul de ce savant Anglais[a]. Nous pouvons donc nous flatter d'avoir aujourd'hui quelque connaissance des plus anciens écrits qui soient au monde.

Il faut désespérer d'avoir jamais rien des Égyptiens; leurs livres sont perdus, leur religion s'est anéantie : ils n'entendent plus leur ancienne langue vulgaire, encore moins la sacrée. Ainsi, ce qui était plus près de nous, plus facile à conserver, déposé dans des bibliothèques immenses, a péri pour jamais; et nous avons trouvé, au bout du monde, des monuments

---

[1] Paragraphe xi. B.

[a] Voyez le *Dictionnaire philosophique*, art. BRACHMANES, ÉZOUR-VEIDAM, etc., et les chap. iii et iv de l'*Essai sur les Mœurs*, etc.

non moins authentiques, que nous ne devions pas espérer de découvrir.

On ne peut douter de la vérité, de l'authenticité de ce rituel des brachmanes dont je parle. L'auteur assurément ne flatte pas sa secte; il ne cherche point à déguiser les superstitions, à leur donner quelque vraisemblance par des explications forcées, à les excuser par des allégories. Il rend compte des lois les plus extravagantes avec la simplicité de la candeur. L'esprit humain paraît là dans toute sa misère. Si les brames observaient toutes les lois de leur *Veidam*, il n'y a point de moine qui voulût s'assujettir à cet état. A peine le fils d'un brame est-il né, qu'il est l'esclave de la cérémonie. On frotte sa langue avec de la poix-résine détrempée dans de la farine; on prononce le mot *oum*; on invoque vingt divinités subalternes avant qu'on lui ait coupé le nombril; mais aussi on lui dit, *Vivez pour commander aux hommes*; et, dès qu'il peut parler, on lui fait sentir la dignité de son être. En effet, les brachmanes furent long-temps souverains dans l'Inde; et la théocratie fut établie dans cette vaste contrée plus qu'en aucun pays du monde.

Bientôt on expose l'enfant à la lune; on prie l'Être suprême d'effacer les péchés que l'enfant peut avoir commis, quoiqu'il ne soit né que depuis huit jours; on adresse des *antiennes* au feu; on donne à l'enfant, avec cent cérémonies, le nom de *Chormo*, qui est le titre d'honneur des brames.

Dès que cet enfant peut marcher, il passe sa vie à se baigner et à réciter des prières; il fait le sacrifice des morts; et ce sacrifice est institué pour que Brama donne à l'ame des ancêtres de l'enfant une demeure agréable dans d'autres corps.

On fait des prières aux cinq vents qui peuvent sortir par les cinq ouvertures du corps humain. Cela n'est pas plus étrange que les prières récitées au dieu *Pet* par les bonnes vieilles de Rome.

Nulle fonction de la nature, nulle action chez les brames, sans prières. La première fois qu'on rase la tête de l'enfant, le père dit au rasoir dévotement : « Rasoir, rase mon fils comme tu as rasé le soleil et le « dieu Indro. » Il se pourrait, après tout, que le dieu Indro eût été autrefois rasé; mais pour le soleil, cela n'est pas aisé à comprendre, à moins que les brames n'aient eu notre Apollon, que nous représentons encore sans barbe.

Le récit de toutes ces cérémonies serait aussi ennuyeux qu'elles nous paraissent ridicules; et, dans leur aveuglement, ils en disent autant des nôtres : mais il y a chez eux un mystère qui ne doit pas être passé sous silence; c'est le *Matricha Machom*. On se donne, par ce mystère, un nouvel être, une nouvelle vie.

L'ame est supposée être dans la poitrine; et c'est en effet le sentiment de presque toute l'antiquité. On passe la main, de la poitrine à la tête, en appuyant sur le nerf qu'on croit aller d'un de ces organes à l'autre, et l'on conduit ainsi son ame à son cerveau. Quand on est sûr que son ame est bien montée, alors le jeune homme s'écrie que son ame et son corps sont réunis à l'Être suprême, et dit : *Je suis moi-même une partie de la Divinité.*

Cette opinion a été celle des plus respectables philosophes de la Grèce, de ces stoïciens qui ont élevé la nature humaine au-dessus d'elle-même, celle des divins Antonins; et il faut avouer que rien n'était plus capable d'inspirer de grandes vertus. Se croire une partie de la Divinité, c'est s'imposer la loi de ne rien faire qui ne soit digne de Dieu même.

On trouve, dans cette loi des brachmanes, dix commandements, et ce sont dix péchés à éviter. Ils sont divisés en trois espèces : les péchés du corps, ceux de la parole, ceux de la volonté. Frapper, tuer son prochain, le voler, violer les femmes, ce sont les péchés du corps; dissimuler, mentir, injurier, ce sont les péchés de la parole; ceux de la volonté consistent à souhaiter le mal, à regarder le bien des autres avec envie, à n'être pas touché des misères d'autrui. Ces dix commandements font pardonner tous les rites ridicules. On voit évidemment que la morale est la même chez toutes les nations civilisées, tandis que les usages les plus consacrés chez un peuple paraissent aux autres ou extravagants ou haïssables. Les rites établis divisent aujourd'hui le genre humain, et la morale le réunit.

La superstition n'empêcha jamais les brachmanes de reconnaître un dieu unique. Strabon, dans son quinzième livre, dit qu'ils adorent un dieu suprême; qu'ils gardent le silence plusieurs années avant d'oser parler; qu'ils sont sobres, chastes, tempérants; qu'ils vivent dans la justice, et qu'ils meurent sans regret. C'est le témoignage que leur rendent saint Clément d'Alexandrie, Apulée, Porphyre, Pallade, saint Am-

6.

broise. N'oublions pas surtout qu'ils eurent un *paradis terrestre*; et que les hommes qui abusèrent des bienfaits de Dieu furent chassés de ce paradis.

La chute de l'homme dégénéré est le fondement de la théologie de presque toutes les anciennes nations. Le penchant naturel de l'homme à se plaindre du présent, et à vanter le passé, a fait imaginer partout une espèce d'âge d'or auquel les siècles de fer ont succédé. Ce qui est plus singulier encore, c'est que *le Veidam* des anciens brachmanes enseigne que le premier homme fut *Adimo*, et la première femme *Procriti*. Chez eux, *Adimo* signifiait *Seigneur*, et *Procriti* voulait dire la *Vie*; comme *Eva* chez les Phéniciens, et même chez les Hébreux leurs imitateurs, signifiait aussi la *Vie* ou le *Serpent*. Cette conformité mérite une grande attention.

XVIII. DE LA CHINE.

Oserons-nous parler des Chinois sans nous en rapporter à leurs propres annales? elles sont confirmées par le témoignage unanime de nos voyageurs de différentes sectes, jacobins, jésuites, luthériens, calvinistes, anglicans; tous intéressés à se contredire. Il est évident que l'empire de la Chine était formé il y a plus de quatre mille ans. Ce peuple antique n'entendit jamais parler d'aucune de ces révolutions physiques, de ces inondations, de ces incendies, dont la faible mémoire s'était conservée et altérée dans les fables du déluge de Deucalion et de la chute de Phaéton. Le climat de la Chine avait donc été préservé de ces fléaux, comme il le fut toujours de la peste pro-

prement dite, qui a tant de fois ravagé l'Afrique, l'Asie,
et l'Europe.

Si quelques annales portent un caractère de certitude, ce sont celles des Chinois, qui ont joint, comme
on l'a déjà dit ailleurs [1], l'histoire du ciel à celle de la
terre. Seuls de tous les peuples, ils ont constamment
marqué leurs époques par des éclipses, par les con-
jonctions des planètes; et nos astronomes, qui ont
examiné leurs calculs, ont été étonnés de les trouver
presque toūs véritables. Les autres nations inventèrent des fables allégoriques; et les Chinois écrivirent
leur histoire, la plume et l'astrolabe à la main, avec
une simplicité dont on ne trouve point d'exemple dans
le reste de l'Asie.

Chaque règne de leurs empereurs a été écrit par
des contemporains; nulles différentes manières de
compter parmi eux; nulles chronologies qui se contredisent. Nos voyageurs missionnaires rapportent,
avec candeur, que lorsqu'ils parlèrent au sage empereur Cam-hi des variations considérables de la chronologie de *la Vulgate*, des *Septante*, et des *Samaritains*, Cam-hi leur répondit : « Est-il possible que les
« livres en qui vous croyez se combattent ? »

Les Chinois écrivaient sur des tablettes légères de
bambou, quand les Chaldéens n'écrivaient que sur
des briques grossières; et ils ont même encore de ces
anciennes tablettes que leur vernis a préservées de
la pourriture : ce sont peut-être les plus anciens monuments du monde. Point d'histoire chez eux avant
celle de leurs empereurs; presque point de fictions,

---

[1] *Essai sur les Mœurs*, chap. 1ᵉʳ. B.

aucun prodige, nul homme inspiré qui se dise demi-dieu, comme chez les Égyptiens et chez les Grecs : dès que ce peuple écrit, il écrit raisonnablement.

Il diffère surtout des autres nations en ce que leur histoire ne fait aucune mention d'un collége de prê-tres qui ait jamais influé sur les lois. Les Chinois ne remontent point jusqu'aux temps sauvages où les hommes eurent besoin qu'on les trompât pour les conduire. D'autres peuples commencèrent leur his-toire par l'origine du monde : *le Zend* des Perses, *le Shasta* et *le Veidam* des Indiens, Sanchoniathon, Ma-néthon, enfin, jusqu'à Hésiode, tous remontent à l'ori-gine des choses, à la formation de l'univers. Les Chi-nois n'ont point eu cette folie; leur histoire n'est que celle des temps historiques.

C'est ici qu'il faut surtout appliquer notre grand principe, qu'une nation dont les premières chroniques attestent l'existence d'un vaste empire, puissant et sage, doit avoir été rassemblée en corps de peuple pendant des siècles antérieurs. Voilà ce peuple qui, depuis plus de quatre mille ans, écrit journellement ses annales. Encore une fois [1], n'y aurait-il pas de la démence à ne pas voir que, pour être exercé dans tous les arts qu'exige la société des hommes, et pour en venir non seulement jusqu'à écrire, mais jusqu'à bien écrire, il avait fallu plus de temps que l'empire chi-nois n'a duré, en ne comptant que depuis l'empereur Fo-hi jusqu'à nos jours ? Il n'y a point de lettré à la Chine qui doute que *les cinq Kings* n'aient été écrits deux mille trois cents ans avant notre ère vulgaire. Ce

[1] Voyez *Essai sur les Mœurs*, chap. 1er. B.

monument précède donc de quatre cents années les
premières observations babyloniennes, envoyées en
Grèce par Callisthène. De bonne foi, sied-il bien à des
lettrés de Paris de contester l'antiquité d'un livre chinois, regardé comme authentique par tous les tribunaux de la Chine[a] ?

Les premiers rudiments sont, en tout genre, plus
lents chez les hommes que les grands progrès. Souvenons-nous toujours que presque personne ne savait
écrire il y a cinq cents ans, ni dans le Nord, ni en Allemagne, ni parmi nous. Ces tailles dont se servent encore aujourd'hui nos boulangers étaient nos hiéroglyphes et nos livres de compte. Il n'y avait point d'autre
arithmétique pour lever les impôts, et le nom de taille
l'atteste encore dans nos campagnes. Nos coutumes
capricieuses, qu'on n'a commencé à rédiger par écrit
que depuis quatre cent cinquante ans, nous apprennent assez combien l'art d'écrire était rare alors. Il n'y
a point de peuple en Europe qui n'ait fait, en dernier
lieu, plus de progrès en un demi-siècle dans tous les
arts, qu'il n'en avait fait depuis les invasions des barbares jusqu'au quatorzième siècle.

Je n'examinerai point ici pourquoi les Chinois, parvenus à connaître et à pratiquer tout ce qui est utile à
la société, n'ont pas été aussi loin que nous allons
aujourd'hui dans les sciences. Ils sont aussi mauvais
physiciens, je l'avoue, que nous l'étions il y a deux
cents ans, et que les Grecs et les Romains l'ont été ;
mais ils ont perfectionné la morale, qui est la première des sciences.

[a] Voyez les lettres du savant jésuite Parennin.

Leur vaste et populeux empire était déjà gouverné comme une famille dont le monarque était le père, et dont quarante tribunaux de législation étaient regardés comme les frères aînés, quand nous étions errants en petit nombre dans la forêt des Ardennes.

Leur religion était simple, sage, auguste, libre de toute superstition et de toute barbarie, quand nous n'avions pas même encore des Teutatès, à qui des druides sacrifiaient les enfants de nos ancêtres dans de grandes mannes d'osier.

Les empereurs chinois offraient eux-mêmes au Dieu de l'univers, au Chang-ti, au Tien, au principe de toutes choses, les prémices des récoltes deux fois l'année; et de quelles récoltes encore! de ce qu'ils avaient semé de leurs propres mains. Cette coutume s'est soutenue pendant quarante siècles, au milieu même des révolutions et des plus horribles calamités.

Jamais la religion des empereurs et des tribunaux ne fut déshonorée par des impostures, jamais troublée par les querelles du sacerdoce et de l'empire, jamais chargée d'innovations absurdes, qui se combattent les unes les autres avec des arguments aussi absurdes qu'elles, et dont la démence a mis à la fin le poignard aux mains des fanatiques, conduits par des factieux. C'est par là surtout que les Chinois l'emportent sur toutes les nations de l'univers.

Leur Confutzée, que nous appelons Confucius, n'imagina ni nouvelles opinions ni nouveaux rites; il ne fit ni l'inspiré ni le prophète: c'était un sage magistrat qui enseignait les anciennes lois. Nous disons quelquefois, et bien mal à propos, la religion de Con-

fucius; il n'en avait point d'autre que celle de tous les
empereurs et de tous les tribunaux, point d'autre que
celle des premiers sages. Il ne recommande que la
vertu; il ne prêche aucun mystère. Il dit dans son
premier livre que pour apprendre à gouverner il faut
passer tous ses jours à se corriger. Dans le second, il
prouve que Dieu a gravé lui-même la vertu dans le
cœur de l'homme; il dit que l'homme n'est point né
méchant, et qu'il le devient par sa faute. Le troisième
est un recueil de maximes pures, où vous ne trouvez
rien de bas, et rien d'une allégorie ridicule. Il eut cinq
mille disciples; il pouvait se mettre à la tête d'un parti
puissant, et il aima mieux instruire les hommes que
de les gouverner.

On s'est élevé avec force, dans l'*Essai sur les mœurs
et l'esprit des nations* (chap. 11), contre la témérité
que nous avons eue, au bout de l'occident, de vouloir
juger de cette cour orientale, et de lui attribuer l'a-
théisme. Par quelle fureur, en effet, quelques uns
d'entre nous ont-ils pu appeler athée un empire dont
presque toutes les lois sont fondées sur la connaissance d'un être suprême, rémunérateur et vengeur?
Les inscriptions de leurs temples, dont nous avons
des copies authentiques, sont [a] : «Au premier prin-
«cipe, sans commencement et sans fin. Il a tout fait,
«il gouverne tout. Il est infiniment bon, infiniment
«juste; il éclaire, il soutient, il règle toute la nature.»

On a reproché, en Europe, aux jésuites qu'on n'aimait pas, de flatter les athées de la Chine. Un Français

---

[a] Voyez seulement les estampes gravées dans la collection du jésuite du
Halde.

appelé Maigrot, nommé par un pape évêque *in parti-*
bus de Conon à la Chine, fut député par ce même pape
pour aller juger le procès sur les lieux. Ce Maigrot ne
savait pas un mot de chinois; cependant il traita Confucius d'athée, sur ces paroles de ce grand homme:
Le ciel m'a donné la vertu, l'homme ne peut me
nuire. Le plus grand de nos saints n'a jamais débité
de maxime plus céleste. Si Confucius était athée, Caton et le chancelier de l'Hospital l'étaient aussi.

Répétons ici [1], pour faire rougir la calomnie, que
les mêmes hommes qui soutenaient contre Bayle qu'une
société d'athées était impossible, avançaient en même
temps que le plus ancien gouvernement de la terre
était une société d'athées. Nous ne pouvons trop nous
faire honte de nos contradictions.

Répétons encore [2] que les lettrés chinois, adorateurs
d'un seul Dieu, abandonnèrent le peuple aux superstitions des bonzes. Ils reçurent la secte de Laokium, et
celle de Fo, et plusieurs autres. Les magistrats senti-
rent que le peuple pouvait avoir des religions différentes de celle de l'état, comme il a une nourriture
plus grossière; ils souffrirent les bonzes et les con-
tinrent. Presque partout ailleurs ceux qui faisaient le
métier de bonzes avaient l'autorité principale.

Il est vrai que les lois de la Chine ne parlent point
de peines et de récompenses après la mort: ils n'ont
point voulu affirmer ce qu'ils ne savaient pas. Cette
différence entre eux et tous les grands peuples policés
est très étonnante. La doctrine de l'enfer était utile, et

---

[1] Voyez l'*Essai sur les Mœurs*, chap. ii. B.
[2] Id. B.

le gouvernement des Chinois ne l'a jamais admise. Ils se contentèrent d'exhorter les hommes à révérer le ciel et à être justes. Ils crurent qu'une police exacte, toujours exercée, ferait plus d'effet que des opinions qui peuvent être combattues; et qu'on craindrait plus la loi toujours présente qu'une loi à venir. Nous parlerons en son temps d'un autre peuple, infiniment moins considérable, qui eut à peu près la même idée, ou plutôt qui n'eut aucune idée, mais qui fut conduit par des voies inconnues aux autres hommes.

Résumons ici seulement que l'empire chinois subsistait avec splendeur quand les Chaldéens commençaient le cours de ces dix-neuf cents années d'observations astronomiques, envoyées en Grèce par Callisthène. Les Brames régnaient alors dans une partie de l'Inde; les Perses avaient leurs lois; les Arabes, au midi; les Scythes, au septentrion, habitaient sous des tentes; l'Égypte, dont nous allons parler, était un puissant royaume.

XIX. DE L'ÉGYPTE.

Il me paraît sensible que les Égyptiens, tout antiques qu'ils sont, ne purent être rassemblés en corps, civilisés, policés, industrieux, puissants, que très long-temps après tous les peuples que je viens de passer en revue. La raison en est évidente. L'Égypte, jusqu'au Delta, est resserrée par deux chaînes de rochers, entre lesquels le Nil se précipite, en descendant l'Éthiopie, du midi au septentrion. Il n'y a, des cataractes du Nil à ses embouchures, en ligne droite, que cent soixante lieues de trois mille pas géomé-

triques; et la largeur n'est que de dix à quinze et vingt
lieues jusqu'au Delta, partie basse de l'Égypte, qui
embrasse une étendue de cinquante lieues, d'orient
en occident. A la droite du Nil sont les déserts de la
Thébaïde; et à la gauche, les sables inhabitables de
la Libye, jusqu'au petit pays où fut bâti le temple
d'Ammon.

Les inondations du Nil dûrent, pendant des siècles, écarter tous les colons d'une terre submergée
quatre mois de l'année; ces eaux croupissantes, s'ac-
cumulant continuellement, dûrent long-temps faire
un marais de toute l'Égypte. Il n'en est pas ainsi des
bords de l'Euphrate, du Tigre, de l'Inde, du Gange,
et d'autres rivières qui se débordent aussi presque
chaque année, en été, à la fonte des neiges. Leurs débordements ne sont pas si grands, et les vastes plaines
qui les environnent donnent aux cultivateurs toute la
liberté de profiter de la fertilité de la terre.

Observons surtout que la peste, ce fléau attaché au
genre animal, règne une fois en dix ans au moins en
Égypte; elle devait être beaucoup plus destructive
quand les eaux du Nil, en croupissant sur la terre,
ajoutaient leur infection à cette contagion horrible; et
ainsi la population de l'Égypte dut être très faible
pendant bien des siècles.

L'ordre naturel des choses semble donc démontrer
invinciblement que l'Égypte fut une des dernières
terres habitées. Les Troglodytes, nés dans ces rochers
dont le Nil est bordé, furent obligés à des travaux
aussi longs que pénibles, pour creuser des canaux
qui reçussent le fleuve, pour élever des cabanes et les

rehausser de vingt-cinq pieds au-dessus du terrain.
C'est là pourtant ce qu'il fallut faire avant de bâtir
Thèbes aux prétendues cent portes, avant d'élever
Memphis et de songer à construire des pyramides. Il
est bien étrange qu'aucun ancien historien n'ait fait
une réflexion si naturelle.

Nous avons déjà observé[1] que dans le temps où l'on
place les voyages d'Abraham, l'Égypte était un puissant royaume. Ses rois avaient déjà bâti quelques
unes de ces pyramides qui étonnent encore les yeux
et l'imagination. Les Arabes ont écrit que la plus
grande fut élevée par Saurid, plusieurs siècles avant
Abraham. On ne sait dans quel temps fut construite
la fameuse Thèbes aux cent portes, la ville de Dieu,
Diospolis. Il paraît que dans ces temps reculés les
grandes villes portaient le nom de ville de Dieu,
comme Babylone. Mais qui pourra croire que par chacune des cent portes de cette ville il sortait deux cents
chariots armés en guerre et dix mille combattants[2] ?
cela ferait vingt mille chariots, et un million de soldats;
et, à un soldat pour cinq personnes, ce nombre suppose au moins cinq millions de têtes pour une seule
ville, dans un pays qui n'est pas si grand que l'Espagne
ou que la France, et qui n'avait pas, selon Diodore
de Sicile, plus de trois millions d'habitants, et plus
de cent soixante mille soldats pour sa défense. Dio-

---

[1] Paragraphe XVI. B.

[2] M. de Voltaire n'a en vue ici que les compilateurs modernes. Homère
parle de cent chars qui sortaient de chaque porte de Thèbes; Diodore en
compte deux cents; et c'est Pomponius Mela qui parle des dix mille combattants. Voyez la *Défense de mon oncle*, chap. IX (dans les *Mélanges*,
année 1767). K.

dore, au livre premier, dit que l'Égypte était si peuplée, qu'autrefois elle avait eu jusqu'à sept millions
d'habitants, et que de son temps elle en avait encore
trois millions.

Vous ne croyez pas plus aux conquêtes de Sésostris,
qu'au million de soldats qui sortent par les cent portes
de Thèbes. Ne pensez-vous pas lire l'histoire de Picro-
cole, quand ceux qui copient Diodore vous disent que
le père de Sésostris, fondant ses espérances sur un
songe et sur un oracle, destina son fils à subjuguer le
monde; qu'il fit élever à sa cour, dans le métier des
armes, tous les enfants nés le même jour que ce fils;
qu'on ne leur donnait à manger qu'après qu'ils avaient
couru huit de nos grandes lieues[a]; enfin, que Sésostris partit avec six cent mille hommes, et vingt-sept
mille chars de guerre, pour aller conquérir toute la
terre, depuis l'Inde jusqu'aux extrémités du Pont-
Euxin, et qu'il subjugua la Mingrélie et la Géorgie,
appelées alors la Colchide [1]? Hérodote ne doute pas
que Sésostris n'ait laissé des colonies en Colchide,
parcequ'il a vu à Colchos des hommes basanés, avec
des cheveux crépus, ressemblants aux Égyptiens. Je
croirais bien plutôt que ces espèces de Scythes des

[a] Quand on réduirait ces huit lieues à six, on ne retrancherait qu'un
quart du ridicule.

[1] Nous avons entendu expliquer cette histoire de Sésostris d'une manière
très ingénieuse, en la regardant comme une allégorie. Sésostris est le soleil,
qui part à la tête de l'armée céleste pour conquérir la terre; les dix-sept
cents enfants, nés le même jour que lui, sont les étoiles : les Égyptiens en
devaient connaître à peu près ce nombre. Mais que cette fable soit une allégorie astronomique, ou un conte qui ne signifie rien, il est toujours également ridicule de la regarder comme une histoire. K.

bords de la mer Noire et de la mer Caspienne vinrent
rançonner les Égyptiens quand ils ravagèrent si long-
temps l'Asie avant le règne de Cyrus. Je croirais qu'ils
emmenèrent avec eux des esclaves de l'Égypte, ce vrai
pays d'esclaves, dont Hérodote put voir ou crut voir
les descendants en Colchide. Si les Colchidiens avaient
en effet la superstition de se faire circoncire, ils avaient
probablement retenu cette coutume d'Égypte; comme
il arriva presque toujours aux peuples du Nord de
prendre les rites des nations civilisées qu'ils avaient
vaincues [1].

Jamais les Égyptiens, dans les temps connus, ne
furent redoutables; jamais ennemi n'entra chez eux
qu'il ne les subjuguât. Les Scythes commencèrent.
Après les Scythes vint Nabuchodonosor, qui conquit
l'Égypte sans résistance; Cyrus n'eut qu'à y envoyer
un de ses lieutenants : révoltée sous Cambyse, il ne
fallut qu'une campagne pour la soumettre; et ce Cambyse eut tant de mépris pour les Égyptiens, qu'il tua
leur dieu Apis en leur présence. Ochus réduisit l'É-
gypte en province de son royaume. Alexandre, César,
Auguste, le calife Omar, conquirent l'Égypte avec
une égale facilité. Ces mêmes peuples de Colchos,
sous le nom de Mamelucs, revinrent encore s'emparer
de l'Égypte du temps des croisades; enfin Sélim Ier
conquit l'Égypte en une seule campagne, comme tous
ceux qui s'y étaient présentés. Il n'y a jamais eu que

---

[1] Il peut y avoir eu une colonie égyptienne sur les bords du Pont-Euxin,
sans que Sésostris soit parti de l'Égypte avec 600,000 combattants pour
conquérir la terre. Hérodote pouvait être à-la-fois un historien fabuleux et
un mauvais logicien. K.

nos seuls croisés qui se soient fait battre par ces Égyptiens, le plus lâche de tous les peuples, comme on l'a remarqué ailleurs[1] ; mais c'est qu'alors les Égyptiens étaient gouvernés par la milice des Mamelucs de Colchos.

Il est vrai qu'un peuple humilié peut avoir été autrefois conquérant ; témoin les Grecs et les Romains. Mais nous sommes plus sûrs de l'ancienne grandeur des Romains et des Grecs que de celle de Sésostris.

Je ne nie pas que celui qu'on appelle Sésostris n'ait pu avoir une guerre heureuse contre quelques Éthiopiens, quelques Arabes, quelques peuples de la Phénicie. Alors, dans le langage des exagérateurs, il aura conquis toute la terre. Il n'y a point de nation subjuguée qui ne prétende en avoir autrefois subjugué d'autres : la vaine gloire d'une ancienne supériorité console de l'humiliation présente.

Hérodote racontait ingénument aux Grecs ce que les Égyptiens lui avaient dit ; mais comment, en ne lui parlant que de prodiges, ne lui dirent-ils rien des fameuses plaies d'Égypte, de ce combat magique entre les sorciers de Pharaon et le ministre du dieu des Juifs, et d'une armée entière engloutie au fond de la mer Rouge sous les eaux, élevées comme des montagnes à droite et à gauche pour laisser passer les Hébreux, lesquelles, en retombant, submergèrent les Égyptiens ? C'était assurément le plus grand événement dans l'histoire du monde : comment donc ni Hérodote, ni Manéthon, ni Ératosthène, ni aucun

---

[1] *Dictionnaire philosophique*, au mot Apis. B.

des Grecs si grands amateurs du merveilleux, et toujours en correspondance avec l'Égypte, n'ont-ils point
parlé de ces miracles qui devaient occuper la mémoire
de toutes les générations? Je ne fais pas assurément
cette réflexion pour infirmer le témoignage des livres
hébreux, que je révère comme je dois : je me borne
à m'étonner seulement du silence de tous les Égyptiens et de tous les Grecs. Dieu ne voulut pas sans
doute qu'une histoire si divine nous fût transmise par
aucune main profane.

XX. DE LA LANGUE DES ÉGYPTIENS, ET DE LEURS SYMBOLES.

Le langage des Égyptiens n'avait aucun rapport
avec celui des nations de l'Asie. Vous ne trouvez chez
ce peuple ni le mot d'Adoni ou d'Adonaï, ni de Bal
ou Baal, termes qui signifient le Seigneur; ni de Mithra, qui était le soleil chez les Perses; ni de Melch,
qui signifie roi en Syrie; ni de Shak, qui signifie la
même chose chez les Indiens et chez les Persans. Vous
voyez, au contraire, que Pharao était le nom égyptien
qui répond à roi. Oshiret (*Osiris*) répondait au Mithra
des Persans; et le mot vulgaire *On* signifiait le soleil.
Les prêtres persans s'appelaient *mogh*; ceux des Égyptiens *choen*, au rapport de *la Genèse*, chapitre XLVI.
Les hiéroglyphes, les caractères alphabétiques d'É-
gypte, que le temps a épargnés, et que nous voyons
encore gravés sur les obélisques, n'ont aucun rapport
à ceux des autres peuples.

Avant que les hommes eussent inventé les hiéroglyphes, ils avaient indubitablement des signes repré-

sentatifs; car, en effet, qu'ont pu faire les premiers
hommes, sinon ce que nous fesons quand nous sommes à leur place? Qu'un enfant se trouve dans un
pays dont il ignore la langue, il parle par signes; si
on ne l'entend pas, pour peu qu'il ait la moindre
sagacité, il dessine sur un mur, avec un charbon, les
choses dont il a besoin.

On peignit donc d'abord grossièrement ce qu'on
voulut faire entendre; et l'art de dessiner précéda
sans doute l'art d'écrire. C'est ainsi que les Mexicains
écrivaient; ils n'avaient pas poussé l'art plus loin.
Telle était la méthode de tous les premiers peuples
policés. Avec le temps, on inventa les figures sym-
boliques : deux mains entrelacées signifièrent la paix,
des flèches représentèrent la guerre, un œil signifia la
Divinité, un sceptre marqua la royauté, et des lignes
qui joignaient ces figures exprimèrent des phrases
courtes.

Les Chinois inventèrent enfin des caractères pour
exprimer chaque mot de leur langue. Mais quel peuple
inventa l'alphabet, qui, en mettant sous les yeux les
différents sons qu'on peut articuler, donne la facilité
de combiner par écrit tous les mots possibles? Qui
put ainsi apprendre aux hommes à graver si aisément
leurs pensées? Je ne répèterai point ici tous les contes
des anciens sur cet art qui éternise tous les arts; je
dirai seulement qu'il a fallu bien des siècles pour y
arriver.

Les choen, ou prêtres d'Égypte, continuèrent long-
temps d'écrire en hiéroglyphes; ce qui est défendu
par le second article de la loi des Hébreux : et quand

les peuples d'Égypte eurent des caractères alphabétiques, les choen en prirent de différents qu'ils appelèrent sacrés, afin de mettre toujours une barrière
entre eux et le peuple. Les mages, les brames, en
usaient de même : tant l'art de se cacher aux hommes
a semblé nécessaire pour les gouverner. Non seulement ces choen avaient des caractères qui n'appartenaient qu'à eux, mais ils avaient encore conservé
l'ancienne langue de l'Égypte quand le temps avait
changé celle du vulgaire.

Manéthon, cité dans Eusèbe, parle de deux colonnes gravées par Thaut, le premier Hermès, en caractères de la langue sacrée : mais qui sait en quel
temps vivait cet ancien Hermès? Il est très vraisemblable qu'il vivait plus de huit cents ans avant le temps
où l'on place Moïse; car Sanchoniathon dit avoir lu les
écrits de Thaut, faits, dit-il, il y a huit cents ans. Or,
Sanchoniathon écrivait en Phénicie, pays voisin de la
petite contrée Cananéenne, mise à feu et à sang par
Josué, selon les livres juifs. S'il avait été contemporain
de Moïse, ou s'il était venu après lui, il aurait sans
doute parlé d'un homme si extraordinaire et de ses
prodiges épouvantables; il aurait rendu témoignage à
ce fameux législateur juif, et Eusèbe n'aurait pas
manqué de se prévaloir des aveux de Sanchoniathon.

Quoi qu'il en soit, les Égyptiens gardèrent surtout
très scrupuleusement leurs premiers symboles. C'est
une chose curieuse de voir sur leurs monuments un
serpent qui se mord la queue, figurant les douze mois
de l'année; et ces douze mois exprimés chacun par
des animaux, qui ne sont pas absolument ceux du

zodiaque que nous connaissons. On voit encore les cinq jours ajoutés depuis aux douze mois, sous la forme d'un petit serpent, sur lequel cinq figures sont assises; c'est un épervier, un homme, un chien, un lion, et un ibis. On les voit dessinés dans Kircher, d'après des monuments conservés à Rome. Ainsi, presque tout est symbole et allégorie dans l'antiquité.

XXI. DES MONUMENTS DES ÉGYPTIENS.

Il est certain qu'après les siècles où les Égyptiens fertilisèrent le sol par les saignées du fleuve, après les temps où les villages commencèrent à être changés en villes opulentes, alors les arts nécessaires étant perfectionnés, les arts d'ostentation commencèrent à être en honneur. Alors il se trouva des souverains qui employèrent leurs sujets et quelques Arabes voisins du lac Sirbon, à bâtir leurs palais et leurs tombeaux en pyramides, à tailler des pierres énormes dans les carrières de la Haute-Égypte, à les embarquer sur des radeaux jusqu'à Memphis, à élever sur des colonnes massives de grandes pierres plates, sans goût et sans proportions. Ils connurent le grand, et jamais le beau. Ils enseignèrent les premiers Grecs; mais ensuite les Grecs furent leurs maîtres en tout quand ils eurent bâti Alexandrie.

Il est triste que, dans la guerre de César, la moitié de la fameuse bibliothèque des Ptolémées ait été brûlée, et que l'autre moitié ait chauffé les bains des musulmans, quand Omar subjugua l'Égypte : on eût connu du moins l'origine des superstitions dont ce peuple fut infecté, le chaos de leur philosophie, quelques unes de leurs antiquités et de leurs sciences.

Il faut absolument qu'ils aient été en paix pendant plusieurs siècles, pour que leurs princes aient eu le temps et le loisir d'élever tous ces bâtiments prodigieux dont la plupart subsistent encore.

Leurs pyramides coûtèrent bien des années et bien des dépenses; il fallut qu'une grande partie de la nation et nombre d'esclaves étrangers fussent long-temps employés à ces ouvrages immenses. Ils furent élevés par le despotisme, la vanité, la servitude, et la superstition. En effet, il n'y avait qu'un roi despote qui pût forcer ainsi la nature. L'Angleterre, par exemple, est aujourd'hui plus puissante que ne l'était l'Égypte : un roi d'Angleterre pourrait-il employer sa nation à élever de tels monuments?

La vanité y avait part sans doute; c'était, chez les anciens rois d'Égypte, à qui élèverait la plus belle pyramide à son père ou à lui-même; la servitude procura la main d'œuvre. Et quant à la superstition, on sait que ces pyramides étaient des tombeaux; on sait que les chochamatim ou choen d'Égypte, c'est-à-dire les prêtres, avaient persuadé la nation que l'ame rentrerait dans son corps au bout de mille années. On voulait que le corps fût mille ans entiers à l'abri de toute corruption : c'est pourquoi on l'embaumait avec un soin si scrupuleux; et, pour le dérober aux accidents, on l'enfermait dans une masse de pierre sans issue. Les rois, les grands, donnaient à leurs tombeaux la forme qui offrait le moins de prise aux injures du temps. Leurs corps se sont conservés au-delà des espérances humaines. Nous avons aujourd'hui des momies égyptiennes de plus de quatre mille années. Des cadavres ont duré autant que des pyramides.

Cette opinion d'une résurrection après dix siècles passa depuis chez les Grecs, disciples des Égyptiens, et chez les Romains, disciples des Grecs. On la retrouve dans le sixième livre de l'*Énéide*, qui n'est que la description des mystères d'Isis et de Cérès Éleusine [a].

« Has omnes, ubi mille rotam volvere per annos,
« Lethæum ad fluvium Deus evocat, agmine magno ;
« Scilicet immemores supera ut convexa revisant,
« Rursus et incipiant in corpora velle reverti. »
VIRG., Énéide, liv. VI, v. 748.

Elle s'introduisit ensuite chez les chrétiens, qui établirent le règne de mille ans ; la secte des millénaires l'a fait revivre jusqu'à nos jours. C'est ainsi que plusieurs opinions ont fait le tour du monde. En voilà assez pour faire voir dans quel esprit on bâtit ces pyramides. Ne répétons pas ce qu'on a dit sur leur architecture et sur leurs dimensions ; je n'examine que l'histoire de l'esprit humain.

XXII. DES RITES ÉGYPTIENS, ET DE LA CIRCONCISION.

Premièrement, les Égyptiens reconnurent-ils un Dieu suprême ? Si l'on eût fait cette question aux gens du peuple, ils n'auraient su que répondre ; si à de jeunes étudiants dans la théologie égyptienne, ils au-

[a] Voyez le *Dictionnaire philosophique*, art. INITIATION. — Voltaire y déclare se dédire de l'opinion qu'il émet ici. B.

raient parlé long-temps sans s'entendre; si à quelqu'un
des sages consultés par Pythagore, par Platon, par
Plutarque, il eût dit nettement qu'il n'adorait qu'un
Dieu. Il se serait fondé sur l'ancienne inscription de
la statue d'Isis, « Je suis ce qui est »; et cette autre,
« Je suis tout ce qui a été et qui sera; nul mortel ne
« pourra lever mon voile. » Il aurait fait remarquer le
globe placé sur la porte du temple de Memphis, qui
représentait l'unité de la nature divine sous le nom
de *Knef*. Le nom même le plus sacré parmi les Égyptiens était celui que les Hébreux adoptèrent, *I ha ho*.
On le prononce diversement : mais Clément d'Alexandrie assure dans ses *Stromates*, que ceux qui entraient
dans le temple de Sérapis étaient obligés de porter
sur eux le nom de *I ha ho*, ou bien de *I ha hou*, qui
signifie le Dieu éternel. Les Arabes n'en ont retenu
que la syllabe *Hou*, adoptée enfin par les Turcs, qui
la prononcent avec plus de respect encore que le mot
Allah; car ils se servent d'*Allah* dans la conversation,
et ils n'emploient *Hou* que dans leurs prières.

Disons ici en passant que l'ambassadeur turc Seid
Effendi, voyant représenter à Paris le *Bourgeois gen-
tilhomme*, et cette cérémonie ridicule dans laquelle
on le fait Turc; quand il entendit prononcer le nom
sacré *Hou* avec dérision et avec des postures extravagantes, il regarda ce divertissement comme la pro-
fanation la plus abominable.

Revenons. Les prêtres d'Égypte nourrissaient-ils
un bœuf sacré, un chien sacré, un crocodile sacré?
oui. Et les Romains eurent aussi des oies sacrées; ils

curent des dieux.de toute espèce; et les dévotes avaient
parmi leurs pénates le dieu de la chaise percée, *deum
stercutium*; et le dieu Pet, *deum crepitum:* mais en
reconnaissaient-ils moins le *Deum optimum maximum*,
le maître des dieux et des hommes? Quel est le pays
qui n'ait pas eu une foule de superstitieux, et un
petit nombre de sages?

Ce qu'on doit surtout remarquer de l'Égypte et de
toutes les nations, c'est qu'elles n'ont jamais eu d'o-
pinions constantes, comme elles n'ont jamais eu de
lois toujours uniformes, malgré l'attachement que les
hommes ont à leurs anciens usages. Il n'y a d'immuable que la géométrie; tout le reste est une varia-
tion continuelle.

Les savants disputent, et disputeront. L'un assure
que les anciens peuples ont tous été idolâtres, l'autre
le nie. L'un dit qu'ils n'ont adoré qu'un dieu sans simulacre; l'autre, qu'ils ont révéré plusieurs dieux
dans plusieurs simulacres; ils ont tous raison: il n'y
a seulement qu'à distinguer le temps et les hommes
qui ont changé : rien ne fut jamais d'accord. Quand
les Ptolémées et les principaux prêtres se moquaient
du bœuf Apis, le peuple tombait à genoux devant lui.

Juvénal a dit que les Égyptiens adoraient des
ognons; mais aucun historien ne l'avait dit. Il y a bien
de la différence entre un ognon sacré et un ognon
dieu; on n'adore pas tout ce qu'on place, tout ce que
l'on consacre sur un autel. Nous lisons dans Cicéron
que les hommes qui ont épuisé toutes les superstitions
ne sont point parvenus encore à celle de manger

leurs dieux, et que c'est la seule absurdité qui leur
manque [1].

La circoncision vient-elle des Égyptiens, des Arabes,
ou des Éthiopiens? Je n'en sais rien. Que ceux qui le
savent le disent. Tout ce que je sais, c'est que les
prêtres de l'antiquité s'imprimaient sur le corps des
marques de leur consécration; comme depuis on
marqua d'un fer ardent la main des soldats romains.
Là, des sacrificateurs se tailladaient le corps, comme
firent depuis les prêtres de Bellone; ici, ils se fesaient
eunuques, comme les prêtres de Cybèle.

Ce n'est point du tout par un principe de santé
que les Éthiopiens, les Arabes, les Égyptiens, se circoncirent. On a dit qu'ils avaient le prépuce trop long;
mais, si l'on peut juger d'une nation par un individu,
j'ai vu un jeune Éthiopien qui, né hors de sa patrie,
n'avait point été circoncis : je puis assurer que son
prépuce était précisément comme les nôtres.

Je ne sais pas quelle nation s'avisa la première de
porter en procession le kteis et le phallum, c'est-à-dire
la représentation des signes distinctifs des animaux
mâles et femelles; cérémonie aujourd'hui indécente,
autrefois sacrée : les Égyptiens eurent cette coutume.
On offrait aux dieux des prémices; on leur immolait

---

[1] Le passage de Cicéron dont Voltaire rapporte le sens ne se trouve point
dans le livre *De divinatione*, comme Voltaire le dit ailleurs (chapitre v du
Pyrrhonisme de l'histoire, dans les *Mélanges*, année 1768). Ce passage habilement employé par Bayle dans son *Dictionnaire*, note H de l'article
Averroès, est dans le traité *De natura deorum*, III, 16 : *Cum fruges Cere-*
rem , vinum Liberum dicimus, genere nos quidem sermonis utimur usitato :
ecquem tam amentem esse putas , qui illud quo vescatur deum credat esse?
Cicéron est mort quarante-trois ans avant l'ère vulgaire. B.

ce qu'on avait de plus précieux : il paraît naturel et
juste que les prêtres offrissent une légère partie de
l'organe de la génération à ceux par qui tout s'en-
gendrait. Les Éthiopiens, les Arabes, circoncirent
aussi leurs filles, en coupant une très légère partie des
nymphes; ce qui prouve bien que la santé ni la net-
teté ne pouvaient être la raison de cette cérémonie,
car assurément une fille incirconcise peut être aussi
propre qu'une circoncise.

Quand les prêtres d'Égypte eurent consacré cette
opération, leurs initiés la subirent aussi; mais, avec
le temps, on abandonna aux seuls prêtres cette marque distinctive. On ne voit pas qu'aucun Ptolémée se
soit fait circoncire; et jamais les auteurs romains ne
flétrirent le peuple égyptien du nom d'*Apella*[1], qu'ils
donnaient aux Juifs. Ces Juifs avaient pris la circoncision des Égyptiens, avec une partie de leurs cérémonies. Ils l'ont toujours conservée, ainsi que les
Arabes et les Éthiopiens. Les Turcs s'y sont soumis,
quoiqu'elle ne soit pas ordonnée dans *l'Alcoran*. Ce
n'est qu'un ancien usage qui commença par la superstition, et qui s'est conservé par la coutume.

XXIII. DES MYSTÈRES DES ÉGYPTIENS.

Je suis bien loin de savoir quelle nation inventa la
première ces mystères qui furent si accrédités depuis
l'Euphrate jusqu'au Tibre. Les Égyptiens ne nomment
point l'auteur des mystères d'Isis. Zoroastre passe pour
en avoir établi en Perse; Cadmus et Inachus, en Grèce;

---

[1] *Credat Judæus Apella.* HORAT, *lib.* I, *sat.* 5, v. 100. B.

Orphée, en Thrace; Minos, en Crète. Il est certain que tous ces mystères annonçaient une vie future; car Celse dit aux chrétiens [a] : « Vous vous vantez de croire « des peines éternelles; eh! tous les ministres des « mystères ne les annoncèrent-ils pas aux initiés? »

Les Grecs, qui prirent tant de choses des Égyptiens; leur Tartharoth, dont ils firent le Tartare; le lac, dont ils firent l'Achéron; le batelier Caron, dont ils firent le nocher des morts, n'eurent leurs fameux mystères d'Éleusine que d'après ceux d'Isis. Mais que les mystères de Zoroastre n'aient pas précédé ceux des Égyptiens, c'est ce que personne ne peut affirmer. Les uns et les autres étaient de la plus haute antiquité; et tous les auteurs grecs et latins qui en ont parlé conviennent que l'unité de Dieu, l'immortalité de l'ame, les peines et les récompenses après la mort, étaient annoncées dans ces cérémonies sacrées.

Il y a grande apparence que les Égyptiens, ayant une fois établi ces mystères, en conservèrent les rites; car, malgré leur extrême légèreté, ils furent constants dans la superstition. La prière que nous trouvons dans Apulée, quand Lucius est initié aux mystères d'Isis, doit être l'ancienne prière. « Les puissances célestes te « servent, les enfers te sont soumis, l'univers tourne « sous ta main, tes pieds foulent le Tartare, les astres « répondent à ta voix, les saisons reviennent à tes « ordres, les éléments t'obéissent, etc. »

Peut-on avoir une plus forte preuve de l'unité de Dieu reconnue par les Égyptiens, au milieu de toutes leurs superstitions méprisables?

[a] Origène, liv. viii.

XXIV. DES GRECS, DE LEURS ANCIENS DÉLUGES, DE LEURS ALPHABETS, ET DE LEURS RITES.

La Grèce est un petit pays montagneux, entre-coupé par la mer, à peu près de l'étendue de la Grande-Bretagne. Tout atteste, dans cette contrée, les révolutions physiques qu'elle a dû éprouver. Les îles qui l'environnent montrent assez, par les écueils continus qui les bordent, par le peu de profondeur de la mer, par les herbes et les racines qui croissent sous les eaux, qu'elles ont été détachées du continent. Les golfes de l'Eubée, de Chalcis, d'Argos, de Co-rinthe, d'Actium, de Messène, apprennent aux yeux que la mer s'est fait des passages dans les terres. Les coquillages de mer dont sont remplies les montagnes qui renferment la fameuse vallée de Tempé, sont des témoignages visibles d'une ancienne inondation : et les déluges d'Ogygès et de Deucalion, qui ont fourni tant de fables, sont d'une vérité historique : c'est même probablement ce qui fait des Grecs un peuple si nouveau. Ces grandes révolutions les replongèrent dans la barbarie, quand les nations de l'Asie et de l'Égypte étaient florissantes.

Je laisse à de plus savants que moi le soin de prouver que les trois enfants de Noé, qui étaient les seuls habitants du globe, le partagèrent tout entier; qu'ils allèrent chacun à deux ou trois mille lieues l'un de l'autre fonder partout de puissants empires; et que Javan, son petit-fils, peupla la Grèce en passant en Italie : que c'est de là que les Grecs s'appelèrent Io-niens, parceque Ion envoya des colonies sur les côtes

de l'Asie Mineure; que cet Ion est visiblement Javan,
en changeant *I* en *Ja*, et *on* en *van*. On fait de ces
contes aux enfants; et les enfants n'en croient rien :

« Nec pueri credunt, nisi qui nondum ære lavantur. »
Juvén., sat. II, v. 153.

Le déluge d'Ogygès est placé communément environ 1020 années avant la première olympiade. Le
premier qui en parle est Acusilaüs, cité par Jules
Africain. Voyez Eusèbe dans sa *Préparation évangé-
lique*. La Grèce, dit-on, resta presque déserte deux
cents années après cette irruption de la mer dans le
pays. Cependant on prétend que, dans le même temps,
il y avait un gouvernement établi à Sicyone et dans
Argos; on cite même les noms des premiers magistrats de ces petites provinces, et on leur donne le
nom de Basiléis [1], qui répond à celui de princes. Ne
perdons point de temps à pénétrer ces inutiles obscu-
rités.

Il y eut encore une autre inondation du temps de
Deucalion, fils de Prométhée. La fable ajoute qu'il
ne resta des habitants de ces climats que Deucalion
et Pyrrha, qui refirent des hommes en jetant des
pierres derrière eux entre leurs jambes. Ainsi le
genre humain se repeupla beaucoup plus vite qu'une
garenne.

Si l'on en croit des hommes très judicieux, comme
Pétau le jésuite, un seul fils de Noé produisit une race
qui, au bout de deux cent quatre-vingt-cinq ans, se

---

[1] La première édition et ses réimpressions portaient *Basiloï*. Ce fut le
sujet de critiques dures de la part de Larcher. B.

montait à six cent vingt-trois milliards six cent douze
millions d'hommes : le calcul est un peu fort. Nous
sommes aujourd'hui assez malheureux pour que de
vingt-six mariages il n'y en ait d'ordinaire que quatre
dont il reste des enfants qui deviennent pères : c'est
ce qu'on a calculé sur les relevés des registres de nos
plus grandes villes. De mille enfants nés dans une
même année, il en reste à peine six cents au bout de
vingt ans. Défions-nous de Pétau et de ses semblables,
qui font des enfants à coups de plume, aussi bien que
de ceux qui ont écrit que Deucalion et Pyrrha peu-
plèrent la Grèce à coups de pierres.

La Grèce fut, comme on sait, le pays des fables;
et presque chaque fable fut l'origine d'un culte, d'un
temple, d'une fête publique. Par quel excès de démence, par quelle opiniâtreté absurde, tant de compilateurs ont-ils voulu prouver dans tant de volumes
énormes, qu'une fête publique établie en mémoire
d'un événement était une démonstration de la vérité
de cet événement? Quoi! parcequ'on célébrait dans
un temple le jeune Bacchus sortant de la cuisse de
Jupiter, ce Jupiter avait en effet gardé ce Bacchus
dans sa cuisse! Quoi! Cadmus et sa femme avaient
été changés en serpents dans la Béotie, parceque les
Béotiens en fesaient commémoration dans leurs cérémonies! Le temple de Castor et de Pollux à Rome dé-
montrait-il que ces dieux étaient venus combattre en
faveur des Romains?

Soyez sûr bien plutôt, quand vous voyez une ancienne fête, un temple antique, qu'ils sont les ouvrages
de l'erreur : cette erreur s'accrédite au bout de deux

ou trois siècles; elle devient enfin sacrée, et l'on bâtit des temples à des chimères.

Dans les temps historiques, au contraire, les plus nobles vérités trouvent peu de sectateurs; les plus grands hommes meurent sans honneur. Les Thémistocle, les Cimon, les Miltiade, les Aristide, les Phocion, sont persécutés; tandis que Persée, Bacchus, et d'autres personnages fantastiques, ont des temples.

On peut croire un peuple sur ce qu'il dit de lui-même à son désavantage, quand ces récits sont accompagnés de vraisemblance, et qu'ils ne contredisent en rien l'ordre ordinaire de la nature.

Les Athéniens, qui étaient épars dans un terrain très stérile, nous apprennent eux-mêmes qu'un Égyptien nommé Cécrops, chassé de son pays, leur donna leurs premières institutions. Cela paraît surprenant, puisque les Égyptiens n'étaient pas navigateurs; mais il se peut que les Phéniciens, qui voyageaient chez toutes les nations, aient amené ce Cécrops dans l'Attique. Ce qui est bien sûr, c'est que les Grecs ne prirent point les lettres égyptiennes, auxquelles les leurs ne ressemblent point du tout. Les Phéniciens leur portèrent leur premier alphabet; il ne consistait alors qu'en seize caractères, qui sont évidemment les mêmes : les Phéniciens depuis y ajoutèrent huit autres lettres, que les Grecs adoptèrent encore.

Je regarde un alphabet comme un monument incontestable du pays dont une nation a tiré ses premières connaissances. Il paraît encore bien probable que ces Phéniciens exploitèrent les mines d'argent qui étaient dans l'Attique, comme ils travaillèrent à celles

d'Espagne. Des marchands furent les premiers précepteurs de ces mêmes Grecs, qui depuis instruisirent
tant d'autres nations.

Ce peuple, tout barbare qu'il était au temps d'Ogygès, paraît né avec des organes plus favorables aux
beaux-arts que tous les autres peuples. Ils avaient dans
leur nature je ne sais quoi de plus fin et de plus délié;
leur langage en est un témoignage; car, avant même
qu'ils sussent écrire, on voit qu'ils eurent dans leur
langue un mélange harmonieux de consonnes douces
et de voyelles qu'aucun peuple de l'Asie n'a jamais
connu.

Certainement le nom de Knath, qui désigne les
Phéniciens, selon Sanchoniathon, n'est pas si harmonieux que celui d'Hellen ou Graïos [1]. Argos, Athènes,
Lacédémone, Olympie, sonnent mieux à l'oreille que
la ville de Reheboth. Sophia, la sagesse, est plus doux
que Shochemath en syriaque et en hébreu. Basileus,
roi, sonne mieux que melk ou shak. Comparez les
noms d'Agamemnon, de Diomède, d'Idoménée, à ceux
de Mardokempad, Simordak, Sohasduck, Niricasso-
lahssar. Josèphe lui-même, dans son livre contre
Apion, avoue que les Grecs ne pouvaient prononcer
le nom barbare de Jérusalem; c'est que les Juifs prononçaient Hershalaïm : ce mot écorchait le gosier d'un
Athénien; et ce furent les Grecs qui changèrent Hershalaïm en Jérusalem.

Les Grecs transformèrent tous les noms rudes syriaques, persans, égyptiens. De Coresh ils firent Cy-

---

[1] Les premières éditions portaient *Hellenos ou Graios*. Larcher remarqua
qu'il fallait dire *Hellen ou Graicos*. B.

rus; d'Isheth et Oshireth ils firent Isis et Osiris; de
Moph ils firent Memphis, et accoutumèrent enfin les
barbares à prononcer comme eux; de sorte que du
temps des Ptolémées, les villes et les dieux d'Égypte
n'eurent plus que des noms à la grecque.

Ce sont les Grecs qui donnèrent le nom à l'Inde et
au Gange. Le Gange s'appelait Sannoubi dans la langue des brames; l'Indus, Sombadipo [1]. Tels sont les
anciens noms qu'on trouve dans *le Veidam*.

Les Grecs, en s'étendant sur les côtes de l'Asie
Mineure, y amenèrent l'harmonie. Leur Homère naquit probablement à Smyrne.

La belle architecture, la sculpture perfectionnée, la
peinture, la bonne musique, la vraie poésie, la vraie
éloquence, la manière de bien écrire l'histoire, enfin
la philosophie même, quoique informe et obscure,
tout cela ne parvint aux nations que par les Grecs.
Les derniers venus l'emportèrent en tout sur leurs
maîtres.

L'Égypte n'eut jamais de belles statues que de la
main des Grecs. L'ancienne Balbek en Syrie, l'ancienne Palmyre en Arabie, n'eurent ces palais, ces
temples réguliers et magnifiques, que lorsque les
souverains de ces pays appelèrent les artistes de la
Grèce.

On ne voit que des restes de barbarie, comme on
l'a déjà dit ailleurs [2], dans les ruines de Persépolis,

---

[1] Ces mots sont écrits autrement dans l'*Essai sur les Mœurs*, chap. iv. B.
[2] *Essai sur les Mœurs*, chap. v. B.

bâtie par les Perses; et les monuments de Balbek et de Palmyre sont encore, sous leurs décombres, des chefs-d'œuvre d'architecture.

XXV. DES LÉGISLATEURS GRECS, DE MINOS, D'ORPHÉE, DE L'IMMORTALITÉ DE L'AME.

Que des compilateurs répètent les batailles de Marathon et de Salamine, ce sont de grands exploits assez connus : que d'autres répètent qu'un petit-fils de Noé, nommé Sétim, fut roi de Macédoine, parceque dans le premier livre des *Machabées*, il est dit qu'Alexandre sortit du pays de Kittim; je m'attacherai à d'autres objets.

Minos vivait à peu près au temps où nous plaçons Moïse; et c'est même ce qui a donné au savant Huet, évêque d'Avranches, quelque faux prétexte de soutenir que Minos né en Crète, et Moïse né sur les confins de l'Égypte, étaient la même personne; système qui n'a trouvé aucun partisan, tout absurde qu'il est.

Ce n'est pas ici une fable grecque; il est indubitable que Minos fut un roi législateur. Les fameux marbres de Paros, monument le plus précieux de l'antiquité, et que nous devons aux Anglais, fixent sa naissance quatorze cent quatre-vingt-deux ans avant notre ère vulgaire [1]. Homère l'appelle dans *l'Odyssée* le sage, le confident de Dieu. Flavien Josèphe cherche à justifier Moïse par l'exemple de Minos, et des autres législa-

---

[1] Dans cet endroit des marbres d'Arundel, la date est effacée; mais ils parlent de Minos comme d'un personnage réel; et le lieu où se trouve le passage mutilé suffit pour indiquer à peu près l'époque de sa naissance ou de son règne. K.

teurs qui se sont crus ou qui se sont dits inspirés de Dieu. Cela est un peu étrange dans un Juif, qui ne semblait pas devoir admettre d'autre dieu que le sien; à moins qu'il ne pensât comme les Romains ses maîtres et comme chaque premier peuple de l'antiquité; qui admettait l'existence de tous les dieux des autres nations [1].

Il est sûr que Minos était un législateur très sévère, puisqu'on supposa qu'après sa mort il jugeait les ames des morts dans les enfers; il est évident qu'alors la croyance d'une autre vie était généralement répandue dans une assez grande partie de l'Asie et de l'Europe.

Orphée est un personnage aussi réel que Minos; il est vrai que les marbres de Paros n'en font point mention; c'est probablement parcequ'il n'était pas né dans la Grèce proprement dite, mais dans la Thrace. Quelques uns ont douté de l'existence du premier Orphée, sur un passage de Cicéron, dans son excellent livre *De la nature des dieux*. Cotta, un des interlocuteurs, prétend qu'Aristote ne croyait pas que cet Orphée eût été chez les Grecs; mais Aristote n'en parle pas dans les ouvrages que nous avons de lui. L'opinion de Cotta n'est pas d'ailleurs celle de Cicéron. Cent auteurs anciens parlent d'Orphée : les mystères qui portent son nom lui rendaient témoignage. Pausanias, l'auteur le plus exact qu'aient jamais eu les

---

[1] Quoi qu'en aient dit les critiques de M. de Voltaire, ce Josèphe était un fripon qui ne croyait pas plus à Moïse qu'à Minos; son raisonnement se réduit à ceci : «Vous regardez Minos comme un héros, quoiqu'il se soit dit «inspiré : pourquoi n'avez-vous pas la même indulgence pour Moïse?» K.

8.

Grecs, dit que ses vers étaient chantés dans les cérémonies religieuses, de préférence à ceux d'Homère, qui
ne vint que long-temps après lui. On sait bien qu'il
ne descendit pas aux enfers; mais cette fable même
prouve que les enfers étaient un point de la théologie
de ces temps reculés.

L'opinion vague de la permanence de l'ame après
la mort, ame aérienne, ombre du corps, mânes,
souffle léger, ame inconnue, ame incompréhensible,
mais existante; et la croyance des peines et des récompenses dans une autre vie, étaient admises dans
toute la Grèce, dans les Iles, dans l'Asie, dans l'É-
gypte.

Les Juifs seuls parurent ignorer absolument ce
mystère; le livre de leurs lois n'en dit pas un seul
mot : on n'y voit que des peines et des récompenses
temporelles. Il est dit dans *l'Exode*, « Honore ton
« père et ta mère, afin qu'Adonaï prolonge tes jours
« sur la terre»; et le livre du *Zend* (porte 11) dit,
« Honore ton père et ta mère, afin de mériter le ciel. »

Warburton, le commentateur de Shakespeare, et
de plus auteur de la *Légation de Moïse*, n'a pas laissé
de démontrer dans cette *Légation* que Moïse n'a jamais fait mention de l'immortalité de l'ame : il a
même prétendu que ce dogme n'est point du tout nécessaire dans une théocratie. Tout le clergé anglican
s'est révolté contre la plupart de ses opinions, et surtout contre l'absurde arrogance avec laquelle il les
débite dans sa compilation trop pédantesque. Mais
tous les théologiens de cette savante église sont con-
venus que le dogme de l'immortalité n'est pas ordonné

dans *le Pentateuque*. Cela est, en effet, plus clair que
le jour.

Arnauld, le grand Arnauld, esprit supérieur en tout
à Warburton, avait dit long-temps avant lui, dans
sa belle apologie de Port-Royal, ces propres paroles :
« C'est le comble de l'ignorance de mettre en doute
« cette vérité, qui est des plus communes, et qui est
« attestée par tous les pères, que les promesses de
« l'Ancien Testament n'étaient que temporelles et ter-
« restres, et que les Juifs n'adoraient Dieu que pour
« les biens charnels. »

On a objecté que si les Perses, les Arabes, les Syriens, les Indiens, les Égyptiens, les Grecs, croyaient
l'immortalité de l'ame, une vie à venir, des peines et
des récompenses éternelles, les Hébreux pouvaient
bien aussi les croire : que si tous les législateurs de
l'antiquité ont établi de sages lois sur ce fondement,
Moïse pouvait bien en user de même; que, s'il ignorait ces dogmes utiles, il n'était pas digne de conduire
une nation; que, s'il les savait et les cachait, il en
était encore plus indigne.

On répond à ces arguments que Dieu, dont Moïse
était l'organe, daignait se proportionner à la grossièreté des Juifs. Je n'entre point dans cette question
épineuse, et, respectant toujours tout ce qui est divin, je continue l'examen de l'histoire des hommes.

XXVI. DES SECTES DES GRECS.

Il paraît que chez les Égyptiens, chez les Persans,
chez les Chaldéens, chez les Indiens, il n'y avait qu'une
secte de philosophie. Les prêtres de toutes ces nations

étant tous d'une race particulière, ce qu'on appelait
la sagesse n'appartenait qu'à cette race. Leur langue
sacrée, inconnue au peuple, ne laissait le dépôt de la
science qu'entre leurs mains. Mais dans la Grèce, plus
libre et plus heureuse, l'accès de la raison fut ouvert
à tout le monde; chacun donna l'essor à ses idées, et
c'est ce qui rendit les Grecs le peuple le plus ingénieux de la terre. C'est ainsi que de nos jours la nation anglaise est devenue la plus éclairée, parcequ'on
peut penser impunément chez elle.

Les stoïques admirent une ame universelle du
monde, dans laquelle les ames de tous les êtres vivants se replongeaient. Les épicuriens nièrent qu'il y
eût une ame, et ne connurent que des principes physiques ; ils soutinrent que les dieux ne se mêlaient
pas des affaires des hommes ; et on laissa les épicuriens en paix comme ils y laissaient les dieux.

Les écoles retentirent, depuis Thalès jusqu'au temps
de Platon et d'Aristote, de disputes philosophiques,
qui toutes décèlent la sagacité et la folie de l'esprit
humain, sa grandeur et sa faiblesse. On argumenta
presque toujours sans s'entendre, comme nous avons
fait depuis le treizième siècle, où nous commençâmes
à raisonner.

La réputation qu'eut Platon ne m'étonne pas; tous
les philosophes étaient inintelligibles : il l'était autant
que les autres, et s'exprimait avec plus d'éloquence.
Mais quel succès aurait Platon s'il paraissait aujour-
d'hui dans une compagnie de gens de bon sens, et s'il
leur disait ces belles paroles qui sont dans son *Timée* :
« De la substance indivisible et de la divisible Dieu

« composa une troisième espèce de substance au mi-
« lieu des deux, tenant de la nature *du même* et *de
« l'autre :* puis prenant ces trois natures ensemble, il
« les mêla toutes en une seule forme, et força la na-
« ture de l'ame à se mêler avec la nature *du même :*
« et les ayant mêlées avec la substance, et de ces trois
« ayant fait un suppôt, il le divisa en portions conve-
« nables : chacune de ces portions était mêlée *du même*
« et *de l'autre ;* et de la substance il fit sa division [1] ! »

Ensuite il explique, avec la même clarté, le quater-
naire de Pythagore. Il faut convenir que des hommes
raisonnables qui viendraient de lire *l'Entendement
humain* de Locke, prieraient Platon d'aller à son
école.

Ce galimatias du bon Platon n'empêche pas qu'il
n'y ait de temps en temps de très belles idées dans ses
ouvrages. Les Grecs avaient tant d'esprit qu'ils en
abusèrent; mais ce qui leur fait beaucoup d'honneur,
c'est qu'aucun de leurs gouvernements ne gêna les
pensées des hommes. Il n'y a que Socrate dont il soit
avéré que ses opinions lui coûtèrent la vie; et il fut
encore moins la victime de ses opinions, que celle
d'un parti violent élevé contre lui. Les Athéniens, à
la vérité, lui firent boire de la ciguë, mais on sait
combien ils s'en repentirent; on sait qu'ils punirent
ses accusateurs, et qu'ils élevèrent un temple à celui
qu'ils avaient condamné. Athènes laissa une liberté
entière non seulement à la philosophie, mais à toutes
les religions [2]. Elle recevait tous les dieux étrangers;

---

[1] Voyez dans le *Dictionnaire philosophique,* article PLATON. K.

[2] Les prêtres excitèrent plus d'une fois le peuple d'Athènes contre les

elle avait même un autel dédié aux dieux inconnus.

Il est incontestable que les Grecs reconnaissaient un Dieu suprême, ainsi que toutes les nations dont nous avons parlé. Leur Zeus, leur Jupiter, était le maître des dieux et des hommes. Cette opinion ne changea jamais depuis Orphée; on la retrouve cent fois dans Homère : tous les autres dieux sont inférieurs. On peut les comparer aux péris des Perses, aux génies des autres nations orientales. Tous les philosophes, excepté les stratoniciens et les épicuriens, reconnurent l'architecte du monde, le *Demiourgos*.

Ne craignons point de trop peser sur cette vérité historique, que la raison humaine commencée adora quelque puissance, quelque être qu'on croyait au-dessus du pouvoir ordinaire, soit le soleil, soit la lune ou les étoiles; que la raison humaine cultivée adora, malgré toutes ses erreurs, un Dieu suprême, maître des éléments et des autres dieux; et que toutes les nations policées, depuis l'Inde jusqu'au fond de l'Europe, crurent en général une vie à venir, quoique plusieurs sectes de philosophes eussent une opinion contraire.

philosophes, et cette fureur ne fut fatale qu'à Socrate; mais le repentir suivit bientôt le crime, et les accusateurs furent punis. On peut donc prétendre avec raison que les Grecs ont été tolérants, surtout si on les compare à nous, qui avons immolé à la superstition des milliers de victimes, par des supplices recherchés, et en vertu de lois permanentes; à nous, dont la sombre fureur s'est perpétuée pendant plus de quatorze siècles sans interruption; à nous enfin, chez qui les lumières ont plutôt arrêté que détruit le fanatisme, qui s'immole encore des victimes, et dont les partisans paient encore des apologistes pour justifier ses anciennes fureurs. **K.**

XXVII. DE ZALEUCUS, ET DE QUELQUES AUTRES LÉGISLATEURS.

J'ose ici défier tous les moralistes et tous les législateurs, et je leur demande à tous s'ils ont dit rien de plus beau et de plus utile que l'exorde des lois de Zaleucus, qui vivait avant Pythagore, et qui fut le premier magistrat des Locriens.

« Tout citoyen doit être persuadé de l'existence de la Divinité. Il suffit d'observer l'ordre et l'harmonie de l'univers, pour être convaincu que le hasard ne peut l'avoir formé. On doit maîtriser son ame, la purifier, en écarter tout mal; persuadé que Dieu ne peut être bien servi par les pervers, et qu'il ne ressemble point aux misérables mortels qui se laissent toucher par de magnifiques cérémonies, et par de somptueuses offrandes. La vertu seule, et la disposition constante à faire le bien, peuvent lui plaire. Qu'on cherche donc à être juste dans ses principes et dans la pratique; c'est ainsi qu'on se rendra cher à la Divinité. Chacun doit craindre ce qui mène à l'ignominie, bien plus que ce qui conduit à la pauvreté. Il faut regarder comme le meilleur citoyen celui qui abandonne la fortune pour la justice; mais ceux que leurs passions violentes entraînent vers le mal, hommes, femmes, citoyens, simples habitants, doivent être avertis de se souvenir des dieux, et de penser souvent aux jugements sévères qu'ils exercent contre les coupables. Qu'ils aient devant les yeux l'heure de la mort, l'heure fatale qui nous attend tous, heure où le souvenir des fautes amène les remords et le vain repentir de n'avoir pas soumis toutes ses actions à l'équité.

« Chacun doit donc se conduire à tout moment, comme si ce moment était le dernier de sa vie : mais si un mauvais génie le porte au crime, qu'il fuie au pied des autels, qu'il prie le ciel d'écarter loin de lui ce génie malfesant; qu'il se jette surtout entre les bras des gens de bien, dont les conseils le ramèneront à la vertu, en lui représentant la bonté de Dieu et sa vengeance. »

Non, il n'y a rien dans toute l'antiquité qu'on puisse préférer à ce morceau simple et sublime, dicté par la raison et par la vertu, dépouillé d'enthousiasme et de ces figures gigantesques que le bon sens désavoue.

Charondas, qui suivit Zaleucus, s'expliqua de même. Les Platon, les Cicéron, les divins Antonins, n'eurent point depuis d'autre langage. C'est ainsi que s'explique, en cent endroits, ce Julien, qui eut le malheur d'abandonner la religion chrétienne, mais qui fit tant d'honneur à la naturelle; Julien, le scandale de notre église et la gloire de l'empire romain.

« Il faut, dit-il, instruire les ignorants, et non les « punir; les plaindre, et non les haïr. Le devoir d'un « empereur est d'imiter Dieu : l'imiter, c'est d'avoir le « moins de besoins, et de faire le plus de bien qu'il « est possible. » Que ceux donc qui insultent l'antiquité apprennent à la connaître; qu'ils ne confondent pas les sages législateurs avec des conteurs de fables; qu'ils sachent distinguer les lois des plus sages magistrats, et les usages ridicules des peuples; qu'ils ne disent point : On inventa des cérémonies supersti-

tieuses, on prodigua de faux oracles et de faux prodiges ; donc tous les magistrats de la Grèce et de Rome
qui les toléraient étaient des aveugles trompés et des
trompeurs : c'est comme s'ils disaient, Il y a des bonzes
à la Chine qui abusent la populace ; donc le sage
Confucius était un misérable imposteur.

On doit, dans un siècle aussi éclairé que le nôtre,
rougir de ces déclamations que l'ignorance a si souvent débitées contre des sages qu'il fallait imiter, et
non calomnier. Ne sait-on pas que dans tous pays le
vulgaire est imbécile, superstitieux, insensé? N'y
a-t-il pas eu des convulsionnaires dans la patrie du
chancelier de L'Hospital, de Charron, de Montaigne,
de La Motte-le-Vayer, de Descartes, de Bayle, de
Fontenelle, de Montesquieu? N'y a-t-il pas des mé-
thodistes, des moraves, des millénaires, des fanatiques de toute espèce, dans le pays qui eut le bonheur de donner naissance au chancelier Bacon, à ces
génies immortels, Newton et Locke, et à une foule
de grands hommes?

XXVIII. DE BACCHUS[1].

Excepté les fables visiblement allégoriques, comme
celles des Muses, de Vénus, des Graces, de l'Amour,
de Zéphyre et de Flore, et quelques unes de ce genre,
toutes les autres sont un ramas de contes, qui n'ont
d'autre mérite que d'avoir fourni de beaux vers à

---

[1] M. Rolle a publié, en 1824, des *Recherches sur le culte de Bacchus,* trois
volumes in-8°; l'ouvrage avait été couronné par l'Institut. B.

Ovide et à Quináult, et d'avoir exercé le pinceau de nos meilleurs peintres. Mais il en est une qui paraît mériter l'attention de ceux qui aiment les recherches de l'antiquité : c'est la fable de Bacchus.

Ce Bacchus, ou Back, ou Backos, ou Dionysios, fils de Dieu, a-t-il été un personnage véritable? Tant de nations en parlent, ainsi que d'Hercule; on a célébré tant d'Hercules et tant de Bacchus différents, qu'on peut supposer qu'en effet il y a eu un Bacchus, ainsi qu'un Hercule.

Ce qui est indubitable, c'est que dans l'Égypte, dans l'Asie, et dans la Grèce, Bacchus ainsi qu'Hercule étaient reconnus pour demi-dieux; qu'on célébrait leurs fêtes; qu'on leur attribuait des miracles; qu'il y avait des mystères institués au nom de Bacchus, avant qu'on connût les livres juifs.

On sait assez que les Juifs ne communiquèrent leurs livres aux étrangers que du temps de Ptolémée Philadelphe, environ deux cent trente ans avant notre ère. Or, avant ce temps, l'orient et l'occident retentissaient des orgies de Bacchus. Les vers attribués à l'ancien Orphée célèbrent les conquêtes et les bienfaits de ce prétendu demi-dieu. Son histoire est si ancienne que les pères de l'Église ont prétendu que Bacchus était Noé, parceque Bacchus et Noé passent tous deux pour avoir cultivé la vigne.

Hérodote, en rapportant les anciennes opinions, dit que Bacchus fut élevé à Nyse, ville d'Éthiopie, que d'autres placent dans l'Arabie Heureuse. Les vers orphiques lui donnent le nom de Misès. Il résulte des recherches du savant Huet, sur l'histoire de Bacchus, qu'il fut sauvé des eaux dans un petit coffre [1] ; qu'on l'appela Misem, en mémoire de cette aventure ; qu'il fut instruit des secrets des dieux ; qu'il avait une verge qu'il changeait en serpent quand il voulait ; qu'il passa la mer Rouge à pied sec, comme Hercule passa depuis, dans son gobelet, le détroit de Calpé et d'Abyla ; que quand il alla dans les Indes, lui et son armée jouissaient de la clarté du soleil pendant la nuit ; qu'il toucha de sa baguette enchanteresse les eaux du fleuve Oronte et de l'Hydaspe, et que ces eaux s'écoulèrent pour lui laisser un passage libre. Il est dit même qu'il arrêta le cours du soleil et de la lune. Il écrivit ses lois sur deux tables de pierre. Il était anciennement représenté avec des cornes ou des rayons qui partaient de sa tête.

Il n'est pas étonnant, après cela, que plusieurs savants hommes, et surtout Bochart et Huet, dans nos derniers temps, aient prétendu que Bacchus est une copie de Moïse et de Josué. Tout concourt à favoriser la ressemblance : car Bacchus s'appelait, chez les Égyptiens, Arsaph, et parmi les noms que les pères ont donnés à Moïse, on y trouve celui d'Osasirph.

Entre ces deux histoires, qui paraissent semblables en tant de points, il n'est pas douteux que celle de Moïse ne soit la vérité, et que celle de Bacchus ne soit la fable ; mais il paraît que cette fable était connue des nations long-temps avant que l'histoire de Moïse

---

[1] Voltaire reparle très souvent de Bacchus et de Moïse : voyez entre autres le chapitre II de l'*Examen important de milord Bolingbroke* (dans les *Mélanges*, année 1767.) B.

fût parvenue jusqu'à elles. Aucun auteur grec n'a
cité Moïse avant Longin, qui vivait sous l'empereur
Aurélien, et tous avaient célébré Bacchus.

Il paraît incontestable que les Grecs ne purent
prendre l'idée de Bacchus dans le livre de la loi juive
qu'ils n'entendaient pas, et dont ils n'avaient pas la
moindre connaissance : livre d'ailleurs si rare chez
les Juifs mêmes, que sous le roi Josias on n'en trouva
qu'un seul exemplaire ; livre presque entièrement
perdu, pendant l'esclavage des Juifs transportés en
Chaldée et dans le reste de l'Asie ; livre restauré ensuite par Esdras dans les temps florissants d'Athènes
et des autres républiques de la Grèce ; temps où les
mystères de Bacchus étaient déjà institués.

Dieu permit donc que l'esprit de mensonge divul-
guât les absurdités de la vie de Bacchus chez cent
nations, avant que l'esprit de vérité fît connaître la
vie de Moïse à aucun peuple, excepté aux Juifs.

Le savant évêque d'Avranches, frappé de cette étonnante ressemblance, ne balança pas à prononcer que
Moïse était non seulement Bacchus, mais le Thaut,
l'Osiris des Égyptiens. Il ajoute même[a], pour allier
les contraires, que Moïse était aussi leur Typhon ;
c'est-à-dire qu'il était à-la-fois le bon et le mauvais
principe, le protecteur et l'ennemi, le dieu et le diable
reconnus en Égypte.

Moïse, selon ce savant homme, est le même que
Zoroastre. Il est Esculape, Amphion, Apollon, Fau-
nus, Janus, Persée, Romulus, Vertumne, et enfin

---

[a] Proposition iv, pages 79 et 87.

Adonis et Priape. La preuve qu'il était Adonis, c'est que Virgile a dit (églog. x, v. 18):

« Et formosus oves ad flumina pavit Adonis. »
Et le bel Adonis a gardé les moutons.

Or, Moïse garda les moutons vers l'Arabie. La preuve qu'il était Priape est encore meilleure : c'est que quelquefois on représentait Priape avec un âne, et que les Juifs passèrent pour adorer un âne. Huet ajoute, pour dernière confirmation, que la verge de Moïse pouvait fort bien être comparée au sceptre de Priape[a].

« Sceptrum Priapo tribuitur, virga Mosi. »

Voilà ce que Huet appelle sa Démonstration. Elle n'est pas, à la vérité, géométrique. Il est à croire qu'il en rougit les dernières années de sa vie, et qu'il se souvenait de sa Démonstration, quand il fit son Traité de la faiblesse de l'esprit humain, et de l'incertitude de ses connaissances.

XXIX. DES MÉTAMORPHOSES CHEZ LES GRECS, RECUEILLIES PAR OVIDE.

L'opinion de la migration des ames conduit naturellement aux métamorphoses, comme nous l'avons déjà vu[1]. Toute idée qui frappe l'imagination et qui l'amuse s'étend bientôt par tout le monde. Dès que vous m'avez persuadé que mon ame peut entrer dans le corps d'un cheval, vous n'aurez pas de peine à me faire croire que mon corps peut être changé en cheval aussi.

[a] Huet, page 110.
[1] Paragraphe xvii. B.

Les métamorphoses recueillies par Ovide, dont nous avons déjà dit un mot, ne devaient point du tout étonner un pythagoricien, un brame, un Chaldéen, un Égyptien. Les dieux s'étaient changés en animaux dans l'ancienne Égypte. Derceto était devenue poisson en Syrie; Sémiramis avait été changée en colombe à Babylone. Les Juifs, dans des temps très postérieurs, écrivent que Nabuchodonosor fut changé en bœuf, sans compter la femme de Loth transformée en statue de sel. N'est-ce pas même une métamorphose réelle, quoique passagère, que toutes les apparitions des dieux et des génies sous la forme humaine?

Un dieu ne peut guère se communiquer à nous qu'en se métamorphosant en homme. Il est vrai que Jupiter prit la figure d'un beau cygne pour jouir de Léda; mais ces cas sont rares, et, dans toutes les religions, la Divinité prend toujours la figure humaine quand elle vient donner des ordres. Il serait difficile d'entendre la voix des dieux s'ils se présentaient à nous en crocodiles ou en ours.

Enfin, les dieux se métamorphosèrent presque partout; et dès que nous fûmes instruits des secrets de la magie, nous nous métamorphosâmes nous-mêmes. Plusieurs personnes dignes de foi se changèrent en loups : le mot de loup-garou atteste encore parmi nous cette belle métamorphose.

Ce qui aide beaucoup à croire toutes ces transmutations et tous les prodiges de cette espèce, c'est qu'on ne peut prouver en forme leur impossibilité. On n'a nul argument à pouvoir alléguer à quiconque vous dira : « Un dieu vint hier chez moi sous la figure d'un

« beau jeune homme, et ma fille accouchera dans neuf
« mois d'un bel enfant que le dieu a daigné lui faire :
« mon frère, qui a osé en douter, a été changé en
« loup ; il court et hurle actuellement dans les bois. »
Si la fille accouche en effet, si l'homme devenu loup
vous affirme qu'il a subi en effet cette métamorphose,
vous ne pouvez démontrer que la chose n'est pas vraie.
Vous n'auriez d'autre ressource que d'assigner devant
les juges le jeune homme qui a contrefait le dieu, et
fait l'enfant à la demoiselle ; qu'à faire observer l'oncle loup-garou, et à prendre des témoins de son imposture. Mais la famille ne s'exposera pas à cet examen ;
elle vous soutiendra, avec les prêtres du canton, que
vous êtes un profane et un ignorant ; ils vous feront
voir que puisqu'une chenille est changée en papillon,
un homme peut tout aussi aisément être changé en
bête : et si vous disputez, vous serez déféré à l'inquisition du pays comme un impie qui ne croit ni aux
loups-garous, ni aux dieux qui engrossent les filles.

XXX. DE L'IDOLATRIE.

Après avoir lu tout ce que l'on a écrit sur l'idolâtrie, on ne trouve rien qui en donne une notion précise. Il semble que Locke soit le premier qui ait appris
aux hommes à définir les mots qu'ils prononçaient, et
à ne point parler au hasard. Le terme qui répond à
idolâtrie ne se trouve dans aucune langue ancienne ;
c'est une expression des Grecs des derniers âges, dont
on ne s'était jamais servi avant le second siècle de
notre ère. C'est un terme de reproche, un mot inju-
rieux : jamais aucun peuple n'a pris la qualité d'ido-

lâtre : jamais aucun gouvernement n'ordonna qu'on
adorât une image, comme le dieu suprême de la nature. Les anciens Chaldéens, les anciens Arabes, les
anciens Perses, n'eurent long-temps ni images ni
temples. Comment ceux qui vénéraient dans le soleil,
les astres et le feu, les emblèmes de la Divinité, peuvent-ils être appelés idolâtres? Ils révéraient ce qu'ils
voyaient : mais certainement révérer le soleil et les
astres, ce n'est pas adorer une figure taillée par un
ouvrier; c'est avoir un culte erroné, mais ce n'est point
être idolâtre.

Je suppose que les Égyptiens aient adoré réellement
le chien Anubis, et le bœuf Apis; qu'ils aient été assez
fous pour ne les pas regarder comme des animaux
consacrés à la Divinité, et comme un emblème du
bien que leur Isheth, leur Isis, fesait aux hommes;
pour croire même qu'un rayon céleste animait ce bœuf
et ce chien consacrés; il est clair que ce n'était pas
adorer une statue : une bête n'est pas une idole.

Il est indubitable que les hommes eurent des objets de culte avant que d'avoir des sculpteurs, et il est
clair que ces hommes si anciens ne pouvaient point
être appelés idolâtres. Il reste donc à savoir si ceux
qui firent enfin placer les statues dans les temples, et
qui firent révérer ces statues, se nommèrent adorateurs
de statues, et leurs peuples, adorateurs de statues :
c'est assurément ce qu'on ne trouve dans aucun monument de l'antiquité.

Mais en ne prenant point le titre d'idolâtres, l'é-
taient-ils en effet? était-il ordonné de croire que la
statue de bronze qui représentait la figure fantastique

de Bel à Babylone était le Maître, le Dieu, le Créateur du monde? la figure de Jupiter était-elle Jupiter même? n'est-ce pas (s'il est permis de comparer les usages de notre sainte religion avec les usages antiques), n'est-ce pas comme si l'on disait que nous adorons la figure du Père éternel avec une barbe longue, la figure d'une femme et d'un enfant, la figure d'une colombe? Ce sont des ornements emblématiques dans nos temples: nous les adorons si peu, que, quand ces statues sont de bois, on s'en chauffe dès qu'elles pourrissent, on en érige d'autres; elles sont de simples avertissements qui parlent aux yeux et à l'imagination. Les Turcs et les réformés croient que les catholiques sont idolâtres; mais les catholiques ne cessent de protester contre cette injure.

Il n'est pas possible qu'on adore réellement une statue, ni qu'on croie que cette statue est le Dieu suprême. Il n'y avait qu'un Jupiter, mais il y avait mille de ses statues : or, ce Jupiter qu'on croyait lancer la foudre était supposé habiter les nuées, ou le mont Olympe, ou la planète qui porte son nom; et ses figures ne lançaient point la foudre, et n'étaient ni dans une planète, ni dans les nuées, ni sur le mont Olympe : toutes les prières étaient adressées aux dieux immortels; et assurément les statues n'étaient pas immortelles.

Des fourbes, il est vrai, firent croire, et des superstitieux crurent que des statues avaient parlé. Combien de fois nos peuples grossiers n'ont-ils pas eu la même crédulité? mais jamais, chez aucun peuple, ces absurdités ne furent la religion de l'état. Quelque vieille

imbécile n'aura pas distingué la statue et le dieu : ce
n'est pas une raison d'affirmer que le gouvernement
pensait comme cette vieille. Les magistrats voulaient
qu'on révérât les représentations des dieux adorés, et
que l'imagination du peuple fût fixée par ces signes
visibles : c'est précisément ce qu'on fait dans la moitié
de l'Europe. On a des figures qui représentent Dieu
le père sous la forme d'un vieillard, et on sait bien
que Dieu n'est pas un vieillard. On a des images de
plusieurs saints qu'on vénère, et on sait bien que ces
saints ne sont pas Dieu le père.

De même, si on ose le dire, les anciens ne se mé-
prenaient pas entre les demi-dieux, les dieux, et le
maître des dieux. Si ces anciens étaient idolâtres pour
avoir des statues dans leurs temples, la moitié de la
chrétienté est donc idolâtre aussi; et si elle ne l'est
pas, les nations antiques ne l'étaient pas davantage.

En un mot, il n'y a pas dans toute l'antiquité un seul
poëte, un seul philosophe, un seul homme d'état qui
ait dit qu'on adorait de la pierre, du marbre, du
bronze, ou du bois. Les témoignages du contraire sont
innombrables : les nations idolâtres sont donc comme
les sorciers : on en parle, mais il n'y en eut jamais.

Un commentateur, Dacier, a conclu qu'on adorait
réellement la statue de Priape, parceque Horace, en
fesant parler cet épouvantail, lui fait dire : « J'étais
« autrefois un tronc; l'ouvrier, incertain s'il en ferait
« un dieu ou une escabelle, prit le parti d'en faire un
« dieu, etc. » Le commentateur cite le prophète Ba-
ruch, pour prouver que du temps d'Horace on regardait la figure de Priape comme une divinité réelle : il

ne voit pas qu'Horace se moque et du prétendu dieu,
et de sa statue. Il se peut qu'une de ses servantes, en
voyant cette énorme figure, crût qu'elle avait quelque
chose de divin; mais assurément tous ces Priapes de
bois dont les jardins étaient remplis pour chasser les
oiseaux n'étaient pas regardés comme les créateurs du
monde.

. Il est dit que Moïse, malgré la loi divine de ne
faire aucune représentation d'hommes ou d'animaux,
érigea un serpent d'airain, ce qui était une imitation
du serpent d'argent que les prêtres d'Égypte portaient
en procession : mais quoique ce serpent fût fait pour
guérir les morsures des serpents véritables, cependant
on ne l'adorait pas. Salomon mit deux chérubins dans
le temple; mais on ne regardait pas ces chérubins
comme des dieux. Si donc, dans le temple des Juifs et
dans les nôtres, on a respecté des statues sans être
idolâtres, pourquoi tant de reproches aux autres nations? ou nous devons les absoudre, où elles doivent
nous accuser.

XXXI. DES ORACLES[1].

Il est évident qu'on ne peut savoir l'avenir, parcequ'on ne peut savoir ce qui n'est pas; mais il est clair
aussi qu'on peut conjecturer un événement.

Vous voyez une armée nombreuse et disciplinée,
conduite par un chef habile, s'avancer dans un lieu
avantageux contre un capitaine imprudent, suivi de
peu de troupes mal armées, mal postées, et dont vous

---

[1] M. Clavier a publié un *Mémoire sur les oracles des anciens*, 1818,
in-8°. B.

savez que la moitié le trahit; vous prédisez que ce capitaine sera battu.

Vous avez remarqué qu'un jeune homme et une fille s'aiment éperdument; vous les avez observés sortant l'un et l'autre de la maison paternelle; vous annoncez que dans peu cette fille sera enceinte : vous ne vous trompez guère. Toutes les prédictions se réduisent au calcul des probabilités. Il n'y a donc point de nation chez laquelle on n'ait fait des prédictions qui se sont en effet accomplies. La plus célèbre, la plus confirmée, est celle que fit ce traître, Flavien Josèphe, à Vespasien et Titus son fils, vainqueurs des Juifs. Il voyait Vespasien et Titus adorés des armées romaines dans l'Orient, et Néron détesté de tout l'empire. Il ose, pour gagner les bonnes graces de Vespasien, lui prédire, au nom du dieu des Juifs[a], que lui et son fils seront empereurs : ils le furent en effet; mais il est évident que Josèphe ne risquait rien. Si Vespasien succombe un jour en prétendant à l'empire, il n'est pas en état de punir Josèphe; s'il est empereur, il le récompense; et tant qu'il ne règne pas, il espère régner. Vespasien fait dire à ce Josèphe que, s'il est prophète, il devait avoir prédit la prise de Jotapat, qu'il avait en vain défendue contre l'armée romaine; Josèphe répond qu'en effet il l'avait prédite; ce qui n'était pas bien surprenant. Quel commandant, en soutenant un siége dans une petite place contre une grande armée, ne prédit pas que la place sera prise?

Il n'était pas bien difficile de sentir qu'on pouvait s'attirer le respect et l'argent de la multitude en fesant

[a] Josèphe, liv. III, ch. xxviii.

le prophète, et que la crédulité du peuple devait être
le revenu de quiconque saurait le tromper. Il y eut
partout des devins; mais ce n'était pas assez de ne
prédire qu'en son propre nom, il fallait parler au nom
de la Divinité; et, depuis les prophètes de l'Égypte,
qui s'appelaient les *voyants*, jusqu'à Ulpius, prophète
du mignon de l'empereur Adrien devenu dieu, il y
eut un nombre prodigieux de charlatans sacrés qui
firent parler les dieux pour se moquer des hommes.
On sait assez comment ils pouvaient réussir : tantôt
par une réponse ambiguë qu'ils expliquaient ensuite
comme ils voulaient; tantôt en corrompant des domestiques, en s'informant d'eux secrètement des aventures des dévots qui venaient les consulter. Un idiot
était tout étonné qu'un fourbe lui dît de la part de
Dieu ce qu'il avait fait de plus caché.

Ces prophètes passaient pour savoir le passé, le
présent, et l'avenir; c'est l'éloge qu'Homère fait de
Calchas. Je n'ajouterai rien ici à ce que le savant Van
Dale et le judicieux Fontenelle son rédacteur, ont dit
des oracles. Ils ont dévoilé avec sagacité des siècles de
fourberie; et le jésuite Baltus montra bien peu de
sens, ou beaucoup de malignité, quand il soutint contre eux la vérité des oracles païens par les principes
de la religion chrétienne. C'était réellement faire à
Dieu une injure de prétendre que ce Dieu de bonté
et de vérité eût lâché les diables de l'enfer pour venir
faire sur la terre ce qu'il ne fait pas lui-même, pour
rendre des oracles.

Ou ces diables disaient vrai, et en ce cas il était
impossible de ne les pas croire; et Dieu, appuyant

toutes les fausses religions par des miracles journaliers, jetait lui-même l'univers entre les bras de ses ennemis : ou ils disaient faux ; et en ce cas Dieu déchaînait les diables pour tromper tous les hommes. Il n'y a peut-être jamais eu d'opinion plus absurde.

L'oracle le plus fameux fut celui de Delphes. On choisit d'abord de jeunes filles innocentes, comme plus propres que les autres à être inspirées, c'est-à-dire à proférer de bonne foi le galimatias que les prêtres leur dictaient. La jeune Pythie montait sur un trépied, posé dans l'ouverture d'un trou dont il sortait une exhalaison prophétique. L'esprit divin entrait sous la robe de la Pythie par un endroit fort humain ; mais depuis qu'une jolie Pythie fut enlevée par un dévot, on prit des vieilles pour faire le métier : et je crois que c'est la raison pour laquelle l'oracle de Delphes commença à perdre beaucoup de son crédit.

Les divinations, les augures, étaient des espèces d'oracles, et sont, je crois, d'une plus haute antiquité ; car il fallait bien des cérémonies, bien du temps pour achalander un oracle divin qui ne pouvait se passer de temple et de prêtres ; et rien n'était plus aisé que de dire la bonne aventure dans les carrefours. Cet art se subdivisa en mille façons ; on prédit par le vol des oiseaux, par le foie des moutons, par les plis formés dans la paume de la main, par des cercles tracés sur la terre, par l'eau, par le feu, par des petits cailloux, par des baguettes, par tout ce qu'on imagina, et souvent même par un pur enthousiasme qui tenait lieu de toutes les règles. Mais qui fut celui qui inventa cet art ? ce fut le premier fripon qui rencontra un imbécile.

La plupart des prédictions étaient comme celles de l'*Almanach de Liège. Un grand mourra; il y aura des naufrages.* Un juge de village mourait-il dans l'année, c'était, pour ce village, le grand dont la mort était prédite; une barque de pêcheurs était-elle submergée, voilà les grands naufrages annoncés. L'auteur de l'*Almanach de Liège* est un sorcier, soit que ces prédictions soient accomplies, soit qu'elles ne le soient pas : car, si quelque événement les favorise, sa magie est démontrée: si les événements sont contraires, on applique la prédiction à toute autre chose, et l'allégorie le tire d'affaire.

L'*Almanach de Liège* a dit qu'il viendrait un peuple du nord qui détruirait tout; ce peuple ne vient point; mais un vent du nord fait geler quelques vignes: c'est ce qui a été prédit par Matthieu Laensbergh. Quelqu'un ose-t-il douter de son savoir, aussitôt les colporteurs le dénoncent comme un mauvais citoyen, et les astrologues le traitent même de petit esprit et de méchant raisonneur.

Les Sunnites mahométans ont beaucoup employé cette méthode dans l'explication du *Koran* de Mahomet. L'étoile Aldebaran avait été en grande vénération chez les Arabes; elle signifie l'œil du taureau; cela voulait dire que l'œil de Mahomet éclairerait les Arabes; et que, comme un taureau, il frapperait ses ennemis de ses cornes.

L'arbre acacia était en vénération dans l'Arabie; on en fesait de grandes haies qui préservaient les moissons de l'ardeur du soleil; Mahomet est l'acacia qui doit couvrir la terre de son ombre salutaire. Les

Turcs sensés rient de ces bêtises subtiles, les jeunes femmes n'y pensent pas; les vieilles dévotes y croient; et celui qui dirait publiquement à un derviche qu'il enseigne des sottises courrait risque d'être empalé. Il y a eu des savants qui ont trouvé l'histoire de leur temps dans *l'Iliade* et dans *l'Odyssée*; mais ces savants n'ont pas fait la même fortune que les commentateurs de *l'Alcoran*.

La plus brillante fonction des oracles fut d'assurer la victoire dans la guerre. Chaque armée, chaque nation avait ses oracles qui lui promettaient des triomphes. L'un des deux partis avait reçu infailliblement un oracle véritable. Le vaincu, qui avait été trompé, attribuait sa défaite à quelque faute commise envers les dieux, après l'oracle rendu; il espérait qu'une autre fois l'oracle s'accomplirait. Ainsi presque toute la terre s'est nourrie d'illusion. Il n'y eut presque point de peuple qui ne conservât dans ses archives, ou qui n'eût par la tradition orale, quelque prédiction qui l'assurait de la conquête du monde, c'est-à-dire des nations voisines : point de conquérant qui n'ait été prédit formellement aussitôt après sa conquête. Les Juifs mêmes, enfermés dans un coin de terre presque inconnu, entre l'anti-Liban, l'Arabie Déserte et la Pétrée, espérèrent, comme les autres peuples, d'être les maîtres de l'univers, fondés sur mille oracles que nous expliquons dans un sens mystique, et qu'ils entendaient dans le sens littéral.

XXXII. DES SIBYLLES CHEZ LES GRECS, ET DE LEUR INFLUENCE SUR LES AUTRES NATIONS.

Lorsque presque toute là terre était remplie d'o-
racles, il y eut de vieilles filles qui, sans être attachées
à aucun temple, s'avisèrent de prophétiser pour leur
compte. On les appela *sibylles*, σιὸς βουλὴ, mots grecs
du dialecte de Laconie, qui signifient conseil de Dieu.
L'antiquité en compte dix principales en divers pays.
On sait assez le conte de la bonne femme qui vint apporter dans Rome, à l'ancien Tarquin, les neuf livres
de l'ancienne sibylle de Cumes. Comme Tarquin mar-
chandait trop, la vieille jeta au feu les six premiers
livres, et exigea autant d'argent des trois restants
qu'elle en avait demandé des neuf entiers. Tarquin
les paya. Ils furent, dit-on, conservés à Rome jusqu'au temps de Sylla, et furent consumés dans un
incendie du Capitole.

Mais comment se passer des prophéties des sibylles? On envoya trois sénateurs à Érythrès, ville de
Grèce, où l'on gardait précieusement un millier de
mauvais vers grecs, qui passaient pour être de la
façon de la sibylle Érythrée. Chacun en voulait avoir
des copies. La sibylle Érythrée avait tout prédit; il en
était de ses prophéties comme de celles de Nostradamus parmi nous : et l'on ne manquait pas, à chaque
événement, de forger quelques vers grecs qu'on attribuait à la sibylle.

Auguste, qui craignait avec raison qu'on ne trouvât
dans cette rapsodie quelques vers qui autoriséraient
des conspirations, défendit, sous peine de mort,

qu'aucun Romain eût chez lui des vers sibyllins : défense digne d'un tyran soupçonneux, qui conservait avec adresse un pouvoir usurpé par le crime.

Les vers sibyllins furent respectés plus que jamais quand il fut défendu de les lire. Il fallait bien qu'ils continssent la vérité, puisqu'on les cachait aux citoyens.

Virgile, dans son églogue sur la naissance de Pollion, ou de Marcellus, ou de Drusus, ne manqua pas de citer l'autorité de la sibylle de Cumes, qui avait prédit nettement que cet enfant, qui mourut bientôt après, ramènerait le siècle d'or. La sibylle Érythrée avait, disait-on alors, prophétisé aussi à Cumes. L'enfant nouveau-né, appartenant à Auguste ou à son favori, ne pouvait manquer d'être prédit par la sibylle. Les prédictions d'ailleurs ne sont jamais que pour les grands, les petits n'en valent pas la peine.

Ces oracles des sibylles étant donc toujours en très grande réputation, les premiers chrétiens, trop emportés par un faux zèle, crurent qu'ils pouvaient forger de pareils oracles pour battre les Gentils par leurs propres armes. Hermas et saint Justin passent pour être les premiers qui eurent le malheur de soutenir cette imposture. Saint Justin cite des oracles de la sibylle de Cumes, débités par un chrétien qui avait pris le nom d'Istape, et qui prétendait que sa sibylle avait vécu du temps du déluge. Saint Clément d'Alexandrie (dans ses *Stromates*, livre VI) assure que l'apôtre saint Paul recommande dans ses Épîtres *la lecture des sibylles qui ont manifestement prédit la naissance du fils de Dieu.*

Il faut que cette Épître de saint Paul soit perdue ; car on ne trouve ces paroles, ni rien d'approchant, dans aucune des Épîtres de saint Paul. Il courait dans ce temps-là parmi les chrétiens une infinité de livres que nous n'avons plus, comme les Prophéties de Jaldabast, celles de Seth, d'Énoch et de Cham ; la pénitence d'Adam ; l'histoire de Zacharie, père de saint Jean ; l'Évangile des Égyptiens ; l'Évangile de saint Pierre, d'André, de Jacques ; l'Évangile d'Ève ; l'Apocalypse d'Adam ; les lettres de Jésus-Christ, et cent autres écrits dont il reste à peine quelques fragments ensevelis dans des livres qu'on ne lit guère.

L'Église chrétienne était alors partagée en société judaïsante et société non judaïsante. Ces deux sociétés étaient divisées en plusieurs autres. Quiconque se sentait un peu de talent écrivait pour son parti. Il y eut plus de cinquante évangiles jusqu'au concile de Nicée ; il ne nous en reste aujourd'hui que ceux de la Vierge, de Jacques, de l'Enfance, et de Nicodème. On forgea surtout des vers attribués aux anciennes sibylles. Tel était le respect du peuple pour ces oracles sibyllins, qu'on crut avoir besoin de cet appui étranger pour fortifier le christianisme naissant. Non seulement on fit des vers grecs sibyllins qui annonçaient Jésus-Christ, mais on les fit en acrostiches, de manière que les lettres de ces mots, *Jesous Chreistos ïos Soter*, étaient l'une après l'autre le commencement de chaque vers. C'est dans ces poésies qu'on trouve cette prédiction :

Avec cinq pains et deux poissons
Il nourrira cinq mille hommes au désert ;

> Et, en ramassant les morceaux qui resteront,
> Il en remplira douze paniers.

On ne s'en tint pas là; on imagina qu'on pouvait détourner, en faveur du christianisme, le sens des vers de la quatrième églogue de Virgile (vers 4 et 7):

> « Ultima cumæi venit jam carminis ætas :....
> « Jam nova progenies cœlo demittitur alto. »

> Les temps de la sibylle enfin sont arrivés ;
> Un nouveau rejeton descend du haut des cieux.

Cette opinion eut un si grand cours dans les premiers siècles de l'Église, que l'empereur Constantin la soutint hautement. Quand un empereur parlait, il avait sûrement raison. Virgile passa long-temps pour un prophète. Enfin, on était si persuadé des oracles des sibylles, que nous avons dans une de nos hymnes, qui n'est pas fort ancienne, ces deux vers remarquables :

> « Solvet sæclum in favilla,
> « Teste David cum sibylla. »

> Il mettra l'univers en cendres,
> Témoin la sibylle et David.

Parmi les prédictions attribuées aux sibylles, on fesait surtout valoir le règne de mille ans, que les pères de l'Église adoptèrent jusqu'au temps de Théodose II.

Ce règne de Jésus-Christ pendant mille ans sur la terre était fondé d'abord sur la prophétie de saint Luc, chapitre XXI; prophétie mal entendue, que Jésus-Christ « viendrait dans les nuées, dans une grande « puissance et dans une grande majesté, avant que la « génération présente fût passée. » La génération avait passé; mais saint Paul avait dit aussi dans sa première Épître aux Thessaloniciens, chap. IV :

« Nous vous déclarons, comme l'ayant appris du « Seigneur, que nous qui vivons, et qui sommes ré- « servés pour son avénement, nous ne préviendrons « point ceux qui sont déjà dans le sommeil.

« Car, aussitôt que le signal aura été donné par la « voix de l'archange, et par le son de la trompette de « Dieu, le Seigneur lui-même descendra du ciel, et « ceux qui seront morts en Jésus-Christ ressuscite- « ront les premiers.

« Puis nous autres qui sommes vivants, et qui se- « rons demeurés jusqu'alors, nous serons emportés « avec eux dans les nuées, pour aller au-devant du « Seigneur, au milieu de l'air; et ainsi nous vivrons « pour jamais avec le Seigneur. »

Il est bien étrange que Paul dise que c'est le Seigneur lui-même qui lui avait parlé; car Paul, loin d'avoir été un des disciples de Christ, avait été long-temps un de ses persécuteurs. Quoi qu'il en puisse être, *l'Apocalypse* avait dit aussi, chapitre XX, que les justes *régneraient sur la terre pendant mille ans avec Jésus-Christ.*

On s'attendait donc à tout moment que Jésus-Christ descendrait du ciel pour établir son règne, et rebâtir Jérusalem, dans laquelle les chrétiens devaient se réjouir avec les patriarches.

Cette nouvelle Jérusalem était annoncée dans *l'Apocalypse :* « Moi, Jean, je vis la nouvelle Jérusalem qui « descendait du ciel, parée comme une épouse... Elle « avait une grande et haute muraille, douze portes,

« et un ange à chaque porte.... douze fondements où
« sont les noms des apôtres de l'agneau.... Celui qui
« me parlait avait une toise d'or pour mesurer la ville,
« les portes et la muraille. La ville est bâtie en carré ;
« elle est de douze mille stades ; sa longueur, sa lar-
« geur et sa hauteur sont égales.... Il en mesura aussi
« la muraille qui est de cent quarante-quatre cou-
« dées.... Cette muraille est de jaspe, et la ville était
« d'or, etc. »

On pouvait se contenter de cette prédiction ; mais
on voulut encore avoir pour garant une sibylle à qui
l'on fait dire à peu près les mêmes choses. Cette persuasion s'imprima si fortement dans les esprits, que
saint Justin, dans son Dialogue contre Tryphon, dit
« qu'il en est convenu, et que Jésus doit venir dans
« cette Jérusalem boire et manger avec ses disciples. »

Saint Irénée se livra si pleinement à cette opinion,
qu'il attribue à saint Jean l'Évangéliste ces paroles :
« Dans la nouvelle Jérusalem, chaque cep de vigne
« produira dix mille branches ; et chaque branche,
« dix mille bourgeons ; chaque bourgeon, dix mille
« grappes, chaque grappe, dix mille grains ; chaque
« raisin, vingt-cinq amphores de vin ; et quand un des
« saints vendangeurs cueillera un raisin, le raisin
« voisin lui dira : Prends-moi, je suis meilleur que
« lui[a]. »

Ce n'était pas assez que la sibylle eût prédit ces
merveilles, on avait été témoin de l'accomplissement.
On vit, au rapport de Tertullien, la Jérusalem nou-

[a] Irénée, liv. V, chap. XXXV.

velle descendre du ciel pendant quarante nuits consécutives.

Tertullien s'exprime ainsi[a] : « Nous confessons que « le royaume nous est promis pour mille ans en terre, « après la résurrection dans la cité de Jérusalem, ap- « portée du ciel ici-bas. »

C'est ainsi que l'amour du merveilleux, et l'envie d'entendre et de dire des choses extraordinaires, a perverti le sens commun dans tous les temps; c'est ainsi qu'on s'est servi de la fraude, quand on n'a pas eu la force. La religion chrétienne fut d'ailleurs soutenue par des raisons si solides, que tout cet amas d'erreurs ne put l'ébranler. On dégagea l'or pur de tout cet alliage, et l'Église parvint, par degrés, à l'état où nous la voyons aujourd'hui.

XXXIII. DES MIRACLES.

Revenons toujours à la nature de l'homme; il n'aime que l'extraordinaire; et cela est si vrai, que sitôt que le beau, le sublime est commun, il ne paraît plus ni beau ni sublime. On veut de l'extraordinaire en tout genre, et on va jusqu'à l'impossible. L'histoire ancienne ressemble à celle de ce chou plus grand qu'une maison, et à ce pot plus grand qu'une église, fait pour cuire ce chou.

Quelle idée avons-nous attachée au mot *miracle*, qui d'abord signifiait *chose admirable?* Nous avons dit: C'est ce que la nature ne peut opérer; c'est ce qui est contraire à toutes ses lois. Ainsi l'Anglais qui promit

[a] Tertullien contre Marcion, liv. III.

au peuple de Londres de se mettre tout entier dans
une bouteille de deux pintes annonçait un miracle.
Et autrefois on n'aurait pas manqué de légendaires
qui auraient affirmé l'accomplissement de ce prodige,
s'il en était revenu quelque chose au couvent.

Nous croyons sans difficulté aux vrais miracles
opérés dans notre sainte religion, et chez les Juifs,
dont la religion prépara la nôtre. Nous ne parlons ici
que des autres nations, et nous ne raisonnons que
suivant les règles du bon sens, toujours soumises à la
révélation.

Quiconque n'est pas illuminé par la foi ne peut
regarder un miracle que comme une contravention aux
lois éternelles de la nature. Il ne lui paraît pas possible que Dieu dérange son propre ouvrage; il sait
que tout est lié dans l'univers par des chaînes que
rien ne peut rompre. Il sait que Dieu étant immuable,
ses lois le sont aussi; et qu'une roue de la grande
machine ne peut s'arrêter, sans que la nature entière
soit dérangée.

Si Jupiter, en couchant avec Alcmène, fait une nuit
de vingt-quatre heures, lorsqu'elle devait être de
douze, il est nécessaire que la terre s'arrête dans son
cours, et reste immobile douze heures entières. Mais
comme les mêmes phénomènes du ciel reparaissent
la nuit suivante, il est nécessaire aussi que la lune et
toutes les planètes se soient arrêtées. Voilà une grande
révolution dans tous les orbes célestes en faveur d'une
femme de Thèbes en Béotie.

Un mort ressuscite au bout de quelques jours; il faut
que toutes les parties imperceptibles de son corps qui

s'étaient exhalées dans l'air, et que les vents avaient
emportées au loin, reviennent se mettre chacune à
leur place; que les vers et les oiseaux, ou les autres
animaux nourris de la substance de ce cadavre, rendent chacun ce qu'ils lui ont pris. Les vers engraissés
des entrailles de cet homme auront été mangés par
des hirondelles; ces hirondelles, par des pies-grièches; ces pies-grièches, par des faucons; ces faucons,
par des vautours. Il faut que chacun restitue précisément ce qui appartenait au mort, sans quoi ce ne serait
plus la même personne. Tout cela n'est rien encore,
si l'ame ne revient dans son hôtellerie.

Si l'Être éternel, qui a tout prévu, tout arrangé,
qui gouverne tout par des lois immuables, devient
contraire à lui-même en renversant toutes ses lois, ce
ne peut être que pour l'avantage de la nature entière.
Mais il paraît contradictoire de supposer un cas où le
créateur et le maître de tout puisse changer l'ordre
du monde pour le bien du monde. Car, ou il a prévu
le prétendu besoin qu'il en aurait, ou il ne l'a pas
prévu: s'il l'a prévu, il y a mis ordre dès le commencement: s'il ne l'a pas prévu, il n'est plus Dieu.

On dit que c'est pour faire plaisir à une nation, à
une ville, à une famille, que l'Être éternel ressuscite
Pélops, Hippolyte, Hérès, et quelques autres fameux
personnages; mais il ne paraît pas vraisemblable que
le maître commun de l'univers oublie le soin de l'univers en faveur de cet Hippolyte et de ce Pélops.

Plus les miracles sont incroyables, selon les faibles
lumières de notre esprit, plus ils ont été crus. Chaque
peuple eut tant de prodiges, qu'ils devinrent des choses

10.

très ordinaires. Aussi ne s'avisait-on pas de nier ceux
de ses voisins. Les Grecs disaient aux Égyptiens, aux
nations asiatiques : « Les dieux vous ont parlé quelquefois, ils nous parlent tous les jours; s'ils ont combattu
vingt fois pour vous, ils se sont mis quarante fois à
la tête de nos armées; si vous avez des métamorphoses, nous en avons cent fois plus que vous; si vos
animaux parlent, les nôtres ont fait de très beaux
discours. » Il n'y a pas même jusqu'aux Romains chez
qui les bêtes n'aient pris la parole pour prédire l'avenir.
Tite-Live rapporte qu'un bœuf s'écria en plein marché :
Rome, prends garde à toi. Pline, dans son livre huitième, dit qu'un chien parla, lorsque Tarquin fut
chassé du trône. Une corneille, si l'on en croit Sué-
tone, s'écria dans le Capitole, lorsqu'on allait assassiner Domitien : Ἔσται πάντα καλῶς; *c'est fort bien fait,
tout est bien.* C'est ainsi qu'un des chevaux d'Achille,
nommé Xante, prédit à son maître qu'il mourra devant
Troie. Avant le cheval d'Achille, le belier de Phryxus
avait parlé, aussi bien que les vaches du mont Olympe.
Ainsi, au lieu de réfuter les fables, on enchérissait
sur elles : on fesait comme ce praticien à qui on produisait une fausse obligation; il ne s'amusa point à
plaider; il produisit sur-le-champ une fausse quittance.

Il est vrai que nous ne voyons guère de morts ressuscités chez les Romains; ils s'en tenaient à des guérisons miraculéuses. Les Grecs, plus attachés à la
métempsycose, eurent beaucoup de résurrections. Ils
tenaient ce secret des Orientaux, de qui toutes les
sciences et les superstitions étaient venues.

De toutes les guérisons miraculeuses, les plus attes-

tées, les plus authentiques, sont celles de cet aveugle
à qui l'empereur Vespasien rendit la vue, et de ce
paralytique auquel il rendit l'usage de ses membres.
C'est dans Alexandrie que ce double miracle s'opère;
c'est devant un peuple innombrable, devant des Romains, des Grecs, des Égyptiens; c'est sur son tribunal que Vespasien opère ces prodiges. Ce n'est pas
lui qui cherche à se faire valoir par des prestiges dont
un monarque affermi n'a pas besoin; ce sont ces deux
malades eux-mêmes qui, prosternés à ses pieds, le
conjurent de les guérir. Il rougit de leurs prières, il
s'en moque; il dit qu'une telle guérison n'est pas au
pouvoir d'un mortel. Les deux infortunés insistent:
Sérapis leur est apparu; Sérapis leur a dit qu'ils seraient guéris par Vespasien. Enfin il se laisse fléchir:
il les touche sans se flatter du succès. La Divinité,
favorable à sa modestie et à sa vertu, lui communique son pouvoir; à l'instant l'aveugle voit, et l'es-
tropié marche. Alexandrie, l'Égypte, et tout l'empire,
applaudissent à Vespasien, favori du ciel. Le miracle
est consigné dans les archives de l'empire et dans
toutes les histoires contemporaines. Cependant, avec
le temps, ce miracle n'est cru de personne, parceque
personne n'a intérêt de le soutenir.

Si l'on en croit je ne sais quel écrivain de nos siècles
barbares, nommé Helgaut, le roi Robert, fils de Hugues Capet, guérit aussi un aveugle. Ce don des miracles, dans le roi Robert, fut apparemment la récompense de la charité avec laquelle il avait fait brûler le
confesseur de sa femme, et ces chanoines d'Orléans,
accusés de ne pas croire l'infaillibilité et la puissance

absolue du pape, et par conséquent d'être manichéens :
ou, si ce ne fut pas le prix de ces bonnes actions, ce
fut celui de l'excommunication qu'il souffrit pour avoir
couché avec la reine sa femme.

Les philosophes ont fait des miracles, comme les
empereurs et les rois. On connaît ceux d'Apollonios
de Tyane; c'était un philosophe pythagoricien, tempé-
rant, chaste et juste, à qui l'histoire ne reproche aucune action équivoque, ni aucune de ces faiblesses
dont fut accusé Socrate. Il voyagea chez les mages et
chez les brachmanes, et fut d'autant plus honoré partout, qu'il était modeste, donnant toujours de sages
conseils, et disputant rarement. La prière qu'il avait
coutume de faire aux dieux est admirable : « Dieux
« immortels, accordez-nous ce que vous jugerez con-
« venable, et dont nous ne soyons pas indignes. ». Il
n'avait nul enthousiasme; ses disciples en eurent : ils
lui supposèrent des miracles qui furent recueillis par
Philostrate. Les Tyanéens le mirent au rang des
demi-dieux, et les empereurs romains approuvèrent
son apothéose. Mais, avec le temps, l'apothéose d'A-
pollonios eut le sort de celle qu'on décernait aux empereurs romains; et la chapelle d'Apollonios fut aussi
déserte que le Socratéion, élevé par les Athéniens à
Socrate.

Les rois d'Angleterre, depuis saint Édouard jusqu'au roi Guillaume III, firent journellement un grand
miracle, celui de guérir les écrouelles, qu'aucuns
médecins ne pouvaient guérir. Mais Guillaume III
ne voulut point faire de miracles, et ses successeurs
s'en sont abstenus comme lui. Si l'Angleterre éprouve

jamais quelque grande révolution qui la replonge
dans l'ignorance; alors elle aura des miracles tous les
jours.

XXXIV. DES TEMPLES.

On n'eut pas un temple aussitôt qu'on reconnût
un Dieu. Les Arabes, les Chaldéens, les Persans, qui
révéraient les astres, ne pouvaient guère avoir d'abord
des édifices consacrés; ils n'avaient qu'à regarder le
ciel, c'était là leur temple. Celui de Bel, à Babylone,
passe pour le plus ancien de tous; mais ceux de Brama, dans l'Inde, doivent être d'une antiquité plus
reculée : au moins les brames le prétendent.

Il est dit dans les annales de la Chine que les premiers empereurs sacrifiaient dans un temple. Celui
d'Hercule, à Tyr, ne paraît pas être des plus anciens.
Hercule ne fut jamais, chez aucun peuple, qu'une
divinité secondaire; cependant le temple de Tyr est
très antérieur à celui de Judée. Hiram en avait un
magnifique, lorsque Salomon, aidé par Hiram, bâtit
le sien. Hérodote, qui voyagea chez les Tyriens, dit
que, de son temps, les archives de Tyr ne donnaient
à ce temple que deux mille trois cents ans d'antiquité.
L'Égypte était remplie de temples depuis long-temps.
Hérodote dit encore qu'il apprit que le temple de Vulcain, à Memphis, avait été bâti par Ménès vers le
temps qui répond à trois mille ans avant notre ère;
et il n'est pas à croire que les Égyptiens eussent élevé
un temple à Vulcain, avant d'en avoir donné un à
Isis, leur principale divinité.

Je ne puis concilier avec les mœurs ordinaires de
tous les hommes ce que dit Hérodote au livre second :

il prétend que, excepté les Égyptiens et les Grecs,
tous les autres peuples avaient coutume de coucher
avec les femmes au milieu de leurs temples. Je soup-
çonne le texte grec d'avoir été corrompu. Les hommes
les plus sauvages s'abstiennent de cette action devant
des témoins. On ne s'est jamais avisé de caresser sa
femme ou sa maîtresse en présence de gens pour qui
on a les moindres égards.

Il n'est guère possible que chez tant de nations,
qui étaient religieuses jusqu'au plus grand scrupule,
tous les temples eussent été des lieux de prostitution.
Je crois qu'Hérodote a voulu dire que les prêtres qui
habitaient dans l'enceinte qui entourait le temple,
pouvaient coucher avec leurs femmes dans cette enceinte qui avait le nom de temple, comme en usaient
les prêtres juifs et d'autres : mais que les prêtres égyptiens, n'habitant point dans l'enceinte, s'abstenaient
de toucher à leurs femmes quand ils étaient de garde
dans les porches dont le temple était entouré.

Les petits peuples furent très long-temps sans avoir
de temples. Ils portaient leurs dieux dans des coffres,
dans des tabernacles. Nous avons déjà vu [1] que quand
les Juifs habitèrent les déserts, à l'orient du lac Asphaltide, ils portaient le tabernacle du dieu Remphan,
du dieu Moloch, du dieu Kium, comme le dit Amos,
et comme le répète saint Étienne.

C'est ainsi qu'en usaient toutes les autres petites
nations du désert. Cet usage doit être le plus ancien
de tous, par la raison qu'il est bien plus aisé d'avoir
un coffre que de bâtir un grand édifice.

[1] Paragraphe v. B.

C'est probablement de ces dieux portatifs que vint
la coutume des processions qui se firent chez tous les
peuples; car il semble qu'on ne se serait pas avisé
d'ôter un dieu de sa place, dans son temple, pour le
promener dans la ville; et cette violence eût pu paraître un sacrilége, si l'ancien usage de porter son
dieu sur un chariot ou sur un brancard n'avait pas
été dès long-temps établi.

La plupart des temples furent d'abord des citadelles,
dans lesquelles on mettait en sûreté les choses sacrées.
Ainsi le palladium était dans la forteresse de Troie;
les boucliers descendus du ciel se gardaient dans le
Capitole.

Nous voyons que le temple des Juifs était une maison forte, capable de soutenir un assaut. Il est dit au
troisième livre des *Rois* que l'édifice avait soixante
coudées de long et vingt de large; c'est environ quatre-
vingt-dix pieds de long sur trente de face. Il n'y a
guère de plus petit édifice public; mais cette maison
étant de pierre, et bâtie sur une montagne, pouvait au
moins se défendre d'une surprise; les fenêtres, qui
étaient beaucoup plus étroites au-dehors qu'en dedans,
ressemblaient à des meurtrières.

Il est dit que les prêtres logeaient dans des appentis
de bois adossés à la muraille.

Il est difficile de comprendre les dimensions de
cette architecture. Le même livre des *Rois* nous apprend que, sur les murailles de ce temple, il y avait
trois étages de bois; que le premier avait cinq coudées de large, le second six, et le troisième sept. Ces
proportions ne sont pas les nôtres; ces étages de bois

auraient surpris Michel-Ange et Bramante. Quoi qu'il
en soit, il faut considérer que ce temple était bâti
sur le penchant de la montagne Moria, et que par
conséquent il ne pouvait avoir une grande profondeur. Il fallait monter plusieurs degrés pour arriver
à la petite esplanade où fut bâti le sanctuaire, long
de vingt coudées; or, un temple dans lequel il faut
monter et descendre est un édifice barbare. Il était
recommandable par sa sainteté, mais non par son architecture. Il n'était pas nécessaire pour les desseins
de Dieu que la ville de Jérusalem fût la plus magnifique des villes, et son peuple le plus puissant des
peuples; il n'était pas nécessaire non plus que son
temple surpassât celui des autres nations; le plus beau
des temples est celui où les hommages les plus purs
lui sont offerts.

La plupart des commentateurs se sont donné la
peine de dessiner cet édifice, chacun à sa manière. Il
est à croire qu'aucun de ces dessinateurs n'a jamais
bâti de maison. On conçoit pourtant que ces murailles
qui portaient ces trois étages étant de pierre, on pouvait se défendre un jour ou deux dans cette petite
retraite.

Cette espèce de forteresse d'un peuple privé des
arts ne tint pas contre Nabusardan, l'un des capitaines du roi de Babylone, que nous nommons Nabuchodonosor.

Le second temple, bâti par Néhémie, fut moins
grand et moins somptueux. Le livre d'Esdras nous
apprend que les murs de ce nouveau temple n'avaient
que trois rangs de pierre brute, et que le reste était

de bois : c'était bien plutôt une grange qu'un temple. Mais celui qu'Hérode fit bâtir depuis fut une vraie forteresse. Il fut obligé, comme nous l'apprend Josèphe, de démolir le temple de Néhémie, qu'il appelle le temple d'Aggée. Hérode combla une partie du précipice au bas de la montagne Moria, pour faire une plate-forme appuyée d'un très gros mur sur lequel le temple fut élevé. Près de cet édifice était la tour Antonia, qu'il fortifia encore, de sorte que ce temple était une vraie citadelle.

En effet, les Juifs osèrent s'y défendre contre l'armée de Titus, jusqu'à ce qu'un soldat romain ayant jeté une solive enflammée dans l'intérieur de ce fort, tout prit feu à l'instant : ce qui prouve que les bâtiments, dans l'enceinte du temple, n'étaient que de bois du temps d'Hérode, ainsi que sous Néhémie et sous Salomon.

Ces bâtiments de sapin contredisent un peu cette grande magnificence dont parle l'exagérateur Josèphe. Il dit que Titus, étant entré dans le sanctuaire, l'admira, et avoua que sa richesse passait sa renommée. Il n'y a guère d'apparence qu'un empereur romain, au milieu du carnage, marchant sur des monceaux de morts, s'amusât à considérer avec admiration un édifice de vingt coudées de long, tel qu'était ce sanctuaire; et qu'un homme qui avait vu le Capitole fût surpris de la beauté d'un temple juif. Ce temple était très saint, sans doute; mais un sanctuaire de vingt coudées de long n'avait pas été bâti par un Vitruve. Les beaux temples étaient ceux d'Éphèse, d'Alexandrie, d'Athènes, d'Olympie, de Rome.

Josèphe, dans sa Déclamation contre Apion, dit qu'il ne fallait « qu'un temple aux Juifs, parcequ'il « n'y a qu'un Dieu. » Ce raisonnement né paraît pas concluant; car si les Juifs avaient eu sept ou huit cents milles de pays, comme tant d'autres peuples, il aurait fallu qu'ils passassent leur vie à voyager pour aller sacrifier dans ce temple chaque année. De ce qu'il n'y a qu'un Dieu, il suit que tous les temples du monde ne doivent être élevés qu'à lui; mais il ne suit pas que la terre ne doive avoir qu'un temple. La superstition a toujours une mauvaise logique.

D'ailleurs, comment Josèphe peut-il dire qu'il ne fallait qu'un temple aux Juifs, lorsqu'ils avaient, depuis le règne de Ptolémée Philométor, le temple assez connu de l'Onion, à Bubaste en Égypte?

XXXV. DE LA MAGIE.

Qu'est-ce que la magie? le secret de faire ce que ne peut faire la nature; c'est la chose impossible : aussi a-t-on cru à la magie dans tous les temps. Le mot est venu des *mag*, *magdim*, ou *mages* de Chaldée. Ils en savaient plus que les autres; ils recherchaient la cause de la pluie et du beau temps; et bientôt ils passèrent pour faire le beau temps et la pluie. Ils étaient astronomes; les plus ignorants et les plus hardis furent astrologues. Un événement arrivait sous la conjonction de deux planètes; donc ces deux planètes avaient causé cet événement; et les astrologues étaient les maîtres des planètes. Des imaginations frappées avaient vu en songe leurs amis mourants ou morts; les magiciens fesaient apparaître les morts.

Ayant connu le cours de la lune, il était tout simple qu'ils la fissent descendre sur la terre. Ils disposaient même de la vie des hommes, soit en fesant des figures de cire, soit en prononçant le nom de Dieu, ou celui du diable. Clément d'Alexandrie, dans ses *Stromates*, livre premier, dit que, suivant un ancien auteur, Moïse prononça le nom de Ihaho, ou Jeovah, d'une manière si efficace, à l'oreille du roi d'Égypte Phara Nekefr, que ce roi tomba sans connaissance.

Enfin, depuis Jannès et Mambrès, qui étaient les sorciers à brevet de Pharaon, jusqu'à la maréchale d'Ancre, qui fut brûlée à Paris pour avoir tué un coq blanc dans la pleine lune, il n'y a pas eu un seul temps sans sortilége.

La pythonisse d'Endor qui évoqua l'ombre de Samuel est assez connue; il est vrai qu'il serait fort étrange que ce mot de Python, qui est grec, eût été connu des Juifs du temps de Saül. Mais la *Vulgate* seule parle de Python : le texte hébreu se sert du mot *ob*, que les *Septante* ont traduit par *engastrimuthon* [1].

Revenons à la magie. Les Juifs en firent le métier dès qu'ils furent répandus dans le monde. Le sabbat des sorciers en est une preuve parlante, et le bouc avec lequel les sorcières étaient supposées s'accoupler vient de cet ancien commerce que les Juifs eurent

---

[1] L'auteur était trop modeste pour expliquer ici par quel endroit parlait cette sorcière. C'est le même par lequel la pythonisse de Delphes recevait l'esprit divin ; et voilà pourquoi la *Vulgate* a traduit le mot *ob* par *Python*; elle a voulu ménager la modestie des lecteurs, qu'une traduction littérale aurait pu blesser. K.

avec les boucs dans le désert; ce qui leur est reproché dans le *Lévitique,* chapitre XVII.

Il n'y a guère eu parmi nous de procès criminels de sorciers, sans qu'on y ait impliqué quelque Juif.

Les Romains, tout éclairés qu'ils étaient du temps d'Auguste, s'infatuaient encore des sortiléges tout comme nous. Voyez l'églogue (VIII) de Virgile, intitulée *Pharmaceutria* (vers 69-97-98):

> « Carmina vel cœlo possunt deducere lunam. »
>
> La voix de l'enchanteur fait descendre la lune.

> « His ego sæpe lupum fieri et se condere sylvis
> « Mœrim, sæpe animas imis exire sepulcris. »
>
> Mœris, devenu loup, se cachait dans les bois:
> Du creux de leur tombeau j'ai vu sortir les ames.

On s'étonne que Virgile passe aujourd'hui à Naples pour un sorcier: il n'en faut pas chercher la raison ailleurs que dans cette églogue.

Horace reproche à Sagana et à Canidia leurs horribles sortiléges. Les premières têtes de la république furent infectées de ces imaginations funestes. Sextus, le fils du grand Pompée, immola un enfant dans un de ces enchantements.

Les philtres pour se faire aimer étaient une magie plus douce; les Juifs étaient en possession de les vendre aux dames romaines. Ceux de cette nation qui ne pouvaient devenir de riches courtiers fesaient des prophéties ou des philtres.

Toutes ces extravagances, ou ridicules, ou affreuses, se perpétuèrent chez nous, et il n'y a pas un siècle qu'elles sont décréditées. Des missionnaires ont été tout étonnés de trouver ces extravagances au bout du monde; ils ont plaint les peuples à qui le démon les inspirait. Eh! mes amis, que ne restiez-vous dans votre patrie? vous n'y auriez pas trouvé plus de diables, mais vous y auriez trouvé tout autant de sottises.

Vous auriez vu des milliers de misérables assez insensés pour se croire sorciers, et des juges assez imbéciles et assez barbares pour les condamner aux flammes. Vous auriez vu une jurisprudence établie en Europe sur la magie, comme on a des lois sur le larcin et sur le meurtre : jurisprudence fondée sur les décisions des conciles. Ce qu'il y avait de pis, c'est que les peuples, voyant que la magistrature et l'Église croyaient à la magie, n'en étaient que plus invinciblement persuadés de son existence : par conséquent, plus on poursuivait les sorciers, plus il s'en formait. D'où venait une erreur si funeste et si générale? de l'ignorance : et cela prouve que ceux qui détrompent les hommes sont leurs véritables bienfaiteurs.

On a dit que le consentement de tous les hommes était une preuve de la vérité. Quelle preuve! Tous les peuples ont cru à la magie, à l'astrologie, aux oracles, aux influences de la lune. Il eût fallu dire au moins que le consentement de tous les sages était, non pas une preuve, mais une espèce de probabilité. Et quelle probabilité encore! Tous les sages ne croyaient-ils pas, avant Copernic, que la terre était immobile au centre du monde?

Aucun peuple n'est en droit de se moquer d'un autre.

Si Rabelais appelle Picatrix *mon révérend père en
diable*[1], parcèqu'on enseignait la magie à Tolède, à Sa-
lamanque, et à Séville, les Espagnols peuvent reprocher
aux Français le nombre prodigieux de leurs sorciers.

La France est peut-être, de tous les pays, celui
qui a le plus uni la cruauté et le ridicule. Il n'y a point
de tribunal en France qui n'ait fait brûler beaucoup
de magiciens. Il y avait dans l'ancienne Rome des fous
qui pensaient être sorciers; mais on ne trouva point
de barbares qui les brûlassent.

XXXVI. DES VICTIMES HUMAINES.

Les hommes auraient été trop heureux s'ils n'avaient
été que trompés; mais le temps, qui tantôt corrompt
les usages et tantôt les rectifie, ayant fait couler le
sang des animaux sur les autels, des prêtres, bouchers
accoutumés au sang, passèrent des animaux aux
hommes; et la superstition, fille dénaturée de la religion, s'écarta de la pureté de sa mère, au point de
forcer les hommes à immoler leurs propres enfants,
sous prétexte qu'il fallait donner à Dieu ce qu'on avait
de plus cher.

Le premier sacrifice de cette nature, dont la mémoire se soit conservée, fut celui de Jéhud chez les
Phéniciens, qui, si l'on en croit les fragments de
Sanchoniathon, fut immolé par son père Hillu environ deux mille ans avant notre ère. C'était un temps
où les grands états étaient déjà établis, où la Syrie,
la Chaldée, l'Égypte, étaient très florissantes; et déjà

[1] Livre 1er, chap. xxiii. B.

en Égypte, suivant Diodore, on immolait à Osiris les hommes roux; Plutarque prétend qu'on les brûlait vifs. D'autres ajoutent qu'on noyait une fille dans le Nil, pour obtenir de ce fleuve un plein débordement qui ne fût ni trop fort ni trop faible.

Ces abominables holocaustes s'établirent dans presque toute la terre. Pausanias prétend que Lycaon immola le premier des victimes humaines en Grèce. Il fallait bien que cet usage fût reçu du temps de la guerre de Troie, puisque Homère fait immoler par Achille douze Troyens à l'ombre de Patrocle. Homère eût-il osé dire une chose si horrible? n'aurait-il pas craint de révolter tous ses lecteurs, si de tels holocaustes n'avaient pas été en usage? Tout poëte peint les mœurs de son pays.

Je ne parle pas du sacrifice d'Iphigénie, et de celui d'Idamante, fils d'Idoménée : vrais ou faux, ils prouvent l'opinion régnante. On ne peut guère révoquer en doute que les Scythes de la Tauride immolassent des étrangers.

Si nous descendons à des temps plus modernes, les Tyriens et les Carthaginois, dans les grands dangers, sacrifiaient un homme à Saturne. On en fit autant en Italie; et les Romains eux-mêmes, qui condamnèrent ces horreurs, immolèrent deux Gaulois et deux Grecs pour expier le crime d'une vestale. Plutarque confirme cette affreuse vérité dans ses *Questions sur les Romains.*

Les Gaulois, les Germains, eurent cette horrible coutume. Les druides brûlaient des victimes humaines dans de grandes figures d'osier : des sorcières, chez les Germains, égorgeaient les hommes dévoués à la mort, et jugeaient de l'avenir par le plus ou le moins de rapidité du sang qui coulait de la blessure.

Je crois bien que ces sacrifices étaient rares : s'ils avaient été fréquents, si on en avait fait des fêtes annuelles, si chaque famille avait eu continuellement à craindre que les prêtres vinssent choisir la plus belle fille ou le fils aîné de la maison, pour lui arracher le cœur saintement sur une pierre consacrée, on aurait bientôt fini par immoler les prêtres eux-mêmes. Il est très probable que ces saints parricides ne se commettaient que dans une nécessité pressante, dans les grands dangers, où les hommes sont subjugués par la crainte, et où la fausse idée de l'intérêt public forçait l'intérêt particulier à se taire.

Chez les brames, toutes les veuves ne se brûlaient pas toujours sur les corps de leurs maris. Les plus dévotes et les plus folles firent de temps immémorial et font encore cet étonnant sacrifice. Les Scythes immolèrent quelquefois aux mânes de leurs kans les officiers les plus chéris de ces princes. Hérodote décrit en détail la manière dont on préparait leurs cadavres pour en former un cortége autour du cadavre royal; mais il ne paraît point par l'histoire que cet usage ait duré long-temps.

Si nous lisions l'histoire des Juifs écrite par un auteur d'une autre nation, nous aurions peine à croire qu'il y ait eu en effet un peuple fugitif d'Égypte qui soit venu par ordre exprès de Dieu immoler sept ou huit petites nations qu'il ne connaissait pas, égorger sans miséricorde toutes les femmes, les vieillards, et

les enfants à la mamelle, et ne réserver que les petites
filles; que ce peuple saint ait été puni de son dieu,
quand il avait été assez criminel pour épargner un
seul homme dévoué à l'anathème. Nous ne croirions
pas qu'un peuple si abominable eût pu exister sur la
terre : mais, comme cette nation elle-même nous rapporte tous ces faits dans ses livres saints, il faut la
croire.

Je ne traite point ici la question si ces livres ont été
inspirés. Notre sainte Église, qui a les Juifs en horreur, nous apprend que les livres juifs ont été dictés
par le Dieu créateur et père de tous les hommes ; je ne
puis en former aucun doute, ni me permettre même
le moindre raisonnement.

Il est vrai que notre faible entendement ne peut
concevoir dans Dieu une autre sagesse, une autre justice, une autre bonté, que celle dont nous avons
l'idée; mais enfin, il a fait ce qu'il a voulu; ce n'est pas
à nous de le juger; je m'en tiens toujours au simple
historique.

Les Juifs ont une loi par laquelle il leur est expressément ordonné de n'épargner aucune chose, aucun
homme dévoué au Seigneur. « On ne pourra le rache-
« ter, il faut qu'il meure », dit la loi du *Lévitique*, au
chapitre xxvii. C'est en vertu de cette loi qu'on voit
Jephté immoler sa propre fille, et le prêtre Samuel
couper en morceaux le roi Agag [1]. *Le Pentateuque*

---

[1] Des critiques ont prétendu qu'il n'était pas sûr que Samuel fût prêtre.
Mais comment, n'étant point prêtre, se serait-il arrogé le droit de sacrer
Saül et David ? Si ce n'est pas en qualité de prêtre qu'il immola Agag, c'est
donc en qualité d'assassin ou de bourreau. Si Samuel n'était pas prêtre,

nous dit que dans le petit pays de Madian, qui est environ de neuf lieues carrées, les Israélites ayant trouvé
six cent soixante et quinze mille brebis, soixante et
douze mille bœufs, soixante et un mille ânes, et trente-
deux mille filles vierges, Moïse commanda qu'on mas-
sacrât tous les hommes, toutes les femmes, et tous les
enfants, mais qu'on gardât les filles, dont trente-
deux seulement furent immolées [1]. Ce qu'il y a de remarquable dans ce dévouement, c'est que ce même
Moïse était gendre du grand-prêtre des Madianites,
Jéthro, qui lui avait rendu les plus grands services,
et qui l'avait comblé de bienfaits.

que devient l'autorité de son exemple employée tant de fois par les théologiens, pour prouver que les prêtres ont le droit non seulement de sacrer
les rois, mais d'en sacrer d'autres, quand ceux qu'ils ont oints les premiers
ne leur conviennent plus, et même de traiter les rois indociles, comme le
doux Samuel a traité l'impie Agag?

[1] On a prétendu que ces trente-deux filles furent seulement destinées au
service du tabernacle; mais si on lit attentivement le livre des *Nombres*,
où cette histoire est rapportée, on verra que le sens de M. de Voltaire est
le plus naturel. Les Israélites avaient massacré tous les mâles en état de
porter les armes, et n'avaient réservé que les femmes et les enfants. Moïse
leur en fait des reproches violents; il leur ordonne de sang froid, plusieurs
jours après la bataille, d'égorger les enfants mâles et toutes les femmes qui
ne sont pas vierges. Après avoir commandé le meurtre, il prescrit aux
meurtriers la méthode de se purifier. Il a oublié seulement de nous transmettre la manière dont les Juifs s'y prenaient pour distinguer une vierge
d'une fille qui ne l'était pas. Ainsi, il est clair que l'on peut, sans faire injure au caractère de Moïse, croire qu'après avoir ordonné le massacre de
quarante mille, tant enfants mâles que femmes, il n'a pas hésité à ordonner
le sacrifice de trente-deux filles. Comment imagine-t-on que les Juifs aient
pu consacrer au service du tabernacle trente-deux filles étrangères et idolâtres? D'ailleurs la portion des prêtres avait été réglée à part, et ils ne se
seraient pas contentés de trente-deux vierges. (Voyez paragraphe XIX de
l'ouvrage intitulé : *Un Chrétien contre six Juifs*, dans les *Mélanges*, année
1776.) K.

Le même livre nous dit que Josué, fils de Nun,
ayant passé avec sa horde la rivière du Jourdain à pied
sec, et ayant fait tomber au son des trompettes les
murs de Jéricho dévoués à l'anathème, il fit périr tous
les habitants dans les flammes; qu'il conserva seulement Rahab *la prostituée,* et sa famille, qui avait caché
les espions du saint peuple : que le même Josué dé-
voua à la mort douze mille habitants de la ville de Haï;
qu'il immola au Seigneur trente et un rois du pays,
tous soumis à l'anathème, et qui furent pendus. Nous
n'avons rien de comparable à ces assassinats religieux
dans nos derniers temps, si ce n'est peut-être la Saint-
Barthélemi et les massacres d'Irlande.

Ce qu'il y a de triste, c'est que plusieurs personnes
doutent que les Juifs aient trouvé six cent soixante et
quinze mille brebis, et trente-deux mille filles pucelles dans le village d'un désert au milieu des rochers; et que personne ne doute de la Saint-Barthélemi. Mais ne cessons de répéter combien les lumières
de notre raison sont impuissantes pour nous éclairer
sur les étranges événements de l'antiquité, et sur les
raisons que Dieu, maître de la vie et de la mort, pouvait avoir de choisir le peuple juif pour exterminer le
peuple cananéen.

XXXVII. DES MYSTÈRES DE CÉRÈS-ÉLEUSINE.

Dans le chaos des superstitions populaires, qui auraient fait de presque tout le globe un vaste repaire
de bêtes féroces, il y eut une institution salutaire qui
empêcha une partie du genre humain de tomber dans
un entier abrutissement; ce fut celle des mystères et

des expiations. Il était impossible qu'il ne se trouvât
des esprits doux et sages parmi tant de fous cruels,
et qu'il n'y eût des philosophes qui tâchassent de ra-
mener les hommes à la raison et à la morale.

Ces sages se servirent de la superstition même pour
en corriger les abus énormes, comme on emploie le
cœur des vipères pour guérir de leurs morsures; on
mêla beaucoup de fables avec des vérités utiles, et les
vérités se soutinrent par les fables.

On ne connaît plus les mystères de Zoroastre. On
sait peu de chose de ceux d'Isis; mais nous ne pouvons douter qu'ils n'annonçassent le grand système
d'une vie future, car Celse dit à Origène, livre VIII:
« Vous vous vantez de croire des peines éternelles;
« et tous les ministres des mystères ne les annoncè-
« rent-ils pas aux initiés? »

L'unité de Dieu était le grand dogme de tous les
mystères. Nous avons encore la prière des prêtresses
d'Isis, conservée dans Apulée, et que j'ai citée en parlant des mystères égyptiens. *

Les cérémonies mystérieuses de Cérès furent une
imitation de celles d'Isis. Ceux qui avaient commis des
crimes les confessaient et les expiaient: on jeûnait, on
se purifiait, on donnait l'aumône. Toutes les cérémonies étaient tenues secrètes, sous la religion du serment, pour les rendre plus vénérables. Les mystères
se célébraient la nuit pour inspirer une sainte horreur. On y représentait des espèces de tragédies, dont
le spectacle étalait aux yeux le bonheur des justes et

---

* Voyez paragraphe XXIII.

les peines des méchants. Les plus grands hommes de
l'antiquité, les Platon, les Cicéron, ont fait l'éloge de
ces mystères, qui n'étaient pas encore dégénérés de
leur pureté première.

De très savants hommes ont prétendu que le sixième
livre de *l'Énéide* n'est que la peinture de ce qui se pra-
tiquait dans ces spectacles si secrets et si renommés[1].
Virgile n'y parle point, à la vérité, du Demiourgos qui
représentait le Créateur ; mais il fait voir dans le ves-
tibule, dans l'avant-scène, les enfants que leurs parents avaient laissés périr, et c'était un avertissement
aux pères et mères.

« Continuo auditæ voces, vagitus et ingens, etc. »
VIRG., Énéide, liv. VI, v. 426.

Ensuite paraissait Minos qui jugeait les morts. Les
méchants étaient entraînés dans le Tartare, et les
justes conduits dans les Champs Élysées. Ces jardins
étaient tout ce qu'on avait inventé de mieux pour les
hommes ordinaires. Il n'y avait que les héros demi-
dieux à qui on accordait l'honneur de monter au ciel.
Toute religion adopta un jardin pour la demeure des
justes ; et même, quand les Esséniens, chez le peuple
juif, reçurent le dogme d'une autre vie, ils crurent
que les bons iraient après la mort dans des jardins au
bord de la mer : car, pour les pharisiens, ils adoptèrent la métempsycose, et non la résurrection. S'il
est permis de citer l'histoire sacrée de Jésus-Christ
parmi tant de choses profanes, nous remarquerons

[1] Voltaire a, depuis, abandonné cette opinion. *Je me dédis*, dit-il dans
ses *Questions sur l'encyclopédie* (refondues dans le *Dict. philosophique*), au
mot INITIATION. B.

qu'il dit au voleur repentant : « Tu seras aujourd'hui
« avec moi dans le jardin ᵃ. » Il se conformait en cela
au langage de tous les hommes.

Les mystères d'Éleusine devinrent les plus célèbres.
Une chose très remarquable, c'est qu'on y lisait le
commencement de la théogonie de Sanchoniathon le
Phénicien ; c'est une preuve que Sanchoniathon avait
annoncé un Dieu suprême, créateur et gouverneur du
monde. C'était donc cette doctrine qu'on dévoilait aux
initiés imbus de la créance du polythéisme. Supposons parmi nous un peuple superstitieux qui serait
accoutumé dès sa tendre enfance à rendre à la Vierge,
à saint Joseph, et aux autres saints, le même culte
qu'à Dieu le père ; il serait peut-être dangereux de
vouloir le détromper tout d'un coup ; il serait sage
de révéler d'abord aux plus modérés, aux plus raisonnables, la distance infinie qui est entre Dieu et les créatures : c'est précisément ce que firent les mystagogues.
Les participants aux mystères s'assemblaient dans le
temple de Cérès, et l'hiérophante leur apprenait qu'au
lieu d'adorer Cérès conduisant Triptolème sur un char
traîné par des dragons, il fallait adorer le Dieu qui
nourrit les hommes, et qui a permis que Cérès et Triptolème missent l'agriculture en honneur.

Cela est si vrai, que l'hiérophante commençait par
réciter les vers de l'ancien Orphée : « Marchez dans la
« voie de la justice, adorez le seul maître de l'univers ;
« il est un ; il est seul par lui-même, tous les êtres lui
« doivent leur existence ; il agit dans eux et par eux ;

ᵃ Luc, chap. xxiii.

« il voit tout, et jamais il n'a été vu des yeux mor-
« tels. »

J'avoue que je ne conçois pas comment Pausanias
peut dire que ces vers ne valent pas ceux d'Homère ;
il faut convenir que, du moins pour le sens, ils valent
beaucoup mieux que *l'Iliade* et *l'Odyssée* entières.

Il faut avouer que l'évêque Warburton, quoique
très injuste dans plusieurs de ses décisions auda-
cieuses, donne beaucoup de force à tout ce que je
viens de dire de la nécessité de cacher le dogme de
l'unité de Dieu à un peuple entêté du polythéisme. Il
remarque, d'après Plutarque, que le jeune Alcibiade,
ayant assisté à ces mystères, ne fit aucune difficulté
d'insulter aux statues de Mercure, dans une partie de
débauche avec plusieurs de ses amis, et que le peuple
en fureur demanda la condamnation d'Alcibiade.

Il fallait donc alors la plus grande discrétion pour
ne pas choquer les préjugés de la multitude. Alexandre
lui-même (si cette anecdote n'est pas apocryphe),
ayant obtenu en Égypte, de l'hiérophante des mystères, la permission de mander à sa mère le secret des
initiés, la conjura en même temps de brûler sa lettre
après l'avoir lue, pour ne pas irriter les Grecs.

Ceux qui, trompés par un faux zèle, ont prétendu
depuis que ces mystères n'étaient que des débauches
infâmes, devaient être détrompés par le mot même
qui répond à *initiés :* il veut dire qu'on commençait
une nouvelle vie.

Une preuve encore sans réplique que ces mystères
n'étaient célébrés que pour inspirer la vertu aux hommes, c'est la formule par laquelle on congédiait l'as-

semblée. On prononçait, chez les Grecs, les deux anciens mots phéniciens *Kof tomphet*, veillez et soyez purs. (Warburton, *lég. de Moïse*, livre I.) Enfin, pour dernière preuve, c'est que l'empereur Néron, coupable de la mort de sa mère, ne put être reçu à ces mystères quand il voyagea dans la Grèce : le crime était trop énorme; et, tout empereur qu'il était, les initiés n'auraient pas voulu l'admettre. Zosime dit aussi que Constantin ne put trouver des prêtres païens qui voulussent le purifier et l'absoudre de ses parricides.

Il y avait donc en effet chez les peuples qu'on nomme païens, gentils, idolâtres, une religion très pure; tandis que les peuples et les prêtres avaient des usages honteux, des cérémonies puériles, des doctrines ridicules, et que même ils versaient quelquefois le sang humain en l'honneur de quelques dieux imaginaires, méprisés et détestés par les sages.

Cette religion pure consistait dans l'aveu de l'existence d'un Dieu suprême, de sa providence et de sa justice. Ce qui défigurait ces mystères, c'était, si l'on en croit Tertullien, la cérémonie de la régénération. Il fallait que l'initié parût ressusciter; c'était le symbole du nouveau genre de vie qu'il devait embrasser. On lui présentait une couronne, il la foulait aux pieds; l'hiérophante levait sur lui le couteau sacré : l'initié, qu'on feignait de frapper, feignait aussi de tomber mort; après quoi il paraissait ressusciter. Il y a encore chez les francs-maçons un reste de cette ancienne cérémonie.

Pausanias, dans ses *Arcadiques*, nous apprend que,

daus plusieurs temples d'Éleusine, on flagellait les
pénitents, les initiés; coutume odieuse, introduite
long-temps après dans plusieurs églises chrétiennes[1].
Je ne doute pas que dans tous ces mystères, dont le
fond était si sage et si utile, il n'entrât beaucoup de
superstitions condamnables. Les superstitions conduisirent à la débauche, qui amena le mépris. Il ne
resta enfin de tous ces anciens mystères que des
troupes de gueux que nous avons vus, sous le nom
d'Égyptiens et de Bohèmes, courir l'Europe avec des
castagnettes; danser la danse des prêtres d'Isis; vendre
du baume; guérir la gale et en être couverts; dire la
bonne aventure, et voler des poules. Telle a été la fin
de ce qu'on a eu de plus sacré dans la moitié de la terre
connue.

XXXVIII. DES JUIFS AU TEMPS OU ILS COMMENCÈRENT A ÊTRE CONNUS.

Nous toucherons le moins que nous pourrons à ce
qui est divin dans l'histoire des Juifs; ou si nous
sommes forcés d'en parler, ce n'est qu'autant que
leurs miracles ont un rapport essentiel à la suite des
événements. Nous avons pour les prodiges continuels
qui signalèrent tous les pas de cette nation, le respect
qu'on leur doit; nous les croyons avec la foi raisonnable qu'exige l'église substituée à la synagogue; nous
ne les examinons pas; nous nous en tenons toujours à

---

[1] Pausanias ne dit pas positivement que les coups de verges ne fussent
que pour les initiés; mais il serait plaisant d'imaginer que les prêtres d'A-
thènes eussent eu le droit de frapper de verges tous ceux qu'ils rencon-
traient. Passe pour les initiés et les dévotes. K.

l'historique. Nous parlerons des Juifs comme nous parlerions des Scythes et des Grecs, en pesant les probabilités et en discutant les faits. Personne au monde n'ayant écrit leur histoire qu'eux-mêmes avant que les Romains détruisissent leur petit état, il faut ne consulter que leurs annales.

Cette nation est des plus modernes, à ne la regarder, comme les autres peuples, que depuis le temps où elle forme un établissement, et où elle possède une capitale. Les Juifs ne paraissent considérés de leurs voisins que du temps de Salomon, qui était à peu près celui d'Hésiode et d'Homère, et des premiers archontes d'Athènes.

Le nom de Salomon, ou Soleiman, est fort connu des Orientaux ; mais celui de David ne l'est point ; de Saül, encore moins. Les Juifs, avant Saül, ne paraissent qu'une horde d'Arabes du désert, si peu puissants, que les Phéniciens les traitaient à peu près comme les Lacédémoniens traitaient les ilotes. C'é-taient des esclaves auxquels il n'était pas permis d'avoir des armes : ils n'avaient pas le droit de forger le fer, pas même celui d'aiguiser les socs de leurs charrues et le tranchant de leurs cognées ; il fallait qu'ils allassent à leurs maîtres pour les moindres ouvrages de cette espèce. Les Juifs le déclarent dans le livre de Samuel, et ils ajoutent qu'ils n'avaient ni épée ni javelot dans la bataille que Saül et Jonathas donnèrent à Béthaven, contre les Phéniciens, ou Philistins, journée où il est rapporté que Saül fit serment d'immoler au Seigneur celui qui aurait mangé pendant le combat.

Il est vrai qu'avant cette bataille gagnée sans armes
il est dit, au chapitre précédent[a], que Saül, avec une
armée de trois cent trente mille hommes, défit entièrement les Ammonites; ce qui semble ne se pas accorder avec l'aveu qu'ils n'avaient ni javelot, ni épée, ni
aucune arme. D'ailleurs, les plus grands rois ont eu
rarement à-la-fois trois cent trente mille combattants
effectifs. Comment les Juifs, qui semblent errants et
opprimés dans ce petit pays, qui n'ont pas une ville
fortifiée, pas une arme, pas une épée, ont-ils mis en
campagne trois cent trente mille soldats? il y avait là
de quoi conquérir l'Asie et l'Europe. Laissons à des
auteurs savants et respectables le soin de concilier ces
contradictions apparentes que des lumières supérieures font disparaître; respectons ce que nous sommes
tenus de respecter, et remontons à l'histoire des Juifs
par leurs propres écrits.

XXXIX. DES JUIFS EN ÉGYPTE.

Les annales des Juifs disent que cette nation habi-
tait sur les confins de l'Égypte dans les temps ignorés; que son séjour était dans le petit pays de Gossen,
ou Gessen, vers le mont Casius et le lac Sirbon. C'est
là que sont encore les Arabes qui viennent en hiver
paître leurs troupeaux dans la Basse-Égypte. Cette
nation n'était composée que d'une seule famille, qui,
en deux cent cinq années, produisit un peuple d'environ trois millions de personnes; car, pour fournir
six cent mille combattants que *la Genèse* compte au
sortir de l'Égypte, il faut des femmes, des filles et

[a] I. Rois, chap. xi, v. 8, 11.

des vieillards. Cette multiplication, contre l'ordre de
la nature, est un des miracles que Dieu daigna faire
en faveur des Juifs.

. C'est en vain qu'une foule de savants hommes s'é-
tonne que le roi d'Égypte ait ordonné à deux sages-
femmes de faire périr tous les enfants mâles des Hébreux; que la fille du roi, qui demeurait à Memphis,
soit venue se baigner loin de Memphis, dans un bras
du Nil, où jamais personne ne se baigne à cause des
crocodiles. C'est en vain qu'ils font des objections sur
l'âge de quatre-vingts ans auquel Moïse était déjà
parvenu avant d'entreprendre de conduire un peuple
entier hors d'esclavage.

Ils disputent sur les dix plaies d'Égypte, ils disent
que les magiciens du royaume ne pouvaient faire les
mêmes miracles que l'envoyé de Dieu; et que si Dieu
leur donnait ce pouvoir, il semblait agir contre lui-
même. Ils prétendent que Moïse ayant changé toutes
les eaux en sang, il ne restait plus d'eau pour que les
magiciens pussent faire la même métamorphose.

Ils demandent comment Pharaon put poursuivre
les Juifs avec une cavalerie nombreuse, après que
tous les chevaux étaient morts dans les cinquième,
sixième, septième et dixième plaies. Ils demandent
pourquoi six cent mille combattants s'enfuirent ayant
Dieu à leur tête, et pouvant combattre avec avantage
des Égyptiens dont tous les premiers-nés avaient été
frappés de mort. Ils demandent encore pourquoi Dieu
ne donna pas la fertile Égypte à son peuple chéri,
au lieu de le faire errer quarante ans dans d'affreux
déserts.

On n'a qu'une seule réponse à toutes ces objections sans nombre; et cette réponse est : Dieu l'a voulu, l'Église le croit, et nous devons le croire. C'est en quoi cette histoire diffère des autres. Chaque peuple a ses prodiges; mais tout est prodige chez le peuple juif; et on peut dire que cela devait être ainsi, puisqu'il était conduit par Dieu même. Il est clair que l'histoire de Dieu ne doit point ressembler à celle des hommes. C'est pourquoi nous ne rapporterons aucun de ces faits surnaturels dont il n'appartient qu'à l'Esprit Saint de parler; encore moins oserons-nous tenter de les expliquer. Examinons seulement le peu d'événements qui peuvent être soumis à la critique.

XL. DE MOÏSE, CONSIDÉRÉ SIMPLEMENT COMME CHEF D'UNE NATION.

Le maître de la nature donne seul la force au bras qu'il daigne choisir. Tout est surnaturel dans Moïse. Plus d'un savant l'a regardé comme un politique très habile: d'autres ne voient en lui qu'un roseau faible dont la main divine daigne se servir pour faire le destin des empires. Qu'est-ce en effet qu'un vieillard de quatre-vingts ans pour entreprendre de conduire par lui-même tout un peuple, sur lequel il n'a aucun droit? Son bras ne peut combattre, et sa langue ne peut articuler. Il est peint décrépit et bègue. Il ne conduit ses suivants que dans des solitudes affreuses pendant quarante années : il veut leur donner un établissement; et il ne leur en donne aucun. A suivre sa marche dans les déserts de Sur, de Sin, d'Oreb, de

Sinaï, de Pharan, de Cadès-Barné, et à le voir rétro-
grader jusque vers l'endroit d'où il était parti, il serait
difficile de le regarder comme un grand capitaine. Il
est à la tête de six cent mille combattants, et il ne
pourvoit ni au vêtement ni à la subsistance de ses
troupes. Dieu fait tout, Dieu remédie à tout; il nourrit, il vêtit le peuple par des miracles. Moïse n'est
donc rien par lui-même, et son impuissance montre
qu'il ne peut être guidé que par le bras du Tout-Puissant; aussi nous ne considérons en lui que l'homme,
et non le ministre de Dieu. Sa personne, en cette qualité, est l'objet d'une recherche plus sublime.

Il veut aller au pays des Cananéens, à l'occident du
Jourdain, dans la contrée de Jéricho, qui est, dit-on,
un bon terroir à quelques égards; et, au lieu de prendre cette route, il tourne à l'orient, entre Ésiongaber
et la mer Morte, pays sauvage, stérile, hérissé de
montagnes sur lesquelles il ne croît pas un arbuste,
et où l'on ne trouve point de fontaine, excepté quelques petits puits d'eau salée. Les Cananéens ou Phéniciens, sur le bruit de cette irruption d'un peuple
étranger, viennent le battre dans ces déserts vers Cadès-Barné. Comment se laisse-t-il battre à la tête de
six cent mille soldats, dans un pays qui ne contient
pas aujourd'hui deux ou trois mille habitants? Au
bout de trente-neuf ans il remporte deux victoires;
mais il ne remplit aucun objet de sa légation : lui et
son peuple meurent avant que d'avoir mis le pied dans
le pays qu'il voulait subjuguer.

Un législateur, selon nos notions communes, doit
se faire aimer et craindre; mais il ne doit pas pousser

la sévérité jusqu'à la barbarie : il ne doit pas, au lieu
d'infliger par les ministres de la loi quelques supplices
aux coupables, faire égorger au hasard une grande
partie de sa nation par l'autre.

Se pourrait-il qu'à l'âge de près de six-vingts ans,
Moïse, n'étant conduit que par lui-même, eût été si
inhumain, si endurci au carnage, qu'il eût commandé
aux lévites de massacrer, sans distinction, leurs frères,
jusqu'au nombre de vingt-trois mille, pour la préva-
rication de son propre frère, qui devait plutôt mourir
que de faire un veau pour être adoré? Quoi! après
cette indigne action, son frère est grand pontife, et
vingt-trois mille hommes sont massacrés!

Moïse avait épousé une Madianite, fille de Jéthro,
grand-prêtre de Madian, dans l'Arabie Pétrée; Jéthro
l'avait comblé de bienfaits; il lui avait donné son fils
pour lui servir de guide dans les déserts : par quelle
cruauté opposée à la politique (à ne juger que par
nos faibles notions) Moïse aurait-il pu immoler vingt-
quatre mille hommes de sa nation, sous prétexte qu'on
a trouvé un Juif couché avec une Madianite? Et comment peut-on dire, après ces étonnantes boucheries,
que «Moïse était le plus doux de tous les hommes?»
Avouons qu'humainement parlant, ces horreurs révoltent la raison et la nature. Mais si nous considérons
dans Moïse le ministre des desseins et des vengeances
de Dieu, tout change alors à nos yeux; ce n'est point
un homme qui agit en homme, c'est l'instrument de
la Divinité, à laquelle nous n'avons aucun compte
à demander : nous ne devons qu'adorer, et nous
taire.

Si Moïse avait institué sa religion de lui-même, comme Zoroastre, Thaut, les premiers brames, Numa, Mahomet, et tant d'autres, nous pourrions lui demander pourquoi il ne s'est pas servi dans sa religion du moyen le plus efficace et le plus utile, pour mettre un frein à la cupidité et au crime; pourquoi il n'a pas annoncé expressément l'immortalité de l'ame, les peines et les récompenses après la mort; dogmes reçus dès long-temps en Égypte, en Phénicie, en Mésopotamie, en Perse, et dans l'Inde. « Vous avez été « instruit, lui dirions-nous, dans la sagesse des Égyp- « tiens; vous êtes législateur, et vous négligez abso- « lument le dogme principal des Égyptiens, le dogme « le plus nécessaire aux hommes, croyance si salutaire « et si sainte, que vos propres Juifs, tout grossiers « qu'ils étaient, l'ont embrassée long-temps après vous; « du moins elle fut adoptée en partie par les Esséniens « et les Pharisiens, au bout de mille années. »

Cette objection accablante contre un législateur ordinaire tombe et perd, comme on voit, toute sa force, quand il s'agit d'une loi donnée par Dieu même, qui, ayant daigné être le roi du peuple juif, le punissait et le récompensait temporellement, et qui ne voulait lui révéler la connaissance de l'immortalité de l'ame, et les supplices éternels de l'enfer, que dans les temps marqués par ses décrets. Presque tout événement purement humain, chez le peuple juif, est le comble de l'horreur; tout ce qui est divin est au-dessus de nos faibles idées : l'un et l'autre nous réduisent toujours au silence.

Il s'est trouvé des hommes d'une science profonde

qui ont poussé le pyrrhonisme de l'histoire jusqu'à douter qu'il y ait eu un Moïse; sa vie, qui est toute prodigieuse depuis son berceau jusqu'à son sépulcre, leur a paru une imitation des anciennes fables arabes, et particulièrement de celle de l'ancien Bacchus[a]. Ils ne savent en quel temps placer Moïse; le nom même du Pharaon, ou roi d'Égypte, sous lequel on le fait vivre, est inconnu. Nul monument, nulles traces ne nous restent du pays dans lequel on le fait voyager. Il leur paraît impossible que Moïse ait gouverné deux ou trois millions d'hommes, pendant quarante ans, dans des déserts inhabitables, où l'on trouve à peine aujourd'hui deux ou trois hordes vagabondes qui ne composent pas trois à quatre mille hommes. Nous sommes bien loin d'adopter ce sentiment téméraire, qui saperait tous les fondements de l'ancienne histoire du peuple juif.

Nous n'adhérons pas non plus à l'opinion d'Aben-Esra, de Maimonide, de Nugnès, de l'auteur des *Cérémonies judaïques;* quoique le docte Le Clerc, Middleton, les savants connus sous le titre de *Théologiens de Hollande*, et même le grand Newton, aient fortifié ce sentiment. Ces illustres savants prétendent que ni Moïse ni Josué ne purent écrire les livres qui leur sont attribués : ils disent que leurs histoires et leurs lois auraient été gravées sur la pierre, si en effet elles avaient existé; que cet art exige des soins prodigieux, et qu'il n'était pas possible de le cultiver dans des déserts. Ils se fondent, comme on peut le voir ailleurs [1],

[a] Voyez ci-devant l'article BACCHUS, n° XXVIII.

[1] *Traité sur la tolérance*, chap. XII (*Mélanges*, année 1763). B.

sur des anticipations, sur des contradictions apparentes. Nous embrassons, contre ces grands hommes, l'o-
pinion commune, qui est celle de la Synagogue et de
l'Église, dont nous reconnaissons l'infaillibilité.

Ce n'est pas que nous osions accuser les Le Clerc,
les Middleton, les Newton, d'impiété; à Dieu ne plaise!
Nous sommes convaincus que si les livres de Moïse
et de Josué, et le reste du *Pentateuque*, ne leur pa-
raissaient pas être de la main de ces héros israélites,
ils n'en ont pas été moins persuadés que ces livres
sont inspirés. Ils reconnaissent le doigt de Dieu à
chaque ligne dans *la Genèse*, dans *Josué*, dans *Samson*, dans *Ruth*. L'écrivain juif n'a été, pour ainsi
dire, que le secrétaire de Dieu; c'est Dieu qui a tout
dicté. Newton sans doute n'a pu penser autrement;
on le sent assez. Dieu nous préserve de ressembler à
ces hypocrites pervers qui saisissent tous les prétextes
d'accuser tous les grands hommes d'irréligion, comme
on les accusait autrefois de magie! Nous croirions non
seulement agir contre la probité, mais insulter cruellement la religion chrétienne, si nous étions assez
abandonnés pour vouloir persuader au public que les
plus savants hommes et les plus grands génies de la
terre ne sont pas de vrais chrétiens. Plus nous respectons l'Église, à laquelle nous sommes soumis, plus
nous pensons que cette Église tolère les opinions de
ces savants vertueux avec la charité qui fait son caractère.

XLI. DES JUIFS APRÈS MOÏSE, JUSQU'A SAÜL.

Je ne recherche point pourquoi Josuah ou Josué, capitaine des Juifs, fesant passer sa horde de l'orient du Jourdain à l'occident, vers Jéricho, a besoin que Dieu suspende le cours de ce fleuve, qui n'a pas en cet endroit quarante pieds de largeur, sur lequel il était si aisé de jeter un pont de planches, et qu'il était plus aisé encore de passer à gué. Il y avait plusieurs gués à cette rivière; témoin celui auquel les Israélites égorgèrent les quarante-deux mille Israélites qui ne pouvaient prononcer *Shiboleth*.

Je ne demande point pourquoi Jéricho tombe au son des trompettes; ce sont de nouveaux prodiges que Dieu daigne faire en faveur du peuple dont il s'est déclaré le roi; cela n'est pas du ressort de l'histoire. Je n'examine point de quel droit Josué venait détruire des villages qui n'avaient jamais entendu parler de lui. Les Juifs disaient : « Nous descendons d'Abraham; Abraham voyagea chez vous il y a quatre cent quarante années : donc votre pays nous appartient; et nous devons égorger vos mères, vos femmes et vos enfants. »

Fabricius et Holstenius se sont fait l'objection suivante : Que dirait-on si un Norvégien venait en Allemagne avec quelques centaines de ses compatriotes, et disait aux Allemands : « Il y a quatre cents ans qu'un homme de notre pays, fils d'un potier, voyagea près de Vienne; ainsi l'Autriche nous appartient, et nous venons tout massacrer au nom du Seigneur? » Les mêmes auteurs considèrent que le temps de Josué n'est pas le nôtre; que ce n'est pas à nous à porter un œil profane dans les choses divines; et surtout que Dieu avait le droit de punir les péchés des Cananéens par les mains des Juifs.

Il est dit qu'à peine Jéricho est sans défense, que les Juifs immolent à leur Dieu tous les habitants, vieillards, femmes, filles, enfants à la mamelle, et tous les animaux, excepté une femme prostituée qui avait gardé chez elle les espions juifs, espions d'ailleurs inutiles, puisque les murs devaient tomber au son des trompettes. Pourquoi tuer aussi tous les animaux qui pouvaient servir?

A l'égard de cette femme, que *la Vulgate* appelle *meretrix*, apparemment elle mena depuis une vie plus honnête, puisqu'elle fut aïeule de David, et même du Sauveur des chrétiens qui ont succédé aux Juifs. Tous ces événements sont des figures, des prophéties, qui annoncent de loin la loi de grace. Ce sont, encore une fois, des mystères auxquels nous ne touchons pas.

Le livre de Josué rapporte que ce chef, s'étant rendu maître d'une partie du pays de Canaan, fit pendre ses rois au nombre de trente-un; c'est-à-dire trente-un chefs de bourgades, qui avaient osé défendre leurs foyers, leurs femmes, et leurs enfants. Il faut se prosterner ici devant la Providence, qui châtiait les péchés de ces rois par le glaive de Josué.

Il n'est pas bien étonnant que les peuples voisins se réunissent contre les Juifs, qui, dans l'esprit des peuples aveuglés, ne pouvaient passer que pour des brigands exécrables, et non pour les instruments sacrés de la vengeance divine et du futur salut du genre

humain. Ils furent réduits en esclavage par Cusan,
roi de Mésopotamie. Il y a loin, il est vrai, de la Mésopotamie à Jéricho; il fallait donc que Cusan eût
conquis la Syrie et une partie de la Palestine. Quoi
qu'il en soit, ils sont esclaves huit années, et restent
ensuite soixante-deux ans sans remuer. Ces soixante-
deux ans sont une espèce d'asservissement, puisqu'il
leur était ordonné par la loi de prendre tout le pays
depuis la Méditerranée jusqu'à l'Euphrate; que tout
ce vaste pays [a] leur était promis, et qu'assurément ils
auraient été tentés de s'en emparer s'ils avaient été
libres. Ils sont esclaves dix-huit années sous Églon,
roi des Moabites, assassiné par Aod; ils sont ensuite,
pendant vingt années, esclaves d'un peuple cananéen
qu'ils ne nomment pas, jusqu'au temps où la prophétesse guerrière, Débora, les délivre. Ils sont encore
esclaves pendant sept ans jusqu'à Gédéon.

Ils sont esclaves dix-huit ans des Phéniciens, qu'ils
appellent Philistins, jusqu'à Jephté. Ils sont encore
esclaves des Phéniciens quarante années jusqu'à Saül.
Ce qui peut confondre notre jugement, c'est qu'ils
étaient esclaves du temps même de Samson, pendant
qu'il suffisait à Samson d'une simple mâchoire d'âne
pour tuer mille Philistins, et que Dieu opérait, par
les mains de Samson, les plus étonnants prodiges.

Arrêtons-nous ici un moment pour observer combien de Juifs furent exterminés par leurs propres
frères, ou par l'ordre de Dieu même, depuis qu'ils errèrent dans les déserts, jusqu'au temps où ils eurent
un roi élu par le sort.

---

[a] *Genèse*, chap. xv, v. 18; *Deutéronome*, chap. i, v. 7.

Les Lévites, après l'adoration du
vèau d'or, jeté en fonte par le frère de
Moïse, égorgent. . . . . 23,000 Juifs.

Consumés par le feu, pour la révolte
de Coré. 250

Égorgés pour la même révolte . . . 14,700

Égorgés pour avoir eu commerce
avec les filles madianites. 24,000

Égorgés au gué du Jourdain, pour
n'avoir pas pu prononcer *Shiboleth.* . 42,000

Tués par les Benjamites qu'on at-
taquait 40,000

Benjamites tués par les autres tribus. 45,000

Lorsque l'arche fut prise par les Philistins, et que Dieu, pour les punir,
les ayant affligés d'hémorroïdes, ils
ramenèrent l'arche à Bethsamès, et
qu'ils offrirent au Seigneur cinq anus
d'or et cinq rats d'or; les Bethsamites,
frappés de mort pour avoir regardé
l'arche, au nombre de. 50,070

Somme totale. . . . . 239,020 Juifs.

Voilà deux cent trente-neuf mille vingt Juifs exterminés par l'ordre de Dieu même, ou par leurs guerres
civiles, sans compter ceux qui périrent dans le désert,
et ceux qui moururent dans les batailles contre les
Cananéens, etc.; ce qui peut aller à plus d'un million
d'hommes.

Si on jugeait des Juifs comme des autres nations,
on ne pourrait concevoir comment les enfants de Ja-

cob auraient pu produire une race assez nombreuse
pour supporter une telle perte. Mais Dieu qui les conduisait, Dieu qui les éprouvait et les punissait, rendit
cette nation si différente en tout des autres hommes,
qu'il faut la regarder avec d'autres yeux que ceux dont
on examine le reste de la terre, et ne point juger de ces
événements comme on juge des événements ordinaires.

XLII. DES JUIFS DEPUIS SAÜL.

Les Juifs ne paraissent pas jouir d'un sort plus heureux sous leurs rois que sous leurs juges.

Le premier roi, Saül, est obligé de se donner la
mort. Isboseth et Miphiboseth, ses fils, sont assassinés.

David livre aux Gabaonites sept petits-fils de Saül
pour être mis en croix. Il ordonne à Salomon son fils
de faire mourir Adonias son autre fils, et son général
Joab. Le roi Asa fait tuer une partie du peuple dans
Jérusalem. Baasa assassine Nadab, fils de Jéroboam,
et tous ses parents. Jéhu assassine Joram et Ochosias,
soixante et dix fils d'Achab, quarante-deux frères d'O-
chosias, et tous leurs amis. Athalie assassine tous ses
petits-fils, excepté Joas; elle est assassinée par le
grand-prêtre Joiadad. Joas est assassiné par ses domestiques, Amasias est tué. Zacharias est assassiné par
Sellum, qui est assassiné par Manahem, lequel Manahem fait fendre le ventre à toutes les femmes grosses
dans Tapsa. Phacéia, fils de Manahem, est assassiné
par Phacée, fils de Roméli, qui est assassiné par Ozée,
fils d'Éla. Manassé fait tuer un grand nombre de Juifs,
et les Juifs assassinent Ammon, fils de Manassé, etc.

Au milieu de ces massacres, dix tribus enlevées par Salmanasar, roi des Babyloniens, sont esclaves et dispersées pour jamais, excepté quelques manœuvres qu'on garde pour cultiver la terre.

Il reste encore deux tribus, qui bientôt sont esclaves à leur tour pendant soixante et dix ans : au bout de ces soixante et dix ans, les deux tribus obtiennent de leurs vainqueurs et de leurs maîtres la permission de retourner à Jérusalem. Ces deux tribus, ainsi que le peu de Juifs qui peuvent être restés à Samarie avec les nouveaux habitants étrangers, sont toujours sujettes des rois de Perse [1].

Quand Alexandre s'empare de la Perse, la Judée est comprise dans ses conquêtes. Après Alexandre, les Juifs demeurèrent soumis tantôt aux Séleucides, ses successeurs en Syrie, tantôt aux Ptolémées, ses successeurs en Égypte; toujours assujettis, et ne se soutenant que par le métier de courtiers qu'ils fesaient dans l'Asie. Ils obtinrent quelques faveurs du roi d'Égypte Ptolémée Épiphanes. Un Juif, nommé Joseph, devint fermier-général des impôts sur la Basse-Syrie et la Judée, qui appartenaient à ce Ptolémée. C'est là l'état le plus heureux des Juifs; car c'est alors qu'ils bâtirent la troisième partie de leur ville, appelée depuis l'enceinte des Machabées, parceque les Machabées l'achevèrent.

Du joug du roi Ptolémée ils repassent à celui du roi de Syrie, Antiochus le Dieu. Comme ils s'étaient enrichis dans les fermes, ils devinrent audacieux, et

---

[1] Voy. *Essai sur les Mœurs*, chap. CLVIII. B.

se révoltèrent contre leur maître Antiochus. C'est le temps des Machabées, dont les Juifs d'Alexandrie ont célébré le courage et les grandes actions; mais les Machabées ne purent empêcher que le général d'Antiochus Eupator, fils d'Antiochus Épiphanes, ne fît raser les murailles du temple, en laissant subsister seulement le sanctuaire, et qu'on ne fît trancher la tête au grand-prêtre Onias, regardé comme l'auteur de la révolte.

Jamais les Juifs ne furent plus inviolablement attachés à leurs rois que sous les rois de Syrie; ils n'adorèrent plus de divinités étrangères : ce fut alors que leur religion fut irrévocablement fixée, et cependant ils furent plus malheureux que jamais, comptant toujours sur leur délivrance, sur les promesses de leurs prophètes, sur le secours de leur Dieu, mais abandonnés par la Providence, dont les décrets ne sont pas connus des hommes.

Ils respirèrent quelque temps par les guerres intestines des rois de Syrie; mais bientôt les Juifs eux-mêmes s'armèrent les uns contre les autres. Comme ils n'avaient point de rois, et que la dignité de grand sacrificateur était la première, c'était pour l'obtenir qu'il s'élevait de violents partis : on n'était grand-prêtre que les armes à la main, et on n'arrivait au sanctuaire que sur les cadavres de ses rivaux.

Hircan, de la race des Machabées, devenu grand-prêtre, mais toujours sujet des Syriens, fit ouvrir le sépulcre de David, dans lequel l'exagérateur Josèphe prétend qu'on trouva trois mille talents. C'était quand on rebâtissait le temple, sous Néhémie, qu'il eût fallu chercher ce prétendu trésor. Cet Hircan obtint d'Antiochus Sidétès le droit de battre monnaie; mais comme il n'y eut jamais de monnaie juive, il y a grande apparence que le trésor du tombeau de David n'avait pas été considérable.

Il est à remarquer que ce grand-prêtre Hircan était saducéen, et qu'il ne croyait ni à l'immortalité de l'ame, ni aux anges; sujet nouveau de querelle qui commençait à diviser les saducéens et les pharisiens. Ceux-ci conspirèrent contre Hircan, et voulurent le condamner à la prison et au fouet. Il se vengea d'eux, et gouverna despotiquement.

Son fils Aristobule osa se faire roi pendant les troubles de Syrie et d'Égypte : ce fut un tyran plus cruel que tous ceux qui avaient opprimé le peuple juif. Aristobule, exact à la vérité à prier dans le temple et ne mangeant jamais de porc, fit mourir de faim sa mère, et fit égorger Antigone son frère. Il eut pour successeur un nommé Jean ou Jeanné, aussi méchant que lui.

Ce Jeanné, souillé de crimes, laissa deux fils qui se firent la guerre. Ces deux fils étaient Aristobule et Hircan; Aristobule chassa son frère, et se fit roi. Les Romains alors subjuguaient l'Asie. Pompée en passant vint mettre les Juifs à la raison, prit le temple, fit pendre les séditieux aux portes, et chargea de fers le prétendu roi Aristobule.

Cet Aristobule avait un fils qui osait se nommer Alexandre. Il remua, il leva quelques troupes, et finit par être pendu par ordre de Pompée.

Enfin, Marc-Antoine donna pour roi aux Juifs un Arabe iduméen, du pays de ces Amalécites, tant maudits par les Juifs. C'est ce même Hérode que saint Matthieu dit avoir fait égorger tous les petits enfants des environs de Bethléem, sur ce qu'il apprit qu'il était né un *roi des Juifs* dans ce village, et que trois mages, conduits par une étoile, étaient venus lui offrir des présents.

Ainsi les Juifs furent presque toujours subjugués ou esclaves. On sait comme ils se révoltèrent contre les Romains, et comme Titus, et ensuite Adrien, les firent tous vendre au marché, au prix de l'animal dont ils ne voulaient pas manger.

Ils essuyèrent un sort encore plus funeste sous les empereurs Trajan et Adrien, et ils le méritèrent. Il y eut, du temps de Trajan, un tremblement de terre qui engloutit les plus belles villes de la Syrie. Les Juifs crurent que c'était le signal de la colère de Dieu contre les Romains. Ils se rassemblèrent, ils s'armèrent en Afrique et en Chypre : une telle fureur les anima, qu'ils dévorèrent les membres des Romains égorgés par eux ; mais bientôt tous les coupables moururent dans les supplices. Ce qui restait fut animé de la même rage sous Adrien, quand Barchochébas, se disant leur messie, se mit à leur tête. Ce fanatisme fut étouffé dans des torrents de sang.

Il est étonnant qu'il reste encore des Juifs. Le fameux Benjamin de Tudèle, rabbin très savant, qui voyagea dans l'Europe et dans l'Asie au douzième siècle, en comptait environ trois cent quatre-vingt mille, tant Juifs que Samaritains ; car il ne faut pas faire mention d'un prétendu royaume de Théma, vers le Thibet, où ce Benjamin, trompeur ou trompé sur cet

article, prétend qu'il y avait trois cent mille Juifs des
dix anciennes tribus rassemblés sous un souverain.
Jamais les Juifs n'eurent aucun pays en propre, depuis Vespasien, excepté quelques bourgades dans les
déserts de l'Arabie Heureuse, vers la mer Rouge. Mahomet fut d'abord obligé de les ménager ; mais à la
fin il détruisit la petite domination qu'ils avaient établie au nord de la Mecque. C'est depuis Mahomet qu'ils
ont cessé réellement de composer un corps de peuple.

En suivant simplement le fil historique de la petite
nation juive, on voit qu'elle ne pouvait avoir une
autre fin. Elle se vante elle-même d'être sortie d'É-
gypte comme une horde de voleurs, emportant tout
ce qu'elle avait emprunté des Égyptiens : elle fait gloire
de n'avoir jamais épargné ni la vieillesse, ni le sexe,
ni l'enfance, dans les villages et dans les bourgs dont
elle a pu s'emparer. Elle ose étaler une haine irrécon-
ciliable contre toutes les nations [a] ; elle se révolte con-

---

[a] Voici ce qu'on trouve dans une réponse à l'évêque Warburton [*], lequel,
pour justifier la haine des Juifs contre les nations, écrivit avec beaucoup
de haine et d'injures contre plusieurs auteurs français :

« Venons maintenant à la haine invétérée que les Israélites avaient con-
« çue contre toutes les nations. Dites-moi si on égorge les pères et les mères,
« les fils et les filles, les enfants à la mamelle, et les animaux même, sans
« haïr ? Si un homme avait trempé dans le sang ses mains dégouttantes de
« fiel et d'encre, oserait-il dire qu'il aurait assassiné sans colère et sans
« haine ? Relisez tous les passages où il est ordonné aux Juifs de ne pas
« laisser une ame en vie, et dites après cela qu'il ne leur était pas permis
« de haïr. C'est se tromper grossièrement sur la haine ; c'est un usurier qui
« ne sait pas compter.

« Quoi ! ordonner qu'on ne mange pas dans le plat dont un étranger s'est
« servi, de ne pas toucher ses habits, ce n'est pas ordonner l'aversion pour

---

[*] Voyez cette réponse à *Warburton*, parmi les *Mélanges*, année 1767. — La citation
que fait ici Voltaire n'est pas conforme au texte. B.

tre tous ses maîtres. Toujours superstitieuse, toujours avide du bien d'autrui, toujours barbare, rampante dans le malheur, et insolente dans la prospérité. Voilà ce que furent les Juifs aux yeux des Grecs et des Romains qui purent lire leurs livres : mais, aux yeux des chrétiens éclairés par la foi, ils ont été nos précurseurs, ils nous ont préparé la voie, ils ont été les hérauts de la Providence.

Les deux autres nations qui sont errantes comme la juive dans l'Orient, et qui, comme elle, ne s'allient avec aucun autre peuple, sont les Banians et les Parsis nommés Guèbres. Ces Banians, adonnés au commerce ainsi que les Juifs, sont les descendants des premiers habitants paisibles de l'Inde; ils n'ont jamais mêlé leur sang à un sang étranger, non plus que les Brachmanes. Les Parsis sont ces mêmes Perses, autrefois dominateurs de l'Orient, et souverains des Juifs. Ils sont dispersés depuis Omar, et labourent en paix une partie de la terre où ils régnèrent; fidèles à cette antique religion des mages, adorant un seul Dieu, et conservant le feu sacré qu'ils regardent comme l'ouvrage et l'emblème de la Divinité.

Je ne compte point ces restes d'Égyptiens, adora-

« les étrangers ?... Les Juifs, dites-vous, ne haïssaient que l'idolâtrie, et non « les idolâtres : plaisante distinction !

« Un jour un tigre rassasié de carnage rencontra des brebis qui prirent « la fuite; il courut après elles, et leur dit : Mes enfants, vous vous imagi- « nez que je ne vous aime point; vous avez tort : c'est votre bêlement que « je hais; mais j'ai du goût pour vos personnes, et je vous chéris au point « que je ne veux faire qu'une chair avec vous : je m'unis à vous par la chair « et le sang; je bois l'un, je mange l'autre pour vous incorporer à moi. Ju- « gez si on peut aimer plus intimement. »

teurs secrets d'Isis, qui ne subsistent plus aujourd'hui que dans quelques troupes vagabondes, bientôt pour jamais anéanties.

XLIII. DES PROPHÈTES JUIFS.

Nous nous garderons bien de confondre les Nabim, les Roheim des Hébreux, avec les imposteurs des autres nations. On sait que Dieu ne se communiquait qu'aux Juifs, excepté dans quelques cas particuliers, comme, par exemple, quand il inspira Balaam, prophète de Mésopotamie, et qu'il lui fit prononcer le contraire de ce qu'on voulait lui faire dire. Ce Balaam était le prophète d'un autre Dieu, et cependant il n'est point dit qu'il fût un faux prophète[a]. Nous avons déjà remarqué[1] que les prêtres d'Égypte étaient prophètes et voyants. Quel sens attachait-on à ce mot? celui d'inspiré. Tantôt l'inspiré devinait le passé, tantôt l'avenir; souvent il se contentait de parler dans un style figuré : c'est pourquoi[*] l'on a donné le même nom aux poëtes et aux prophètes, *vates*.

Le titre, la qualité de prophète était-elle une dignité chez les Hébreux, un ministère particulier attaché par la loi à certaines personnes choisies, comme la dignité de pythie à Delphes? Non; les prophètes étaient seulement ceux qui se sentaient inspirés, ou qui avaient des visions. Il arrivait de là que sou-

---

[a] *Nombres*, chap. xxii.

[1] Paragraphe vi.

[*] L'édition de 1765 porte : « C'est pourquoi, lorsque saint Paul (*Actes des Apôtres*, chap. xvii) cite ce vers d'un poëte grec, Aratus, *Tout vit dans Dieu, tout se meut, tout respire en Dieu*, il donne à ce poëte le nom de prophète. Le titre, etc. » B.

vent il s'élevait de faux prophètes sans mission, qui croyaient avoir l'esprit de Dieu, et qui souvent causèrent de grands malheurs; comme les prophètes des Cévennes au commencement de ce siècle.

Il était très difficile de distinguer le faux prophète du véritable. C'est pourquoi Manassé, roi de Juda, fit périr Isaïe par le supplice de la scie. Le roi Sédécias ne pouvait décider entre Jérémie et Ananie, qui prédisaient des choses contraires, et il fit mettre Jérémie en prison. Ézéchiel fut tué par des Juifs, compagnons de son esclavage. Michée ayant prophétisé des malheurs aux rois Achab et Josaphat, un autre prophète, Tsedekia, fils de Canaa[a], lui donna un soufflet, en lui disant : L'esprit de l'Éternel a passé par ma main pour aller sur ta joue. Osée, chapitre IX, déclare que les prophètes sont des fous; *stultum prophetam ; insanum virum spiritualem.* Les prophètes se traitaient les uns les autres de visionnaires et de menteurs. Il n'y avait donc d'autre moyen de discerner le vrai du faux, que d'attendre l'accomplissement des prédictions.

Élisée étant allé à Damas en Syrie, le roi, qui était malade, lui envoya quarante chameaux chargés de présents, pour savoir s'il guérirait; Élisée répondit « que le roi pourrait guérir, mais qu'il mourrait. » Le roi mourut en effet. Si Élisée n'avait pas été un prophète du vrai Dieu, on aurait pu le soupçonner de se ménager une évasion à tout événement; car si le roi n'était pas mort, Élisée avait prédit sa guérison en disant qu'il pouvait guérir, et qu'il n'avait pas spécifié

[a] *Paralipomènes,* chap. XVIII.

le temps de sa mort. Mais ayant confirmé sa mission par des miracles éclatants, on ne pouvait douter de sa véracité.

Nous ne rechercherons pas ici, avec les commentateurs, ce que c'était que l'esprit double qu'Élisée reçut d'Élie, ni ce que signifie le manteau que lui donna Élie, en montant au ciel dans un char de feu, traîné par des chevaux enflammés, comme les Grecs figurèrent en poésie le char d'Apollon. Nous n'approfondirons point quel est le type, quel est le sens mystique de ces quarante-deux petits enfants qui, en voyant Élisée dans le chemin escarpé qui conduit à Béthel, lui dirent en riant, *Monte, chauve, monte;* et de la vengeance qu'en tira le prophète, en fesant venir sur-le-champ deux ours qui dévorèrent ces innocentes créatures. Les faits sont connus, et le sens peut en être caché.

Il faut observer ici une coutume de l'Orient, que les Juifs poussèrent à un point qui nous étonne. Cet usage était non seulement de parler en allégories, mais d'exprimer, par des actions singulières, les choses qu'on voulait signifier. Rien n'était plus naturel alors que cet usage; car les hommes n'ayant écrit long-temps leurs pensées qu'en hiéroglyphes, ils devaient prendre l'habitude de parler comme ils écrivaient.

Ainsi les Scythes (si on en croit Hérodote) envoyèrent à Darah, que nous appelons Darius, un oiseau, une souris, une grenouille, et cinq flèches: cela voulait dire que si Darius ne s'enfuyait aussi vite qu'un oiseau, ou s'il ne se cachait comme une souris et comme une grenouille, il périrait par leurs flèches.

Le conte peut n'être pas vrai; mais il est toujours un témoignage des emblèmes en usage dans ces temps reculés.

Les rois s'écrivaient en énigmes : on en a des exemples dans Hiram, dans Salomon, dans la reine de Saba. Tarquin-le-Superbe, consulté dans son jardin par son fils sur la manière dont il faut se conduire avec les Gabiens, ne répond qu'en abattant les pavots qui s'élevaient au-dessus des autres fleurs. Il fesait assez entendre qu'il fallait exterminer les grands, et épargner le peuple.

C'est à ces hiéroglyphes que nous devons les fables, qui furent les premiers écrits des hommes. La fable est bien plus ancienne que l'histoire.

Il faut être un peu familiarisé avec l'antiquité pour n'être point effarouché des actions et des discours énigmatiques des prophètes juifs.

Isaïe veut faire entendre au roi Achaz qu'il sera délivré dans quelques années du roi de Syrie et du melk ou roitelet de Samarie, unis contre lui; il lui dit : « Avant qu'un enfant soit en âge de discerner le mal « et le bien, vous serez délivré de ces deux rois. Le « Seigneur prendra un rasoir de louage, pour raser « la tête, le poil du pénil (qui est figuré par les pieds), « et la barbe, etc. » Alors le prophète prend deux témoins, Zacharie et Urie; il couche avec la prophétesse, elle met au monde un enfant. Le Seigneur lui donne le nom de Maher-Salal-has-bas, *Partagez vite les dépouilles ;* et ce nom signifie qu'on partagera les dépouilles des ennemis.

13.

Je n'entre point dans le sens allégorique et infiniment respectable qu'on donne à cette prophétie; je me borne à l'examen de ces usages étonnants aujourd'hui pour nous.

Le même Isaïe marche tout nu dans Jérusalem, pour marquer que les Égyptiens seront entièrement dépouillés par le roi de Babylone.

Quoi! dira-t-on, est-il possible qu'un homme marche tout nu dans Jérusalem, sans être repris de justice? Oui, sans doute: Diogène ne fut pas le seul dans l'antiquité qui eut cette hardiesse. Strabon, dans son quinzième livre, dit qu'il y avait dans les Indes une secte de brachmanes qui auraient été honteux de porter des vêtements. Aujourd'hui encore on voit des pénitents dans l'Inde qui marchent nus et chargés de chaînes, avec un anneau de fer attaché à la verge, pour expier les péchés du peuple. Il y en a dans l'Afrique et dans la Turquie. Ces mœurs ne sont pas nos mœurs, et je ne crois pas que du temps d'Isaïe il y eût un seul usage qui ressemblât aux nôtres.

Jérémie n'avait que quatorze ans quand il reçut l'esprit. Dieu étendit sa main et lui toucha la bouche, parcequ'il avait quelque difficulté de parler. Il voit d'abord une chaudière bouillante tournée au nord; cette chaudière représente les peuples qui viendront du septentrion, et l'eau bouillante figure les malheurs de Jérusalem.

Il achète une ceinture de lin, la met sur ses reins, et va la cacher, par l'ordre de Dieu, dans un trou auprès de l'Euphrate: il retourne ensuite la prendre, et la trouve pourrie. Il nous explique lui-même cette pa-

rabole, en disant que l'orgueil de Jérusalem pour-
rira.

Il se met des cordes au cou, il se charge de chaînes,
il met un joug sur ses épaules; il envoie ces cordes,
ces chaînes et ce joug aux rois voisins, pour les avertir de se soumettre au roi de Babylone, Nabuchodonosor, en faveur duquel il prophétise.

Ézéchiel peut surprendre davantage : il prédit aux
Juifs que les pères mangeront leurs enfants, et que
les enfants mangeront leurs pères. Mais avant d'en
venir à cette prédiction, il voit quatre animaux étin-
celants de lumière, et quatre roues couvertes d'yeux :
il mange un volume de parchemin; on le lie avec des
chaînes. Il trace un plan de Jérusalem sur une brique; il met à terre une poêle de fer; il couche trois
cent quatre-vingt-dix jours sur le côté gauche, et
quarante jours sur le côté droit. Il doit manger du
pain de froment, d'orge, de fèves, de lentilles, de
millet, et le couvrir d'excréments humains. «C'est
« ainsi, dit-il, que les enfants d'Israël mangeront
« leur pain souillé, parmi les nations chez lesquelles
« ils seront chassés. » Mais Ézéchiel ayant témoigné
son horreur pour ce pain de douleur, Dieu lui permet de ne le couvrir que d'excréments de bœufs.

Il coupe ses cheveux, et les divise en trois parts;
il en met une partie au feu, coupe la seconde avec
une épée autour de la ville, et jette au vent la troisième.

Le même Ézéchiel a des allégories encore plus sur-
prenantes. Il introduit le Seigneur, qui parle ainsi,
chapitre XVI: «Quand tu naquis, on ne t'avait point

« coupé le nombril, et tu n'étais ni lavée ni salée.... tu
« est devenue grande, ta gorge s'est formée, ton poil
« a paru.... J'ai passé, j'ai connu que c'était le temps
« des amants. Je t'ai couverte, et je me suis étendu
« sur ton ignominie.... Je t'ai donné des chaussures et
« des robes de coton, des bracelets, un collier, des
« pendants d'oreille.... Mais, pleine de confiance en
« ta beauté, tu t'es livrée à la fornication.... et tu as
« bâti un mauvais lieu; tu t'es prostituée dans les car-
« refours; tu as ouvert tes jambes à tous les passants...
« tu as recherché les plus robustes.... On donne de
« l'argent aux courtisanes, et tu en as donné à tes
« amants, etc. »

[a] «Oolla a forniqué sur moi; elle a aimé avec fu-
« reur ses amants : princes, magistrats, cavaliers....
« Sa sœur, Ooliba, s'est prostituée avec plus d'empor-
« tement. Sa luxure a recherché ceux qui avaient le....
« d'un âne, et qui.... comme les chevaux[b]. »

Ces expressions nous semblent bien indécentes et
bien grossières; elles ne l'étaient point chez les Juifs,
elles signifiaient les apostasies de Jérusalem et de
Samarie. Ces apostasies étaient représentées très souvent comme une fornication, comme un adultère.
Il ne faut pas, encore une fois, juger des mœurs,
des usages, des façons de parler anciennes, par les

---

[a] Ézéchiel, chap. xxiii.

[b] On a très approfondi cette matière dans plusieurs livres nouveaux,
surtout dans les *Questions sur l'encyclopédie*, et dans l'*Examen important
de milord Bolingbroke*. — Les *Questions sur l'encyclopédie* font partie du
Dict. philosophique. L'*Examen important* est dans les *Mélanges*, année
1767. B.

nôtres; elles ne se ressemblent pas plus que la langue
française ne ressemble au chaldéen et à l'arabe.

Le Seigneur ordonne d'abord au prophète Osée,
chapitre I, de prendre pour sa femme une prostituée,
et il obéit. Cette prostituée lui donne un fils. Dieu
appelle ce fils Jezraël : c'est un type de la maison de
Jéhu, qui périra, parceque Jéhu avait tué Joram dans
Jezraël. Ensuite le Seigneur ordonne à Osée, chap. III,
d'épouser une femme adultère, qui soit aimée d'un
autre, comme le Seigneur aime les enfants d'Israël,
qui regardent les dieux étrangers, et qui aiment le
marc de raisin. Le Seigneur, dans la prophétie d'Amos,
chap. IV, menace les vaches de Samarie de les mettre
dans la chaudière. Enfin, tout est l'opposé de nos
mœurs et de notre tour d'esprit; et, si l'on examine
les usages de toutes les nations orientales, nous les
trouverons également opposés à nos coutumes, non
seulement dans les temps reculés, mais aujourd'hui
même que nous les connaissons mieux.

XLIV. DES PRIÈRES DES JUIFS.

Il nous reste peu de prières des anciens peuples;
nous n'avons que deux ou trois formules des mystères, et l'ancienne prière à Isis, rapportée dans Apulée[1]. Les Juifs ont conservé les leurs.

Si l'on peut conjecturer le caractère d'une nation
par les prières qu'elle fait à Dieu, on s'apercevra aisément que les Juifs étaient un peuple charnel et sanguinaire. Ils paraissent, dans leurs psaumes, souhaiter

---

[1] Voyez cette prière, *Introduction*, paragraphe XXIII. B.

la mort du pécheur plutôt que sa conversion ; et ils demandent au Seigneur, dans le style oriental, tous les biens terrestres.

« Tu arroseras les montagnes, la terre sera rassa-
« siée de fruits[a]. »

« Tu produis le foin pour les bêtes, et l'herbe pour
« l'homme. Tu fais sortir le pain de la terre, et le vin
« qui réjouit le cœur ; tu donnes l'huile qui répand la
« joie sur le visage[b]. »

« Juda est une marmite remplie de viandes ; la mon-
« tagne du Seigneur est une montagne coagulée, une
« montagne grasse. Pourquoi regardez-vous les mon-
« tagnes coagulées[c] ? »

Mais il faut avouer que les Juifs maudissent leurs ennemis dans un style non moins figuré.

« Demande-moi, et je te donnerai en héritage toutes
« les nations ; tu les régiras avec une verge de fer[d]. »

« Mon Dieu, traitez mes ennemis selon leurs œu-
« vres, selon leurs desseins méchants ; punissez-les
« comme ils le méritent[e]. »

« Que mes ennemis impies rougissent, qu'ils soient
« conduits dans le sépulcre[f]. »

« Seigneur, prenez vos armes et votre bouclier, ti-
« rez votre épée, fermez tous les passages ; que mes
« ennemis soient couverts de confusion ; qu'ils soient
« comme la poussière emportée par le vent, qu'ils tom-
« bent dans le piége[g]. »

« Que la mort les surprenne, qu'ils descendent tout
« vivants dans la fosse[h]. »

---

[a] Psaume LXXXVIII. — [b] Ps. CIII. — [c] Ps. CVII. — [d] Ps. II. — [e] Ps. XXVII.
— [f] Ps. XXX. — [g] Ps. XXXIV. — [h] Ps. LIV.

« Dieu brisera leurs dents dans leur bouche; il met-
« tra en poudre les mâchoires de ces lions[a]. »

« Ils souffriront la faim comme des chiens; ils se
« disperseront pour chercher à manger, et ne seront
« point rassasiés[b]. »

« Je m'avancerai vers l'Idumée, et je la foulerai aux
« pieds[c]. »

« Réprimez ces bêtes sauvages; c'est une assemblée
« de peuples semblables à des taureaux et à des va-
« ches.... Vos pieds seront baignés dans le sang de
« vos ennemis, et la langue de vos chiens en sera
« abreuvée[d]. »

« Faites fondre sur eux tous les traits de votre co-
« lère; qu'ils soient exposés à votre fureur; que leur
« demeure et leurs tentes soient désertes[e]. »

« Répandez abondamment votre colère sur les peu-
« ples à qui vous êtes inconnu[f]. »

« Mon Dieu, traitez-les comme les Madianites, ren-
« dez-les comme une roue qui tourne toujours, comme
« la paille que le vent emporte, comme une forêt brû-
« lée par le feu[g]. »

« Asservissez le pécheur; que le malin soit toujours
« à son côté droit[h]. »

« Qu'il soit toujours condamné quand il plaidera.

« Que sa prière lui soit imputée à péché; que ses
« enfants soient orphelins, et sa femme veuve; que ses
« enfants soient des mendiants vagabonds; que l'usu-
« rier enlève tout son bien. »

« Le Seigneur, juste, coupera leurs têtes : que tous

[a] Psaume LVII. — [b] Ps. LVIII. — [c] Ps. LIX. — [d] Ps. LXVII. — [e] Ps. LXVIII.
— [f] Ps. LXXVIII. — [g] Ps. LXXXII. — [h] Ps. CVIII.

« les ennemis de Sion soient comme l'herbe sèche des
« toits[a]. »

« Heureux celui qui éventrera tes petits enfants en-
« core à la mamelle, et qui les écrasera contre la
« pierre[b]. »

On voit que si Dieu avait exaucé toutes les prières
de son peuple, il ne serait resté que des Juifs sur la
terre, car ils détestaient toutes les nations, ils en
étaient détestés; et, en demandant sans cesse que Dieu
exterminât tous ceux qu'ils haïssaient, ils semblaient
demander la ruine de la terre entière. Mais il faut
toujours se souvenir que non seulement les Juifs étaient
le peuple chéri de Dieu, mais l'instrument de ses vengeances. C'était par lui qu'il punissait les péchés des
autres nations, comme il punissait son peuple par
elles. Il n'est plus permis aujourd'hui de faire les mêmes prières, et de lui demander qu'on éventre les
mères et les enfants encore à la mamelle, et qu'on
les écrase contre la pierre. Dieu étant reconnu pour
le père commun de tous les hommes, aucun peuple
ne fait ces imprécations contre ses voisins. Nous avons
été aussi cruels quelquefois que les Juifs; mais en
chantant leurs psaumes, nous n'en détournons pas le
sens contre les peuples qui nous font la guerre. C'est
un des grands avantages que la loi de grace a sur la
loi de rigueur: et plût à Dieu que, sous une loi sainte,
et avec des prières divines, nous n'eussions pas répandu le sang de nos frères et ravagé la terre au nom
d'un Dieu de miséricorde!

[a] Psaume cxxviii. — [b] Ps. cxxxvi.

XLV. DE JOSÈPHE, HISTORIEN DES JUIFS.

On ne doit pas s'étonner que l'histoire de Flavien
Josèphe trouvât des contradicteurs quand elle parut
à Rome. Il est vrai qu'il n'y en avait que très peu
d'exemplaires, il fallait au moins trois mois à un copiste habile pour la transcrire. Les livres étaient très
chers et très rares : peu de Romains daignaient lire
les annales d'une chétive nation d'esclaves, pour qui
les grands et les petits avaient un mépris égal. Cependant il paraît, par la réponse de Josèphe à Apion,
qu'il trouva un petit nombre de lecteurs ; et l'on voit
aussi que ce petit nombre le traita de menteur et de
visionnaire.

Il faut se mettre à la place des Romains du temps
de Titus, pour concevoir avec quel mépris mêlé d'horreur les vainqueurs de la terre connue et les législateurs des nations devaient regarder l'histoire du peuple juif. Ces Romains ne pouvaient guère savoir que
Josèphe avait tiré la plupart des faits des livres sacrés
dictés par le Saint-Esprit. Ils ne pouvaient pas être
instruits que Josèphe avait ajouté beaucoup de choses
à *la Bible*, et en avait passé beaucoup sous silence. Ils
ignoraient qu'il avait pris le fond de quelques historiettes dans le troisième livre d'Esdras, et que ce livre
d'Esdras est un de ceux qu'on nomme apocryphes.

Que devait penser un sénateur romain en lisant ces
contes orientaux? Josèphe rapporte (liv. X, ch. xii),
que Darius, fils d'Astyage, avait fait le prophète Daniel gouverneur de trois cent soixante villes, lorsqu'il
défendit, sous peine de la vie, de prier aucun dieu

pendant un mois. Certainement l'Écriture ne dit point
que Daniel gouvernait trois cent soixante villes.

Josèphe semble supposer ensuite que toute la Perse
se fit juive.

Le même Josèphe donne au second temple des
Juifs, rebâti par Zorobabel, une singulière origine.

Zorobabel, dit-il, *était l'intime ami du roi Darius.*
Un esclave juif intime ami du roi des rois! c'est à peu
près comme si un de nos historiens nous disait qu'un
fanatique des Cévennes, délivré des galères, était l'intime ami de Louis XIV.

Quoi qu'il en soit, selon Flavien Josèphe, Darius,
qui était un prince de beaucoup d'esprit, proposa à
toute sa cour une question digne du *Mercure galant,*
savoir : qui avait le plus de force, ou du vin, ou des
rois, ou des femmes. Celui qui répondrait le mieux
devait, pour récompense, avoir une tiare de lin, une
robe de pourpre, un collier d'or, boire dans une coupe
d'or, coucher dans un lit d'or, se promener dans un
chariot d'or traîné par des chevaux enharnachés d'or,
et avoir des patentes de cousin du roi.

Darius s'assit sur son trône d'or pour écouter les
réponses de son académie de beaux esprits. L'un dis-
serta en faveur du vin, l'autre fut pour les rois; Zorobabel prit le parti des femmes. Il n'y a rien de si
puissant qu'elles; car j'ai vu, dit-il, Apamée, la maîtresse du roi mon seigneur, donner de petits soufflets
sur les joues de sa sacrée majesté, et lui ôter son tur-
ban pour s'en coiffer.

Darius trouva la réponse de Zorobabel si comique,
que sur-le-champ il fit rebâtir le temple de Jérusalem.

Ce conte ressemble assez à celui qu'un de nos plus
ingénieux académiciens a fait de Soliman, et d'un nez
retroussé, lequel a servi de canevas à un fort joli
opéra bouffon. Mais nous sommes contraints d'avouer
que l'auteur du nez retroussé n'a eu ni lit d'or, ni
carrosse d'or, et que le roi de France ne l'a point
appelé mon cousin : nous ne sommes plus au temps
des Darius.

Ces rêveries dont Josèphe surchargeait les livres
saints firent tort sans doute, chez les païens, aux vérités que *la Bible* contient. Les Romains ne pouvaient
distinguer ce qui avait été puisé dans une source im-
pure, de ce que Josèphe avait tiré d'une source sacrée.
Cette *Bible*, sacrée pour nous, était ou inconnue aux
Romains, ou aussi méprisée d'eux que Josèphe lui-
même. Tout fut également l'objet des railleries et du
profond dédain que les lecteurs conçurent pour l'histoire juive. Les apparitions des anges aux patriarches,
le passage de la mer Rouge, les dix plaies d'Égypte;
l'inconcevable multiplication du peuple juif en si peu
de temps, et dans un aussi petit terrain; le soleil et
la lune s'arrêtant en plein midi, pour donner le temps
à ce peuple brigand de massacrer quelques paysans
déjà exterminés par une pluie de pierres; tous les
prodiges qui signalèrent cette nation ignorée, furent
traités avec ce mépris qu'un peuple vainqueur de tant
de nations, un peuple-roi, mais à qui Dieu s'était caché, avait naturellement pour un petit peuple barbare réduit en esclavage.

Josèphe sentait bien que tout ce qu'il écrivait ré-
volterait des auteurs profanes; il dit en plusieurs en-

droits: *Le lecteur en jugera comme il voudra.* Il craint
d'effaroucher les esprits; il diminue, autant qu'il le
peut, la foi qu'on doit aux miracles. On voit à tout
moment qu'il est honteux d'être Juif, lors même qu'il
s'efforce de rendre sa nation recommandable à ses
vainqueurs. Il faut sans doute pardonner aux Romains, qui n'avaient que le sens commun, qui n'a-
vaient pas encore la foi, de n'avoir regardé l'historien
Josèphe que comme un misérable transfuge qui leur
contait des fables ridicules, pour tirer quelque argent de ses maîtres. Bénissons Dieu, nous qui avons
le bonheur d'être plus éclairés que les Titus, les Trajan, les Antonin, et que tout le sénat et les chevaliers
romains nos maîtres; nous qui, éclairés par des lumières supérieures, pouvons discerner les fables absurdes de Josèphe, et les sublimes vérités que la sainte
Écriture nous annonce.

XLVI. D'UN MENSONGE DE FLAVIEN JOSÈPHE, CONCERNANT ALEXANDRE ET LES JUIFS.

Lorsque Alexandre, élu par tous les Grecs, comme
son père, et comme autrefois Agamemnon, pour aller
venger la Grèce des injures de l'Asie, eut remporté la
victoire d'Issus, il s'empara de la Syrie, l'une des provinces de Darah ou Darius; il voulait s'assurer de
l'Égypte avant de passer l'Euphrate et le Tigre, et ôter
à Darius tous les ports qui pourraient lui fournir des
flottes. Dans ce dessein, qui était celui d'un très grand
capitaine, il fallut assiéger Tyr. Cette ville était sous
la protection des rois de Perse et souveraine de la
mer; Alexandre la prit après un siége opiniâtre de

sept mois, et y employa autant d'art que de courage;
la digue qu'il osa faire sur la mer est encore aujour-
d'hui regardée comme le modèle que doivent suivre
tous les généraux dans de pareilles entreprises. C'est
en imitant Alexandre que le duc de Parme prit An-
vers, et le cardinal de Richelieu, La Rochelle (s'il est
permis de comparer les petites choses aux grandes).
Rollin, à la vérité, dit qu'Alexandre ne prit Tyr que
parcequ'elle s'était moquée des Juifs, et que Dieu voulut venger l'honneur de son peuple : mais Alexandre
pouvait avoir encore d'autres raisons : il fallait, après
avoir soumis Tyr, ne pas perdre un moment pour
s'emparer du port de Péluse. Ainsi Alexandre ayant
fait une marche forcée pour surprendre Gaza, il alla
de Gaza à Péluse en sept jours. C'est ainsi qu'Arrien,
Quinte-Curce, Diodore, Paul Orose même, le rapportent fidèlement d'après le journal d'Alexandre.

Que fait Josèphe pour relever sa nation sujette des
Perses, tombée sous la puissance d'Alexandre, avec
toute la Syrie, et honorée depuis de quelques privi-
léges par ce grand homme? Il prétend qu'Alexandre,
en Macédoine, avait vu en songe le grand-prêtre des
Juifs, Jaddus (supposé qu'il y eût en effet un prêtre
juif dont le nom finît en *us*); que ce prêtre l'avait en-
couragé à son expédition contre les Perses, que c'était
par cette raison qu'Alexandre avait attaqué l'Asie. Il
ne manqua donc pas, après le siége de Tyr, de se détourner de cinq ou six journées de chemin pour aller
voir Jérusalem. Comme le grand-prêtre Jaddus avait
autrefois apparu en songe à Alexandre, il reçut aussi
en songe un ordre de Dieu d'aller saluer ce roi; il

obéit, et, revêtu de ses habits pontificaux, suivi de ses Lévites en surplis, il alla en procession au-devant d'Alexandre. Dès que ce monarque vit Jaddus, il reconnut le même homme qui l'avait averti en songe, sept ou huit ans auparavant, de venir conquérir la Perse, et il le dit à Parménion. Jaddus avait sur sa tête son bonnet orné d'une lame d'or, sur laquelle était gravé un mot hébreu. Alexandre, qui, sans doute, entendait l'hébreu parfaitement, reconnut aussitôt le nom de Jéhovah, et se prosterna humblement, sachant bien que Dieu ne pouvait avoir que ce nom. Jaddus lui montra aussitôt des prophéties qui disaient clairement « qu'Alexandre s'emparerait de l'empire des « Perses », prophéties qui n'avaient point été faites après la bataille d'Issus. Il le flatta que Dieu l'avait choisi pour ôter à son peuple chéri toute espérance de régner sur la terre promise ; ainsi qu'il avait choisi autrefois Nabuchodonosor et Cyrus, qui avaient possédé la terre promise l'un après l'autre. Ce conte absurde du romancier Josèphe ne devait pas, ce me semble, être copié par Rollin, comme s'il était attesté par un écrivain sacré.

Mais c'est ainsi qu'on a écrit l'histoire ancienne, et bien souvent la moderne.

XLVII. DES PRÉJUGÉS POPULAIRES AUXQUELS LES ÉCRIVAINS SACRÉS ONT DAIGNÉ SE CONFORMER PAR CONDESCENDANCE.

Les livres saints sont faits pour enseigner la morale, et non la physique.

Le serpent passait dans l'antiquité pour le plus ha-

bile de tous les animaux. L'auteur du *Pentateuque*
veut bien dire que le serpent fut assez subtil pour séduire Ève. On attribuait quelquefois la parole aux
bêtes : l'écrivain sacré fait parler le serpent et l'ânesse
de Balaam. Plusieurs Juifs et plusieurs docteurs chrétiens ont regardé cette histoire comme une allégorie ;
mais, soit emblème, soit réalité, elle est également
respectable. Les étoiles étaient regardées comme des
points dans les nuées : l'auteur divin se proportionne
à cette idée vulgaire, et dit que la lune fut faite pour
présider aux étoiles.

- L'opinion commune était que les cieux étaient solides ; on les nommait en hébreu *rakiak*, mot qui répond à une plaque de métal, à un corps étendu et
ferme, et que nous traduisîmes par *firmament*. Il portait des eaux, lesquelles se répandaient par des ouvertures. L'Écriture se proportionne à cette physique ;
et enfin on a nommé firmament, c'est-à-dire plaque,
cette profondeur immense de l'espace dans lequel on
aperçoit à peine les étoiles les plus éloignées à l'aide
des télescopes.

Les Indiens, les Chaldéens, les Persans, imaginaient
que Dieu avait formé le monde en six temps. L'auteur
de *la Genèse*, pour ne pas effaroucher la faiblesse des
Juifs, représente Dieu formant le monde en six jours,
quoique un mot et un instant suffisent à sa toute-puis-
sance. Un jardin, des ombrages, étaient un très grand
bonheur dans des pays secs et brûlés du soleil ; le divin
auteur place le premier homme dans un jardin.

On n'avait point d'idée d'un être purement immatériel : Dieu est toujours représenté comme un homme ;

il se promène à midi dans le jardin, il parle, et on lui parle.

Le mot ame, *ruah*, signifie le souffle, la vie : l'ame est toujours employée pour la vie dans le *Pentateuque*.

On croyait qu'il y avait des nations de géants, et *la Genèse* veut bien dire qu'ils étaient les enfants des anges et des filles des hommes.

On accordait aux brutes une espèce de raison. Dieu daigne faire alliance, après le déluge, avec les brutes comme avec les hommes.

Personne ne savait ce que c'est que l'arc-en-ciel ; il était regardé comme une chose surnaturelle, et Homère en parle toujours ainsi. L'Écriture l'appelle l'arc de Dieu, le signe d'alliance.

Parmi beaucoup d'erreurs auxquelles le genre humain a été livré, on croyait qu'on pouvait faire naître des animaux de la couleur qu'on voulait, en présentant cette couleur aux mères avant qu'elles conçussent : l'auteur de *la Genèse* dit que Jacob eut des brebis tachetées par cet artifice.

Toute l'antiquité se servait des charmes contre la morsure des serpents ; et quand la plaie n'était pas mortelle, ou qu'elle était heureusement sucée par des charlatans nommés Psylles [1], ou qu'enfin on avait appliqué avec succès des topiques convenables, on ne doutait pas que les charmes n'eussent opéré. Moïse éleva un serpent d'airain dont la vue guérissait ceux que les serpents avaient mordus. Dieu changeait une erreur populaire en une vérité nouvelle.

Une des plus anciennes erreurs était l'opinion que

---

[1] Plutarque, vie de Caton, chap. LXXIV. B.

l'on pouvait faire naître des abeilles d'un cadavre
pourri. Cette idée était fondée sur l'expérience journa-
lière de voir des mouches et des vermisseaux couvrir
les corps des animaux. De cette expérience, qui trompait les yeux, toute l'antiquité avait conclu que la corruption est le principe de la génération. Puisqu'on
croyait qu'un corps mort produisait des mouches, on
se figurait que le moyen sûr de se procurer des abeilles
était de préparer les peaux sanglantes des animaux de
la manière requise pour opérer cette métamorphose.
On ne fesait pas réflexion combien les abeilles ont
d'aversion pour toute chair corrompue, combien toute
infection leur est contraire. La méthode de faire naître
ainsi des abeilles ne pouvait réussir ; mais on croyait
que c'était faute de s'y bien prendre. Virgile, dans son
quatrième chant des *Géorgiques*, dit que cette opération fut heureusement faite par Aristée ; mais aussi il
ajoute que c'est un miracle, *mirabile monstrum* (*Georg.*,
liv. IV, v. 554).

C'est en rectifiant cet antique préjugé qu'il est rapporté que Samson trouva un essaim d'abeilles dans la
gueule d'un lion qu'il avait déchiré de ses mains.

C'était encore une opinion vulgaire que l'aspic se
bouchait les oreilles, de peur d'entendre la voix de
l'enchanteur. Le Psalmiste se prête à cette erreur en
disant, psaume LVII : « Tel que l'aspic sourd qui bouche
« ses oreilles, et qui n'entend point les enchanteurs. »

L'ancienne opinion, que les femmes font tourner le
vin et le lait, empêchent le beurre de se figer, et font
périr les pigeonneaux dans les colombiers quand elles
ont leurs règles, subsiste encore dans le petit peuple,

ainsi que les influences de la lune. On crut que les
purgations des femmes étaient les évacuations d'un
sang corrompu, et que si un homme approchait de sa
femme dans ce temps critique, il fesait nécessairement
des enfants lépreux et estropiés : cette idée avait tellement prévenu les Juifs, que *le Lévitique,* chap. xx,
condamne à mort l'homme et la femme qui se seront
rendu le devoir conjugal dans ce temps critique.

Enfin l'Esprit Saint veut bien se conformer tellement aux préjugés populaires, que le Sauveur lui-
même dit qu'on ne met jamais le vin nouveau dans
de vieilles futailles, et qu'il faut que le blé pourrisse
pour mûrir.

Saint Paul dit aux Corinthiens, en voulant leur
persuader la résurrection : «Insensés, ne savez-vous
« pas qu'il faut que le grain meure pour se vivifier?»
On sait bien aujourd'hui que le grain ne pourrit ni
ne meurt en terre pour lever; s'il pourrissait, il ne
lèverait pas; mais alors on était dans cette erreur, et
le Saint-Esprit daignait en tirer des comparaisons utiles. C'est ce que saint Jérôme appelle parler par économie [1].

Toutes les maladies de convulsions passèrent pour
des possessions de diable, dès que la doctrine des diables fut admise. L'épilepsie, chez les Romains comme
chez les Grecs, fut appelée le *mal sacré.* La mélan-
colie, accompagnée d'une espèce de rage, fut encore
un mal dont la cause était ignorée; ceux qui en étaient
attaqués erraient la nuit en hurlant autour des tom-

---

[1] Voyez dans le *Dict. philosophique,* l'article ÉCONOMIE DE PAROLES. B.

beaux. Ils furent appelés démoniaques, lycanthropes,
chez les Grecs. L'Écriture admet des démoniaques qui
errent autour des tombeaux.

Les coupables, chez les anciens Grecs, étaient souvent tourmentés des furies; elles avaient réduit Oreste
à un tel désespoir, qu'il s'était mangé un doigt dans
un accès de fureur ; elles avaient poursuivi Alcméon,
Étéocle, et Polynice. Les Juifs hellénistes, qui furent
instruits de toutes les opinions grecques, admirent
enfin chez eux des espèces de furies, des esprits im-
mondes, des diables qui tourmentaient les hommes.
Il est vrai que les saducéens ne reconnaissaient point
de diables; mais les pharisiens les reçurent un peu
avant le règne d'Hérode. Il y avait alors chez les Juifs
des exorcistes qui chassaient les diables; ils se servaient d'une racine qu'ils mettaient sous le nez des
possédés [1], et employaient une formule tirée d'un prétendu livre de Salomon. Enfin ils étaient tellement en
possession de chasser les diables, que notre Sauveur
lui-même, accusé, selon saint Matthieu, de les chasser par les enchantements de Belzébuth, accorde que
les Juifs ont le même pouvoir, et leur demande si c'est
par Belzébuth qu'ils triomphent des esprits malins.

Certes, si les mêmes Juifs qui firent mourir Jésus
avaient eu le pouvoir de faire de tels miracles, si les
pharisiens chassaient en effet les diables, ils fesaient

---

[1] Cette racine se nomme Barad, Barat ou Barath. Voyez dans les *Mélanges*, année 1763, le *Traité sur la tolérance*, chap. XII; année 1767,.
l'*Examen important de milord Bolingbroke*, chap. XIV; année 1768, les .
Instructions à A. J. Rustan; année 1776, *Un Chrétien contre six Juifs*,
paragraphe XXXVII; et année 1777, l'*Histoire de l'établissement du christianisme*, chap. V. B.

donc le même prodige qu'opérait le Sauveur. Ils avaient
le don que Jésus communiquait à ses disciples; et s'ils
ne l'avaient pas, Jésus se conformait donc au préjugé
populaire, en daignant supposer que ses implacables
ennemis, qu'il appelait race de vipères, avaient le don
des miracles et dominaient sur les démons. Il est vrai
que ni les Juifs ni les chrétiens ne jouissent plus aujourd'hui de cette prérogative long-temps si commune.
Il y a toujours des exorcistes, mais on ne voit plus
de diables ni de possédés [1] : tant les choses changent
avec le temps! Il était dans l'ordre alors qu'il y eût
des possédés, et il est bon qu'il n'y en ait plus aujourd'hui. Les prodiges nécessaires pour élever un
édifice divin sont inutiles quand il est au comble.
Tout a changé sur la terre : la vertu seule ne change

[1] M. de Voltaire fait trop d'honneur à notre siècle. Nous avons encore
des possédés, non seulement à Besançon, où le diable les conduit tous les
ans pour avoir le plaisir de se faire chasser par la présence du Saint-Suaire,
mais à Paris même. Pendant la semaine sainte, la nuit, dans l'église de la
Sainte-Chapelle, on joue une farce religieuse, où des possédés tombent en
convulsion à la vue d'un prétendu morceau de la vraie croix. On imagine-
rait difficilement un spectacle plus indécent ou plus dégoûtant; mais aussi
on en trouverait difficilement un qui prouvât mieux jusqu'à quel point la
superstition peut dégrader l'espèce humaine, et surtout jusqu'à quel point
l'amour de l'argent et l'envie de dominer sur le peuple peuvent endurcir
des prêtres contre la honte, et les déterminer à se dévouer au mépris public. Il est étonnant que les chefs du clergé et ceux de la magistrature n'aient
pas daigné se réunir pour abolir ce scandale, qui souille également et l'église
de Jésus-Christ, et le temple de la justice.

En 1777, un de ces prétendus possédés profita de cette qualité pour proférer devant le peuple assemblé tous les blasphèmes dont il se put aviser.
Un homme raisonnable qui aurait parlé avec la même franchise eût été
brûlé vif. Le possédé en fut quitte pour une double dose d'eau bénite.
L'année d'après, la bonne compagnie y courut en foule, dans l'espérance
d'entendre blasphémer; mais la police avait ordonné au diable de se taire,
et le diable obéit. K.

jamais. Elle est semblable à la lumière du soleil, qui
ne tient presque rien de la matière connue, et qui
est toujours pure, toujours immuable, quand tous les
éléments se confondent sans cesse. Il ne faut qu'ouvrir les yeux pour bénir son auteur.

XLVIII. DES ANGES, DES GÉNIES, DES DIABLES, CHEZ LES ANCIENNES NATIONS ET CHEZ LES JUIFS.

Tout a sa source dans la nature de l'esprit humain.
Tous les hommes puissants, les magistrats, les princes, avaient leurs messagers; il était vraisemblable que
les dieux en avaient aussi. Les Chaldéens et les Perses
semblent être les premiers hommes connus de nous
qui parlèrent des anges comme d'huissiers célestes et
de porteurs d'ordre. Mais avant eux, les Indiens, de
qui toute espèce de théologie nous est venue, avaient
inventé les anges, et les avaient représentés, dans leur
ancien livre du *Shasta*, comme des créatures immortelles, participantes de la divinité, et dont un grand
nombre se révolta dans le ciel contre le Créateur.
(Voyez le chapitre de *l'Inde*, page 75.)

Les Parsis ignicoles, qui subsistent encore, ont
communiqué à l'auteur de la religion des anciens Perses[a] les noms des anges que les premiers Perses reconnaissaient. On en trouve cent dix-neuf, parmi lesquels ne sont ni Raphaël ni Gabriel, que les Perses
n'adoptèrent que long-temps après. Ces mots sont
chaldéens, ils ne furent connus des Juifs que dans leur
captivité; car, avant l'histoire de Tobie, on ne voit le

[a] Hyde, *De Religione veterum Persarum.*

nom d'aucun ange, ni dans *le Pentateuque*, ni dans
aucun livre des Hébreux.

Les Perses, dans leur ancien catalogue qu'on trouve
au-devant du *Sadder*, ne comptaient que douze diables, et Arimane était le premier. C'était du moins une
chose consolante de reconnaître plus de génies bien-
faisants que de démons ennemis du genre humain.

On ne voit pas que cette doctrine ait été suivie des
Égyptiens. Les Grecs, au lieu de génies tutélaires,
eurent des divinités secondaires, des héros, et des
demi-dieux. Au lieu de diables, ils eurent Até, Éryn-
nis, les Euménides. Il me semble que ce fut Platon
qui parla le premier d'un bon et d'un mauvais génie
qui présidaient aux actions de tout mortel. Depuis lui,
les Grecs et les Romains se piquèrent d'avoir chacun
deux génies; et le mauvais eut toujours plus d'occu-
pation et de succès que son antagoniste.

Quand les Juifs eurent enfin donné des noms à leur
milice céleste, ils la distinguèrent en dix classes : les
saints, les rapides, les forts, les flammes, les étincel-
les, les députés, les princes, les fils de princes, les
images, les animés. Mais cette hiérarchie ne se trouve
que dans *le Talmud* et dans *le Targum*, et non dans
les livres du canon hébreu.

Ces anges eurent toujours la forme humaine, et
c'est ainsi que nous les peignons encore aujourd'hui
en leur donnant des ailes. Raphaël conduisit Tobie.
Les anges qui apparurent à Abraham, à Loth, burent
et mangèrent avec ces patriarches; et la brutale fureur des habitants de Sodome ne prouve que trop que
les anges de Loth avaient un corps. Il serait même

difficile de comprendre comment les anges auraient
parlé aux hommes, et comment on leur eût répondu,
s'ils n'avaient paru sous la figure humaine.

Les Juifs n'eurent pas même une autre idée de Dieu.
Il parle le langage humain avec Adam et Ève; il parle
même au serpent; il se promène dans le jardin d'Éden
à l'heure de midi; il daigne converser avec Abraham,
avec les patriarches, avec Moïse. Plus d'un commentateur a cru même que ces mots de *la Genèse*, *Fesons
l'homme à notre image*, pouvaient être entendus à la
lettre; que le plus parfait des êtres de la terre était
une faible ressemblance de la forme de son créateur,
et que cette idée devait engager l'homme à ne jamais
dégénérer.

Quoique la chute des anges transformés en diables,
en démons, soit le fondement de la religion juive et
de la chrétienne, il n'en est pourtant rien dit dans *la
Genèse*, ni dans la loi, ni dans aucun livre canonique.
La Genèse dit expressément qu'un serpent parla à Ève
et la séduisit. Elle a soin de remarquer que le serpent
était le plus habile, le plus rusé de tous les animaux;
et nous avons observé [1] que toutes les nations avaient
cette opinion du serpent. *La Genèse* marque encore
positivement que la haine des hommes pour les serpents vient du mauvais office que cet animal rendit au
genre humain; que c'est depuis ce temps-là qu'il cherche à nous mordre, que nous cherchons à l'écraser; et
qu'enfin il est condamné, pour sa mauvaise action, à
ramper sur le ventre, et à manger la poussière de la

---

[1] Paragraphe vi. B.

terre. Il est vrai que le serpent ne se nourrit point de terre, mais toute l'antiquité le croyait.

Il semble à notre curiosité que c'était là le cas d'apprendre aux hommes que ce serpent était un des anges rebelles devenus démons, qui venait exercer sa vengeance sur l'ouvrage de Dieu, et le corrompre. Cependant, il n'est aucun passage dans *le Pentateuque* dont nous puissions inférer cette interprétation, en ne consultant que nos faibles lumières.

Satan paraît, dans Job, le maître de la terre subordonné à Dieu. Mais quel homme un peu versé dans l'antiquité ne sait que ce mot *Satan* était chaldéen; que ce Satan était l'Arimane des Perses, adopté par les Chaldéens, le mauvais principe qui dominait sur les hommes? Job est représenté comme un pasteur arabe, vivant sur les confins de la Perse. Nous avons déjà dit [1] que les mots arabes, conservés dans la traduction hébraïque de cette ancienne allégorie, montrent que le livre fut d'abord écrit par des Arabes. Flavien Josèphe, qui ne le compte point parmi les livres du canon hébreu, ne laisse aucun doute sur ce sujet.

Les démons, les diables, chassés d'un globe du ciel, précipités dans le centre de notre globe, et s'échappant de leur prison pour tenter les hommes, sont regardés, depuis plusieurs siècles, comme les auteurs de notre damnation. Mais, encore une fois, c'est une opinion dont il n'y a aucune trace dans l'ancien Testament. C'est une vérité de tradition, tirée du livre si antique et si long-temps inconnu, écrit par les pre-

[1] Paragraphe vi. B.

miers brachmanes, et que nous devons enfin aux recherches de quelques savants anglais qui ont résidé
long-temps dans le Bengale.

Quelques commentateurs ont écrit que ce passage
d'Isaïe, « Comment es-tu tombé du ciel, ô Lucifer!
« qui paraissais le matin »? désigne la chute des anges,
et que c'est Lucifer qui se déguisa en serpent pour
faire manger la pomme à Ève et à son mari.

Mais, en vérité, une allégorie si étrange ressemble
à ces énigmes qu'on fesait imaginer autrefois aux jeunes écoliers dans les colléges. On exposait, par exemple, un tableau représentant un vieillard et une jeune
fille. L'un disait, c'est l'hiver et le printemps; l'autre,
c'est la neige et le feu; un autre, c'est la rose et l'é-
pine, ou bien c'est la force et la faiblesse : et celui qui
avait trouvé le sens le plus éloigné du sujet, l'application la plus extraordinaire, gagnait le prix.

Il en est précisément de même de cette application
singulière de l'étoile du matin au diable. Isaïe, dans
son quatorzième chapitre, en insultant à la mort d'un
roi de Babylone, lui dit : « A ta mort on a chanté à
« gorge déployée; les sapins, les cèdres, s'en sont ré-
« jouis. Il n'est venu depuis aucun exacteur nous
« mettre à la taille. Comment ta hauteur est-elle des-
« cendue au tombeau, malgré le son de tes musettes?
« comment es-tu couchée avec les vers et la vermine?
« comment es-tu tombée du ciel, étoile du matin?
« Hélel, toi qui pressais les nations, tu es abattue en
« terre! »

On a traduit cet Hélel en latin par Lucifer : on a
donné depuis ce nom au diable, quoiqu'il y ait assu-

rément peu de rapport entre le diable et l'étoile du
matin. On a imaginé que ce diable étant tombé du
ciel était un ange qui avait fait la guerre à Dieu : il
ne pouvait la faire lui seul; il avait donc des compagnons. La fable des géants armés contre les dieux,
répandue chez toutes les nations, est, selon plusieurs
commentateurs, une imitation profane de la tradition
qui nous apprend que des anges s'étaient soulevés
contre leur maître.

Cette idée reçut une nouvelle force de l'Épître de
saint Jude, où il est dit : « Dieu a gardé dans les té-
« nèbres, enchaînés jusqu'au jugement du grand jour,
« les anges qui ont dégénéré de leur origine, et qui
« ont abandonné leur propre demeure.... Malheur à
« ceux qui ont suivi les traces de Caïn.... desquels
« Énoch, septième homme après Adam, a prophétisé,
« en disant : Voici, le Seigneur est venu avec ses mil-
« lions de saints, etc. »

On s'imagina qu'Énoch avait laissé par écrit l'histoire de la chute des anges. Mais il y a deux choses
importantes à observer ici. Premièrement, Énoch n'é-
crivit pas plus que Seth, à qui les Juifs attribuèrent
des livres; et le faux Énoch que cite saint Jude est reconnu pour être forgé par un Juif[a]. Secondement, ce

---

[a] Il faut pourtant que ce livre d'Énoch ait quelque antiquité, car on le
trouve cité plusieurs fois dans le Testament des douze patriarches, autre
livre juif, retouché par un chrétien du premier siècle : et ce testament des
douze patriarches est même cité par saint Paul, dans sa première épître
aux Thessaloniciens, si c'est citer un passage que de le répéter mot pour mot.
Le Testament du patriarche Ruben porte, au chap. VI, *La colère du Seigneur tomba enfin sur eux;* et saint Paul dit précisément les mêmes paroles.
Au reste, ces douze Testaments ne sont pas conformes à *la Genèse* dans

faux Énoch ne dit pas un mot de la rébellion et de la
chute des anges avant la formation de l'homme. Voici
mot à mot ce qu'il dit dans ses Égrégori. « Le nombre
« des hommes s'étant prodigieusement accru, ils eurent
« de très belles filles; les anges, les veillants, Égrégori,
« en devinrent amoureux, et furent entraînés dans
« beaucoup d'erreurs. Ils s'animèrent entre eux; ils se
« dirent : Choisissons-nous des femmes parmi les filles
« des hommes de la terre. Semiaxas leur prince dit :
« Je crains que vous n'osiez pas accomplir un tel des-
« sein, et que je ne demeure seul chargé du crime;
« tous répondirent : Fesons serment d'exécuter nôtre
« dessein, et dévouons-nous à l'anathème si nous y
« manquons. Ils s'unirent donc par serment et firent
« des imprécations. Ils étaient deux cents en nombre.
« Ils partirent ensemble du temps de Jared, et allèrent
« sur la montagne appelée Hermonim, à cause de leur
« serment. Voici le nom des principaux : Semiaxas,
« Atarculph, Araciel, Chobabiel-Hosampsich, Zaciel-
« Parmar, Thausaël, Samiel, Tirel, Sumiel [1].

« Eux et les autres prirent des femmes; l'an onze
« cent soixante et dix de la création du monde. De ce
« commerce naquirent trois genres d'hommes, les
« géants Naphilim, etc. »

L'auteur de ce fragment écrit de ce style qui semble

tous les faits. L'inceste de Juda, par exemple, n'y est pas rapporté de la
même manière. Juda dit qu'il abusa de sa belle-fille étant ivre. Le Testament de Ruben a cela de particulier, qu'il admet dans l'homme sept organes de sens, au lieu de cinq; il compte la vie et l'acte de la génération
pour deux sens. Au reste, tous ces patriarches se repentent, dans ce Testament, d'avoir vendu leur frère Joseph.

[1] Voyez dans le *Dict. philosophique*, les articles ANGE et BEKKER. B.

appartenir aux premiers temps; c'est la même naïveté.
Il ne manque pas de nommer les personnages; il n'oublie pas les dates; point de réflexions, point de maximes, c'est l'ancienne manière orientale.

On voit que cette histoire est fondée sur le sixième
chapitre de *la Genèse* : « Or en ce temps il y avait des
« géants sur la terre; car les enfants de Dieu ayant eu
« commerce avec les filles des hommes, elles enfantè-
« rent les puissants du siècle. »

Le livre d'Énoch et *la Genèse* sont entièrement
d'accord sur l'accouplement des anges avec les filles
des hommes, et sur la race des géants qui en naquit.
Mais ni cet Énoch ni aucun livre de l'ancien Testament ne parle de la guerre des anges contre Dieu, ni
de leur défaite, ni de leur chute dans l'enfer, ni de
leur haine contre le genre humain.

Il n'est question des esprits malins et du diable que
dans l'allégorie de Job, dont nous avons parlé; laquelle n'est pas un livre juif; et dans l'aventure de
Tobie. Le diable Asmodée, ou Shammadey, qui étran-
gla les sept premiers maris de Sara, et que Raphaël fit
déloger avec la fumée du foie d'un poisson, n'était
point un diable juif, mais persan. Raphaël l'alla enchaîner dans la Haute-Égypte; mais il est constant que
les Juifs n'ayant point d'enfer, ils n'avaient point de
diables. Ils ne commencèrent que fort tard à croire
l'immortalité de l'ame et un enfer, et ce fut quand la
secte des pharisiens prévalut. Ils étaient donc bien
éloignés de penser que le serpent qui tenta Ève fût un
diable, un ange précipité dans l'enfer. Cette pierre,
qui sert de fondement à tout l'édifice, ne fut posée

que la dernière. Nous n'en révérons pas moins l'histoire de la chute des anges devenus diables : mais nous ne savons où en trouver l'origine.

On appela diables Belzébuth, Belphégor, Astaroth; mais c'étaient d'anciens dieux de Syrie. Belphégor était le dieu du mariage; Belzébuth, ou Bel-se-puth, signifiait le seigneur qui préserve des insectes. Le roi Ochosias même l'avait consulté comme un dieu, pour savoir s'il guérirait d'une maladie; et Élie, indigné de cette démarche, avait dit : « N'y a-t-il point de Dieu en Is- « raël, pour aller consulter le dieu d'Accaron? »

Astaroth était la lune, et la lune ne s'attendait pas à devenir diable.

L'apôtre Jude dit encore « que le diable se querella « avec l'ange Michael au sujet du corps de Moïse. » Mais on ne trouve rien de semblable dans le canon des Juifs. Cette dispute de Michael avec le diable n'est que dans un livre apocryphe, intitulé, *Analypse de Moïse*, cité par Origène dans le IIIe livre de ses *Principes*.

Il est donc indubitable que les Juifs ne reconnurent point de diables jusque vers le temps de leur captivité à Babylone. Ils puisèrent cette doctrine chez les Perses, qui la tenaient de Zoroastre.

Il n'y a que l'ignorance, le fanatisme, et la mauvaise foi, qui puissent nier tous ces faits; et il faut ajouter que la religion ne doit pas s'effrayer des conséquences. Dieu a certainement permis que la croyance aux bons et aux mauvais génies, à l'immortalité de l'ame, aux récompenses et aux peines éternelles, ait été établie chez vingt nations de l'antiquité avant de parvenir au peuple juif. Notre sainte religion a consa-

cré cette doctrine; elle a établi ce que les autres avaient
entrevu; et ce qui n'était chez les anciens qu'une opinion est devenu par la révélation une vérité divine.

XLIX. SI LES JUIFS ONT ENSEIGNÉ LES AUTRES NATIONS, OU S'ILS ONT ÉTÉ ENSEIGNÉS PAR ELLES.

Les livres sacrés n'ayant jamais décidé si les Juifs
avaient été les maîtres ou les disciples des autres peuples, il est permis d'examiner cette question.

Philon, dans la relation de sa mission auprès de
Caligula, commence par dire qu'Israël est un terme
chaldéen; que c'est un nom que les Chaldéens donnèrent
aux justes consacrés à Dieu, qu'Israël signifie *voyant
Dieu.* Il paraît donc prouvé par cela seul que les Juifs
n'appelèrent Jacob Israël, qu'ils ne se donnèrent le
nom d'Israélites, que lorsqu'ils eurent quelque connaissance du chaldéen. Or, ils ne purent avoir connaissance de cette langue que quand ils furent esclaves
en Chaldée. Est-il vraisemblable que dans les déserts
de l'Arabie Pétrée ils eussent appris déjà le chaldéen?

Flavien Josèphe, dans sa réponse à Apion, à Lysi-
maque et à Molon, livre II, chap. v, avoue en propres
termes « que ce sont les Égyptiens qui apprirent à
« d'autres nations à se faire circoncire, comme Héro-
« dote le témoigne. » En effet, serait-il probable que la
nation antique et puissante des Égyptiens eût pris
cette coutume d'un petit peuple qu'elle abhorrait, et
qui, de son aveu, ne fut circoncis que sous Josué?

Les livres sacrés eux-mêmes nous apprennent que
Moïse avait été nourri dans les sciences des Égyp-

tiens, et ils ne disent nulle part que les Égyptiens
aient jamais rien appris des Juifs. Quand Salomon
voulut bâtir son temple et son palais, ne demanda-t-il
pas des ouvriers au roi de Tyr? il est dit même qu'il
donna vingt villes au roi Hiram, pour obtenir des ouvriers et des cèdres : c'était sans doute payer bien
chèrement; et le marché est étrange : mais jamais les
Tyriens demandèrent-ils des artistes juifs?

Le même Josèphe dont nous avons parlé avoue que
sa nation qu'il s'efforce de relever, « n'eut long-temps
« aucun commerce avec les autres nations »; qu'elle fut
« surtout inconnue des Grecs, qui connaissaient les
« Scythes, les Tartares. Faut-il s'étonner », ajoute-t-il,
liv. I, chap. x, « que notre nation, éloignée de la mer,
« et ne se piquant point de rien écrire, ait été si peu
« connue? »

Lorsque le même Josèphe raconte, avec ses exagérations ordinaires, la manière aussi honorable
qu'incroyable dont le roi Ptolémée Philadelphe acheta
une traduction grecque des livres juifs, faite par des
Hébreux dans la ville d'Alexandrie; Josèphe, dis-je,
ajoute que Démétrius de Phalère, qui fit faire cette
traduction pour la bibliothèque de son roi, demanda
à l'un des traducteurs, « comment il se pouvait faire
« qu'aucun historien, aucun poëte étranger n'eût ja-
« mais parlé des lois juives. » Le traducteur répondit :
« Comme ces lois sont toutes divines, personne n'a
« osé entreprendre d'en parler, et ceux qui ont voulu
« le faire ont été châtiés de Dieu. Théopompe, voulant
« en insérer quelque chose dans son histoire, perdit
« l'esprit durant trente jours; mais ayant reconnu dans

« un songe qu'il était devenu fou pour avoir voulu pé-
« nétrer dans les choses divines, et en faire part aux
« profanes[a], il apaisa la colère de Dieu par ses prières,
« et rentra dans son bon sens.

« Théodecte, poëte grec, ayant mis dans une tra-
« gédie quelques passages qu'il avait tirés de nos livres
« saints, devint aussitôt aveugle, et ne recouvra la
« vue qu'après avoir reconnu sa faute. »

Ces deux contes de Josèphe, indignes de l'histoire
et d'un homme qui a le sens commun, contredisent,
à la vérité, les éloges qu'il donne à cette traduction
grecque des livres juifs; car si c'était un crime d'en
insérer quelque chose dans une autre langue, c'était
sans doute un bien plus grand crime de mettre tous
les Grecs à portée de les connaître. Mais au moins,
Josèphe, en rapportant ces deux historiettes, convient que les Grecs n'avaient jamais eu connaissance
des livres de sa nation.

Au contraire, dès que les Hébreux furent établis
dans Alexandrie, ils s'adonnèrent aux lettres grecques; on les appela les Juifs hellénistes. Il est donc
indubitable que les Juifs, depuis Alexandre, prirent
beaucoup de choses des Grecs, dont la langue était
devenue celle de l'Asie Mineure et d'une partie de
l'Égypte, et que les Grecs ne purent rien prendre des
Hébreux.

[a] Josèphe, *Histoire des Juifs*, liv. XII, chap. ii.

L. LES ROMAINS. COMMENCEMENTS DE LEUR EMPIRE ET DE LEUR RELIGION; LEUR TOLÉRANCE.

Les Romains ne peuvent point être comptés parmi les nations primitives : ils sont trop nouveaux. Rome n'existe que sept cent cinquante ans avant notre ère vulgaire. Quand elle eut des rites et des lois, elle les tint des Toscans et des Grecs. Les Toscans lui communiquèrent la superstition des augures, superstition pourtant fondée sur des observations physiques, sur le passage des oiseaux dont on augurait les changements de l'atmosphère. Il semble que toute superstition ait une chose naturelle pour principe, et que bien des erreurs soient nées d'une vérité dont on abuse.

Les Grecs fournirent aux Romains la loi des douze Tables. Un peuple qui va chercher des lois et des dieux chez un autre devait être un peuple petit et barbare : aussi les premiers Romains l'étaient-ils. Leur territoire, du temps des rois et des premiers consuls, n'était pas si étendu que celui de Raguse. Il ne faut pas sans doute entendre, par ce nom de roi, des monarques tels que Cyrus et ses successeurs. Le chef d'un petit peuple de brigands ne peut jamais être despotique : les dépouilles se partagent en commun, et chacun défend sa liberté comme son bien propre. Les premiers rois de Rome étaient des capitaines de flibustiers.

Si l'on en croit les historiens romains, ce petit peuple commença par ravir les filles et les biens de ses voisins. Il devait être exterminé; mais la férocité et le besoin, qui le portaient à ces rapines, rendirent

ses injustices heureuses; il se soutint étant toujours
en guerre; et enfin, au bout de cinq siècles, étant bien
plus aguerri que tous les autres peuples, il les soumit
tous, les uns après les autres, depuis le fond du golfe
Adriatique jusqu'à l'Euphrate.

Au milieu du brigandage, l'amour de la patrie domina toujours jusqu'au temps de Sylla. Cet amour de
la patrie consista, pendant plus de quatre cents ans,
à rapporter à la masse commune ce qu'on avait pillé
chez les autres nations : c'est la vertu des voleurs.
Aimer la patrie, c'était tuer et dépouiller les autres
hommes; mais dans le sein de la république il y eut
de très grandes vertus. Les Romains, policés avec le
temps, policèrent tous les barbares vaincus, et devinrent enfin les législateurs de l'Occident.

Les Grecs paraissent, dans les premiers temps de
leurs républiques, une nation supérieure en tout aux
Romains. Ceux-ci ne sortent des repaires de leurs
sept montagnes avec des poignées de foin, *manipuli*,
qui leur servent de drapeaux, que pour piller des
villages voisins; ceux-là, au contraire, ne sont occupés
qu'à défendre leur liberté. Les Romains volent à quatre
ou cinq milles à la ronde les Èques, les Volsques,
les Antiates. Les Grecs repoussent les armées innombrables du grand roi de Perse, et triomphent de lui
sur terre et sur mer. Ces Grecs, vainqueurs, cultivent
et perfectionnent tous les beaux arts, et les Romains
les ignorent tous, jusque vers le temps de Scipion
l'Africain.

J'observerai ici sur leur religion deux choses importantes; c'est qu'ils adoptèrent ou permirent les

cultes de tous les autres peuples, à l'exemple des
Grecs ; et qu'au fond, le sénat et les empereurs reconnurent toujours un dieu suprême, ainsi que la plupart des philosophes et des poëtes de la Grèce[a].

La tolérance de toutes les religions était une loi
nouvelle, gravée dans les cœurs de tous les hommes;
car de quel droit un être créé libre pourrait-il forcer
un autre être à penser comme lui? Mais quand un
peuple est rassemblé, quand la religion est devenue
une loi de l'état, il faut se soumettre à cette loi : or,
les Romains par leurs lois adoptèrent tous les dieux
des Grecs, qui eux-mêmes avaient des autels pour
les dieux inconnus, comme nous l'avons déjà remarqué[1].

Les ordonnances des douze Tables portent : « Sepa-
« ratim nemo habessit deos, neve novos; sed ne adve-
« nas, nisi publice adscitos, privatim colunto[2]. » Que
personne n'ait des dieux étrangers et nouveaux sans
la sanction publique. On donna cette sanction à plusieurs cultes; tous les autres furent tolérés. Cette
association de toutes les divinités du monde, cette
espèce d'hospitalité divine, fut le droit des gens de
toute l'antiquité, excepté peut-être chez un ou deux
petits peuples.

Comme il n'y eut point de dogmes, il n'y eut point
de guerre de religion. C'était bien assez que l'ambition, la rapine, versassent le sang humain, sans que
la religion achevât d'exterminer le monde.

[a] Voyez l'article Dieu dans le *Dictionnaire philosophique*.
[1] Paragraphe xxvii. B.
[2] Cic. *De legibus*, ii, 8, ex verbis xii Tab. B.

Il est encore très remarquable que chez les Romains on ne persécuta jamais personne pour sa manière de penser. Il n'y en a pas un seul exemple depuis Romulus jusqu'à Domitien; et chez les Grecs il n'y eut que le seul Socrate.

Il est encore incontestable que les Romains, comme les Grecs, adoraient un dieu suprême. Leur Jupiter était le seul qu'on regardât comme le maître du tonnerre, comme le seul que l'on nommât le dieu très grand et très bon, *Deus optimus, maximus.* Ainsi, de l'Italie à l'Inde et à la Chine, vous trouvez le culte d'un dieu suprême, et la tolérance dans toutes les nations connues.

A cette connaissance d'un dieu, à cette indulgence universelle, qui sont partout le fruit de la raison cultivée, se joignit une foule de superstitions, qui étaient le fruit ancien de la raison commencée et erronée.

- On sait bien que les poulets sacrés, et la déesse Pertunda, et la déesse Cloacina, sont ridicules. Pourquoi les vainqueurs et les législateurs de tant de nations n'abolirent-ils pas ces sottises? c'est qu'étant anciennes, elles étaient chères au peuple, et qu'elles ne nuisaient point au gouvernement. Les Scipion, les Paul-Émile, les Cicéron, les Caton, les Césars, avaient autre chose à faire qu'à combattre les superstitions de la populace. Quand une vieille erreur est établie, la politique s'en sert comme d'un mors que le vulgaire s'est mis lui-même dans la bouche, jusqu'à ce qu'une autre superstition vienne la détruire, et que la politique profite de cette seconde erreur, comme elle a profité de la première.

LI. QUESTIONS SUR LES CONQUÊTES DES ROMAINS, ET LEUR DÉCADENCE.

Pourquoi les Romains, qui, sous Romulus, n'é-taient que trois mille habitants, et qui n'avaient qu'un bourg de mille pas de circuit, devinrent-ils, avec le temps, les plus grands conquérants de la terre? et d'où vient que les Juifs, qui prétendent avoir eu six cent trente mille soldats en sortant d'Égypte, qui ne marchaient qu'au milieu des miracles, qui combat-taient sous le dieu des armées, ne purent-ils jamais parvenir à conquérir seulement Tyr et Sidon dans leur voisinage, pas même à être jamais à portée de les attaquer? Pourquoi ces Juifs furent-ils presque toujours dans l'esclavage? Ils avaient tout l'enthou-siasme et toute la férocité qui devaient faire des con-quérants; le dieu des armées était toujours à leur tête; et cependant ce sont les Romains, éloignés d'eux de dix-huit cents milles, qui viennent à la fin les subju-guer et les vendre au marché.

N'est-il pas clair (humainement parlant, et ne con-sidérant que les causes secondes) que si les Juifs, qui espéraient la conquête du monde, ont été presque toujours asservis, ce fut leur faute? Et si les Romains dominèrent, ne le méritèrent-ils pas par leur courage et par leur prudence? Je demande très humblement pardon aux Romains de les comparer un moment avec les Juifs.

Pourquoi les Romains, pendant plus de quatre cent cinquante ans, ne purent-ils conquérir qu'une éten-due de pays d'environ vingt-cinq lieues? N'est-ce point

parcequ'ils étaient en très petit nombre, et qu'ils n'a-
vaient successivement à combattre que de petits peuples comme eux? Mais enfin, ayant incorporé avec
eux leurs voisins vaincus, ils eurent assez de force
pour résister à Pyrrhus.

Alors toutes les petites nations qui les entouraient
étant devenues romaines, il s'en forma un peuple tout
guerrier, assez formidable pour détruire Carthage.

Pourquoi les Romains employèrent-ils sept cents
années à se donner enfin un empire à peu près aussi
vaste que celui qu'Alexandre conquit en sept ou huit
années? est-ce parcequ'ils eurent toujours à combattre
des nations belliqueuses, et qu'Alexandre eut affaire
à des peuples amollis?

Pourquoi cet empire fut-il détruit par des barbares?
ces barbares n'étaient-ils pas plus robustes, plus guerriers que les Romains, amollis à leur tour sous Honorius et sous ses successeurs? Quand les Cimbres
vinrent menacer l'Italie, du temps de Marius, les
Romains dûrent prévoir que les Cimbres, c'est-à-
dire les peuples du Nord, déchireraient l'empire lorsqu'il n'y aurait plus de Marius.

La faiblesse des empereurs, les factions de leurs
ministres et de leurs eunuques, la haine que l'ancienne religion de l'empire portait à la nouvelle, les
querelles sanglantes élevées dans le christianisme,
les disputes théologiques substituées au maniement
des armes, et la mollesse à la valeur; des multitudes
de moines remplaçant les agriculteurs et les soldats,
tout appelait ces mêmes barbares qui n'avaient pu
vaincre la république guerrière, et qui accablèrent

Rome languissante, sous des empereurs cruels, efféminés, et dévots.

Lorsque les Goths, les Hérules, les Vandales, les Huns, inondèrent l'empire romain, quelles mesures les deux empereurs prenaient-ils pour détourner ces orages? La différence de l'*Homoiousios* à l'*Homoousios* mettait le trouble dans l'Orient et dans l'Occident[1]. Les persécutions théologiques achevaient de tout perdre; Nestorius, patriarche de Constantinople, qui eut d'abord un grand crédit sous Théodose II, obtint de cet empereur qu'on persécutât ceux qui pensaient qu'on devait rebaptiser les chrétiens apostats repentants, ceux qui croyaient qu'on devait célébrer la Pâque le 14 de la lune de mars, ceux qui ne fesaient pas plonger trois fois les baptisés; enfin il tourmenta tant les chrétiens, qu'ils le tourmentèrent à leur tour. Il appela la sainte Vierge *Anthropotokos*; ses ennemis qui voulaient qu'on l'appelât *Theotokos*, et qui sans doute avaient raison, puisque le concile d'Éphèse décida en leur faveur, lui suscitèrent une persécution violente. Ces querelles occupèrent tous les esprits, et, pendant qu'on disputait, les barbares se partageaient l'Europe et l'Afrique.

Mais pourquoi Alaric, qui, au commencement du cinquième siècle, marcha des bords du Danube vers Rome, ne commença-t-il pas par attaquer Constantinople, lorsqu'il était maître de la Thrace? Comment hasarda-t-il de se trouver pressé entre l'empire d'Orient et celui d'Occident? Est-il naturel qu'il voulût

[1] Voyez dans la *Correspondance*, la lettre de d'Alembert du 8 février 1758. B.

passer les Alpes et l'Apennin, lorsque Constantinople tremblante s'offrait à sa conquête? Les historiens de ces temps-là, aussi mal instruits que les peuples étaient mal gouvernés, ne nous développent point ce mystère; mais il est aisé de le deviner. Alaric avait été général d'armée sous Théodose Ier, prince violent, dévot, et imprudent, qui perdit l'empire en confiant sa défense aux Goths. Il vainquit avec eux son compétiteur, Eugène; mais les Goths apprirent par là qu'ils pouvaient vaincre pour eux-mêmes. Théodose soudoyait Alaric et ses Goths. Cette paie devint un tribut, quand Arcadius, fils de Théodose, fut sur le trône de l'Orient. Alaric épargna donc son tributaire pour aller tomber sur Honorius et sur Rome.

Honorius avait pour général le célèbre Stilicon, le seul qui pouvait défendre l'Italie, et qui avait déjà arrêté les efforts des barbares. Honorius, sur de simples soupçons, lui fit trancher la tête sans forme de procès. Il était plus aisé d'assassiner Stilicon que de battre Alaric. Cet indigne empereur, retiré à Ravenne, laissa le barbare, qui lui était supérieur en tout, mettre le siége devant Rome. L'ancienne maîtresse du monde se racheta du pillage au prix de cinq mille livres pesant d'or, trente mille d'argent, quatre mille robes de soie, trois mille de pourpre, et trois mille livres d'épiceries. Les denrées de l'Inde servirent à la rançon de Rome.

Honorius ne voulut pas tenir le traité; il envoya quelques troupes qu'Alaric extermina : celui-ci entra dans Rome en 409, et un Goth y créa un empereur[1]

---

[1] Attale. B.

qui devint son premier sujet. L'année d'après, trompé
par Honorius, il le punit en saccageant Rome. Alors
tout l'empire d'Occident fut déchiré; les habitants du
Nord y pénétrèrent de tous côtés, et les empereurs
d'Orient ne se maintinrent qu'en se rendant tributaires.

C'est ainsi que Théodose II le fut d'Attila. L'Italie,
les Gaules, l'Espagne, l'Afrique, furent-la proie de
quiconque voulut y entrer. Ce fut là le fruit de la politique forcée de Constantin, qui avait transféré l'empire romain en Thrace.

N'y a-t-il pas visiblement une destinée qui fait l'ac-
croissement et la ruine des états? Qui aurait prédit à
Auguste qu'un jour le Capitole serait occupé par un
prêtre d'une religion tirée de la religion juive, aurait
bien étonné Auguste. Pourquoi ce prêtre s'est-il enfin
emparé de la ville des Scipions et des Césars? c'est
qu'il l'a trouvée dans l'anarchie. Il s'en est rendu le
maître presque sans efforts; comme les évêques d'Allemagne, vers le treizième siècle, devinrent souverains
des peuples dont ils étaient pasteurs.

Tout événement en amène un autre auquel on ne
s'attendait pas. Romulus ne croyait fonder Rome ni
pour les princes goths, ni pour des évêques. Alexandre
n'imagina pas qu'Alexandrie appartiendrait aux Turcs;
et Constantin n'avait pas bâti Constantinople pour
Mahomet II.

LII. DES PREMIERS PEUPLES QUI ÉCRIVIRENT L'HISTOIRE, ET DES FABLES DES PREMIERS HISTORIENS.

Il est incontestable que les plus anciennes annales du monde sont celles de la Chine. Ces annales se suivent sans interruption. Presque toutes circonstanciées, toutes sages, sans aucun mélange de merveilleux, toutes appuyées sur des observations astronomiques depuis quatre mille cent cinquante-deux ans, elles remontent encore à plusieurs siècles au-delà, sans dates précises à la vérité, mais avec cette vraisemblance qui semble approcher de la certitude. Il est bien probable que des nations puissantes, telles que les Indiens, les Égyptiens, les Chaldéens, les Syriens, qui avaient de grandes villes, avaient aussi des annales.

Les peuples errants doivent être les derniers qui aient écrit, parcequ'ils ont moins de moyens que les autres d'avoir des archives et de les conserver; parcequ'ils ont peu de besoins, peu de lois, peu d'événements; qu'ils ne sont occupés que d'une subsistance précaire, et qu'une tradition orale leur suffit. Une bourgade n'eut jamais d'histoire, un peuple errant encore moins, une simple ville très rarement.

L'histoire d'une nation ne peut jamais être écrite que fort tard; on commence par quelques registres très sommaires qui sont conservés, autant qu'ils peuvent l'être, dans un temple ou dans une citadelle. Une guerre malheureuse détruit souvent ces annales, et il faut recommencer vingt fois, comme des fourmis dont on a foulé aux pieds l'habitation. Ce n'est qu'au bout de plusieurs siècles qu'une histoire un peu détaillée peut succéder à ces registres informes, et cette première histoire est toujours mêlée d'un faux merveilleux par lequel on veut remplacer la vérité qui manque. Ainsi les Grecs n'eurent leur Hérodote que dans la quatre-vingtième olympiade, plus de mille ans après la première époque rapportée dans les marbres de Paros. Fabius-Pictor, le plus ancien historien des Romains, n'écrivit que du temps de la seconde guerre contre Carthage, environ cinq cent quarante ans après la fondation de Rome.

Or si ces deux nations, les plus spirituelles de la terre, les Grecs et les Romains, nos maîtres, ont commencé si tard leur histoire; si nos nations septentrionales n'ont eu aucun historien avant Grégoire de Tours, croira-t-on de bonne foi que des Tartares vagabonds qui dorment sur la neige, ou des Troglodytes qui se cachent dans des cavernes, ou des Arabes errants et voleurs, qui errent dans des montagnes de sable, aient eu des Thucydide et des Xénophon? peuvent-ils savoir quelque chose de leurs ancêtres? peuvent-ils acquérir quelque connaissance avant d'avoir eu des villes, avant de les avoir habitées, avant d'y avoir appelé tous les arts dont ils étaient privés?

Si les Samoyèdes, ou les Nazamons, ou les Esquimaux, venaient nous donner des annales antidatées de plusieurs siècles, remplies des plus étonnants faits d'armes, et d'une suite continuelle de prodiges qui étonnent la nature, ne se moquerait-on pas de ces pauvres sauvages? Et si quelques personnes amoureuses du merveilleux, ou intéressées à le faire croire, donnaient la torture à leur esprit pour rendre ces sot-

tises vraisemblables, ne' se moquerait-on pas de leurs
efforts? et s'ils joignaient à leur absurdité l'insolence
d'affecter du mépris pour les savants, et la cruauté
de persécuter ceux qui douteraient, ne seraient-ils pas
les plus exécrables des hommes? Qu'un Siamois vienne
me conter les métamorphoses de Sammonocodom, et
qu'il me menace de me brûler si je lui fais des objections, comment dois-je en user avec ce Siamois?

Les historiens romains nous content, à la vérité,
que le dieu Mars fit deux enfants à une vestale dans
un siècle où l'Italie n'avait point de vestales; qu'une
louve nourrit ces deux enfants au lieu de les dévorer,
comme nous l'avons déjà vu [1]; que Castor et Pollux
combattirent pour les Romains; que Curtius se jeta
dans un gouffre, et que le gouffre se referma; mais
le sénat de Rome ne condamna jamais à la mort ceux
qui doutèrent de tous ces prodiges : il fut permis d'en
rire dans le Capitole.

Il y a dans l'histoire romaine des événements très
possibles qui sont très peu vraisemblables. Plusieurs
savants hommes ont déjà révoqué en doute l'aventure
des oies qui sauvèrent Rome, et celle de Camille qui
détruisit entièrement l'armée des Gaulois. La victoire
de Camille brille beaucoup, à la vérité, dans Tite-
Live; mais Polybe, plus ancien que Tite-Live, et
plus homme d'état, dit précisément le contraire; il
assure que les Gaulois, craignant d'être attaqués par
les Vénètes, partirent de Rome chargés de butin, après
avoir fait la paix avec les Romains. A qui croirons-

_____
[1] *Dict. philosophique*, art. PRÉJUGÉS. B.

nous de Tite-Live ou de Polybe? au moins nous dou-
terons.

Ne douterons-nous pas encore du supplice de Régulus, qu'on fait enfermer dans un coffre armé en dedans de pointes de fer? Ce genre de mort est assurément unique. Comment ce même Polybe, presque contemporain, Polybe qui était sur les lieux, qui a écrit
si supérieurement la guerre de Rome et de Carthage,
aurait-il passé sous silence un fait aussi extraordinaire, aussi important, et qui aurait si bien justifié la
mauvaise foi des Romains envers les Carthaginois?
Comment ce peuple aurait-il osé violer d'une manière
aussi barbare le droit des gens avec Régulus, dans le
temps que les Romains avaient entre leurs mains plusieurs principaux citoyens de Carthage, sur lesquels
ils auraient pu se venger?

Enfin Diodore de Sicile rapporte, dans un de ses
fragments, que les enfants de Régulus ayant fort mal-
traité des prisonniers carthaginois, le sénat romain les
réprimanda, et fit valoir le droit des gens. N'aurait-il
pas permis une juste vengeance aux fils de Régulus,
si leur père avait été assassiné à Carthage? L'histoire
du supplice de Régulus s'établit avec le temps, la haine
contre Carthage lui donna cours; Horace la chanta,
et on n'en douta plus.

Si nous jetons les yeux sur les premiers temps de
notre histoire de France, tout en est peut-être aussi
faux qu'obscur et dégoûtant; du moins il est bien difficile de croire l'aventure de Childéric et d'une Bazine,
femme d'un Bazin, et d'un capitaine romain, élu roi
des Francs, qui n'avaient point encore de rois.

Grégoire de Tours est notre Hérodote, à cela près que le Tourangeau est moins amusant, moins élégant que le Grec. Les moines qui écrivirent après Grégoire furent-ils plus éclairés et plus véridiques? ne prodiguèrent-ils pas quelquefois des louanges un peu outrées à des assassins qui leur avaient donné des terres? ne chargèrent-ils jamais d'opprobres des princes sages qui ne leur avaient rien donné?

Je sais bien que les Francs qui envahirent la Gaule furent plus cruels que les Lombards qui s'emparèrent de l'Italie, et que les Visigoths qui régnèrent en Espagne. On voit autant de meurtres, autant d'assassinats dans les annales des Clovis, des Thierri, des Childebert, des Chilpéric, et des Clotaire, que dans celles des rois de Juda et d'Israël.

Rien n'est assurément plus sauvage que ces temps barbares; cependant, n'est-il pas permis de douter du supplice de la reine Brunehaut? Elle était âgée de près de quatre-vingts ans quand elle mourut, en 613 ou 614. Frédegaire, qui écrivait sur la fin du huitième siècle, cent cinquante ans après la mort de Brunehaut (et non pas dans le septième siècle, comme il est dit dans l'abrégé chronologique, par une faute d'impression); Frédegaire, dis-je, nous assure que le roi Clotaire, prince très pieux, très craignant Dieu, humain, patient, et débonnaire, fit promener la reine Brunehaut sur un chameau autour de son camp; ensuite la fit attacher par les cheveux, par un bras, et par une jambe, à la queue d'une cavale indomptée, qui la traîna vivante sur les chemins, lui fracassa la tête sur les cailloux, et la mit en pièces; après quoi elle fut brûlée et

réduite en cendres. Ce chameau, cette cavale indomptée, une reine de quatre-vingts ans attachée par les
cheveux et par un pied à la queue de cette cavale, ne
sont pas des choses bien communes.

Il est peut-être difficile que le peu de cheveux d'une
femme de cet âge puisse tenir à une queue, et qu'on
soit lié à-la-fois à cette queue par les cheveux et par
un pied. Et comment eut-on la pieuse attention d'in-
humer Brunehaut, dans un tombeau, à Autun, après
l'avoir brûlée dans un camp? Les moines Frédegaire
et Aimoin le disent; mais ces moines sont-ils des de
Thou et des Hume?

Il y a un autre tombeau érigé à cette reine, au quinzième siècle, dans l'abbaye de Saint-Martin-d'Autun
qu'elle avait fondée. On a trouvé dans ce sépulcre un
reste d'éperon. C'était, dit-on, l'éperon que l'on mit
aux flancs de la cavale indomptée. C'est dommage
qu'on n'y ait pas trouvé aussi la corne du chameau
sur lequel on avait fait monter la reine. N'est-il pas
possible que cet éperon y ait été mis par inadvertance,
ou plutôt par honneur? car, au quinzième siècle, un
éperon doré était une grande marque d'honneur. En
un mot, n'est-il pas raisonnable de suspendre son jugement sur cette étrange aventure si mal constatée?
Il est vrai que Pasquier dit que la mort de Brunehaut
avait été prédite par la sibylle.

Tous ces siècles de barbarie sont des siècles d'horreurs et de miracles. Mais faudra-t-il croire tout ce que
les moines ont écrit? Ils étaient presque les seuls qui
sussent lire et écrire, lorsque Charlemagne ne savait
pas signer son nom. Ils nous ont instruits de la date

de quelques grands événements. Nous croyons avec eux que Charles Martel battit les Sarrasins; mais qu'il en ait tué trois cent soixante mille dans la bataille, en vérité, c'est beaucoup.

Ils disent que Clovis, second du nom, devint fou: la chose n'est pas impossible; mais que Dieu ait affligé son cerveau pour le punir d'avoir pris un bras de saint Denis dans l'église de ces moines, pour le mettre dans son oratoire, cela n'est pas si vraisemblable.

Si l'on n'avait que de pareils contes à retrancher de l'histoire de France, ou plutôt de l'histoire des rois francs et de leurs maires, on pourrait s'efforcer de la lire; mais comment supporter les mensonges grossiers dont elle est pleine? On y assiége continuellement des villes et des forteresses qui n'existaient pas. Il n'y avait par-delà le Rhin que des bourgades sans murs, défendues par des palissades de pieux, et par des fossés. On sait que ce n'est que sous Henri l'Oiseleur, vers l'an 920, que la Germanie eut des villes murées et fortifiées. Enfin, tous les détails de ces temps-là sont autant de fables, et qui pis est, de fables ennuyeuses.

LIII. DES LÉGISLATEURS QUI ONT PARLÉ AU NOM DES DIEUX.

Tout législateur profane qui osa feindre que la Divinité lui avait dicté ses lois, était visiblement un blasphémateur et un traître: un blasphémateur, puisqu'il calomniait les dieux; un traître, puisqu'il asservissait sa patrie à ses propres opinions. Il y a deux sortes de lois, les unes naturelles, communes à tous, et utiles à tous. « Tu ne voleras ni ne tueras ton prochain; tu

« auras un soin respectueux de ceux qui t'ont donné le
« jour et qui ont élevé ton enfance; tu ne raviras pas
« la femme de ton frère, tu ne mentiras pas pour lui
« nuire; tu l'aideras dans ses besoins, pour mériter
« d'en être secouru à ton tour » : voilà les lois que la
nature a promulguées du fond des îles du Japon aux
rivages de notre occident. Ni Orphée, ni Hermès, ni
Minos, ni Lycurgue, ni Numa, n'avaient besoin que
Jupiter vînt au bruit du tonnerre annoncer des vérités
gravées dans tous les cœurs.

Si je m'étais trouvé vis-à-vis de quelqu'un de ces
grands charlatans dans la place publique, je lui aurais
crié : « Arrête, ne compromets point ainsi la Divinité;
« tu veux me tromper si tu la fais descendre pour en-
« seigner ce que nous savons tous; tu veux sans doute
« la faire servir à quelque autre usage; tu veux te pré-
« valoir de mon consentement à des vérités éternelles,
« pour arracher de moi mon consentement à ton usur-
« pation : je te défère au peuple comme un tyran qui
« blasphème. »

Les autres lois sont les politiques : lois purement
civiles, éternellement arbitraires, qui tantôt établissent des éphores, tantôt des consuls, des comices par
centuries, ou des comices par tribus; un aréopage ou
un sénat; l'aristocratie, la démocratie, ou la monarchie. Ce serait bien mal connaître le cœur humain de
soupçonner qu'il soit possible qu'un législateur profane eût jamais établi une seule de ces lois politiques
au nom des dieux, que dans la vue de son intérêt. On
ne trompe ainsi les hommes que pour son profit.

Mais tous les législateurs profanes ont-ils été des

16.

fripons dignes du dernier supplice? non. De même
qu'aujourd'hui, dans les assemblées des magistrats, il
se trouve toujours des ames droites et élevées qui pro-
posent des choses utiles à la société, sans se vanter
qu'elles leur ont été révélées; de même aussi parmi les
législateurs, il s'en est trouvé plusieurs qui ont institué des lois admirables, sans les attribuer à Jupiter ou
à Minerve. Tel fut le sénat romain, qui donna des lois
à l'Europe, à la petite Asie et à l'Afrique, sans les
tromper; et tel de nos jours a été Pierre-le-Grand, qui
eût pu en imposer à ses sujets plus facilement qu'Hermès aux Égyptiens, Minos aux Crétois, et Zalmoxis
aux anciens Scythes. *

---

* L'édition de 1765 est terminée par ce qui suit : *Le reste manque. L'éditeur n'a rien osé ajouter au manuscrit de l'abbé Bazin; s'il retrouve la suite,
il en fera part aux amateurs de l'Histoire.* B.

ESSAI

LES MOEURS ET L'ESPRIT

DES NATIONS,

ET SUR LES PRINCIPAUX FAITS DE L'HISTOIRE,

DEPUIS CHARLEMAGNE JUSQU'A LOUIS XIII.

AVANT-PROPOS,

Qui contient le plan de cet ouvrage, avec le précis de ce qu'étaient originairement les nations occidentales, et les raisons pour lesquelles on commence cet essai par l'Orient.

Vous voulez enfin surmonter le dégoût que vous cause l'Histoire moderne[a], depuis la décadence de l'empire romain, et prendre une idée générale des nations qui habitent et qui désolent la terre. Vous ne cherchez dans cette immensité que ce qui mérite d'être connu de vous; l'esprit, les mœurs, les usages des nations principales, appuyés des faits qu'il n'est pas permis d'ignorer. Le but de ce travail n'est pas de savoir en quelle année un prince indigne d'être connu succéda à un prince barbare chez une nation grossière.

[a] Cet ouvrage fut composé en 1740, pour madame du Châtelet, amie de l'auteur. Aucune des compilations universelles qu'on a vues depuis n'existait alors.

Si l'on pouvait avoir le malheur de mettre dans sa tête
la suite chronologique de toutes les dynasties, on ne
saurait que des mots. Autant il faut connaître les
grandes actions des souverains qui ont rendu leurs
peuples meilleurs et plus heureux, autant on peut
ignorer le vulgaire des rois, qui ne pourrait que char-.
ger la mémoire. A quoi vous serviraient les détails de
tant de petits intérêts qui ne subsistent plus aujour-
d'hui, de tant de familles éteintes qui se sont disputé
des provinces englouties ensuite dans de grands royaumes? Presque chaque ville a aujourd'hui son histoire
vraie ou fausse, plus ample, plus détaillée que celle
d'Alexandre. Les seules annales d'un ordre monastique
contiennent plus de volumes que celles de l'empire
romain.

Dans tous ces recueils immenses qu'on ne peut embrasser, il faut se borner et choisir. C'est un vaste
magasin où vous prendrez ce qui est à votre usage.

L'illustre Bossuet, qui dans son Discours sur une
partie de l'Histoire universelle en a saisi le véritable
esprit, au moins dans ce qu'il dit de l'empire romain,
s'est arrêté à Charlemagne. C'est en commençant à
cette époque que votre dessein est de vous faire un tableau du monde; mais il faudra souvent remonter à
des temps antérieurs. Cet éloquent écrivain, en disant
un mot des Arabes, qui fondèrent un si puissant empire et une religion si florissante, n'en parle que
comme d'un déluge de barbares. Il paraît avoir écrit
uniquement pour insinuer que tout a été fait dans le
monde pour la nation juive; que si Dieu donna l'empire de l'Asie aux Babyloniens, ce fut pour punir les

Juifs; si Dieu fit régner Cyrus, ce fut pour les venger; si Dieu envoya les Romains, ce fut encore pour châtier les Juifs. Cela peut être; mais les grandeurs de Cyrus et des Romains ont encore d'autres causes; et Bossuet même ne les a pas omises en parlant de l'esprit des nations.

Il eût été à souhaiter qu'il n'eût pas oublié entièrement les anciens peuples de l'Orient, comme les Indiens et les Chinois qui ont été si considérables avant que les autres nations fussent formées.

Nourris de productions de leurs terres, vêtus de leurs étoffes, amusés par les jeux qu'ils ont inventés, instruits même par leurs anciennes fables morales, pourquoi négligerions-nous de connaître l'esprit de ces nations, chez qui les commerçants de notre Europe ont voyagé dès qu'ils ont pu trouver un chemin jusqu'à elles?

En vous instruisant en philosophe de ce qui concerne ce globe, vous portez d'abord votre vue sur l'Orient, berceau de tous les arts, et qui a tout donné à l'Occident.

Les climats orientaux, voisins du Midi, tiennent tout de la nature; et nous, dans notre Occident septentrional, nous devons tout au temps, au commerce, à une industrie tardive. Des forêts, des pierres, des fruits sauvages, voilà tout ce qu'a produit naturellement l'ancien pays des Celtes, des Allobroges, des Pictes, des Germains, des Sarmates, et des Scythes. On dit que l'île de Sicile produit d'elle-même un peu d'avoine [1]; mais le froment, le riz, les fruits délicieux,

---

[1] Il croît naturellement en Sicile une plante dont le grain ressemble

croissaient vers l'Euphrate, à la Chine, et dans l'Inde.
Les pays fertiles furent les premiers peuplés, les premiers policés. Tout le Levant, depuis la Grèce jusqu'aux extrémités de notre hémisphère, fut long-
temps célèbre, avant que nous en sussions assez pour
connaître que nous étions barbares. Quand on veut
savoir quelque chose des Celtes, nos ancêtres, il faut
avoir recours aux Grecs et aux Romains, nations encore très postérieures aux Asiatiques.

Si, par exemple, des Gaulois voisins des Alpes,
joints aux habitants de ces montagnes, s'étant établis
sur les bords de l'Éridan, vinrent jusqu'à Rome trois
cent soixante et un ans après sa fondation, s'ils assiégèrent le Capitole, ce sont les Romains qui nous l'ont
appris. Si d'autres Gaulois, environ cent ans après,
entrèrent dans la Thessalie, dans la Macédoine, et
passèrent sur le rivage du Pont-Euxin, ce sont les
Grecs qui nous le racontent, sans nous dire quels
étaient ces Gaulois, ni quel chemin ils prirent. Il ne
reste chez nous aucun monument de ces émigrations,
qui ressemblent à celles des Tartares; elles prouvent
seulement que la nation était très nombreuse, mais
non civilisée. La colonie des Grecs qui fonda Marseille, six cents ans avant notre ère vulgaire, ne put
polir la Gaule : la langue grecque ne s'étendit pas
même au-delà de son territoire [1].

---

beaucoup au froment, et qu'on a pris pour du froment naturel ; mais les
botanistes ont observé des différences très marquées entre cette plante et le
froment. K.

[1] Cependant César, dans ses *Commentaires* (*de bello gallico*, I, 29), rapporte que le rôle qu'il trouva après une victoire dans le camp des Suisses
ou Helvétiens, était écrit en grec. B.

Gaulois, Allemands, Espagnols, Bretons, Sarmates,
nous ne savons rien de nous avant dix-huit siècles,
sinon le peu que nos vainqueurs ont pu nous en apprendre; nous n'avions pas même de fables : nous
n'avions pas osé imaginer une origine. Ces vaines
idées que tout cet Occident fut peuplé par Gomer,
fils de Japhet, sont des fables orientales.

Si les anciens Toscans qui enseignèrent les premiers
Romains savaient quelque chose de plus que les autres peuples occidentaux, c'est que les Grecs avaient
envoyé chez eux des colonies; ou plutôt, c'est parceque, de tout temps, une des propriétés de cette terre
a été de produire des hommes de génie, comme le
territoire d'Athènes était plus propre aux arts que
celui de Thèbes et de Lacédémone. Mais quel monument avons-nous de l'ancienne Toscane? aucun. Nous
nous épuisons en vaines conjectures sur quelques inscriptions inintelligibles que les injures du temps ont
épargnées, et qui probablement sont des premiers
siècles de la république romaine. Pour les autres nations de notre Europe, il ne nous reste d'elles, dans
leur ancien langage, aucun monument antérieur à
notre ère.

L'Espagne maritime fut découverte par les Phéniciens, ainsi que l'Amérique le fut depuis par les Espagnols. Les Tyriens, les Carthaginois, les Romains,
y trouvèrent tour-à-tour de quoi s'enrichir dans les
trésors que la terre produisait alors. Les Carthaginois
y firent valoir des mines, mais moins riches que celles
du Mexique et du Pérou; le temps les a épuisées,
comme il épuisera celles du Nouveau-Monde. Pline

rapporte qu'en neuf ans les Romains en tirèrent huit mille marcs d'or, et environ vingt-quatre mille d'argent. Il faut avouer que ces prétendus descendants de Gomer avaient bien mal profité des présents que leur fesait la terre en tout genre, puisqu'ils furent subjugués par les Carthaginois, par les Romains, par les Vandales, par les Goths, et par les Arabes.

Ce que nous savons des Gaulois, par Jules-César et par les autres auteurs romains, nous donne l'idée d'un peuple qui avait besoin d'être soumis par une nation éclairée. Les dialectes du langage celtique étaient affreux : l'empereur Julien, sous qui ce langage se parlait encore, dit, dans son *Misopogon*, qu'il ressemblait au croassement des corbeaux. Les mœurs, du temps de César, étaient aussi barbares que le langage. Les druides, imposteurs grossiers faits pour le peuple qu'ils gouvernaient, immolaient des victimes humaines qu'ils brûlaient dans de grandes et hideuses statues d'osier. Les druidesses plongeaient des couteaux dans le cœur des prisonniers, et jugeaient de l'avenir à la manière dont le sang coulait. De grandes pierres un peu creusées, qu'on a trouvées sur les confins de la Germanie et de la Gaule, vers Strasbourg, sont, dit-on, les autels où l'on fesait ces sacrifices. Voilà tous les monuments de l'ancienne Gaule. Les habitants des côtes de la Biscaye et de la Gascogne s'étaient quelquefois nourris de chair humaine. Il faut détourner les yeux de ces temps sauvages, qui sont la honte de la nature.

Comptons, parmi les folies de l'esprit humain, l'idée qu'on a eue, de nos jours, de faire descendre les Celtes

des Hébreux. Ils sacrifiaient des hommes, dit-on, parceque Jephté avait immolé sa fille. Les druides étaient
vêtus de blanc, pour imiter les prêtres des Juifs; ils
avaient, comme eux, un grand pontife. Leurs druidesses sont des images de la sœur de Moïse et de Débora.
Le pauvre qu'on nourrissait à Marseille, et qu'on immolait couronné de fleurs et chargé de malédictions,
avait pour origine le *bouc émissaire*. On va jusqu'à
trouver de la ressemblance entre trois ou quatre mots
celtiques et hébraïques, qu'on prononce également
mal; et l'on en conclut que les Juifs et les nations des
Celtes sont la même famille. C'est ainsi qu'on insulte
à la raison dans des histoires universelles, et qu'on
étouffe sous un amas de conjectures forcées le peu de
connaissance que nous pourrions avoir de l'antiquité.

Les Germains avaient à peu près les mêmes mœurs
que les Gaulois, sacrifiaient comme eux des victimes
humaines, décidaient comme eux leurs petits différents particuliers par le duel, et avaient seulement
plus de grossièreté et moins d'industrie. César, dans
ses mémoires, nous apprend que leurs magiciennes
réglaient toujours parmi eux le jour du combat. Il nous
dit que quand un de leurs rois, Arioviste, amena cent
mille de ses Germains errants pour piller les Gaules,
lui qui voulait les asservir et non pas les piller, ayant
envoyé deux officiers romains pour entrer en confé-
rence avec ce barbare, Arioviste les fit charger de
chaînes; que les deux officiers furent destinés à être
sacrifiés aux dieux des Germains, et qu'ils allaient
l'être, lorsqu'il les délivra par sa victoire.

Les familles de tous ces barbares avaient en Ger-

manie, pour uniques retraites, des cabanes où, d'un
côté, le père, la mère, les sœurs, les frères, les enfants, couchaient nus sur la paille; et, de l'autre côté,
étaient leurs animaux domestiques. Ce sont là pourtant ces mêmes peuples que nous verrons bientôt
maîtres de Rome. Tacite loue les mœurs des Germains,
mais comme Horace chantait celles des barbares nommés Gètes; l'un et l'autre ignoraient ce qu'ils louaient,
et voulaient seulement faire la satire de Rome. Le
même Tacite, au milieu de ses éloges [1], avoue que tout le
monde savait que les Germains aimaient mieux vivre
de rapine que de cultiver la terre; et qu'après avoir
pillé leurs voisins, ils retournaient chez eux manger
et dormir. C'est la vie des voleurs de grands chemins
d'aujourd'hui et des coupeurs de bourses, que nous
punissons de la roue et de la corde; et voilà ce que
Tacite a le front de louer, pour rendre la cour des
empereurs romains méprisable, par le contraste de la
vertu germanique! Il appartient à un esprit aussi juste
que le vôtre de regarder Tacite comme un satirique
ingénieux, aussi profond dans ses idées que concis
dans ses expressions, qui a fait la critique plutôt que
l'histoire de son pays, et qui eût mérité l'admiration
du nôtre, s'il avait été impartial.

Quand César passe en Angleterre, il trouve cette
île plus sauvage encore que la Germanie. Les habitants couvraient à peine leur nudité de quelques peaux
de bêtes. Les femmes d'un canton y appartenaient indifféremment à tous les hommes du même canton.
Leurs demeures étaient des cabanes de roseaux, et

[1] Voyez *Introduction*, paragraphe XIV. B.

leurs ornements, des figures que les hommes et les femmes s'imprimaient sur la peau en y fesant des piqûres, et en y versant le suc des herbes, ainsi que le pratiquent encore les sauvages de l'Amérique.

Que la nature humaine ait été plongée pendant une longue suite de siècles dans cet état si approchant de celui des brutes, et inférieur à plusieurs égards; c'est ce qui n'est que trop vrai. La raison en est, comme on l'a dit[1], qu'il n'est pas dans la nature de l'homme de *desirer ce qu'il ne connaît pas.* Il a fallu partout, non seulement un espace de temps prodigieux, mais des circonstances heureuses, pour que l'homme s'élevât au-dessus de la vie animale.

Vous avez donc grande raison de vouloir passer tout d'un coup aux nations qui ont été civilisées les premières. Il se peut que long-temps avant les empires de la Chine et des Indes il y ait eu des nations instruites, polies, puissantes, que des déluges de barbares auront ensuite replongées dans le premier état d'ignorance et de grossièreté qu'on appelle l'état de pure nature.

La seule prise de Constantinople a suffi pour anéantir l'esprit de l'ancienne Grèce[2]. Le génie des Romains fut détruit par les Goths. Les côtes de l'Afrique, autrefois si florissantes, ne sont presque plus que des repaires de brigands. Des changements encore plus grands ont dû arriver dans des climats moins heureux.

---

[1] Voyez *Introduction*, paragr. III; et *Zaïre*, I, I. B.

[2] M. Daunou remarque que : « en 1453 il ne restait à Constantinople « que l'esprit du Bas-Empire; il y avait long-temps que l'esprit de l'ancienne « Grèce avait disparu. Les Turcs n'ont guère asservi que des théologiens, « des courtisans et un peuple déjà esclave. » B.

Les causes physiques ont dû se joindre aux causes morales; car si l'Océan n'a pu changer entièrement son lit, du moins il est constant qu'il a couvert tour-à-tour et abandonné de vastes terrains. La nature a dû être exposée à un grand nombre de fléaux et de vicissitudes. Les terres les plus belles, les plus fertiles de l'Europe occidentale, toutes les campagnes basses arrosées par les fleuves[1] du Rhin, de la Meuse, de la Seine, de la Loire, ont été couvertes des eaux de la mer pendant une prodigieuse multitude de siècles; c'est ce que vous avez déjà vu dans la *Philosophie de l'histoire*[2].

Nous redirons encore qu'il n'est pas si sûr que les montagnes qui traversent l'ancien et le nouveau monde aient été autrefois des plaines couvertes par les mers; car, 1° plusieurs de ces montagnes sont élevées de quinze mille pieds, et plus, au-dessus de l'Océan.

2° S'il eût été un temps où ces montagnes n'eussent pas existé, d'où seraient partis les fleuves, qui sont si nécessaires à la vie des animaux? Ces montagnes sont les réservoirs des eaux; elles ont, dans les deux hémisphères, des directions diverses : ce sont, comme dit Platon, les os de ce grand animal appelé *la Terre*. Nous voyons que les moindres plantes ont une structure invariable : comment la terre serait-elle exceptée de la loi générale?

3° Si les montagnes étaient supposées avoir porté des mers, ce serait une contradiction dans l'ordre de

---

[1] C'est d'après l'édition de 1761 que je rétablis les onze mots qui suivent. B.

[2] Voyez *Introduction*, paragraphe 1ᵉʳ. B.

la nature, une violation des lois de la gravitation et de
l'hydrostatique.

4° Le lit de l'Océan est creusé, et dans ce creux il
n'est point de chaînes de montagnes d'un pôle à l'autre,
ni d'orient en occident, comme sur la terre; il ne faut
donc pas conclure que tout ce globe a été long-temps
mer, parceque plusieurs parties du globe l'ont été. Il
ne faut pas dire que l'eau a couvert les Alpes et les
Cordillières, parcequ'elle a couvert la partie basse de
la Gaule, de la Grèce, de la Germanie, de l'Afrique, et
de l'Inde. Il ne faut pas affirmer que le mont Taurus
a été navigable, parceque l'archipel des Philippines et
des Moluques a été un continent. Il y a grande apparence que les hautes montagnes ont été toujours à peu
près ce qu'elles sont[1]. Dans combien de livres n'a-t-on
pas dit qu'on a trouvé une ancre de vaisseau sur la cime
des montagnes de la Suisse? cela est pourtant aussi
faux que tous les contes qu'on trouve dans ces livres.

N'admettons en physique que ce qui est prouvé, et
en histoire que ce qui est de la plus grande probabilité reconnue. Il se peut que les pays montagneux
aient éprouvé par les volcans et par les secousses de
la terre, autant de changements que les pays plats;
mais partout où il y a eu des sources de fleuves, il y
a eu des montagnes. Mille révolutions locales ont certainement changé une partie du globe dans le physique et dans le moral, mais nous ne les connaissons
pas; et les hommes se sont avisés si tard d'écrire l'his-

---

[1] Voyez une note des éditeurs de Kehl sur l'ouvrage intitulé, *Dissertation sur les changements arrivés dans notre globe* (dans les *Mélanges*, année
1746). K.

toire, que le genre humain, tout ancien qu'il est, paraît nouveau pour nous.

D'ailleurs, vous commencez vos recherches au temps où le chaos de notre Europe commence à prendre une forme, après la chute de l'empire romain. Parcourons donc ensemble ce globe; voyons dans quel état il était alors, en l'étudiant de la même manière qu'il paraît avoir été civilisé, c'est-à-dire depuis les pays orientaux jusqu'aux nôtres; et portons notre première attention sur un peuple qui avait une histoire suivie dans une langue déjà fixée, lorsque nous n'avions pas encore l'usage de l'écriture.

CHAPITRE I.

De la Chine, de son antiquité, de ses forces, de ses lois, de ses usages, et de ses sciences.

L'empire de la Chine dès-lors était plus vaste que celui de Charlemagne, surtout en y comprenant la Corée et le Tunquin, provinces alors tributaires des Chinois. Environ trente degrés en longitude et vingt-quatre en latitude forment son étendue. Nous avons remarqué[1] que le corps de cet état subsiste avec splendeur depuis plus de quatre mille ans, sans que les lois, les mœurs, le langage, la manière même de s'habiller, aient souffert d'altération sensible.

Son histoire, incontestable dans les choses générales, la seule qui soit fondée sur des observations célestes, remonte, par la chronologie la plus sûre, jusqu'à une éclipse observée deux mille cent cinquante-cinq ans avant notre ère vulgaire, et vérifiée par les mathématiciens missionnaires qui, envoyés dans les derniers siècles chez cette nation inconnue, l'ont admirée et l'ont instruite. Le P. Gaubil a examiné une suite de trente-six éclipses de soleil, rapportées dans les livres de Confutzée; et il n'en a trouvé que deux fausses et deux douteuses. Les douteuses sont celles qui en effet sont arrivées, mais qui n'ont pu être observées du lieu où l'on suppose l'observateur; et cela même prouve qu'alors les astronomes

---

[1] *Introduction*, paragraphe xviii. B.

chinois calculaient les éclipses, puisqu'ils se trom-
pèrent dans deux calculs.

Il est vrai qu'Alexandre avait envoyé de Babylone
en Grèce les observations des Chaldéens, qui remon-
taient un peu plus haut que les observations chinoises,
et c'est sans contredit le plus beau monument de l'antiquité : mais ces éphémérides de Babylone n'étaient
point liées à l'histoire des faits : les Chinois, au contraire, ont joint l'histoire du ciel à celle de la terre, et
ont ainsi justifié l'une par l'autre.

Deux cent trente ans au-delà du jour de l'éclipse
dont on a parlé, leur chronologie atteint sans interruption, et par des témoignages authentiques, jusqu'à
l'empereur Hiao, qui travailla lui-même à réformer
l'astronomie, et qui, dans un règne d'environ quatre-
vingts ans, chercha, dit-on, à rendre les hommes
éclairés et heureux. Son nom est encore en vénération à la Chine, comme l'est en Europe celui des Titus, des Trajan, et des Antonin. S'il fut pour son temps
un mathématicien habile, cela seul montre qu'il était
né chez une nation déjà très policée. On ne voit point
que les anciens chefs des bourgades germaines ou gauloises aient réformé l'astronomie : Clovis n'avait point
d'observatoire.

Avant Hiao[a], on trouve encore six rois, ses prédécesseurs; mais la durée de leur règne est incertaine.
Je crois qu'on ne peut mieux faire, dans ce silence de
la chronologie, que de recourir à la règle de Newton,

[a] Quelle étrange conformité n'y a-t-il pas entre ce nom de Hiao et le Iao
ou Jehova des Phéniciens et des Égyptiens! Cependant gardons-nous de
croire que ce nom de Iao ou Jehova vienne de la Chine.

qui, ayant composé une année commune des années
qu'ont régné les rois des différents pays, réduit chaque
règne à vingt-deux ans ou environ. Suivant ce calcul,
d'autant plus raisonnable qu'il est plus modéré, ces
six rois auront régné à peu près cent trente ans; ce qui
est bien plus conforme à l'ordre de la nature que les
deux cent quarante ans qu'on donne, par exemple,
aux sept rois de Rome, et que tant d'autres calculs
démentis par l'expérience de tous les temps.

Le premier de ces rois, nommé Fo-hi, régnait donc
plus de vingt-cinq siècles avant l'ère vulgaire, au
temps que les Babyloniens avaient déjà une suite d'observations astronomiques; et dès-lors la Chine obéissait à un souverain. Ses quinze royaumes, réunis sous
un seul homme, prouvent que long-temps auparavant
cet état était très peuplé, policé, partagé en beaucoup
de souverainetés; car jamais un grand état ne s'est
formé que de plusieurs petits; c'est l'ouvrage de la
politique, du courage, et surtout du temps : il n'y a
pas une plus grande preuve d'antiquité.

Il est rapporté dans *les cinq Kings*, le livre de la
Chine le plus ancien et le plus autorisé, que, sous
l'empereur Yo, quatrième successeur de Fo-hi, on ob-
serva une conjonction de Saturne, Jupiter, Mars,
Mercure, et Vénus. Nos astronomes modernes disputent entre eux sur le temps de cette conjonction, et
ne devraient pas disputer. Mais quand même on se
serait trompé à la Chine dans cette observation du ciel,
il était beau même de se tromper. Les livres chinois
disent expressément que de temps immémorial on
savait à la Chine que Vénus et Mercure tournaient au-

tour du soleil. Il faudrait renoncer aux plus simples lumières de la raison, pour ne pas voir que de telles connaissances supposaient une multitude de siècles antérieurs, quand même ces connaissances n'auraient été que des doutes.

Ce qui rend surtout ces premiers livres respectables, et qui leur donne une supériorité reconnue sur tous ceux qui rapportent l'origine des autres nations, c'est qu'on n'y voit aucun prodige, aucune prédiction, aucune même de ces fourberies politiques que nous attribuons aux fondateurs des autres états; excepté peut-être ce qu'on a imputé à Fo-hi, d'avoir fait accroire qu'il avait vu ses lois écrites sur le dos d'un serpent ailé. Cette imputation même fait voir qu'on connaissait l'écriture avant Fo-hi. Enfin, ce n'est pas à nous, au bout de notre Occident, à contester les archives d'une nation qui était toute policée quand nous n'étions que des sauvages.

Un tyran, nommé Chi-Hoangti, ordonna, à la vérité, qu'on brûlât tous les livres; mais cet ordre insensé et barbare avertissait de les conserver avec soin, et ils reparurent après lui. Qu'importe, après tout, que ces livres renferment ou non une chronologie toujours sûre? Je veux que nous ne sachions pas en quel temps précisément vécut Charlemagne; dès qu'il est certain qu'il a fait de vastes conquêtes avec de grandes armées, il est clair qu'il est né chez une nation nombreuse, formée en corps de peuple par une longue suite de siècles. Puis donc que l'empereur Hiao, qui vivait incontestablement plus de deux mille quatre cents ans avant notre ère, conquit tout le pays de la

Corée, il est indubitable que son peuple était de l'antiquité la plus reculée. De plus, les Chinois inventèrent un cycle, un comput, qui commence deux mille six cent deux ans avant le nôtre. Est-ce à nous à leur contester une chronologie unanimement reçue chez eux, à nous, qui avons soixante systèmes différents pour compter les temps anciens, et qui, ainsi, n'en avons pas un?

Répétons [1] que les hommes ne multiplient pas aussi aisément qu'on le pense. Le tiers des enfants est mort au bout de dix ans. Les calculateurs de la propagation de l'espèce humaine ont remarqué qu'il faut des circonstances favorables et rares pour qu'une nation s'accroisse d'un vingtième au bout de cent années; et très souvent il arrive que la peuplade diminue au lieu d'augmenter. De savants chronologistes ont supputé qu'une seule famille, après le déluge, toujours occupée à peupler, et ses enfants s'étant occupés de même, il se trouva en deux cent cinquante ans beaucoup plus d'habitants que n'en contient aujourd'hui l'univers. Il s'en faut beaucoup que *le Talmud* et *les Mille et une nuits* contiennent rien de plus absurde. Il a déjà été dit qu'on ne fait point ainsi des enfants à coups de plume. Voyez nos colonies, voyez ces archipels immenses de l'Asie dont il ne sort personne : les Maldives, les Philippines, les Moluques, n'ont pas le nombre d'habitants nécessaire. Tout cela est encore une nouvelle preuve de la prodigieuse antiquité de la population de la Chine.

Elle était au temps de Charlemagne, comme long-

[1] Voyez *Introduction*, paragraphe xxiv. B.

temps auparavant, plus peuplée encore que vaste. Le
dernier dénombrement dont nous ayons connaissance,
fait seulement dans les quinze provinces qui composent la Chine proprement dite, monte jusqu'à près de
soixante millions d'hommes capables d'aller à la guerre;
en ne comptant ni les soldats vétérans, ni les vieillards au-dessus de soixante ans, ni la jeunesse au-
dessous de vingt ans, ni les mandarins, ni la multitude des lettrés, ni les bonzes, encore moins les
femmes qui sont partout en pareil nombre que les
hommes, à un quinzième ou seizième près, selon les
observations de ceux qui ont calculé avec plus d'exactitude ce qui concerne le genre humain. A ce compte,
il paraît difficile qu'il y ait moins de cent cinquante
millions d'habitants à la Chine; notre Europe n'en a
pas beaucoup plus de cent millions, à compter vingt
millions en France, vingt-deux en Allemagne, quatre
dans la Hongrie, dix dans toute l'Italie jusqu'en Dal-
matie, huit dans la Grande-Bretagne et dans l'Irlande,
huit dans l'Espagne et le Portugal, dix ou douze dans
la Russie européane, cinq dans la Pologne, autant
dans la Turquie d'Europe, dans la Grèce et les Iles,
quatre dans la Suède, trois dans la Norvège et le
Danemarck, près de quatre dans la Hollande et les
Pays-Bas voisins.

On ne doit donc pas être surpris si les villes chinoises sont immenses; si Pékin, la nouvelle capitale
de l'empire, a près de six de nos grandes lieues de
circonférence, et renferme environ trois millions de
citoyens; si Nankin, l'ancienne métropole, en avait
autrefois davantage; si une simple bourgade, nommée

Quientzeng, où l'on fabrique la porcelaine, contient environ un million d'habitants.

Le journal de l'empire chinois, journal le plus authentique et le plus utile qu'on ait dans le monde, puisqu'il contient le détail de tous les besoins publics, des ressources et des intérêts de tous les ordres de l'état; ce journal, dis-je, rapporte que, l'an de notre ère 1725, la femme que l'empereur Yontchin déclara impératrice fit, à cette occasion, selon une ancienne coutume, des libéralités aux pauvres femmes de toute la Chine qui passaient soixante et dix ans. Le journal compte, dans la seule province de Kanton, quatre-vingt-dix-huit mille deux cent vingt-deux femmes [1] de soixante et dix ans qui reçurent ces présents, quarante mille huit cent quatre-vingt-treize qui passaient quatre-vingts ans, et trois mille quatre cent cinquante-trois qui approchaient de cent années. Combien de femmes ne reçurent pas ce présent! En voilà, parmi celles qui ne sont plus comptées au nombre des personnes utiles, plus de cent quarante-deux mille qui le reçurent dans une seule province. Quelle doit donc être la population de l'état! et si chacune d'elles reçut la valeur de dix livres dans toute l'étendue de l'empire, à quelles sommes dut monter cette libéralité!

Les forces de l'état consistent, selon les relations des hommes les plus intelligents qui aient jamais voyagé, dans une milice d'environ huit cent mille soldats bien entretenus. Cinq cent soixante et dix mille chevaux sont nourris, ou dans les écuries, ou dans les pâturages de l'empereur, pour monter les

[1] Voyez les *Lettres édifiantes*, XIXᵉ recueil, pages 292-293. B.

gens de guerre, pour les voyages de la cour, et pour les courriers publics. Plusieurs missionnaires, que l'empereur Kang-hi, dans ces derniers temps, approcha de sa personne par amour pour les sciences, rapportent qu'ils l'ont suivi dans ces chasses magnifiques vers la Grande-Tartarie, où cent mille cavaliers et soixante mille hommes de pied marchaient en ordre de bataille : c'est un usage immémorial dans ces climats.

Les villes chinoises n'ont jamais eu d'autres fortifications que celles que le bon sens inspirait à toutes les nations avant l'usage de l'artillerie; un fossé, un rempart, une forte muraille, et des tours; depuis même que les Chinois se servent de canon, ils n'ont point suivi le modèle de nos places de guerre : mais, au lieu qu'ailleurs on fortifie les places, les Chinois fortifièrent leur empire. La grande muraille qui séparait et défendait la Chine des Tartares, bâtie cent trente-sept ans avant notre ère, subsiste encore dans un contour de cinq cents lieues, s'élève sur des montagnes, descend dans des précipices, ayant presque partout vingt de nos pieds de largeur, sur plus de trente de hauteur : monument supérieur aux pyramides d'Égypte, par son utilité comme par son immensité.

Ce rempart n'a pu empêcher les Tartares de profiter, dans la suite des temps, des divisions de la Chine, et de la subjuguer; mais la constitution de l'état n'en a été ni affaiblie ni changée. Le pays des conquérants est devenu une partie de l'état conquis; et les Tartares Mantchoux, maîtres de la Chine, n'ont fait autre

chose que se soumettre, les armes à la main, aux lois
du pays dont ils ont envahi le trône.

On trouve, dans le troisième livre de Confutzée,
une particularité qui fait voir combien l'usage des
chariots armés est ancien. De son temps, les vice-rois,
ou gouverneurs de provinces, étaient obligés de fournir au chef de l'état, ou empereur, mille chars de
guerre, à quatre chevaux de front, mille quadriges.
Homère, qui fleurit long-temps avant le philosophe
chinois, ne parle jamais que de chars à deux ou à
trois chevaux. Les Chinois avaient sans doute commencé, et étaient parvenus à se servir de quadriges;
mais, ni chez les anciens Grecs, du temps de la guerre
de Troie, ni chez les Chinois, on ne voit aucun usage
de la simple cavalerie. Il paraît pourtant incontestable que la méthode de combattre à cheval précéda
celle des chariots. Il est marqué que les Pharaons
d'Égypte avaient de la cavalerie, mais ils se servaient
aussi de chars de guerre : cependant il est à croire que
dans un pays fangeux, comme l'Égypte, et entrecoupé
de tant de canaux, le nombre de chevaux fut toujours
très médiocre.

Quant aux finances, le revenu ordinaire de l'empereur se monte, selon les supputations les plus vraisemblables, à deux cent millions de taels d'argent fin.
Il est à remarquer que le tael n'est pas précisément
égal à notre once, et que l'once d'argent ne vaut pas
cinq livres françaises, valeur intrinsèque, comme le
dit l'histoire de la Chine, compilée par le jésuite du
Halde : car il n'y a point de valeur intrinsèque numé-

raire; mais deux cent millions de taels font deux cent
quarante-six millions d'onces d'argent, ce qui, en
mettant le marc d'argent fin à cinquante-quatre livres
dix-neuf sous, revient à environ mille six cent quatre-
vingt-dix millions de notre monnaie en 1768. Je dis
en ce temps, car cette valeur arbitraire n'a que trop
changé parmi nous, et changera peut-être encore :
c'est à quoi ne prennent pas assez garde les écrivains,
plus instruits des livres que des affaires, qui évaluent
souvent l'argent étranger d'une manière très fautive.

Les Chinois ont eu des monnaies d'or et d'argent
frappées au marteau long-temps avant que les dari-
ques fussent fabriquées en Perse. L'empereur Kang-hi
avait rassemblé une suite de trois mille de ces monnaies, parmi lesquelles il y en avait beaucoup des Indes;
autre preuve de l'ancienneté des arts dans l'Asie. Mais
depuis long-temps l'or n'est plus une mesure commune à la Chine, il y est marchandise comme en
Hollande; l'argent n'y est plus monnaie, le poids et
le titre en font le prix; on n'y frappe plus que du
cuivre, qui seul dans ce pays a une valeur arbitraire.
Le gouvernement, dans des temps difficiles, a payé en
papier, comme on a fait depuis dans plus d'un état de
l'Europe; mais jamais la Chine n'a eu l'usage des
banques publiques, qui augmentent les richesses d'une
nation, en multipliant son crédit.

Ce pays, favorisé de la nature, possède presque
tous les fruits transplantés dans notre Europe, et
beaucoup d'autres qui nous manquent. Le blé, le riz,
la vigne, les légumes, les arbres de toute espèce, y

couvrent la terre; mais les peuples n'ont fait du vin
que dans les derniers temps, satisfaits d'une liqueur
assez forte qu'ils savent tirer du riz.

L'insecte précieux qui produit la soie est originaire
de la Chine; c'est de là qu'il passa en Perse assez tard,
avec l'art de faire des étoffes du duvet qui le couvre;
et ces étoffes étaient si rares, du temps même de Justinien, que la soie se vendait en Europe au poids de
l'or.

Le papier fin et d'un blanc éclatant était fabriqué
chez les Chinois de temps immémorial; on en fesait
avec des filets de bois de bambou bouilli. On ne connaît pas la première époque de la porcelaine, et de ce
beau vernis qu'on commence à imiter et à égaler en
Europe.

Ils savent, depuis deux mille ans, fabriquer le verre,
mais moins beau et moins transparent que le nôtre.

L'imprimerie fut inventée par eux dans le même
temps. On sait que cette imprimerie est une gravure
sur des planches de bois, telle que Guttenberg la
pratiqua le premier à Mayence, au quinzième siècle.
L'art de graver les caractères sur le bois est plus perfectionné à la Chine; notre méthode d'employer les
caractères mobiles et de fonte, beaucoup supérieure
à la leur, n'a point encore été adoptée par eux [1],
parcequ'il aurait fallu recevoir l'alphabet, et qu'ils
n'ont jamais voulu quitter l'écriture symbolique: tant
ils sont attachés à toutes leurs anciennes méthodes.

L'usage des cloches est chez eux de la plus haute
antiquité. Nous n'en avons eu en France qu'au sixième

[1] Il parait qu'elle ne l'est pas encore. B.

siècle de notre ère. Ils ont cultivé la chimie; et, sans devenir jamais bons physiciens, ils ont inventé la poudre; mais ils ne s'en servaient que dans des fêtes, dans l'art des feux d'artifice, où ils ont surpassé les autres nations. Ce furent les Portugais qui, dans ces derniers siècles, leur ont enseigné l'usage de l'artillerie, et ce sont les jésuites qui leur ont appris à fondre le canon. Si les Chinois ne s'appliquèrent pas à inventer ces instruments destructeurs, il ne faut pas en louer leur vertu, puisqu'ils n'en ont pas moins fait la guerre.

Ils ne poussèrent loin l'astronomie qu'en tant qu'elle est la science des yeux et le fruit de la patience. Ils observèrent le ciel assidûment, remarquèrent tous les phénomènes, et les transmirent à la postérité. Ils divisèrent, comme nous, le cours du soleil en trois cent soixante-cinq parties et un quart. Ils connurent, mais confusément, la précession des équinoxes et des solstices. Ce qui mérite peut-être le plus d'attention, c'est que, de temps immémorial, ils partagent le mois en semaines de sept jours. Les Indiens en usaient ainsi; la Chaldée se conforma à cette méthode, qui passa dans le petit pays de la Judée; mais elle ne fut point adoptée en Grèce.

On montre encore les instruments dont se servit un de leurs fameux astronomes, mille ans avant notre ère vulgaire, dans une ville qui n'est que du troisième ordre. Nankin, l'ancienne capitale, conserve un globe de bronze que trois hommes ne peuvent embrasser, porté sur un cube de cuivre qui s'ouvre, et dans lequel on fait entrer un homme pour tourner ce globe, sur lequel sont tracés les méridiens et les parallèles.

Pékin a un observatoire rempli d'astrolabes et de sphères armillaires; instruments, à la vérité, inférieurs aux nôtres pour l'exactitude, mais témoignages célèbres de la supériorité des Chinois sur les autres peuples d'Asie.

La boussole, qu'ils connaissaient, ne servait pas à son véritable usage de guider la route des vaisseaux. Ils ne naviguaient que près des côtes. Possesseurs d'une terre qui fournit tout, ils n'avaient pas besoin d'aller, comme nous, au bout du monde. La boussole, ainsi que la poudre à tirer, était pour eux une simple curiosité, et ils n'en étaient pas plus à plaindre.

On est étonné que ce peuple inventeur n'ait jamais percé dans la géométrie au-delà des éléments. Il est certain que les Chinois connaissaient ces éléments plusieurs siècles avant qu'Euclide les eût rédigés chez les Grecs d'Alexandrie. L'empereur Kang-hi assura de nos jours au P. Parennin, l'un des plus savants et des plus sages missionnaires qui aient approché de ce prince, que l'empereur Yu s'était servi des propriétés du triangle rectangle pour lever un plan géographique d'une province, il y a plus de trois mille neuf cent soixante années; et le P. Parennin lui-même cite un livre, écrit onze cents ans avant notre ère, dans lequel il est dit que la fameuse démonstration attribuée en Occident à Pythagore, était depuis long-temps au rang des théorèmes les plus connus.

On demande pourquoi les Chinois, ayant été si loin dans des temps si reculés, sont toujours restés à ce terme; pourquoi l'astronomie est chez eux si an-

cienne et si bornée ; pourquoi dans la musique ils
ignorent encore les demi-tons. Il semble que la nature ait donné à cette espèce d'hommes, si différente
de la nôtre, des organes faits pour trouver tout d'un
coup tout ce qui leur était nécessaire, et incapables
d'aller au-delà. Nous, au contraire, nous avons eu
des connaissances très tard, et nous avons tout perfectionné rapidement. Ce qui est moins étonnant, c'est
la crédulité avec laquelle ces peuples ont toujours
joint leurs erreurs de l'astrologie judiciaire aux vraies
connaissances célestes. Cette superstition a été celle
de tous les hommes ; et il n'y a pas long-temps que
nous en sommes guéris : tant l'erreur semble faite
pour le genre humain.

Si on cherche pourquoi tant d'arts et de sciences,
cultivés sans interruption depuis si long-temps à la
Chine, ont cependant fait si peu de progrès, il y en a
peut-être deux raisons : l'une est le respect prodigieux
que ces peuples ont pour ce qui leur a été transmis
par leurs pères, et qui rend parfait à leurs yeux tout
ce qui est ancien ; l'autre est la nature de leur langue,
le premier principe de toutes les connaissances.

L'art de faire connaître ses idées par l'écriture, qui
devait n'être qu'une méthode très simple, est chez eux
ce qu'ils ont de plus difficile. Chaque mot a des caractères différents : un savant, à la Chine, est celui qui
connaît le plus de ces caractères ; quelques uns sont
arrivés à la vieillesse avant que de savoir bien écrire.

Ce qu'ils ont le plus connu, le plus cultivé, le plus
perfectionné, c'est la morale et les lois. Le respect
des enfants pour leurs pères est le fondement du gou-

vernement chinois. L'autorité paternelle n'y est jamais affaiblie. Un fils ne peut plaider contre son père qu'avec le consentement de tous les parents, des amis, et des magistrats. Les mandarins lettrés y sont regardés comme les pères des villes et des provinces, et le roi, comme le père de l'empire. Cette idée, enracinée dans les cœurs, forme une famille de cet état immense.

La loi fondamentale étant donc que l'empire est une famille, on y a regardé, plus qu'ailleurs, le bien public comme le premier devoir. De là vient l'attention continuelle de l'empereur et des tribunaux à réparer les grands chemins, à joindre les rivières, à creuser des canaux, à favoriser la culture des terres et les manufactures.

Nous traiterons dans un autre chapitre du gouvernement de la Chine; mais vous remarquerez d'avance que les voyageurs, et surtout les missionnaires, ont cru voir partout le despotisme. On juge de tout par l'extérieur : on voit des hommes qui se prosternent, et dès-lors on les prend pour des esclaves. Celui devant qui l'on se prosterne doit être maître absolu de la vie et de la fortune de cent cinquante millions d'hommes; sa seule volonté doit servir de loi. Il n'en est pourtant pas ainsi, et c'est ce que nous discuterons. Il suffit de dire ici que, dans les plus anciens temps de la monarchie, il fut permis d'écrire sur une longue table, placée dans le palais, ce qu'on trouvait de répréhensible dans le gouvernement; que cet usage fut mis en vigueur sous le règne de Venti, deux siècles avant notre ère vulgaire; et que, dans les temps paisibles, les représentations des tribunaux ont toujours eu force de loi. Cette observation importante détruit les imputations vagues qu'on trouve dans l'*Esprit des lois*[1] contre ce gouvernement, le plus ancien qui soit au monde.

Tous les vices existent à la Chine comme ailleurs, mais certainement plus réprimés par le frein des lois, parceque les lois sont toujours uniformes. Le savant auteur des Mémoires de l'amiral Anson témoigne du mépris et de l'aigreur contre les Chinois, sur ce que le petit peuple de Kanton trompa les Anglais autant qu'il le put; mais doit-on juger du gouvernement d'une grande nation par les mœurs de la populace des frontières? Et qu'auraient dit de nous les Chinois, s'ils eussent fait naufrage sur nos côtes maritimes dans le temps où les lois des nations d'Europe confisquaient les effets naufragés, et que la coutume permettait qu'on égorgeât les propriétaires?

Les cérémonies continuelles qui, chez les Chinois, gênent la société, et dont l'amitié seule se défait dans l'intérieur des maisons, ont établi dans toute la nation une retenue et une honnêteté qui donnent à-la-fois aux mœurs de la gravité et de la douceur. Ces qualités s'étendent jusqu'aux derniers du peuple. Des missionnaires racontent que souvent, dans les marchés publics, au milieu de ces embarras et de ces confusions qui excitent dans nos contrées des clameurs si barbares et des emportements si fréquents et si odieux, ils ont vu les paysans se mettre à genoux les uns devant les autres, selon la coutume du pays, se demander pardon de l'embarras dont chacun s'accu-

---

[1] Livre VIII, chap. XXI. B.

sait, s'aider l'un l'autre, et débarrasser tout avec tranquillité.

Dans les autres pays les lois punissent le crime; à la Chine elles font plus, elles récompensent la vertu. Le bruit d'une action généreuse et rare se répand-il dans une province, le mandarin est obligé d'en avertir l'empereur; et l'empereur envoie une marque d'honneur à celui qui l'a si bien méritée. Dans nos derniers temps, un pauvre paysan, nommé Chicou, trouve une bourse remplie d'or qu'un voyageur a perdue; il se transporte jusqu'à la province de ce voyageur, et remet la bourse au magistrat du canton, sans vouloir rien pour ses peines. Le magistrat, sous peine d'être cassé, était obligé d'en avertir le tribunal suprême de Pékin; ce tribunal obligé d'en avertir l'empereur; et le pauvre paysan fut créé mandarin du cinquième ordre : car il y a des places de mandarins pour les paysans qui se distinguent dans la morale, comme pour ceux qui réussissent le mieux dans l'agriculture. Il faut avouer que, parmi nous, on n'aurait distingué ce paysan qu'en le mettant à une taille plus forte, parcequ'on aurait jugé qu'il était à son aise. Cette morale, cette obéissance aux lois, jointes à l'adoration d'un Être suprême, forment la religion de la Chine, celle des empereurs et des lettrés. L'empereur est, de temps immémorial, le premier pontife: c'est lui qui sacrifie au *Tien*, au souverain du ciel et de la terre. Il doit être le premier philosophe, le premier prédicateur de l'empire : ses édits sont presque toujours des instructions et des leçons de morale.

CHAPITRE II.

De la religion de la Chine. Que le gouvernement n'est point athée;
que le christianisme n'y a point été prêché au septième siècle.
De quelques sectes établies dans le pays.

Dans le siècle passé, nous ne connaissions pas assez
la Chine. Vossius l'admirait en tout avec exagération.
Renaudot, son rival, et l'ennemi des gens de lettres,
poussait la contradiction jusqu'à feindre de mépriser
les Chinois, et jusqu'à les calomnier : tâchons d'éviter
ces excès.

Confutzée, que nous appelons Confucius[1], qui vivait
il y a deux mille trois cents ans, un peu avant Pythagore, rétablit cette religion, laquelle consiste à être
juste. Il l'enseigna, et la pratiqua dans la grandeur et
dans l'abaissement : tantôt premier ministre d'un roi
tributaire de l'empereur, tantôt exilé, fugitif, et pauvre.
Il eut, de son vivant, cinq mille disciples; et après sa
mort ses disciples furent les empereurs, les *colao*,
c'est-à-dire les mandarins, les lettrés, et tout ce qui
n'est pas peuple. Il commence par dire dans son livre
que quiconque est destiné à gouverner «doit recti-
« fier la raison qu'il a reçue du ciel, comme on essuie
« un miroir terni; qu'il doit aussi se renouveler soi-
« même, pour renouveler le peuple par son exemple. »
Tout tend à ce but; il n'est point prophète, il ne se
dit point inspiré; il ne connaît d'inspiration que l'attention continuelle à réprimer ses passions; il n'écrit

---

[1] Voyez le *Dictionnaire philosophique*, article CHINE. B.

qu'en sage : aussi n'est-il regardé par les Chinois que
comme un sage. Sa morale est aussi pure, aussi sévère, et en même temps aussi humaine que celle d'É-
pictète. Il ne dit point, Ne fais pas aux autres ce que tu
ne voudrais pas qu'on te fît; mais, « Fais aux autres
« ce que tu veux qu'on te fasse. » Il recommande le
pardon des injures, le souvenir des bienfaits, l'amitié,
l'humilité. Ses disciples étaient un peuple de frères.
Le temps le plus heureux et le plus respectable qui
fut jamais sur la terre, fut celui où l'on suivit ses lois.

Sa famille subsiste encore : et dans un pays où il n'y
a d'autre noblesse que celle des services actuels, elle
est distinguée des autres familles, en mémoire de son
fondateur. Pour lui, il a tous les honneurs, non pas
les honneurs divins, qu'on ne doit à aucun homme,
mais ceux que mérite un homme qui a donné de la
Divinité les idées les plus saines que puisse former
l'esprit humain. C'est pourquoi le P. Le Comte et
d'autres missionnaires ont écrit « que les Chinois
« ont connu le vrai Dieu, quand les autres peuples
« étaient idolâtres, et qu'ils lui ont sacrifié dans le
« plus ancien temple de l'univers. »

Les reproches d'athéisme, dont on charge si libéralement dans notre Occident quiconque ne pense pas
comme nous, ont été prodigués aux Chinois. Il faut
être aussi inconsidérés que nous le sommes dans toutes
nos disputes, pour avoir osé traiter d'athée un gouvernement dont presque tous les édits parlent[a] « d'un

---

[a] Voyez l'édit de l'empereur Yontchin, rapporté dans les Mémoires de la
Chine, rédigés par le jésuite du Halde. Voyez aussi le poëme de l'empereur
Kienlong.

18.

« être suprême, père des peuples, récompensant et
« punissant avec justice, qui a mis entre l'homme et
« lui une correspondance de prières et de bienfaits,
« de fautes et de châtiments. »

Le parti opposé aux jésuites a toujours prétendu
que le gouvernement de la Chine était athée, parceque les jésuites en étaient favorisés : mais il faut que
cette rage de parti se taise devant le testament de l'empereur Kang-hi. Le voici :

« Je suis âgé de soixante et dix ans ; j'en ai régné
« soixante et un ; je dois cette faveur à la protection
« du ciel, de la terre, de mes ancêtres, et au dieu de
« toutes les récoltes de l'empire : je ne puis l'attribuer
« à ma faible vertu. »

Il est vrai que leur religion n'admet point de peines
et de récompenses éternelles ; et c'est ce qui fait voir
combien cette religion est ancienne. *Le Pentateuque*
ne parle point de l'autre vie dans ses lois : les saducéens, chez les Juifs, ne la crurent jamais.

On a cru que les lettrés chinois n'avaient pas une
idée distincte d'un Dieu immatériel ; mais il est injuste
d'inférer de là qu'ils sont athées. Les anciens Égyptiens, ces peuples si religieux, n'adoraient pas Isis et
Osiris comme de purs esprits. Tous les dieux de l'antiquité étaient adorés sous une forme humaine ; et ce
qui montre bien à quel point les hommes sont injustes, c'est que chez les Grecs on flétrissait du nom d'a-
thées ceux qui n'admettaient pas ces dieux corporels,
et qui adoraient dans la Divinité une nature inconnue, invisible, inaccessible à nos sens.

Le fameux archevêque Navarrète dit que, selon

tous les interprètes des livres sacrés de la Chine, « l'ame
« est une partie aérée, ignée, qui, en se séparant du
« corps, se réunit à là substance du ciel. » Ce sentiment se trouve le même que celui des stoïciens. C'est
ce que Virgile développe admirablement dans son
sixième livre de *l'Énéide*. Or, certainement, ni le *Ma-
nuel d'Épictète* ni *l'Énéide* ne sont infectés de l'a-
théisme : tous les premiers pères de l'Église ont pensé
ainsi. Nous avons calomnié les Chinois, uniquement
parceque leur métaphysique n'est pas là nôtre : nous
aurions dû admirer en eux deux mérites qui condam-
nent à-la-fois les superstitions des païens et les mœurs
des chrétiens. Jamais la religion des lettrés ne fut déshonorée par des fables, ni souillée par des querelles
et des guerres civiles.

En imputant l'athéisme au gouvernement de ce vaste
empire, nous avons eu la légèreté de lui attribuer l'i-
dolâtrie par une accusation qui se contredit ainsi elle-
même. Le grand malentendu sur les rites de la Chine
est venu de ce que nous avons jugé de leurs usages
par les nôtres : car nous portons au bout du monde
les préjugés de notre esprit contentieux. Une génu-
flexion, qui n'est chez eux qu'une révérence ordinaire,
nous a paru un acte d'adoration : nous avons pris une
table pour un autel : c'est ainsi que nous jugeons de
tout. Nous verrons, en son temps, comment nos divisions et nos disputes ont fait chasser de la Chine nos
missionnaires.

Quelque temps avant Confucius, Laokium avait introduit une secte qui croit aux esprits malins, aux enchantements, aux prestiges. Une secte semblable à

celle d'Épicure fut reçue et combattue à la Chine,
cinq cents ans avant Jésus-Christ; mais, dans le premier siècle de notre ère, ce pays fut inondé de la superstition des bonzes. Ils apportèrent des Indes l'idole
de Fo ou Foé, adoré sous différents noms par les Japonais et les Tartares, prétendu dieu descendu sur la
terre, à qui on rend le culte le plus ridicule, et par
conséquent le plus fait pour le vulgaire. Cette religion, née dans les Indes près de mille ans avant Jésus-Christ, a infecté l'Asie orientale; c'est ce dieu que
prêchent les bonzes à la Chine, les talapoins à Siam,
les lamas en Tartarie. C'est en son nom qu'ils promet-
tent une vie éternelle, et que des milliers de bonzes
consacrent leurs jours à des exercices de pénitence qui
effraient la nature. Quelques uns passent leur vie enchaînés; d'autres portent un carcan de fer qui plie
leur corps en deux, et tient leur front toujours baissé
à terre. Leur fanatisme se subdivise à l'infini. Ils passent pour chasser des démons, pour opérer des miracles; ils vendent au peuple la rémission des péchés.
Cette secte séduit quelquefois des mandarins; et, par
une fatalité qui montre que la même superstition est
de tous les pays, quelques mandarins se sont fait tondre en bonzes par piété.

Ce sont eux qui, dans la Tartarie, ont à leur tête
le dalai-lama, idole vivante qu'on adore, et c'est là
peut-être le triomphe de la superstition humaine.

Ce dalai-lama, successeur et vicaire du dieu Fo,
passe pour immortel. Les prêtres nourrissent toujours
un jeune lama, désigné successeur secret du souverain pontife, qui prend sa place dès que celui-ci, qu'on

croit immortel, est mort. Les princes tartares ne lui
parlent qu'à genoux; il décide souverainement tous
les points de foi sur lesquels les lamas sont divisés :
enfin il s'est depuis quelque temps fait souverain du
Thibet, à l'occident de la Chine. L'empereur reçoit
ses ambassadeurs, et lui envoie des présents considérables.

Ces sectes sont tolérées à la Chine pour l'usage du
vulgaire, comme des aliments grossiers faits pour le
nourrir; tandis que les magistrats et les lettrés, séparés en tout du peuple, se nourrissent d'une substance
plus pure : il semble en effet que la populace ne mérite pas une religion raisonnable. Confucius gémissait
pourtant de cette foule d'erreurs : il y avait beaucoup
d'idolâtres de son temps. La secte de Laokium avait
déjà introduit les superstitions chez le peuple. « Pour-
« quoi, dit-il dans un de ses livres, y a-t-il plus de
« crimes chez la populace ignorante que parmi les
« lettrés ? c'est que le peuple est gouverné par les
« bonzes. »

Beaucoup de lettrés sont, à la vérité, tombés dans
le matérialisme; mais leur morale n'en a point été altérée. Ils pensent que la vertu est si nécessaire aux
hommes et si aimable par elle-même, qu'on n'a pas
même besoin de la connaissance d'un Dieu pour la
suivre. D'ailleurs, il ne faut pas croire que tous les
matérialistes chinois soient athées, puisque tant de
pères de l'Église croyaient Dieu et les anges corporels.

Nous ne savons point au fond ce que c'est que la
matière; encore moins connaissons-nous ce qui est
immatériel. Les Chinois n'en savent pas sur cela plus

que nous : il a suffi aux lettrés d'adorer un Être suprême, on n'en peut douter.

Croire Dieu et les esprits corporels est une ancienne
erreur métaphysique; mais ne croire absolument aucun dieu, ce serait une erreur affreuse en morale, une
erreur incompatible avec un gouvernement sage. C'est
une contradiction digne de nous, de s'élever avec fureur, comme on a fait, contre Bayle, sur ce qu'il croit
possible qu'une société d'athées subsiste; et de crier,
avec la même violence, que le plus sage empire de l'u-
nivers est fondé sur l'athéisme.

Le P. Fouquet, jésuite, qui avait passé vingt-cinq
ans à la Chine, et qui en revint ennemi des jésuites,
m'a dit plusieurs fois qu'il y avait à la Chine très peu
de philosophes athées. Il en est de même parmi nous.

On prétend que, vers le huitième siècle, avant Charlemagne, la religion chrétienne était connue à la Chine.
On assure que nos missionnaires ont trouvé dans la
province de Kingt-ching ou Quen-sin une inscription
en caractères syriaques et chinois. Ce monument,
qu'on voit tout au long dans Kircher, atteste qu'un
saint homme, nommé Olopuën [1], conduit par des nuées
bleues, et observant la règle des vents, vint de Tacin
à la Chine, l'an 1092 de l'ère des Séleucides, qui répond à l'an 636 de notre ère; qu'aussitôt qu'il fut arrivé au faubourg de la ville impériale, l'empereur envoya un colao au-devant de lui, et lui fit bâtir une église
chrétienne.

---

[1] Voltaire reparle d'Olopuën dans la quatrième de ses *Lettres chinoises*, etc. (Voy. *Mélanges*, année 1776.) Une critique de l'opinion de Voltaire sur Olopuën se lit dans le *Journal des savants*, octobre 1821. B.

Il est évident, par l'inscription même, que c'est une de ces fraudes pieuses qu'on s'est toujours trop aisément permises. Le sage Navarrète en convient. Ce pays de Tacin, cette ère des Séleucides, ce nom d'Olopuën, qui est, dit-on, chinois, et qui ressemble à un ancien nom espagnol, ces nuées bleues qui servent de guides, cette église chrétienne bâtie tout d'un coup à Pékin pour un prêtre de Palestine, qui ne pouvait mettre le pied à la Chine sans encourir la peine de mort, tout cela fait voir le ridicule de la supposition. Ceux qui s'efforcent de la soutenir ne font pas réflexion que les prêtres dont on trouve les noms dans ce prétendu monument étaient des nestoriens, et qu'ainsi ils ne combattent que pour des hérétiques[a].

Il faut mettre cette inscription avec celle de Malabar, où il est dit que saint Thomas arriva dans le pays en qualité de charpentier, avec une règle et un pieu, et qu'il porta seul une grosse poutre pour preuve de sa mission. Il y a assez de vérités historiques, sans y mêler ces absurdes mensonges.

Il est très vrai qu'au temps de Charlemagne, la religion chrétienne, ainsi que les peuples qui la professent, avait toujours été absolument inconnue à la Chine. Il y avait des Juifs : plusieurs familles de cette nation, non moins errante que superstitieuse, s'y étaient établies deux siècles avant notre ère vulgaire ; elles y exerçaient le métier de courtier, que les Juifs ont fait dans presque tout le monde.

Je me réserve à jeter les yeux sur Siam, sur le Ja-

---

[a] Voyez le *Dictionnaire philosophique*, au mot CHINE.

pon [1], et sur tout ce .qui est situé vers l'orient et le midi, lorsque je serai parvenu au temps où l'industrie des Européans s'est ouvert un chemin facile à ces extrémités de notre hémisphère.

CHAPITRE III.

Des Indes.

En suivant le cours apparent du soleil, je trouve d'abord l'Inde, ou l'Indoustan, contrée aussi vaste que la Chine, et plus connue par les denrées précieuses que l'industrie des négociants en a tirées dans tous les temps, que par des relations exactes. Ce pays est l'unique dans le monde qui produise ces épiceries dont la sobriété de ses habitants peut se passer, et qui sont nécessaires à la voracité des peuples septentrionaux.

Une chaîne de montagnes, peu interrompue, semble avoir fixé les limites de l'Inde, entre la Chine, la Tartarie, et la Perse; le reste est entouré de mers. L'Inde, en-deçà du Gange, fut long-temps soumise aux Persans; et voilà pourquoi Alexandre, vengeur de la Grèce et vainqueur de Darius, poussa ses conquêtes jusqu'aux Indes, tributaires de son ennemi. Depuis Alexandre, les Indiens avaient vécu dans la liberté et dans la mollesse qu'inspirent la chaleur du climat et la richesse de la terre.

Les Grecs y voyageaient avant Alexandre, pour y chercher la science. C'est là que le célèbre Pilpay écri-

[1] Chap. cxlii et cxliii. B.

vit, il y a deux mille trois cents années, ses *Fables morales*, traduites dans presque toutes les langues du monde. Tout a été traité en fables et en allégories chez les Orientaux, et particulièrement chez les Indiens. Pythagore, disciple des gymnosophistes, serait lui seul une preuve incontestable que les véritables sciences étaient cultivées dans l'Inde. Un législateur en politique et en géométrie n'eût pas resté long-temps dans une école où l'on n'aurait enseigné que des mots. Il est très vraisemblable même que Pythagore apprit chez les Indiens les propriétés du triangle rectangle, dont on lui fait honneur. Ce qui était si connu à la Chine pouvait aisément l'être dans l'Inde. On a écrit long-temps après lui qu'il avait immolé cent bœufs pour cette découverte : cette dépense est un peu forte pour un philosophe. Il est digne d'un sage de remercier d'une pensée heureuse l'Être dont nous vient toute pensée, ainsi que le mouvement et la vie; mais il est bien plus vraisemblable que Pythagore dut ce théorème aux gymnosophistes, qu'il ne l'est qu'il ait immolé cent bœufs [1].

---

[1] On ne peut former que des conjectures incertaines sur ce que les Grecs ont dû de connaissances astronomiques ou géométriques, soit aux Orientaux, soit aux Égyptiens. Non seulement nous n'avons point les écrits de Pythagore ou de Thalès; mais les ouvrages mathématiques de Platon, ceux même de ses premiers disciples ne sont point venus jusqu'à nous. Euclide, le plus ancien auteur de ce genre dont nous ayons les écrits, est postérieur d'environ trois siècles au temps où les philosophes grecs allaient étudier les sciences hors de leur pays. Ce n'était plus alors l'Égypte qui instruisait la Grèce, mais la Grèce qui fondait une école grecque dans la nouvelle capitale de l'Égypte. Observons qu'il ne s'était passé qu'environ trois siècles entre le temps de Pythagore, qui découvrit la propriété si célèbre du triangle rectangle, et Archimède. Les Grecs, dans cet intervalle, avaient fait en

Long-temps avant Pilpay, les sages de l'Inde avaient traité la morale et la philosophie en fables allégoriques, en paraboles. Voulaient-ils exprimer l'équité d'un de leurs rois, ils disaient « Que les dieux qui président « aux divers éléments, et qui sont en discorde entre « eux, avaient pris ce roi pour leur arbitre. » Leurs anciennes traditions rapportent un jugement qui est à peu près le même que celui de Salomon. Ils ont une fable qui est précisément la même que celle de Jupiter et d'Amphitryon; mais elle est plus ingénieuse. Un sage découvre qui des deux est le dieu, et qui est l'homme[1]. Ces traditions montrent combien sont anciennes les paraboles qui font enfants des dieux les hommes extraordinaires. Les Grecs, dans leur mythologie, n'ont été que des disciples de l'Inde et de l'Égypte. Toutes ces fables enveloppaient autrefois un sens philosophique; ce sens a disparu, et les fables sont restées.

L'antiquité des arts dans l'Inde a toujours été reconnue de tous les autres peuples. Nous avons encore une relation de deux voyageurs arabes, qui allèrent aux Indes et à la Chine un peu après le règne de Charle-

géométrie des progrès prodigieux; tandis que les Indiens et les Chinois en sont encore où ils en étaient il y a deux mille ans.

Ainsi, dès qu'il s'agit de découvertes, pour peu qu'il y ait de dispute, la vraisemblance paraît devoir toujours être en faveur des Grecs.

On leur reproche leur vanité nationale, et avec raison; mais ils étaient si supérieurs à leurs voisins, ils ont été même si supérieurs à tous les autres hommes, si l'on en excepte les Européens des deux derniers siècles, que jamais la vanité nationale n'a été plus pardonnable. K.

[1] Voyez le Dictionnaire philosophique, au mot Ange, et surtout la Lettre à M. du M***, membre de plusieurs académies, sur plusieurs anecdotes, dans les Mélanges (année 1776). K.

magne, et quatre cents ans avant le célèbre Marco-
Paolo. Ces Arabes prétendent avoir parlé à l'empereur
de la Chine qui régnait alors; ils rapportent que l'empereur leur dit qu'il ne comptait que cinq grands rois
dans le monde, et qu'il mettait de ce nombre « le roi
« des éléphants et des Indiens, qu'on appelle le roi de
« la sagesse, parceque la sagesse vient originairement
« des Indes. »

J'avoue que ces deux Arabes ont rempli leurs récits
de fables, comme tous les écrivains orientaux; mais
enfin il résulte que les Indiens passaient pour les premiers inventeurs des arts dans tout l'Orient, soit que
l'empereur chinois ait fait cet aveu aux deux Arabes,
soit qu'ils aient parlé d'eux-mêmes.

Il est indubitable que les plus anciennes théologies
furent inventées chez les Indiens. Ils ont deux livres
écrits, il y a environ cinq mille ans, dans leur ancienne
langue sacrée, nommée le *Hanscrit*, ou le *Sanscrit*. De
ces deux livres, le premier est le *Shasta*, et le second,
le *Veidam*. Voici le commencement du *Shasta*:

« L'Éternel, absorbé dans la contemplation de son
« existence, résolut, dans la plénitude des temps, de
« former des êtres participants de son essence et de sa
« béatitude. Ces êtres n'étaient pas: il voulut, et ils
« furent[1]. »

On voit assez que cet exorde, véritablement sublime, et qui fut long-temps inconnu aux autres nations, n'a jamais été que faiblement imité par elles.

---

[1] Voyez le *Dictionnaire philosophique*, aux mots ADAM, ALCORAN, ANGE,
ÉZOUR-VEIDAM; et la neuvième des *Lettres chinoises*, dans les *Mélanges*
(année 1776). K.

Ces êtres nouveaux furent les demi-dieux, les esprits célestes, adoptés ensuite par les Chaldéens, et chez les Grecs par Platon. Les Juifs les admirent, quand ils furent captifs à Babylone; ce fut là qu'ils apprirent les noms que les Chaldéens avaient donnés aux anges, et ces noms n'étaient pas ceux des Indiens. Michaël, Gabriel, Raphaël, Israël même, sont des mots chaldéens qui ne furent jamais connus dans l'Inde.

C'est dans *le Shasta* qu'on trouve l'histoire de la chute de ces anges. Voici comme *le Shasta* s'exprime:

« Depuis la création des Debtalog (c'est-à-dire des « anges), la joie et l'harmonie environnèrent long- « temps le trône de l'Éternel. Ce bonheur aurait duré « jusqu'à la fin des temps; mais l'envie entra dans le « cœur de Moisaor et des anges ses suivants. Ils reje-' « tèrent le pouvoir de perfectibilité dont l'Éternel les « avait doués dans sa bonté : ils exercèrent le pouvoir « d'imperfection : ils firent le mal à la vue de l'Éternel. « Les anges fidèles furent saisis de tristesse. La dou- « leur fut connue pour la première fois. »

Ensuite la rébellion des mauvais anges est décrite. Les trois ministres de Dieu, qui sont peut-être l'original de la Trinité de Platon, précipitent les mauvais anges dans l'abîme. A la fin des temps, Dieu leur fait grace, et les envoie animer les corps des hommes.

Il n'y a rien dans l'antiquité de si majestueux et de si philosophique. Ces mystères des brachmanes percè- rent enfin jusque dans la Syrie : il fallait qu'ils fussent bien connus, puisque les Juifs en entendirent parler du temps d'Hérode. Ce fut peut-être alors qu'on forgea, suivant ces principes indiens, le faux livre d'Hénoch,

cité par l'apôtre Jude, dans lequel il est dit quelque
chose de la chute des anges. Cette doctrine devint depuis le fondement de la religion chrétienne[a].

Les esprits ont dégénéré dans l'Inde. Probablement
le gouvernement tartare les a hébétés, comme le gouvernement turc a déprimé les Grecs et abruti les Égyptiens. Les sciences ont presque péri de même chez les
Perses, par les révolutions de l'état. Nous avons vu[1]
qu'elles se sont fixées à la Chine, au même point de
médiocrité où elles ont été chez nous au moyen âge,
par la même cause qui agissait sur nous, c'est-à-dire
par un respect superstitieux pour l'antiquité, et par
les réglements même des écoles. Ainsi, dans tous pays,
l'esprit humain trouve des obstacles à ses progrès.

Cependant, jusqu'au treizième siècle de notre ère,
l'esprit vraiment philosophique ne périt pas absolument dans l'Inde. Pachimère, dans ce treizième siècle,
traduisit quelques écrits d'un brame, son contempo-

---

[a] Le serpent dont il est parlé dans *la Genèse* devint le principal mauvais
ange. On lui donna tantôt le nom de Satan, qui est un mot persan, tantôt
celui de Lucifer, étoile du matin, parceque *la Vulgate* traduisit le mot
Hélel par celui de Lucifer (voy. *Introduction*, paragr. xlviii). Isaïe, insultant à la mort d'un roi de Babylone, lui dit par une figure de rhétorique:
Comment es-tu tombé du ciel, étoile du matin, Lucifer? On a pris ce nom
pour celui du diable, et on a appliqué ce passage à la chute des anges. C'est
encore le fondement du poëme de Milton. Mais Milton est bien moins raisonnable que *le Shasta* indien. *Le Shasta* ne pousse point l'extravagance
jusqu'à faire déclarer la guerre à Dieu par les anges ses créatures, et à rendre quelque temps la victoire indécise. Cet excès était réservé à Milton.

N. B. Tout ce morceau est tiré principalement de M. Holwell, qui a
demeuré trente ans avec les brames, et qui entend très bien leur langue
sacrée.

[1] Chap. 1er. B.

rain. Voici comme ce brame indien s'explique : le passage mérite attention.

« J'ai vu toutes les sectes s'accuser réciproquement
« d'imposture; j'ai vu tous les mages disputer avec
« fureur du premier principe, et de la dernière fin. Je
« les ai tous interrogés, et je n'ai vu, dans tous ces
« chefs de factions, qu'une opiniâtreté inflexible, un
« mépris superbe pour les autres, une haine impla-
« cable. J'ai donc résolu de n'en croire aucun. Ces
« docteurs, en cherchant la vérité, sont comme une
« femme qui veut faire entrer son amant par une
« porte dérobée, et qui ne peut trouver la clef de la
« porte. Les hommes, dans leurs vaines recherches,
« ressemblent à celui qui monte sur un arbre où il y a
« un peu de miel; et à peine en a-t-il mangé, que les
« serpents qui sont autour de l'arbre le dévorent. »

Telle fut la manière d'écrire des Indiens. Leur esprit paraît encore davantage dans les jeux de leur invention. Le jeu que nous appelons *des échecs*, par corruption, fut inventé par eux, et nous n'avons rien qui en
approche : il est allégorique comme leurs fables; c'est
l'image de la guerre. Les noms de *shak*, qui veut dire
prince, et de *pion*, qui signifie *soldat*, se sont conservés
encore dans cette partie de l'Orient. Les chiffres dont
nous nous servons, et que les Arabes ont apportés en
Europe vers le temps de Charlemagne, nous viennent
de l'Inde. Les anciennes médailles, dont les curieux
chinois font tant de cas, sont une preuve que plusieurs arts furent cultivés aux Indes avant d'être connus des Chinois.

On y a, de temps immémorial, divisé la route aunuelle du soleil en douze parties, et, dans des temps vraisemblablement encore plus reculés, la route de la lune en vingt-huit parties. L'année des brachmanes et des plus anciens gymnosophistes commença toujours quand le soleil entrait dans la constellation qu'ils nomment Moscham, et qui est pour nous le Belier. Leurs semaines furent toujours de sept jours; divisions que les Grecs ne connurent jamais. Leurs jours portent les noms des sept planètes. Le jour du soleil est appelé chez eux *Mithradinan :* reste à savoir si ce mot *mithra*, qui, chez les Perses, signifie aussi le soleil, est originairement un terme de la langue des mages, ou de celle des sages de l'Inde.

Il est bien difficile de dire laquelle des deux nations enseigna l'autre; mais s'il s'agissait de décider entre les Indes et l'Égypte, je croirais toujours les sciences bien plus anciennes dans les Indes, comme nous l'avons déjà remarqué[1]. Le terrain des Indes est bien plus aisément habitable que le terrain voisin du Nil, dont les débordements dûrent long-temps rebuter les premiers colons, avant qu'ils eussent dompté ce fleuve en creusant des canaux. Le sol des Indes est d'ailleurs d'une fertilité bien plus variée, et qui a dû exciter davantage la curiosité et l'industrie humaine.

Quelques uns ont cru la race des hommes originaire de l'Indoustan, alléguant que l'animal le plus faible devait naître dans le climat le plus doux, et sur une terre qui produit sans culture les fruits les plus nourrissants, les plus salutaires, comme les dattes et les cocos. Ceux-ci surtout donnent aisément à l'homme

[1] *Introduction*, paragraphe xix. B.

de quoi le nourrir, le vêtir, et le loger. Et de quoi d'ailleurs a besoin un habitant de cette presqu'île? tout ouvrier y travaille presque nu; deux aunes d'étoffe, tout au plus, servent à couvrir une femme qui n'a point de luxe. Les enfants restent entièrement nus, du moment où ils sont nés jusqu'à la puberté. Ces matelas, ces amas de plumes, ces rideaux à double contour, qui chez nous exigent tant de frais et de soins, seraient une incommodité intolérable pour ces peuples, qui ne peuvent dormir qu'au frais sur la natte la plus légère. Nos maisons de carnage, qu'on appelle des boucheries, où l'on vend tant de cadavres pour nourrir le nôtre, mettraient la peste dans le climat de l'Inde; il ne faut à ces nations que des nourritures rafraîchissantes et pures; la nature leur a prodigué des forêts de citronniers, d'orangers, de figuiers, de palmiers, de cocotiers, et des campagnes couvertes de riz. L'homme le plus robuste peut ne dépenser qu'un ou deux sous par jour pour ses aliments. Nos ouvriers dépensent plus en un jour qu'un Malabare en un mois. Toutes ces considérations semblent fortifier l'ancienne opinion, que le genre humain est originaire d'un pays où la nature a tout fait pour lui, et ne lui a laissé presque rien à faire; mais cela prouve seulement que les Indiens sont indigènes, et ne prouve point du tout que les autres espèces d'hommes viennent de ces contrées. Les blancs, et les nègres, et les rouges, et les Lapons, et les Samoyèdes, et les Albinos, ne viennent certainement pas du même sol. La différence entre toutes ces espèces est aussi marquée qu'entre un lévrier et un barbet; il n'y a donc qu'un brame mal instruit et entêté qui puisse prétendre que tous les hommes descendent de l'Indien Adimo et de sa femme [1].

L'Inde, au temps de Charlemagne, n'était connue que de nom; et les Indiens ignoraient qu'il y eût un Charlemagne. Les Arabes, seuls maîtres du commerce maritime, fournissaient à-la-fois les denrées des Indes à Constantinople et aux Francs. Venise les allait déjà chercher dans Alexandrie. Le débit n'en était pas encore considérable en France chez les particuliers; elles furent long-temps inconnues en Allemagne, et dans tout le Nord. Les Romains avaient fait ce commerce eux-mêmes, dès qu'ils furent les maîtres de l'Égypte. Ainsi les peuples occidentaux ont toujours porté dans l'Inde leur or et leur argent, et ont toujours enrichi ce pays déjà si riche par lui-même. De là vient qu'on ne vit jamais les peuples de l'Inde, non plus que les Chinois et les Gangarides, sortir de leur pays pour aller exercer le brigandage chez d'autres nations, comme les Arabes, soit Juifs, soit Sarrasins; les Tartares et les Romains même, qui, postés dans le plus mauvais pays de l'Italie, subsistèrent d'abord de la guerre, et subsistent aujourd'hui de la religion.

Il est incontestable que le continent de l'Inde a été autrefois beaucoup plus étendu qu'il ne l'est aujourd'hui. Ces îles, ces immenses archipels qui l'avoisinent à l'orient et au midi, tenaient dans les temps reculés à la terre ferme. On s'en aperçoit encore par la mer même qui les sépare: son peu de profondeur, les arbres qui croissent sur son fond, semblables à ceux des îles;

[1] Voyez *Introduction*, paragr. xvii, et ci-après, chap. iv. B.

les nouveaux terrains qu'elle laisse souvent à découvert; tout fait voir que ce continent a été inondé, et il a dû l'être insensiblement, quand l'Océan, qui gagne toujours d'un côté ce qu'il perd de l'autre, s'est retiré de nos terres occidentales.

L'Inde, dans tous les temps connus commerçante et industrieuse, avait nécessairement une grande police; et ce peuple, chez qui Pythagore avait voyagé pour s'instruire, devait avoir de bonnes lois, sans lesquelles les arts ne sont jamais cultivés; mais les hommes, avec des lois sages, ont toujours eu des coutumes insensées. Celle qui fait aux femmes un point d'honneur et de religion de se brûler sur le corps de leurs maris, subsistait dans l'Inde de temps immémorial. Les philosophes indiens se jetaient eux-mêmes dans un bûcher, par un excès de fanatisme et de vaine gloire. Calan, ou Calanus, qui se brûla devant Alexandre, n'avait pas le premier donné cet exemple; et cette abominable dévotion n'est pas détruite encore. La veuve du roi de Tanjaor se brûla, en 1735, sur le bûcher de son époux. M. Dumas, M. Dupleix, gouverneurs de Pondichéri, l'épouse de l'amiral Russel, ont été témoins de pareils sacrifices: c'est le dernier effort des erreurs qui pervertissent le genre humain. Le plus austère des derviches n'est qu'un lâche en comparaison d'une femme de Malabar. Il semblerait qu'une nation, chez qui les philosophes et même les femmes se dévouaient ainsi à la mort, dût être une nation guerrière et invincible; cependant, depuis l'ancien Sésac, quiconque a attaqué l'Inde, l'a aisément vaincue.

Il serait encore difficile de concilier les idées sublimes que les bramins conservent de l'Être suprême,
avec leurs superstitions et leur mythologie fabuleuse,
si l'histoire ne nous montrait pas de pareilles contradictions chez les Grecs et chez les Romains.

Il y avait des chrétiens sur les côtes de Malabar,
depuis douze cents ans, au milieu de ces nations idolâtres. Un marchand de Syrie, nommé Mar-Thomas,
s'étant établi sur les côtes de Malabar avec sa famille
et ses facteurs, au sixième siècle, y laissa sa religion,
qui était le nestorianisme; ces sectaires orientaux,
s'étant multipliés, se nommèrent les *chrétiens* de saint
Thomas : ils vécurent paisiblement parmi les idolâtres. Qui ne veut point remuer est rarement persécuté. Ces chrétiens n'avaient aucune connaissance de
l'Église latine.

Ce n'est pas certainement le christianisme qui flo-
rissait alors dans l'Inde, c'est le mahométisme. Il s'y
était introduit par les conquêtes des califes; et Aaron-
al-Raschild, cet illustre contemporain de Charlemagne, dominateur de l'Afrique, de la Syrie, de la
Perse, et d'une partie de l'Inde, envoya des missionnaires musulmans des rives du Gange aux îles de l'O-
céan indien, et jusque chez des peuplades de nègres.
Depuis ce temps il y eut beaucoup de musulmans dans
l'Inde. On ne dit point que le grand Aaron convertît à
sa religion les Indiens par le fer et par le feu, comme
Charlemagne convertit les Saxons. On ne voit pas non
plus que les Indiens aient refusé le joug et la loi d'Aaron-al-Raschild, comme les Saxons refusèrent de se
soumettre à Charles.

Les Indiens ont toujours été aussi mous que nos septentrionaux étaient féroces. La mollesse inspirée par le climat ne se corrige jamais; mais la dureté s'adoucit.

En général, les hommes du Midi oriental ont reçu de la nature des mœurs plus douces que les peuples de notre Occident; leur climat les dispose à l'abstinence des liqueurs fortes et de la chair des animaux, nourritures qui aigrissent le sang, et portent souvent à la férocité; et, quoique la superstition et les irruptions étrangères aient corrompu la bonté de leur naturel, cependant tous les voyageurs conviennent que le caractère de ces peuples n'a rien de cette inquiétude, de cette pétulance, et de cette dureté, qu'on a eu tant de peine à contenir chez les nations du Nord.

Le physique de l'Inde différant en tant de choses du nôtre, il fallait bien que le moral différât aussi. Leurs vices étaient plus doux que les nôtres. Ils cherchaient en vain des remèdes aux dérèglements de leurs mœurs, comme nous en avons cherché. C'était, de temps immémorial, une maxime chez eux et chez les Chinois, que le sage viendrait de l'Occident. L'Europe, au contraire, disait que le sage viendrait de l'Orient : toutes les nations ont toujours eu besoin d'un sage.

CHAPITRE IV.

Des Brachmanes, du Veidam, et de l'Ézour-Veidam.

Si l'Inde, de qui toute la terre a besoin, et qui seule n'a besoin de personne, doit être par cela même la contrée la plus anciennement policée, elle doit conséquemment avoir eu la plus ancienne forme de religion. Il est très vraisemblable que cette religion fut long-temps celle du gouvernement chinois, et qu'elle ne consistait que dans le culte pur d'un Être suprême, dégagé de toute superstition et de tout fanatisme.

Les premiers brachmanes avaient fondé cette religion simple, telle qu'elle fut établie à la Chine par ses premiers rois; ces brachmanes gouvernaient l'Inde. Lorsque les chefs paisibles d'un peuple spirituel et doux sont à la tête d'une religion, elle doit être simple et raisonnable, parceque ces chefs n'ont pas besoin d'erreurs pour être obéis. Il est si naturel de croire un Dieu unique, de l'adorer, et de sentir dans le fond de son cœur qu'il faut être juste, que, quand des princes annoncent ces vérités, la foi des peuples court au-devant de leurs paroles. Il faut du temps pour établir des lois arbitraires; mais il n'en faut point pour apprendre aux hommes rassemblés à croire un Dieu, et à écouter la voix de leur propre cœur.

Les premiers brachmanes, étant donc à-la-fois rois et pontifes, ne pouvaient guère établir la religion que sur la raison universelle. Il n'en est pas de même dans les pays où le pontificat n'est pas uni à la royauté. Alors les fonctions religieuses, qui appartiennent originairement aux pères de famille, forment une profession séparée; le culte de Dieu devient un métier; et, pour faire valoir ce métier, il faut souvent des prestiges, des fourberies, et des cruautés.

La religion dégénéra donc chez les brachmanes dès qu'ils ne furent plus souverains.

Long-temps avant Alexandre, les brachmanes ne régnaient plus dans l'Inde; mais leur tribu, qu'on nomme *Caste*, était toujours la plus considérée, comme elle l'est encore aujourd'hui; et c'est dans cette même tribu qu'on trouvait les sages vrais ou faux, que les Grecs appelèrent gymnosophistes. Il est difficile de nier qu'il n'y eût parmi eux, dans leur décadence, cette espèce de vertu qui s'accorde avec les illusions du fanatisme. Ils reconnaissaient toujours un Dieu suprême à travers la multitude de divinités subalternes, que la superstition populaire adoptait dans tous les pays du monde. Strabon dit expressément qu'au fond les brachmanes n'adoraient qu'un seul Dieu. En cela ils étaient semblables à Confucius, à Orphée, à Socrate, à Platon, à Marc-Aurèle, à Épictète, à tous les sages, à tous les hiérophantes des mystères. Les sept années de noviciat chez les brachmanes, la loi du silence pendant ces sept années, étaient en vigueur du temps de Strabon. Le célibat pendant ce temps d'épreuves, l'abstinence de la chair des animaux qui servent l'homme, étaient des lois qu'on ne transgressa jamais, et qui subsistent encore chez les brames. Ils croyaient un Dieu créateur, rémunérateur et ven-

geur. Ils croyaient l'homme déchu et dégénéré, et
cette idée se trouve chez tous les anciens peuples.
Aurea prima sata est œtas (Ovid., Met., 1, 89) est la
devise de toutes les nations.

Apulée, Quinte-Curce, Clément d'Alexandrie, Philostrate, Porphyre, Pallade, s'accordent tous dans les
éloges qu'ils donnent à la frugalité extrême des brachmanes, à leur vie retirée et pénitente, à leur pauvreté volontaire, à leur mépris de toutes les vanités
du monde. Saint Ambroise préfère hautement leurs
mœurs à celles des chrétiens de son temps. Peut-être
est-ce une de ces exagérations qu'on se permet quelquefois pour faire rougir ses concitoyens de leurs
désordres. On loue les brachmanes pour corriger les
moines; et si saint Ambroise avait vécu dans l'Inde,
il aurait probablement loué les moines pour faire honte
aux brachmanes. Mais enfin il résulte de tant de témoignages, que ces hommes singuliers étaient en
réputation de sainteté dans toute la terre.

Cette connaissance d'un Dieu unique, dont tous les
philosophes leur savaient tant de gré, ils la conservent
encore aujourd'hui au milieu des pagodes et de toutes
les extravagances du peuple. Un de nos poëtes[a] a dit
dans une de ses épîtres où le faux domine presque toujours :

> L'Inde aujourd'hui voit l'orgueilleux brachmane
> Déifier, brutalement zélé,
> Le diable même en bronze ciselé.

Certainement des hommes qui ne croient point au
diable ne peuvent adorer le diable. Ces reproches ab-

[a] J.-B. Rousseau.

surdes sont intolérables; on n'a jamais adoré le diable
dans aucun pays du monde; les manichéens n'ont
jamais rendu de culte au mauvais principe: on ne lui
en rendait aucun dans la religion de Zoroastre. Il est
temps que nous quittions l'indigne usage de calomnier toutes les sectes, et d'insulter toutes les nations.

Nous avons, comme vous savez, l'*Ézour-Veidam*[1],
ancien commentaire composé par Chumontou sur ce
Veidam, sur ce livre sacré que les brames prétendent
avoir été donné de Dieu aux hommes. Ce commentaire
a été abrégé par un brame très savant, qui a rendu
beaucoup de services à notre compagnie des Indes;
et il l'a traduit lui-même de la langue sacrée en français[a].

Dans cet *Ézour-Veidam*, dans ce commentaire,
Chumontou combat l'idolâtrie; il rapporte les propres
paroles du *Veidam*. « C'est l'Être suprême qui a tout
« créé, le sensible et l'insensible; il y a eu quatre âges
« différents; tout périt à la fin de chaque âge, tout est
« submergé; et le déluge est un passage d'un âge à
« l'autre, etc.

« Lorsque Dieu existait seul, et que nul autre être
« n'existait avec lui, il forma le dessein de créer le
« monde; il créa d'abord le temps, ensuite l'eau et la
« terre; et du mélange des cinq éléments, à savoir,
« la terre, l'eau, le feu, l'air, et la lumière, il en forma
« les différents corps, et leur donna la terre pour leur

---

[1] Voyez *Introduction*, paragr. xvii. B.

[a] Ce manuscrit est à la Bibliothèque du Roi, où chacun peut le consulter. Il avait été donné à l'auteur par M. de Modave, qui revenait de l'Inde.
—Voyez Lettre à d'Alembert, du 8 octobre 1760. B.

« base. Il fit ce globe, que nous habitons, en forme
« ovale comme un œuf. Au milieu de la terre est la
« plus haute de toutes les montagnes, nommée Mérou
« (c'est l'Immaüs). Adimo, c'est le nom du premier
« homme sorti des mains de Dieu : Procriti est le nom
« de son épouse. D'Adimo naquit Brama[1], qui fut le
« législateur des nations et le père des brames. »

Que de choses curieuses dans ce peu de paroles! On
y aperçoit d'abord cette grande vérité, que Dieu est
le créateur du monde; on voit ensuite la source primitive de cette ancienne fable des quatre âges, d'or,
d'argent, d'airain, et de fer. Tous les principes de la
théologie des anciens sont renfermés dans le *Veidam*.
On y voit ce déluge de Deucalion, qui ne figure autre
chose que la peine extrême qu'on a éprouvée dans
tous les temps à dessécher les terres que la négligence
des hommes a laissées long-temps inondées. Toutes
les citations du *Veidam*, dans ce manuscrit, sont
étonnantes; on y trouve expressément ces paroles
admirables : « Dieu ne créa jamais le vice, il ne peut
« en être l'auteur. Dieu, qui est la sagesse et la sainteté,
« ne créa jamais que la vertu. »

Voici un morceau des plus singuliers du *Veidam* :
« Le premier homme étant sorti des mains de Dieu,
« lui dit : Il y aura sur la terre différentes occupations,
« tous ne seront pas propres à toutes; comment les
« distinguer entre eux? Dieu lui répondit : Ceux qui
« sont nés avec plus d'esprit et de goût pour la vertu
« que les autres seront les brames. Ceux qui participent

[1] Dans l'*Introduction*, paragr. vi, il est dit qu'Adimo est fils de Brama. B.

« le plus du rosogoun, c'est-à-dire de l'ambition, se-
« ront les guerriers. Ceux qui participent le plus du
« tomogun, c'est-à-dire de l'avarice, seront les mar-
« chands. Ceux qui participeront du comogun, c'est-
« à-dire qui seront robustes et bornés, seront occupés
« aux œuvres serviles. »

On reconnaît dans ces paroles l'origine véritable
des quatre castes des Indes, ou plutôt les quatre
conditions de la société humaine. En effet, sur quoi
peut être fondée l'inégalité de ces conditions, sinon
sur l'inégalité primitive des talents? *Le Veidam* poursuit, et dit, «L'Être suprême n'a ni corps ni figure; »
et *l'Ézour-Veidam* ajoute, «Tous ceux qui lui donnent
« des pieds et des mains sont insensés. » Chumontou
cite ensuite ces paroles du *Veidam* : «Dans le temps
« que Dieu tira toutes choses du néant, il créa sépa-
« rément un individu de chaque espèce, et voulut
« qu'il portât dans lui son germe, afin qu'il pût pro-
« duire : il est le principe de chaque chose; le soleil
« n'est qu'un corps sans vie et sans connaissance; il
« est entre les mains de Dieu comme une chandelle
« entre les mains d'un homme. »

Après cela l'auteur du commentaire, combattant
l'opinion des nouveaux brames, qui admettaient plusieurs incarnations dans le dieu Brama et dans le dieu
Vitsnou, s'exprime ainsi :

« Dis-moi donc, homme étourdi et insensé, qu'est-
« ce que ce Kochiopo et cette Odité, que tu dis avoir
« donné naissance à ton Dieu? Ne sont-ils pas des
« hommes comme les autres? Et ce Dieu, qui est pur
« de sa nature, et éternel de son essence, se serait-il

« abaissé jusqu'à s'anéantir dans le sein d'une femme
« pour s'y revêtir d'une figure humaine? Ne rougis-
« tu pas de nous présenter ce Dieu en posture de sup-
« pliant devant une de ses créatures? As-tu perdu l'es-
« prit? ou es-tu venu à ce point d'impiété, de ne pas
« rougir de faire jouer à l'Être suprême le personnage
« de fourbe et de menteur?.... Cesse de tromper les
« hommes, ce n'est qu'à cette condition que je conti-
« nuerai à t'expliquer le Veidam; car si tu restes dans
« les mêmes sentiments, tu es incapable de l'entendre,
« et ce serait le prostituer que de te l'enseigner.»

Au livre troisième de ce commentaire, l'auteur Chumontou réfute la fable que les nouveaux brames in-
ventaient sur une incarnation du dieu Brama, qui,
selon eux, parut dans l'Inde sous le nom de Kopilo,
c'est-à-dire de pénitent; ils prétendaient qu'il avait
voulu naître de Déhobuti, femme d'un homme de
bien, nommé Kordomo.

« S'il est vrai, dit le commentateur, que Brama
« soit né sur la terre, pourquoi portait-il le nom
« d'Éternel? Celui qui est souverainement heureux,
« et dans qui seul est notre bonheur, aurait-il voulu
« se soumettre à tout ce que souffre un enfant? etc.»

On trouve ensuite une description de l'enfer, toute
semblable à celle que les Égyptiens et les Grecs ont
donnée depuis sous le nom de Tartare. «Que faut-il
« faire, dit-on, pour éviter l'enfer? il faut aimer Dieu»,
répond le commentateur Chumontou; «il faut faire
« ce qui nous est ordonné par le Veidam, et le faire
« de la façon dont il nous le prescrit. Il y a, dit-il,
« quatre amours de Dieu. Le premier est de l'aimer

« pour lui-même, sans intérêt personnel : le second,
« de l'aimer par intérêt : le troisième, de ne l'aimer
« que dans les moments où l'on n'écoute pas ses pas-
« sions : le quatrième, de ne l'aimer que pour obtenir
« l'objet de ces passions mêmes; et ce quatrième
« amour n'en mérite pas le nom[a]. »

Tel est le précis des principales singularités du
Veidam, livre inconnu jusques aujourd'hui à l'Europe,
et à presque touté l'Asie.

Les brames ont dégénéré de plus en plus. Leur
Cormo-Veidam, qui est leur rituel, est un ramas de
cérémonies superstitieuses, qui font rire quiconque
n'est pas né sur les bords du Gange et de l'Indus, ou
plutôt quiconque n'étant pas philosophe, s'étonne des
sottises des autres peuples, et ne s'étonne point de
celles de son pays.

Le détail de ces minuties est immense : c'est un assemblage de toutes les folies que la vaine étude de
l'astrologie judiciaire a pu inspirer à des savants ingénieux, mais extravagants ou fourbes. Toute la vie
d'un brame est consacrée à ces cérémonies superstitieuses. Il y en a pour tous les jours de l'année. Il
semble que les hommes soient devenus faibles et
lâches dans l'Inde, à mesure qu'ils ont été subjugués.
Il y a grande apparence qu'à chaque conquête, les
superstitions et les pénitences du peuple vaincu ont
redoublé. Sésac, Madiès, les Assyriens, les Perses,
Alexandre, les Arabes, les Tartares, et de nos jours,
Sha-Nadir, en venant les uns après les autres ravager

---

[a] *Le Shasta* est beaucoup plus sublime. Voyez le *Dictionnaire philosophique*, au mot ANGE.

ces beaux pays, ont fait un peuple pénitent d'un peuple qui n'a pas su être guerrier.

Jamais les pagodes n'ont été plus riches que dans les temps d'humiliation et de misère; toutes ces pagodes ont des revenus considérables, et les dévots les enrichissent encore de leurs offrandes. Quand un raya passe devant une pagode, il descend de son cheval, de son chameau, ou de son éléphant, ou de son palanquin, et marche à pied jusqu'à ce qu'il ait passé le territoire du temple.

Cet ancien commentaire du *Veidam*, dont je viens de donner l'extrait, me paraît écrit avant les conquêtes d'Alexandre; car on n'y trouve aucun des noms que les vainqueurs grecs imposèrent aux fleuves, aux villes, aux contrées, en prononçant à leur manière, et soumettant aux terminaisons de leurs langues les noms communs du pays. L'Inde s'appelle Zomboudipo; le mont Immaüs est Mérou; le Gange est nommé Zanoubi[1]. Ces anciens noms ne sont plus connus que des savants dans la langue sacrée.

L'ancienne pureté de la religion des premiers brachmanes ne subsiste plus que chez quelques uns de leurs philosophes; et ceux-là ne se donnent pas la peine d'instruire un peuple qui ne veut pas être instruit, et qui ne le mérite pas. Il y aurait même du risque à vouloir les détromper: les brames ignorants se soulèveraient; les femmes, attachées à leurs pagodes, à leurs petites pratiques superstitieuses, crieraient à l'impiété. Quiconque veut enseigner la raison à ses concitoyens est persécuté, à moins qu'il ne soit

[1] Voyez *Introduction*, paragraphe xxiv. R.

le plus fort; et il arrive presque toujours que le plus fort redouble les chaînes de l'ignorance au lieu de les rompre.

La religion mahométane seule a fait dans l'Inde d'immenses progrès, surtout parmi les hommes bien élevés, parceque c'est la religion du prince, et qu'elle n'enseigne que l'unité de Dieu, conformément à l'ancienne doctrine des premiers brachmanes. Le christianisme n'a pas eu dans l'Inde le même succès, malgré l'évidence et la sainteté de sa doctrine, et malgré les grands établissements des Portugais, des Français, des Anglais, des Hollandais, des Danois. C'est même le concours de ces nations qui a nui au progrès de notre culte. Comme elles se haïssent toutes, et que plusieurs d'entre elles se font souvent la guerre dans ces climats, elles y ont fait haïr ce qu'elles enseignent. Leurs usages d'ailleurs révoltent les Indiens; ils sont scandalisés de nous voir boire du vin et manger des viandes qu'ils abhorrent. La conformation de nos organes, qui fait que nous prononçons si mal les langues de l'Asie, est encore un obstacle presque invincible; mais le plus grand est la différence des opinions qui divisent nos missionnaires. Le catholique y combat l'anglican, qui combat le luthérien combattu par le calviniste. Ainsi tous contre tous, voulant annoncer chacun la vérité, et accusant les autres de mensonge, ils étonnent un peuple simple et paisible, qui voit accourir chez lui, des extrémités occidentales. de la terre, des hommes ardents pour se déchirer mutuellement sur les rives du Gange.

Nous avons eu dans ces climats, comme ailleurs,

des missionnaires respectables par leur piété, et auxquels on ne peut reprocher que d'avoir exagéré leurs
travaux et leurs triomphes. Mais tous n'ont pas été des
hommes vertueux et instruits, envoyés d'Europe pour
changer la croyance de l'Asie. Le célèbre Niecamp,
auteur de l'histoire de la mission de Tranquebar,
avoue[a] « Que les Portugais remplirent le séminaire
« de Goa de malfaiteurs condamnés au bannissement;
« qu'ils en firent des missionnaires; et que ces mis-
« sionnaires n'oublièrent pas leur premier métier.»
Notre religion a fait peu de progrès sur les côtes, et
nul dans les états soumis immédiatement au grand
mogol. La religion de Mahomet et celle de Brama
partagent encore tout ce vaste continent. Il n'y a pas
deux siècles que nous appelions toutes ces nations *la
paganie*, tandis que les Arabes, les Turcs, les Indiens,
ne nous connaissaient que sous le nom d'idolâtres.

CHAPITRE V.

De la Perse au temps de Mahomet le prophète, et de l'ancienne religion de Zoroastre.

En tournant vers la Perse, on y trouve, un peu
avant le temps qui me sert d'époque, la plus grande
et la plus prompte révolution que nous connaissions
sur la terre.

Une nouvelle domination, une religion et des mœurs
jusqu'alors inconnues, avaient changé la face de ces

[a] Premier tome, page 223.

contrées; et ce changement s'étendait déjà fort avant
en Asie, en Afrique, et en Europe.

Pour me faire une idée du mahométisme, qui a
donné une nouvelle forme à tant d'empires, je me
rappellerai d'abord les parties du monde qui lui furent
les premières soumises.

La Perse avait étendu sa domination, avant Alexandre, de l'Égypte à la Bactriane, au-delà du pays où est
aujourd'hui Samarcande, et de la Thrace jusqu'au
fleuve de l'Inde.

Divisée et resserrée sous les Séleucides, elle avait
repris des accroissements sous Arsaces le Parthien,
deux cent cinquante ans avant notre ère. Les Arsa-
cides n'eurent ni la Syrie, ni les contrées qui bordent
le Pont-Euxin; mais ils disputèrent avec les Romains
de l'empire de l'Orient, et leur opposèrent toujours
des barrières insurmontables.

Du temps d'Alexandre-Sévère, vers l'an 226 de notre
ère, un simple soldat persan, qui prit le nom d'Artaxare,
enleva ce royaume aux Parthes, et rétablit l'empire
des Perses, dont l'étendue ne différait guère alors de
ce qu'elle est de nos jours.

Vous ne voulez pas examiner ici quels étaient les
premiers Babyloniens conquis par les Perses, ni comment ce peuple se vantait de quatre cent mille ans d'observations astronomiques, dont on ne put retrouver
qu'une suite de dix-neuf cents années du temps d'A-
lexandre[1]. Vous ne voulez pas vous écarter de votre
sujet pour vous rappeler l'idée de la grandeur de Babylone, et de ces monuments plus vantés que solides

---

[1] Voyez *Introduction*, paragraphe x. B.

dont les ruines mêmes sont détruites. Si quelque reste
des arts asiatiques mérite un peu notre curiosité, ce
sont les ruines de Persépolis, décrites dans plusieurs
livres, et copiées dans plusieurs estampes. Je sais
quelle admiration inspirent ces masures échappées
aux flambeaux dont Alexandre et la courtisane Thaïs
mirent Persépolis en cendre. Mais était-ce un chef-
d'œuvre de l'art, qu'un palais bâti au pied d'une
chaîne de rochers arides? Les colonnes qui sont encore
debout, ne sont assurément ni dans de belles proportions, ni d'un dessin élégant. Les chapiteaux, sur-
chargés d'ornements grossiers, ont presque autant de
hauteur que les fûts mêmes des colonnes. Toutes les
figures sont aussi lourdes et aussi sèches que celles
dont nos églises gothiques sont encore malheureusement ornées. Ce sont des monuments de grandeur,
mais non pas de goût; et tout nous confirme que si l'on
s'arrêtait à l'histoire des arts, on ne trouverait que
quatre siècles dans les annales du monde : ceux d'A-
lexandre, d'Auguste, des Médicis, et de Louis XIV.

Cependant les Persans furent toujours un peuple
ingénieux. Lokman, qui est le même qu'Ésope, était
né à Casbin. Cette tradition est bien plus vraisemblable que celle qui le fait originaire d'Éthiopie, pays
où il n'y eut jamais de philosophes. Les dogmes de l'ancien Zerdust, appelé Zoroastre par les Grecs, qui ont
changé tous les noms orientaux, subsistaient encore.
On leur donne neuf mille ans d'antiquité; car les Persans, ainsi que les Égyptiens, les Indiens, les Chinois,
reculent l'origine du monde autant que d'autres la
rapprochent. Un second Zoroastre, sous Darius, fils

20.

d'Hystaspe, n'avait fait que perfectionner cette antique religion. C'est dans ces dogmes qu'on trouve, ainsi
que dans l'Inde, l'immortalité de l'ame, et une autre
vie heureuse ou malheureuse. C'est là qu'on voit expressément un enfer. Zoroastre, dans les écrits abré-
gés dans *le Sadder*, dit que Dieu lui fit voir cet enfer,
et les peines réservées aux méchants. Il y voit plusieurs rois, un entre autres auquel il manquait un pied;
il en demande à Dieu la raison; Dieu lui répond: « Ce
« roi pervers n'a fait qu'une action de bonté en sa vie.
« Il vit, en allant à la chasse, un dromadaire qui était
« lié trop loin de son auge, et qui, voulant y manger,
« ne pouvait y atteindre; il approcha l'auge d'un coup
« de pied : j'ai mis son pied dans le ciel, tout le reste
« est ici. » Ce trait, peu connu, fait voir l'espèce de
philosophie qui régnait dans ces temps reculés, philosophie toujours allégorique, et quelquefois très profonde. Nous avons rapporté ailleurs ce trait singulier,
qu'on ne peut trop faire connaître [1].

Vous savez que les Babyloniens furent les premiers,
après les Indiens, qui admirent des êtres mitoyens
entre la Divinité et l'homme. Les Juifs ne donnèrent
des noms aux anges que dans le temps de leur captivité à Babylone. Le nom de Satan paraît pour la première fois dans le livre de Job; ce nom est persan, et
l'on prétend que Job l'était. Le nom de Raphaël est employé par l'auteur, quel qu'il soit, de Tobie, qui était

---

[1] Ce renvoi de Voltaire, ajouté dans l'édition de 1775, ne peut regarder,
comme on l'a dit avant moi, l'ouvrage intitulé : *Un Chrétien contre six
Juifs*, qui est de 1776; il s'agit du morceau publié au moins dès 1765, et
qui, dans le *Dict. philosophique*, forme la XIe section au mot AME. B.

captif de Ninive, et qui écrivit en chaldéen. Le nom d'Israël même était chaldéen, et signifiait *voyant Dieu*. Ce *Sadder* est l'abrégé du *Zenda-Vesta*, ou du *Zend*, l'un des trois plus anciens livres qui soient au monde, comme nous l'avons dit dans *la Philosophie de l'histoire*, qui sert d'introduction à cet ouvrage. Ce mot *Zenda-Vesta* signifiait chez les Chaldéens le culte du feu; *le Sadder* est divisé en cent articles, que les Orientaux appellent *Portes* ou *Puissances* : il est important de les lire, si l'on veut connaître quelle était la morale de ces anciens peuples. Notre ignorante crédulité se figure toujours que nous avons tout inventé, que tout est venu des Juifs et de nous, qui avons succédé aux Juifs; on est bien détrompé quand on fouille un peu dans l'antiquité. Voici [1] quelques unes de ces portes qui serviront à nous tirer d'erreur.

Iʳᵉ PORTE. Le décret du très juste Dieu est que les hommes soient jugés par le bien et le mal qu'ils auront fait : leurs actions seront pesées dans les balances de l'équité. Les bons habiteront la lumière; la foi les délivrera de Satan.

IIᵉ. Si tes vertus l'emportent sur tes péchés, le ciel est ton partage; si tes péchés l'emportent, l'enfer est ton châtiment.

Vᵉ. Qui donne l'aumône est véritablement un homme : c'est le plus grand mérite dans notre sainte religion, etc.

---

[1] Cet extrait du Sadder et les réflexions qui le suivent jusques à l'alinéa qui commence par les mots : *La doctrine des deux principes*, parurent pour la première fois dans les *Remarques pour servir de supplément à l'Essai sur l'histoire générale*, etc., 1763, in-8°; ils formaient la XIᵉ remarque. B.

VIe. Célèbre quatre fois par jour le soleil; célèbre la lune au commencement du mois.

N. B. Il ne dit point, Adore comme des dieux le soleil et la lune, mais, Célèbre le soleil et la lune comme ouvrages du Créateur. Les anciens Perses n'étaient point ignicoles, mais déicoles, comme le prouve invinciblement l'historien de la religion des Perses.

VIIe. Dis, *Ahunavar* et *Ashim Vuhú* quand quelqu'un éternue.

N. B. On ne rapporte cet article que pour faire voir de quelle prodigieuse antiquité est l'usage de saluer ceux qui éternuent.

IXe. Fuis surtout le péché contre nature; il n'y en a point de plus grand.

N. B. Ce précepte fait bien voir combien Sextus Empiricus se trompe, quand il dit que cette infamie était permise par les lois de Perse.

XIe. Aie soin d'entretenir le feu sacré; c'est l'ame du monde, etc.

N. B. Ce feu sacré devint un des rites de plusieurs nations.

XIIe. N'ensevelis point les morts dans des draps neufs, etc.

N. B. Ce précepte prouve combien se sont trompés tous les auteurs qui ont dit que les Perses n'ensevelissaient point leurs morts. L'usage d'enterrer ou de brûler les cadavres, ou de les exposer à l'air sur des collines, a varié souvent. Les rites changent chez tous les peuples, la morale seule ne change pas.

XIIIe. Aime ton père et ta mère, si tu veux vivre à jamais.

N. B. Voyez le *Décalogue.*

XV°. Quelque chose qu'on te présente, bénis Dieu.

XIX°. Marie-toi dans ta jeunesse; ce monde n'est qu'un passage : il faut que ton fils te suive, et que la chaîne des êtres ne soit point interrompue.

XXX°. Il est certain que Dieu a dit à Zoroastre : Quand on sera dans le doute si une action est bonne ou mauvaise, qu'on ne la fasse pas.

N. B. Ceci est un peu contre la doctrine des opinions probables.

XXXIII°. Que les grandes libéralités ne soient répandues que sur les plus dignes : ce qui est confié aux indignes est perdu.

XXXV°. Mais s'il s'agit du nécessaire, quand tu manges, donne aussi à manger aux chiens.

XL°. Quiconque exhorte les hommes à la pénitence doit être sans péché : qu'il ait du zèle, et que ce zèle ne soit point trompeur; qu'il ne mente jamais; que son caractère soit bon, son ame sensible à l'amitié, son cœur et sa langue toujours d'intelligence; qu'il soit éloigné de toute débauche, de toute injustice, de tout péché; qu'il soit un exemple de bonté, de justice devant le peuple de Dieu.

N. B. Quel exemple pour les prêtres de tout pays! et remarquez que, dans toutes les religions de l'Orient, le peuple est appelé le peuple de Dieu.

XLI°. Quand les Fervardagans viendront, fais les repas d'expiation et de bienveillance; cela est agréable au Créateur.

N. B. Ce précepte a quelque ressemblance avec les Agapes.

LXVIIIe. Ne mens jamais; cela est infâme, quand même le mensonge serait utile.

N. B. Cette doctrine est bien contraire à celle du mensonge officieux.

LXIXe. Point de familiarité avec les courtisanes. Ne cherche à séduire la femme de personne.

LXXe. Qu'on s'abstienne de tout vol, de toute rapine.

LXXIe. Que ta main, ta langue, et ta pensée, soient pures de tout péché. Dans tes afflictions, offre à Dieu ta patience; dans le bonheur, rends-lui des actions de grace.

XCI^e. Jour et nuit, pense à faire du bien : la vie est courte. Si, devant servir aujourd'hui ton prochain, tu attends à demain, fais pénitence. Célèbre les six Gahambârs; car Dieu a créé le monde en six fois dans l'espace d'une année, etc. Dans le temps des six Gahambârs ne refuse personne. Un jour le grand roi Giemshid ordonna au chef de ses cuisines de donner à manger à tous ceux qui se présenteraient; le mauvais génie ou Satan se présenta sous la forme d'un voyageur; quand il eut dîné, il demanda encore à manger, Giemshid ordonna qu'on lui servît un bœuf; Satan ayant mangé le bœuf, Giemshid lui fit servir des chevaux; Satan en demanda encore d'autres. Alors le juste Dieu envoya l'ange Behman, qui chassa le diable; mais l'action de Giemshid fut agréable à Dieu.

N. B. On reconnaît bien le génie oriental dans cette allégorie.

Ce sont là les principaux dogmes des anciens Perses. Presque tous sont conformes à la religion naturelle de touş les peuples du monde; les cérémonies sont partout différentes; la vertu est partout la même; c'est qu'elle vient de Dieu, le reste est des hommes.

Nous remarquerons seulement que les Parsis eurent toujours un baptême, et jamais la circoncision. Le baptême est commun à toutes les anciennes nations de l'Orient; la circoncision des Égyptiens, des Arabes et des Juifs, est infiniment postérieure: car rien n'est plus naturel que de se laver; et il a fallu bien des siècles avant d'imaginer qu'une opération contre la nature et contre la pudeur pût plaire à l'Être des êtres.

Nous passons tout ce qui concerne des cérémonies inutiles pour nous, ridicules à nos yeux, liées à des usages que nous ne connaissons plus. Nous supprimons aussi toutes les amplifications orientales, et toutes ces figures gigantesques, incohérentes et fausses, si familières à tous ces peuples, chez lesquels il n'y a peut-être jamais eu que l'auteur des fables attribuées à Ésope qui ait écrit naturellement.

Nous savons assez que le bon goût n'a jamais été connu dans l'Orient, parceque les hommes, n'y ayant jamais vécu en société avec les femmes, et ayant presque toujours été dans la retraite, n'eurent pas les mêmes occasions de se former l'esprit qu'eurent les Grecs et les Romains. Otez aux Arabes, aux Persans, aux Juifs, le soleil et la lune, les montagnes et les vallées, les dragons et les basilics, il ne leur reste presque plus de poésie.

Il suffit de savoir que ces préceptes de Zoroastre, rapportés dans *le Sadder*, sont de l'antiquité la plus

haute, qu'il y est parlé de rois dont Bérose lui-même
ne fait pas mention.

Nous ne savons pas quel était le premier Zoroastre,
en quel temps il vivait, si c'est le Brama des Indiens,
et l'Abraham des Juifs; mais nous savons, à n'en pouvoir douter, que sa religion enseignait la vertu. C'est
le but essentiel de toutes les religions; elles ne peuvent
jamais en avoir eu d'autre; car il n'est pas dans la nature humaine, quelque abrutie qu'elle puisse être, de
croire d'abord à un homme qui viendrait enseigner le
crime.

Les dogmes du *Sadder* nous prouvent encore que les
Perses n'étaient point idolâtres. Notre ignorante témérité accusa long-temps d'idolâtrie les Persans, les
Indiens, les Chinois, et jusqu'aux mahométans, si attachés à l'unité de Dieu, qu'ils nous traitent nous-
mêmes d'idolâtres. Tous nos anciens livres italiens,
français, espagnols, appellent les mahométans *païens*,
et leur empire *la paganie*. Nous ressemblions, dans ces
temps-là, aux Chinois, qui se croyaient le seul peuple
raisonnable, et qui n'accordaient pas aux autres hommes la figure humaine. La raison est toujours venue
tard; c'est une divinité qui n'est apparue qu'à peu de
personnes.

Les Juifs imputèrent aux chrétiens des repas de
Thyeste, et des noces d'OEdipe, comme les chrétiens
aux païens; toutes les sectes s'accusèrent mutuellement des plus grands crimes: l'univers s'est calomnié.

La doctrine des deux principes est de Zoroastre.
Orosmade, ou Oromaze, le dieu des jours, et Ari-

mane, le génie des ténèbres, sont l'origine du manichéisme. C'est l'Osiris et le Typhon des Égyptiens, c'est la Pandore des Grecs; c'est le vain effort de tous les sages pour expliquer l'origine du bien et du mal. Cette théologie des mages fut respectée dans l'Orient sous tous les gouvernements; et, au milieu de toutes les révolutions, l'ancienne religion s'était toujours soutenue en Perse : ni les dieux des Grecs, ni d'autres divinités n'avaient prévalu.

Noushirvan, ou Cosroès-le-Grand, sur la fin du sixième siècle, avait étendu son empire dans une partie de l'Arabie Pétrée, et de celle que l'on nommait Heureuse. Il en avait chassé les Abyssins, demi-chrétiens qui l'avaient envahie. Il proscrivit, autant qu'il le put, le christianisme de ses propres états, forcé à cette sévérité par le crime d'un fils de sa femme, qui, s'étant fait chrétien, se révolta contre lui.

Les enfants du grand Noushirvan, indignes d'un tel père, désolaient la Perse par des guerres civiles et par des parricides. Les successeurs du législateur Justinien avilissaient le nom de l'empire. Maurice venait d'être détrôné par les armes de Phocas, par les intrigues du patriarche Cyriaque, par celles de quelques évêques, que Phocas punit ensuite de l'avoir servi. Le sang de Maurice et de ses cinq fils avait coulé sous la main du bourreau; et le pape Grégoire-le-Grand, ennemi des patriarches de Constantinople, tâchait d'attirer le tyran Phocas dans son parti, en lui prodiguant des louanges, et en condamnant la mémoire de Maurice, qu'il avait loué pendant sa vie.

L'empire de Rome en Occident était anéanti. Un déluge de barbares, Goths, Hérules, Huns, Vandales, Francs, inondait l'Europe, quand Mahomet jetait, dans les déserts de l'Arabie, les fondements de la religion et de la puissance musulmane.

CHAPITRE VI.

De l'Arabie, et de Mahomet [1].

De tous les législateurs et de tous les conquérants, il n'en est aucun dont la vie ait été écrite avec plus d'authenticité et dans un plus grand détail par ses contemporains, que celle de Mahomet. Otez de cette vie les prodiges dont cette partie du monde fut toujours infatuée, le reste est d'une vérité reconnue. Il naquit dans la ville de Mecca, que nous nommons la Mecque, l'an 569 de notre ère vulgaire, au mois de mai. Son père s'appelait Abdalla, sa mère Émine: il n'est pas douteux que sa famille ne fût une des plus considérées de la première tribu, qui était celle des Coracites. Mais la généalogie qui le fait descendre d'Abraham en droite ligne est une de ces fables inventées par ce desir si naturel d'en imposer aux hommes.

Les mœurs et les superstitions des premiers âges que nous connaissons s'étaient conservées dans l'Arabie. On le voit par le vœu que fit son grand-père Ab-

[1] Un anonyme ayant publié une *Critique de l'Histoire universelle de M. de Voltaire, au sujet de Mahomet et du mahométisme*, in-4° de quarante-trois pages, c'est en réponse que Voltaire fit imprimer sa *Lettre civile et honnête*, qu'on trouvera dans les *Mélanges*, année 1760. B.

dalla-Moutaleb de sacrifier un de ses enfants. Une prêtresse de la Mecque lui ordonna de racheter ce fils
pour quelques chameaux, que l'exagération arabe fait
monter au nombre de cent. Cette prêtresse était consacrée au culte d'une étoile, qu'on croit avoir été celle
de Sirius, car chaque tribu avait son étoile ou sa planète[a]. On rendait aussi un culte à des génies, à des
dieux mitoyens; mais on reconnaissait un dieu supérieur, et c'est en quoi presque tous les peuples se sont
accordés.

Abdalla-Moutaleb vécut, dit-on, cent dix ans. Son
petit-fils Mahomet porta les armes dès l'âge de quatorze ans dans une guerre sur les confins de la Syrie;
réduit à la pauvreté, un de ses oncles le donna pour
facteur à une veuve nommée Cadige, qui fesait en Syrie un négoce considérable : il avait alors vingt-cinq
ans. Cette veuve épousa bientôt son facteur; et l'oncle
de Mahomet, qui fit ce mariage, donna douze onces
d'or à son neveu : environ neuf cents francs de notre
monnaie furent tout le patrimoine de celui qui devait
changer la face de la plus grande et de la plus belle
partie du monde. Il vécut obscur avec sa première
femme Cadige jusqu'à l'âge de quarante ans. Il ne dé-
ploya qu'à cet âge les talents qui le rendaient supérieur à ses compatriotes. Il avait une éloquence vive
et forte, dépouillée d'art et de méthode, telle qu'il la
fallait à des Arabes; un air d'autorité et d'insinuation,
animé par des yeux perçants et par une physionomie
heureuse; l'intrépidité d'Alexandre, sa libéralité, et la

---

[a] Voyez *le Koran* et la préface du *Koran*, écrite par le savant et judicieux
Sale, qui avait demeuré vingt-cinq ans en Arabie.

sobriété dont Alexandre aurait eu besoin pour être un grand homme en tout.

L'amour, qu'un tempérament ardent lui rendait nécessaire, et qui lui donna tant de femmes et de concubines, n'affaiblit ni son courage, ni son application, ni sa santé : c'est ainsi qu'en parlent les contemporains, et ce portrait est justifié par ses actions.

Après avoir bien connu le caractère de ses concitoyens, leur ignorance, leur crédulité, et leur disposition à l'enthousiasme, il vit qu'il pouvait s'ériger en prophète. Il forma le dessein d'abolir dans sa patrie le sabisme, qui consiste dans le mélange du culte de Dieu et de celui des astres; le judaïsme, détesté de toutes les nations, et qui prenait une grande supériorité dans l'Arabie; enfin le christianisme, qu'il ne connaissait que par les abus de plusieurs sectes répandues autour de son pays. Il prétendait rétablir le culte simple d'Abraham ou Ibrahim, dont il se disait descendu, et rappeler les hommes à l'unité d'un dieu, dogme qu'il s'imaginait être défiguré dans toutes les religions. C'est en effet ce qu'il déclare expressément dans le troisième Sura ou chapitre de son *Koran.* « Dieu « connaît, et vous ne connaissez pas. Abraham n'était « ni Juif ni chrétien, mais il était de la vraie religion. « Son cœur était résigné à Dieu; il n'était point du « nombre des idolâtres. »

Il est à croire que Mahomet, comme tous les enthousiastes, violemment frappé de ses idées, les débita d'abord de bonne foi, les fortifia par des rêveries, se trompa lui-même en trompant les autres, et appuya enfin, par des fourberies nécessaires, une doctrine qu'il croyait bonne. Il commença par se faire croire dans sa maison, ce qui était probablement le plus difficile; sa femme et le jeune Ali, mari de sa fille, Fatime, furent ses premiers disciples. Ses concitoyens s'élevèrent contre lui; il devait bien s'y attendre : sa réponse aux menaces des Coracites marque à-la-fois son caractère et la manière de s'exprimer commune de sa nation. «Quand vous viendriez à moi, dit-il, avec « le soleil à la droite et la lune à la gauche, je ne recu- « lerais pas dans ma carrière.»

Il n'avait encore que seize disciples, en comptant quatre femmes, quand il fut obligé de les faire sortir de la Mecque, où ils étaient persécutés, et de les envoyer prêcher sa religion en Éthiopie. Pour lui, il osa rester à la Mecque, où il affronta ses ennemis, et il fit de nouveaux prosélytes qu'il envoya encore en Éthiopie, au nombre de cent. Ce qui affermit le plus sa religion naissante, ce fut la conversion d'Omar, qui l'avait long-temps persécuté. Omar, qui depuis devint un si grand conquérant, s'écria, dans une assemblée nombreuse : « J'atteste qu'il n'y a qu'un Dieu, qu'il « n'a ni compagnon ni associé, et que Mahomet est « son serviteur et son prophète. »

Le nombre de ses ennemis l'emportait encore sur ses partisans. Ses disciples se répandirent dans Médine; ils y formèrent une faction considérable. Mahomet, persécuté dans la Mecque, et condamné à mort, s'enfuit à Médine. Cette fuite qu'on nomme *hégire* [1],

---

[1] Les auteurs de l'*Art de vérifier les dates* disent que l'époque de cette expulsion est le 16 juillet 622 ; mais les auteurs de la *Biographie universelle*

devint l'époque de sa gloire et de la fondation de son empire. De fugitif il devint conquérant. S'il n'avait pas été persécuté, il n'aurait peut-être pas réussi. Réfugié à Médine, il y persuada le peuple et l'asservit. Il battit d'abord, avec cent treize hommes, les Mecquois qui étaient venus fondre sur lui au nombre de mille. Cette victoire, qui fut un miracle aux yeux de ses sectateurs, les persuada que Dieu combattait pour eux, comme eux pour lui. Dès la première victoire, ils espérèrent la conquête du monde. Mahomet prit la Mecque, vit ses persécuteurs à ses pieds, conquit en neuf ans, par la parole et par les armes, toute l'Arabie, pays aussi grand que la Perse, et que les Perses ni les Romains n'avaient pu conquérir. Il se trouvait à la tête de quarante mille hommes, tous enivrés de son enthousiasme. Dans ses premiers succès, il avait écrit au roi de Perse Cosroès second; à l'empereur Héraclius; au prince des Cophtes, gouverneur d'Égypte; au roi des Abyssins; à un roi nommé Mondar, qui régnait dans une province près du golfe Persique.

Il osa leur proposer d'embrasser sa religion; et ce qui est étrange, c'est que de ces princes il y en eut deux qui se firent mahométans : ce furent le roi d'Abyssinie, et ce Mondar. Cosroès déchira la lettre de Mahomet avec indignation. Héraclius répondit par des présents. Le prince des Cophtes lui envoya une fille qui passait

---

font observer que le départ de Mahomet de la Mecque n'eut lieu que le 8 raby 1er de cette année, et son arrivée à Médine le mardi 16 du même mois (28 septembre 622). Néanmoins on a fait remonter le commencement de cette ère au premier jour de l'année, c'est-à-dire, à soixante-huit jours avant la fuite de Mahomet. B.

pour un chef-d'œuvre de la nature, et qu'on appelait la belle Marie.

Mahomet, au bout de neuf ans, se croyant assez fort pour étendre ses conquêtes et sa religion chez les Grecs et chez les Perses, commença par attaquer la Syrie, soumise alors à Héraclius, et lui prit quelques villes. Cet empereur, entêté de disputes métaphysiques de religion, et qui avait pris le parti des monothélites, essuya en peu de temps deux propositions bien singulières, l'une de la part de Cosroès second, qui l'avait long-temps vaincu, et l'autre de la part de Mahomet. Cosroès voulait qu'Héraclius embrassât la religion des mages, et Mahomet qu'il se fît musulman.

Le nouveau prophète donnait le choix à ceux qu'il voulait subjuguer, d'embrasser sa secte, ou de payer un tribut. Ce tribut était réglé par *l'Alcoran* à treize dragmes d'argent par an pour chaque chef de famille. Une taxe si modique est une preuve que les peuples qu'il soumit étaient pauvres. Le tribut a augmenté depuis. De tous les législateurs qui ont fondé des religions, il est le seul qui ait étendu la sienne par les conquêtes. D'autres peuples ont porté leur culte avec le fer et le feu chez des nations étrangères; mais nul fondateur de secte n'avait été conquérant. Ce privilége unique est aux yeux des musulmans l'argument le plus fort, que la Divinité prit soin elle-même de seconder leur prophète.

Enfin Mahomet, maître de l'Arabie, et redoutable à tous ses voisins, attaqué d'une maladie mortelle à Médine, à l'âge de soixante-trois ans et demi [1], voulut

---

[1] Le 13ᵉ jour de raby 1ᵉʳ de la xiᵉ année de l'hégire (8 juin 632). B.

que ses derniers moments parussent ceux d'un héros
et d'un juste : « Que celui à qui j'ai fait violence et in-
« justice paraisse, s'écria-t-il, et je suis prêt à lui faire
« réparation. » Un homme se leva, qui lui redemanda
quelque argent; Mahomet le lui fit donner, et expira
peu de temps après, regardé comme un grand homme
par ceux même qui le connaissaient pour un imposteur, et révéré comme un prophète par tout le reste.

Ce n'était pas sans doute un ignorant, comme quelques uns l'ont prétendu. Il fallait bien même qu'il fût
très savant pour sa nation et pour son temps, puisqu'on a de lui quelques aphorismes de médecine, et
qu'il réforma le calendrier des Arabes, comme César
celui des Romains. Il se donne, à la vérité, le titre de
prophète non lettré; mais on peut savoir écrire, et ne
pas s'arroger le nom de savant. Il était poëte; la plupart des derniers versets de ses chapitres sont rimés;
le reste est en prose cadencée. La poésie ne servit pas
peu à rendre son *Alcoran* respectable. Les Arabes fesaient un très grand cas de la poésie; et lorsqu'il y
avait un bon poëte dans une tribu, les autres tribus
envoyaient une ambassade de félicitation à celle qui
avait produit un auteur, qu'on regardait comme inspiré et comme utile. On affichait les meilleures poésies
dans le temple de la Mecque; et quand on y afficha le
second chapitre de Mahomet, qui commence ainsi,
« Il ne faut point douter; c'est ici la science des justes,
« de ceux qui croient aux mystères, qui prient quand
« il le faut, qui donnent avec générosité, etc. », alors
le premier poëte de la Mecque, nommé Abid, déchira
ses propres vers affichés au temple, admira Mahomet,

et se rangea sous sa loi [a]. Voilà des mœurs, des usages, des faits si différents de tout ce qui se passe parmi nous, qu'ils doivent nous montrer combien le tableau de l'univers est varié, et combien nous devons être en garde contre notre habitude de juger de tout par nos usages.

Les Arabes contemporains écrivirent la vie de Mahomet dans le plus grand détail. Tout y ressent la simplicité barbare des temps qu'on nomme héroïques. Son contrat de mariage avec sa première femme Cadige est exprimé en ces mots : « Attendu que Cadige est « amoureuse de Mahomet, et Mahomet pareillement « amoureux d'elle. » On voit quels repas apprêtaient ses femmes : on apprend le nom de ses épées et de ses chevaux. On peut remarquer surtout dans son peuple des mœurs conformes à celles des anciens Hébreux (je ne parle ici que des mœurs); la même ardeur à courir au combat, au nom de la Divinité; la même soif du butin, le même partage des dépouilles, et tout se rapportant à cet objet.

Mais, en ne considérant ici que les choses humaines, et en fesant toujours abstraction des jugements de Dieu, et de ses voies inconnues, pourquoi Mahomet et ses successeurs qui commencèrent leurs conquêtes précisément comme les Juifs, firent-ils de si grandes choses, et les Juifs de si petites? Ne serait-ce point parceque les musulmans eurent le plus grand soin de soumettre les vaincus à leur religion, tantôt par la force, tantôt par la persuasion? Les Hébreux, au contraire, associèrent rarement les étrangers à leur

[a] Lisez le commencement du *Koran;* il est sublime.

21.

culte. Les musulmans arabes incorporèrent à eux les
autres nations; les Hébreux s'en tinrent toujours séparés. Il paraît enfin que les Arabes eurent un enthousiasme plus courageux, une politique plus généreuse
et plus hardie. Le peuple hébreu avait en horreur les
autres nations, et craignit toujours d'être asservi; le
peuple arabe, au contraire, voulut attirer tout à lui,
et se crut fait pour dominer.

Si ces Ismaélites ressemblaient aux Juifs par l'enthousiasme et la soif du pillage, ils étaient prodigieusement supérieurs par le courage, par la grandeur
d'ame, par la magnanimité : leur histoire, ou vraie,
ou fabuleuse, avant Mahomet, est remplie d'exemples
d'amitié, tels que la Grèce en inventa dans les fables
de Pylade et d'Oreste, de Thésée et de Pirithoüs. L'histoire des Barmécides n'est qu'une suite de générosités
inouïes qui élèvent l'ame. Ces traits caractérisent une
nation. On ne voit, au contraire, dans toutes les annales du peuple hébreu, aucune action généreuse. Ils
ne connaissent ni l'hospitalité, ni la libéralité, ni la
clémence. Leur souverain bonheur est d'exercer l'usure
avec les étrangers; et cet esprit d'usure, principe de
toute lâcheté, est tellement enraciné dans leurs cœurs,
que c'est l'objet continuel des figures qu'ils emploient
dans l'espèce d'éloquence qui leur est propre. Leur
gloire est de mettre à feu et à sang les petits villages
dont ils peuvent s'emparer. Ils égorgent les vieillards
et les enfants; ils ne réservent que les filles nubiles;
ils assassinent leurs maîtres quand ils sont esclaves;
ils ne savent jamais pardonner quand ils sont vainqueurs; ils sont les ennemis du genre humain. Nulle

politesse, nulle science, nul art perfectionné dans
aucun temps chez cette nation atroce. Mais, dès le
second siècle de l'hégire, les Arabes deviennent les
précepteurs de l'Europe dans les sciences et dans les
arts, malgré leur loi qui semble l'ennemie des arts.

La dernière volonté de Mahomet ne fut point exécutée. Il avait nommé Ali, son gendre, époux de Fatime, pour l'héritier de son empire. Mais l'ambition,
qui l'emporte sur le fanatisme même, engagea les
chefs de son armée à déclarer calife, c'est-à-dire vicaire du prophète, le vieux Abubéker, son beau-père,
dans l'espérance qu'ils pourraient bientôt eux-mêmes
partager la succession. Ali resta dans l'Arabie, attendant le temps de se signaler.

Cette division fut la première semence du grand
schisme qui sépare aujourd'hui les sectateurs d'Omar
et ceux d'Ali, les Sunni et les Chias, les Turcs et les
Persans modernes.

Abubéker rassembla d'abord en un corps les feuilles
éparses de *l'Alcoran*. On lut, en présence de tous les
chefs, les chapitres de ce livre, écrits les uns sur des
feuilles de palmier, les autres sur du parchemin; et
on établit ainsi son authenticité invariable. Le respect
superstitieux pour ce livre alla jusqu'à se persuader
que l'original avait été écrit dans le ciel. Toute la
question fut de savoir s'il avait été écrit de toute éternité, ou seulement au temps de Mahomet : les plus
dévots se déclarèrent pour l'éternité.

Bientôt Abubéker mena ses musulmans en Palestine, et y défit le frère d'Héraclius. Il mourut peu
après, avec la réputation du plus généreux de tous

les hommes, n'ayant jamais pris pour lui qu'environ
quarante sous de notre monnaie par jour, de tout le
butin qu'on partageait, et ayant fait voir combien le
mépris des petits intérêts peut s'accorder avec l'ambition que les grands intérêts inspirent.

Abubéker passe chez les Osmanlis pour un grand
homme et pour un musulman fidèle : c'est un des saints
de *l'Alcoran*. Les Arabes rapportent son testament,
conçu en ces termes : « Au nom de Dieu très miséri-
« cordieux, voici le testament d'Abubéker, fait dans
« le temps qu'il est prêt à passer de ce monde à l'au-
« tre ; dans le temps où les infidèles croient, où les
« impies cessent de douter, et où les menteurs disent
« la vérité. » Ce début semble être d'un homme persuadé. Cependant Abubéker, beau-père de Mahomet,
avait vu ce prophète de bien près. Il faut qu'il ait été
trompé lui-même par le prophète, ou qu'il ait été le
complice d'une imposture illustre, qu'il regardait
comme nécessaire. Sa place lui ordonnait d'en imposer aux hommes pendant sa vie et à sa mort.

Omar, élu après lui, fut un des plus rapides conquérants qui aient désolé la terre. Il prend d'abord
Damas, célèbre par la fertilité de son territoire, par
les ouvrages d'acier les meilleurs de l'univers, par ces
étoffes de soie qui portent encore son nom. Il chasse
de la Syrie et de la Phénicie les Grecs qu'on appelait
Romains [1]. Il reçoit à composition, après un long
siége, la ville de Jérusalem, presque toujours occupée
par des étrangers qui se succédèrent les uns aux autres, depuis que David l'eut enlevée à ses anciens ci-

---

[1] Année 15 de l'hégire, 637 de l'ère vulgaire.

toyens : ce qui mérite la plus grande attention, c'est qu'il laissa aux Juifs et aux chrétiens, habitants de Jérusalem, une pleine liberté de conscience.

Dans le même temps, les lieutenants d'Omar s'avançaient en Perse. Le dernier des rois persans, que nous appelons Hormisdas IV, livre bataille aux Arabes, à quelques lieues de Madain, devenue la capitale de cet empire. Il perd la bataille et la vie. Les Perses passent sous la domination d'Omar, plus facilement qu'ils n'avaient subi le joug d'Alexandre.

Alors tomba cette ancienne religion des mages que le vainqueur de Darius avait respectée; car il ne toucha jamais au culte des peuples vaincus.

Les mages, adorateurs d'un seul dieu, ennemis de tout simulacre, révéraient dans le feu, qui donne la vie à la nature, l'emblème de la Divinité. Ils regardaient leur religion comme la plus ancienne et la plus pure. La connaissance qu'ils avaient des mathématiques, de l'astronomie, et de l'histoire, augmentait leur mépris pour leurs vainqueurs, alors ignorants. Ils ne purent abandonner une religion consacrée par tant de siècles, pour une secte ennemie qui venait de naître. La plupart se retirèrent aux extrémités de la Perse et de l'Inde. C'est là qu'ils vivent aujourd'hui, sous le nom de Gaures ou de Guèbres, de Parsis, d'Ignicoles; ne se mariant qu'entre eux, entretenant le feu sacré, fidèles à ce qu'ils connaissent de leur ancien culte; mais ignorants, méprisés, et, à leur pauvreté près, semblables aux Juifs si long-temps dispersés sans s'allier aux autres nations, et plus encore aux Banians, qui ne sont établis et dispersés que dans.

l'Inde et en Perse. Il resta un grand nombre de familles guèbres ou ignicoles à Ispahan, jusqu'au temps
de Sha-Abbas qui les bannit, comme Isabelle chassa
les Juifs d'Espagne. Ils ne furent tolérés dans les fau-
bourgs de cette ville que sous ses successeurs. Les
ignicoles maudissent depuis long-temps dans leurs
prières Alexandre et Mahomet; il est à croire qu'ils
y ont joint Sha-Abbas.

Tandis qu'un lieutenant d'Omar subjugue la Perse,
un autre enlève l'Égypte entière aux Romains, et une
grande partie de la Libye. C'est dans cette conquête
que fut brûlée la fameuse bibliothèque d'Alexandrie,
monument des connaissances et des erreurs des hommes, commencé par Ptolémée Philadelphe, et augmenté par tant de rois. Alors les Sarrasins ne voulaient de science que *l'Alcoran*, mais ils fesaient déjà
voir que leur génie pouvait s'étendre à tout. L'entreprise de renouveler en Égypte l'ancien canal creusé
par les rois, et rétabli ensuite par Trajan, et de re-
joindre ainsi le Nil à la mer Rouge, est digne des siècles les plus éclairés. Un gouverneur d'Égypte entreprend ce grand travail sous le califat d'Omar, et en
vient à bout. Quelle différence entre le génie des
Arabes et celui des Turcs! Ceux-ci ont laissé périr un
ouvrage dont la conservation valait mieux que la conquête d'une grande province.

Les amateurs de l'antiquité, ceux qui se plaisent à
comparer les génies des nations, verront avec plaisir
combien les mœurs, les usages du temps de Mahomet,
d'Abubéker, d'Omar, ressemblaient aux mœurs antiques dont Homère a été le peintre fidèle. On voit les

chefs défier à un combat singulier les chefs ennemis;
on les voit s'avancer hors des rangs et combattre aux
yeux des deux armées, spectatrices immobiles. Ils s'in-
terrogent l'un l'autre, ils se parlent, ils se bravent,
ils invoquent Dieu avant d'en venir aux mains. On
livra plusieurs combats singuliers dans ce genre au
siége de Damas.

Il est évident que les combats des Amazones, dont
parlent Homère et Hérodote, ne sont point fondés sur
des fables. Les femmes de la tribu d'Imiar, de l'Arabie
Heureuse, étaient guerrières, et combattaient dans
les armées d'Abubéker et d'Omar. On ne doit pas
croire qu'il y ait jamais eu un royaume des Amazones, où les femmes vécussent sans hommes; mais dans
les temps et dans les pays où l'on menait une vie
agreste et pastorale, il n'est pas surprenant que des
femmes, aussi durement élevées que les hommes, aient
quelquefois combattu comme eux. On voit surtout au
siége de Damas une de ces femmes, de la tribu d'I-
miar, venger la mort de son mari tué à ses côtés, et
percer d'un coup de flèche le commandant de la ville.
Rien ne justifie plus l'Arioste et le Tasse, qui dans
leurs poëmes font combattre tant d'héroïnes.

L'histoire vous en présentera plus d'une dans le
temps de la chevalerie. Ces usages, toujours très rares,
paraissent aujourd'hui incroyables, surtout depuis
que l'artillerie né laisse plus agir la valeur, l'adresse,
l'agilité de chaque combattant, et que les armées sont
devenues des espèces de machines régulières qui se
meuvent comme par des ressorts.

Les discours des héros arabes à la tête des armées,

ou dans les combats singuliers, ou en jurant des trèves, tiennent tous de ce naturel qu'on trouve dans Homère; mais ils ont incomparablement plus d'enthousiasme et de sublime.

Vers l'an 11 de l'hégire, dans une bataille entre l'armée d'Héraclius et celle des Sarrasins, le général mahométan, nommé Dérar, est pris; les Arabes en sont épouvantés. Rasi, un de leurs capitaines, court à eux : « Qu'importe, leur dit-il, que Dérar soit pris « ou mort? Dieu est vivant et vous regarde : com- « battez. » Il leur fait tourner tête, et remporte la victoire.

Un autre s'écrie : « Voilà le ciel, combattez pour « Dieu, et il vous donnera la terre. »

Le général Kaled prend dans Damas la fille d'Héraclius et la renvoie sans rançon : on lui demande pourquoi il en use ainsi : « C'est, dit-il, que j'espère « reprendre bientôt la fille avec le père dans Constan- « tinople. »

Quand le calife Moavia, prêt d'expirer, l'an 60 de l'hégire, fit assurer à son fils Iesid le trône des califes, qui jusqu'alors était électif, il dit : « Grand Dieu! si « j'ai établi mon fils dans le califat, parceque je l'en « ai cru digne, je te prie d'affermir mon fils sur le « trône; mais si je n'ai agi que comme père, je te prie « de l'en précipiter. »

Tout ce qui arrive alors, caractérise un peuple supérieur. Les succès de ce peuple conquérant semblent dus encore plus à l'enthousiasme qui l'anime qu'à ses conducteurs; car Omar est assassiné par un esclave perse, l'an 653 de notre ère. Othman, son successeur,

l'est en 655, dans une émeute. Ali, ce fameux gendre
de Mahomet, n'est élu et ne gouverne qu'au milieu
des troubles. Il meurt assassiné au bout de cinq ans,
comme ses prédécesseurs; et cependant les armes musulmanes sont toujours heureuses. Ce calife Ali, que
les Persans révèrent aujourd'hui, et dont ils suivent
les principes, en opposition à ceux d'Omar, avait
transféré le siége des califes de la ville de Médine, où
Mahomet est enseveli, dans celle de Cufa, sur les
bords de l'Euphrate : à peine en reste-t-il aujourd'hui
des ruines. C'est le sort de Babylone, de Séleucie, et
de toutes les anciennes villes de la Chaldée, qui n'é-
taient bâties que de briques.

Il est évident que le génie du peuple arabe, mis en
mouvement par Mahomet, fit tout de lui-même pendant près de trois siècles, et ressembla en cela au génie des anciens Romains. C'est en effet sous Valid, le
moins guerrier des califes, que se font les plus grandes conquêtes. Un de ses généraux étend son empire
jusqu'à Samarcande, en 707. Un autre attaque en
même temps l'empire des Grecs vers la mer Noire.
Un autre, en 711, passe d'Égypte en Espagne, soumise aisément tour-à-tour par les Carthaginois, par
les Romains, par les Goths et les Vandales, et enfin
par ces Arabes qu'on nomme Maures. Ils y établirent
d'abord le royaume de Cordoue. Le sultan d'Égypte
secoue à la vérité le joug du grand calife de Bagdad;
et Abdérame, gouverneur de l'Espagne conquise, ne
reconnaît plus le sultan d'Égypte : cependant, tout
plie encore sous les armes musulmanes.

Cet Abdérame, petit-fils du calife Hescham, prend

les royaumes de Castille, de Navarre, de Portugal, d'Aragon. Il s'établit en Languedoc; il s'empare de la Guienne et du Poitou, et sans Charles-Martel, qui lui ôta la victoire et la vie, la France était une province mahométane.

Après le règne de dix-neuf califes de la maison des Ommiades, commence la dynastie des califes Abassides, vers l'an 752 de notre ère. Abougiafar-Almanzor, second calife Abasside, fixa le siège de ce grand empire à Bagdad, au-delà de l'Euphrate, dans la Chaldée. Les Turcs disent qu'il en jeta les fondements. Les Persans assurent qu'elle était très ancienne, et qu'il ne fit que la réparer. C'est cette ville qu'on appelle quelquefois Babylone, et qui a été le sujet de tant de guerres entre la Perse et la Turquie.

La domination des califes dura six cent cinquante-cinq ans. Despotiques dans la religion comme dans le gouvernement, ils n'étaient point adorés ainsi que le grand lama, mais ils avaient une autorité plus réelle; et dans le temps même de leur décadence, ils furent respectés des princes qui les persécutaient. Tous ces sultans, turcs, arabes, tartares, reçurent l'investiture des califes avec bien moins de contestation que plusieurs princes chrétiens ne l'ont reçue des papes. On ne baisait point les pieds du calife; mais on se prosternait sur le seuil de son palais.

Si jamais puissance a menacé toute la terre, c'est celle de ces califes; car ils avaient le droit du trône et de l'autel, du glaive et de l'enthousiasme. Leurs ordres étaient autant d'oracles, et leurs soldats autant de fanatiques.

Dès l'an 671 ils assiégèrent Constantinople, qui devait un jour devenir mahométane; les divisions, presque inévitables parmi tant de chefs audacieux, n'arrêtèrent pas leurs conquêtes. Ils ressemblèrent en ce point aux anciens Romains, qui parmi leurs guerres civiles avaient subjugué l'Asie Mineure.

A mesure que les mahométans devinrent puissants, ils se polirent. Ces califes, toujours reconnus pour souverains de la religion, et, en apparence, de l'empire, par ceux qui ne reçoivent plus leurs ordres de si loin, tranquilles dans leur nouvelle Babylone, y font bientôt renaître les arts. Aaron-al-Raschild, contemporain de Charlemagne, plus respecté que ses prédécesseurs, et qui sut se faire obéir jusqu'en Espagne et aux Indes, ranima les sciences, fit fleurir les arts agréables et utiles, attira les gens de lettres, composa des vers, et fit succéder dans ses vastes états la politesse à la barbarie. Sous lui les Arabes, qui adoptaient déjà les chiffres indiens, les apportèrent en Europe. Nous ne connûmes, en Allemagne et en France, le cours des astres que par le moyen de ces mêmes Arabes. Le mot seul d'*Almanach* en est encore un témoignage.

L'*Almageste* de Ptolémée fut alors traduit du grec en arabe par l'astronome Ben-Honaïn. Le calife Al-mamon fit mesurer géométriquement un degré du méridien, pour déterminer la grandeur de la terre : opération qui n'a été faite en France que plus de huit cents ans après, sous Louis XIV. Ce même astronome, Ben-Honaïn, poussa ses observations assez loin, re-

connut ou que Ptolémée avait fixé la plus grande dé-
clinaison du soleil trop au septentrion, ou que l'obli-
quité de l'écliptique avait changé. Il vit même que la
période de trente-six mille ans, qu'on avait assignée
au mouvement prétendu des étoiles fixes d'occident
en orient, devait être beaucoup raccourcie.

La chimie et la médecine étaient cultivées par les
Arabes. La chimie, perfectionnée aujourd'hui par
nous, ne nous fut connue que par eux. Nous leur devons de nouveaux remèdes, qu'on nomme *les mino-
ratifs*, plus doux et plus salutaires que ceux qui étaient
auparavant en usage dans l'école d'Hippocrate et de
Galien. L'algèbre fut une de leurs inventions. Ce terme
le montre encore assez; soit qu'il dérive du mot *Al-
giabarat*, soit plutôt qu'il porte le nom du fameux
Arabe Geber, qui enseignait cet art dans notre huitième siècle. Enfin, dès le second siècle de Mahomet,
il fallut que les chrétiens d'occident s'instruisissent
chez les musulmans.

Une preuve infaillible de la supériorité d'une nation dans les arts de l'esprit, c'est la culture perfectionnée de la poésie. Je ne parle pas de cette poésie
enflée et gigantesque, de ce ramas de lieux communs
et insipides sur le soleil, la lune et les étoiles, les
montagnes et les mers; mais de cette poésie sage et
hardie, telle qu'elle fleurit du temps d'Auguste, telle
qu'on l'a vue renaître sous Louis xiv. Cette poésie d'i-
mage et de sentiment fut connue du temps d'Aaron-
al-Raschild. En voici, entre autres exemples, un qui
m'a frappé, et que je rapporte ici parcequ'il est court.

Il s'agit de la célèbre disgrace de Giafar-le-Barmécide.

Mortel, faible mortel, à qui le sort prospère
Fait goûter de ses dons les charmes dangereux,
Connais quelle est des rois la faveur passagère;
Contemple Barmécide, et tremble d'être heureux.

Ce dernier vers surtout est traduit mot à mot. Rien ne me paraît plus beau que *tremble d'être heureux.* La langue arabe avait l'avantage d'être perfectionnée depuis long-temps; elle était fixée avant Mahomet, et ne s'est point altérée depuis. Aucun des jargons qu'on parlait alors en Europe n'a pas seulement laissé la moindre trace. De quelque côté que nous nous tournions, il faut avouer que nous n'existons que d'hier. Nous allons plus loin que les autres peuples en plus d'un genre; et c'est peut-être parceque nous sommes venus les derniers.

CHAPITRE VII.

De l'Alcoran, et de la loi musulmane. Examen si la religion
musulmane était nouvelle, et si elle a été persécutante.

Le précédent chapitre a pu nous donner quelque connaissance des mœurs de Mahomet et de ses Arabes, par qui une grande partie de la terre éprouva une révolution si grande et si prompte : il faut tracer à présent une peinture fidèle de leur religion.

C'est un préjugé répandu parmi nous, que le mahométisme n'a fait de si grands progrès que parcequ'il favorise les inclinations voluptueuses. On ne fait pas réflexion que toutes les anciennes religions de l'Orient ont admis la pluralité des femmes. Mahomet en réduisit à quatre le nombre illimité jusqu'alors. Il est dit que David avait dix-huit femmes, et Salomon sept cents, avec trois cents concubines. Ces rois buvaient du vin avec leurs compagnes. C'était donc la religion juive qui était voluptueuse, et celle de Mahomet était sévère.

C'est un grand problème parmi les politiques, si la polygamie est utile à la société et à la propagation. L'Orient a décidé cette question dans tous les siècles, et la nature est d'accord avec les peuples orientaux, dans presque toute espèce animale, chez qui plusieurs femelles n'ont qu'un mâle. Le temps perdu par les grossesses, par les couches, par les incommodités naturelles aux femmes, semble exiger que ce temps soit réparé. Les femmes, dans les climats chauds, cessent de bonne heure d'être belles et fécondes. Un chef de famille, qui met sa gloire et sa prospérité dans un grand nombre d'enfants, a besoin d'une femme qui remplace une épouse inutile. Les lois de l'Occident semblent plus favorables aux femmes; celles de l'Orient, aux hommes et à l'état : il n'est point d'objet de législation qui ne puisse être un sujet de dispute. Ce n'est pas ici la place d'une dissertation; notre objet est de peindre les hommes plutôt que de les juger.

On déclame tous les jours contre le paradis sensuel de Mahomet; mais l'antiquité n'en avait jamais connu d'autre. Hercule épousa Hébé dans le ciel, pour récompense des peines qu'il avait éprouvées sur la terre. Les héros buvaient le nectar avec les dieux; et, puisque l'homme était supposé ressusciter avec ses sens, il était naturel de supposer aussi qu'il goûterait, soit dans un jardin, soit dans quelque autre globe, les plaisirs propres aux sens, qui doivent jouir puisqu'ils subsistent. Cette créance fut celle des pères de l'Église du second et du troisième siècle. C'est ce qu'atteste précisément saint Justin, dans la seconde partie de ses *Dialogues*. « Jérusalem, dit-il, sera agrandie et « embellie pour recevoir les saints, qui jouiront pen- « dant mille ans de tous les plaisirs des sens. » Enfin, le mot de *paradis* ne désigne qu'un jardin planté d'ar- bres fruitiers.

Cent auteurs, qui en ont copié un, ont écrit que c'était un moine nestorien qui avait composé *l'Alco- ran*. Les uns ont nommé ce moine Sergius, les autres Boheïra; mais il est évident que les chapitres de *l'Al- coran* furent écrits suivant l'occurrence, dans les voya- ges de Mahomet, et dans ses expéditions militaires. Avait-il toujours ce moine avec lui? On a cru encore, sur un passage équivoque de ce livre, que Mahomet ne savait ni lire ni écrire. Comment un homme qui avait fait le commerce vingt années, un poëte, un médecin, un législateur, aurait-il ignoré ce que les moindres enfants de sa tribu apprenaient?

Le *Koran*, que je nomme ici *Alcoran*, pour me conformer à notre vicieux usage, veut dire *le livre* ou *la lecture*. Ce n'est point un livre historique dans le- quel on ait voulu imiter les livres des Hébreux et nos Évangiles; ce n'est pas non plus un livre purement de lois, comme *le Lévitique* ou *le Deutéronome*, ni un

ESSAI SUR LES MŒURS. I.   22

recueil de psaumes et de cantiques, ni une vision prophétique et allégorique dans le goût de *l'Apocalypse*;
c'est un mélange de tous ces divers genres, un assemblage de sermons dans lesquels on trouve quelques
faits, quelques visions, des révélations, des lois religieuses et civiles.

Le *Koran* est devenu le code de la jurisprudence,
ainsi que la loi canonique, chez toutes les nations
mahométanes. Tous les interprètes de ce livre conviennent que sa morale est contenue dans ces paroles:
« Recherchez qui vous chasse; donnez à qui vous ôte;
« pardonnez à qui vous offense; faites du bien à tous;
« ne contestez point avec les ignorants. »

Il aurait dû bien plutôt recommander de ne point
disputer avec les savants; mais dans cette partie du
monde, on ne se doutait pas qu'il y eût ailleurs de
la science et des lumières.

Parmi les déclamations incohérentes dont ce livre
est rempli, selon le goût oriental, on ne laisse pas
de trouver des morceaux qui peuvent paraître sublimes. Mahomet, par exemple, parlant de la cessation
du déluge, s'exprime ainsi: «Dieu dit: Terre, en-
« gloutis tes eaux; ciel, puise les ondes que tu as ver-
« sées: le ciel et la terre obéirent. »

Sa définition de Dieu est d'un genre plus véritablement sublime. On lui demandait quel était cet Alla
qu'il annonçait: « C'est celui, répondit-il, qui tient
« l'être de soi-même, et de qui les autres le tiennent;
« qui n'engendre point et qui n'est point engendré,
« et à qui rien n'est semblable dans toute l'étendue

« des êtres. » Cette fameuse réponse, consacrée dans tout l'Orient, se trouve presque mot à mot dans l'antépénultième chapitre du *Koran*.

Il est vrai que les contradictions, les absurdités, les anachronismes, sont répandus en foule dans ce livre. On y voit surtout une ignorance profonde de la physique la plus simple et la plus connue. C'est là la pierre de touche des livres que les fausses religions prétendent écrits par la Divinité; car Dieu n'est ni absurde, ni ignorant : mais le peuple, qui ne voit pas ces fautes, les adore, et les imans emploient un déluge de paroles pour les pallier.

Les commentateurs du *Koran* distinguent toujours le sens positif et l'allégorique, la lettre et l'esprit. On reconnaît le génie arabe dans les commentaires, comme dans le texte. Un des plus autorisés commentateurs dit « Que le Koran porte tantôt une face « d'homme, tantôt une face de bête », pour signifier l'esprit et la lettre.

Une chose qui peut surprendre bien des lecteurs, c'est qu'il n'y eut rien de nouveau dans la loi de Mahomet, sinon que Mahomet était prophète de Dieu.

En premier lieu, l'unité d'un être suprême, créateur et conservateur, était très ancienne. Les peines et les récompenses dans une autre vie, la croyance d'un paradis et d'un enfer, avaient été admises chez les Chinois, les Indiens, les Perses, les Égyptiens, les Grecs, les Romains, et ensuite chez les Juifs, et surtout chez les chrétiens, dont la religion consacra cette doctrine.

L'Alcoran reconnaît des anges et des génies, et

22.

cette créance vient des anciens Perses. Celle d'une résurrection et d'un jugement dernier était visiblement
puisée dans le *Talmud* et dans le christianisme. Les
mille ans que Dieu emploiera, selon Mahomet, à juger les hommes, et la manière dont il y procédera,
sont des accessoires qui n'empêchent pas que cette
idée ne soit entièrement empruntée. Le pont aigu sur
lequel les ressuscités passeront, et du haut duquel les
réprouvés tomberont en enfer, est tiré de la doctrine
allégorique des mages.

C'est chez ces mêmes mages, c'est dans leur *Jannat*
que Mahomet a pris l'idée d'un paradis, d'un jardin,
où les hommes, revivant avec tous leurs sens perfectionnés, goûteront par ces sens mêmes toutes les vo-
luptés qui leur sont propres, sans quoi ces sens leur
seraient inutiles. C'est là qu'il a puisé l'idée de ces
houris, de ces femmes célestes qui seront le partage
des élus, et que les mages appelaient *hourani,* comme
on le voit dans le *Sadder.* Il n'exclut point les femmes
de son paradis, comme on le dit souvent parmi nous.
Ce n'est qu'une raillerie sans fondement, telle que
tous les peuples en font les uns des autres. Il promet
des jardins, c'est le nom du paradis; mais il promet
pour souveraine béatitude la vision, la communica-
tïon de l'Être suprême.

Le dogme de la prédestination absolue, et de la fatalité, qui semble aujourd'hui caractériser le mahométisme, était l'opinion de toute l'antiquité : elle n'est
pas moins claire dans *l'Iliade* que dans *l'Alcoran.*

A l'égard des ordonnances légales, comme la circoncision, les ablutions, les prières, le pélerinage de

la Mecque, Mahomet ne fit que se conformer, pour
le fond, aux usages reçus. La circoncision était pra-
tiquée de temps immémorial chez les Arabes, chez
les anciens Égyptiens, chez les peuples de la Colchide,
et chez les Hébreux. Les ablutions furent toujours
recommandées dans l'Orient, comme un symbole de
la pureté de l'ame.

Point de religion sans prières. La loi que Mahomet
porta, de prier cinq fois par jour, était gênante, et
cette gêne même fut respectable. Qui aurait osé se
plaindre que la créature soit obligée d'adorer cinq fois
par jour son créateur?

Quant au pélerinage de la Mecque, aux cérémonies
pratiquées dans le *Kaaba* et sur la pierre noire, peu de
personnes ignorent que cette dévotion était chère aux
Arabes depuis un grand nombre de siècles. Le *Kaaba*
passait pour le plus ancien temple du monde; et,
quoiqu'on y vénérât alors trois cents idoles, il était
principalement sanctifié par la pierre noire, qu'on disait être le tombeau d'Ismaël. Loin d'abolir ce pélerinage, Mahomet, pour se concilier les Arabes, en fit
un précepte positif.

Le jeûne était établi chez plusieurs peuples, et chez
les Juifs, et chez les chrétiens. Mahomet le rendit très
sévère, en l'étendant à un mois lunaire, pendant lequel il n'est pas permis de boire un verre d'eau, ni de
fumer, avant le coucher du soleil; et ce mois lunaire
arrivant souvent au plus fort de l'été, le jeûne devint
par là d'une si grande rigueur, qu'on a été obligé d'y
apporter des adoucissements, surtout à la guerre.

Il n'y a point de religion dans laquelle on n'ait recommandé l'aumône. La mahométane est la seule qui en ait fait un précepte légal, positif, indispensable. *L'Alcoran* ordonne de donner deux et demi pour cent de son revenu, soit en argent, soit en denrées.

On voit évidemment que toutes les religions ont emprunté tous leurs dogmes et tous leurs rites les unes des autres.

Dans toutes ces ordonnances positives, vous ne trouverez rien qui ne soit consacré par les usages les plus antiques. Parmi les préceptes négatifs, c'est-à-dire ceux qui ordonnent de s'abstenir, vous ne trouverez que la défense générale à toute une nation de boire du vin, qui soit nouvelle et particulière au mahométisme. Cette abstinence dont les musulmans se plaignent, et se dispensent souvent dans les climats froids, fut ordonnée dans un climat brûlant, où le vin altérait trop aisément la santé et la raison. Mais d'ailleurs, il n'était pas nouveau que des hommes voués au service de la Divinité se fussent abstenus de cette liqueur. Plusieurs collèges de prêtres en Égypte, en Syrie, aux Indes, les nazaréens, les récabites, chez les Juifs, s'étaient imposé cette mortification[a].

Elle ne fut point révoltante pour les Arabes : Mahomet ne prévoyait pas qu'elle deviendrait un jour presque insupportable à ses musulmans dans la Thrace, la Macédoine, la Bosnie, et la Servie. Il ne savait pas que les Arabes viendraient un jour jusqu'au milieu de la France, et les Turcs mahométans devant les bastions de Vienne.

Il en est de même de la défense de manger du porc,

---

[a] Voyez, dans *le Dictionnaire philosophique*, l'art. AROT et MAROT.

du sang, et des bêtes mortes de maladies; ce sont des préceptes de santé: le porc surtout est une nourriture très dangereuse dans ces climats, aussi bien que dans la Palestine, qui en est voisine. Quand le mahométisme s'est étendu dans les pays plus froids, l'abstinence a cessé d'être raisonnable, et n'a pas cessé de subsister.

La prohibition de tous les jeux de hasard est peut-être la seule loi dont on ne puisse trouver d'exemple dans aucune religion. Elle ressemble à une loi de couvent plutôt qu'à une loi générale d'une nation. Il semble que Mahomet n'ait formé un peuple que pour prier, pour peupler, et pour combattre.

Toutes ces lois qui, à la polygamie près, sont si austères, et sa doctrine qui est si simple, attirèrent bientôt à sa religion le respect et la confiance. Le dogme surtout de l'unité d'un Dieu, présenté sans mystère, et proportionné à l'intelligence humaine, rangea sous sa loi une foule de nations, et jusqu'à des nègres dans l'Afrique, et à des insulaires dans l'Océan indien.

Cette religion s'appela *l'Islamisme*, c'est-à-dire résignation à la volonté de Dieu; et ce seul mot devait faire beaucoup de prosélytes. Ce ne fut point par les armes que *l'Islamisme* s'établit dans plus de la moitié de notre hémisphère, ce fut par l'enthousiasme, par la persuasion, et surtout par l'exemple des vainqueurs, qui a tant de force sur les vaincus. Mahomet, dans ses premiers combats en Arabie contre les ennemis de son imposture, fesait tuer sans miséricorde ses compatriotes rénitents. Il n'était pas alors assez puissant

pour laisser vivre ceux qui pouvaient détruire sa religion naissante : mais sitôt qu'elle fut affermie dans
l'Arabie par la prédication et par le fer, les Arabes,
franchissant les limites de leur pays, dont ils n'étaient
point sortis jusqu'alors, ne forcèrent jamais les étrangers à recevoir la religion musulmane. Ils donnèrent
toujours le choix aux peuples subjugués d'être musulmans, ou de payer tribut. Ils voulaient piller, dominer, faire des esclaves, mais non pas obliger ces
esclaves à croire. Quand ils furent ensuite dépossédés
de l'Asie par les Turcs et par les Tartares, ils firent des
prosélytes de leurs vainqueurs mêmes; et des hordes
de Tartares devinrent un grand peuple musulman.
Par là on voit en effet qu'ils ont converti plus de monde
qu'ils n'en ont subjugué.

Le peu que je viens de dire dément bien tout ce que
nos historiens, nos déclamateurs et nos préjugés nous
disent; mais la vérité doit les combattre.

Bornons-nous toujours à cette vérité historique : le
législateur des musulmans, homme puissant et terrible, établit ses dogmes par son courage et par ses
armes; cependant, sa religion devint indulgente et
tolérante. L'instituteur divin du christianisme, vivant
dans l'humilité et dans la paix, prêcha le pardon des
outrages; et sa sainte et douce religion est devenue,
par nos fureurs, la plus intolérante de toutes, et la
plus barbare[1].

[1] Voyez sur les Albigeois l'*Essai sur les Mœurs*, chapitre LXII, l'*Histoire
du Parlement*, chap. XIX, et l'écrit intitulé : *Conspirations contre les peuples*
(dans les *Mélanges*, année 1766) : sur les Vaudois, l'*Essai*, chap. CXXXVIII,
et l'écrit sur les *Conspirations;* sur les Hussites, l'*Essai*, chap. LXXII; sur
Mérindol, le chapitre XLII de *Dieu et les hommes* (*Mélanges*, année 1769).

Les mahométans ont eu comme nous des sectes et, des disputes scolastiques; il n'est pas vrai qu'il y ait soixante et treize sectes chez eux, c'est une de leurs rêveries. Ils ont prétendu que les mages en avaient soixante et dix, les Juifs soixante et onze, les chrétiens soixante et douze, et que les musulmans, comme plus parfaits, devaient en avoir soixante et treize : étrange perfection, et bien digne des scolastiques de tous les pays !

Les diverses explications de *l'Alcoran* formèrent chez eux les sectes qu'ils nommèrent orthodoxes, et celles qu'ils nommèrent hérétiques. Les orthodoxes sont les sonnites, c'est-à-dire les traditionistes, docteurs attachés à la tradition la plus ancienne, laquelle sert de supplément à *l'Alcoran.* Ils sont divisés en quatre sectes, dont l'une domine aujourd'hui à Constantinople, une autre en Afrique, une troisième en Arabie, et une quatrième en Tartarie et aux Indes; elles sont regardées comme également utiles pour le salut.

Les hérétiques sont ceux qui nient la prédestination absolue, ou qui diffèrent des sonnites sur quelques points de l'école. Le mahométisme a eu ses pélagiens, ses scotistes, ses thomistes, ses molinistes, ses jan-

---

et l'opuscule sur les *Conspirations ;* sur Cabrières, ce dernier écrit; sur le massacre de Vassi, l'*Essai sur les Mœurs,* chap. CLXXI; sur la Saint-Barthélemi, l'*Essai sur les guerres civiles* (à la suite de *la Henriade*), le chap. XLII de *Dieu et les hommes,* et l'écrit sur les *Conspirations ;* sur les massacres d'Irlande, ce dernier opuscule et l'*Essai sur les Mœurs,* chapitre CLXXX; sur les massacres de douze millions d'hommes égorgés en Amérique au nom de J.-C. et de la bonne Vierge sa mère, le morceau déjà cité des *Conspirations contre les peuples.* B.

sénistes : toutes ces sectes n'ont pas produit plus de
révolutions que parmi nous. Il faut, pour qu'une
secte fasse naître de grands troubles, qu'elle attaque
les fondements de la secte dominante, qu'elle la traite
d'impie, d'ennemie de Dieu et des hommes, qu'elle ait
un étendard que les esprits les plus grossiers puissent
apercevoir sans peine, et sous lequel les peuples
puissent aisément se rallier. Telle a été la secte d'Ali,
rivale de la secte d'Omar; mais ce n'est que vers le
seizième siècle que ce grand schisme s'est établi; et la
politique y a eu beaucoup plus de part que la religion.

CHAPITRE VIII.

De l'Italie et de l'Église avant Charlemagne. Comment le christianisme s'était établi. Examen s'il a souffert autant de persécutions
qu'on le dit.

Rien n'est plus digne de notre curiosité que la manière dont Dieu voulut que l'Église s'établît, en fesant
concourir les causes secondes à ses décrets éternels.
Laissons respectueusement ce qui est divin à ceux qui
en sont les dépositaires, et attachons-nous uniquement
à l'historique. Des disciples de Jean s'établissent d'a-
bord dans l'Arabie voisine de Jérusalem; mais les
disciples de Jésus vont plus loin. Les philosophes
platoniciens d'Alexandrie, où il y avait tant de Juifs,
se joignent aux premiers chrétiens, qui empruntent
des expressions de leur philosophie, comme celle du
Logos, sans emprunter toutes leurs idées. Il y avait

déjà quelques chrétiens à Rome du temps de Néron :
on les confondait avec les Juifs, parcequ'ils étaient
leurs compatriotes, parlant la même langue, s'abstenant comme eux des aliments défendus par la loi
mosaïque. Plusieurs même étaient circoncis, et observaient le sabbat. Ils étaient encore si obscurs, que ni
l'historien Josèphe ni Philon n'en parlent dans aucun
de leurs écrits. Cependant on voit évidemment que ces
demi-juifs demi-chrétiens étaient, dès le commencement, partagés en plusieurs sectes, ébionites, mar-
cionites, carpocratiens, valentiniens, caïnites. Ceux
d'Alexandrie étaient fort différents de ceux de Syrie;
les Syriens différaient des Achaïens. Chaque parti
avait son évangile, et les véritables Juifs étaient les
ennemis irréconciliables de tous ces partis.

Ces Juifs, également rigides et fripons, étaient encore dans Rome au nombre de quatre mille. Il y en
avait eu huit mille du temps d'Auguste; mais Tibère
en fit passer la moitié en Sardaigne pour peupler cette
île, et pour délivrer Rome d'un trop grand nombre
d'usuriers. Loin de les gêner dans leur culte, on les
laissait jouir de la tolérance qu'on prodiguait dans
Rome à toutes les religions. On leur permettait des
synagogues et des juges de leur nation, comme ils
en ont aujourd'hui dans Rome chrétienne, où ils sont
en plus grand nombre. On les regardait du même
œil que nous voyons les Nègres, comme une espèce
d'hommes inférieure. Ceux qui dans les colonies juives n'avaient pas assez de talents pour s'appliquer à
quelque métier utile, et qui ne pouvaient couper du
cuir et faire des sandales, fesaient des fables. Ils

savaient les noms des anges, de la seconde femme
d'Adam et de son précepteur, et ils vendaient aux
dames romaines des philtres pour se faire aimer. Leur
haine pour les chrétiens, ou galiléens, ou nazaréens,
comme on les nommait alors, tenait de cette rage dont
tous les superstitieux sont animés contre tous ceux
qui se séparent de leur communion. Ils accusèrent les
Juifs chrétiens de l'incendie qui consuma une partie
de Rome sous Néron. Il était aussi injuste d'imputer
cet accident aux chrétiens qu'à l'empereur: ni lui, ni
les chrétiens, ni les Juifs, n'avaient aucun intérêt à
brûler Rome; mais il fallait apaiser le peuple qui se
soulevait contre des étrangers également haïs des Romains et des Juifs. On abandonna quelques infortunés
à la vengeance publique. Il semble qu'on n'aurait pas
dû compter, parmi les persécutions faites à leur foi,
cette violence passagère : elle n'avait rien de commun
avec leur religion qu'on ne connaissait pas, et que les
Romains confondaient avec le judaïsme, protégé par
les lois autant que méprisé.

S'il est vrai qu'on ait trouvé en Espagne des inscriptions où Néron est remercié « d'avoir aboli dans la pro-
« vince une superstition nouvelle », l'antiquité de ces
monuments est plus que suspecte. S'ils sont authentiques, le christianisme n'y est pas désigné; et si enfin
ces monuments outrageants regardent les chrétiens,
à qui peut-on les attribuer qu'aux Juifs jaloux établis
en Espagne, qui abhorraient le christianisme comme
un ennemi né dans leur sein?

Nous nous garderons bien de vouloir percer l'obs-
curité impénétrable qui couvre le berceau de l'Église

naissante, et que l'érudition même a quelquefois redoublée.

Mais ce qui est très certain, c'est qu'il n'y a que l'ignorance, le fanatisme, l'esclavage des écrivains copistes d'un premier imposteur, qui aient pu compter parmi les papes l'apôtre Pierre, Lin, Clet, et d'autres, dans le premier siècle.

Il n'y eut aucune hiérarchie pendant près de cent ans parmi les chrétiens. Leurs assemblées secrètes se gouvernaient comme celles des primitifs ou quakers d'aujourd'hui. Ils observaient à la lettre le précepte de leur maître : « Les princes des nations dominent, « il n'en sera pas ainsi entre vous : quiconque voudra « être le premier sera le dernier. » La hiérarchie ne put se former que quand là société devint nombreuse, et ce ne fut que sous Trajan qu'il y eut des surveillants, *episcopoi*, que nous avons traduit par le mot d'*évêque;* des *presbyteroi*, des *pistoi*, des énergumènes, des catéchumènes. Il n'est question du terme *pape* dans aucun des auteurs des premiers siècles. Ce mot grec était inconnu dans le petit nombre des demi-juifs qui prenaient à Rome le nom de chrétiens.

Il est reconnu par tous les savants que Simon Barjone, surnommé Pierre, n'alla jamais à Rome [1]. On rit aujourd'hui de la preuve que des idiots tirèrent d'une épître attribuée à cet apôtre, né en Galilée. Il dit dans cette épître qu'il est à Babylone. Les seuls qui parlent de son prétendu martyre sont des fabulistes décriés, un Hégésippe, un Marcel, un Abdias,

[1] Voyez, dans le *Dictionnaire philosophique*, l'article VOYAGE DE SAINT PIERRE A ROME. B.

copiés depuis par Eusèbe. Ils content que Simon Barjone, et un autre Simon, qu'ils appellent *le magicien*,
disputèrent sous Néron à qui ressusciterait un mort,
et à qui s'élèverait le plus haut dans l'air : que Simon
Barjone fit tomber l'autre Simon, favori de Néron,
et que cet empereur irrité fit crucifier Barjone, lequel, par humilité, voulut être crucifié la tête en bas.
Ces inepties sont aujourd'hui méprisées de tous les
chrétiens instruits; mais depuis Constantin, elles furent autorisées jusqu'à la renaissance des lettres et du
bon sens.

Pour prouver que Pierre ne mourut point à Rome,
il n'y a qu'à observer que la première basilique bâtie
par les chrétiens dans cette capitale est celle de Saint-
Jean-de-Latran : c'est la première église latine; l'au-
rait-on dédiée à Jean, si Pierre avait été pape?

La liste frauduleuse des prétendus premiers papes
est tirée d'un livre apocryphe, intitulé *le Pontifical
de Damase*, qui dit en parlant de Lin, prétendu successeur de Pierre, que Lin fut pape jusqu'à la treizième année de l'empereur Néron. Or, c'est précisément cette année 13 qu'on fait crucifier Pierre : il y
aurait donc eu deux papes à-la-fois.

Enfin, ce qui doit trancher toute difficulté aux
yeux de tous les chrétiens, c'est que ni dans les *Actes
des apôtres*, ni dans les *Épîtres de Paul*, il n'est pas
dit un seul mot d'un voyage de Simon Barjone à
Rome. Le terme de siége, de pontificat, de papauté,
attribué à Pierre, est d'un ridicule sensible. Quel siége
qu'une assemblée inconnue de quelques pauvres de la
populace juive !

C'est cependant sur cette fable que la puissance papale est fondée et se soutient encore aujourd'hui après toutes ses pertes. Qu'on juge après cela comment l'opinion gouverne le monde, comment le mensonge subjugue l'ignorance, et combien ce mensonge a été utile pour asservir les peuples, les enchaîner, et les dépouiller.

C'est ainsi qu'autrefois les annalistes barbares de l'Europe comptaient parmi les rois de France un Pharamond, et son père Marcomir, et des rois d'Espagne, de Suède, d'Écosse, depuis le déluge. Il faut avouer que l'histoire, ainsi que la physique, n'a commencé à se débrouiller que sur la fin du seizième siècle. La raison ne fait que de naître.

Ce qui est encore certain, c'est que le génie du sénat ne fut jamais de persécuter personne pour sa croyance; que jamais aucun empereur ne voulut forcer les Juifs à changer de religion, ni après la révolte sous Vespasien, ni après celle qui éclata sous Adrien. On insulta toujours à leur culte; on s'en moqua; on érigea des statues dans leur temple avant sa ruine; mais jamais il ne vint dans l'idée d'aucun César, ni d'aucun proconsul, ni du sénat romain, d'empêcher les Juifs de croire à leur loi. Cette seule raison sert à faire voir quelle liberté eut le christianisme de s'étendre en secret, après s'être formé obscurément dans le sein du judaïsme.

Aucun des Césars n'inquiéta les chrétiens jusqu'à Domitien. Dion Cassius dit qu'il y eut sous cet empereur quelques personnes condamnées comme athées, et comme imitant les mœurs des Juifs. Il paraît que

cette vexation, sur laquelle on a d'ailleurs si peu de
lumières, ne fut ni longue ni générale. On ne sait
précisément ni pourquoi il y eut quelques chrétiens
bannis, ni pourquoi ils furent rappelés. Comment
croire Tertullien, qui, sur la foi d'Hégésippe, rapporte sérieusement que Domitien interrogea les petits-
fils de l'apôtre saint Jude, de la race de David, dont
il redoutait les droîts au trône de Judée, et que, les
voyant pauvres et misérables, il cessa la persécution ?
S'il eût été possible qu'un empereur romain craignît
des prétendus descendants de David quand Jérusalem
était détruite, sa politique n'en eût donc voulu qu'aux
Juifs, et non aux chrétiens. Mais comment imaginer
que le maître de la terre connue ait eu des inquié-
tudes sur les droits de deux petits-fils de saint Jude au
royaume de la Palestine, et les ait interrogés ? Voilà
malheureusement comme l'histoire a été écrite par
tant d'hommes plus pieux qu'éclairés [1].

Nerva, Vespasien, Tite, Trajan, Adrien, les Antonins, ne furent point persécuteurs. Trajan, qui avait
renouvelé les défenses portées par la loi des douze
Tables contre les associations particulières, écrit à
Pline : « Il ne faut faire aucune recherche contre les
« chrétiens. » Ces mots essentiels, *il ne faut faire aucune recherche*, prouvent qu'ils purent se cacher, se
maintenir avec prudence, quoique souvent l'envie des
prêtres et la haine des Juifs les traînât aux tribunaux
et aux supplices. Le peuple les haïssait, et surtout le
peuple des provinces, toujours plus dur, plus superstitieux et plus intolérant que celui de la capitale : il

---

[1] Voyez le *Dictionnaire philosophique*, article DIOCLÉTIEN. R.

excitait les magistrats contre eux ; il criait qu'on les exposât aux bêtes dans les cirques. Adrien non seulement défendit à Fondanus, proconsul de l'Asie Mineure, de les persécuter, mais son ordonnance porte : « Si on calomnie les chrétiens, châtiez sévèrement le « calomniateur. »

C'est cette justice d'Adrien qui a fait si faussement imaginer qu'il était chrétien lui-même. Celui qui éleva un temple à Antinoüs en aurait-il voulu élever à Jésus-Christ ?

Marc-Aurèle ordonna qu'on ne poursuivît point les chrétiens pour cause de religion. Caracalla, Héliogabale, Alexandre, Philippe, Gallien, les protégèrent ouvertement. Ils eurent donc tout le temps d'étendre et de fortifier leur Église naissante. Ils tinrent cinq conciles dans le premier siècle, seize dans le second, et trente-six dans le troisième. Les autels étaient magnifiques dès le temps de ce troisième siècle. L'histoire ecclésiastique en remarque quelques uns ornés de colonnes d'argent, qui pesaient ensemble trois mille marcs. Les calices faits sur le modèle des coupes romaines, et les patènes, étaient d'or pur.

Les chrétiens jouirent d'une si grande liberté, malgré les cris et les persécutions de leurs ennemis, qu'ils avaient publiquement, dans plusieurs provinces, des églises élevées sur les débris de quelques temples tombés ou ruinés. Origène et saint Cyprien l'avouent ; et il faut bien que le repos de l'Église ait été long, puisque ces deux grands hommes reprochent déjà à leurs contemporains le *luxe*, la *mollesse*, l'*avarice*, suite de la félicité et de l'abondance. Saint Cyprien se

plaint expressément que plusieurs évêques, imitant
mal les saints exemples qu'ils avaient sous leurs yeux,
« accumulaient de grandes sommes d'argent, s'enri-
« chissaient par l'usure, et ravissaient des terres par
« la fraude. ». Ce sont ses propres paroles : elles sont
un témoignage évident du bonheur tranquille dont on
jouissait sous les lois romaines. L'abus d'une chose
en démontre l'existence.

Si Décius, Maximin, et Dioclétien, persécutèrent
les chrétiens, ce fut pour des raisons d'état : Décius,
parcequ'ils tenaient le parti de la maison de Philippe,
soupçonné, quoique à tort, d'être chrétien lui-même ;
Maximin, parcequ'ils soutenaient Gordien. Ils jouirent
de la plus grande liberté pendant vingt années sous
Dioclétien. Non seulement ils avaient cette liberté de
religion que le gouvernement romain accorda de tout
temps à tous les peuples, sans adopter leurs cultes ;
mais ils participaient à tous les droits des Romains.
Plusieurs chrétiens étaient gouverneurs de provinces.
Eusèbe cite deux chrétiens, Dorothée et Gorgonius,
officiers du palais, à qui Dioclétien prodiguait sa faveur. Enfin il avait épousé une chrétienne. Tout ce
que nos déclamateurs écrivent contre Dioclétien n'est
donc qu'une calomnie fondée sur l'ignorance. Loin de
les persécuter, il les éleva au point qu'il ne fut plus
en son pouvoir de les abattre.

En 303, Maximien Galère, qui les haïssait, engage
Dioclétien à faire démolir l'église cathédrale de Nicomédie, élevée vis-à-vis le palais de l'empereur. Un
chrétien plus qu'indiscret déchire publiquement l'é-
dit ; on le punit. Le feu consume quelques jours après

une partie du palais de Galère; on en accuse les chrétiens : cependant il n'y eut point de peine de mort décernée contre eux. L'édit portait qu'on brûlât leurs temples et leurs livres, qu'on privât leurs personnes de tous leurs honneurs.

Jamais Dioclétien n'avait voulu jusque-là les contraindre en matière de religion. Il avait, après sa victoire sur les Perses, donné des édits contre les manichéens attachés aux intérêts de la Perse, et secrets ennemis de l'empire romain. La seule raison d'état fut la cause de ces édits. S'ils avaient été dictés par le zèle de la religion, zèle que les conquérants ont si rarement, les chrétiens y auraient été enveloppés. Ils ne le furent pas; ils eurent par conséquent vingt années entières sous Dioclétien même pour s'affermir, et ne furent maltraités sous lui que pendant deux années; encore Lactance, Eusèbe, et l'empereur Constantin lui-même, imputent ces violences au seul Galère, et non à Dioclétien. Il n'est pas en effet vraisemblable qu'un homme assez philosophe pour renoncer à l'empire l'ait été assez peu pour être un persécuteur fanatique.

Dioclétien n'était à la vérité qu'un soldat de fortune; mais c'est cela même qui prouve son extrême mérite. On ne peut juger d'un prince que par ses exploits et par ses lois. Ses actions guerrières furent grandes, et ses lois justes. C'est à lui que nous devons la loi qui annulle les contrats de vente dans lesquels il y a lésion d'outre-moitié. Il dit lui-même que l'humanité dicte cette loi, *humanum est.*

Il fut le père des pupilles trop négligés; il voulut que les capitaux de leurs biens portassent intérêt.

C'est avec autant de sagesse que d'équité qu'en protégeant les mineurs il ne voulut pas que jamais ces mineurs pussent abuser de cette protection, en trompant leurs créanciers ou leurs débiteurs. Il ordonna qu'un mineur qui aurait usé de fraude serait déchu du bénéfice de la loi. Il réprima les délateurs et les usuriers. Tel est l'homme que l'ignorance se représente d'ordinaire comme un ennemi armé sans cesse contre les fidèles, et son règne comme une Saint-Barthélemi continuelle, ou comme la persécution des Albigeois. C'est ce qui est entièrement contraire à la vérité. L'ère des martyrs, qui commence à l'avènement de Dioclétien, n'aurait donc dû être datée que deux ans avant son abdication, puisqu'il ne fit aucun martyr pendant vingt ans.

C'est une fable bien méprisable, qu'il ait quitté l'empire de regret de n'avoir pu abolir le christianisme. S'il l'avait tant persécuté, il aurait au contraire continué à régner pour tâcher de le détruire; et s'il fut forcé d'abdiquer, comme on l'a dit sans preuve, il n'abdiqua donc point par dépit et par regret. Le vain plaisir d'écrire des choses extraordinaires, et de grossir le nombre des martyrs, a fait ajouter des persécutions fausses et incroyables à celles qui n'ont été que trop réelles. On a prétendu que du temps de Dioclétien, en 287, le César Maximien Hercule envoya au martyre, au milieu des Alpes, une légion entière appelée Thébéenne, composée de six mille six cents

hommes, tous chrétiens, qui tous se laissèrent massacrer sans murmurer. Cette histoire si fameuse ne
fut écrite que près de deux cents ans après par l'abbé
Eucher, qui la rapporte sur des ouï-dire. Mais comment Maximien Hercule aurait-il, comme on le dit,
appelé d'Orient cette légion pour aller apaiser dans
les Gaules une sédition réprimée depuis une année entière? Pourquoi se serait-il défait de six mille six cents
bons soldats dont il avait besoin pour aller réprimer
cette sédition? Comment tous étaient-ils chrétiens sans
exception? Pourquoi les égorger en chemin? Qui les
aurait massacrés dans une gorge étroite, entre deux
montagnes, près de Saint-Maurice en Valais, où l'on
ne peut ranger quatre cents hommes en ordre de bataille, et où une légion résisterait aisément à la plus
grande armée? A quel propos cette boucherie dans
un temps où l'on ne persécutait pas, dans l'époque
de la plus grande tranquillité de l'Église, tandis que
sous les yeux de Dioclétien même, à Nicomédie, vis-
à-vis son palais, les chrétiens avaient un temple superbe? « La profonde paix et la liberté entière dont
« nous jouissions, dit Eusèbe, nous fit tomber dans le
« relâchement. » Cette profonde paix, cette entière liberté s'accorde-t-elle avec le massacre de six mille six
cents soldats? Si ce fait incroyable pouvait être vrai[a],
Eusèbe l'eût-il passé sous silence? Tant de vrais martyrs ont scellé l'Évangile de leur sang, qu'on ne doit
point faire partager leur gloire à ceux qui n'ont pas
partagé leurs souffrances. Il est certain que Dioclétien,

---

[a] Voyez les *Éclaircissements historiques*, sur cette Histoire générale (dans
les *Mélanges*, année 1763).

les deux dernières années de son empire, et Galère, quelques années encore après, persécutèrent violemment les chrétiens de l'Asie Mineure et des contrées voisines. Mais dans les Espagnes, dans les Gaules, dans l'Angleterre, qui étaient alors le partage de Constance Chlore, loin d'être poursuivis, ils virent leur religion dominante; et Eusèbe dit que Maxence, élu empereur à Rome en 306, ne persécuta personne.

Ils servirent utilement Constance Chlore, qui les protégea, et dont la concubine Hélène embrassa publiquement le christianisme. Ils firent donc alors un grand parti dans l'état. Leur argent et leurs armes contribuèrent à mettre Constantin sur le trône. C'est ce qui le rendit odieux au sénat, au peuple romain, aux prétoriens, qui tous avaient pris le parti de Maxence son concurrent à l'empire. Nos historiens appellent Maxence tyran, parcequ'il fut malheureux. Il est pourtant certain qu'il était le véritable empereur, puisque le sénat et le peuple romain l'avaient proclamé.

CHAPITRE IX.

Que les fausses légendes des premiers chrétiens n'ont point nui à l'établissement de la religion chrétienne.

Jésus-Christ avait permis que les faux évangiles se mêlassent aux véritables dès le commencement du christianisme; et même, pour mieux exercer la foi des fidèles, les évangiles qu'on appelle aujourd'hui *apocryphes* précédèrent les quatre ouvrages sacrés qui sont aujourd'hui les fondements de notre foi ; cela est si vrai que les pères des premiers siècles citent presque toujours quelqu'un de ces évangiles qui ne subsistent plus. Barnabé, Clément, Ignace, enfin tous, jusqu'à Justin, ne citent que ces évangiles apocryphes. Clément, par exemple, dans le vin^e chapitre, épître ii, s'exprime ainsi : « Le Seigneur dit dans son « Évangile : Si vous ne gardez pas le petit, qui vous « confiera le grand ? » Or ces paroles ne sont ni dans Matthieu, ni dans Marc, ni dans Luc, ni dans Jean. Nous avons vingt exemples de pareilles citations.

Il est bien évident que dans les dix ou douze sectes qui partageaient les chrétiens dès le premier siècle, un parti ne se prévalait pas des évangiles de ses adversaires, à moins que ce ne fût pour les combattre ; chacun n'apportait en preuves que les livres de son parti. Comment donc les pères de notre véritable Église ont-ils pu citer les évangiles qui ne sont point canoniques ? Il faut bien que ces écrits fussent regardés alors comme authentiques et comme sacrés.

Ce qui paraîtrait encore plus singulier, si l'on ne savait pas de quels excès la nature humaine est capable, ce serait que dans toutes les sectes chrétiennes réprouvées par notre Église dominante, il se fût trouvé des hommes qui eussent souffert la persécution pour leurs évangiles apocryphes. Cela ne prouverait que trop que le faux zèle est martyr de l'erreur, ainsi que le véritable zèle est martyr de la vérité.

On ne peut dissimuler les fraudes pieuses que mal-

heureusement les premiers chrétiens de toutes les
sectes employèrent pour soutenir notre religion sainte,
qui n'avait pas besoin de cet appui honteux. On supposa une lettre de Pilate à Tibère, dans laquelle Pilate dit à cet empereur : « Le Dieu des Juifs leur ayant
« promis de leur envoyer son saint du haut du ciel,
« qui serait leur roi à bien juste titre, et ayant promis
« qu'il naîtrait d'une Vierge, le Dieu des Juifs l'a en-
« voyé en effet, moi étant président en Judée. »

On supposa un prétendu édit de Tibère, qui mettait Jésus au rang des dieux : on supposa des Lettres
de Sénèque à Paul, et de Paul à Sénèque; on supposa
le Testament des douze patriarches, qui passa très
long-temps pour authentique, et qui fut même traduit
en grec par saint Jean Chrysostôme : on supposa le
Testament de Moïse, celui d'Énoch, celui de Joseph ;
on supposa le célèbre livre d'Énoch, que l'on regarde
comme le fondement de tout le christianisme, puisque c'est dans ce seul livre qu'on rapporte l'histoire
de la révolte des anges précipités dans l'enfer, et
changés en diables pour tenter les hommes. Ce livre
fut forgé dès le temps des apôtres, et avant même
qu'on eût les Épîtres de saint Jude qui cite les prophéties de cet Énoch, *septième homme après Adam.*
C'est ce que nous avons déjà indiqué dans le chapitre
des Indes.

On supposa une lettre [1] de Jésus-Christ à un pré-

---

[1] Peut-être faut-il lire ici : *Une lettre d'un prétendu roi d'Édesse à Jésus-Christ et la réponse de Jésus-Christ.* Voyez, dans le *Dictionnaire philosophique,* le mot APOCRYPHES. B.

tendu roi d'Édesse, dans le temps qu'Édesse n'avait
point de roi et qu'elle appartenait aux Romains [a].

On supposa les *Voyages de saint Pierre*, l'*Apocalypse de saint Pierre*, les *Actes de saint Pierre*, les
Actes de saint Paul, les *Actes de Pilate*; on falsifia
l'histoire de Flavien Josèphe, et l'on fut assez mal-
avisé pour faire dire à ce Juif, si zélé pour sa religion
juive, que Jésus était le Christ, le Messie.

On écrivit le roman de la querelle de saint Pierre
avec Simon le magicien, d'un mort, parent de Néron,
qu'ils se chargèrent de ressusciter, de leur combat
dans les airs, du chien de Simon qui apportait des
lettres à saint Pierre, et qui rapportait les réponses.

On supposa des vers des sibylles, qui eurent un
cours si prodigieux, qu'il en est encore fait mention
dans les hymnes que les catholiques romains chantent
dans leurs églises.

« Teste David cum sibylla. »

Enfin on supposa un nombre prodigieux de martyrs
que l'on confondit, comme nous l'avons déjà dit [1],
avec les véritables.

Nous avons encore les *Actes du martyre de saint
André l'apôtre*, qui sont reconnus pour faux par les
plus pieux et les plus savants critiques, de même que
les *Actes du martyre de saint Clément*.

Eusèbe de Césarée, au quatrième siècle, recueillit
une grande partie de ces légendes. C'est là qu'on voit

[a] On donne à ce prétendu roi le nom propre d'Abgare : « Le roi Abgare
« à Jésus; » et Abgare était le titre des anciens princes de ce petit pays.
[1] Page 359.

d'abord le martyre de saint Jacques, frère aîné de
Jésus-Christ, qu'on prétend avoir été un bon Juif, et
même récabite, et que les Juifs de Jérusalem appelaient Jacques-le-Juste. Il passait les journées entières
à prier dans le temple. Il n'était donc pas de la religion de son frère. Ils le pressèrent de déclarer que son
frère était un imposteur; mais Jacques leur répondit :
« Sachez qu'il est assis à la droite de là souveraine
« puissance de Dieu, et qu'il doit paraître au milieu
« des nuées, pour juger de là tout l'univers. »

Ensuite vient un Siméon, cousin-germain de Jésus-
Christ, fils d'un nommé Cléophas, et d'une Marie,
sœur de Marie, mère de Jésus. On le fait libéralement
évêque de Jérusalem. On suppose qu'il fut déféré aux
Romains comme descendant en droite ligne du roi
David; et l'on fait voir par là qu'il avait un droit évident au royaume de Jérusalem, aussi bien que saint
Jude. On ajoute que Trajan, craignant extrêmement
la race de David, ne fut pas si clément envers Siméon
que Domitien l'avait été envers les petits-fils de Jude,
et qu'il ne manqua pas de faire crucifier Siméon, de
peur qu'il ne lui enlevât la Palestine. Il fallait que
ce cousin-germain de Jésus-Christ fût bien vieux,
puisqu'il vivait sous Trajan dans la cent septième
année de notre ère vulgaire.

On supposa une longue conversation entre Trajan
et saint Ignace à Antioche. Trajan lui dit : « Qui es-tu,
« esprit impur, démon infernal ? » Ignace lui répondit : « Je ne m'appelle point esprit impur; je m'ap-
« pelle Porte-Dieu ! » Cette conversation est tout-à-fait
vraisemblable.

Vient ensuite une sainte Symphorose avec ses sept enfants qui allèrent voir familièrement l'empereur Adrien, dans le temps qu'il bâtissait sa belle maison de campagne à Tibur. Adrien, quoiqu'il ne persécutât jamais personne, fit fendre en sa présence le cadet des sept frères, de la tête en bas, et fit tuer les six autres avec la mère par des genres différents de mort, pour avoir plus de plaisir.

Sainte Félicité et ses sept enfants, car il en faut toujours sept, est interrogée avec eux, jugée et condamnée par le préfet de Rome dans le champ de Mars, où l'on ne jugeait jamais personne. Le préfet jugeait dans le prétoire; mais on n'y regarda pas de si près.

Saint Polycarpe étant condamné au feu, on entend une voix du ciel qui lui dit, «Courage, Polycarpe, «sois ferme»; et aussitôt les flammes du bûcher se divisent et forment un beau dais sur sa tête, sans le toucher.

Un cabaretier chrétien, nommé saint Théodote, rencontre dans un pré le curé Fronton auprès de la ville d'Ancyre, on ne sait pas trop quelle année, et c'est bien dommage; mais c'est sous l'empereur Dioclétien. «Ce pré, dit la légende recueillie par le révé- «rend père Bollandus, était d'un vert naissant, re- «levé par les nuances diverses que formaient les di- «vers coloris des fleurs. Ah! le beau pré, s'écria le «saint cabaretier, pour y bâtir une chapelle! — Vous «avez raison, dit le curé Fronton, mais il me faut «des reliques. — Allez, allez, reprit Théodote, je «vous en fournirai.» Il savait bien ce qu'il disait. Il

y avait dans Ancyre sept vierges chrétiennes d'environ soixante-douze ans chacune. Elles furent condamnées par le gouverneur à être violées par tous les
jeunes gens de la ville, selon les lois romaines; car
ces légendes supposent toujours qu'on fesait souffrir
ce supplice à toutes les filles chrétiennes.

Il ne se trouva heureusement aucun jeune homme
qui voulût être leur exécuteur; il n'y eut qu'un jeune
ivrogne qui eut assez de courage pour s'attaquer d'a-
bord à sainte Técuse, la plus jeune de toutes, qui
était dans sa soixante-douzième année. Técuse se jeta
à ses pieds, lui montra la *peau flasque de ses cuisses
décharnées, et toutes ses rides pleines de crasse*, etc. :
cela désarma le jeune homme. Le gouverneur, indigné
que les sept vieilles eussent conservé leur pucelage,
les fit sur-le-champ prêtresses de Diane et de Minerve;
et elles furent obligées de servir toutes nues ces deux
déesses, dont pourtant les femmes n'approchaient jamais que voilées de la tête aux pieds.

Le cabaretier Théodote, les voyant ainsi toutes
nues, et ne pouvant souffrir cet attentat fait à leur
pudeur, pria Dieu avec larmes qu'il eût la bonté de
les faire mourir sur-le-champ : aussitôt le gouverneur
les fit jeter dans le lac d'Ancyre, une pierre au cou.

La bienheureuse Técuse apparut la nuit à saint
Théodote. « Vous dormez, mon fils, lui dit-elle, sans
« penser à nous. Ne souffrez pas, mon cher Théodote,
« que nos corps soient mangés par les truites. » Théodote rêva un jour entier à cette apparition.

La nuit suivante il alla au lac avec quelques uns
de ses garçons. Une lumière éclatante marchait de-

vant eux, et cependant la nuit était fort obscure. Une
pluie épouvantable tomba, et fit enfler le lac. Deux
vieillards dont les cheveux, la barbe. et les habits
étaient blancs comme la neige, lui apparurent alors,
et lui dirent : « Marchez, ne craignez rien, voici un
« flambeau céleste, et vous trouverez auprès du lac
« un cavalier céleste armé de toutes pièces, qui vous
« conduira. »

Aussitôt l'orage redoubla. Le cavalier céleste se
présenta avec une lance énorme. Ce cavalier était le
glorieux martyr Sosiandre lui-même, à qui Dieu avait
ordonné de descendre du ciel sur un beau cheval pour
conduire le cabaretier. Il poursuivit les sentinelles du
lac, la lance dans les reins : les sentinelles s'enfuirent.
Théodote trouva le lac à sec, ce qui était l'effet de la
pluie ; on emporta les sept vierges, et les garçons ca-
baretiers les enterrèrent.

La légende ne manque pas de rapporter leurs noms :
c'étaient sainte Técuse, sainte Alexandra, sainte Phainé,
hérétiques ; et sainte Claudia, sainte Euphrasie, sainte
Matrone, et sainte Julite, catholiques.

Dès qu'on sut dans la ville d'Ancyre que ces sept
pucelles avaient été enterrées, toute la ville fut en
alarmes et en combustion, comme vous le croyez bien.
Le gouverneur fit appliquer Théodote à la question.
« Voyez, disait Théodote, les biens dont Jésus-Christ
« comble ses serviteurs ; il me donne le courage de
« souffrir la question, et bientôt je serai brûlé. » Il le
fut en effet. Mais il avait promis des reliques au curé
Fronton, pour mettre dans sa chapelle, et Fronton
n'en avait point. Fronton monta sur un âne pour aller

chercher ses reliques à Ancyre, et chargea son âne
de quelques bouteilles d'excellent vin, car il s'agissait
d'un cabaretier. Il rencontra des soldats, qu'il fit boire.
Les soldats lui racontèrent le martyre de saint Théodote. Ils gardaient son corps, quoiqu'il eût été réduit
en cendres. Il les enivra si bien, qu'il eut le temps
d'enlever le corps. Il l'ensevelit, et bâtit sa chapelle.
« Eh bien ! lui dit saint Théodote, ne t'avais-je pas
« bien dit que tu aurais des reliques ? »

Voilà ce que les jésuites Bollandus et Papebroc ne
rougirent pas de rapporter dans leur *Histoire des
saints* : voilà ce qu'un moine, nommé dom Ruinart,
a l'insolente imbécillité d'insérer dans les *Actes sin-
cères* [a].

Tant de fraudes, tant d'erreurs, tant de bêtises dégoûtantes, dont nous sommes inondés depuis dix-sept
cents années, n'ont pu faire tort à notre religion. Elle
est sans doute divine, puisque dix-sept siècles de fri-
ponneries et d'imbécillités n'ont pu la détruire; et
nous révérons d'autant plus la vérité, que nous méprisons le mensonge.

[a] Le Franc, évêque du Puy-en-Velay, dans une pastorale aux habitants
de ce pays, a pris le parti de tous ces outrages ridicules faits à la raison et
à la vraie piété. Que ne dit-il aussi que le prépuce de la verge de Jésus-
Christ, soigneusement gardé au Puy-en-Velay, et une vieille statue d'Isis
qu'on y prend pour une image de la Vierge, sont des pièces authentiques?
Quelle infamie de vouloir toujours tromper les hommes ! et quelle sottise de
s'imaginer qu'on les trompe aujourd'hui !

CHAPITRE X.

Suite de l'établissement du christianisme. Comment Constantin en fit la religion dominante. Décadence de l'ancienne Rome.

Le règne de Constantin est une époque glorieuse pour la religion chrétienne, qu'il rendit triomphante. On n'avait pas besoin d'y joindre des prodiges, comme l'apparition du *labarum* dans les nuées, sans qu'on dise seulement en quel pays cet étendard apparut. Il ne fallait pas écrire que les gardes du *labarum* ne pouvaient jamais être blessés. Le bouclier tombé du ciel dans l'ancienne Rome, *l'oriflamme* apportée à saint Denys par un ange, toutes ces imitations du *Palladium* de Troie ne servent qu'à donner à la vérité l'air de la fable. De savants antiquaires ont suffisamment réfuté ces erreurs que la philosophie désavoue, et que la critique détruit. Attachons-nous seulement à voir comment Rome cessa d'être Rome.

Pour développer l'histoire de l'esprit humain chez les peuples chrétiens, il fallait remonter jusqu'à Constantin, et même au-delà. C'est une nuit dans laquelle il faut allumer soi-même le flambeau dont on a besoin. On devrait attendre des lumières d'un homme tel qu'Eusèbe, évêque de Césarée, confident de Constantin, ennemi d'Athanase, homme d'état, homme de lettres, qui le premier fit l'histoire de l'Église.

Mais qu'on est étonné quand on veut s'instruire dans les écrits de cet homme d'état, père de l'histoire ecclésiastique !

On y trouve, à propos de l'empereur Constantin, que « Dieu a mis les nombres dans son unité; qu'il a embelli le monde par le nombre de deux, et que par le nombre de trois il le composa de matière. et de forme; qu'ensuite ayant doublé le nombre de deux, il inventa les quatre éléments; que c'est une chose merveilleuse qu'en fesant l'addition d'un, de deux, de trois, et de quatre, on trouve le nombre de dix, qui est la fin, le terme et la perfection de l'unité; et que ce nombre dix si parfait, multiplié par le nombre plus parfait de trois, qui est l'image sensible de la Divinité, il en résulte le nombre des trente jours du mois[a]. »

C'est ce même Eusèbe qui rapporte la lettre dont nous avons déjà parlé[1], d'un Abgare, roi d'Édesse, à Jésus-Christ, dans laquelle il lui offre sa petite *ville, qui est assez propre;* et la réponse de Jésus-Christ au roi Abgare.

Il rapporte, d'après Tertullien, que sitôt que l'empereur Tibère eut appris par Pilate la mort de Jésus-Christ, Tibère, qui chassait les Juifs de Rome, ne manqua pas de proposer au sénat d'admettre au nombre des dieux de l'empire celui qu'il ne pouvait connaître encore que comme un homme de Judée; que le sénat n'en voulut rien faire, et que Tibère en fut extrêmement courroucé.

Il rapporte, d'après Justin, la prétendue statue élevée à Simon le magicien; il prend les Juifs thérapeutes pour des chrétiens.

C'est lui qui, sur la foi d'Hégésippe, prétend que

[a] Eusèbe, Panégyrique de Constantin, chap. IV.et V.
[1] Chap. IX. B.

les petits-neveux de Jésus-Christ par son frère Jude
furent déférés à l'empereur Domitien comme des personnages très dangereux qui avaient un droit tout naturel au trône de David; que cet empereur prit lui-
même la peine de les interroger; qu'ils répondirent
qu'ils étaient de bons paysans, qu'ils labouraient de
leurs mains un champ de trente-neuf arpents, le seul
bien qu'ils possédassent.

Il calomnie les Romains autant qu'il le peut, parcequ'il était Asiatique. Il ose dire que de son temps le
sénat de Rome sacrifiait tous les ans un homme à Jupiter. Est-il donc permis d'imputer aux Titus, aux
Trajan, aux divins Antonins, des abominations dont
aucun peuple ne se souillait alors dans le monde
connu?

C'est ainsi qu'on écrivait l'histoire dans ces temps
où le changement de religion donna une nouvelle face
à l'empire romain. Grégoire de Tours ne s'est point
écarté de cette méthode, et on peut dire que jusqu'à
Guichardin et Machiavel, nous n'avons pas eu une
histoire bien faite : mais la grossièreté même de tous
ces monuments nous fait voir l'esprit du temps dans
lequel ils ont été faits; et il n'y a pas jusqu'aux légendes
qui ne puissent nous apprendre à connaître les mœurs
de nos nations.

Constantin, devenu empereur malgré les Romains,
ne pouvait être aimé d'eux. Il est évident que le meurtre
de Licinius, son beau-frère, assassiné malgré la foi
des serments; Licinien, son neveu, massacré à l'âge
de douze ans; Maximien, son beau-père, égorgé par
son ordre à Marseille; son propre fils Crispus, mis à

mort après lui avoir gagné des batailles; son épouse
Fausta, étouffée dans un bain; toutes ces horreurs
n'adoucirent pas la haine qu'on lui portait. C'est probablement la raison qui lui fit transférer le siége de
l'empire à Byzance. On trouve dans le code Théodosien un édit de Constantin, où il déclare «qu'il a fondé
« Constantinople par ordre de Dieu.» Il feignait ainsi
une révélation pour imposer silence aux murmures:
ce trait seul pourrait faire connaître son caractère.
Notre avide curiosité voudrait pénétrer dans les re-
plis du cœur d'un homme tel que Constantin, par qui
tout changea bientôt dans l'empire romain: séjour du
trône, mœurs de la cour, usages, langage, habillements, administration, religion. Comment démêler
celui qu'un parti a peint comme le plus criminel des
hommes, et un autre comme le plus vertueux? Si l'on
pense qu'il fit tout servir à ce qu'il crut son intérêt,
on ne se trompera pas.

De savoir s'il fut cause de la ruine de l'empire, c'est
une recherche digne de votre esprit. Il paraît évident
qu'il fit la décadence de Rome. Mais en transportant
le trône sur le Bosphore de Thrace, il posait dans
l'Orient des barrières contre les invasions des barbares
qui inondèrent l'empire sous ses successeurs, et qui
trouvèrent l'Italie sans défense. Il semble qu'il ait immolé l'Occident à l'Orient. L'Italie tomba quand Constantinople s'éleva. Ce serait une étude curieuse et
instructive que l'histoire politique de ces temps-là.
Nous n'avons guère que des satires et des panégyriques. C'est quelquefois par les panégyriques mêmes
qu'on peut trouver la vérité. Par exemple, on comble

d'éloges Constantin, pour avoir fait dévorer par les bêtes féroces, dans les jeux du cirque, tous les chefs des Francs, avec tous les prisonniers qu'il avait faits dans une expédition sur le Rhin. C'est ainsi que furent traités les prédécesseurs de Clovis et de Charlemagne. Les écrivains qui ont été assez lâches pour louer des actions cruelles constatent au' moins ces actions, et les lecteurs sages les jugent. Ce que nous avons de plus détaillé sur l'histoire de cette révolution, est ce qui regarde l'établissement de l'Église et ses troubles.

Ce qu'il y a de déplorable, c'est qu'à peine la religion chrétienne fut sur le trône, que la sainteté en fut profanée par des chrétiens qui se livrèrent à la soif de la vengeance, lors même que leur triomphe devait leur inspirer l'esprit de paix. Ils massacrèrent dans la Syrie et dans la Palestine tous les magistrats qui avaient sévi contre eux; ils noyèrent la femme et la fille de Maximin; ils firent périr dans les tourments ses fils et ses parents. Les querelles au sujet de la *consubstantialité du Verbe* troublèrent le monde et l'ensanglantèrent. Enfin, Ammien Marcellin dit que « les chrétiens de son temps se déchiraient entre eux « comme des bêtes féroces [1]. » Il y avait de grandes

---

[1] *N. B.* Ces propres paroles se trouvent au livre XXII d'Ammien Marcellin, chap. v. Un misérable cuistre de collége, ex-jésuite, nommé Nonotte, auteur d'un libelle intitulé *Erreurs de Voltaire*, a osé soutenir que ces paroles ne sont point dans Ammien Marcellin. Il est utile qu'un calomniateur ignorant soit confondu. *Nullas infestas hominibus bestias, ut sunt sibi ferales plerique christianorum, expertus.* Ammien.

Idem dicit Chrysostomus, homelia in Ep. Pauli ad Cor., ajoute naïvement Henri de Valois dans ses notes sur Ammien, page 301 de l'édition de 1681. (*Note ajoutée dans l'édition de Kehl.*)

vertus qu'Ammien ne remarque pas : elles sont presque toujours cachées, surtout à des yeux ennemis, et les vices éclatent.

L'église de Rome fut préservée de ces crimes et de ces malheurs; elle ne fut d'abord ni puissante, ni souillée; elle resta long-temps tranquille et sage au milieu d'un sénat et d'un peuple qui la méprisaient. Il y avait dans cette capitale du monde connu sept cents temples, grands ou petits, dédiés aux dieux *majorum et minorum gentium*. Ils subsistèrent jusqu'à Théodose; et les peuples de la campagne persistèrent long-temps après lui dans leur ancien culte. C'est ce qui fit donner aux sectateurs de l'ancienne religion le nom de *païens*, *pagani*, du nom des bourgades appelées *pagi*, dans lesquelles on laissa subsister l'idolâtrie jusqu'au huitième siècle; de sorte que le nom de païen ne signifie que paysan, villageois.

On sait assez sur quelle imposture est fondée la donation de Constantin; mais cette pièce est aussi rare que curieuse. Il est utile de la transcrire ici pour faire connaître l'excès de l'absurde insolence de ceux qui gouvernaient les peuples, et l'excès de l'imbécillité des gouvernés. C'est Constantin qui parle [1].

« Nous, avec nos satrapes et tout le sénat, et le « peuple soumis au glorieux empire, nous avons jugé « utile de donner au successeur du prince des apôtres « une plus grande puissance que celle que notre séré- « nité et notre mansuétude ont sur la terre. Nous

[1] Voyez l'ouvrage connu sous le titre de *Décret de Gratien*, où cette pièce est insérée. Ce décret est une compilation faite par Gratien, bénédictin du douzième siècle. (*Note ajoutée dans l'édition de Kehl.*)

« avons résolu de faire honorer la sacro-sainte Église
« romaine plus que notre puissance impériale, qui
« n'est que terrestre; et nous attribuons au sacré siége
« du bienheureux Pierre toute la dignité, toute la
« gloire, et toute la puissance impériale. Nous possé-
« dons les corps glorieux de saint Pierre et de saint
« Paul, et nous les avons honorablement mis dans
« des caisses d'ambre, que la force des quatre élé-
« ments ne peut casser. Nous avons donné plusieurs
« grandes possessions en Judée, en Grèce, dans l'A-
« sie, dans l'Afrique, et dans l'Italie, pour fournir aux
« frais de leurs luminaires. Nous donnons, en outre,
« à Silvestre et à ses successeurs notre palais de La-
« tran, qui est plus beau que tous les autres palais du
« monde.

« Nous lui donnons notre diadème, notre couronne,
« notre mitre, tous les habits impériaux que nous por-
« tons, et nous lui remettons la dignité impériale, et
« le commandement de la cavalerie. Nous voulons
« que les révérendissimes clercs de la sacro-sainte ro-
« maine Église jouissent de tous les droits du sénat.
« Nous les créons tous patrices et consuls. Nous vou-
« lons que leurs chevaux soient toujours ornés de ca-
« paraçons blancs, et que nos principaux officiers
« tiennent ces chevaux par la bride, comme nous
« avons conduit nous-même par la bride le cheval du
« sacré pontife.

« Nous donnons en pur don au bienheureux pontife
« la ville de Rome et toutes les villes occidentales de
« l'Italie, comme aussi les autres villes occidentales
« des autres pays. Nous cédons la place au saint père;

« nous nous démettons de la domination sur toutes
« ces provinces; nous nous retirons de Rome, et
« transportons le siége de notre empire en la province
« de Byzance, n'étant pas juste qu'un empereur ter-
« restre ait le moindre pouvoir dans les lieux où Dieu
« a établi le chef de la religion chrétienne.

« Nous ordonnons que cette nôtre donation de-
« meure ferme jusqu'à la fin du monde, et que si
« quelqu'un désobéit à notre décret, nous voulons
« qu'il soit damné éternellement, et que les apôtres
« Pierre et Paul lui soient contraires en cette vie et en
« l'autre, et qu'il soit plongé au plus profond de l'en-
« fer avec le diable. Donné sous le consulat de Con-
« stantin et de Gallicanus. »

Croira-t-on un jour qu'une si ridicule imposture,
très digne de Gille et de Pierrot, ou de Nonotte, ait
été généralement adoptée pendant plusieurs siècles?
Croira-t-on qu'en 1478 on brûla dans Strasbourg des
chrétiens qui osaient douter que Constantin eût cédé
l'empire romain au pape?

Constantin donna en effet, non au seul évêque de
Rome, mais à la cathédrale qui était l'église de Saint-
Jean, mille marcs d'or, et trente mille d'argent, avec
quatorze mille sous de rente, et des terres dans la
Calabre. Chaque empereur ensuite augmenta ce patrimoine. Les évêques de Rome en avaient besoin.
Les missions qu'ils envoyèrent bientôt dans l'Europe
païenne, les évêques chassés de leurs siéges, auxquels
ils donnèrent un asile, les pauvres qu'ils nourrirent,
les mettaient dans la nécessité d'être très riches. Le
crédit de la place, supérieur aux richesses, fit bientôt

du pasteur des chrétiens de Rome l'homme le plus considérable de l'Occident. La piété avait toujours accepté ce ministère; l'ambition le brigua. On se disputa la chaire; il y eut deux anti-papes dès le milieu du quatrième siècle; et le consul Prétextat, idolâtre, disait, en 466 : « Faites-moi évêque de Rome, et je « me fais chrétien. »

Cependant cet évêque n'avait d'autre pouvoir que celui que peut donner la vertu, le crédit, ou l'intrigue dans des circonstances favorables. Jamais aucun pasteur de l'Église n'eut la juridiction contentieuse, encore moins les droits régaliens. Aucun n'eut ce qu'on appelle *jus terrendi*, ni droit de territoire, ni droit de prononcer *do*, *dico*, *addico*. Les empereurs restèrent les juges suprêmes de tout, hors du dogme. Ils convoquèrent les conciles. Constantin, à Nicée, reçut et jugea les accusations que les évêques portèrent les uns contre les autres. Le titre de *souverain pontife* resta même attaché à l'empire.

CHAPITRE XI.

Causes de la chute de l'empire romain.

Si quelqu'un avait pu raffermir l'empire, ou du moins retarder sa chute, c'était l'empereur Julien. Il n'était point un soldat de fortune, comme les Dioclétien et les Théodose. Né dans la pourpre, élu par les armées, chéri des soldats, il n'avait point de factions à craindre; on le regardait, depuis ses vic-

toires en Allemagne, comme le plus grand capitaine
de son siècle. Nul empereur ne fut plus équitable et
ne rendit la justice plus impartialement, non pas
même Marc-Aurèle. Nul philosophe ne fut plus sobre
et plus continent. Il régnait donc par les lois, par la
valeur, et par l'exemple. Si sa carrière eût été plus
longue, il est à présumer que l'empire eût moins
chancelé après sa mort.

Deux fléaux détruisirent enfin ce grand colosse :
les barbares, et les disputes de religion.

Quant aux barbares, il est aussi difficile de se faire
une idée nette de leurs incursions que de leur origine.
Procope, Jornandès, nous ont débité des fables que
tous nos auteurs copient. Mais le moyen de croire
que les Huns, venus du nord de la Chine, aient passé
les Palus-Méotides à gué et à la suite d'une biche, et
qu'ils aient chassé devant eux, comme des troupeaux
de moutons, des nations belliqueuses qui habitaient
les pays aujourd'hui nommés la Crimée, une partie
de la Pologne, l'Ukraine, la Moldavie, la Valachie?
Ces peuples robustes et guerriers, tels qu'ils le sont
encore aujourd'hui, étaient connus des Romains sous
le nom général de Goths. Comment ces Goths s'en-
fuirent-ils sur les bords du Danube, dès qu'ils virent
paraître les Huns? Comment demandèrent-ils à mains
jointes que les Romains daignassent les recevoir? et
comment, dès qu'ils furent passés, ravagèrent-ils
tout jusqu'aux portes de Constantinople à main
armée?

Tout cela ressemble à des contes d'Hérodote, et à
d'autres contes non moins vantés. Il est bien plus

vraisemblable que tous ces peuples coururent au pil
lage les uns après les autres. Les Romains avaient
volé les nations; les Goths et les Huns vinrent voler
les Romains.

Mais pourquoi les Romains ne les exterminèrent-ils
pas, comme Marius avait exterminé les Cimbres?
c'est qu'il ne se trouvait point de Marius; c'est que les
mœurs étaient changées; c'est que l'empire était partagé entre les ariens et les athanasiens. On ne s'occupait que de deux objets, les courses du cirque et les
trois hypostases. L'empire romain avait alors plus
de moines que de soldats, et ces moines couraient en
troupes de ville en ville pour soutenir ou pour détruire la consubstantialité du verbe. Il y en avait
soixante et dix mille en Égypte.

Le christianisme ouvrait le ciel, mais il perdait
l'empire; car non seulement les sectes nées dans
son sein se combattaient avec le délire des querelles
théologiques, mais toutes combattaient encore l'ancienne religion de l'empire; religion fausse, religion
ridicule sans doute, mais sous laquelle Rome avait
marché de victoire en victoire pendant dix siècles.

Les descendants des Scipion étant devenus des con-
troversistes, les évêchés étant plus brigués que ne
l'avaient été les couronnes triomphales, la considération personnelle ayant passé des Hortensius et des
Cicéron, aux Cyrille, aux Grégoire, aux Ambroise,
tout fut perdu; et si l'on doit s'étonner de quelque
chose, c'est que l'empire romain ait subsisté encore
un peu de temps.

Théodose, qu'on appelle le grand Théodose, paya

un tribut au superbe Alaric, sous le nom de pension
du trésor impérial. Alaric mit Rome à contribution la
première fois qu'il parut devant les murs, et la seconde il la mit au pillage. Tel était alors l'avilissement
de l'empire de Rome, que ce Goth dédaigna d'être roi
de Rome, tandis que le misérable empereur d'Occident, Honorius, tremblait dans Ravenne, où il s'était
réfugié.

Alaric se donna le plaisir de créer dans Rome un
empereur nommé Attale, qui venait recevoir ses ordres dans son antichambre. L'histoire nous a conservé deux anecdotes concernant Honorius, qui montrent bien tout l'excès de la turpitude de ces temps :
la première, qu'une des causes du mépris où Honorius
était tombé, c'est qu'il était impuissant ; la seconde,
c'est qu'on proposa à cet Attale, empereur, valet
d'Alaric, de châtrer Honorius pour rendre son ignominie plus complète.

Après Alaric vint Attila, qui ravageait tout, de la
Chine jusqu'à la Gaule. Il était si grand, et les empereurs Théodose et Valentinien III si petits, que la
princesse Honoria, sœur de Valentinien III, lui proposa de l'épouser. Elle lui envoya son anneau pour
gage de sa foi ; mais avant qu'elle eût réponse d'Attila, elle était déjà grosse de la façon d'un de ses
domestiques.

Lorsque Attila eut détruit la ville d'Aquilée, Léon,
évêque de Rome, vint mettre à ses pieds tout l'or qu'il
avait pu recueillir des Romains pour racheter du pillage les environs de cette ville, dans laquelle l'empereur Valentinien III était caché. L'accord étant con-

clu, les moines ne manquèrent pas d'écrire que le pape
Léon avait fait trembler Attila; qu'il était venu à ce
Hun avec un air et un ton de maître; qu'il était ac-
compagné de saint Pierre et de saint Paul, armés tous
deux d'épées flamboyantes, qui étaient visiblement les
deux glaives de l'église de Rome. Cette manière d'é-
crire l'histoire a duré, chez les chrétiens, jusqu'au
seizième siècle sans interruption.

Bientôt après, des déluges de barbares inondèrent
de tous côtés ce qui était échappé aux mains d'Attila.

Que fesaient cependant les empereurs? ils assemblaient des conciles. C'était tantôt pour l'ancienne
querelle des partisans d'Athanase, tantôt pour les
donatistes; et ces disputes agitaient l'Afrique quand
le Vandale Genseric la subjugua. C'était d'ailleurs
pour les arguments de Nestorius et de Cyrille, pour
les subtilités d'Eutychès; et la plupart des articles de
foi se décidaient quelquefois à grands coups de bâton,
comme il arriva sous Théodose II, dans un concile
convoqué par lui à Éphèse, concile qu'on appelle
encore aujourd'hui *le brigandage*. Enfin, pour bien
connaître l'esprit de ce malheureux temps, souvenons-nous qu'un moine ayant été rebuté un jour par
Théodose II qu'il importunait, le moine excommunia
l'empereur; et que ce César fut obligé de se faire
relever de l'excommunication par le patriarche de
Constantinople.

Pendant ces troubles mêmes, les Francs envahis-
saient la Gaule; les Visigoths s'emparaient de l'Espagne; les Ostrogoths, sous Théodose, dominaient en
Italie, bientôt après chassés par les Lombards. L'em-

pire romain, du temps de Clovis, n'existait plus que dans la Grèce, l'Asie Mineure, et dans l'Égypte; tout le reste était la proie des barbares. Scythes, Vandales et Francs, se firent chrétiens pour mieux gouverner les provinces chrétiennes assujetties par eux; car il ne faut pas croire que ces barbares fussent sans politique; ils en avaient beaucoup; et en ce point tous les hommes sont à peu près égaux. L'intérêt rendit donc chrétiens ces déprédateurs; mais ils n'en furent que plus inhumains. Le jésuite Daniel, historien français, qui déguise tant de choses, n'ose dissimuler que Clovis fut beaucoup plus sanguinaire, et se souilla de plus grands crimes après son baptême, que tandis qu'il était païen. Et ces crimes n'étaient pas de ces forfaits héroïques qui éblouissent l'imbécillité humaine: c'étaient des vols et des parricides. Il suborna un prince de Cologne qui assassina son père; après quoi il fit massacrer le fils; il tua un roitelet de Cambrai qui lui montrait ses trésors. Un citoyen moins coupable eût été traîné au supplice, et Clovis fonda une monarchie.

CHAPITRE XII.

Suite de la décadence de l'ancienne Rome.

Quand les Goths s'emparèrent de Rome après les Hérules; quand le célèbre Théodoric, non moins puissant que le fut depuis Charlemagne, eut établi le siége de son empire à Ravenne, au commencement de

notre sixième siècle, sans prendre le titre d'empereur
d'Occident qu'il eût pu s'arroger, il exerça sur les
Romains précisément la même autorité que les Césars;
conservant le sénat, laissant subsister la liberté de religion, soumettant également aux lois civiles, orthodoxes, ariens et idolâtres; jugeant les Goths par les
lois gothiques, et les Romains par les lois romaines;
présidant par ses commissaires aux élections des évêques; défendant la simonie, apaisant les schismes.
Deux papes se disputaient la chaire épiscopale; il
nomma le pape Symmaque, et ce pape Symmaque
étant accusé, il le fit juger par ses *Missi dominici*.

.Athalaric, son petit-fils, régla les élections des papes et de tous les autres métropolitains de ses royaumes, par un édit qui fut observé; édit rédigé par Cas-
siodore son ministre, qui depuis se retira au Mont-
Cassin, et embrassa la règle de saint Benoît; édit
auquel le pape Jean II se soumit sans difficulté.

Quand Bélisaire vint en Italie, et qu'il la remit sous
le pouvoir impérial, on sait qu'il exila le pape Syl-
vère, et qu'en cela il ne passa point les bornes de son
autorité, s'il passa celles de la justice. Bélisaire, et
ensuite Narsès, ayant arraché Rome au joug des Goths,
d'autres barbares, Gépides, Francs, Germains, inondèrent l'Italie. Tout l'empire occidental était dévasté
et déchiré par des sauvages. Les Lombards établirent
leur domination dans toute l'Italie citérieure. Alboin,
fondateur de cette nouvelle dynastie, n'était qu'un
brigand barbare; mais bientôt les vainqueurs adoptèrent les mœurs, la politesse, la religion des vaincus.
C'est ce qui n'était pas arrivé aux premiers Francs,

aux Bourguignons, qui portèrent dans les Gaules leur
langage grossier, et leurs mœurs encore plus agrestes.
La nation lombarde était d'abord composée de païens
et d'ariens. Leur roi Rotharic publia, vers l'an 640,
un édit qui donna la liberté de professer toutes sortes
de religions; de sorte qu'il y avait dans presque toutes
les villes d'Italie un évêque catholique et un évêque
arien, qui laissaient vivre paisiblement les peuples
nommés idolâtres, répandus encore dans les villages.

Le royaume de Lombardie s'étendit depuis le Pié-
mont jusqu'à Brindes et à la terre d'Otrante; il ren-
fermait Bénévent, Bari, Tarente; mais il n'eut ni la
Pouille, ni Rome, ni Ravenne : ces pays demeurèrent
annexés au faible empire d'Orient. L'Église romaine
avait donc repassé de la domination des Goths à celle
des Grecs. Un exarque gouvernait Rome au nom de
l'empereur; mais il ne résidait point dans cette ville,
presque abandonnée à elle-même. Son séjour était à
Ravenne, d'où il envoyait ses ordres au duc ou préfet
de Rome, et aux sénateurs, qu'on appelait encore
Pères conscripts. L'apparence du gouvernement municipal subsistait toujours dans cette ancienne capitale si déchue, et les sentiments républicains n'y furent jamais éteints. Ils se soutenaient par l'exemple
de Venise, république fondée d'abord par la crainte
et par la misère, et bientôt élevée par le commerce
et par le courage. Venise était déjà si puissante, qu'elle
rétablit au huitième siècle l'exarque Scolastique, qui
avait été chassé de Ravenne.

Quelle était donc aux septième et huitième siècles
la situation de Rome? celle d'une ville malheureuse,

mal défendue par les exarques, continuellement me-
nacée par les Lombards, et reconnaissant toujours les
empereurs pour ses maîtres. Le crédit des papes augmentait dans la désolation de la ville. Ils en étaient
souvent les consolateurs et les pères ; mais toujours
sujets, ils ne pouvaient être consacrés qu'avec la permission expresse de l'exarque. Les formules par lesquelles cette permission était demandée et accordée
subsistent encore[a]. Le clergé romain écrivait au métropolitain de Ravenne, et demandait la protection de
sa béatitude auprès du gouverneur ; ensuite le pape
envoyait à ce métropolitain sa profession de foi.

Le roi lombard Astolfe s'empara enfin de tout
l'exarchat de Ravenne, en 751, et mit fin à cette
vice-royauté impériale qui avait duré cent quatre-
vingt-trois ans.

Comme le duché de Rome dépendait de l'exarchat
de Ravenne, Astolfe prétendit avoir Rome par le droit
de sa conquête. Le pape Étienne II, seul défenseur des
malheureux Romains, envoya demander du secours
à l'empereur Constantin, surnommé Copronyme. Ce
misérable empereur envoya pour tout secours un officier du palais, avec une lettre pour le roi lombard.
C'est cette faiblesse des empereurs grecs qui fut l'origine du nouvel empire d'Occident et de la grandeur
pontificale.

Vous ne voyez avant ce temps aucun évêque qui ait
aspiré à la moindre autorité temporelle, au moindre
territoire. Comment l'auraient-ils osé ? leur législateur
fut un pauvre qui catéchisa des pauvres. Les succes-

a Dans le *Diarium romanum*.

seurs de ces premiers chrétiens furent pauvres. Le
clergé ne fit un corps que sous Constantin Ier; mais
cet empereur ne souffrit pas qu'un évêque fût propriétaire d'un seul village. Ce ne peut être que dans des
temps d'anarchie que les papes aient obtenu quelques
seigneuries. Ces domaines furent d'abord médiocres.
Tout s'agrandit, et tout tombe avec le temps.

Lorsqu'on passe de l'histoire de l'empire romain à
celle des peuples qui l'ont déchiré dans l'Occident, on
ressemble à un voyageur qui, au sortir d'une ville superbe, se trouve dans des déserts couverts de ronces.
Vingt jargons barbares succèdent à cette belle langue
latine qu'on parlait du fond de l'Illyrie au mont Atlas. Au lieu de ces sages lois qui gouvernaient la
moitié de notre hémisphère, on ne trouve plus que
des coutumes sauvages. Les cirques, les amphithéâtres élevés dans toutes les provinces sont changés en
masures couvertes de paille. Ces grands chemins si
beaux, si solides, établis du pied du Capitole jusqu'au mont Taurus, sont couverts d'eaux croupissantes. La même révolution se fait dans les esprits;
et Grégoire de Tours, le moine de Saint-Gall, Frédegaire, sont nos Polybe et nos Tite-Live. L'entendement humain s'abrutit dans les superstitions les
plus lâches et les plus insensées. Ces superstitions
sont portées au point que des moines deviennent seigneurs et princes; ils ont des esclaves, et ces esclaves
n'osent pas même se plaindre. L'Europe entière crou-
pit dans cet avilissement jusqu'au seizième siècle, et
n'en sort que par des convulsions terribles.

CHAPITRE XIII.

Origine de la puissance des papes. Digression sur le sacre des rois.
Lettre de saint Pierre à Pepin, maire de France, devenu roi.
Prétendues donations au saint siége.

Il n'y a que trois manières de subjuguer les hommes ; celle de les policer en leur proposant des lois,
celle d'employer la religion pour appuyer ces lois,
celle enfin d'égorger une partie d'une nation pour gouverner l'autre : je n'en connais pas une quatrième.
Toutes les trois demandent des circonstances favorables. Il faut remonter à l'antiquité la plus reculée pour
trouver des exemples de la première ; encore sont-ils
suspects. Charlemagne, Clovis, Théodoric, Alboin,
Alaric, se servirent de la troisième ; les papes employèrent la seconde.

Le pape n'avait pas originairement plus de droit
sur Rome que saint Augustin n'en aurait eu, par
exemple, à la souveraineté de la petite ville d'Hip-
pone. Quand même saint Pierre aurait demeuré à
Rome, comme on l'a dit sur ce qu'une de ses épîtres
est datée de Babylone ; quand même il eût été évêque
de Rome, dans un temps où il n'y avait certainement
aucun siége particulier, ce séjour dans Rome ne pouvait donner le trône des Césars ; et nous avons vu que
les évêques de Rome ne se regardèrent, pendant sept
cents ans, que comme des sujets.

Rome, tant de fois saccagée par les barbares, abandonnée des empereurs, pressée par les Lombards, in-

capable de rétablir l'ancienne république, ne pouvait
plus prétendre à la grandeur. Il lui fallait du repos :
elle l'aurait goûté si elle avait pu dès-lors être gouvernée par son évêque, comme le furent depuis tant
de villes d'Allemagne ; et l'anarchie eût au moins produit ce bien. Mais il n'était pas encore reçu dans l'o-
pinion des chrétiens qu'un évêque pût être souverain,
quoiqu'on eût, dans l'histoire du monde, tant d'exemples de l'union du sacerdoce et de l'empire dans d'autres religions.

Le pape Grégoire III recourut le premier à la protection des Francs contre les Lombards et contre les
empereurs. Zacharie, son successeur, animé du même
esprit, reconnut Pepin ou Pipin, maire du palais,
usurpateur du royaume de France, pour roi légitime.
On a prétendu que Pepin, qui n'était que premier ministre, fit demander d'abord au pape quel était le vrai
roi, ou de celui qui n'en avait que le droit et le nom,
ou de celui qui en avait l'autorité et le mérite; et que
le pape décida que le ministre devait être roi. Il n'a
jamais été prouvé qu'on ait joué cette comédie; mais
ce qui est vrai, c'est que le pape Étienne III appela
Pepin à son secours contre les Lombards, qu'il vint
en France se jeter aux pieds de Pepin, en 754, et
ensuite le couronner avec des cérémonies qu'on appelait sacre. C'était une imitation d'un ancien appa-
reil judaïque. Samuel avait versé de l'huile sur la tête
de Saül; les rois lombards se fesaient ainsi sacrer; les
ducs de Bénévent même avaient adopté cet usage,
pour en imposer aux peuples. On employait l'huile dans
l'installation des évêques; et on croyait imprimer un

caractère de sainteté au diadème, en y joignant une cérémonie épiscopale. Un roi goth, nommé Vamba, fut sacré en Espagne avec de l'huile bénite, en 674. Mais les Arabes vainqueurs firent bientôt oublier cette cérémonie, que les Espagnols n'ont jamais renouvelée.

Pepin ne fut donc pas le premier roi sacré en Europe, comme nous l'écrivons tous les jours. Il avait déjà reçu cette onction de l'Anglais Boniface, missionnaire en Allemagne, et évêque de Mayence, qui, ayant voyagé long-temps en Lombardie, le sacra suivant l'usage de ce pays.

Remarquez attentivement que ce Boniface avait été créé évêque de Mayence par Carloman, frère de l'usurpateur Pepin, sans aucun concours du pape, sans que la cour romaine influât alors sur la nomination des évêchés dans le royaume des Francs. Rien ne vous convaincra plus que toutes les lois civiles et ecclésiastiques sont dictées par la convenance, que la force les maintient, que la faiblesse les détruit, et que le temps les change. Les évêques de Rome prétendaient une autorité suprême, et ne l'avaient pas. Les papes, sous le joug des rois lombards, auraient laissé toute la puissance ecclésiastique en France au premier Franc qui les aurait délivrés du joug en Italie.

Le pape Étienne avait plus besoin de Pepin que Pepin n'avait besoin de lui; il y paraît bien, puisque ce fut le prêtre qui vint implorer la protection du guerrier. Le nouveau roi fit renouveler son sacre par l'évêque de Rome dans l'église de Saint-Denys : ce fait

25.

paraît singulier. On ne se fait pas couronner deux
fois, quand on croit la première cérémonie suffisante.
Il paraît donc que, dans l'opinion des peuples, un
évêque de Rome était quelque chose de plus saint, de
plus autorisé qu'un évêque d'Allemagne; que les
moines de Saint-Denys, chez qui se fesait le second
sacre, attachaient plus d'efficacité à l'huile répandue
sur la tête d'un Franc par un évêque romain qu'à
l'huile répandue par un missionnaire de Mayence; et
que le successeur de saint Pierre avait plus droit qu'un
autre de légitimer une usurpation.

Pepin fut le premier roi sacré en France, et non le
seul qui l'y ait été par un pontife de Rome; car Innocent III couronna depuis, et sacra Louis-le-Jeune à
Reims. Clovis n'avait été ni couronné ni sacré roi par
l'évêque Remi. Il y avait long-temps qu'il régnait
quand il fut baptisé. S'il avait reçu l'onction royale,
ses successeurs auraient adopté une cérémonie si solennelle, devenue bientôt nécessaire. Aucun ne fut
sacré jusqu'à Pepin, qui reçut l'onction dans l'abbaye
de Saint-Denys.

Ce ne fut que trois cents ans après Clovis que l'archevêque de Reims, Hincmar, écrivit qu'au sacre de
Clovis un pigeon avait apporté du ciel une fiole qu'on
appelle la sainte ampoule. Peut-être crut-il fortifier
par cette fable le droit de sacrer les rois, que ces métropolitains commençaient alors à exercer. Ce droit
ne s'établit qu'avec le temps, comme tous les autres
usages; et ces prélats, long-temps après, sacrèrent
constamment les rois, depuis Philippe Ier jusqu'à

Henri IV, qui fut couronné à Chartres, et oint de l'ampoule de saint Martin, parceque les ligueurs étaient maîtres de l'ampoule de saint Remi.

Il est vrai que ces cérémonies n'ajoutent rien aux droits des monarques, mais elles semblent ajouter à la vénération des peuples.

Il n'est pas douteux que cette cérémonie du sacre, aussi bien que l'usage d'élever les rois francs, goths et lombards, sur un bouclier, ne vinssent de Constantinople. L'empereur Cantacuzène nous apprend lui-même que c'était un usage immémorial d'élever les empereurs sur un bouclier, soutenu par les grands officiers de l'empire et par le patriarche; après quoi l'empereur montait du trône au pupitre de l'église, et le patriarche fesait le signe de la croix sur sa tête avec un plumasseau trempé dans de l'huile bénite; les diacres apportaient la couronne; le principal officier, ou le prince du sang impérial le plus proche, mettait la couronne sur la tête du nouveau César; le patriarche et le peuple criaient: «Il en est digne.» Mais au sacre des rois d'Occident, l'évêque dit au peuple, « Voulez-vous ce roi ? » et ensuite le roi fait serment au peuple, après l'avoir fait aux évêques.

Le pape Étienne ne s'en tint pas avec Pepin à cette cérémonie; il défendit aux Français, sous peine d'excommunication, de se donner jamais des rois d'une autre race. Tandis que cet évêque, chassé de sa patrie, et suppliant dans une terre étrangère, avait le courage de donner des lois, sa politique prenait une autorité qui assurait celle de Pepin; et ce prince, pour mieux jouir de ce qui ne lui était pas dû, laissait au pape des droits qui ne lui appartenaient pas.

Hugues Capet en France, et Conrad en Allemagne, firent voir depuis qu'une telle excommunication n'est pas une loi fondamentale.

Cependant l'opinion, qui gouverne le monde, imprima d'abord dans les esprits un si grand respect pour la cérémonie faite par le pape à Saint-Denys, qu'Éginhard, secrétaire de Charlemagne, dit en termes exprès que « le roi Hilderic fut déposé par ordre du « pape Étienne. »

Tous ces événements ne sont qu'un tissu d'injustice, de rapine, de fourberie. Le premier des domestiques d'un roi de France dépouillait son maître Hilderic III, l'enfermait dans le couvent de Saint-Bertin, tenait en prison le fils de son maître dans le couvent de Fontenelle en Normandie; un pape venait de Rome consacrer ce brigandage.

On croirait que c'est une contradiction que ce pape fût venu en France se prosterner aux pieds de Pepin, et disposer ensuite de la couronne; mais non : ces prosternements n'étaient regardés alors que comme le sont aujourd'hui nos révérences : c'était l'ancien usage de l'Orient. On saluait les évêques à genoux; les évêques saluaient de même les gouverneurs de leurs diocèses. Charles, fils de Pepin, avait embrassé les pieds du pape Étienne à Saint-Maurice en Valais : Étienne embrassa ceux de Pepin. Tout cela était sans' conséquence. Mais peu-à-peu les papes attribuèrent à eux seuls cette marque de respect. On prétend que le pape Adrien Ier fut celui qui exigea qu'on ne parût jamais devant lui sans lui baiser les pieds. Les empereurs et les rois se soumirent depuis, comme les autres, à cette cérémonie, qui rendait la religion romaine plus vénérable à la populace, mais qui a toujours indigné tous les hommes d'un ordre supérieur.

On nous dit que Pépin passa les monts en 754; que le Lombard Astolfe, intimidé par la seule présence du Franc, céda aussitôt au pape tout l'exarchat de Ravenne; que Pepin repassa les monts, et qu'à peine s'en fut-il retourné, qu'Astolfe, au lieu de donner Ravenne au pape, mit le siége devant Rome. Toutes les démarches de ces temps-là étaient si irrégulières, qu'il se pourrait à toute force que Pépin eût donné aux papes l'exarchat de Ravenne, qui ne lui appartenait point, et qu'il eût même fait cette donation du bien d'autrui, sans prendre aucune mesure pour la faire exécuter. Cependant il est bien peu vraisemblable qu'un homme tel que Pepin, qui avait détrôné son roi, n'ait passé en Italie avec une armée que pour y aller faire des présents. Rien n'est plus douteux que cette donation citée dans tant de livres. Le bibliothécaire Anastase, qui écrivait cent quarante ans après l'expédition de Pepin, est le premier qui parle de cette donation. Mille auteurs l'ont citée, les meilleurs publicistes d'Allemagne la réfutent, la cour romaine ne peut la prouver, mais elle en jouit.

Il régnait alors dans les esprits un mélange bizarre de politique et de simplicité, de grossièreté et d'artifice, qui caractérise bien la décadence générale. Étienne feignit une lettre de saint Pierre, adressée du ciel à

Pepin et à ses enfants; elle mérite d'être rapportée; la voici : « Pierre, appelé apôtre par Jésus-Christ, fils du « Dieu vivant, etc... Comme par moi toute l'Église « catholique, apostolique, romaine, mère de toutes « les autres Églises, est fondée sur la pierre, qu'Étienne « est évêque de cette douce Église romaine; et afin que « la grace et la vertu soient pleinement accordées du « Seigneur notre Dieu, pour arracher l'Église de Dieu « des mains des persécuteurs: à vous, excellents Pe- « pin, Charles et Carloman, trois rois, et à tous « saints évêques et abbés, prêtres et moines, et même « aux ducs, aux comtes, et aux peuples, moi Pierre « apôtre, etc... je vous conjure, et la vierge Marie, « qui vous aura obligation, vous avertit et vous com- « mande, aussi bien que les trônes, les dominations... « Si vous ne combattez pour moi, je vous déclare, par « la sainte Trinité et par mon apostolat, que vous « n'aurez jamais de part au paradis[a]. »

La lettre eut son effet. Pepin passa les Alpes pour la seconde fois; il assiégea Pavie, et fit encore la paix avec Astolfe. Mais est-il probable qu'il ait passé deux fois les monts uniquement pour donner des villes au pape Étienne? Pourquoi saint Pierre, dans sa lettre, ne parle-t-il pas d'un fait si important? pourquoi ne se plaint-il pas à Pepin de n'être pas en possession de l'exarchat? pourquoi ne le redemande-t-il pas expres- sément?

Tout ce qui est vrai, c'est que les Francs, qui avaient envahi les Gaules, voulurent toujours subjuguer l'I-

---

[a] Comment accorder tant d'artifice et tant de bêtise? C'est que les hom- mes ont toujours été fourbes, et qu'alors ils étaient fourbes et grossiers.

talie, objet de la cupidité de tous les barbares; non
que l'Italie soit en effet un meilleur pays que les Gaules,
mais alors elle était mieux cultivée; les villes bâties,
accrues, et embellies par les Romains, subsistaient;
et la réputation de l'Italie tenta toujours un peuple
pauvre, inquiet, et guerrier. Si Pepin avait pu prendre
la Lombardie, comme fit Charlemagne, il l'aurait prise
sans doute; et s'il conclut un traité avec Astolfe, c'est
qu'il y fut obligé. Usurpateur de la France, il n'y était
pas affermi : il avait à combattre des ducs d'Aquitaine
et de Gascogne, dont les droits sur ces pays valaient
mieux que les siens sur la France. Comment donc aurait-il donné tant de terres aux papes, quand il était
forcé de revenir en France pour y soutenir son usurpation ?

Le titre primordial de cette donation n'a jamais
paru : on est donc réduit à douter. C'est le parti qu'il
faut prendre souvent en histoire comme en philosophie. Le saint siége, d'ailleurs, n'a pas besoin de ces
titres équivoques; le temps lui a donné des droits aussi
réels sur ses états que les autres souverains de l'Europe en ont sur les leurs. Il est certain que les pontifes
de Rome avaient dès-lors de grands patrimoines dans
plus d'un pays; que ces patrimoines étaient respectés,
qu'ils étaient exempts de tribut. Ils en avaient dans
les Alpes, en Toscane, à Spolette, dans les Gaules,
en Sicile, et jusque dans la Corse, avant que les Arabes
se fussent rendus maîtres de cette île, au huitième
siècle. Il est à croire que Pepin fit augmenter beaucoup
ce patrimoine dans le pays de la Romagne, et qu'on
l'appela le patrimoine de l'exarchat. C'est probable-

ment ce mot de *patrimoine* qui fut la source de la méprise. Les auteurs postérieurs supposèrent, dans des temps de ténèbres, que les papes avaient régné dans tous les pays où ils avaient seulement possédé des villes et des territoires.

Si quelque pape, sur la fin du huitième siècle, prétendit être au rang des princes, il paraît que c'est Adrien Ier. La monnaie qui fut frappée en son nom (si cette monnaie fut en effet fabriquée de son temps) fait voir qu'il eut les droits régaliens ; et l'usage qu'il introduisit de se faire baiser les pieds fortifie encore cette conjecture. Cependant il reconnut toujours l'empereur grec pour son souverain. On pouvait très bien rendre à ce souverain éloigné un vain hommage, et s'attribuer une indépendance réelle, appuyée de l'autorité du ministère ecclésiastique.

Voyez par quels degrés la puissance pontificale de Rome s'est élevée. Ce sont d'abord des pauvres qui instruisent des pauvres dans les souterrains de Rome ; ils sont, au bout de deux siècles, à la tête d'un troupeau considérable. Ils sont riches et respectés sous Constantin ; ils deviennent patriarches de l'Occident ; ils ont d'immenses revenus et des terres ; enfin ils deviennent de grands souverains ; mais c'est ainsi que tout s'est écarté de son origine. Si les fondateurs de Rome, de l'empire des Chinois, de celui des califes, revenaient au monde, ils verraient sur leurs trônes des Goths, des Tartares, et des Turcs.

Avant d'examiner comment tout changea en Occident par la translation de l'empire, il est nécessaire de vous faire une idée de l'Église d'Orient. Les disputes

de cette Église ne servirent pas peu à cette grande révolution.

CHAPITRE XIV.

État de l'Église en Orient avant Charlemagne. Querelles pour les images. Révolution de Rome commencée.

Què les usages de l'Église grecque et de la latine
aient été différents comme leurs langues; que la liturgie, les habillements, les ornements, la forme des
temples, celle de la croix, n'aient pas été les mêmes;
que les Grecs priassent debout, et les Latins à genoux [1];
ce n'est pas ce que j'examine. Ces différentes coutumes
ne mirent point aux prises l'Orient et l'Occident; elles
servaient seulement à nourrir l'aversion naturelle des
nations devenues rivales. Les Grecs surtout, qui n'ont
jamais reçu le baptême que par immersion, en se plon-
geant dans les cuves des baptistères, haïssaient les
Latins, qui, en faveur des chrétiens septentrionaux,
introduisirent le baptême par aspersion. Mais ces op-
positions n'excitèrent aucun trouble.

[1] L'usage de prier à genoux dans les temples s'introduisit peu-à-peu avec
l'opinion de la présence réelle; il dut par conséquent commencer dans l'Occident, où il paraît que cette opinion a pris naissance. Après avoir été une
idée pieuse de dévots enthousiastes, cette opinion devint la croyance commune du peuple et d'une grande partie des théologiens, vers le quinzième
siècle, et enfin un dogme de l'Église romaine, au temps du concile de
Trente. L'Église de Lyon avait conservé jusqu'à ces dernières années l'ancien usage d'assister debout à la messe, sans savoir que cet usage était une
preuve toujours subsistante de la nouveauté du dogme de la présence
réelle.

La domination temporelle, cet éternel sujet de discorde dans l'Occident, fut inconnue aux églises d'O-
rient. Les évêques sous les yeux du maître restèrent
sujets ; mais d'autres querelles non moins funestes y
furent excitées par ces disputes interminables, nées
de l'esprit sophistique des Grecs et de leurs disciples.

La simplicité des premiers temps disparut sous le
grand nombre de questions que forma la curiosité humaine ; car le fondateur de la religion n'ayant jamais
rien écrit, et les hommes voulant tout savoir, chaque
mystère fit naître des opinions, et chaque opinion
coûta du sang.

C'est une chose très remarquable, que, de près de
quatre-vingts sectes qui avaient déchiré l'Église depuis
sa naissance, aucune n'avait eu un Romain pour auteur, si l'on excepte Novatien, qu'à peine encore on
peut regarder comme un hérétique. Aucun Romain,
dans les cinq premiers siècles, ne fut compté, ni parmi
les pères de l'Église, ni parmi les hérésiarques. Il semble qu'ils ne furent que prudents. De tous les évêques
de Rome, il n'y en eut qu'un seul qui favorisa un de
ces systèmes condamnés par l'Église ; c'est le pape
Honorius Ier. On l'accuse encore tous les jours d'avoir
été monothélite. On croit par là flétrir sa mémoire ;
mais si on se donne la peine de lire sa fameuse lettre
pastorale, dans laquelle il n'attribue qu'une volonté
à Jésus-Christ, on verra un homme très sage. « Nous
« confessons, dit-il, une seule volonté dans Jésus-
« Christ. Nous ne voyons point que les conciles ni
« l'Écriture nous autorisent à penser autrement : mais
« de savoir si à cause des œuvres de divinité et d'hu-

« manité qui sont en lui, on doit entendre une opéra-
« tion ou deux, c'est ce que je laisse aux grammairiens,
« et ce qui n'importe guère[a]. »

Peut-être n'y a-t-il rien de plus précieux dans toutes
les lettres des papes que ces paroles. Elles nous con-
vainquent que toutes les disputes des Grecs étaient
des disputes de mots, et qu'on aurait dû assoupir ces
querelles de sophistes dont les suites ont été si funestes.
Si on les avait abandonnées aux grammairiens, comme
le veut ce judicieux pontife, l'Église eût été dans une
paix inaltérable. Mais voulut-on savoir si le Fils était
consubstantiel au Père, ou seulement de même nature
ou d'une nature inférieure; le monde chrétien fut partagé, la moitié persécuta l'autre et en fut persécutée.
Voulut-on savoir si la mère de Jésus-Christ était la mère
de Dieu ou de Jésus; si le Christ avait deux natures et
deux volontés dans une même personne, ou deux personnes et une volonté, ou une volonté et une personne;
toutes ces disputes, nées dans Constantinople, dans
Antioche, dans Alexandrie, excitèrent des séditions.
Un parti anathématisait l'autre; la faction dominante
condamnait à l'exil, à la prison, à la mort et aux peines
éternelles après la mort, l'autre faction, qui se vengeait
à son tour par les mêmes armes.

De pareils troubles n'avaient point été connus dans
l'ancienne religion des Grecs et des Romains, que
nous appelons le paganisme; la raison en est que les

---

[a] En effet toutes les misérables querelles des théologiens n'ont jamais été
que des disputes de grammaire, fondées sur des équivoques, sur des questions absurdes, inintelligibles, qu'on a mises pendant quinze cents ans à la
place de la vertu.

païens, dans leurs erreurs grossières, n'avaient point
de dogmes, et que les prêtres des idoles, encore moins
les séculiers, ne s'assemblèrent jamais juridiquement
pour disputer.

Dans le huitième siècle, on agita dans les églises
d'Orient s'il fallait rendre un culte aux images : la loi
de Moïse l'avait expressément défendu. Cette loi n'a-
vait jamais été révoquée; et les premiers chrétiens,
pendant plus de deux cents ans, n'avaient même jamais souffert d'images dans leurs assemblées.

Peu-à-peu la coutume s'introduisit partout d'avoir
chez soi des crucifix. Ensuite on eut les portraits vrais
ou faux des martyrs ou des confesseurs. Il n'y avait
point encore d'autels érigés pour les saints, point de
messes célébrées en leur nom. Seulement, à la vue
d'un crucifix et de l'image d'un homme de bien, le
cœur, qui surtout dans ces climats a besoin d'objets
sensibles, s'excitait à la piété.

, Cet usage s'introduisit dans les églises. Quelques
évêques ne l'adoptèrent pas. On voit qu'en 393, saint
Épiphane arracha d'une église de Syrie une image
devant laquelle on priait. Il déclara que la religion
chrétienne ne permettait pas ce culte; et sa sévérité
ne causa point de schisme.

Enfin, cette pratique pieuse dégénéra en abus,
comme toutes les choses humaines. Le peuple, toujours grossier, ne distingua point Dieu et les images:
bientôt on en vint jusqu'à leur attribuer des vertus et
des miracles : chaque image guérissait une maladie.
On les mêla même aux sortiléges, qui ont presque
toujours séduit la crédulité du vulgaire; je dis non

seulement le vulgaire du peuple, mais celui des princes, et même celui des savants.

En 727, l'empereur Léon l'Isaurien voulut, à la persuasion de quelques évêques, déraciner l'abus; mais, par un abus peut-être plus grand, il fit effacer toutes les peintures : il abattit les statues et les représentations de Jésus-Christ avec celles des saints. En ôtant ainsi tout d'un coup aux peuples les objets de leur culte, il les révolta : on désobéit, il persécuta; il devint tyran parcequ'il avait été imprudent.

Il est honteux pour notre siècle qu'il y ait encore des compilateurs et des déclamateurs, comme Maimbourg, qui répètent cette ancienne fable, que deux Juifs avaient prédit l'empire à Léon, et qu'ils avaient exigé de lui qu'il abolît le culte des images; comme s'il eût importé à des Juifs que les chrétiens eussent ou non des figures dans leurs églises. Les historiens qui croient qu'on peut ainsi prédire l'avenir sont bien indignes d'écrire ce qui s'est passé.

Son fils Constantin Copronyme fit passer en loi civile et ecclésiastique l'abolition des images. Il tint à Constantinople un concile de trois cent trente-huit évêques; ils proscrivirent d'une commune voix ce culte, reçu dans plusieurs églises, et surtout à Rome.

Cet empereur eût voulu abolir aussi aisément les moines, qu'il avait en horreur, et qu'il n'appelait que les *abominables;* mais il ne put y réussir : ces moines, déjà fort riches, défendirent plus habilement leurs biens que les images de leurs saints.

Les papes Grégoire II et III, et leurs successeurs,

ennemis secrets des empereurs, et opposés ouvertement à leur doctrine, ne lancèrent pourtant point ces
sortes d'excommunications, depuis si fréquemment
et si légèrement employées. Mais soit que ce vieux
respect pour les successeurs des Césars contînt encore
les métropolitains de Rome, soit plutôt qu'ils vissent
combien ces excommunications, ces interdits, ces dis-
penses du serment de fidélité seraient méprisées dans
Constantinople, où l'église patriarcale s'égalait au
moins à celle de Rome, les papes tinrent deux conciles
en 728 et en 732, où l'on décida que tout ennemi des
images serait excommunié, sans rien de plus, et sans
parler de l'empereur. Ils songèrent dès-lors plus à
négocier qu'à disputer. Grégoire II se rendit maître
des affaires dans Rome, pendant que le peuple soulevé
contre les empereurs ne payait plus les tributs. Grégoire III se conduisit suivant les mêmes principes.
Quelques auteurs grecs postérieurs, voulant rendre
les papes odieux, ont écrit que Grégoire II excommunia et déposa l'empereur, et que tout le peuple romain reconnut Grégoire II pour son souverain. Ces
Grecs ne songeaient pas que les papes, qu'ils voulaient
faire regarder comme des usurpateurs, auraient été
dès-lors les princes les plus légitimes. Ils auraient
tenu leur puissance des suffrages du peuple romain :
ils eussent été souverains de Rome à plus juste titre
que beaucoup d'empereurs. Mais il n'est ni vraisemblable ni vrai que les Romains, menacés par Léon
l'Isaurien, pressés par les Lombards, eussent élu leur
évêque pour seul maître, quand ils avaient besoin de

guerriers. Si les papes avaient eu dès-lors un si beau
droit au rang des Césars, ils n'auraient pas depuis
transféré ce droit à Charlemagne.

CHAPITRE XV.

De Charlemagne. Son ambition, sa politique. Il dépouille ses neveux
de leurs états. Oppression et conversion des Saxons, etc.

Le royaume de Pepin, ou Pipin, s'étendait de la
Bavière aux Pyrénées et aux Alpes. Karl, son fils, que
nous respectons sous le nom de Charlemagne, recueillit cette succession tout entière, car un de ses
frères était mort après le partage, et l'autre s'était fait
moine auparavant au monastère de Saint - Silvestre.
Une espèce de piété qui se mêlait à la barbarie de ces
temps enferma plus d'un prince dans le cloître; ainsi
Rachis, roi des Lombards, un Carloman, frère de
Pepin, un duc d'Aquitaine, avaient pris l'habit de bénédictin. Il n'y avait presque alors que cet ordre dans
l'Occident. Les couvents étaient riches, puissants,
respectés; c'étaient des asiles honorables pour ceux
qui cherchaient une vie paisible. Bientôt après, ces
asiles furent les prisons des princes détrônés.

La réputation de Charlemagne est une des plus
grandes preuves que les succès justifient l'injustice et
donnent la gloire. Pepin, son père, avait partagé en
mourant ses états entre ses deux enfants, Karlman,
ou Carloman, et Karl : une assemblée solennelle de
la nation avait ratifié le testament. Carloman avait la

Provence, le Languedoc, la Bourgogne, la Suisse, l'Alsace, et quelques pays circonvoisins; Karl, ou Charles, jouissait de tout le reste. Les deux frères furent toujours en mésintelligence. Carloman mourut subitement, et laissa une veuve et deux enfants en bas âge. Charles s'empara d'abord de leur patrimoine (771). La malheureuse mère fut obligée de fuir avec ses enfants chez le roi des Lombards, Desiderius, que nous nommons Didier, ennemi naturel des Francs : ce Didier était beau-père de Charlemagne, et ne l'en haïssait pas moins, parcequ'il le redoutait. On voit évidemment que Charlemagne ne respecta pas plus le droit naturel et les liens du sang que les autres conquérants.

Pepin son père n'avait pas eu à beaucoup près le domaine direct de tous les états que posséda Charlemagne. L'Aquitaine, la Bavière, la Provence, la Bretagne, pays nouvellement conquis, rendaient hommage et payaient tribut.

Deux voisins pouvaient être redoutables à ce vaste état, les Germains septentrionaux et les Sarrasins. L'Angleterre, conquise par les Anglo-Saxons, partagée en sept dominations, toujours en guerre avec l'Albanie qu'on nomme Écosse, et avec les Danois, était sans politique et sans puissance. L'Italie, faible et déchirée, n'attendait qu'un nouveau maître qui voulût s'en emparer.

Les Germains septentrionaux étaient alors appelés Saxons. On connaissait sous ce nom tous les peuples qui habitaient les bords du Véser et ceux de l'Elbe, de Hambourg à la Moravie, et du Bas-Rhin à la mer

Baltique. Ils étaient païens ainsi que tout le septentrion. Leurs mœurs et leurs lois étaient les mêmes que
du temps des Romains. Chaque canton se gouvernait
en république, mais ils élisaient un chef pour la guerre.
Leurs lois étaient simples comme leurs mœurs, leur
religion grossière : ils sacrifiaient, dans les grands
dangers, des hommes à la Divinité, ainsi que tant
d'autres nations ; car c'est le caractère des barbares
de croire la Divinité malfesante : les hommes font
Dieu à leur image. Les Francs, quoique déjà chrétiens, eurent sous Théodebert cette superstition horrible : ils immolèrent des victimes humaines en Italie,
au rapport de Procope ; et vous n'ignorez pas que trop
de nations, ainsi que les Juifs, avaient commis ces
sacriléges par piété. D'ailleurs les Saxons avaient conservé les anciennes mœurs des Germains, leur simplicité, leur superstition, leur pauvreté. Quelques cantons
avaient surtout gardé l'esprit de rapine, et tous mettaient dans leur liberté leur bonheur et leur gloire.
Ce sont eux qui, sous le nom de Cattes, de Chérus-
ques et de Bructères, avaient vaincu Varus, et que
Germanicus avait ensuite défaits.

Une partie de ces peuples, vers le cinquième siècle,
appelée par les Bretons insulaires contre les habitants
de l'Écosse, subjugua la Bretagne qui touche à l'É-
cosse, et lui donna le nom d'Angleterre. Ils y avaient
déjà passé au troisième siècle ; et au temps de Constantin, les côtes orientales de cette île étaient appelées les Côtes Saxoniques.

Charlemagne, le plus ambitieux, le plus politique,
et le plus grand guerrier de son siècle, fit la guerre

aux Saxons trente années avant de les assujettir pleinement. Leur pays n'avait point encore ce qui tente aujourd'hui la cupidité des conquérants : les riches mines de Goslar et de Friedberg, dont on a tiré tant d'argent, n'étaient point découvertes ; elles ne le furent que sous Henri-l'Oiseleur. Point de richesses accumulées par une longue industrie, nulle ville digne de l'ambition d'un usurpateur. Il ne s'agissait que d'avoir pour esclaves des millions d'hommes qui cultivaient la terre sous un climat triste, qui nourrissaient leurs troupeaux, et qui ne voulaient point de maîtres.

La guerre contre les Saxons avait commencé pour un tribut de trois cents chevaux et quelques vaches que Pepin avait exigé d'eux ; et cette guerre dura trente années. Quel droit les Francs avaient-ils sur eux ? le même droit que les Saxons avaient eu sur l'Angleterre.

Ils étaient mal armés, car je vois dans les Capitulaires de Charlemagne une défense rigoureuse de vendre des cuirasses aux Saxons. Cette différence des armes, jointe à la discipline, avait rendu les Romains vainqueurs de tant de peuples : elle fit triompher enfin Charlemagne.

Le général de la plupart de ces peuples était ce fameux Vitikind, dont on fait aujourd'hui descendre les principales maisons de l'Empire : homme tel qu'Arminius, mais qui eut enfin plus de faiblesse. (772) Charles prend d'abord la fameuse bourgade d'Éresbourg ; car ce lieu ne méritait ni le nom de ville ni celui de forteresse. Il fait égorger les habitants ; il y

pille, et rase ensuite le principal temple du pays,
élevé autrefois au dieu Tanfana, principe universel,
si jamais ses sauvages ont connu un principe universel. Il était alors dédié au dieu Irminsul ; soit que ce
dieu fût celui de la guerre, l'Arès des Grecs, le Mars
des Romains ; soit qu'il eût été consacré au célèbre
Hermann-Arminius, vainqueur de Varus, et vengeur
de la liberté germanique.

On y massacra les prêtres sur les débris de l'idole
renversée. On pénétra jusqu'au Véser avec l'armée
victorieuse. Tous ces cantons se soumirent. Charlemagne voulut les lier à son joug par le christianisme.
Tandis qu'il court à l'autre bout de ses états, à d'autres conquêtes, il leur laisse des missionnaires pour
les persuader, et des soldats pour les forcer. Presque
tous ceux qui habitaient vers le Véser se trouvèrent
en un an chrétiens, mais esclaves.

Vitikind, retiré chez les Danois, qui tremblaient
déjà pour leur liberté et pour leurs dieux, revient au
bout de quelques années. Il ranime ses compatriotes,
il les rassemble. Il trouve dans Brême, capitale du
pays qui porte ce nom, un évêque, une église, et ses
Saxons désespérés, qu'on traîne à des autels nouveaux.
Il chasse l'évêque, qui a le temps de fuir et de s'embarquer ; il détruit le christianisme, qu'on n'avait
embrassé que par la force ; il vient jusqu'auprès du
Rhin, suivi d'une multitude de Germains ; il bat les
lieutenants de Charlemagne.

Ce prince accourt : il défait à son tour Vitikind ;
mais il traite de révolte cet effort courageux de liberté. Il demande aux Saxons tremblants qu'on lui

livre leur général; et, sur la nouvelle qu'ils l'ont
laissé retourner en Danemarck, il fait massacrer
quatre mille cinq cents prisonniers au bord de la petite rivière d'Aller. Si ces prisonniers avaient été des
sujets rebelles, un tel châtiment aurait été une sévérité horrible; mais traiter ainsi des hommes qui combattaient pour leur liberté et pour leurs lois, c'est l'action d'un brigand, que d'illustres succès et des qualités brillantes ont d'ailleurs fait grand homme.

Il fallut encore trois victoires avant d'accabler ces
peuples sous le joug. Enfin le sang cimenta le christianisme et la servitude. Vitikind lui-même, lassé de
ses malheurs, fut obligé de recevoir le baptême, et
de vivre désormais tributaire de son vainqueur.

(803. 804.) Charles, pour mieux s'assurer du pays,
transporta environ dix mille familles saxonnes en
Flandre, en France, et dans Rome. Il établit des colonies de Francs dans les terres des vaincus. On ne
voit depuis lui aucun prince en Europe qui transporte ainsi des peuples malgré eux. Vous verrez de
grandes émigrations, mais aucun souverain qui éta-
blisse ainsi des colonies suivant l'ancienne méthode
romaine : c'est la preuve de l'excès du despotisme de
contraindre ainsi les hommes à quitter le lieu de leur
naissance. Charles joignit à cette politique la cruauté
de faire poignarder par des espions les Saxons qui
voulaient retourner à leur culte. Souvent les conquérants ne sont cruels que dans la guerre : la paix amène
des mœurs et des lois plus douces. Charlemagne, au
contraire, fit des lois qui tenaient de l'inhumanité
de ses conquêtes.

Il institua une juridiction plus abominable que l'inquisition ne le fut depuis, c'était la cour Veimique, ou la cour de Vestphalie, dont le siége subsista long-temps dans le bourg de Dortmund. Les juges prononçaient peine de mort sur des délations secrètes, sans appeler les accusés. On dénonçait un Saxon, possesseur de quelques bestiaux, de n'avoir pas jeûné en carême; les juges le condamnaient, et on envoyait des assassins, qui l'exécutaient et qui saisissaient ses vaches. Cette cour étendit bientôt son pouvoir sur toute l'Allemagne: il n'y a point d'exemple d'une telle tyrannie, et elle était exercée sur des peuples libres. Daniel ne dit pas un mot de cette cour Veimique; et Velli, qui a écrit sa sèche histoire, n'a pas été instruit de ce fait si public: et il appelle Charlemagne *religieux monarque, ornement de l'humanité!* C'est ainsi parmi nous que des auteurs gagés par des libraires écrivent l'histoire [1]!

Ayant vu comment ce conquérant traita les Germains, observons comment il se conduisit avec les Arabes d'Espagne. Il arrivait déjà parmi eux ce qu'on vit bientôt après en Allemagne, en France, et en Italie. Les gouverneurs se rendaient indépendants. Les émirs de Barcelone et ceux de Saragosse s'étaient

---

[1] On peut voir dans les Capitulaires la loi par laquelle Charles établit la peine de mort contre les Saxons qui se cacheront pour ne point venir au baptème, ou qui mangeront de la chair en carême. Des fanatiques ignorants ont nié l'existence de cette loi, que Fleuri a eu la bonne foi de rapporter. Quant au tribunal Veimique, établi par Charlemagne et détruit par Maximilien, on peut consulter l'article *Tribunal secret de Vestphalie* dans l'*Encyclopédie*, tome xvi. On a eu soin d'y citer les historiens et les publicistes allemands qui ont parlé de cette pieuse institution de saint Charlemagne. K.

mis sous la protection de Pepin. L'émir de Saragosse, nommé Ibnal Arabi, c'est-à-dire Ibnal l'Arabe, en 778, vient jusqu'à Paderborn prier Charlemagne de le soutenir contre son souverain. Le prince français prit le parti de ce musulman ; mais il se donna bien garde de le faire chrétien. D'autres intérêts, d'autres soins. Il s'allie avec des Sarrasins contre des Sarrasins ; mais, après quelques avantages sur les frontières d'Espagne, son arrière-garde est défaite à Roncevaux, vers les montagnes des Pyrénées, par les chrétiens mêmes de ces montagnes, mêlés aux musulmans. C'est là que périt Roland son neveu. Ce malheur est l'origine de ces fables qu'un moine écrivit au onzième siècle, sous le nom de l'archevêque Turpin, et qu'ensuite l'imagination de l'Arioste a embellies. On ne sait point en quel temps Charles essuya cette disgrace ; et on ne voit point qu'il ait tiré vengeance de sa défaite. Content d'assurer ses frontières contre des ennemis trop aguerris, il n'embrasse que ce qu'il peut retenir, et règle son ambition sur les conjonctures qui la favorisent.

CHAPITRE XVI.

Charlemagne, empereur d'Occident.

C'est à Rome et à l'empire d'Occident que cette ambition aspirait. La puissance des rois de Lombardie était le seul obstacle ; l'église de Rome, et toutes les églises sur lesquelles elle influait, les moines déjà

puissants, les peuples déjà gouvernés par eux, tout
appelait Charlemagne à l'empire de Rome. Le pape
Adrien, né Romain, homme d'un génie adroit et
ferme, aplanit la route. D'abord il l'engage à répudier la fille du roi lombard, Didier, chez qui l'infor-
tunée belle-sœur de Charles s'était réfugiée avec ses
enfants.

Les mœurs et les lois de ce temps-là n'étaient pas
gênantes, du moins pour les princes. Charles avait
épousé cette fille du roi des Lombards dans le temps
qu'il avait déjà, dit-on, une autre femme. Il n'était
pas rare d'en avoir plusieurs à-la-fois. Grégoire de
Tours rapporte que les rois Gontran, Caribert, Sigebert, Chilpéric, avaient plus d'une épouse. Charles
répudie la fille de Didier sans aucune raison, sans
aucune formalité.

Le roi lombard, qui voit cette union fatale du roi
et du pape contre lui, prend un parti courageux. Il
veut surprendre Rome, et s'assurer de la personne
du pape; mais l'évêque habile fait tourner la guerre
en négociation. Charles envoie des ambassadeurs
pour gagner du temps. Il redemande au roi de Lombardie sa belle-sœur et ses deux neveux. Non seulement Didier refuse ce sacrifice, mais il veut faire
sacrer rois ces deux enfants, et leur faire rendre leur
héritage. Charlemagne vient de Thionville à Genève;
tient dans Genève un de ces parlements qui, en tout
pays, souscrivirent toujours aux volontés d'un conquérant habile. Il passe le mont Cenis, il entre dans
la Lombardie. Didier, après quelques défaites, s'en-
ferme dans Pavie, sa capitale; Charlemagne l'y as-

siége au milieu de l'hiver. La ville, réduite à l'extrémité, se rend après un siége de six mois (774). Ainsi
finit ce royaume des Lombards, qui avaient détruit
en Italie la puissance romaine, et qui avaient substitué leurs lois à celles des empereurs. Didier, le dernier de ces rois, fut conduit en France dans le monastère de Corbie, où il vécut et mourut captif et moine,
tandis que son fils allait inutilement demander des
secours dans Constantinople à ce fantôme d'empire
romain, détruit en Occident par ses ancêtres. Il faut
remarquer que Didier ne fut pas le seul souverain
que Charlemagne enferma; il traita ainsi un duc de
Bavière et ses enfants.

La belle-sœur de Charles et ses deux enfants furent
remis entre les mains du vainqueur. Les chroniques
ne nous apprennent point s'ils furent aussi confinés
dans un monastère, ou mis à mort. Le silence de l'histoire sur cet événement est une accusation contre
Charlemagne.

Il n'osait pas encore se faire souverain de Rome;
il ne prit que le titre de roi d'Italie, tel que le portaient les Lombards. Il se fit couronner comme eux
dans Pavie, d'une couronne de fer qu'on garde encore
dans la petite ville de Monza. La justice s'administrait
toujours à Rome au nom de l'empereur grec. Les papes
recevaient de lui la confirmation de leur élection : c'é-
tait l'usage que le sénat écrivît à l'empereur, ou à
l'exarque de Ravenne quand il y en avait un, « Nous
« vous supplions d'ordonner la consécration de notre
« père et pasteur.» On en donnait part au métropolitain de Ravenne. L'élu était obligé de prononcer

deux professions de foi. Il y a loin de là à la tiare :
mais est-il quelque grandeur qui n'ait eu de faibles
commencements ?

Charlemagne prit, ainsi que Pepin, le titre de patrice, que Théodoric et Attila avaient aussi daigné
prendre. Ainsi ce nom d'empereur, qui dans son origine ne désignait qu'un général d'armée, signifiait encore le maître de l'Orient et de l'Occident. Tout vain
qu'il était, on le respectait, on craignait de l'usurper ;
on n'affectait que celui de patrice[1], qui autrefois voulait dire sénateur romain.

Les papes, déjà très puissants dans l'Église, très
grands seigneurs à Rome, et possesseurs de plusieurs
terres, n'avaient dans Rome même qu'une autorité
précaire et chancelante. Le préfet, le peuple, le sénat,
dont l'ombre subsistait, s'élevaient souvent contre
eux. Les inimitiés des familles qui prétendaient au
pontificat remplissaient Rome de confusion.

Les deux neveux d'Adrien conspirèrent contre
Léon III son successeur, élu père et pasteur, selon
l'usage, par le peuple et le clergé romain. Ils l'accu-
sent de beaucoup de crimes ; ils animent les Romains
contre lui ; on traîne en prison, on accable de coups
à Rome celui qui était si respecté partout ailleurs. Il
s'évade, il vient se jeter aux genoux du patrice Charlemagne à Paderborn. Ce prince, qui agissait déjà en
maître absolu, le renvoya avec une escorte et des
commissaires pour le juger. Ils avaient ordre de le
trouver innocent. Enfin, Charlemagne, maître de l'I-

---

[1] M. Renouard a remarqué que Voltaire confond ici le patrice avec le
patricien. B.

talie, comme de l'Allemagne et de la France, juge du
pape, arbitre de l'Europe, vient à Rome à la fin de
l'année 799. L'année commençait alors à Noël chez
les Romains. Léon III le proclame empereur d'Occident pendant la messe, le jour de Noël, en 800. Le
peuple joint ses acclamations à cette cérémonie.
Charles feint d'être étonné, et notre abbé Velli, copiste
de nos légendaires, dit que « rien ne fut égal à sa sur-
« prise. » Mais la vérité est que tout était concerté entre
lui et le pape, et qu'il avait apporté des présents immenses qui lui assuraient le suffrage de l'évêque et
des premiers de Rome. On voit par des chartes accordées aux Romains en qualité de patrice, qu'il avait
déjà brigué hautement l'empire; on y lit ces propres
mots: « Nous espérons que notre munificence pourra
« nous élever à la dignité impériale[a]. »

Voilà donc le fils d'un domestique, d'un de ces capitaines francs que Constantin avait condamnés aux
bêtes, élevé à la dignité de Constantin. D'un côté un
Franc, de l'autre une famille thrace, partagent l'empire romain. Tel est le jeu de la fortune.

On a écrit, et on écrit encore que Charles, avant
même d'être empereur, avait confirmé la donation de
l'exarchat de Ravenne; qu'il y avait ajouté la Corse,
la Sardaigne, la Ligurie, Parme, Mantoue, les duchés
de Spolette et de Bénévent, la Sicile, Venise, et qu'il
déposa l'acte de cette donation sur le tombeau dans
lequel on prétend que reposent les cendres de saint
Pierre et saint Paul.

On pourrait mettre cette donation à côté de celle

[a] Voyez l'annaliste *Rerum Italicarum*, tome II.

de Constantin[a]. On ne voit point que jamais les papes
aient possédé aucun de ces pays jusqu'au temps d'Innocent III. S'ils avaient eu l'exarchat, ils auraient été
souverains de Ravenne et de Rome; mais dans le testament de Charlemagne, qu'Éginhard nous a conservé,
ce monarque nomme, à la tête des villes métropoli-
taines qui lui appartiennent, Rome et Ravenne, auxquelles il fait des présents. Il ne put donner ni la Sicile,
ni la Corse, ni la Sardaigne, qu'il ne possédait pas; ni
le duché de Bénévent, dont il avait à peine la souveraineté, encore moins Venise, qui ne le reconnaissait
pas pour empereur. Le duc de Venise reconnaissait
alors, pour la forme, l'empereur d'Orient, et en recevait le titre d'*hypatos*. Les lettres du pape Adrien parlent des patrimoines de Spolette et de Bénévent; mais
ces patrimoines ne se peuvent entendre que des domaines que les papes possédaient dans ces deux duchés. Grégoire VII lui-même avoue dans ses lettres
que Charlemagne donnait douze cents livres de pension au saint-siége. Il n'est guère vraisemblable qu'il
eût donné un tel secours à celui qui aurait possédé
tant de belles provinces. Le saint-siége n'eut Bénévent
que long-temps après, par la concession très équivoque
qu'on croit que l'empereur Henri-le-Noir lui en fit vers
l'an 1047. Cette concession se réduisit à la ville, et ne
s'étendit point jusqu'au duché. Il ne fut point question de confirmer le don de Charlemagne.

Ce qu'on peut recueillir de plus probable au milieu
de tant de doutes, c'est que, du temps de Charlemagne,
les papes obtinrent en propriété une partie de la Mar-

---

[a] Voyez les *Éclaircissements.* (*Mélanges,* année 1763.)

che d'Ancône, outre les villes, les châteaux et les bourgs
qu'ils avaient dans les autres pays. Voici sur quoi je
pourrais me fonder. Lorsque l'empire d'Occident se re-
nouvela dans la famille des Othons, au dixième siècle,
Othon III assigna particulièrement au saint-siége
la Marche d'Ancône, en confirmant toutes les con-
cessions faites à cette église[a] : il paraît donc que Charlemagne avait donné cette Marche, et que les troubles
survenus depuis en Italie avaient empêché les papes
d'en jouir. Nous verrons qu'ils perdirent ensuite le
domaine utile de ce petit pays sous l'empire de la maison de Souabe. Nous les verrons tantôt grands terriens,
tantôt dépouillés presque de tout, comme plusieurs
autres souverains. Qu'il nous suffise de savoir qu'ils
possèdent aujourd'hui la souveraineté reconnue d'un
pays de cent quatre-vingts grands milles d'Italie en
longueur, des portes de Mantoue aux confins de l'A-
bruzze, le long de la mer Adriatique, et qu'ils en ont
plus de cent milles en largeur depuis Civita-Vecchia
jusqu'au rivage d'Ancône, d'une mer à l'autre. Il a
fallu négocier toujours, et souvent combattre, pour
s'assurer cette domination.

Tandis que Charlemagne devenait empereur d'Occident, régnait en Orient cette impératrice Irène, fameuse par son courage et par ses crimes, qui avait
fait mourir son fils unique, après lui avoir arraché
les yeux. Elle eût voulu perdre Charlemagne ; mais,
trop faible pour lui faire la guerre, elle voulut, dit-on,
l'épouser, et réunir les deux empires. Ce mariage est

[a] On prétend que cet acte d'Othon est faux, ce qui réduirait cette opinion à une simple tradition.

une idée chimérique. Une révolution chasse Irène
d'un trône qui lui avait tant coûté (802). Charles n'eut
donc que l'empire d'Occident. Il ne posséda presque
rien dans les Espagnes; car il ne faut pas compter
pour domaine le vain hommage de quelques Sarrasins.
Il n'avait rien sur les côtes d'Afrique. Tout le reste
était sous sa domination.

S'il eût fait de Rome sa capitale, si ses successeurs
y eussent fixé leur principal séjour, et surtout si l'u-
sage de partager ses états à ses enfants n'eût point
prévalu chez les barbares, il est vraisemblable qu'on
eût vu renaître l'empire romain. Tout concourut depuis à démembrer ce vaste corps, que la valeur et la
fortune de Charlemagne avaient formé; mais rien n'y
contribua plus que ses descendants.

Il n'avait point de capitale: seulement Aix-la-Chapelle était le séjour qui lui plaisait le plus. Ce fut là
qu'il donna des audiences, avec le faste le plus im-
posant, aux ambassadeurs des califes et à ceux de
Constantinople. D'ailleurs il était toujours en guerre
ou en voyage, ainsi que vécut Charles-Quint long-
temps après lui. Il partagea ses états, et même de son
vivant, comme tous les rois de ce temps-là.

Mais enfin, quand de ses fils qu'il avait désignés
pour régner il ne resta plus que ce Louis si connu
sous le nom de Débonnaire, auquel il avait déjà donné
le royaume d'Aquitaine, il l'associa à l'empire dans
Aix-la-Chapelle, et lui commanda de prendre lui-
même sur l'autel la couronne impériale, pour faire
voir au monde que cette couronne n'était due qu'à la
valeur du père et au mérite du fils, et comme s'il eût

pressenti qu'un jour les ministres de l'autel voudraient disposer de ce diadème.

Il avait raison de déclarer son fils empereur de son vivant; car cette dignité, acquise par la fortune de Charlemagne, n'était point assurée au fils par le droit d'héritage. Mais en laissant l'empire à Louis, et en donnant l'Italie à Bernard, fils de son fils Pepin, ne déchirait-il pas lui-même cet empire qu'il voulait conserver à sa postérité? N'était-ce pas armer nécessairement ses successeurs les uns contre les autres? Était-il à présumer que le neveu, roi d'Italie, obéirait à son oncle empereur, ou que l'empereur voudrait bien n'être pas le maître en Italie?

Charlemagne mourut en 8i4, avec la réputation d'un empereur aussi heureux qu'Auguste, aussi guerrier qu'Adrien, mais non tel que les Trajan et les Antonins, auxquels nul souverain n'a été comparable.

Il y avait alors en Orient un prince qui l'égalait en gloire comme en puissance; c'était le célèbre calife Aaron-al-Raschild, qui le surpassa beaucoup en justice, en science, en humanité.

J'ose presque ajouter à ces deux hommes illustres le pape Adrien, qui, dans un rang moins élevé, dans une fortune presque privée, et avec des vertus moins héroïques, montra une prudence à laquelle ses successeurs ont dû leur agrandissement.

La curiosité des hommes, qui pénètre dans la vie privée des princes, a voulu savoir jusqu'au détail de la vie de Charlemagne, et jusqu'au secret de ses plaisirs. On a écrit qu'il avait poussé l'amour des femmes jusqu'à jouir de ses propres filles. On en a dit autant

d'Auguste; mais qu'importe au genre humain le détail de ces faiblesses qui n'ont influé en rien sur les
affaires publiques? L'Église a mis au nombre· des
saints cet homme qui répandit tant de sang, qui dé-
pouilla ses neveux, et qui fut soupçonné d'inceste.

J'envisage son règne par un endroit plus digne de
l'attention d'un citoyen. Les pays qui composent aujourd'hui la France et l'Allemagne jusqu'au Rhin furent
tranquilles pendant près de cinquante ans, et l'Italie
pendant treize, depuis son avénement à l'empire. Point
de révolution, point de calamité pendant ce demi-
siècle, qui par-là est unique. Un bonheur si long ne
suffit pas pourtant pour rendre aux hommes la politesse et les arts. La rouille de la barbarie était trop
forte, et les âges suivants l'épaissirent encore.

CHAPITRE XVII.

Mœurs, gouvernement, et usages, vers le temps de Charlemagne.

Je m'arrête à cette célèbre époque pour considérer
les usages, les lois, la religion, les mœurs qui régnaient alors. Les Francs avaient toujours été des
barbares, et le furent encore après Charlemagne. Remarquons attentivement que Charlemagne paraissait
ne se point regarder comme un Franc. La race de
Clovis et de ses compagnons francs fut toujours distincte des Gaulois. L'Allemand Pepin et Karl son fils
furent distincts des Francs. Vous en trouverez la
preuve dans le capitulaire de Karl ou Charlemagne,

concernant ses métairies, art. 4 : «Si les Francs com-
« mettent quelque délit dans nos possessions, qu'ils
« soient jugés suivant leur loi.» Il semble par cet
ordre que les Francs alors n'étaient pas regardés
comme la nation de Charlemagne. A Rome, la race
carlovingienne passa toujours pour allemande. Le
pape Adrien IV, dans sa lettre aux archevêques de
Mayence, de Cologne, et de Trèves, s'exprime en ces
termes remarquables : « L'empire fut transféré des
« Grecs aux Allemands ; leur roi ne fut empereur
« qu'après avoir été couronné par le pape... tout ce
« que l'empereur possède, il le tient de nous. Et
« comme Zacharie donna l'empire grec aux Alle-
« mands, nous pouvons donner celui des Allemands
« aux Grecs. »

Cependant en France le nom de Franc prévalut
toujours. La race de Charlemagne fut souvent appelée
Franca dans Rome même et à Constantinople. La cour
grecque désignait, même du temps des Othons, les
empereurs d'Occident par le nom d'usurpateurs francs,
barbares francs : elle affectait pour ces Francs un mépris qu'elle n'avait pas.

Le règne seul de Charlemagne eut une lueur de
politesse qui fut probablement le fruit du voyage de
Rome, ou plutôt de son génie.

Ses prédécesseurs ne furent illustres que par des
déprédations : ils détruisirent des villes, et n'en fondèrent aucune. Les Gaulois avaient été heureux d'être
vaincus par les Romains. Marseille, Arles, Autun,
Lyon, Trèves, étaient des villes florissantes qui jouissaient paisiblement de leurs lois municipales, subor-

données aux sages lois romaines : un grand commerce les animait. On voit, par une lettre d'un proconsul à Théodose, qu'il y avait dans Autun et dans sa banlieue vingt-cinq mille chefs de famille. Mais, dès que les Bourguignons, les Goths, les Francs, arrivent dans la Gaule, on ne voit plus de grandes villes peuplées. Les cirques, les amphithéâtres construits par les Romains jusqu'au bord du Rhin, sont démolis ou négligés. Si la criminelle et malheureuse reine Brunehaut conserve quelques lieues de ces grands chemins qu'on n'imita jamais, on en est encore étonné.

Qui empêchait ces nouveaux venus de bâtir des édifices réguliers sur des modèles romains? Ils avaient la pierre, le marbre, et de plus beaux bois que nous. Les laines fines couvraient les troupeaux anglais et espagnols comme aujourd'hui : cependant les beaux draps ne se fabriquaient qu'en Italie. Pourquoi le reste de l'Europe ne fesait-il venir aucune des denrées de l'Asie? Pourquoi toutes les commodités qui adoucissent l'amertume de la vie étaient-elles inconnues, sinon parceque les sauvages qui passèrent le Rhin rendirent les autres peuples sauvages? Qu'on en juge par ces lois saliques, ripuaires, bourguignonnes, que Charlemagne lui-même confirma, ne pouvant les abroger. La pauvreté et la rapacité avaient évalué à prix d'argent la vie des hommes, la mutilation des membres, le viol, l'inceste, l'empoisonnement. Quiconque avait quatre cents sous, c'est-à-dire quatre cents écus du temps, à donner, pouvait tuer impunément un évêque. Il en coûtait deux cents sous pour la vie d'un prêtre, autant pour le viol, autant pour

27.

avoir empoisonné avec des herbes. Une sorcière qui
avait mangé de la chair humaine en était quitte pour
deux cents sous; et cela prouve qu'alors les sorcières
ne se trouvaient pas seulement dans la lie du peuple,
comme dans nos derniers siècles, mais que ces horreurs extravagantes étaient pratiquées chez les riches.
Les combats et les épreuves décidaient, comme nous
le verrons, de la possession d'un héritage, de la vali-
dité d'un testament. La jurisprudence était celle de la
férocité et de la superstition.

Qu'on juge des mœurs des peuples par celles des
princes. Nous ne voyons aucune action magnanime.
La religion chrétienne, qui devait humaniser les
hommes, n'empêche point le roi Clovis de faire assassiner les petits régas, ses voisins et ses parents.
Les deux enfants de Clodomir sont massacrés dans
Paris, en 533, par un Childebert et un Clotaire, ses
oncles, qu'on appelle rois de France; et Clodoald, le
frère de ces innocents égorgés, est invoqué sous le
nom de saint Cloud, parcequ'on l'a fait moine. Un
jeune barbare, nommé Chram, fait la guerre à Clotaire son père, réga d'une partie de la Gaule. Le père
fait brûler son fils avec tous ses amis prisonniers
en 559.

Sous un Chilpéric, roi de Soissons, en 562, les
sujets esclaves désertent ce prétendu royaume, las-
sés de la tyrannie de leur maître, qui prenait leur
pain et leur vin, ne pouvant prendre l'argent qu'ils
n'avaient pas. Un Sigebert, un autre Chilpéric, sont
assassinés. Brunehaut, d'arienne devenue catholique,
est accusée de mille meurtres; et un Clotaire II, non

moins barbare qu'elle, la fait traîner, dit-on, à la queue d'un cheval dans son camp, et la fait mourir par ce nouveau genre de supplice, en 616. Si cette aventure n'est pas vraie, il est du moins prouvé qu'elle a été crue comme une chose ordinaire, et cette opinion même atteste la barbarie du temps. Il ne reste de monuments de ces âges affreux que des fondations de monastères, et un confus souvenir de misère et de brigandages. Figurez-vous des déserts où les loups, les tigres, et les renards, égorgent un bétail épars et timide ; c'est le portrait de l'Europe pendant tant de siècles.

Il ne faut pas croire que les empereurs reconnussent pour rois ces chefs sauvages qui dominaient en Bourgogne, à Soissons, à Paris, à Metz, à Orléans ; jamais ils ne leur donnèrent le titre de *basileus*. Ils ne le donnèrent pas même à Dagobert II, qui réunissait sous son pouvoir toute la France occidentale jusqu'auprès du Véser. Les historiens parlent beaucoup de la magnificence de ce Dagobert, et ils citent en preuve l'orfévre saint Éloi, qui arriva, dit-on, à la cour avec une ceinture garnie de pierreries, c'est-à-dire qu'il vendait des pierreries, et qu'il les portait à sa ceinture. On parle des édifices magnifiques qu'il fit construire ; où sont-ils ? la vieille église de Saint-Paul n'est qu'un petit monument gothique. Ce qu'on connaît de Dagobert, c'est qu'il avait à-la-fois trois épouses, qu'il assemblait des conciles, et qu'il tyrannisait son pays.

Sous lui, un marchand de Sens, nommé Samon, va trafiquer en Germanie. Il passe jusque chez les Slaves,

barbares qui dominaient vers la Pologne et la Bohême.
Ces autres sauvages sont si étonnés de voir un homme
qui a fait tant de chemin pour leur apporter les choses
dont ils manquent, qu'ils le font roi. Ce Samon fit,
dit-on, la guerre à Dagobert; et si le roi des Francs
eut trois femmes, le nouveau roi slavon en eut quinze.

C'est sous ce Dagobert que commence l'autorité des
maires du palais. Après lui viennent les rois fainéants,
la confusion, le despotisme de ces maires. C'est du
temps de ces maires, au commencement du huitième
siècle, que les Arabes, vainqueurs de l'Espagne, pé-
nètrent jusqu'à Toulouse, prennent la Guienne, ra-
vagent tout jusqu'à la Loire, et sont près d'enlever les
Gaules entières aux Francs, qui les avaient enlevées
aux Romains. Jugez en quel état devaient être alors
les peuples, l'Église, et les lois.

Les évêques n'eurent aucune part au gouvernement
jusqu'à Pepin ou Pipin, père de Charles Martel, et
grand-père de l'autre Pepin qui se fit roi. Les évêques
n'assistaient point aux assemblées de la nation franque.
Ils étaient tous ou Gaulois ou Italiens, peuples regardés comme serfs. En vain l'évêque Remi, qui baptisa
Clovis, avait écrit à ce roi sicambre cette fameuse
lettre où l'on trouve ces mots : « Gardez-vous bien
« surtout de prendre la préséance sur les évêques;
« prenez leurs conseils : tant que vous serez en intel-
« ligence avec eux, votre administration sera facile. »
Ni Clovis ni ses successeurs ne firent du clergé un
ordre de l'état : le gouvernement ne fut que militaire.
On ne peut mieux le comparer qu'à ceux d'Alger et de

Tunis, gouvernés par un chef et une milice. Seulement les rois consultaient quelquefois les évêques quand ils avaient besoin d'eux.

Mais quand les majordomes ou maires de cette milice usurpèrent insensiblement le pouvoir, ils voulurent cimenter leur autorité par le crédit des prélats et des abbés, en les appelant aux assemblées du champ de mai.

Ce fut, selon les annales de Metz, en 692, que le maire Pepin, premier du nom, procura cette prérogative au clergé : époque bien négligée par la plupart des historiens, mais époque très considérable, et premier fondement du pouvoir temporel des évêques et des abbés, en France et en Allemagne.

CHAPITRE XVIII.

Suite des usages du temps de Charlemagne, et avant lui. S'il était despotique, et le royaume héréditaire.

On demande si Charlemagne, ses prédécesseurs, et ses successeurs, étaient despotiques, et si leur royaume était héréditaire par le droit de ces temps-là. Il est certain que par le fait Charlemagne était despotique, et que par conséquent son royaume fut héréditaire, puisqu'il déclare son fils empereur en plein parlement. Le droit est un peu plus incertain que le fait; voici sur quoi tous les droits étaient alors fondés.

Les habitants du Nord et de la Germanie étaient originairement des peuples chasseurs; et les Gaulois, soumis par les Romains, étaient agriculteurs ou bourgeois. Des peuples chasseurs, toujours armés, doivent nécessairement subjuguer des laboureurs et des pasteurs, occupés toute l'année de leurs travaux continuels et pénibles, et encore plus aisément des bourgeois paisibles dans leurs foyers. Ainsi les Tartares ont asservi l'Asie; ainsi les Goths sont venus à Rome. Toutes les hordes de Tartares et de Goths, de Huns, de Vandales et de Francs, avaient des chefs. Ces chefs d'émigrants étaient élus à la pluralité des voix, et cela ne pouvait être autrement; car, quel droit pourrait avoir un voleur de commander à ses camarades? Un brigand habile et hardi, surtout heureux, dut à la longue acquérir beaucoup d'empire sur des brigands subordonnés, moins habiles, moins hardis, et moins heureux que lui. Ils avaient tous également part au butin; et c'est la loi la plus inviolable de tous les premiers peuples conquérants. Si on avait besoin de preuve pour faire connaître cette première loi des barbares, on la trouverait aisément dans l'exemple de ce guerrier franc qui ne voulut jamais permettre que Clovis ôtât du butin général un vase de l'église de Reims, et qui fendit le vase à coups de hache, sans que le chef osât l'en empêcher.

Clovis devint despotique à mesure qu'il devint puissant; c'est la marche de la nature humaine. Il en fut ainsi de Charlemagne; il était fils d'un usurpateur. Le fils du roi légitime était rasé et condamné à dire son bréviaire dans un couvent de Normandie. Il était donc obligé à de très grands ménagements devant une nation de guerriers assemblée en parlement. « Nous

« vous avertissons, dit-il dans un de ses Capitulaires,
« qu'en considération de notre humilité, et de notre
« obéissance à vos conseils, que nous vous rendons
« par la crainte de Dieu, vous nous conserviez l'hon-
« neur que Dieu nous a accordé, comme vos ancêtres
« l'ont fait à l'égard de nos ancêtres. »

Ses ancêtres se réduisaient à son père, qui avait
envahi le royaume ; lui-même avait usurpé le partage
de son frère, et avait dépouillé ses neveux. Il flattait
les seigneurs en parlement ; mais, le parlement dis-
sous, malheur à quiconque eût bravé ses volontés !

Quant à la succession, il est naturel qu'un chef de
conquérants les ait engagés à élire son fils pour son
successeur. Cette coutume d'élire, devenue avec le
temps plus légale et plus consacrée, se maintient encore de nos jours dans l'empire d'Allemagne. L'élection était si bien regardée comme un droit du peuple
conquérant, que lorsque Pepin usurpa le royaume
des Francs sur le roi dont il était le domestique, le
pape Étienne, avec lequel cet usurpateur était d'accord, prononça une excommunication contre ceux
qui éliraient pour roi un autre qu'un descendant de
la race de Pepin. Cette excommunication était à la vérité un grand exemple de superstition, comme l'entreprise de Pepin était un exemple d'audace ; mais cette
superstition même est une preuve du droit d'élire ;
elle fait voir encore que la nation conquérante élisait,
parmi les descendants d'un chef, celui qui lui plaisait
davantage. Le pape ne dit pas : Vous élirez les premiers nés de la maison de Pepin ; mais, « vous ne
« choisirez point ailleurs que dans sa maison. »

Charlemagne dit dans un capitulaire[a] : « Si de l'un « des trois princes mes enfants il naît un fils tel que « la nation le veuille pour succéder à son père, nous « voulons que ses oncles y consentent. » Il est évident, par ce titre, et par plusieurs autres, que la nation des Francs eut, du moins en apparence, le droit d'élection. Cet usage a été d'abord celui de tous les peuples, dans toutes les religions, et dans tous les pays. On le voit s'établir chez les Juifs, chez les autres Asiatiques, chez les Romains. Les premiers successeurs de Mahomet sont élus; les soudans d'Égypte, les premiers miramolins, ne règnent que par ce droit; et ce n'est qu'avec le temps qu'un état devient purement héréditaire. Le courage, l'habileté, et le besoin, font toutes les lois.

CHAPITRE XIX.

Suite des usages du temps de Charlemagne. Commerce, finances, sciences.

Charles Martel, usurpateur et soutien du pouvoir suprême dans une grande monarchie, vainqueur des conquérants arabes, qu'il repoussa jusqu'en Gascogne, n'est cependant appelé que sous-roitelet, *subregulus*, par le pape Grégoire II, qui implore sa protection contre les rois lombards. Il se dispose à aller secourir l'Église romaine; mais il pille en attendant l'église des Francs, il donne les biens des couvents à ses ca-

[a] *Code diplomatique*, p. 4.

pitaines, il tient son roi Thierri en captivité. Pepin,
fils de Charles Martel, lassé d'être *subregulus*, se fait
roi, et reprend l'usage des parlements francs. Il a toujours des troupes aguerries sous le drapeau ; et c'est
à cet établissement que Charlemagne doit toutes ses
conquêtes. Ces troupes se levaient par des ducs,
gouverneurs des provinces, comme elles se lèvent
aujourd'hui chez les Turcs par les béglierbeys. Ces
ducs avaient été institués en Italie par Dioclétien. Les
comtes, dont l'origine me paraît du temps de Théodose, commandaient sous les ducs, et assemblaient les
troupes, chacun dans son canton. Les métairies, les
bourgs, les villages, fournissaient un nombre de soldats proportionné à leurs forces. Douze métairies
donnaient un cavalier armé d'un casque et d'une cui-
rasse ; les autres soldats n'en portaient point : mais
tous avaient le bouclier carré long, la hache d'armes,
le javelot, et l'épée. Ceux qui se servaient de flèches
étaient obligés d'en avoir au moins douze dans leur
carquois. La province qui fournissait la milice lui dis-
tribuait du blé et les provisions nécessaires pour six
mois : le roi en fournissait pour le reste de la campagne. On fesait la revue au premier de mars, ou au
premier de mai. C'est d'ordinaire dans ces temps qu'on
tenait les parlements.

Dans les siéges on employait le bélier, la baliste,
la tortue, et la plupart des machines des Romains.
Les seigneurs, nommés barons, leudes, richeomes,
composaient, avec leurs suivants, le peu de cavalerie
qu'on voyait alors dans les armées. Les musulmans
d'Afrique et d'Espagne avaient plus de cavaliers.

Charles avait des forces navales, c'est-à-dire de grands bateaux aux embouchures de toutes les grandes rivières de son empire. Avant lui on ne les connaissait pas chez les barbares : après lui on les ignora long-temps. Par ce moyen, et par sa police guerrière, il arrêta les inondations des peuples du Nord : il les contint dans leurs climats glacés ; mais, sous ses faibles descendants, ils se répandirent dans l'Europe.

Les affaires générales se réglaient dans des assemblées qui représentaient la nation. Sous lui, ses parlements n'avaient d'autre volonté que celle d'un maître qui savait commander et persuader.

Il fit fleurir le commerce, parcequ'il était le maître des mers ; ainsi les marchands des côtes de Toscane et ceux de Marseille allaient trafiquer à Constantinople chez les chrétiens, et au port d'Alexandrie chez les musulmans, qui les recevaient, et dont ils tiraient les richesses de l'Asie.

Venise et Gênes, si puissantes depuis par le négoce, n'attiraient pas encore à elles les richesses des nations ; mais Venise commençait à s'enrichir, et à s'agrandir. Rome, Ravenne, Milan, Lyon, Arles, Tours, avaient beaucoup de manufactures d'étoffes de laine. On damasquinait le fer, à l'exemple de l'Asie : on fabriquait le verre ; mais les étoffes de soie n'étaient tissues dans aucune ville de l'empire d'Occident.

Les Vénitiens commençaient à les tirer de Constantinople ; mais ce ne fut que près de quatre cents ans après Charlemagne que les princes normands établirent à Palerme une manufacture de soie. Le linge était peu commun. Saint Boniface, dans une lettre à un évêque d'Allemagne; lui mande qu'il lui envoie du drap à longs poils pour se laver les pieds. Probablement ce manque de linge était la cause de toutes ces maladies de la peau, connues sous le nom de *lèpre*, si générales alors; car les hôpitaux nommés *léproseries* étaient déjà très nombreux.

La monnaie avait à peu près la même valeur que celle de l'empire romain depuis Constantin. Le sou d'or était le *solidum* romain. Ce sou d'or équivalait à quarante deniers d'argent fin. Ces deniers, tantôt plus forts, tantôt plus faibles, pesaient, l'un portant l'autre, trente grains.

Le sou d'or vaudrait aujourd'hui, en 1778, environ 14 livres 6 sous 3 den., le denier d'argent à peu près 7 sous 1 den. $\frac{7}{8}$, monnaie de compte.

Il faut toujours, en lisant les histoires, se ressouvenir qu'outre ces monnaies réelles d'or et d'argent, on se servait dans le calcul d'une autre dénomination. On s'exprimait souvent en monnaie de compte, monnaie fictive, qui n'était, comme aujourd'hui, qu'une manière de compter.

Les Asiatiques et les Grecs comptaient par mines et par talents, les Romains par grands sesterces, sans qu'il y eût aucune monnaie qui valût un grand sesterce ou un talent.

La livre numéraire, du temps de Charlemagne, était réputée le poids d'une livre d'argent de douze onces. Cette livre se divisait numériquement en vingt parties. Il y avait, à la vérité, des sous d'argent semblables à nos écus, dont chacun pesait la 20e, 22^e

ou 24ᵉ partie d'une livre de douze onces; et ce sou se divisait comme le nôtre en douze deniers. Mais Charlemagne ayant ordonné que le sou d'argent serait précisément la 20ᵉ partie de douze onces, on s'accoutuma à regarder dans les comptes numéraires vingt sous comme une livre.

Pendant deux siècles les monnaies restèrent sur le pied où Charlemagne les avait mises; mais, petit à petit, les rois, dans leurs besoins, tantôt chargèrent les sous d'alliage, tantôt en diminuèrent le poids, de sorte que, par un changement qui est peut-être la honte des gouvernements de l'Europe, ce sou, qui était autrefois une pièce d'argent du poids d'environ cinq gros, n'est plus qu'une légère pièce de cuivre avec un 11ᵉ d'argent tout au plus; et la livre, qui était le signe représentatif de douze onces d'argent, n'est plus en France que le signe représentatif de vingt de nos sous de cuivre. Le denier, qui était la deux cent quarantième partie d'une livre d'argent de douze onces, n'est plus que le tiers de cette vile monnaie qu'on appelle un liard. Supposé donc qu'une ville de France dût à une autre, au temps de Charlemagne, cent vingt sous ou solides de rente, soixante-douze onces d'argent, elle s'acquitterait aujourd'hui de sa dette en payant ce que nous appelons un écu de six francs.

La livre de compte des Anglais, celle des Hollandais, ont moins varié. Une livre sterling d'Angleterre vaut environ vingt-deux francs de France, et une livre de compte hollandaise vaut environ douze francs de

France : ainsi les Hollandais se sont écartés moins que les Français de la loi primitive, et les Anglais encore moins.

Toutes les fois donc que l'histoire nous parle de monnaie sous le nom de livres, nous n'avons qu'à examiner ce que valait la livre au temps et dans le pays dont on parle, et la comparer à la valeur de la nôtre. Nous devons avoir la même attention en lisant l'histoire grecque et romaine. C'est, par exemple, un très grand embarras pour le lecteur, d'être obligé de réformer toujours les comptes qui se trouvent dans l'*Histoire ancienne* d'un célèbre professeur de l'université de Paris [1], dans l'*Histoire ecclésiastique* de Fleuri, et dans tant d'autres auteurs utiles. Quand ils veulent exprimer en monnaie de France les talents, les mines, les sesterces, ils se servent toujours de l'évaluation que quelques savants ont faite avant la mort du grand Colbert. Mais le marc de huit onces, qui valait vingt-six francs et dix sous dans les premiers temps du ministère de Colbert, vaut depuis long-temps quarante-neuf livres seize sous, ce qui fait une différence de près de la moitié. Cette différence, qui a été quelquefois beaucoup plus grande, pourra augmenter ou être réduite. Il faut songer à ces variations ; sans quoi on aurait une idée très fausse des forces des anciens états, de leur commerce, de la paie de leurs soldats, et de toute leur économie.

Il paraît qu'il y avait alors huit fois moins d'espèces circulantes en Italie, et vers les bords du Rhin,

[1] Rollin.

qu'il ne s'en trouve aujourd'hui. On n'en peut guère juger que par le prix des denrées nécessaires à la vie ; et je trouve la valeur de ces denrées, du temps de Charlemagne, huit fois moins chère qu'elle ne l'est de nos jours. Vingt-quatre livres de pain blanc va-laient un denier d'argent, par les Capitulaires. Ce denier était la quarantième partie d'un sou d'or, qui valait environ quatorze livres six sous de notre mon-naie d'aujourd'hui. Ainsi la livre de pain revenait à un liard et quelque chose ; ce qui est en effet la hui-tième partie de notre prix ordinaire.

Dans les pays septentrionaux l'argent était beau-coup plus rare : le prix d'un bœuf y fut fixé, par exemple, à un sou d'or. Nous verrons dans la suite comment le commerce et les richesses se sont étendus de proche en proche.

Les sciences et les beaux-arts ne pouvaient avoir que des commencements bien faibles dans ces vastes pays tout sauvages encore. Éginhard, secrétaire de Charlemagne, nous apprend que ce conquérant ne savait pas signer son nom. Cependant il conçut, par la force de son génie, combien les belles-lettres étaient nécessaires. Il fit venir de Rome des maîtres de gram-maire et d'arithmétique. Les ruines de Rome fournis-sent tout à l'Occident, qui n'est pas encore formé. Alcuin, cet Anglais alors fameux, et Pierre de Pise, qui enseigna un peu de grammaire à Charlemagne, avaient tous deux étudié à Rome.

Il y avait des chantres dans les églises de France ; et ce qui est à remarquer, c'est qu'ils s'appelaient *chantres gaulois*. La race des conquérants francs n'avait cultivé aucun art. Ces Gaulois prétendaient, comme aujourd'hui, disputer du chant avec les Romains. La musique grégorienne, qu'on attribue à saint Grégoire, surnommé *le Grand*, n'était pas sans mérite, et avait quelque dignité dans sa simplicité. Les chantres gaulois, qui n'avaient point l'usage des anciennes notes alphabétiques, avaient corrompu ce chant, et·prétendaient l'avoir embelli. Charlemagne, dans un de ses voyages en Italie, les obligea de se conformer à la musique de leurs maîtres. Le pape Adrien leur donna des livres de chant notés ; et deux musiciens italiens furent établis pour enseigner la note alphabétique, l'un dans Metz, l'autre dans Soissons. Il fallut encore envoyer des orgues de Rome.

Il n'y avait point d'horloge sonnante dans les villes de son empire, et il n'y en eut que vers le treizième siècle. De là vient l'ancienne coutume qui se conserve encore en Allemagne, en Flandre, en Angleterre, d'entretenir des hommes qui avertissent de l'heure pendant la nuit. Le présent que le calife Aaron-al-Raschild fit à Charlemagne d'une horloge sonnante, fut regardé comme une merveille. A l'égard des sciences·de l'esprit, de la saine philosophie, de la physique; de l'astronomie, des principes de la médecine, comment auraient-elles pu être connues? elles ne viennent que de naître parmi nous.

On comptait encore par nuits, et de là vient qu'en Angleterre on dit encore *sept nuits*, pour signifier une semaine, et *quatorze nuits* pour deux semaines. La langue romance commençait à se former du mélange du latin avec le tudesque. Ce langage est l'ori-

gine du français, de l'espagnol, et de l'italien. Il dura
jusqu'au temps de Frédéric II, et on le parle encore
dans quelques villages des Grisons, et vers la Suisse.

Les vêtements, qui ont toujours changé en Occident depuis la ruine de l'empire romain, étaient courts,
excepté aux jours de cérémonie, où la saie était couverte d'un manteau souvent doublé de pelleterie. On
tirait, comme aujourd'hui, ces fourrures du Nord, et
surtout de la Russie. La chaussure des Romains s'était
conservée. On remarque que Charlemagne se couvrait
les jambes de bandes entrelacées en forme de brode-
quins, comme en usent encore les montagnards d'É-
cosse, seul peuple chez qui l'habillement guerrier des
Romains s'est conservé jusqu'à nos jours.

CHAPITRE XX.

De la Religion du temps de Charlemagne.

Si nous tournons à présent les yeux sur les maux
que les hommes s'attirèrent quand ils firent de la religion un instrument de leurs passions, sur les usages
consacrés, sur les abus de ces usages, la querelle des
Iconoclastes et des *Iconolâtres* est d'abord ce qui présente le plus grand objet.

L'impératrice Irène, tutrice de son malheureux fils
Constantin Porphyrogénète, pour se frayer le chemin
à l'empire, flatte le peuple et les moines, à qui le
culte des images, proscrit par tant d'empereurs depuis Léon-l'Isaurien, plaisait encore. Elle y était elle-

même attachée, parceque son mari les avait eues en
horreur. On avait persuadé à Irène que, pour gouverner son époux, il fallait mettre sous le chevet de
son lit les images de certaines saintes. La crédulité
entre même dans les esprits politiques. L'empereur
son mari avait puni les auteurs de cette superstition.
Irène, après la mort de son mari, donne un libre
cours à son goût et à son ambition. Voilà ce qui
assemble, en 786, le second concile de Nicée, septième concile œcuménique, commencé d'abord à Constantinople. Elle fait élire pour patriarche un laïque,
secrétaire d'état, nommé Taraise. Il y avait eu autrefois quelques exemples de séculiers élevés ainsi à l'é-
vêché sans passer par les autres grades ; mais alors
cette coutume ne subsistait plus.

Ce patriarche ouvrit le concile. La conduite du
pape Adrien est très remarquable : il n'anathématise
pas ce secrétaire d'état qui se fait patriarche ; il pro-
teste seulement avec modestie, dans ses lettres à
Irène, contre le titre de patriarche universel ; mais
il insiste pour qu'on lui rende les patrimoines de la
Sicile [1]. Il redemande hautement ce peu de bien,
tandis qu'il arrachait, ainsi que ses prédécesseurs,
le domaine utile de tant de belles terres qu'il assure
avoir été données par Pepin et par Charlemagne. Cependant le concile œcuménique de Nicée, auquel pré-

---

[1] Toute cette partie des lettres du pape ne fut pas même lue dans le concile, par ménagement pour Irène et pour Taraise. M. de Voltaire a fort
adouci le scandale de la conduite plus politique que religieuse d'Adrien.
Voyez Fleuri, et les pièces originales de ces temps barbares qui ont été
recueillies par les érudits des derniers siècles. K.

sident les légats du pape et ce ministre patriarche,
rétablit le culte des images.

C'est une chose avouée de tous les sages critiques,
que les pères de ce concile, qui étaient au nombre
de trois cent cinquante, y rapportèrent beaucoup de
pièces évidemment fausses, beaucoup de miracles
dont le récit scandaliserait dans nos jours, beaucoup
de livres apocryphes. Ces pièces fausses ne firent
point de tort aux vraies, sur lesquelles on décida.

Mais quand il fallut faire recevoir ce concile par
Charlemagne, et par les églises de France, quel fut
l'embarras du pape! Charles s'était déclaré hautement
contre les images. Il venait de faire écrire les livres
qu'on nomme *Carolins,* dans lesquels ce culte est anathématisé. Ces livres sont écrits dans un latin assez
pur: ils font voir que Charlemagne avait réussi à faire
revivre les lettres; mais ils font voir aussi qu'il n'y a
jamais eu de dispute théologique sans invectives. Le
titre même est une injure. «Au nom de notre Seigneur
« et Sauveur Jésus-Christ, commence le livre de l'il-
« lustrissime et excellentissime Charles, etc., contre
« le synode impertinent et arrogant tenu en Grèce
« pour adorer des images.» Le livre était attribué par
le titre au roi Charles, comme on met sous le nom
des rois les édits qu'ils n'ont point rédigés: il est certain que tous les peuples des royaumes de Charlemagne regardaient les Grecs comme des idolâtres.

Ce prince, en 794, assembla un concile à Francfort, auquel il présida selon l'usage des empereurs et
des rois : concile composé de trois cents évêques ou
abbés, tant d'Italie que de France, qui rejetèrent

d'un consentement unanime le service (*servitium*) et
l'adoration des images. Ce mot équivoque d'adoration était la source de tous ces différents ; car si les
hommes définissaient les mots dont ils se servent, il
y aurait moins de disputes : et plus d'un royaume a
été bouleversé pour un malentendu.

Tandis que le pape Adrien envoyait en France les
actes du second concile de Nicée, il reçoit les livres
Carolins opposés à ce concile ; et on le presse au nom
de Charles de déclarer hérétiques l'empereur de Constantinople et sa mère. On voit assez par cette conduite de Charles qu'il voulait se faire un nouveau
droit de l'hérésie prétendue de l'empereur, pour lui
enlever Rome sous couleur de justice.

Le pape, partagé entre le concile de Nicée qu'il
adoptait, et Charlemagne qu'il ménageait, prit un
tempérament politique, qui devrait servir d'exemple
dans toutes ces malheureuses disputes qui ont toujours divisé les chrétiens. Il explique les livres Carolins d'une manière favorable au concile de Nicée, et
par là réfute le roi sans lui déplaire ; il permet qu'on
ne rende point de culte aux images ; ce qui était très
raisonnable chez les Germains à peine sortis de l'idolâtrie, et chez les Francs encore grossiers, qui n'a-
vaient ni sculpteurs ni peintres. Il exhorte en même
temps à ne point briser ces mêmes images. Ainsi il
satisfait tout le monde, et laisse au temps à confirmer ou à abolir un culte encore douteux. Attentif à
ménager les hommes et à faire servir la religion à
ses intérêts, il écrit à Charlemagne : «Je ne puis dé-
« clarer Irène et son fils hérétiques après le concile

« de Nicée; mais je les déclarerai tels, s'ils ne me
« rendent les biens de Sicile. »

On voit la même politique intéressée de ce pape
dans une dispute encore plus délicate, et qui seule
eût suffi en d'autres temps pour allumer des guerres
civiles. On avait voulu savoir si le *Saint-Esprit* procède du *Père* et du *Fils*, ou du *Père* seulement.

On avait d'abord dans l'Orient ajouté au premier
concile de Nicée qu'il procédait du *Père*. Ensuite en
Espagne, et puis en France et en Allemagne, on ajouta
qu'il procédait du *Père* et du *Fils:* c'était la croyance
de presque tout l'empire de Charles. Ces mots du Symbole attribué aux apôtres, *qui ex Patre Filioque procedit*, étaient sacrés pour les Français; mais ces mêmes
mots n'avaient jamais été adoptés à Rome. On presse,
de la part de Charlemagne, le pape de se déclarer.
Cette question, décidée avec le temps par les lumières
de l'Église romaine infaillible, semblait alors très obscure. On citait des passages des pères, et surtout celui de saint Grégoire de Nice, où il est dit, « qu'une
« personne est cause, et l'autre vient de cause : l'une
« sort immédiatement de la première, l'autre en sort
« par le moyen du Fils, par lequel moyen le Fils se
« réserve la propriété d'unique, sans exclure l'Esprit
« Saint de la relation du Père. »

Ces autorités ne parurent pas alors assez claires.
Adrien Ier ne décida rien : il savait qu'on pouvait être
chrétien sans pénétrer dans la profondeur de tous les
mystères. Il répond qu'il ne condamne point le sentiment du roi, mais ne change rien au Symbole de
Rome. Il apaise la dispute en ne la jugeant pas, et en

laissant à chacun ses usages. Il traite, en un mot, les affaires spirituelles en prince; et trop de princes les ont traitées en évêques.

Dès-lors la politique profonde des papes établissait peu-à-peu leur puissance. On fait bientôt après un recueil de faux actes connus aujourd'hui sous le nom de *fausses décrétales*. C'est, dit-on, un Espagnol nommé Isidore Mercator, ou Piscator, ou Peccator, qui les digère. Ce sont les évêques allemands, dont la bonne foi fut trompée, qui les répandent et les font valoir. On prétend avoir aujourd'hui des preuves incontestables qu'elles furent composées par un Algeram, abbé de Senones, évêque de Metz: elles sont en manuscrit dans la bibliothèque du Vatican. Mais qu'importe leur auteur? Dans ces fausses décrétales on suppose d'anciens canons qui ordonnent qu'on ne tiendra jamais un seul concile provincial sans la permission du pape, et que toutes les causes ecclésiastiques ressortiront à lui. On y fait parler les successeurs immédiats des apôtres, on leur suppose des écrits. Il est vrai que tout étant de ce mauvais style du huitième siècle, tout étant plein de fautes contre l'histoire et la géographie, l'artifice était grossier; mais c'étaient des hommes grossiers qu'on trompait. On avait forgé dès la naissance du christianisme, comme on l'a déjà dit [1], de faux évangiles, les *vers sibyllins*, les livres d'*Hermas*, les *Constitutions apostoliques*, et mille autres écrits que la saine critique a réprouvés. Il est triste que pour enseigner la vérité on ait si souvent employé des actes de faussaire.

[1] Chap. ix. B.

Ces fausses décrétales ont abusé les hommes pendant huit siècles; et enfin, quand l'erreur a été reconnue, les usages établis par elles ont subsisté dans
une partie de l'Église : l'antiquité leur a tenu lieu
d'authenticité.

- Dès ces temps, les évêques d'Occident étaient des
seigneurs temporels, et possédaient plusieurs terres
en fief; mais aucun n'était souverain indépendant.
Les rois de France nommaient souvent aux évêchés;
plus hardis en cela et plus politiques que les empereurs des Grecs et que les rois de Lombardie, qui se
contentaient d'interposer leur autorité dans les élections.

· Les premières églises chrétiennes s'étaient gouvernées en républiques sur le modèle des synagogues.
Ceux qui présidaient à ces assemblées avaient pris insensiblement le titre d'évêque, d'un mot grec dont les
Grecs appelaient les gouverneurs de leurs colonies,
et qui signifie *inspecteur*. Les anciens de ces assemblées se nommaient prêtres, d'un autre mot grec qui
signifie *vieillard*.

Charlemagne, dans sa vieillesse, accorda aux évêques un droit dont son propre fils devint la victime.
Ils firent accroire à ce prince que dans le code rédigé
sous Théodose, une loi portait que si de deux séculiers en procès l'un prenait un évêque pour juge,
l'autre était obligé de se soumettre à ce jugement sans
en pouvoir appeler. Cette loi, qui jamais n'avait été
exécutée, passe chez tous les critiques pour supposée.
C'est la dernière du code Théodosien; elle est sans
date, sans nom de consuls. Elle a excité une guerre

civile sourde entre les tribunaux de la justice et les
ministres du sanctuaire; mais comme en ce temps-là
tout ce qui n'était pas clergé était en Occident d'une
ignorance profonde, il faut s'étonner qu'on n'ait pas
donné encore plus d'empire à ceux qui, seuls étant un
peu instruits, semblaient seuls mériter de juger les
hommes.

Ainsi que les évêques disputaient l'autorité aux séculiers, les moines commençaient à la disputer aux
évêques, qui pourtant étaient leurs maîtres par les
canons. Ces moines étaient déjà trop riches pour obéir.
Cette célèbre formule de Marculfe était bien souvent
mise en usage : « Moi, pour le repos de mon ame, et
« pour n'être pas placé après ma mort parmi les
« boucs, je donne à tel monastère, etc. » On crut, dès
le premier siècle de l'Église, que le monde allait finir;
on se fondait sur un passage de saint Luc, qui met ces
paroles dans la bouche de Jésus-Christ : « Il y aura des
« signes dans le soleil, dans la lune, et dans les étoiles;
« les nations seront consternées; la mer et les fleuves
« feront un grand bruit; les hommes sécheront de
« frayeur dans l'attente de la révolution de l'univers;
« les puissances des cieux seront ébranlées, et alors
« ils verront le Fils de l'homme venant dans une nuée
« avec une grande puissance et une grande majesté.
« Lorsque vous verrez arriver ces choses, sachez que
« le royaume de Dieu est proche. Je vous dis en vérité,
« en vérité, que cette génération ne finira point sans
« que ces choses soient accomplies. »

Plusieurs personnages pieux, ayant toujours pris
à la lettre cette prédiction non accomplie, en atten-

daient l'accomplissement : ils pensaient que l'univers allait être détruit, et voyaient clairement le jugement dernier, où Jésus-Christ devait venir dans les nuées. On se fondait aussi sur l'épître de saint Paul à ceux de Thessalonique, qui dit : « Nous qui sommes « vivants, nous serons emportés dans l'air au-devant « de Jésus. » De là toutes ces suppositions de tant de prodiges aperçus dans les airs. Chaque génération croyait être celle qui devait voir la fin du monde, et cette opinion se fortifiant dans les siècles suivants, on donnait ses terres aux moines comme si elles eussent dû être préservées dans la conflagration générale. Beaucoup de chartes de donation commencent par ces mots, *Adventante mundi vespero.*

Des abbés bénédictins, long-temps avant Charlemagne, étaient assez puissants pour se révolter. Un abbé de Fontenelle avait osé se mettre à la tête d'un parti contre Charles Martel, et assembler des troupes. Le héros fit trancher la tête au religieux : exécution qui ne contribua pas peu à toutes ces révélations que tant de moines eurent depuis de la damnation de Charles Martel.

Avant ce temps on voit un abbé de Saint-Remi de Reims, et l'évêque de cette ville, susciter une guerre civile contre Childebert, au sixième siècle : crime qui n'appartient qu'aux hommes puissants.

Les évêques et les abbés avaient beaucoup d'esclaves. On reproche à l'abbé Alcuin d'en avoir eu jusqu'à vingt mille. Ce nombre n'est pas incroyable ; Alcuin possédait plusieurs abbayes, dont les terres pouvaient être habitées par vingt mille hommes. Ces esclaves, connus sous le nom de *serfs*, ne pouvaient se marier ni changer de demeure sans la permission de l'abbé. Ils étaient obligés de marcher cinquante lieues avec leurs charrettes quand il l'ordonnait; ils travaillaient pour lui trois jours de la semaine, et il partageait tous les fruits de la terre.

On ne pouvait, à la vérité, reprocher à ces bénédictins de violer, par leurs richesses, leur vœu de pauvreté; car ils ne font point expressément ce vœu : ils ne s'engagent, quand ils sont reçus dans l'ordre, qu'à obéir à leur *abbé.* On leur donna même souvent des terres incultes qu'ils défrichèrent de leurs mains, et qu'ils firent ensuite cultiver par des serfs. Ils formèrent des bourgades, des petites villes même autour de leurs monastères. Ils étudièrent; ils furent les seuls qui conservèrent les livres en les copiant; et enfin, dans ces temps barbares où les peuples étaient si misérables, c'était une grande consolation de trouver dans les cloîtres une retraite assurée contre la tyrannie.

En France et en Allemagne, plus d'un évêque allait au combat avec ses serfs. Charlemagne, dans une lettre à Frastade, une de ses femmes, lui parle d'un évêque qui a vaillamment combattu auprès de lui dans une bataille contre les Avares, peuples descendus des Scythes, qui habitaient vers le pays qu'on nomme à présent l'Autriche. Je vois de son temps quatorze monastères qui doivent fournir des soldats. Pour peu qu'un abbé fût guerrier, rien ne l'empêchait de les conduire lui-même. Il est vrai qu'en 803 un parlement se plaignit à Charlemagne du trop grand nombre de prêtres qu'on avait tués à la guerre. Il fut défendu alors, mais inutilement, aux ministres de l'autel d'aller aux combats.

Il n'était pas permis de se dire clerc sans l'être, de porter la tonsure sans appartenir à un évêque : de tels clercs s'appelaient *acéphales*. On les punissait comme vagabonds. On ignorait cet état, aujourd'hui si commun, qui n'est ni séculier, ni ecclésiastique. Le titre d'abbé, qui signifie père, n'appartenait qu'aux chefs des monastères.

Les abbés avaient dès-lors le bâton pastoral que portaient les évêques, et qui avait été autrefois la marque de la dignité pontificale dans Rome païenne. Telle était la puissance de ces abbés sur les moines, qu'ils les condamnaient quelquefois aux peines afflictives les plus cruelles. Ils prirent le barbare usage des empereurs grecs de faire brûler les yeux ; et il fallut qu'un concile leur défendît cet attentat, qu'ils commençaient à regarder comme un droit.

CHAPITRE XXI.

Suite des rites religieux du temps de Charlemagne.

La messe était différente de ce qu'elle est aujourd'hui, et plus encore de ce qu'elle était dans les premiers temps. Elle fut d'abord une cène, un festin nocturne ; ensuite, la majesté du culte augmentant avec le nombre des fidèles, cette assemblée de nuit se changea en une assemblée du matin : la messe devint à peu près ce qu'est la grand'messe aujourd'hui. Il n'y eut, jusqu'au seizième siècle, qu'une messe commune dans chaque église. Le nom de *synaxe* qu'elle a chez les Grecs, et qui signifie *assemblée*, les formules qui subsistent et qui s'adressent à cette assemblée, tout fait voir que les messes privées dûrent être long-temps inconnues. Ce sacrifice, cette assemblée, cette commune prière, avait le nom de *missa* chez les Latins, parceque, selon quelques uns, on renvoyait, *mittebantur*, les pénitents qui ne communiaient pas; et, selon d'autres, parceque la communion était envoyée, *missa erat*, à ceux qui ne pouvaient venir à l'église.

Il semble qu'on devrait savoir la date précise des établissements de nos rites : mais aucune n'est connue. On ne sait en quel temps commença la messe telle qu'on la dit aujourd'hui; on ignore l'origine précise du baptême par aspersion, de la confession auriculaire, de la communion avec du pain azyme, et sans vin; on ne sait qui donna le premier le nom de sacrement au mariage, à la confirmation, à l'onction qu'on administre aux malades.

Quand le nombre des prêtres fut augmenté, on fut obligé de dire des messes particulières. Les hommes puissants eurent des aumôniers; Agobard, évêque de Lyon, s'en plaint au neuvième siècle. Denys-le-Petit, dans son *Récueil des canons*, et beaucoup d'autres, confirment que tous les fidèles communiaient à la messe publique. Ils apportaient, de son temps, le pain et le vin que le prêtre consacrait; chacun recevait le pain dans ses mains. Ce pain était fermenté comme le pain ordinaire; il y avait très peu d'églises où le pain sans levain fût en usage : on donnait ce pain aux enfants comme aux adultes. La communion sous les deux espèces était un usage universel sous Charlemagne; il se conserva toujours chez les Grecs, et dura chez les Latins jusqu'au douzième siècle : on voit même que dans le treizième il était encore pratiqué quelquefois. L'auteur de la relation de la victoire que remporta Charles d'Anjou sur Mainfroi, en 1264, rapporte que ses chevaliers communièrent avec le pain et le vin avant la bataille. L'usage de tremper le pain dans le vin s'était établi avant Charlemagne; celui de sucer le vin avec un chalumeau, ou un siphon de métal, ne s'introduisit qu'environ deux cents ans après, et fut bientôt aboli. Tous ces rites, toutes ces pratiques changèrent selon la conjoncture des temps, et selon la prudence des pasteurs, ou selon le caprice, comme tout change.

L'église latine était la seule qui priât dans une langue étrangère, inconnue au peuple. Les inondations des barbares qui avaient introduit dans l'Europe leurs idiomes en étaient cause. Les Latins étaient encore les seuls qui conférassent le baptême par la seule aspersion : indulgence très naturelle pour des enfants nés dans les climats rigoureux du septentrion, et convenance décente dans le climat chaud d'Italie. Les cérémonies du baptême des adultes, et de celui qu'on donnait aux enfants, n'étaient pas les mêmes : cette différence était indiquée par la nature.

La confession auriculaire s'était introduite, dit-on, dès le sixième siècle. Les évêques exigèrent d'abord que les clercs se confessassent à eux deux fois l'année, par les canons du concile d'Attigny, en 363; et

c'est la première fois qu'elle fut commandée expressément. Les abbés soumirent leurs moines à ce joug,
et les séculiers peu-à-peu le portèrent. La confession
publique ne fut jamais en usage dans l'Occident; car,
lorsque les barbares embrassèrent le christianisme,
les abus et les scandales qu'elle entraînait après elle
l'avaient abolie en Orient, sous le patriarche Nec-
taire, à la fin du quatrième siècle; mais souvent les
pécheurs publics fesaient des pénitences publiques
dans les églises d'Occident, surtout en Espagne, où
l'invasion des Sarrasins redoublait la ferveur des chrétiens humiliés. Je ne vois aucune trace, jusqu'au douzième siècle, de la formule de la confession, ni des
confessionnaux établis dans les églises, ni de la nécessité préalable de se confesser immédiatement avant
la communion.

Vous observerez que la confession auriculaire n'é-
tait point reçue aux huitième et neuvième siècles dans
les pays au-delà de la Loire, dans le Languedoc, dans
les Alpes. Alcuin s'en plaint dans ses lettres. Les peuples de ces contrées semblent avoir eu toujours quelques dispositions à s'en tenir aux usages de la primitive Église, et à rejeter les dogmes et les coutumes
que l'Église plus étendue jugea convenable d'adopter.

Aux huitième et neuvième siècles il y avait trois
carêmes, et quelquefois quatre, comme dans l'Église
grecque; et on se confessait d'ordinaire à ces quatre
temps de l'année. Les commandements de l'Église,
qui ne sont bien connus qu'après le troisième[a] concile de Latran, en 1215, imposèrent la nécessité de

[a] Que d'autres nomment le quatrième.

faire une fois l'année ce qui semblait auparavant plus arbitraire.

Au temps de Charlemagne il y avait des confesseurs dans les armées. Charles en avait un pour lui en titre d'office; il s'appelait Valdon, et était abbé d'Augie près de Constance.

Il était permis de se confesser à un laïque, et même à une femme, en cas de nécessité[a]. Cette permission dura très long-temps; c'est pourquoi Joinville dit qu'il confessa en Afrique un chevalier, et qu'il lui donna l'absolution, selon le pouvoir qu'il en avait. « Ce n'est pas tout-à-fait un sacrement, dit saint Tho-« mas, mais c'est comme sacrement. »

On peut regarder la confession comme le plus grand frein des crimes secrets. Les sages de l'antiquité avaient embrassé l'ombre de cette pratique salutaire. On s'était confessé dans les expiations chez les Égyptiens et chez les Grecs, et dans presque toutes les célébrations de leurs mystères. Marc-Aurèle, en s'associant aux mystères de Cérès-Éleusine, se confessa à l'hiérophante.

Cet usage, si saintement établi chez les chrétiens, fut malheureusement depuis l'occasion des plus funestes abus. La faiblesse du sexe rendit quelquefois les femmes plus dépendantes de leurs confesseurs que de leurs époux. Presque tous ceux qui confessèrent les reines se servirent de cet empire secret et sacré pour entrer dans les affaires d'état. Lorsqu'un religieux domina sur la conscience d'un souverain, tous ses confrères s'en prévalurent; et plusieurs employè-

---

[a] Voyez les Éclaircissements (Mélanges, année 1763).

rent le crédit du confesseur pour se venger de leurs
ennemis. Enfin, il arriva que, dans les divisions entre
les empereurs et les papes, dans les factions des villes,
les prêtres ne donnaient pas l'absolution à ceux qui
n'étaient pas de leur parti. C'est ce qu'on a vu en
France du temps du roi Henri IV; presque tous les
confesseurs refusaient d'absoudre les sujets qui reconnaissaient leur roi. La facilité de séduire les jeunes
personnes et de les porter au crime dans le tribunal
même de la pénitence, fut encore un écueil très dangereux. Telle est la déplorable condition des hommes,
que les remèdes les plus divins ont été tournés en
poisons.

La religion chrétienne ne s'était point encore étendue au nord plus loin que les conquêtes de Charlemagne. La Scandinavie, le Danemarck, qu'on appelait le *pays des Normands*, avaient un culte que nous
appelons ridiculement *idolâtrie*. La religion des idolâtres serait celle qui attribuerait la puissance divine
à des figures, à des images; ce n'était pas celle des
Scandinaves : ils n'avaient ni peintre ni sculpteur. Ils
adoraient Odin; et ils se figuraient qu'après la mort
le bonheur de l'homme consistait à boire, dans la salle
d'Odin, de la bière dans le crâne de ses ennemis. On
a encore de leurs anciennes chansons traduites, qui
expriment cette idée. Il y avait long-temps que les
peuples du Nord croyaient une autre vie. Les druides
avaient enseigné aux Celtes qu'ils renaîtraient pour
combattre, et les prêtres de la Scandinavie persua-
daient aux hommes qu'ils boiraient de la bière après
leur mort.

La Pologne n'était ni moins barbare ni moins grossière. Les Moscovites, aussi sauvages que le reste de
la Grande-Tartarie, en savaient à peine assez pour
être païens; mais tous ces peuples vivaient en paix
dans leur ignorance, heureux d'être inconnus à Charlemagne, qui vendait si cher la connaissance du christianisme.

Les Anglais commençaient à recevoir la religion
chrétienne. Elle leur avait été apportée par Constance
Chlore, protecteur secret de cette religion, alors opprimée. Elle n'y domina point; l'ancien culte du pays
eut le dessus encore long-temps. Quelques missionnaires des Gaules cultivèrent grossièrement un petit
nombre de ces insulaires. Le fameux Pélage, trop
zélé défenseur de la nature humaine, était né en Angleterre; mais il n'y fut point élevé, et il faut le
compter parmi les Romains.

L'Irlande, qu'on appelait Écosse, et l'Écosse connue alors sous le nom d'Albanie, ou du pays des Pictes,
avaient reçu aussi quelques semences du christianisme, étouffées toujours par l'ancien culte qui dominait. Le moine Colomban, né en Irlande, était du
sixième siècle; mais il paraît, par sa retraite en France,
et par les monastères qu'il fonda en Bourgogne, qu'il
y avait peu à faire, et beaucoup à craindre pour
ceux qui cherchaient en Irlande et en Angleterre de
ces établissements riches et tranquilles qu'on trouvait
ailleurs à l'abri de la religion.

Après une extinction presque totale du christianisme dans l'Angleterre, l'Écosse et l'Irlande, la tendresse conjugale l'y fit renaître. Éthelbert, un des rois

barbares anglo-saxons de l'heptarchie d'Angleterre,
qui avait son petit royaume dans la province de Kent,
où est Cantorbéry, voulut s'allier avec un roi de France.
Il épousa la fille de Childebert, roi de Paris. Cette
princesse chrétienne, qui passa la mer avec un évêque
de Soissons, disposa son mari à recevoir le baptême,
comme Clotilde avait soumis Clovis. Le pape Grégoire-le-Grand envoya Augustin, que les Anglais
nomment Austin, avec d'autres moines romains,
en 598. Ils firent peu de conversions : car il faut au
moins entendre la langue du pays pour en changer
la religion : mais, favorisés par la reine, ils bâtirent
un monastère.

Ce fut proprement la reine qui convertit le petit
royaume de Cantorbéry. Ses sujets barbares, qui n'a-
vaient point d'opinions, suivirent aisément l'exemple
de leurs souverains. Cet Augustin n'eut pas de peine
à se faire déclarer primat par Grégoire-le-Grand : il
eût voulu même l'être des Gaules ; mais Grégoire lui
écrivit qu'il ne pouvait lui donner de juridiction que
sur l'Angleterre. Il fut donc premier archevêque de
Cantorbéry, premier primat de l'Angleterre. Il donna
à l'un de ses moines le titre d'évêque de Londres, à
l'autre celui de Rochester. On ne peut mieux comparer ces évêques qu'à ceux d'Antioche et de Babylone,
qu'on appelle évêques *in partibus infidelium.* Mais
avec le temps, la hiérarchie d'Angleterre se forma.
Les monastères surtout étaient très riches au huitième
et au neuvième siècles. Ils mettaient au catalogue
des saints tous les grands seigneurs qui leur avaient
donné des terres ; d'où vient que l'on trouve parmi

leurs saints de ce temps-là sept rois, sept reines, huit
princes, seize princesses. Leurs chroniques disent que
dix rois et onze reines finirent leurs jours dans des
cloîtres. Il est croyable que ces dix rois et ces onze
reines se firent seulement revêtir à leur mort d'habits
religieux, et peut-être porter, à leurs dernières maladies, dans des couvents, comme on en a usé en
Espagne; mais non pas qu'en effet ils aient, en santé,
renoncé aux affaires publiques, pour vivre en cé-
nobites.

CHAPITRE XXII.

Suite des usages du temps de Charlemagne. De la justice, des lois.
Coutumes singulières. Épreuves.

.Des comtes nommés par le roi rendaient sommai-
rement la justice. Ils avaient leurs districts assignés.
Ils devaient être instruits des lois, qui n'étaient ni si
difficiles ni si nombreuses que les nôtres. La procé-
dure était simple, chacun plaidait sa cause en France
et en Allemagne. Rome seule, et ce qui en dépendait,
avait encore retenu beaucoup de lois et de formalités
de l'empire romain. Les lois lombardes avaient lieu
dans le reste de l'Italie citérieure.

Chaque comte avait sous lui un lieutenant, nommé
viguier; sept assesseurs, *scabini;* et un greffier, *no-
tarius.* Les comtes publiaient dans leur juridiction
l'ordre des marches pour la guerre, enrôlaient les
soldats sous des centeniers, les menaient aux rendez-

vous, et laissaient alors leurs lieutenants faire les fonctions de juges.

Les rois envoyaient des commissaires avec lettres expresses, *missi dominici*, qui examinaient la conduite des comtes. Ni ces commissaires ni ces comtes ne condamnaient presque jamais à la mort ni à aucun supplice; car, si on en excepte la Saxe, où Charlemagne fit des lois de sang, presque tous les délits se rachetaient dans le reste de son empire. Le seul crime de rébellion était puni de mort, et les rois s'en réservaient le jugement. La loi salique, celle des Lombards, celle des Ripuaires, avaient évalué à prix d'argent la plupart des autres attentats, ainsi que nous l'avons vu [1].

Leur jurisprudence, qui paraît humaine, était peut-être en effet plus cruelle que la nôtre : elle laissait la liberté de malfaire à quiconque pouvait la payer. La plus douce loi est celle qui, mettant le frein le plus terrible à l'iniquité, prévient ainsi le plus de crimes; mais on ne connaissait pas encore la question, la torture, usage dangereux, qui, comme on sait, ne sert que trop souvent à perdre l'innocent et à sauver le coupable.

Les lois saliques furent remises en vigueur par Charlemagne. Parmi ces lois saliques, il s'en trouve une qui marque bien expressément dans quel mépris étaient tombés les Romains chez les peuples barbares. Le Franc qui avait tué un citoyen romain ne payait que mille cinquante deniers; et le Romain payait pour le sang d'un Franc deux mille cinq cents deniers.

[1] Chap. xvii. B.

Dans les causes criminelles indécises, on se pur-
geait par serment. Il fallait non seulement que la partie accusée jurât, mais elle était obligée de produire
un certain nombre de témoins qui juraient avec elle.
Quand les deux parties opposaient serment à serment, on permettait quelquefois le combat, tantôt à
fer émoulu, tantôt à outrance.

[a] Ces combats étaient appelés *le jugement de Dieu;*
c'est aussi le nom qu'on donnait à une des plus dé-
plorables folies de ce gouvernement barbare. Les accusés étaient soumis à l'épreuve de l'eau froide, de
l'eau bouillante, ou du fer ardent. Le célèbre Étienne
Baluze a rassemblé toutes les anciennes cérémonies
de ces épreuves. Elles commençaient par la messe;
on y communiait l'accusé. On bénissait l'eau froide,
on l'exorcisait; ensuite l'accusé était jeté garrotté
dans l'eau. S'il tombait au fond, il était réputé innocent; s'il surnageait, il était jugé coupable. M. de
Fleuri, dans son *Histoire ecclésiastique*, dit que c'é-
tait une manière sûre de ne trouver personne criminel. J'ose croire que c'était une manière de faire
périr beaucoup d'innocents. Il y a bien des gens qui
ont la poitrine assez large et les poumons assez lé-
gers pour ne point enfoncer, lorsqu'une grosse corde
qui les lie par plusieurs tours fait avec leur corps un
volume moins pesant qu'une pareille quantité d'eau.
Cette malheureuse coutume, proscrite depuis dans les
grandes villes, s'est conservée jusqu'à nos jours dans
beaucoup de provinces. On y a très souvent assu-
jetti, même par sentence de juge, ceux qu'on fesait

[a] Voyez le chapitre des Duels, ci-après, chap. c.

passer pour sorciers; car rien ne dure si long-temps que la superstition; et il en a coûté la vie à plus d'un malheureux.

Le jugement de Dieu par l'eau chaude s'exécutait en fesant plonger le bras nu de l'accusé dans une cuve d'eau bouillante; il fallait prendre au fond de la cuve un anneau bénit. Le juge, en présence des prêtres et du peuple, enfermait dans un sac le bras du patient, scellait le sac de son cachet; et si, trois jours après, il ne paraissait sur le bras aucune marque de brûlure, l'innocence était reconnue.

Tous les historiens rapportent l'exemple de la reine Teutberge, bru de l'empereur Lothaire, petit-fils de Charlemagne, accusée d'avoir commis un inceste avec son frère, moine et sous-diacre. Elle nomma un champion qui se soumit pour elle à l'épreuve de l'eau bouillante, en présence d'une cour nombreuse. Il prit l'anneau bénit sans se brûler. Il est certain qu'on a des secrets pour soutenir l'action d'un petit feu sans péril pendant quelques secondes : j'en ai vu des exemples. Ces secrets étaient alors d'autant plus communs qu'ils étaient plus nécessaires. Mais il n'en est point pour nous rendre absolument impassibles. Il y a grande apparence que, dans ces étranges jugements, on fesait subir l'épreuve d'une manière plus ou moins rigoureuse, selon qu'on voulait condamner ou absoudre.

Cette épreuve de l'eau bouillante était destinée particulièrement à la conviction de l'adultère. Ces coutumes sont plus anciennes, et se sont étendues plus loin qu'on ne pense.

Les savants n'ignorent pas qu'en Sicile, dans le temple des dieux Paliques, on écrivait son serment qu'on jetait dans un bassin d'eau, et que si le serment surnageait, l'accusé était absous. Le temple de Trézène était fameux par de pareilles épreuves. On trouve encore au bout de l'Orient, dans le Malabar et dans le Japon, des usages semblables, fondés sur la simplicité des premiers temps, et sur la superstition commune à toutes les nations. Ces épreuves étaient autrefois si autorisées en Phénicie, qu'on voit dans le *Pentateuque* que lorsque les Juifs errèrent dans le désert, ils fesaient boire d'une eau mêlée avec de la cendre à leurs femmes soupçonnées d'adultère. Les coupables ne manquaient pas sans doute d'en crever, mais les femmes fidèles à leurs maris buvaient impunément. Il est dit, dans l'Évangile de saint Jacques, que le grand-prêtre ayant fait boire de cette eau à Marie et à Joseph, les deux époux se réconcilièrent.

La troisième épreuve était celle d'une barre de fer ardent, qu'il fallait porter dans la main l'espace de neuf pas. Il était plus difficile de tromper dans cette épreuve que dans les autres; aussi je ne vois personne qui s'y soit soumis dans ces siècles grossiers. On veut savoir qui de l'Église grecque où de la latine établit ces usages la première. On voit des exemples de ces épreuves à Constantinople jusqu'au treizième siècle, et Pachimère dit qu'il en a été témoin. Il est vraisemblable que les Grecs communiquèrent aux Latins ces superstitions orientales.

A l'égard des lois civiles, voici ce qui me paraît de plus remarquable. Un homme qui n'avait point d'en-

fants pouvait en adopter. Les époux pouvaient se répudier en justice ; et, après le-divorce, il leur était
permis de passer à d'autres noces. Nous avons dans
Marculfe le détail de ces lois.

Mais ce qui paraîtra peut-être plus étonnant, et ce
qui n'en est pas moins vrai, c'est qu'au livre deuxième
de ces formules de Marculfe, on trouve que rien n'é-
tait plus permis ni plus commun que de déroger à
cette fameuse loi salique, par laquelle les filles n'hé-
ritaient pas. On amenait sa fille devant le comte ou
le commissaire, et on disait : « Ma chère fille, un
« usage ancien et impie ôte parmi nous toute portion
« paternelle aux filles ; mais ayant considéré cette im-
« piété, j'ai vu que, comme vous m'avez été donnés
« tous de Dieu également, je dois vous aimer de même :
« ainsi, ma chère fille, je veux que vous héritiez par
« portion égale avec vos frères dans toutes mes ter-
« res, etc. »

On ne connaissait point chez les Francs, qui vivaient suivant la loi salique et ripuaire, cette distinction de nobles et de roturiers, de nobles de nom et d'armes, et de nobles *ab avo*, ou gens vivant noblement.
Il n'y avait que deux ordres de citoyens, les libres et
les serfs, à peu près comme aujourd'hui dans les empires mahométans, et à la Chine. Le terme *nobilis*
n'est employé qu'une seule fois dans les Capitulaires,
au livre cinquième, pour signifier les officiers, les
comtes, les centeniers.

Toutes les villes de l'Italie et de la France étaient
gouvernées selon leur droit municipal. Les tributs
qu'elles payaient au souverain consistaient en *fode-*

rum, *paratum*, *mansionaticum*, fourrages, vivres, meubles de séjour. Les empereurs et les rois entretinrent long-temps leurs cours avec leurs domaines, et ces droits étaient payés en nature quand ils voyageaient. Il nous reste un capitulaire de Charlemagne concernant ses métairies. Il entre dans le plus grand détail. Il ordonne qu'on lui rende un compte exact de ses troupeaux. Un des grands biens de la campagne consistait en abeilles, ce qui prouve que beaucoup de terres restaient en friche. Enfin les plus grandes choses et les plus petites de ce temps-là nous font voir des lois, des mœurs, et des usages, dont à peine il reste des traces.

CHAPITRE XXIII.

Louis-le-Faible, ou le Débonnaire, déposé par ses enfants et par des prélats.

L'histoire des grands événements de ce monde n'est guère que l'histoire des crimes. Il n'est point de siècle que l'ambition des séculiers et des ecclésiastiques n'ait rempli d'horreurs.

A peine Charlemagne est-il au tombeau, qu'une guerre civile désole sa famille et l'empire.

Les archevêques de Milan et de Crémone allument les premiers feux. Leur prétexte est que Bernard, roi d'Italie, est le chef de la maison carlovingienne, comme né du fils aîné de Charlemagne. Ces évêques se servent de ce roi Bernard pour exciter une guerre

civile. On en voit assez la véritable raison dans cette
fureur de remuer et dans cette frénésie d'ambition,
qui s'autorise toujours des lois mêmes faites pour la
réprimer. Un évêque d'Orléans entre dans leurs intrigues; l'empereur et Bernard, l'oncle et le neveu,
lèvent des armées. On est près d'en venir aux mains
à Châlons-sur-Saône; mais le parti de l'empereur
gagne, par argent et par promesses, la moitié de l'armée d'Italie. On négocie, c'est-à-dire on veut tromper.
Le roi est assez imprudent pour venir dans le camp
de son oncle. Louis, qu'on a nommé *le Débonnaire*,
parcequ'il était faible, et qui fut cruel par faiblesse,
fait crever les yeux à son neveu, qui lui demandait
grâce à genoux. (819) Le malheureux roi meurt dans
les tourments du corps et de l'esprit, trois jours après
cette exécution cruelle. Il fut enterré à Milan, et on
grava sur son tombeau : *Ci gît Bernard de sainte mémoire.* Il semble que le nom de *saint* en ce temps-là
ne fut qu'un titre honorifique. Alors Louis fait tondre
et enfermer dans un monastère trois de ses frères,
dans la crainte qu'un jour le sang de Charlemagne,
trop respecté en eux, ne suscitât des guerres. Ce ne
fut pas tout. L'empereur fait arrêter tous les partisans
de Bernard, que ce roi misérable avait dénoncés à son
oncle, sous l'espoir de sa grâce. Ils éprouvent le même
supplice que le roi : les ecclésiastiques sont exceptés
de la sentence : on les épargne, eux qui étaient les
auteurs de la guerre : la déposition ou l'exil sont leur
seul châtiment. Louis ménageait l'Église; et l'Église
lui fit bientôt sentir qu'il eût dû être moins cruel et
plus ferme.

Dès l'an 817, Louis avait suivi le mauvais exemple
de son père, en donnant des royaumes à ses enfants;
et n'ayant ni le courage d'esprit de son père, ni l'autorité que ce courage donne, il s'exposait à l'ingrati-
tude. Oncle barbare et frère trop dur, il fut un père
trop facile.

Ayant associé à l'empire son fils aîné, Lothaire,
donné l'Aquitaine au second, nommé Pepin, la Bavière à Louis, son troisième fils, il lui restait un jeune
enfant d'une nouvelle femme. C'est ce Charles-le-
Chauve, qui fut depuis empereur. Il voulut, après le
partage, ne pas laisser sans états cet enfant d'une
femme qu'il aimait.

Une des sources du malheur de Louis-le-Faible, et
de tant de désastres plus grands qui depuis ont affligé
l'Europe, fut cet abus qui commençait à naître, d'accorder de la puissance dans le monde à ceux qui ont
renoncé au monde.

Vala, abbé de Corbie, son parent par bâtardise,
commença cette scène mémorable. C'était un homme
furieux par zèle ou par esprit de faction, ou par tous
les deux ensemble; et l'un de ces chefs de parti, qu'on
a vus si souvent faire le mal en prêchant la vertu, et
troubler tout par l'esprit de la règle.

Dans un parlement tenu en 829, à Aix-la-Chapelle,
parlement où étaient entrés les abbés, parcequ'ils
étaient seigneurs de grandes terres, ce Vala reproche
publiquement à l'empereur tous les désordres de l'é-
tat. *C'est vous*, lui dit-il, *qui en êtes coupable*. Il parle
ensuite en particulier à chaque membre du parlement
avec plus de sédition. Il ose accuser l'impératrice Ju-

dith d'adultère. Il veut prévenir et empêcher les dons
que l'empereur veut faire à ce fils qu'il a eu de l'impératrice. Il déshonore et trouble la famille royale, et
par conséquent l'état, sous prétexte du bien de l'état
même.

Enfin l'empereur irrité renvoie Vala dans son monastère, d'où il n'eût jamais dû sortir. Il se résout,
pour satisfaire sa femme, à donner à son fils une petite partie de l'Allemagne vers le Rhin, le pays des
Suisses, et la Franche-Comté.

Si dans l'Europe les lois avaient été fondées sur la
puissance paternelle; si les esprits eussent été péné-
trés de la nécessité du respect filial comme du premier
de tous les devoirs, ainsi que je l'ai remarqué de la
Chine [1]; les trois enfants de l'empereur, qui avaient reçu
de lui des couronnes, ne se seraient point révoltés
contre leur père, qui donnait un héritage à un enfant
du second lit.

D'abord ils se plaignirent : aussitôt l'abbé de Corbie
se joint à l'abbé de Saint-Denys, plus factieux encore,
et qui, ayant les abbayes de Saint-Médard de Soissons et de Saint-Germain-des-Prés, pouvait lever des
troupes, et en leva ensuite. Les évêques de Vienne,
de Lyon, d'Amiens, unis à ces moines, poussent les
princes à la guerre civile, en déclarant rebelles à Dieu
et à l'Église ceux qui ne seront pas de leur parti. En
vain Louis-le-Débonnaire, au lieu d'assembler des armées, convoque quatre conciles, dans lesquels on fait
de bonnes et d'inutiles lois. Ses trois fils prennent les
armes. C'est, je crois, la première fois qu'on a vu trois

[1] Chap. 1. B.

enfants soulevés ensemble contre leur père. L'empereur arme à la fin. On voit deux camps remplis d'é-
vêques, d'abbés, et de moinés. Mais du côté des princes
est le pape Grégoire IV, dont le nom donne un grand
poids à leur parti. C'était déjà l'intérêt des papes d'a-
baisser les empereurs. Déjà Étienne, prédécesseur de
Grégoire, s'était installé dans la chaire pontificale,
sans l'agrément de Louis-le-Débonnaire. Brouiller le
père avec les enfants semblait le moyen de s'agrandir
sur leurs ruines. Le pape Grégoire vient donc en
France, et menace l'empereur de l'excommunier.
Cette cérémonie d'excommunication n'emportait pas
encore l'idée qu'on voulut lui attacher depuis. On n'o-
sait pas prétendre qu'un excommunié dût être privé
de ses biens par la seule excommunication ; mais on
croyait rendre un homme exécrable, et rompre par
ce glaive tous les liens qui peuvent attacher les hommes à lui.

(829) Les évêques du parti de l'empereur se servent de leur droit, et font dire courageusement au pape :
Si excommunicaturus veniet, excommunicatus abibit :
« S'il vient pour excommunier, il retournera excom-
« munié lui-même. » Ils lui écrivent avec fermeté, en
le traitant, à la vérité, de pape, mais en même temps
de frère. Grégoire, plus fier encore, leur mande :
« Le terme de frère sent trop l'égalité, tenez-vous-en
« à celui de pape : reconnaissez ma supériorité ; sachez
« que l'autorité de ma chaire est au-dessus de celle du
« trône de Louis. » Enfin il élude dans cette lettre le
serment qu'il a fait à l'empereur.

La guerre tourne en négociation. Le pontife se rend

arbitre. Il va trouver l'empereur dans son camp. Il y
a le même avantage que Louis avait eu autrefois sur
Bernard. Il séduit ses troupes, ou il souffre qu'elles
soient séduites; il trompe Louis, ou il est trompé lui-
même par les rebelles, au nom desquels il porte la
parole. A peine le pape est-il sorti du camp, que la
nuit même la moitié des troupes impériales passe du
côté de Lothaire, son fils (830). Cette désertion arriva
près de Bâle, sur les confins de l'Alsace; et la plaine
où le pape avait négocié s'appelle encore le *champ du
mensonge*, nom qui pourrait être commun à plusieurs
lieux où l'on a négocié. Alors le monarque malheureux se rend prisonnier à ses fils rebelles, avec sa
femme Judith, objet de leur haine. Il leur livre son
fils Charles, âgé de dix ans, prétexte innocent de la
guerre. Dans des temps plus barbares, comme sous
Clovis et ses enfants, ou dans des pays tels que Constantinople, je ne serais point surpris qu'on eût fait
périr Judith et son fils, et même l'empereur. Les vainqueurs se contentèrent de faire raser l'impératrice,
de la mettre en prison en Lombardie, de renfermer
le jeune Charles dans le couvent de Prum, au milieu
de la forêt des Ardennes, et de détrôner leur père. Il
me semble qu'en lisant le désastre de ce père trop
bon, on ressent au moins une satisfaction secrète,
quand on voit que ses fils ne furent guère moins ingrats envers cet abbé Vala, le premier auteur de ces
troubles, et envers le pape qui les avait si bien soutenus. Le pontife retourna à Rome, méprisé des vainqueurs, et Vala se renferma dans un monastère en
Italie.

Lothaire, d'autant plus coupable qu'il était associé à l'empire, traîne son père prisonnier à Compiègne. Il y avait alors un abus funeste introduit dans l'Église, qui défendait de porter les armes et d'exercer les fonctions civiles pendant le temps de la pénitence publique. Ces pénitences étaient rares, et ne tombaient guère que sur quelques malheureux de la lie du peuple. On résolut de faire subir à l'empereur ce supplice infamant, sous le voile d'une humiliation chrétienne et volontaire, et de lui imposer une pénitence perpétuelle, qui le dégraderait pour toujours.

(833) Louis est intimidé : il a la lâcheté de condescendre à cette proposition qu'on a la hardiesse de lui faire. Un archevêque de Reims, nommé Ebbon, tiré de la condition servile, élevé à cette dignité par Louis même, malgré les lois, dépose ainsi son souverain et son bienfaiteur. On fait comparaître le souverain, entouré de trente évêques, de chanoines, de moines, dans l'église de Notre-Dame de Soissons. Son fils Lothaire, présent, y jouit de l'humiliation de son père. On fait étendre un cilice devant l'autel. L'archevêque ordonne à l'empereur d'ôter son baudrier, son épée, son habit, et de se prosterner sur ce cilice. Louis, le visage contre terre, demande lui-même la pénitence publique, qu'il ne méritait que trop en s'y soumettant. L'archevêque le force de lire à haute voix un écrit dans lequel il s'accuse de sacrilége et d'homicide. Le malheureux lit posément la liste de ses crimes, parmi lesquels il est spécifié qu'il avait fait marcher ses troupes en carême, et indiqué un parlement un jeudi saint. On dresse un procès-verbal de toute

cette action : monument encore subsistant d'insolence et de bassesse. Dans ce procès-verbal on ne daigne pas seulement nommer Louis du nom d'empereur: il y est appelé « *Dominus Ludovicus*, noble homme, vé-« nérable homme » : c'est le titre qu'on donne aujourd'hui aux marguilliers de paroisse.

On tâche toujours d'appuyer par des exemples les entreprises extraordinaires. Cette pénitence de Louis fut autorisée par le souvenir d'un certain roi visigoth, nommé Vamba, qui régnait en Espagne, en 681. C'est le même qui avait été oint à son couronnement. Il devint imbécile, et fut soumis à la pénitence publique dans un concile de Tolède. Il s'était mis dans un cloître. Son successeur, Hervique, avait reconnu qu'il tenait sa couronne des évêques. Ce fait était cité, comme si un exemple pouvait justifier un attentat. On alléguait encore la pénitence de l'empereur Théodose; mais elle fut bien différente. Il avait fait massacrer quinze mille citoyens à Thessalonique, non pas dans un mouvement de colère, comme on le dit tous les jours très faussement dans de vains panégyriques, mais après une longue délibération. Ce crime réfléchi pouvait attirer sur lui la vengeance des peuples, qui ne l'avaient pas élu pour en être égorgés. Saint Ambroise fit une très belle action en lui refusant l'entrée de l'église, et Théodose en fit une très sage d'apaiser un peu la haine de l'empire, en s'abstenant d'entrer dans l'église pendant huit mois. Est-ce une satisfaction pour le forfait le plus horrible dont jamais un souverain se soit souillé, d'être huit mois sans entendre la grand'messe?

ESSAI SUR LES MOEURS. I.   30

Louis fut enfermé un an dans une cellule du couvent de Saint-Médard de Soissons, vêtu du sac de pénitent, sans domestiques, sans consolation, mort pour le reste du monde. S'il n'avait eu qu'un fils, il était perdu pour toujours; mais ses trois enfants disputant ses dépouilles, leur désunion rendit au père sa liberté et sa couronne.

(834) Transféré à Saint-Denys, deux de ses fils, Louis et Pepin, vinrent le rétablir, et remettre entre ses bras sa femme et son fils Charles. L'assemblée de Soissons est anathématisée par une autre à Thionville; mais il n'en coûta à l'archevêque de Reims que la perte de son siége; encore fut-il jugé et déposé dans la sacristie : l'empereur l'avait été en public au pied de l'autel. Quelques évêques furent déposés aussi. L'empereur ne put ou n'osa les punir davantage.

Bientôt après, un de ces mêmes enfants qui l'avaient rétabli, Louis de Bavière, se révolte encore. Le malheureux père mourut de chagrin dans une tente, auprès de Mayence, en disant : « Je pardonne à Louis; « mais qu'il sache qu'il m'a donné la mort. » (20 juin 840.)

Il confirma, dit-on, solennellement par son testament la donation de Pepin et de Charlemagne à l'église de Rome.

Les mêmes doutes s'élèvent sur cette confirmation, et sur les dons qu'elle ratifie. Il est difficile de croire que Charlemagne et son fils aient donné aux papes Venise, la Sicile, la Sardaigne, et la Corse, pays sur lesquels ils n'avaient, tout au plus, que la prétention disputée du domaine suprême. Et dans quel temps

Louis eût-il donné la Sicile, qui appartenait aux empereurs grecs, et qui était infestée par les descentes continuelles des Arabes?

~~~~~~

CHAPITRE XXIV.

État de l'Europe après la mort de Louis-le-Débonnaire ou le Faible. L'Allemagne pour toujours séparée de l'empire franc ou français.

Après la mort du fils de Charlemagne, son empire éprouva ce qui était arrivé à celui d'Alexandre, et que nous verrons bientôt être la destinée de celui des califes. Fondé avec précipitation, il s'écroula de même : les guerres intestines le divisèrent.

Il n'est pas surprenant que des princes qui avaient détrôné leur père se soient voulu exterminer l'un l'autre. C'était à qui dépouillerait son frère. Lothaire, empereur, voulait tout. Charles-le-Chauve, roi de France, et Louis, roi de Bavière, s'unissent contre lui. Un fils de Pepin, ce roi d'Aquitaine, fils du Débonnaire, et devenu roi après la mort de son père, se joint à Lothaire. Ils désolent l'empire; ils l'épuisent de soldats (841). Enfin deux rois contre deux rois, dont trois sont frères, et dont l'autre est leur neveu, se livrent une bataille à Fontenai, dans l'Auxerrois, dont l'horreur est digne des guerres civiles. Plusieurs auteurs assurent qu'il y périt cent mille hommes (842). Il est vrai que ces auteurs ne sont pas contemporains, et que du moins il est permis de douter que tant de sang ait été répandu. L'empereur Lothaire fut vaincu.

3o.

Cette bataille, comme tant d'autres, ne décida de rien. Il faut observer seulement que les évêques qui avaient combattu dans l'armée de Charles et de Louis firent jeûner leurs troupes et prier Dieu pour les morts, et qu'il eût été plus chrétien de ne les point tuer que de prier pour eux. Lothaire donna alors au monde l'exemple d'une politique toute contraire à celle de Charlemagne.

. Le vainqueur des Saxons les avait assujettis au christianisme, comme à un frein nécessaire. Quelques révoltes, et de fréquents retours à leur culte, avaient marqué leur horreur pour une religion qu'ils regardaient comme leur châtiment. Lothaire, pour se les attacher, leur donne une liberté entière de conscience. La moitié du pays redevint idolâtre, mais fidèle à son roi. Cette conduite, et celle de Charlemagne, son grand-père, firent voir aux hommes combien diversement les princes plient la religion à leurs intérêts. Ces intérêts font toujours la destinée de la terre. Un Franc, un Salien avait fondé le royaume de France; un fils du maire ou majordome, Pepin, avait fondé l'empire franc. Trois frères le divisent à jamais. Ces trois enfants dénaturés, Lothaire, Louis de Bavière, et Charles-le-Chauve, après avoir versé tant de sang à Fontenai, démembrent enfin l'empire de Charlemagne par la fameuse paix de Verdun. Charles II, surnommé *le Chauve*, eut la France; Lothaire, l'Italie, la Provence, le Dauphiné, le Languedoc, la Suisse, la Lorraine, l'Alsace, la Flandre; Louis de Bavière, ou le Germanique, eut l'Allemagne (843).

C'est à cette époque que les savants dans l'histoire

commencent à donner le nom de Français aux Francs; c'est alors que l'Allemagne a ses lois particulières; c'est l'origine de son droit public, et en même temps de la haine entre les Français et les Allemands. Chacun des trois frères fut troublé dans son partage par des querelles ecclésiastiques, autant que par les divisions qui arrivent toujours entre des ennemis qui ont fait la paix malgré eux.

C'est au milieu de ces discordes que Charles-le-Chauve, premier roi de la seule France, et Louis-le-Germanique, premier roi de la seule Allemagne, assemblèrent un concile à Aix-la-Chapelle contre Lothaire; et ce Lothaire est le premier empereur franc privé de l'Allemagne et de la France.

Les prélats, d'un commun accord, déclarèrent Lothaire déchu de son droit à la couronne, et ses sujets déliés du serment de fidélité. «Promettez-vous de « mieux gouverner que lui? disent-ils aux deux frères « Charles et Louis. Nous le promettons, répondirent « les deux rois. Et nous, dit l'évêque qui présidait, « nous vous permettons par l'autorité divine, et nous « vous commandons, de régner à sa place.» Ce commandement ridicule n'eut alors aucune suite.

En voyant les évêques donner ainsi les couronnes, on se tromperait si on croyait qu'ils fussent alors tels que des électeurs de l'Empire. Ils s'étaient rendus puissants, à la vérité, mais aucun n'était souverain. L'autorité de leur caractère et le respect des peuples étaient des instruments dont les rois se servaient à leur gré. Il y avait dans ces ecclésiastiques bien plus de faiblesse que de grandeur à décider ainsi du droit des rois suivant les ordres du plus fort.

On ne doit pas être surpris que, quelques années après, un archevêque de Sens, avec vingt autres évêques, ait osé, dans des conjonctures pareilles, déposer Charles-le-Chauve, roi de France. Cet attentat fut commis pour plaire à Louis de Bavière. Ces monarques, aussi méchants rois que frères dénaturés, ne pouvant se faire périr l'un l'autre, se fesaient anathématiser tour-à-tour. Mais ce qui surprend, c'est l'aveu que fait Charles-le-Chauve, dans un écrit qu'il daigna publier contre l'archevêque de Sens : « Au « moins, cet archevêque ne devait pas me déposer « avant que j'eusse comparu devant les évêques qui « m'avaient sacré roi; il fallait qu'auparavant j'eusse « subi leur jugement, ayant toujours été prêt à me « soumettre à leurs corrections paternelles et à leur « châtiment. » La race de Charlemagne, réduite à parler ainsi, marchait visiblement à sa ruine.

Je reviens à Lothaire, qui avait toujours un grand parti en Germanie, et qui était maître paisible en Italie. Il passe les Alpes, fait couronner son fils Louis, qui vient juger dans Rome le pape Sergius II. Le pontife comparaît, répond juridiquement aux accusations d'un évêque de Metz, se justifie, et prête ensuite serment de fidélité à ce même Lothaire, déposé par ses évêques. Lothaire même fit cette célèbre et inutile ordonnance, que, « pour éviter les séditions trop fré-« quentes, le pape ne sera plus élu par le peuple, et « que l'on avertira l'empereur de la vacance du saint-« siége. »

On s'étonne de voir l'empereur tantôt si humble, et tantôt si fier; mais il avait une armée auprès de Rome quand le pape lui jura obéissance, et n'en avait point à Aix-la-Chapelle quand les évêques le détrônèrent.

Leur sentence ne fut qu'un scandale de plus ajouté aux désolations de l'Europe. Les provinces depuis les Alpes au Rhin ne savaient plus à qui elles devaient obéir. Les villes changeaient chaque jour de tyrans, les campagnes étaient ravagées tour-à-tour par différents partis. On n'entendait parler que de combats; et dans ces combats il y avait toujours des moines, des abbés, des évêques, qui périssaient les armes à la main. Hugues, un des fils de Charlemagne, forcé jadis à être moine, devenu depuis abbé de Saint-Quentin, fut tué devant Toulouse, avec l'abbé de Ferrière : deux évêques y furent faits prisonniers.

Cet incendie s'arrêta un moment pour recommencer avec plus de fureur. Les trois frères, Lothaire, Charles, et Louis, firent de nouveaux partages, qui ne furent que de nouveaux sujets de divisions et de guerre.

(855) L'empereur Lothaire, après avoir bouleversé l'Europe sans succès et sans gloire, se sentant affaibli, vint se faire moine dans l'abbaye de Prum. Il ne vécut dans le froc que six jours, et mourut imbécile après avoir régné en tyran.

A la mort de ce troisième empereur d'Occident, il s'éleva de nouveaux royaumes en Europe, comme des monceaux de terre après les secousses d'un grand tremblement.

Un autre Lothaire, fils de cet empereur, donna le

nom de Lotharinge à une assez grande étendue de
pays, nommée depuis, par contraction, Lorraine,
entre le Rhin, l'Escaut, la Meuse, et la mer. Le Bra-
bant fut appelé la Basse-Lorraine; le reste fut connu
sous le nom de la Haute. Aujourd'hui, de cette Haute-
Lorraine il ne reste qu'une petite province de ce nom,
engloutie depuis peu dans le royaume de France.

Un second fils de l'empereur Lothaire, nommé
Charles, eut la Savoie, le Dauphiné, une partie du
Lyonnais, de la Provence, et du Languedoc. Cet état
composa le royaume d'Arles, du nom de la capitale,
ville autrefois opulente et embellie par les Romains,
mais alors petite, pauvre, ainsi que toutes les villes
en-deçà des Alpes.

Un barbare, qu'on nomme Salomon, se fit bientôt
après roi de la Bretagne, dont une partie était encore
païenne; mais tous ces royaumes tombèrent presque
aussi promptement qu'ils furent élevés.

Le fantôme d'empire romain subsistait. Louis, second fils de Lothaire, qui avait eu en partage une
partie de l'Italie, fut proclamé empereur par l'évêque
de Rome, Sergius II, en 855. Il ne résidait point à
Rome; il ne possédait pas la neuvième partie de
l'empire de Charlemagne, et n'avait en Italie qu'une
autorité contestée par les papes et par les ducs de Bénévent, qui possédaient alors un état considérable.

Après sa mort, arrivée en 875, si la loi salique
avait été en vigueur dans la maison de Charlemagne,
c'était à l'aîné de la maison qu'appartenait l'empire.
Louis de Germanie, aîné de la maison de Charlemagne, devait succéder à son neveu, mort sans en-

fants; mais des troupes et de l'argent firent les droits
de Charles-le-Chauve. Il ferma les passages des Alpes
à son frère, et se hâta d'aller à Rome avec quelques
troupes. Réginus, les Annales de Metz et de Fulde,
assurent qu'il acheta l'empire du pape Jean VIII. Le
pape non seulement se fit payer, mais profitant de la
conjoncture, il donna l'empire en souverain; et Charles
le reçut en vassal, protestant qu'il le tenait du pape,
ainsi qu'il avait protesté auparavant en France, en 859,
qu'il devait subir le jugement des évêques, laissant
toujours avilir sa dignité pour en jouir.

Sous lui, l'empire romain était donc composé de la
France et de l'Italie. On dit qu'il mourut empoisonné
par son médecin, un Juif, nommé Sédécias; mais personne n'a jamais dit par quelle raison ce médecin
commit ce crime. Que pouvait-il gagner en empoi-
sonnant son maître? Auprès de qui eût-il trouvé une
plus belle fortune? Aucun auteur ne parle du supplice
de ce médecin : il faut donc douter de l'empoisonnement, et faire réflexion seulement que l'Europe chrétienne était si ignorante, que les rois étaient obligés
de choisir pour leurs médecins des Juifs et des Arabes.

On voulait toujours saisir cette ombre d'empire romain; et Louis-le-Bègue, roi de France, fils de Charles-
le-Chauve, le disputait aux autres descendants de
Charlemagne; c'était toujours au pape qu'on le demandait. Un duc de Spolette, un marquis de Toscane,
investis de ces états par Charles-le-Chauve, se saisirent
du pape Jean VIII, et pillèrent une partie de Rome,
pour le forcer, disaient-ils, à donner l'empire au roi
de Bavière, Carloman, l'aîné de la race de Charle-

magne. Non seulement le pape Jean VIII était ainsi persécuté dans Rome par des Italiens, mais il venait, en 877, de payer vingt-cinq mille livres pesant d'argent, aux mahométans possesseurs de la Sicile et du Garillan : c'était l'argent dont Charles-le-Chauve avait acheté l'empire. Il passa bientôt des mains du pape en celles des Sarrasins ; et le pape même s'obligea, par un traité authentique, à leur en payer autant tous les ans.

Cependant ce pontife, tributaire des musulmans, et prisonnier dans Rome, s'échappe, s'embarque, et passe en France. Il vient sacrer empereur Louis-le-Bègue, dans la ville de Troyes, à l'exemple de Léon III, d'Adrien, et d'Étienne III, persécutés chez eux, et donnant ailleurs des couronnes.

Sous Charles-le-Gros, empereur et roi de France, la désolation de l'Europe redoubla. Plus le sang de Charlemagne s'éloignait de sa source, et plus il dégénérait. (887) Charles-le-Gros fut déclaré incapable de régner par une assemblée de seigneurs français et allemands, qui le déposèrent auprès de Mayence, dans une diète convoquée par lui-même. Ce ne sont point ici des évêques qui, en servant la passion d'un prince, semblent disposer d'une couronne ; ce furent les principaux seigneurs qui crurent avoir le droit de nommer celui qui devait les gouverner et combattre à leur tête. On dit que le cerveau de Charles-le-Gros était affaibli ; il le fut toujours sans doute, puisqu'il se mit au point d'être détrôné sans résistance, de perdre à-la-fois l'Allemagne, la France et l'Italie, et de n'avoir enfin pour subsistance que la

charité de l'archevêque de Mayence, qui daigna le nourrir. Il paraît bien qu'alors l'ordre de la succession
était compté pour rien, puisque Arnould, bâtard de
Carloman, fils de Louis-le-Bègue, fut déclaré empereur, et qu'Eudes ou Odon, comte de Paris, fut roi
de France. Il n'y avait alors ni droit de naissance, ni
droit d'élection reconnu. L'Europe était un chaos
dans lequel le plus fort s'élevait sur les ruines du
plus faible, pour être ensuite précipité par d'autres.
Toute cette histoire n'est que celle de quelques capitaines barbares qui disputaient avec des évêques la
domination sur des serfs imbéciles. Il manquait aux
hommes deux choses nécessaires pour se soustraire
à tant d'horreurs, la raison et le courage.

CHAPITRE XXV.

Des Normands vers le neuvième siècle.

Tout étant divisé, tout était malheureux et faible.
Cette confusion ouvrit un passage aux peuples de la
Scandinavie et aux habitants des bords de la mer Baltique. Ces sauvages trop nombreux, n'ayant à cultiver que des terres ingrates, manquant de manufactures, et privés des arts, ne cherchaient qu'à se
répandre loin de leur patrie. Le brigandage et la pi-
raterie leur étaient nécessaires, comme le carnage aux
bêtes féroces. En Allemagne on les appelait *Normands*,
hommes du Nord, sans distinction, comme nous di-

sous encore en général les *corsaires de Barbarie*. Dès
le quatrième siècle ils se mêlèrent aux flots des autres barbares, qui portèrent la désolation jusqu'à
Rome et en Afrique. On a vu que, resserrés sous
Charlemagne, ils craignirent l'esclavage. Dès le temps
de Louis-le-Débonnaire, ils commencèrent leurs courses. Les forêts, dont ces pays étaient hérissés, leur
fournissaient assez de bois pour construire leurs barques à deux voiles et à rames. Environ cent hommes
tenaient dans ces bâtiments, avec leurs provisions de
bière, de biscuit de mer, de fromage, et de viande
fumée. Ils côtoyaient les terres, descendaient où ils
ne trouvaient point de résistance, et retournaient chez
eux avec leur butin, qu'ils partageaient ensuite selon
les lois du brigandage, ainsi qu'il se pratique en Barbarie. Dès l'an 843 ils entrèrent en France par l'embouchure de la rivière de Seine, et mirent la ville de
Rouen au pillage. Une autre flotte entra par la Loire,
et dévasta tout jusqu'en Touraine. Ils emmenaient les
hommes en esclavage, ils partageaient entre eux les
femmes et les filles, prenant jusqu'aux enfants pour
les élever dans leur métier de pirates. Les bestiaux,
les meubles, tout était emporté. Ils vendaient quelquefois sur une côte ce qu'ils avaient pillé sur une
autre. Leurs premiers gains excitèrent la cupidité de
leurs compatriotes indigents. Les habitants des côtes
germaniques et gauloises se joignirent à eux, ainsi que
tant de renégats de Provence et de Sicile ont servi sur
les vaisseaux d'Alger.

En 844 ils couvrirent la mer de vaisseaux. On les
vit descendre presque à-la-fois en Angleterre, en

France, et en Espagne. Il faut que le gouvernement
des Français et des Anglais fût moins bon que celui
des mahométans qui régnaient en Espagne; car il n'y
eut nulle mesure prise par les Français ni par les Anglais, pour empêcher ces irruptions; mais en Espagne les Arabes gardèrent leurs côtes, et repoussèrent
enfin les pirates.

En 845, les Normands pillèrent Hambourg, et pénétrèrent avant dans l'Allemagne. Ce n'était plus alors
un ramas de corsaires sans ordre : c'était une flotte
de six cents bateaux, qui portait une armée formidable. Un roi de Danemarck, nommé Éric, était à leur
tête. Il gagna deux batailles avant de se rembarquer.
Ce roi des pirates, après être retourné chez lui avec
les dépouilles allemandes, envoie en France un des
chefs des corsaires, à qui les histoires donnent le nom
de Régnier. Il remonte la Seine avec cent vingt voiles. Il
n'y a point d'apparence que ces cent vingt voiles portassent dix mille hommes. Cependant, avec un nombre probablement inférieur, il pille Rouen une seconde
fois, et vient jusqu'à Paris. Dans de pareilles invasions, quand la faiblesse du gouvernement n'a pourvu
à rien, la terreur du peuple augmente le péril, et le
plus grand nombre fuit devant le plus petit. Les Parisiens, qui se défendirent dans d'autres temps avec
tant de courage, abandonnèrent alors leur ville; et
les Normands n'y trouvèrent que des maisons de bois,
qu'ils brûlèrent. Le malheureux roi, Charles-le-Chauve,
retranché à Saint-Denys avec peu de troupes, au lieu
de s'opposer à ces barbares, acheta de quatorze mille
marcs d'argent la retraite qu'ils daignèrent faire. Il

est croyable que ces marcs étaient ce qu'on a appelé
long-temps des marques, *marcas*, qui valaient environ un de nos demi-écus. On est indigné quand on
lit dans nos auteurs que plusieurs de ces barbares
furent punis de mort subite pour avoir pillé l'église
de Saint-Germain-des-Prés. Ni les peuples, ni leurs
saints, ne se défendirent; mais les vaincus se donnent
toujours la honteuse consolation de supposer des miracles opérés contre leurs vainqueurs.

Charles-le-Chauve, en achetant ainsi la paix, ne
fesait que donner à ces pirates de nouveaux moyens
de faire la guerre, et s'ôter celui de la soutenir. Les
Normands se servirent de cet argent pour aller assiéger Bordeaux, qu'ils pillèrent. Pour comble d'humiliation et d'horreur, un descendant de Charlemagne,
Pepin, roi d'Aquitaine, n'ayant pu leur résister, s'unit
avec eux; et alors la France, vers l'an 858, fut entièrement ravagée. Les Normands, fortifiés de tout ce
qui se joignait à eux, désolèrent long-temps l'Allemagne, la Flandre, l'Angleterre. Nous avons vu depuis
peu des armées de cent mille hommes pouvoir à peine
prendre deux villes après des victoires signalées : tant
l'art de fortifier les places et de préparer les ressources a été perfectionné. Mais alors des barbares, combattant d'autres barbares désunis, ne trouvaient, après
le premier succès, presque rien qui arrêtât leurs
courses. Vaincus quelquefois, ils reparaissaient avec
de nouvelles forces.

Godefroy, prince de Danemarck, à qui Charles-le-
Gros céda enfin une partie de la Hollande, en 882,
pénètre de la Hollande en Flandre; ses Normands

passent de la Somme à l'Oise sans résistance, prennent et brûlent Pontoise, et arrivent par eau et par
terre devant Paris.

(885) Les Parisiens, qui s'attendaient alors à l'irruption des barbares, n'abandonnèrent point la ville,
comme autrefois. Le comte de Paris, Odon ou Eudes,
que sa valeur éleva depuis sur le trône de France,
mit dans la ville un ordre qui anima les courages, et
qui leur tint lieu de tours et de remparts.

Sigefroy, chef des Normands, pressa le siége avec
une fureur opiniâtre, mais non destituée d'art. Les
Normands se servirent du bélier pour battre les murs.
Cette invention est presque aussi ancienne que celle
des murailles; car les hommes sont aussi industrieux
pour détruire que pour édifier. Je ne m'écarterai ici
qu'un moment de mon sujet, pour observer que le
cheval de Troie n'était précisément que la même machine, laquelle on armait d'une tête de cheval de métal, comme on y mit depuis une tête de bélier; et c'est
ce que Pausanias nous apprend dans sa description
de la Grèce. Ils firent brèche, et donnèrent trois as-
sauts. Les Parisiens les soutinrent avec un courage
inébranlable. Ils avaient à leur tête non seulement le
comte Eudes, mais encore leur évêque Goslin, qui
chaque jour, après avoir donné la bénédiction à son
peuple, se mettait sur la brèche, le casque en tête,
un carquois sur le dos, et une hache à sa ceinture, et
ayant planté la croix sur le rempart, combattait à sa
vue. Il paraît que cet évêque avait dans la ville autant
d'autorité, pour le moins, que le comte Eudes, puisque ce fut à lui que Sigefroy s'était d'abord adressé

pour entrer par sa permission dans Paris. Ce prélat mourut de ses fatigues au milieu du siége, laissant une mémoire respectable et chère; car s'il arma des mains que la religion réservait seulement au ministère de l'autel, il les arma pour cet autel même et pour ses citoyens, dans la cause la plus juste, et pour la défense la plus nécessaire, première loi naturelle, qui est toujours au-dessus des lois de convention. Ses confrères ne s'étaient armés que dans des guerres civiles et contre des chrétiens. Peut-être, si l'apothéose est due à quelques hommes, eût-il mieux valu mettre dans le ciel ce prélat qui combattit et mourut pour son pays, que tant d'hommes obscurs dont la vertu, s'ils en ont eu, a été pour le moins inutile au monde.

Les Normands tinrent la ville assiégée une année et demie : les Parisiens éprouvèrent toutes les horreurs qu'entraînent dans un long siége la famine et la contagion qui en sont les suites, et ne furent point ébranlés. Au bout de ce temps, l'empereur Charles-le-Gros, roi de France, parut enfin à leur secours, sur le mont de Mars, qu'on appelle aujourd'hui *Montmartre;* mais il n'osa pas attaquer les Normands : il ne vint que pour acheter encore une trève honteuse. Ces barbares quittèrent Paris pour aller assiéger Sens et piller la Bourgogne, tandis que Charles alla dans Mayence assembler ce parlement qui lui ôta un trône dont il était si indigne.

Les Normands continuèrent leurs dévastations; mais, quoique ennemis du nom chrétien, il ne leur vint jamais en pensée de forcer personne à renoncer au christianisme. Ils étaient à peu près tels que les

Francs, les Goths, les Alains, les Huns, les Hérules, qui, en cherchant au cinquième siècle de nouvelles terres, loin d'imposer une religion aux Romains, s'accommodèrent aisément de la leur : ainsi les Turcs, en pillant l'empire des califes, se sont soumis à la religion mahométane.

Enfin Rollon ou Raoul, le plus illustre de ces brigands du Nord, après avoir été chassé du Danemarck, ayant rassemblé en Scandinavie tous ceux qui voulurent s'attacher à sa fortune, tenta de nouvelles aventures, et fonda l'espérance de sa grandeur sur la faiblesse de l'Europe. Il aborda l'Angleterre, où ses compatriotes étaient déjà établis; mais, après deux victoires inutiles, il tourna du côté de la France, que d'autres Normands savaient ruiner, mais qu'ils ne savaient pas asservir.

Rollon fut le seul de ces barbares qui cessa d'en mériter le nom, en cherchant un établissement fixe. Maître de Rouen sans peine, au lieu de la détruire, il en fit relever les murailles et les tours. Rouen devint sa place d'armes; de là il volait tantôt en Angleterre, tantôt en France, fesant la guerre avec politique comme avec fureur. La France était expirante sous le règne de Charles-le-Simple, roi de nom, et dont la monarchie était encore plus démembrée par les ducs, par les comtes, et par les barons, ses sujets, que par les Normands. Charles-le-Gros n'avait donné que de l'or aux barbares : Charles-le-Simple offrit à Rollon sa fille et des provinces.

(912) Rollon demanda d'abord la Normandie; et on fut trop heureux de la lui céder. Il demanda en-

suite la Bretagne; on disputa : mais il fallut la céder
encore avec des clauses que le plus fort explique toujours à son avantage. Ainsi la Bretagne, qui était
tout-à-l'heure un royaume; devient un fief de la
Neustrie; et la Neustrie, qu'on s'accoutuma bientôt
à nommer Normandie, du nom de ses usurpateurs,
fut un état séparé, dont les ducs rendaient un vain
hommage à la couronne de France.

L'archevêque de Rouen sut persuader à Rollon de
se faire chrétien. Ce prince embrassa volontiers une
religion qui affermissait sa puissance.

Les véritables conquérants sont ceux qui savent
faire des lois. Leur puissance est stable; les autres
sont des torrents qui passent. Rollon, paisible, fut le
seul législateur de son temps dans le continent chrétien. On sait avec quelle inflexibilité il rendit la justice. Il abolit le vol chez les Danois, qui n'avaient
jusque-là vécu que de rapine. Long-temps après lui,
son nom prononcé était un ordre aux officiers de justice d'accourir pour réprimer la violence; et de là est
venu cet usage de la clameur de *haro*, si connue en
Normandie. Le sang des Danois et des Francs mêlés
ensemble produisit ensuite dans ce pays ces héros
qu'on verra conquérir l'Angleterre, Naples, et la Sicile.

CHAPITRE XXVI.

De l'Angleterre vers le neuvième siècle. Alfred-le-Grand.

Les Anglais, ce peuple devenu puissant; célèbre
par le commerce et par la guerre, gouverné par l'a-

mour de ses propres lois et de la vraie liberté, qui consiste à n'obéir qu'aux lois, n'étaient rien alors de ce qu'ils sont aujourd'hui.

Ils n'étaient échappés du joug des Romains que pour tomber sous celui de ces Saxons qui, ayant conquis l'Angleterre vers le sixième siècle, furent conquis au huitième par Charlemagne dans leur propre pays natal. (828) Ces usurpateurs partagèrent l'Angleterre en sept petits cantons malheureux, qu'on appela royaumes. Ces sept provinces s'étaient enfin réunies sous le roi Egbert, de la race saxonne, lorsque les Normands vinrent ravager l'Angleterre, aussi bien que la France. On prétend qu'en 852 ils remontèrent la Tamise avec trois cents voiles. Les Anglais ne se défendirent guère mieux que les Francs. Ils payèrent comme eux leurs vainqueurs. Un roi, nommé Éthelbert, suivit le malheureux exemple de Charles-le-Chauve : il donna de l'argent; la même faute eut la même punition. Les pirates se servirent de cet argent pour mieux subjuguer le pays. Ils conquirent la moitié de l'Angleterre. Il fallait que les Anglais, nés courageux, et défendus par leur situation, eussent dans leur gouvernement des vices bien essentiels, puisqu'ils furent toujours assujettis par des peuples qui ne devaient pas aborder impunément chez eux. Ce qu'on raconte des horribles dévastations qui désolèrent cette île surpasse encore ce qu'on vient de voir en France. Il y a des temps où la terre entière n'est qu'un théâtre de carnage, et ces temps sont trop fréquents.

Le lecteur respire enfin un peu, lorsque dans ces

horreurs il voit s'élever quelque grand homme qui
tire sa patrie de la servitude, et qui la gouverne en
bon roi.

Je ne sais s'il y a jamais eu sur la terre un homme
plus digne des respects de la postérité qu'Alfred-le-
Grand, qui rendit ces services à sa patrie, supposé
que tout ce qu'on raconte de lui soit véritable.

(872) Il succédait à son frère Éthelred Ier, qui ne
lui laissa qu'un droit contesté sur l'Angleterre, partagée plus que jamais en souverainetés, dont plusieurs étaient possédées par les Danois. De nouveaux
pirates venaient encore presque chaque année disputer aux premiers usurpateurs le peu de dépouilles qui
pouvaient rester.

Alfred, n'ayant pour lui qu'une province de l'ouest,
fut vaincu d'abord en bataille rangée par ces barbares, et abandonné de tout le monde. Il ne se retira
point à Rome dans le collége anglais, comme Butred
son oncle, devenu roi d'une petite province, et chassé
par les Danois; mais, seul et sans secours, il voulut
périr ou venger sa patrie. Il se cacha six mois chez
un berger dans une chaumière environnée de marais.
Le seul comte de Dévon, qui défendait encore un
faible château, savait son secret. Enfin, ce comte
ayant rassemblé des troupes et gagné quelque avantage, Alfred, couvert des haillons d'un berger, osa
se rendre dans le camp des Danois, en jouant de la
harpe. Voyant ainsi par ses yeux la situation du camp
et ses défauts, instruit d'une fête que les barbares
devaient célébrer, il court au comte de Dévon, qui
avait des milices prêtes; il revient aux Danois avec

une petite troupe, mais déterminée; il les surprend
et remporte une victoire complète. La discorde divisait alors les Danois. Alfred sut négocier comme combattre; et, ce qui est étrange, les Anglais et les Danois le reconnurent unanimement pour roi. Il n'y
avait plus à réduire que Londres; il la prit, la fortifia, l'embellit, équipa des flottes, contint les Danois
d'Angleterre, s'opposa aux descentes des autres, et
s'appliqua ensuite, pendant douze années d'une possession paisible, à policer sa patrie. Ses lois furent
douces, mais sévèrement exécutées. C'est lui qui fonda
les jurés, qui partagea l'Angleterre en shires ou com-
tés, et qui le premier encouragea ses sujets à com-
mercer. Il prêta des vaisseaux et de l'argent à des
hommes entreprenants et sages, qui allèrent jusqu'à
Alexandrie, et de là, passant l'isthme de Suez, trafi-
quèrent dans la mer de Perse. Il institua des milices,
il établit divers conseils, mit partout la règle, et la
paix qui en est la suite.

Qui croirait même que cet Alfred, dans des temps
d'une ignorance générale, osa envoyer un vaisseau
pour tenter de trouver un passage aux Indes par le
nord de l'Europe et de l'Asie? On a la relation de ce
voyage écrite en anglo-saxon, et traduite en latin, à
Copenhague, à la prière du comte de Plelo, ambassadeur de Louis XV. Alfred est le premier auteur de
ces tentatives hardies que les Anglais, les Hollandais,
et les Russes, ont faites dans nos derniers temps. On
voit par-là combien ce prince était au-dessus de son
siècle.

Il n'est point de véritablement grand homme qui

n'ait un bon esprit. Alfred jeta les fondements de l'académie d'Oxford. Il fit venir des livres de Rome : l'Angleterre, toute barbare, n'en avait presque point. Il se plaignait qu'il n'y eût pas alors un prêtre anglais qui sût le latin. Pour lui, il le savait : il était même assez bon géomètre pour ce temps-là. Il possédait l'histoire : on dit même qu'il fesait des vers en anglo-saxon. Les moments qu'il ne donnait pas aux soins de l'état, il les donnait à l'étude. Une sage économie le mit en état d'être libéral. On voit qu'il rebâtit plusieurs églises, mais aucun monastère. Il pensait sans doute que, dans un état désolé qu'il fallait repeupler, il eût mal servi sa patrie en favorisant trop ces familles immenses sans père et sans enfants, qui se perpétuent aux dépens de la nation : aussi ne fut-il pas mis au nombre des saints ; mais l'histoire, qui d'ailleurs ne lui reproche ni défaut ni faiblesse, le met au premier rang des héros utiles au genre humain, qui, sans ces hommes extraordinaires, eût toujours été semblable aux bêtes farouches.

CHAPITRE XXVII.

De l'Espagne et des musulmans maures aux huitième et neuvième siècles.

Vous avez vu des états bien malheureux et bien mal gouvernés ; mais l'Espagne, dont il faut tracer le tableau, fut plongée long-temps dans un état plus déplorable. Les barbares dont l'Europe fut inondée au commencement du cinquième siècle ravagèrent

l'Espagne comme les autres pays. Pourquoi l'Espagne,
qui s'était si bien défendue contre les Romains, céda-
t-elle tout d'un coup aux barbares? C'est qu'elle était
composée de patriotes lorsque les Romains l'attaquè-
rent; mais sous le joug des Romains elle ne fut
plus composée que d'esclaves maltraités par des maîtres amollis; elle fut donc tout d'un coup la proie
des Suèves, des Alains, des Vandales. Aux Vandales
succédèrent les Visigoths, qui commencèrent à s'établir dans l'Aquitaine et dans la Catalogne, tandis que
les Ostrogoths détruisaient le siége de l'empire romain en Italie. Ces Ostrogoths et ces Visigoths étaient,
comme on sait, chrétiens; non pas de la communion
romaine, non pas de la communion des empereurs
d'Orient qui régnaient alors, mais de celle qui avait
été long-temps reçue de l'Église grecque, et qui croyait
au Christ, sans le croire égal à Dieu. Les Espagnols,
au contraire, étaient attachés au rite romain; ainsi
les vainqueurs étaient d'une religion, et les vaincus
d'une autre, ce qui appesantissait encore l'esclavage.
Les diocèses étaient partagés en évêques ariens et en
évêques athanasiens, comme en Italie; partage qui
augmentait encore les malheurs publics. Les rois visigoths voulurent faire en Espagne ce que fit, comme
nous l'avons vu[1], le roi lombard Rotharic en Italie,
et ce qu'avait fait Constantin à son avénement à l'empire : c'était de réunir par la liberté de conscience
les peuples divisés par les dogmes.

Le roi visigoth, Leuvigilde, prétendit réunir ceux
qui croyaient à la consubstantialité et ceux qui n'y

---

[1] Chap. xii. B.

croyaient pas. Son fils Herminigilde se révolta contre
lui. Il y avait encore alors un roitelet suève qui possédait la Galice et quelques places aux environs : le
fils rebelle se ligua avec ce Suève, et fit long-temps
la guerre à son père; enfin, n'ayant jamais voulu se
soumettre, il fut vaincu, pris dans Cordoue, et tué
par un officier du roi. L'Église romaine en a fait un
saint, ne considérant en lui que la religion romaine,
qui fut le prétexte de sa révolte.

Cette mémorable aventure arriva en 584, et je ne
la rapporte que comme un des exemples de l'état funeste où l'Espagne était réduite.

Ce royaume des Visigoths n'était point héréditaire;
les évêques, qui eurent d'abord en Espagne la même
autorité qu'ils acquirent en France du temps des Car-
lovingiens, fesaient et défesaient les rois, avec les
principaux seigneurs. Ce fut une nouvelle source de
troubles continuels; par exemple, ils élurent le bâtard Liuva, au mépris de ses frères légitimes; et ce
Liuva ayant été assassiné par un capitaine goth
nommé Vitteric, ils élurent ce Vitteric sans difficulté.

Un de leurs meilleurs rois, nommé Vamba, dont
nous avons déjà parlé [1], étant tombé malade, fut revêtu d'un sac de pénitent; et se soumit à la pénitence
publique, qui devait, dit-on, le guérir : il guérit en
effet; mais, en qualité de pénitent, on lui déclara qu'il
n'était pas capable des fonctions de la royauté : et il
fut mis sept jours dans un monastère. Cet exemple
fut cité en France, à la déposition de Louis-le-Faible [2].

[1] Chap. XIII. B.
[2] Il est le premier roi qui ait cru ajouter à ses droits en se fesant sacrer,

Ce n'était pas ainsi que se laissaient traiter les premiers conquérants goths, qui subjuguèrent les Espagnes. Ils fondèrent un empire qui s'étendit de la Provence et du Languedoc à Ceuta et à Tanger en Afrique; mais cet empire si mal gouverné périt bientôt. Il y eut tant de rébellions en Espagne, qu'enfin le roi Vitiza désarma une partie des sujets, et fit abattre les murailles de plusieurs villes. Par cette conduite il forçait à l'obéissance, mais il se privait lui-même de secours et de retraites. Pour mettre le clergé dans son parti, il rendit dans une assemblée de la nation un édit par lequel il était permis aux évêques et aux prêtres de se marier. ,

Rodrigue, dont il avait assassiné le père, l'assassina à son tour, et fut encore plus méchant que lui. Il ne faut pas chercher ailleurs la cause de la supériorité des musulmans en Espagne. Je ne sais s'il est bien vrai que Rodrigue eût violé Florinde, nommée la *Cava* ou la Méchante, fille malheureusement célèbre du comte Julien, et si ce fut pour venger son honneur que ce comte appela les Maures. Peut-être l'aventure de la Cava est copiée en partie sur celle de Lucrèce; et ni l'une ni l'autre ne paraît appuyée sur des monuments bien authentiques. Il paraît que, pour appe-

---

et il fut le premier que les prêtres chassèrent du trône. Obligé, en qualité de pénitent et de moine, de quitter la royauté, il choisit un successeur qui assembla un concile à Tolède. Ce concile formé, comme tous ceux d'Espagne et des Gaules du même temps, d'un grand nombre d'évêques et de quelques seigneurs laïques, déclara les sujets de Vamba dégagés envers lui du serment de fidélité, et anathématisa quiconque ne reconnaîtrait point le nouveau roi, qui se garda bien de se faire sacrer. L'aventure de Vamba dégoûta les rois d'Espagne de cette cérémonie. K.

ler les Africains, on n'avait pas besoin du prétexte
d'un viol, qui est d'ordinaire aussi difficile à prouver
qu'à faire. Déjà, sous le roi Vamba, le comte Hervig,
depuis roi, avait fait venir une armée de Maures.
Opas, archevêque de Séville, qui fut le principal instrument de la grande révolution, avait des intérêts
plus chers à soutenir que la pudeur d'une fille. Cet
évêque, fils de l'usurpateur Vitiza, détrôné et assassiné
par l'usurpateur Rodrigue, fut celui dont l'ambition
fit venir les Maures pour la seconde fois. Le comte
Julien, gendre de Vitiza, trouvait dans cette seule
alliance assez de raisons pour se soulever contre le
tyran. Un autre évêque, nommé Torizo, entre dans
la conspiration d'Opas et du comte. Y a-t-il apparence
que deux évêques se fussent ligués ainsi avec les
ennemis du nom chrétien, s'il ne s'était agi que d'une
fille?

Les mahométans étaient maîtres, comme ils le
sont encore, de toute cette partie de l'Afrique qui
avait appartenu aux Romains. Ils venaient d'y jeter
les premiers fondements de la ville de Maroc, près du
mont Atlas. Le calife Valid Almanzor, maître de
cette belle partie de la terre, résidait à Damas en Syrie. Son vice-roi, Muzza, qui gouvernait l'Afrique,
fit par un de ses lieutenants la conquête de toute l'Espagne. Il y envoya d'abord son général Tarik, qui
gagna, en 714, cette célèbre bataille dans les plaines
de Xérès, où Rodrigue perdit la vie. On prétend que
les Sarrasins ne tinrent pas leurs promesses à Julien,
dont ils se défiaient sans doute. L'archevêque Opas
fut plus satisfait d'eux. Il prêta serment de fidélité

aux mahométans, et conserva sous eux beaucoup d'autorité sur les églises chrétiennes, que les vainqueurs toléraient.

Pour le roi Rodrigue, il fut si peu regretté, que sa veuve Égilone épousa publiquement le jeune Abdélazis, fils du conquérant Muzza, dont les armes avaient fait périr son mari, et réduit en servitude son pays et sa religion.

Les vainqueurs n'abusèrent point du succès de leurs armes; ils laissèrent aux vaincus leurs biens, leurs lois, leur culte, satisfaits d'un tribut et de l'honneur de commander. Non seulement la veuve du roi Rodrigue épousa le jeune Abdélazis, mais, à son exemple, le sang des Maures et des Espagnols se mêla souvent. Les Espagnols, si scrupuleusement attachés depuis à leur religion, la quittèrent en assez grand nombre pour qu'on leur donnât alors le nom de Mosarabes, qui signifiait, dit-on, moitié Arabes, au lieu de celui de Visigoths que portait auparavant leur royaume. Ce nom de Mosarabes n'était point outrageant, puisque les Arabes étaient les plus cléments de tous les conquérants de la terre, et qu'ils apportèrent en Espagne de nouvelles sciences et de nouveaux arts.

L'Espagne avait été soumise en quatorze mois à l'empire des califes, à la réserve des cavernes et des rochers de l'Asturie. Le Goth Pélage Teudomer, parent du dernier roi Rodrigue, caché dans ces retraites, y conserva sa liberté. Je ne sais comment on a pu donner le nom de roi à ce prince, qui en était peut-être digne, mais dont toute la royauté se borna à n'être

point captif. Les historiens espagnols, et ceux qui les
ont suivis, lui font remporter de grandes victoires,
imaginent des miracles en sa faveur, lui établissent
une cour, lui donnent son fils Favila et son gendre
Alfonse pour successeurs tranquilles dans ce prétendu
royaume. Mais comment dans ce temps-là même les
mahométans, qui, sous Abdérame, vers l'an 734,
subjuguèrent la moitié de la France, auraient-ils laissé
subsister derrière les Pyrénées ce royaume des Asturies? C'était beaucoup pour les chrétiens de pouvoir
se réfugier dans ces montagnes et d'y vivre de leurs
courses, en payant tribut aux mahométans. Ce ne fut
que vers l'an 759 que les chrétiens commencèrent à
tenir tête à leurs vainqueurs, affaiblis par les victoires de Charles Martel et par leurs divisions; mais
eux-mêmes, plus divisés entre eux que les mahométans, retombèrent bientôt sous le joug. (783) Mauregat, à qui il a plu aux historiens de donner le titre
de roi, eut la permission de gouverner les Asturies et
quelques terres voisines, en rendant hommage et en
payant tribut. Il se soumit surtout à fournir cent
belles filles tous les ans pour le sérail d'Abdérame.
Ce fut long-temps la coutume des Arabes d'exiger de
pareils tributs; et aujourd'hui les caravanes, dans les
présents qu'elles font aux Arabes du désert, offrent
toujours des filles nubiles.

Cette coutume est immémoriale. Un des anciens
livres juifs, nommé en grec *Exode*, rapporte qu'un
Éléazar prit trente-deux mille pucelles dans le désert
affreux du Madian. De ces trente-deux mille vierges
on n'en sacrifia que trente-deux au dieu d'Éléazar: le

reste fut abandonné aux prêtres et aux soldats pour peupler.

On donne pour successeur à ce Mauregat un diacre nommé Vérémond, chef de ces montagnards réfugiés, fesant le même hommage et payant le même nombre de filles qu'il était obligé de fournir souvent. Est-ce là un royaume, et sont-ce là des rois?

Après la mort d'Abdérame, les émirs des provinces d'Espagne voulurent être indépendants. On a vu dans l'article de Charlemagne, qu'un d'eux, nommé Ibna, eut l'imprudence d'appeler ce conquérant à son secours. S'il y avait eu alors un véritable royaume chrétien en Espagne, Charles n'eût-il pas protégé ce royaume par ses armes, plutôt que de se joindre à des mahométans? Il prit cet émir sous sa protection, et se fit rendre hommage des terres qui sont entre l'Èbre et les Pyrénées, que les musulmans gardèrent. On voit, en 794, le Maure Abufar rendre hommage à Louis-le-Débonnaire, qui gouvernait l'Aquitaine sous son père avec le titre de roi.

Quelque temps après, les divisions augmentèrent chez les Maures d'Espagne. Le conseil de Louis-le-Débonnaire en profita; ses troupes assiégèrent deux ans Barcelone, et Louis y entra en triomphe en 796. Voilà le commencement de la décadence des Maures. Ces vainqueurs n'étaient plus soutenus par les Africains et par les calises, dont ils avaient secoué le joug. Les successeurs d'Abdérame, ayant établi le siége de leur royaume à Cordoue, étaient mal obéis des gouverneurs des autres provinces.

Alfonse, de la race de Pélage, commença, dans ces

conjonctures heureuses, à rendre considérables les chrétiens espagnols retirés dans les Asturies. Il refusa le tribut ordinaire à des maîtres contre lesquels il pouvait combattre; et après quelques victoires, il se vit maître paisible des Asturies et de Léon, au commencement du neuvième siècle.

C'est par lui qu'il faut commencer de retrouver en Espagne des rois chrétiens. Cet Alfonse était artificieux et cruel. On l'appelle *le Chaste*, parcequ'il fut le premier qui refusa les cent filles aux Maures. On ne songe pas qu'il ne soutint point la guerre pour avoir refusé le tribut, mais que, voulant se soustraire à la domination des Maures, et ne plus être tributaire, il fallait bien qu'il refusât les cent filles ainsi que le reste.

Les succès d'Alfonse, malgré beaucoup de traverses, enhardirent les chrétiens de Navarre à se donner un roi. Les Aragonais levèrent l'étendard sous un comte : ainsi, sur la fin de Louis-le-Débonnaire, ni les Maures, ni les Français, n'eurent plus rien dans ces contrées stériles; mais le reste de l'Espagne obéissait aux rois musulmans. Ce fut alors que les Normands ravagèrent les côtes d'Espagne ; mais, étant repoussés, ils retournèrent piller la France et l'Angleterre.

On ne doit point être surpris que les Espagnols des Asturies, de Léon, d'Aragon, aient été alors des barbares. La guerre, qui avait succédé à la servitude, ne les avait pas polis. Ils étaient dans une si profonde ignorance, qu'un autre Alfonse, roi de Léon et des Asturies, surnommé *le Grand*, fut obligé de livrer l'éducation de son fils à des précepteurs mahométans.

Je ne cesse d'être étonné quand je vois quels titres

les historiens prodiguent aux rois. Cet Alfonse, qu'ils appellent *le Grand*, fit crever les yeux à ses quatre frères. Sa vie n'est qu'un tissu de cruautés et de perfidies. Ce roi finit par faire révolter contre lui ses sujets, et fut obligé de céder son petit royaume à son fils don Garcie, l'an 910.

Ce titre de *Don* [1] était un abrégé de *Dominus*, titre qui parut trop ambitieux à l'empereur Auguste, parcequ'il signifiait *Maître*, et que depuis on donna aux bénédictins, aux seigneurs espagnols, et enfin aux rois de ce pays. Les seigneurs de terres commencèrent alors à prendre le titre de *rich-homes*, *ricos hombres*: riche signifiait possesseur de terres; car dans ces temps-là il n'y avait point parmi les chrétiens d'Espagne d'autres richesses. La grandèsse n'était point encore connue. Le titre de grand ne fut en usage que trois siècles après, sous Alfonse-le-Sage, dixième du nom, roi de Castille, dans le temps que l'Espagne commençait à devenir florissante.

CHAPITRE XXVIII.

Puissance des musulmans en Asie et en Europe aux huitième et neuvième siècles. L'Italie attaquée par eux. Conduite magnanime du pape Léon IV.

Les mahométans, qui perdaient cette partie de l'Espagne qui confine à la France, s'étendaient partout ailleurs. Si j'envisage leur religion, je la vois embras-

---

[1] Le Dictionnaire de l'Académie, édition de 1762, dit que le *Dom* est pour les religieux. B.

sée dans l'Inde et sur les côtes orientales de l'Afrique, où ils trafiquaient. Si je regarde leurs conquêtes, d'a- bord le calife Aaron-al-Raschild, ou *le Juste*, impose en 782 un tribut de soixante et dix mille écus d'or par an à l'impératrice Irène. L'empereur Nicéphore ayant ensuite refusé de payer le tribut, Aaron prend l'île de Chypre, et vient ravager la Grèce. Almamon, son petit-fils, prince d'ailleurs si recommandable par son amour pour les sciences et par son savoir, s'empare par ses lieutenants de l'île de Crète, en 826. Les musul- mans bâtirent Candie, qu'ils ont reprise de nos jours.

En 828, les mêmes Africains qui avaient subjugué l'Espagne, et fait des incursions en Sicile, reviennent encore désoler cette île fertile, encouragés par un Si- cilien nommé Euphemius, qui ayant, à l'exemple de son empereur, Michel, épousé une religieuse, pour- suivi par les lois que l'empereur s'était rendues favo- rables, fit à peu près en Sicile ce que le comte Julien avait fait en Espagne.

Ni les empereurs grecs, ni ceux d'Occident, ne pu- rent alors chasser de Sicile les musulmans; tant l'O- rient et l'Occident étaient mal gouvernés. Ces conqué- rants allaient se rendre maîtres de l'Italie, s'ils avaient été unis; mais leurs fautes sauvèrent Rome, comme celles des Carthaginois la sauvèrent autrefois. Ils par- tent de Sicile, en 846, avec une flotte nombreuse. Ils entrent par l'embouchure du Tibre; et, ne trouvant qu'un pays presque désert, ils vont assiéger Rome. Ils prirent les dehors, et ayant pillé la riche église de Saint-Pierre hors des murs, ils levèrent le siége pour aller combattre une armée de Français qui venait se-

courir Rome, sous un général de l'empereur Lothaire.
L'armée française fut battue, mais la ville, rafraîchie,
fut manquée; et cette expédition, qui devait être une
conquête, ne devint, par la mésintelligence, qu'une
incursion de barbares. Ils revinrent bientôt après avec
une armée formidable, qui semblait devoir détruire
l'Italie, et faire une bourgade mahométane de la capitale du christianisme. Le pape Léon IV, prenant
dans ce danger une autorité que les généraux de l'empereur Lothaire semblaient abandonner, se montra
digne, en défendant Rome, d'y commander en souverain. Il avait employé les richesses de l'Église à réparer
les murailles, à élever des tours, à tendre des chaînes
sur le Tibre. Il arma les milices à ses dépens, engagea
les habitants de Naples et de Gaïète à venir défendre
les côtes et le port d'Ostie, sans manquer à la sage
précaution de prendre d'eux des otages, sachant bien
que ceux qui sont assez puissants pour nous secourir
le sont assez pour nous nuire. Il visita lui-même tous
les postes, et reçut les Sarrasins à leur descente, non
pas en équipage de guerrier, ainsi qu'en avait usé
Goslin, évêque de Paris, dans une occasion encore
plus pressante, mais comme un pontife qui exhortait
un peuple chrétien, et comme un roi qui veillait à la
sûreté de ses sujets. Il était né Romain. (849) Le courage des premiers âges de la république revivait en lui
dans un temps de lâcheté et de corruption, tel qu'un
des beaux monuments de l'ancienne Rome, qu'on
trouve quelquefois dans les ruines de la nouvelle.

Son courage et ses soins furent secondés. On reçut
les Sarrasins courageusement à leur descente; et la

tempête ayant dissipé la moitié de leurs vaisseaux, une partie de ces conquérants échappés au naufrage fut mise à la chaîne. Le pape rendit sa victoire utile, en fesant travailler aux fortifications de Rome et à ses embellissements les mêmes mains qui devaient les détruire. Les mahométans restèrent cependant maîtres du Garillan, entre Capoue et Gaïète, mais plutôt comme une colonie de corsaires indépendants que comme des conquérants disciplinés.

Je vois donc, au neuvième siècle, les musulmans redoutables à-la-fois à Rome et à Constantinople, maîtres de la Perse, de la Syrie, de l'Arabie, de toutes les côtes d'Afrique jusqu'au mont Atlas, des trois quarts de l'Espagne; mais ces conquérants ne forment pas une nation, comme les Romains, qui, étendus presque autant qu'eux, n'avaient fait qu'un seul peuple.

Sous le fameux calife Almamon, vers l'an 815, un peu après la mort de Charlemagne, l'Égypte était indépendante, et le Grand-Caire fut la résidence d'un autre calife. Le prince de la Mauritanie Tangitane, sous le titre de Miramolin, étant maître absolu de l'empire de Maroc, la Nubie et la Libye obéissaient à un autre calife. Les Abdérames, qui avaient fondé le royaume de Cordoue, ne purent empêcher d'autres mahométans de fonder celui de Tolède. Toutes ces nouvelles dynasties révéraient dans le calife le successeur de leur prophète. Ainsi que les chrétiens allaient en foule en pélerinage à Rome, les mahométans de toutes les parties du monde allaient à la Mecque, gouvernée par un shérif que nommait le

calife; et c'était principalement par ce pélerinage que
le calife, maître de la Mecque, était vénérable à tous
les princes de sa croyance. Mais ces princes, distin-
guant la religion de leurs intérêts, dépouillaient le
calife en lui rendant hommage.

CHAPITRE XXIX.

De l'empire de Constantinople aux huitième et neuvième siècles.

Tandis que l'empire de Charlemagne se démem-
brait, que les inondations des Sarrasins et des Normands désolaient l'Occident, l'empire de Constantinople subsistait comme un grand arbre, vigoureux
encore, mais déjà vieux, dépouillé de quelques racines, et assailli de tous côtés par la tempête. Cet empire n'avait plus rien en Afrique; la Syrie et une partie
de l'Asie Mineure lui étaient enlevées. Il défendait
contre les musulmans ses frontières vers l'orient de
la mer Noire; et, tantôt vaincu, tantôt vainqueur, il
aurait pu au moins se fortifier contre eux par cet
usage continuel de la guerre. Mais du côté du Danube,
et vers le bord occidental de la mer Noire, d'autres
ennemis le ravageaient. Une nation de Scythes, nommés les Abares ou Avares, les Bulgares, autres Scythes,
dont la Bulgarie tient son nom, désolaient tous ces
beaux climats de la Romanie où Adrien et Trajan
avaient construit de si belles villes, et ces grands
chemins, desquels il ne subsiste plus que quelques
chaussées.

Les Abares surtout, répandus dans la Hongrie et dans l'Autriche, se jetaient tantôt sur l'empire d'Orient, tantôt sur celui de Charlemagne. Ainsi, des frontières de la Perse à celles de France, la terre était en proie à des incursions presque continuelles.

Si les frontières de l'empire grec étaient toujours resserrées et toujours désolées, la capitale était le théâtre des révolutions et des crimes. Un mélange de l'artifice des Grecs et de la férocité des Thraces formait le caractère qui régnait à la cour. En effet, quel spectacle nous présente Constantinople? Maurice et ses cinq enfants massacrés; Phocas assassiné pour prix de ses meurtres et de ses incestes; Constantin empoisonné par l'impératrice Martine, à qui on arrache la langue, tandis qu'on coupe le nez à Héracléonas son fils; Constant qui fait égorger son frère; Constant assommé dans un bain par ses domestiques; Constantin Pogonat qui fait crever les yeux à ses deux frères; Justinien II, son fils, prêt à faire à Constantinople ce que Théodose fit à Thessalonique, surpris, mutilé et enchaîné par Léonce, au moment qu'il allait faire égorger les principaux citoyens; Léonce bientôt traité lui-même comme il avait traité Justinien II; ce Justinien rétabli, fesant couler sous ses yeux, dans la place publique, le sang de ses ennemis, et périssant enfin sous la main d'un bourreau; Philippe Bardane détrôné et condamné à perdre les yeux; Léon l'Isaurien et Constantin Copronyme morts, à la vérité, dans leur lit, mais après un règne sanguinaire, aussi malheureux pour le prince que pour les sujets; l'impératrice Irène, la première femme qui monta sur le trône

des Césars, et la première qui fit périr son fils pour régner; Nicéphore, son successeur, détesté de ses sujets,
pris par les Bulgares, décollé, servant de pâture aux
bêtes, tandis que son crâne sert de coupe à son vainqueur; enfin Michel Curopalate, contemporain de
Charlemagne, confiné dans un cloître, et mourant
ainsi moins cruellement, mais plus honteusement
que ses prédécesseurs. C'est ainsi que l'empire est
gouverné pendant trois cents ans. Quelle histoire de
brigands obscurs, punis en place publique pour leurs
crimes, est plus horrible et plus dégoûtante?

Cependant il faut poursuivre : il faut voir, au neuvième siècle, Léon-l'Arménien, brave guerrier, mais
ennemi des images, assassiné à la messe dans le temps
qu'il chantait une antienne: ses assassins, s'applau-
dissant d'avoir tué un hérétique, vont tirer de prison
un officier, nommé Michel-le-Bègue, condamné à la
mort par le sénat, et qui, au lieu d'être exécuté, reçoit
la pourpre impériale. Ce fut lui qui, étant amoureux
d'une religieuse, se fit prier par le sénat de l'épouser;
sans qu'aucun évêque osât être d'un sentiment contraire. Ce fait est d'autant plus digne d'attention, que
presque en même temps on voit Euphemius en Sicile,
poursuivi criminellement pour un semblable mariage;
et, quelque temps après, on condamne à Constantinople le mariage très légitime de l'empereur Léon-le-
Philosophe. Où est donc le pays où l'on trouve alors
des lois et des mœurs? ce n'est pas dans notre Occident.

Cette ancienne querelle des images troublait toujours l'empire. La cour était tantôt favorable, tantôt contraire à leur culte, selon qu'elle voyait pencher l'esprit du plus grand nombre. Michel-le-Bègue commença par les consacrer, et finit par les abattre.

Son successeur Théophile, qui régna environ douze ans, depuis 829 jusqu'à 842, se déclara contre ce culte : on a écrit qu'il ne croyait point à la résurrection, qu'il niait l'existence des démons, et qu'il n'admettait pas Jésus-Christ pour Dieu. Il se peut faire qu'un empereur pensât ainsi ; mais faut-il croire, je ne dis pas sur les princes seulement, mais sur les particuliers, la voix des ennemis, qui, sans prouver aucun fait, décrient la religion et les mœurs des hommes qui n'ont pas pensé comme eux ?

Ce Théophile, fils de Michel-le-Bègue, fut presque le seul empereur qui eût succédé paisiblement à son père depuis deux siècles. Sous lui les adorateurs des images furent plus persécutés que jamais. On conçoit aisément, par ces longues persécutions, que tous les citoyens étaient divisés.

Il est remarquable que deux femmes aient rétabli les images. L'une est l'impératrice Irène, veuve de Léon IV ; et l'autre l'impératrice Théodora, veuve de Théophile.

Théodora, maîtresse de l'empire d'Orient sous le jeune Michel, son fils, persécuta à son tour les ennemis des images. Elle porta son zèle ou sa politique plus loin. Il y avait encore dans l'Asie Mineure un grand nombre de manichéens qui vivaient paisibles, parceque la fureur d'enthousiasme, qui n'est guère que dans les sectes naissantes, était passée. Ils étaient riches par le commerce. Soit qu'on en voulût à leurs opinions ou à leurs biens, on fit contre eux des édits sévères, qui furent exécutés avec cruauté. La persécution leur rendit leur premier fanatisme. (846) On en fit périr dès milliers dans les supplices; le reste désespéré se révolta. Il en passa plus de quarante mille chez les musulmans; et ces manichéens, auparavant si tranquilles, devinrent des ennemis irréconciliables, qui, joints aux Sarrasins, ravagèrent l'Asie Mineure jusqu'aux portes de la ville impériale, dépeuplée par une peste horrible, en 842, et devenue un objet de pitié.

La peste, proprement dite, est une maladie particulière aux peuples de l'Afrique, comme la petite vérole. C'est de ces pays qu'elle vient toujours par des vaisseaux marchands. Elle inonderait l'Europe, sans les sages précautions qu'on prend dans nos ports; et probablement l'inattention du gouvernement laissa entrer la contagion dans la ville impériale.

Cette même inattention exposa l'empire à un autre fléau. Les Russes s'embarquèrent vers le port qu'on nomme aujourd'hui Azof, sur la mer Noire, et vinrent ravager tous les rivages du Pont-Euxin. Les Arabes, d'un autre côté, poussèrent encore leurs conquêtes par-delà l'Arménie, et dans l'Asie Mineure. Enfin Michel-le-Jeune, après un règne cruel et infortuné, fut assassiné par Basile, qu'il avait tiré de la plus basse condition pour l'associer à l'empire (867).

L'administration de Basile ne fut guère plus heureuse. C'est sous son règne qu'est l'époque du grand schisme qui divisa l'Église grecque de la latine. C'est cet assassin qu'on regarda comme juste, quand il fit déposer le patriarche Photius.

Les malheurs de l'empire ne furent pas béaucoup réparés sous Léon, qu'on appela le Philosophe; non qu'il fût un Antonin, un Marc-Aurèle, un Julien, un Aaron-al-Raschild, un Alfred, mais parcequ'il était savant. Il passe pour avoir le premier ouvert un chemin aux Turcs, qui, si long-temps après, ont pris Constantinople.

Les Turcs, qui combattirent depuis les Sarrasins, et qui, mêlés à eux, furent leur soutien et les destructeurs de l'empire grec, avaient-ils déjà envoyé des colonies dans ces contrées voisines du Danube? On n'a guère d'histoires véritables de ces émigrations des barbares.

Il n'y a que trop d'apparence que les hommes ont ainsi vécu long-temps. A peine un pays était un peu cultivé, qu'il était envahi par une nation affamée, chassée à son tour par une autre. Les Gaulois n'étaient-ils pas descendus en Italie? n'avaient-ils pas couru jusque dans l'Asie Mineure? vingt peuples de la Grande-Tartarie n'ont-ils pas cherché de nouvelles terres? les Suisses n'avaient-ils pas mis le feu à leurs bourgades, pour aller se transplanter en Languedoc, quand César les contraignit de retourner labourer léurs terres? Et qu'étaient Pharamond et Clovis, sinon des barbares transplantés qui ne trouvèrent point de César?

Malgré tant de désastres, Constantinople fut encore long-temps la ville chrétienne la plus opulente, la plus peuplée, la plus recommandable par les arts. Sa

situation seule, par laquelle elle domine sur deux mers,
la rendait nécessairement commerçante. La peste de
842, toute destructive qu'elle avait été, ne fut qu'un
fléau passager. Les villes de commerce, et où la cour
réside, se repeuplent toujours par l'affluence des voisins. Les arts mécaniques et les beaux arts même ne
périssent point dans une vaste capitale qui est le séjour des riches.

Toutes ces révolutions subites du palais, les crimes
de tant d'empereurs égorgés les uns par les autres, sont
des orages qui ne tombent guère sur des hommes ca-
chés qui cultivent en paix des professions qu'on n'envie point.

Les richesses n'étaient point épuisées : on dit qu'en
857, Théodora, mère de Michel, en se démettant
malgré elle de la régence, et traitée à peu près par
son fils comme Marie de Médicis le fut de nos jours
par Louis XIII, fit voir à l'empereur qu'il y avait dans
le trésor cent neuf mille livres pesant d'or, et trois
cent mille livres d'argent.

Un gouvernement sage pouvait donc encore maintenir l'empire dans sa puissance. Il était resserré, mais
non tout-à-fait démembré; changeant d'empereurs,
mais toujours uni sous celui qui se revêtait de la pourpre; enfin plus riche, plus plein de ressources, plus
puissant que celui d'Allemagne. Cependant il n'est
plus, et l'empire d'Allemagne subsiste encore.

Les horribles révolutions qu'on vient de voir effraient et dégoûtent; cependant il faut convenir que
depuis Constantin, surnommé le Grand, l'empire de
Constantinople n'avait guère été autrement gouverné;

et, si vous en exceptez Julien et deux ou trois autres, quel empereur ne souilla pas le trône d'abominations et de crimes ?

~~~~~~

CHAPITRE XXX.

De l'Italie; des papes; du divorce de Lothaire, roi de Lorraine; et des autres affaires de l'Église, aux huitième et neuvième siècles.

Pour ne pas perdre le fil qui lie tant d'événements, souvenons-nous avec quelle prudence les papes se conduisirent sous Pepin et sous Charlemagne, comme ils assoupirent habilement les querelles de religion, et comme chacun d'eux établit sourdement les fondements de la grandeur pontificale.

Leur pouvoir était déjà très grand, puisque Grégoire IV rebâtit le port d'Ostie, et que Léon IV fortifia Rome à ses dépens; mais tous les papes ne pouvaient être de grands hommes, et toutes les conjonctures ne pouvaient leur être favorables. Chaque vacance de siége causait les mêmes troubles que l'élection d'un roi en produit en Pologne. Le pape élu avait à ménager à-la-fois le sénat romain, le peuple, et l'empereur. La noblesse romaine avait grande part au gouvernement : elle élisait alors deux consuls tous les ans. Elle créait un préfet, qui était une espèce de tribun du peuple. Il y avait un tribunal de douze sénateurs; et c'étaient ces sénateurs qui nommaient les principaux officiers du duché de Rome. Ce gouvernement municipal avait tantôt plus, tantôt moins d'autorité. Les papes avaient à Rome plutôt un grand crédit qu'une puissance législative.

S'ils n'étaient pas souverains de Rome, ils ne perdaient aucune occasion d'agir en souverains de l'Église d'Occident. Les évêques se constituaient juges des rois; et les papes, juges des évêques. Tant de conflits d'autorité, ce mélange de religion, de superstition, de faiblesse, de méchanceté dans toutes les cours, l'insuffisance des lois, tout cela ne peut être mieux connu que par l'aventure du mariage et du divorce de Lothaire, roi de Lorraine, neveu de Charles-le-Chauve.

Charlemagne avait répudié une de ses femmes, et en avait épousé une autre, non seulement avec l'approbation du pape Étienne, mais sur ses pressantes sollicitations. Les rois francs, Gontran, Caribert, Sigebert, Chilpéric, Dagobert, avaient eu plusieurs femmes à-la-fois, sans qu'on eût murmuré; et si c'était un scandale, il était sans trouble. Le temps change tout. Lothaire marié avec Teutberge, fille d'un duc de la Bourgogne Transjurane, prétend la répudier pour un inceste avec son frère, dont elle est accusée, et épouser sa maîtresse Valrade. Toute la suite de cette aventure est d'une singularité nouvelle. D'abord la reine Teutberge se justifie par l'épreuve de l'eau bouillante. Son avocat plonge la main dans un vase, au fond duquel il ramasse impunément un anneau bénit. Le roi se plaint qu'on a employé la fourberie dans cette épreuve. Il est bien sûr que si elle fut faite, l'avocat de la reine était instruit d'un secret de préparer la peau à soutenir l'action de l'eau bouillante. Aucune académie des sciences n'a, de nos jours, tenté de connaître sur ces épreuves ce que savaient alors les charlatans.

(862) Le succès de cette épreuve passait pour un miracle, pour le jugement de Dieu même; et cependant Teutberge, que le ciel justifie, avoue à plusieurs évêques, en présence de son confesseur, qu'elle est coupable. Il n'y a guère d'apparence qu'un roi qui voulait se séparer de sa femme sur une imputation d'adultère eût imaginé de l'accuser d'un inceste avec son frère, si le fait n'avait pas été public. On ne va pas supposer un crime si recherché, si rare, si difficile à prouver : il faut d'ailleurs que, dans ces temps-là, ce qu'on appelle aujourd'hui honneur ne fût point du tout connu. Le roi et la reine se couvrent tous deux de honte, l'un par son accusation, l'autre par son aveu. Deux conciles nationaux sont assemblés, qui permettent le divorce.

Le pape Nicolas Ier casse les deux conciles. Il dépose Gontier, archevêque de Cologne, qui avait été le plus ardent dans l'affaire du divorce. Gontier écrit aussitôt à toutes les églises : « Quoique le seigneur « Nicolas, qu'on nomme pape, et qui se compte pape « et empereur, nous ait excommunié, nous avons « résisté à sa folie. » Ensuite dans son écrit, s'adressant au pape même : « Nous ne recevons point, dit-il, « votre maudite sentence; nous la méprisons; nous « vous rejetons vous-même de notre communion, nous « contentant de celle des évêques, nos frères, que vous « méprisez, etc. »

Un frère de l'archevêque de Cologne porta lui-même cette protestation à Rome, et la mit, l'épée à la main,

sur le tombeau où les Romains prétendent que reposent
les cendres de saint Pierre. Mais bientôt après, l'état
politique des affaires ayant changé, ce même archevêque changea aussi. Il vint au mont Cassin se jeter
aux genoux du pape Adrien II, successeur de Nicolas.
« Je déclare, dit-il, devant Dieu et devant ses saints,
« à vous monseigneur Adrien, souverain pontife, aux
« évêques qui vous sont soumis, et à toute l'assemblée,
« que je supporte humblement la sentence de déposi-
« tion donnée canoniquement contre moi par le pape
« Nicolas, etc. » On sent combien un exemple de cette
espèce affermissait la supériorité de l'Église romaine;
et les conjonctures rendaient ces exemples fréquents.

Ce même Nicolas Ier excommunie la seconde femme
de Lothaire, et ordonne à ce prince de reprendre la
première. Toute l'Europe prend part à ces événements.
L'empereur Louis II, frère de Charles-le-Chauve, et
oncle de Lothaire, se déclare d'abord violemment
pour son neveu contre le pape. Cet empereur, qui
résidait alors en Italie, menace Nicolas Ier; il y a du
sang de répandu, et l'Italie est en alarme. On négocie,
on cabale de tous côtés. Teutberge va plaider à Rome;
Valrade, sa rivale, entreprend le voyage, et n'ose
l'achever. Lothaire, excommunié, s'y transporte, et
va demander pardon à Adrien, successeur de Nicolas,
dans la crainte où il est que son oncle *le Chauve*,
armé contre lui au nom de l'Église, ne s'empare de
son royaume de Lorraine. Adrien II, en lui donnant
la communion dans Rome, lui fait jurer qu'il n'a
point usé des droits du mariage avec Valrade, depuis
l'ordre que le pape Nicolas lui avait donné de s'en

abstenir. Lothaire fait serment, communie, et meurt quelque temps après. Tous les historiens ne manquent pas de dire qu'il est mort en punition de son parjure, et que les domestiques qui ont juré avec lui sont morts dans l'année.

. Le droit qu'exercèrent en cette occasion Nicolas Ier et Adrien II était fondé sur les fausses décrétales, déjà regardées comme un code universel. Le contrat civil qui unit deux époux, étant devenu un sacrement, était soumis au jugement de l'Église.

Cette aventure est le premier scandale touchant le mariage des têtes couronnées en Occident. On a vu depuis les rois de France Robert, Philippe Ier, Philippe-Auguste, excommuniés par les papes pour des causes à peu près semblables, ou même pour des mariages contractés entre parents très éloignés. Les évêques nationaux prétendirent long-temps devoir être les juges de ces causes : les pontifes de Rome les évoquèrent toujours à eux.

On n'examine point ici si cette nouvelle jurisprudence est utile ou dangereuse; on n'écrit ni comme jurisconsulte, ni comme controversiste : mais toutes les provinces chrétiennes ont été troublées par ces scandales. Les anciens Romains et les peuples orientaux furent plus heureux en ce point. Les droits des pères de famille, le secret de leur lit, n'y furent jamais en proie à la curiosité publique. On ne connaît point chez eux de pareils procès au sujet d'un mariage ou d'un divorce.

Ce descendant de Charlemagne fut le premier qui alla plaider à trois cents lieues de chez lui devant un

juge étranger, pour savoir quelle femme il devait aimer. Les peuples furent sur le point d'être les victimes de ce différent. Louis-le-Débonnaire avait été le
premier exemple du pouvoir des évêques sur les empereurs; Lothaire de Lorraine fut l'époque du pouvoir
des papes sur les évêques. Il résulte de toute l'histoire de ces temps-là, que la société avait peu de règles
certaines chez les nations occidentales, que les états
avaient peu de lois, et que l'Église voulait leur en
donner.

CHAPITRE XXXI.

De Photius, et du schisme entre l'Orient et l'Occident.

(858) La plus grande affaire que l'Église eût alors,
et qui en est encore une très importante aujourd'hui,
fut l'origine de la séparation totale des Grecs et des
Latins. La chaire patriarcale de Constantinople étant,
ainsi que le trône, l'objet de l'ambition, était sujette
aux mêmes révolutions. L'empereur Michel III, mé-
content du patriarche Ignace, l'obligea à signer lui-
même sa déposition, et mit à sa place Photius, eunuque du palais, homme d'une grande qualité, d'un
vaste génie, et d'une science universelle. Il était grand
écuyer et ministre d'état. Les évêques, pour l'ordonner
patriarche, le firent passer en six jours par tous les
degrés. Le premier jour on le fit moine, parceque les
moines étaient regardés dans l'Église grecque comme

fesant partie de la hiérarchie : le second jour il fut lecteur, le troisième sous-diacre, puis diacre, prêtre, et
enfin patriarche, le jour de Noël, en 858.

Le pape Nicolas prit le parti d'Ignace, et excommunia Photius. Il lui reprochait surtout d'avoir passé
de l'état de laïque à celui d'évêque avec tant de rapidité; mais Photius répondait, avec raison, que saint
Ambroise, gouverneur de Milan, et à peine chrétien,
avait joint la dignité d'évêque à celle de gouverneur
plus rapidement encore. Photius excommunia donc le
pape à son tour, et le déclara déposé. Il prit le titre
de patriarche œcuménique, et accusa hautement d'hérésie les évêques d'Occident de la communion du
pape. Le plus grand reproche qu'il leur fesait roulait
sur la procession du Père et du Fils. « Des hommes,
« dit-il dans une de ses lettres, sortis des ténèbres de
« l'Occident, ont tout corrompu par leur ignorance.
« Le comble de leur impiété est d'ajouter de nouvelles
« paroles au sacré symbole autorisé par tous les con-
« ciles, en disant que le Saint-Esprit ne procède pas
« du Père seulement, mais encore du Fils; ce qui est
« renoncer au christianisme. »

On voit par ce passage et par beaucoup d'autres,
quelle supériorité les Grecs affectaient en tout sur les
Latins. Ils prétendaient que l'Église romaine devait
tout à la grecque, jusqu'aux noms des usages, des cérémonies, des mystères, des dignités. *Baptême*, *Eucharistie*, *liturgie*, *diocèse*, *paroisse*, *évêque*, *prêtre*,
diacre, *moine*, *église*, tout est grec. Ils regardaient
les Latins comme des disciples ignorants, révoltés
contre leurs maîtres, dont ils ne savaient pas même

la langue. Ils nous accusaient d'ignorer le catéchisme, enfin, de n'être pas chrétiens.

Les autres sujets d'anathème étaient que les Latins se servaient alors communément de·pain non levé pour l'eucharistie, mangeaient des œufs et du fromage en carême, et que leurs prêtres ne se fesaient point raser la barbe. Étranges raisons pour brouiller l'Occident avec l'Orient !

Mais quiconque est juste avouera que Photius était non seulement le plus savant homme de l'Église, mais un grand évêque. (867) Il se conduisit comme saint Ambroise, quand Basile, assassin de l'empereur Michel, se présenta dans l'église de Sophie. «Vous « êtes indigne d'approcher des·saints mystères, lui « dit-il à haute voix, vous qui avez les mains encore « souillées du sang de votre bienfaiteur. » Photius ne trouva pas un Théodose dans Basile. Ce tyran fit une chose juste par vengeance. Il rétablit Ignace dans le siége patriarcal, et chassa Photius. (869) Rome profita de cette conjoncture pour faire assembler à Constantinople le huitième concile œcuménique, composé de trois cents évêques. Les légats du pape présidèrent, mais ils ne savaient pas le grec, et parmi les autres évêques, très peu savaient le latin. Photius y fut universellement condamné comme intrus, et soumis à la pénitence publique. On signa pour les cinq patriarches avant de signer pour le pape, ce qui est fort extraordinaire ; car, puisque les légats eurent la première place, ils devaient signer les premiers. Mais, en tout cela, les questions qui partageaient l'Orient et l'Occident ne furent point agitées : on ne voulait que déposer Photius.

Quelque temps après, le vrai patriarche Ignace étant mort, Photius eut l'adresse de se faire rétablir par l'empereur Basile. Le pape Jean VIII le reçut à sa communion, le reconnut, lui écrivit; et, malgré ce huitième concile œcuménique qui avait anathématisé ce patriarche, (879) le pape envoya ses légats à un autre concile à Constantinople, dans lequel Photius fut reconnu innocent par quatre cents évêques, dont trois cents l'avaient auparavant condamné. Les légats de ce même siége de Rome, qui l'avaient anathématisé, servirent eux-mêmes à casser le huitième concile œcuménique.

Combien tout change chez les hommes! combien ce qui était faux devient vrai selon les temps! Les légats de Jean VIII s'écrient en plein concile: «Si quelqu'un « ne reconnaît pas Photius, que son partage soit avec « Judas.» Le concile s'écrie : «Longues années au pa- « triarche Photius, et au patriarche de Rome, Jean!»

Enfin, à la suite des actes du concile on voit une lettre du pape à ce savant patriarche, dans laquelle il lui dit : « Nous pensons comme vous; nous tenons « pour transgresseurs de la parole de Dieu, nous ran- « geons avec Judas, ceux qui ont ajouté au symbole, « que le Saint-Esprit procède du Père et du Fils; mais « nous croyons qu'il faut user de douceur avec eux, « et les exhorter à renoncer à ce blasphème. »

Il est donc clair que l'Église romaine et la grecque pensaient alors différemment de ce qu'on pense aujourd'hui. L'Église romaine adopta depuis la procession du Père et du Fils; et il arriva même qu'en 1274 l'empereur des Grecs, Michel Paléologue, implorant contre les Turcs une nouvelle croisade, envoya au second concile de Lyon son patriarche et son chancelier, qui chantèrent avec le concile, en latin, *qui ex Patre Filioque procedit.* Mais l'Église grecque retourna encore à son opinion, et sembla la quitter encore dans la réunion passagère qui se fit avec Eugène IV. Que les hommes apprennent de là à se tolérer les uns les autres. Voilà des variations et des disputes sur un point fondamental, qui n'ont ni excité de troubles, ni rempli les prisons, ni allumé les bûchers.

On a blâmé les déférences du pape Jean VIII pour le patriarche Photius; on n'a pas assez songé que ce pontife avait alors besoin de l'empereur Basile. Un roi de Bulgarie, nommé Bogoris, gagné par l'habileté de sa femme, qui était chrétienne, s'était converti, à l'exemple de Clovis et du roi Egbert. Il s'agissait de savoir de quel patriarcat cette nouvelle province chrétienne dépendrait. Constantinople et Rome se la disputaient. La décision dépendait de l'empereur Basile. Voilà en partie le sujet des complaisances qu'eut l'évêque de Rome pour celui de Constantinople.

Il ne faut pas oublier que dans ce concile, ainsi que dans le précédent, il y eut des *cardinaux.* On nommait ainsi des prêtres et des diacres qui servaient de conseils aux métropolitains. Il y en avait à Rome comme dans d'autres églises. Ils étaient déjà distingués, mais ils signaient après les évêques et les abbés.

33.

Le pape donna, par ses lettres et par ses légats, le titre de *votre sainteté* au patriarche Photius. Les autres patriarches sont aussi appelés *papes* dans ce concile. C'est un nom grec, commun à tous les prêtres, et qui peu-à-peu est devenu le titre distinctif du métropolitain de Rome.

Il paraît que Jean VIII se conduisait avec prudence; car ses successeurs s'étant brouillés avec l'empire grec, et ayant adopté le huitième concile œcuménique de 869, et rejeté l'autre, qui absolvait Photius, la paix établie par Jean VIII fut alors rompue. Photius éclata contre l'Église romaine, la traita d'hérétique au sujet de cet article du *Filioque procedit*, des œufs en carême, de l'eucharistie faite avec du pain sans levain, et de plusieurs autres usages. Mais le grand point de la division était la primatie. Photius et ses successeurs voulaient être les premiers évêques du christianisme, et ne pouvaient souffrir que l'évêque de Rome, d'une ville qu'ils regardaient alors comme barbare, séparée de l'empire par sa rébellion, et en proie à qui voudrait s'en emparer, jouît de la préséance sur l'évêque de la ville impériale. Le patriarche de Constantinople avait alors dans son district toutes les églises de la Sicile et de la Pouille; et le siége romain, en passant sous une domination étrangère, avait perdu à-la-fois dans ces provinces son patrimoine et ses droits de métropolitain. L'Église grecque méprisait l'Église romaine. Les sciences florissaient à Constantinople; mais à Rome tout tombait, jusqu'à la langue latine; et quoiqu'on y fût plus instruit que dans tout le reste de l'Occident, ce peu de science se ressentait de ces

temps malheureux. Les Grecs se vengeaient bien de
la supériorité que les Romains avaient eue sur eux
depuis le temps de Lucrèce et de Cicéron jusqu'à
Corneille Tacite. Ils ne parlaient des Romains qu'avec
ironie. L'évêque Luitprand, envoyé depuis en ambassade à Constantinople par les Othons, rapporte que
les Grecs n'appelaient saint Grégoire-le-Grand que
Grégoire-Dialogue, parcequ'en effet ses dialogues
sont d'un homme trop simple. Le temps a tout changé.
Les papes sont devenus de grands souverains, Rome
le centre de la politesse et des arts, l'Église latine savante ; et le patriarche de Constantinople n'est plus
qu'un esclave, évêque d'un peuple esclave.

Photius, qui eut dans sa vie plus de revers que de
gloire, fut déposé par des intrigues de cour, et mourut malheureux; mais ses successeurs, attachés à ses
prétentions, les soutinrent avec vigueur.

(882) Le pape Jean VIII mourut encore plus malheureusement. Les annales de Fulde disent qu'il fut
assassiné à coups de marteau. Les temps suivants
nous feront voir le siége pontifical souvent ensan-
glanté, et Rome toujours un grand objet pour les
nations, mais toujours à plaindre.

Le dogme ne troubla point encore l'Église d'Occident : à peine a-t-on conservé la mémoire d'une petite dispute excitée en 846 par un bénédictin, nommé
Jean Godescalc, sur la prédestination et sur la grâce :
l'événement fit voir combien il est dangereux de traiter ces matières, et surtout de disputer contre un
adversaire puissant. Ce moine, prenant à la lettre
plusieurs expressions de saint Augustin, enseignait

la prédestination absolue et éternelle du petit nombre
des élus, et du grand nombre des réprouvés. L'archevêque de Reims, Hincmar, homme violent dans les
affaires ecclésiastiques comme dans les civiles, lui dit
« qu'il était prédestiné à être condamné et à être
« fouetté. » En effet, il le fit anathématiser dans un
petit concile, en 850. On l'exposa tout nu en présence de l'empereur Charles-le-Chauve, et il fut fouetté
depuis les épaules jusqu'aux jambes par des moines.

Cette dispute impertinente, dans laquelle les deux
partis ont également tort, ne s'est que trop renouvelée. Vous verrez chez les Hollandais un synode de
Dordrecht, composé des partisans de l'opinion de Godescalc, faire pis que fouetter les sectateurs d'Hincmar. Vous verrez au contraire, en France, les jésuites du parti d'Hincmar poursuivre autant qu'ils le
pourront les jansénistes attachés aux dogmes de Godescalc; et ces querelles, qui sont la honte des nations
policées, ne finiront que quand il y aura plus de
philosophes que de docteurs.

Je ne ferais aucune mention d'une folie épidémi-
que qui saisit le peuple de Dijon, en 844, à l'occasion d'un saint Bénigne, qui donnait, disait-on, des
convulsions à ceux qui priaient sur son tombeau : je
ne parlerais pas, dis-je, de cette superstition populaire, si elle ne s'était renouvelée de nos jours avec
fureur, dans des circonstances toutes pareilles [1]. Les
mêmes folies semblent être destinées à reparaître de

---

[1] Sur les convulsionnaires modernes, voyez une note du *Pauvre diable*
et une des *Cabales* (dans les *Poésies*); le chapitre XXXVII du *Siècle de
Louis XIV*; et le *Dictionnaire philosophique*, au mot CONVULSIONS. B.

temps en temps sur la scène du monde; mais aussi le
bon sens est le même dans tous les temps, et on n'a
rien dit de si sage sur les miracles modernes opérés
au tombeau de je ne sais quel diacre de Paris, que
ce que dit, en 844, un évêque de Lyon sur ceux de
Dijon : « Voilà un étrange saint, qui estropie ceux qui
« ont recours à lui : il me semble que les miracles de-
« vraient être faits pour guérir les maladies, et non
« pour en donner. »

Ces minuties ne troublaient point la paix en Occident, et les querelles théologiques y étaient alors
comptées pour rien, parcequ'on ne pensait qu'à s'a-
grandir. Elles avaient plus de poids en Orient, parceque les prélats, n'y ayant jamais eu de puissance temporelle, cherchaient à se faire valoir par les guerres
de plume. Il y a encore une autre cause de la paix
théologique en Occident; c'est l'ignorance, qui au
moins produisit ce bien parmi les maux infinis dont
elle était cause.

CHAPITRE XXXII.

État de l'empire d'Occident à la fin du neuvième siècle.

L'empire d'Occident ne subsista plus que de nom.
(888) Arnould, Arnolfe, ou Arnold, bâtard de Carloman, se rendit maître de l'Allemagne; mais l'Italie
était partagée entre deux seigneurs, tous deux du
sang de Charlemagne par les femmes : l'un était un
duc de Spolette, nommé Gui; l'autre Bérenger, duc

de Frioul, tous deux investis de ces duchés par Charles-le-Chauve, tous deux prétendants à l'empire aussi
bien qu'au royaume de France. Arnould, en qualité
d'empereur, regardait aussi la France comme lui appartenant de droit, tandis que la France, détachée de
l'empire, était partagée entre Charles-le-Simple, qui
la perdait, et le roi Eudes, grand-oncle de Hugues
Capet, qui l'usurpait.

Un Bozon, roi d'Arles, disputait encore l'empire.
Le pape Formose, évêque peu accrédité de la malheureuse Rome, ne pouvait que donner l'onction sacrée
au plus fort. Il couronna ce Gui de Spolette. (894) L'année d'après il couronna Bérenger vainqueur; et il fut
forcé de sacrer enfin cet Arnould, qui vint assiéger
Rome, et la prit d'assaut. Le serment équivoque que
reçut Arnould des Romains prouve que déjà les papes
prétendaient à la souveraineté de Rome. Tel était ce
serment : « Je jure par les saints mystères que, sauf
« mon honneur, ma loi, et ma fidélité à monseigneur
« Formose, pape, je serai fidèle à l'empereur Arnould. »

Les papes étaient alors en quelque sorte semblables
aux califes de Bagdad, qui, révérés dans tous les états
musulmans comme les chefs de la religion, n'avaient
plus guère d'autre droit que celui de donner les inves-
titures des royaumes à ceux qui les demandaient les
armes à la main; mais il y avait entre les califes et
les papes cette différence, que les califes étaient tombés du premier trône de la terre, et que les papes
s'élevaient insensiblement.

Il n'y avait réellement plus d'empire, ni de droit,
ni de fait. Les Romains, qui s'étaient donnés à Char-

lemagne par acclamation, ne voulaient plus reconnaître des bâtards, des étrangers, à peine maîtres
d'une partie de la Germanie.

Le peuple romain, dans son abaissement, dans son
mélange avec tant d'étrangers, conservait encore,
comme aujourd'hui, cette fierté secrète que donne la
grandeur passée. Il trouvait insupportable que des
Bructères, des Cattes, des Marcomans, se dissent les
successeurs des Césars, et que les rives du Mein et la
forêt Hercynie fussent le centre de l'empire de Titus
et de Trajan.

On frémissait à Rome d'indignation, et on riait en
même temps de pitié, lorsqu'on apprenait qu'après
la mort d'Arnould, son fils Hiludovic, que nous appelons Louis, avait été désigné empereur des Romains à l'âge de trois ou quatre ans, dans un village
barbare, nommé Forcheim, par quelques leudes et
évêques germains. Cet enfant ne fut jamais compté
parmi les empereurs; mais on le regardait dans l'Allemagne comme celui qui devait succéder à Charlemagne et aux Césars. C'était en effet un étrange empire romain que ce gouvernement qui n'avait alors ni
les pays entre le Rhin et la Meuse, ni la France, ni
la Bourgogne, ni l'Espagne, ni rien enfin dans l'Italie, et pas même une maison dans Rome qu'on pût
dire appartenir à l'empereur.

Du temps de ce Louis, dernier prince allemand du
sang de Charlemagne par bâtardise, mort en 912,
l'Allemagne fut ce qu'était la France, une contrée
dévastée par les guerres civiles et étrangères, sous
un prince élu en tumulte et mal obéi.

Tout est révolution dans les gouvernemens : c'en est une frappante que de voir une partie de ces Saxons sauvages, traités par Charlemagne comme les Ilotes par les Lacédémoniens, donner où prendre au bout de cent douze ans cette même dignité qui n'était plus dans la maison de leur vainqueur. (912) Othon, duc de Saxe, après la mort de Louis, met, dit-on, par son crédit, la couronne d'Allemagne sur la tête de Conrad, duc de Franconie; et après la mort de Conrad, le fils du duc Othon de Saxe, Henri-l'Oiseleur, est élu (919). Tous ceux qui s'étaient faits princes héréditaires en Germanie, joints aux évêques, fesaient ces élections, et y appelaient alors les principaux citoyens des bourgades.

CHAPITRE XXXIII.

Des Fiefs, et de l'Empire.

La force, qui a tout fait dans ce monde, avait donné l'Italie et les Gaules aux Romains : les barbares usurpèrent leurs conquêtes : le père de Charlemagne usurpa les Gaules sur les rois francs : les gouverneurs, sous la race de Charlemagne, usurpèrent tout ce qu'ils purent. Les rois lombards avaient déjà établi des fiefs en Italie; ce fut le modèle sur lequel se réglèrent les ducs et les comtes dès le temps de Charles-le-Chauve. Peu-à-peu leurs gouvernemens devinrent des patrimoines. Les évêques de plusieurs grands siéges, déjà puissants par leur dignité, n'avaient plus qu'un pas à faire pour être princes; et ce pas fut bientôt fait. De là vient la puissance séculière des évêques de Mayence, de Cologne, de Trèves, de Vurtzbourg, et de tant d'autres en Allemagne et en France. Les archevêques de Reims, de Lyon, de Beauvais, de Langres, de Laon, s'attribuèrent les droits régaliens. Cette puissance des ecclésiastiques ne dura pas en France; mais en Allemagne elle est affermie pour long-temps. Enfin les moines eux-mêmes devinrent princes: les abbés de Fulde, de Saint-Gall, de Kempten, de Corbie, etc., étaient de petits rois dans les pays où, quatre-vingts ans auparavant, ils défrichaient de leurs mains quelques terres que des propriétaires charitables leur avaient données. Tous ces seigneurs, ducs, comtes, marquis, évêques, abbés, rendaient hommage au souverain. On a long-temps cherché l'origine de ce gouvernement féodal. Il est à croire qu'il n'en a point d'autre que l'ancienne coutume de toutes les nations d'imposer un hommage et un tribut au plus faible. On sait qu'ensuite les empereurs romains donnèrent des terres à perpétuité, à de certaines conditions: on en trouve des exemples dans les vies d'Alexandre Sévère et de Probus. Les Lombards furent les premiers qui érigèrent des duchés dans un temps de troubles, vers 576; et lorsque la monarchie se rétablit, ces duchés en relevèrent comme fiefs. Spolette et Bénévent furent, sous les rois lombards, des duchés héréditaires.

Avant Charlemagne, Tassillon possédait le duché de Bavière, à condition d'un hommage; et ce duché eût appartenu à ses descendants, si Charlemagne,

ayant vaincu ce prince, n'eût dépouillé le père et les
enfants.

Bientôt point de ville libre en Allemagne, ainsi
point de commerce, point de grandes richesses : les
villes au-delà du Rhin n'avaient pas même de murailles. Cet état, qui pouvait être si puissant, était
devenu si faible par le nombre et la division de ses
maîtres, que l'empereur Conrad fut obligé de pro-
mettre un tribut annuel aux Hongrois, Huns, ou Pan-
noniens, si bien contenus par Charlemagne, et soumis
depuis par les empereurs de la maison d'Autriche.
Mais alors ils semblaient être ce qu'ils avaient été sous
Attila : ils ravageaient l'Allemagne, les frontières de
la France; ils descendaient en Italie par le Tyrol,
après avoir pillé la Bavière, et revenaient ensuite avec
les dépouilles de tant de nations.

C'est au règne de Henri-l'Oiseleur que se débrouilla
un peu le chaos de l'Allemagne. Ses limites étaient
alors le fleuve de l'Oder, la Bohême, la Moravie, la
Hongrie, les rivages du Rhin, de l'Escaut, de la
Moselle, de la Meuse; et vers le septentrion, la Po-
méranie et le Holstein étaient ses barrières.

Il faut que Henri-l'Oiseleur fût un des rois les plus
dignes de régner. Sous lui les seigneurs de l'Allemagne, si divisés, sont réunis. (920) Le premier fruit
de cette réunion est l'affranchissement du tribut qu'on
payait aux Hongrois, et une grande victoire rempor-
tée sur cette nation terrible. Il fit entourer de murailles la plupart des villes d'Allemagne; il institua
des milices : on lui attribua même l'invention de quelques jeux militaires qui donnaient quelque idée des

tournois. Enfin l'Allemagne respirait; mais il ne paraît pas qu'elle prétendît être l'empire romain. L'archevêque de Mayence avait sacré Henri-l'Oiseleur; aucun légat du pape, aucun envoyé des Romains n'y avait assisté. L'Allemagne sembla pendant tout ce règne oublier l'Italie.

Il n'en fut pas ainsi sous Othon-le-Grand, que les princes allemands, les évêques, et les abbés, élurent unanimement après la mort de Henri, son père. L'héritier reconnu d'un prince puissant, qui a fondé ou rétabli un état, est toujours plus puissant que son père, s'il ne manque pas de courage; car il entre dans une carrière déjà ouverte, il commence où son prédécesseur a fini. Ainsi Alexandre avait été plus loin que Philippe son père; Charlemagne, plus loin que Pepin; et Othon-le-Grand passa de beaucoup Henri-l'Oiseleur.

CHAPITRE XXXIV.

D'Othon-le-Grand au dixième siècle.

Othon, qui rétablit une partie de l'empire de Charlemagne, étendit comme lui la religion chrétienne en Germanie par des victoires. (948) Il força les Danois, les armes à la main, à payer tribut, et à recevoir le baptême, qui leur avait été prêché un siècle auparavant, et qui était presque entièrement aboli.

Ces Danois, ou Normands, qui avaient conquis la Neustrie et l'Angleterre, ravagé la France et l'Allema-

gne, reçurent des lois d'Othon. Il établit des évêques
en Danemarck, qui furent alors soumis à l'archevêque
de Hambourg, métropolitain des églises des barbares,
fondées depuis peu dans le Holstein, dans la Suède,
dans le Danemarck. Tout le christianisme consistait
à faire le signe de la croix. Il soumit la Bohême après
une guerre opiniâtre. C'est depuis lui que la Bohême,
et même le Danemarck, furent réputés provinces de
l'empire; mais les Danois secouèrent bientôt le joug.

Othon s'était ainsi rendu l'homme le plus considérable de l'Occident, et l'arbitre des princes. Son
autorité était si grande, et l'état de la France si déplorable alors, que Louis-d'Outremer, fils de Charles-
le-Simple, descendant de Charlemagne, était venu,
en 948, à un concile d'évêques que tenait Othon près
de Mayence; ce roi de France dit ces propres mots rédigés dans les actes : «J'ai été reconnu roi, et sacré par
« les suffrages de tous les seigneurs et de toute la no-
« blesse de France. Hugues toutefois m'a chassé, m'a
« pris frauduleusement, et m'a retenu prisonnier un
« an entier; et je n'ai pu obtenir ma liberté qu'en lui
« laissant la ville de Laon, qui restait seule à la reine
« Gerberge pour y tenir sa cour avec mes serviteurs.
« Si on prétend que j'aie commis quelque crime qui
« méritât un tel traitement, je suis prêt à m'en purger,
« au jugement d'un concile, et suivant l'ordre du roi
« Othon, ou par le combat singulier. »

Ce discours important prouve à-la-fois bien des
choses; les prétentions des empereurs de juger les
rois, la puissance d'Othon, la faiblesse de la France,
la coutume des combats singuliers, et enfin l'usage

qui s'établissait de donner les couronnes, non par le
droit du sang, mais par les suffrages des seigneurs,
usage bientôt après aboli en France.

Tel était le pouvoir d'Othon-le-Grand, quand il fut
invité à passer les Alpes par les Italiens mêmes, qui,
toujours factieux et faibles, ne pouvaient ni obéir à
leurs compatriotes, ni être libres, ni se défendre à-la-
fois contre les Sarrasins et les Hongrois, dont les incursions infestaient encore leur pays.

. L'Italie, qui dans ses ruines était toujours la plus
riche et la plus florissante contrée de l'Occident, était
déchirée sans cesse par des tyrans. Mais Rome, dans
ces divisions, donnait encore le mouvement aux autres
villes d'Italie. Qu'on songe à ce qu'était Paris dans
le temps de la Fronde, et plus encore sous Charles-
l'Insensé, et à ce qu'était Londres sous l'infortuné
Charles Ier, ou dans les guerres civiles des York et des
Lancastre, on aura quelque idée de l'état de Rome au
dixième siècle. La chaire pontificale était opprimée,
déshonorée, et sanglante. L'élection des papes se fesait d'une manière dont on n'a guère d'exemples ni
avant, ni après.

CHAPITRE XXXV.

De la Papauté au dixième siècle, avant qu'Othon-le-Grand se
rendît maître de Rome.

Les scandales et les troubles intestins qui affligèrent
Rome et son église au dixième siècle, et qui continuèrent long-temps après, n'étaient arrivés ni sous

les empereurs grecs et latins, ni sous les rois goths,
ni sous les rois lombards, ni sous Charlemagne : ils
sont visiblement la suite de l'anarchie ; et cette anarchie eut sa source dans ce que les papes avaient fait
pour la prévénir, dans la politique qu'ils avaient eue
d'appeler les Francs en Italie. S'ils avaient en effet
possédé toutes les terres qu'on prétend que Charlemagne leur donna, ils auraient été plus grands souverains qu'ils ne le sont aujourd'hui. L'ordre et la règle
eussent été dans les élections et dans le gouvernement, comme on les y voit. Mais on leur disputa tout
ce qu'ils voulurent avoir : l'Italie fut toujours l'objet de
l'ambition des étrangers ; le sort de Rome fut toujours
incertain. Il ne faut jamais perdre de vue que le grand
but des Romains était de rétablir l'ancienne république, que des tyrans s'élevaient dans l'Italie et dans
Rome, que les élections des évêques ne furent presque
jamais libres, et que tout était abandonné aux factions.

Formose, fils du prêtre Léon, étant évêque de Porto, avait été à la tête d'une faction contre Jean VIII,
et deux fois excommunié par ce pape ; mais ces excommunications, qui furent bientôt après si terribles
aux têtes couronnées, le furent si peu pour Formose,
qu'il se fit élire pape en 890.

Étienne VI ou VII, aussi fils de prêtre, successeur
de Formose, homme qui joignit l'esprit du fanatisme
à celui de la faction, ayant toujours été l'ennemi de
Formose, fit exhumer son corps qui était embaumé,
et l'ayant revêtu des habits pontificaux, le fit comparaître dans un concile assemblé pour juger sa mé-

moire. On donna au mort un avocat; on lui fit son
procès en forme, le cadavre fut déclaré coupable d'a-
voir changé d'évêché, et d'avoir quitté celui de Porto
pour celui de Rome; et pour réparation de ce crime,
on lui trancha la tête par la main du bourreau, on lui
coupa trois doigts, et on le jeta dans le Tibre.

Le pape Étienne VI ou VII se rendit si odieux par
cette farce aussi horrible que folle, que les amis de
Formose, ayant soulevé les citoyens, le chargèrent
de fers, et l'étranglèrent en prison.

La faction ennemie de cet Étienne fit repêcher le
corps de Formose, et le fit enterrer pontificalement
une seconde fois.

Cette querelle échauffait les esprits. Sergius III,
qui remplissait Rome de ses brigues pour se faire
pape, (907) fut exilé par son rival, Jean IX, ami
de Formose; mais, reconnu pape après la mort de
Jean IX, il condamna Formose encore. Dans ces
troubles, Théodora, mère de Marozie, qu'elle maria
depuis au marquis de Toscanelle, et d'une autre Théodora, toutes trois célèbres par leurs galanteries, avait
à Rome la principale autorité. Sergius n'avait été élu
que par les intrigues de Théodora la mère. Il eut, étant
pape, un fils de Marozie, qu'il éleva publiquement
dans son palais. Il ne paraît pas qu'il fût haï des Romains, qui, naturellement voluptueux, suivaient ses
exemples plus qu'ils ne les blâmaient.

Après sa mort et celle de l'imbécile Anastase, les
deux sœurs Marozie et Théodora procurèrent la chaire
de Rome à un de leurs favoris nommé Landon (913);
mais ce Landon étant mort (914), la jeune Théodora

fit élire pape son amant, Jean X, évêque de Bologne,
puis de Ravenne, et enfin de Rome. On ne lui repro-
cha point, comme à Formose, d'avoir changé d'évêché. Ces papes, condamnés par la postérité comme
évêques peu religieux, n'étaient point d'indignes
princes, il s'en faut beaucoup. Ce Jean X, que l'amour
fit pape, était un homme de génie et de courage: il fit
ce que tous les papes ses prédécesseurs n'avaient pu
faire; il chassa les Sarrasins de cette partie de l'Italie
nommée le Garillan.

Pour réussir dans cette expédition, il eut l'adresse
d'obtenir des troupes de l'empereur de Constantinople,
quoique cet empereur eût à se plaindre autant des
Romains rebelles que des Sarrasins. Il fit armer le
comte de Capoue; il obtint des milices de Toscane, et
marcha lui-même à la tête de cette armée, menant
avec lui un jeune fils de Marozie et du marquis Adel-
bert. Ayant chassé les mahométans du voisinage de
Rome, il voulait aussi délivrer l'Italie des Allemands
et des autres étrangers.

L'Italie était envahie presque à-la-fois par les Béren-
gers, par un roi de Bourgogne, par un roi d'Arles. Il
les empêcha tous de dominer dans Rome. Mais au
bout de quelques années, Guido, frère utérin de
Hugo, roi d'Arles, tyran de l'Italie, ayant épousé Marozie toute puissante à Rome, cette même Marozie
conspira contre le pape, si long-temps amant de sa
sœur. Il fut surpris, mis aux fers, et étouffé entre
deux matelas.

: (928) Marozie, maîtresse de Rome, fit élire pape
un nommé Léon, qu'elle fit mourir en prison au bout

de quelques mois. Ensuite, ayant donné le siége de
Rome à un homme obscur, qui ne vécut que deux ans,
(931) elle mit enfin sur la chaire pontificale Jean XI,
son propre fils, qu'elle avait eu de son adultère avec
Sergius III.

Jean XI n'avait que vingt-quatre ans quand sa mère
le fit pape; elle ne lui conféra cette dignité qu'à condition qu'il s'en tiendrait uniquement aux fonctions
d'évêque, et qu'il ne serait que le chapelain de sa
mère.

On prétend que Marozie empoisonna alors son
mari Guido, marquis de Toscanelle. Ce qui est vrai,
c'est qu'elle épousa le frère de son mari, Hugo, roi
de Lombardie, et le mit en possession de Rome, se
flattant d'être avec lui impératrice; mais un fils du
premier lit de Marozie se mit alors à la tête des Romains contre sa mère, chassa Hugo de Rome, renferma Marozie et le pape son fils dans le môle d'Adrien,
qu'on appelle aujourd'hui le château Saint-Ange. On
prétend que Jean XI y mourut empoisonné.

Un Étienne VIII ou IX, Allemand de naissance,
élu en 939, fut par cette naissance seule si odieux aux
Romains, que dans une sédition le peuple lui balafra
le visage, au point qu'il ne put jamais depuis paraître
en public.

(956) Quelque temps après, un petit-fils de Marozie, nommé Octavien Sporco, fut élu pape à l'âge de
dix-huit ans par le crédit de sa famille. Il prit le nom
de Jean XII, en mémoire de Jean XI, son oncle. C'est
le premier pape qui ait changé son nom à son avénement au pontificat. Il n'était point dans les ordres

quand sa famille le fit pontife. Ce Jean était patrice de Rome; et, ayant la même dignité qu'avait eue Charlemagne, il réunissait par le siége pontifical les droits des deux puissances et le pouvoir le plus légitime: mais il était jeune, livré à la débauche, et n'était pas d'ailleurs un puissant prince.

On s'étonne que sous tant de papes si scandaleux et si peu puissants l'Église romaine ne perdît ni ses prérogatives, ni ses prétentions : mais alors presque toutes les autres églises étaient ainsi gouvernées. Le clergé d'Italie pouvait mépriser de tels papes, mais il respectait la papauté d'autant plus qu'il y aspirait: enfin, dans l'opinion des hommes, la place était sacrée, quand la personne était odieuse.

Pendant que Rome et l'Église étaient ainsi déchirées, Bérenger, qu'on appelle le Jeune, disputait l'Italie à Hugues d'Arles. Les Italiens, comme le dit Luitprand, contemporain, voulaient toujours avoir deux maîtres pour n'en avoir réellement aucun : fausse et malheureuse politique qui les fesait changer de tyrans et de malheurs. Tel était l'état déplorable de ce beau pays, lorsque Othon-le-Grand y fut appelé par les plaintes de presque toutes les villes, et même par ce jeune pape Jean XII, réduit à faire venir les Allemands, qu'il ne pouvait souffrir.

FIN DU PREMIER VOLUME
DE L'ESSAI SUR LES MŒURS.

TABLE

DES MATIÈRES DU PREMIER VOLUME

DE L'ESSAI

SUR LES MOEURS ET L'ESPRIT DES NATIONS.

PRÉFACE DU NOUVEL ÉDITEUR,   *page* 1.

AVIS DES ÉDITEURS (Voltaire),   1.

INTRODUCTION. — Changements dans le globe, 3. — Des différentes races d'hommes, 7. — De l'antiquité des nations, 11. — De la connaissance de l'ame, 13. — De la religion des premiers hommes, 16. — Des usages et des sentiments communs à presque toutes les nations anciennes, 23. — Des sauvages, 28. — De l'Amérique, 36. — De la théocratie, 40. — Des Chaldéens, 42. — Des Babyloniens devenus Persans, 50. — De la Syrie, 56. — Des Phéniciens et de Sanchoniathon, 58. — Des Scythes et des Gomérites, 64. — De l'Arabie, 67. — De Bram, Abram, Abraham, 71. — De l'Inde, 75. — De la Chine, 84. — De l'Égypte, 91. — De la langue des Égyptiens, et de leurs symboles, 97. — Des monuments des Égyptiens, 100. — Des rites égyptiens, et de la circoncision, 102. — Des mystères des Égyptiens, 106. — Des Grecs, de leurs anciens déluges, de leurs alphabets, et de leur génie, 108. — Des législateurs grecs, de Minos, d'Orphée, de l'immortalité de l'ame, 114. — Des sectes des Grecs, 117. — De Zaleucus et de quelques autres législateurs, 121. — De Bacchus, 123. — Des Métamorphoses chez les Grecs, recueillies par Ovide, 127. — De l'idolâtrie, 129. — Des oracles, 133. — Des sibylles chez les Grecs, et de leur influence sur les autres nations, 139. — Des miracles, 145. — Des temples, 151. — De la magie, 156. — Des victimes humaines, 160. — Des mystères de Cérès-Éleusine, 165. — Des Juifs, au temps où ils commencèrent à être connus, 171. — Des Juifs en Égypte, 173. — De Moïse, considéré simplement comme chef d'une nation, 175. — Des Juifs après Moïse jusqu'à Saül, 181. — Des Juifs depuis Saül, 185. — Des prophètes juifs, 192. — Des prières des Juifs, 199. — De Josèphe, historien des Juifs, 203. — D'un mensonge de cet historien, concernant Alexandre et les Juifs, 206. — Des préjugés populaires auxquels les écrivains sacrés ont daigné se conformer par condescendance, 208. — Des anges, des génies, des diables, chez les anciennes nations et chez les Juifs, 215. — Si les Juifs ont enseigné les autres nations, ou s'ils ont été enseignés par elles, 224. — Des Romains. Commencements de leur empire et de leur religion. Leur tolérance, 227. —. Questions sur leurs conquêtes, et leur décadence, 231. — Des premiers peuples qui écrivirent l'histoire, et des fables des premiers historiens, 236. — Des législateurs qui ont parlé au nom des dieux, 242.

ESSAI

SUR LES MOEURS ET L'ESPRIT DES NATIONS.

Avant-propos, qui contient le plan de cet ouvrage, avec le précis de ce qu'étaient originairement les nations occidentales, et les raisons pour lesquelles on a commencé cet Essai par l'Orient, 245. — Stérilité naturelle de nos climats, 247. — Nul ancien monument en Europe, 248. — Anciens Toscans, 249. — Anciens Espagnols, ibid. — Gaule barbare, 250. — Ridicule des histoires anciennes, ibid. — Hommes sacrifiés, 251. — Germains barbares, ibid. — Anciens Anglais, 252. — Changements dans le globe, 253.

Chapitre I. De la Chine, de son antiquité, de ses forces, de ses lois, de ses usages, et de ses sciences, 257. — Éclipses calculées, ibid. — Prodigieuse antiquité de la Chine prouvée, 259. — Ridicule supposition de la propagation de l'espèce humaine, 261. — Population, ibid. — Libéralités singulières, 263. — État des armées, ibid. — Grande muraille, 264. — Anciens Quadriges, 265. — Finances, ibid. — Manufactures, 266. — Imprimerie, 267. — Astronomie, 268. — Géométrie. Voyez les Lettres de Parennin, 269. — La Chine, monarchie tempérée, 271. — Usages utiles, 272. — Loi admirable, 273.

Chap. II. De la religion de la Chine. Que le gouvernement n'est point athée; que le christianisme n'y a point été prêché au septième siècle. De quelques sectes établies dans le pays, 274. — Morale de Confutzée, ibid. — Culte de Dieu très ancien, 275. — Gouvernement chinois accusé à-la-fois d'athéisme et d'idolâtrie, 277. — Secte de Fo ou Foé, ibid. — Grand Lama, 278. — Matérialistes, 279. — Fausse inscription, 280. — Juifs à la Chine, 281.

Chap. III. Des Indes, 282. — Pythagore n'est pas l'inventeur des propriétés du triangle rectangle, 283. — Belle idée d'un brame, 288. — Chiffres indiens, ibid. — Année indienne, ibid. — L'homme est-il originaire de l'Inde? 286. — L'Inde autrefois plus étendue, 291. — Affreuse superstition, 292. — Chrétiens de saint Thomas, 293.

Chap. IV. Des Brachmanes, du Veidam, et de l'Ézour-Veidam, 295. — Fausse idée qu'on a des Brachmanes en Europe, 297. — Paroles tirées du Veidam même, 298. — Le Veidam, origine des fables de la Grèce, 299. — Peu de christianisme dans l'Inde, 304.

CHAP. V. De la Perse au temps de Mahomet le prophète, et de l'ancienne religion de Zoroastre, 305. — Antiquité des Perses, 307. — Baptême des anciens Perses, 313. — Les deux principes, 314.

CHAP. VI. De l'Arabie, et de Mahomet, 316. — Mœurs des Arabes, ibid. — Enfance de Mahomet, 317. — Marié à vingt-cinq ans, ibid. — Son caractère, ibid. — D'abord prophète chez lui, 318. — Ses premiers disciples, 319. — Il attaque l'empire romain, 320. — Ses progrès, 321.— Sa mort, ibid. — Mahomet savant pour son temps, 322. — Naïveté des écrivains orientaux, 323. — Arabes infiniment supérieurs aux Juifs, ibid. —Abubéker, 325.— Testament remarquable d'Abubéker, 326.— Omar, ibid. — Des mages, 327. — Bibliothèque d'Alexandrie brûlée, 328. — Mœurs des Arabes, semblables à celles des guerriers de l'*Iliade*, ibid.— Beaux siècles des Arabes, 331. — Aaron-al-Raschild, 333. — Arts des Arabes, ibid. — Beaux vers arabes, 334.

CHAP. VII. De l'Alcoran, et de la loi musulmane. Examen si la religion musulmane était nouvelle, et si elle a été persécutante, 335. — Polygamie, 336. — Paradis de Mahomet, le même que chez tous les anciens, ibid.— L'alcoran, 337. — Que la religion mahométane était très ancienne, 339. — Islamisme, 343. — Sectes mahométanes, 345.

CHAP. VIII. De l'Italie et de l'Église avant Charlemagne. Comment le christianisme s'était établi. Examen s'il a souffert autant de persécutions qu'on le dit, 346. — Juifs toujours privilégiés, 347.—Examen des persécutions contre les chrétiens, 350. — Dioclétien protecteur des chrétiens, 354.— Origine de la persécution, 355. — Faux martyrs, 356. — Vrais martyrs, 357.

CHAP. IX. Que les fausses légendes des premiers chrétiens n'ont point nui à l'établissement de la religion chrétienne, 358.

CHAP. X. Suite de l'établissement du christianisme. Comment Constantin en fit la religion dominante. Décadence de l'ancienne Rome, 367. — Eusèbe, historien romanesque, ibid.—Conduite de Constantin, 369. — Donation de Constantin, 372.

CHAP. XI. Causes de la chute de l'empire romain, 375.

CHAP. XII. Suite de la décadence de l'ancienne Rome, 380. — Entière liberté de conscience en Italie, mais courte, 381. — Papes ne peuvent être consacrés qu'avec la permission de l'exarque, 383.

CHAP. XIII. Origine de la puissance des papes. Digression sur le sacre des rois. Lettre de saint Pierre à Pepin, maire de France, devenu roi. Prétendues donations au saint-siège, 385. — Le pape vient implorer le maire

Pepin, 386. — Pepin n'est pas le premier roi sacré en Europe, comme on le dit, 387. — Second sacre de Pepin, ibid. — Origine du sacre, 388. — Usage de baiser les pieds, 390. — Donation de Pepin aux papes très suspecte, 391.

Chap. XIV. État de l'Église en Orient avant Charlemagne. Querelles pour les images. Révolution de Rome commencée, 395. — Lettre admirable d'un pape qu'on croit hérétique, 396. — Nulle dispute dogmatique chez les anciens, 397. — Images, 398. — Guerre civile pour les images, 399. — L'évêque de Rome, 400.

Chap. XV. De Charlemagne. Son ambition, sa politique. Il dépouille ses neveux de leurs états. Oppression et conversion des Saxons, etc., 401. — Conduite de Charlemagne, ibid. — Saxons, 402. — Vitikind, 404. — Saxons convertis à coups de sabre, 405. — Colonies, 406.

Chap. XVI. Charlemagne, empereur d'Occident, 408. — Polygamie, 409. — Fin du royaume lombard, ibid. — Rome, 410. — Charlemagne, patrice, 411. — Charlemagne, empereur, 412. — Donation de Charlemagne très douteuse, ibid. — Charlemagne ordonne à son fils de se couronner lui-même, 415.

Chap. XVII. Mœurs, gouvernement, et usages, vers le temps de Charlemagne, 417. — Barbarie de ces siècles, 418. — Mœurs atroces, 419. — Premiers rois francs ne sont pas reconnus rois par les empereurs, 421. — Maires du palais, 422. — Le clergé ne fait un ordre dans l'état que sous Pepin, ibid. — Lettre remarquable, ibid.

Chap. XVIII. Suite des usages du temps de Charlemagne, et avant lui. S'il était despotique, et le royaume héréditaire, 423.

Chap. XIX. Suite des usages du temps de Charlemagne. Commerce, finances, sciences, 426. — Milices, 427. — Armes, ibid. — Forces navales, ibid. — Commerce, 428. — Monnaies, 429. — Sciences, 432.

Chap. XX. De la religion du temps de Charlemagne, 434. — Second concile de Nicée, 435. — Anathématisé par le concile de Francfort, 436. — Habileté du pape, 437. — Grande dispute sur le Saint-Esprit, 438. — Fausses décrétales, 439. — Gouvernement ecclésiastique, 440. — Fausse loi, ibid. — Moines riches, 441. — Fin du monde annoncée, ibid. — Abbés seigneurs, 442. — Clercs, 444.

Chap. XXI. Suite des rites religieux du temps de Charlemagne, ibid. — De la messe, ibid. — Communion, 445. — Confession, 446. — Carêmes, 447. — Laïques ont droit de confesser, 448. — Ancienneté de la confession, ibid. — Angleterre, 450.

Chap. XXII. Suite des usages du temps de Charlemagne. De la justice, des lois. Coutumes singulières. Épreuves, 452. — Comtes, ibid. — Duels, ju-

gements de Dieu, 453. — Épreuves, 455. — Épreuves païennes, ibid. —
La loi salique regardée comme barbare, 457.

Chap. XXIII. Louis-le-Faible, ou le Débonnaire, déposé par ses enfants et
par des prélats, 458. — Le Débonnaire fait crever les yeux à son neveu
Bernard, ibid. — Saint : nom honorifique, 459. — L'abbé Vala, 460. —
Abbé séditieux, ibid. — Évêques contre l'empereur, 461. — Évêques des
Francs résistent au pape, 462. — Champ du mensonge, ibid. — Louis-
le-Faible en pénitence, 464. — Exemple de pénitence, 465. — Louis en
prison, 466. — Mort de Louis-le-Faible, ibid.

Chap. XXIV. État de l'Europe après la mort de Louis-le-Débonnaire, ou
le Faible. L'Allemagne pour toujours séparée de l'empire franc, ou français, 467. — Empereurs déposés par des évêques, 469. — Ordonnance
que le pape ne sera plus élu par le peuple, mais par l'empereur, 470. —
Charles-le-Chauve achète l'empire du pape, 472. — Le Chauve empoisonné, à ce qu'on dit, 473. — Rome toujours pillée, ibid. — Tribut payé
par le pape aux mahométans, 474. — Charles-le-Gros déposé, ibid. —
Un bâtard empereur, 475.

Chap. XXV. Des Normands vers le neuvième siècle, 475. — Normands,
bêtes féroces, égorgent d'autres bêtes, ibid. — Ils désolent l'Allemagne,
l'Angleterre, et la France, 476. — Sottises de nos légendaires, 478. —
Belle résistance des Parisiens, 479. — Évêque courageux et grand homme, ibid. — Rollon s'établit à Rouen ; 481. — Bassesse de la cour de
France, ibid.

Chap. XXVI. De l'Angleterre vers le neuvième siècle. Alfred - le - Grand,
482.

Chap. XXVII. De l'Espagne et des musulmans maures aux huitième et neuvième siècles, 486. — L'Espagne, qui résista aux Romains, ne résista
point aux barbares, ibid. — Ariens en Espagne, 487. — Révolte de saint
Herminigilde, ibid. — Imbécillité du roi Vamba, 488. — Histoire du
comte Julien et de Florinde, très-suspecte, 489. — Deux évêques appellent les musulmans en Espagne, 490. — Veuve d'un roi d'Espagne épouse
d'un mahométan, 491. — Alfonse-le-Chaste : pourquoi, 493.

Chap. XXVIII. Puissance des musulmans en Asie et en Europe aux huitième et neuvième siècles. L'Italie attaquée par eux. Conduite magnanime du pape Léon IV, 495. — Aaron-al-Raschild, 496. — Pape Léon,
497.

Chap. XXIX. De l'empire de Constantinople aux huitième et neuvième siècles, 499. — Horreurs abominables des empereurs chrétiens grecs, 500.
— Théodora, persécutrice sanguinaire, 502.

Chap. XXX. De l'Italie ; des papes ; du divorce de Lothaire, roi de Lorraine ; et des autres affaires de l'Église, aux huitième et neuvième siè-

cles, 5o6. — *Gouvernement de Rome ; ibid.* — Polygamie très ordinaire en Europe, chez les princes, 5o7. — Aventure d'un roi de Lorraine et de sa femme, ibid. — Nicolas Ier juge un roi, 5o8. — Excommunications, 5o9.

CHAP. XXXI. De Photius, et du schisme entre l'Orient et l'Occident, 51r. — Mépris des Grecs pour l'Église latine, 512. — Variations remarquables, 514. — Tolérance nécessaire, 515. — L'église de Constantinople dispute sa supériorité à celle de Rome, 516. — Moine fouetté pour la grace efficace, 517. — Convulsionnaire, 518.

CHAP. XXXII. État de l'empire d'Occident à la fin du neuvième siècle; 519. — Papes veulent régner à Rome, 52o. — Les Romains ne veulent plus d'empereur, ibid.

CHAP. XXXIII. Des Fiefs et de l'Empire, 522. — Évêques et abbés princes, ibid.

CHAP. XXXIV. D'Othon-le-Grand au dixième siècle, 525. — L'empereur semble juger les rois, 526.

CHAP. XXXV. De la papauté au dixième siècle, avant qu'Othon-le-Grand se rendit maître de Rome, 527. — Scandales de Rome ; ibid. — Le pape Formose exhumé et condamné, 528. — Une prostituée gouverne Rome; 529. — Son amant est fait pape par elle, ibid. — Marozie fait pape son fils, bâtard d'un pape, 53o. — Jean XII appelle les Allemands en Italie; c'est la source de tous les malheurs de ce pays, 532.

FIN DE LA TABLE.